War in oath

戎星者之誓前传：滔天暗涌2057

谭敬川　著

Billson International Ltd.

Published by
Billson International Ltd
27 Old Gloucester Street
London
WC1N 3AX
Tel:(852)95619525

Website:www.billson.cn
E-mail address:cs@billson.cn

First published 2023

Produced by Billson International Ltd
CDPF/01

ISBN 978-1-80377-057-4

Hebei Zhongban Culture Development Co.,Ltd
Wanda Office Building B, 215 Jianhua South Street, Yuhua District, Shijiazhuang City, Hebei province, 2207

目录 Contents

1."我们活了！"

"千百年来，我们伟大的科学家们前赴后继，几代人的心血，全都扑在了我们的起源，我们生活的宇宙，以及我们的科技、法文术上……"

"这是多年前的纪录片了？"

类陨石弹射舱内，瘫坐着一个满身是伤的人。全身都被铺满灰蒙蒙烟尘的他曲起小腿，望着弹射舱顶部愈发暗淡的照明灯。

"7 年前，我国 19 个知名科学家发表了联合声明，其中，他们认为若要探究族人的起源，首先得从宇宙起源说起……"

听着听着，纳尔斯长叹一声，还是站了起来。落点坐标已经确认了，真要去瓦姆勒的话，他必须赶紧配制几针药剂，以防不测。

"族人"这词，对现在的他来说，实在是扎心。

"他们认为，宇宙本是一杯静置不动的水，就如同将一滴墨水滴进平静到毫无波纹的水中，宇宙生长的奇点，由这么一滴墨水产生了。"

其实，这个纪录片纳尔斯并不是第一次看了，他甚至可以背下某些桥段。

"啪嗒！"

一颗药液被滴进了生理用水中，泛起了渐渐縠纹。液体被折射后的试管边，可以清晰地看见纳尔斯如月光般纯白的双眼。

"随着滴进的墨水越来越多，我们生活的水面也开始有了起伏，这些起起伏伏和蔓延开去的波纹，构成了我们当下生活的各种维度空间。而我们刚才提到的墨水，就是引导宇宙运行的物质与能量，我们统称为'暗塞'，邻居瓦穆勒将其命名为：暗物质与暗能量。"

"正是因为有它们这些墨水的滴入，才让宇宙维度空间开始产生，光线、时间线，以及各类星球，一切构成宇宙的最基础物质装饰起宇宙空间。"

纳尔斯望着窗口外清晰可见的蓝色星球，摇着自配药物，默不作声。

"但，我们认为，库姆勒人生活的宇宙是数字一。在这个时间组体内，整个空间被分为 5 个整数，从负二到正二，每一个整数，代表这个时间组体内每一个宇宙文明。我们称这个时间组体为——宇楼层。"

"正二层宇宙内的文明，最基础也是四维空间的生物，其中最顶尖的文明，甚至可以观察并操控我们正一层的任何三维事件。我们虔诚的奉他们的文明为——神域。"

"而作为零层的黑洞们，连接着正负两极。一旦进入黑洞，我们将看到负一层里反物质构成的世界，以及负二层内供四维及以上维度的文明领域——魔域。"

家破人亡后，纳尔斯也只能听着这些纪录片来缓解自己沉痛的心情了。

"其中，宇楼层里的神域和魔域，分别掌握着两颗被视为究极存在的宇宙晶体。数千万年前，赐予我们生命的神域使者重塑了我们的库姆勒，并留下了神域掌管的生命结晶。目的，就是为了将其藏起来，避免处于战乱中的神域因为被敌人拿此结晶来要挟自己，最后被攻陷。"

"战乱……呵。"

纳尔斯盯着瓦穆勒那边朝自己飞来的星火。

"你们神域是安全了，可我们呢？你们确实赋予了我们库姆勒文明强大的力量，但也是你们创造了战乱。"纳尔斯自言自语道。

"战争，似乎是每一个文明都逃不了的必修课。"

黯然神伤的纳尔斯关掉了逃生舱里的纪录片，最后瞥了眼已经飞入宇宙空间瞄准自己的拦截弹，走进了后备急救弹射舱。

2057 年

"局长，这是最新的月球方向的影视记录。"

杨梦将一摞图片轻放在局长办公桌上，神色中带有一丝紧张与惶恐。

局长没有看图，而是细细打量了一下杨梦，"这么紧张干嘛，姑娘？还怕我开除你啊。"局长和蔼地笑笑。

大学毕业以后，杨梦凭借优异的面试表现，从众多应聘者中脱颖而出，顺利进入卫星局工作。

按照她日历上标出来的日期看，这是她工作的第 226 天。"不是，图，图……"杨梦指着桌上的文件袋。局长有些疑惑地望着杨梦，但是她一直低着头，盯着文件袋，好像生怕什么东西蹦出来。

"小杨今天是怎么了？"局长想着，随手掀开了文件夹扉页。

同一颗陨石的图片按顺序一张张呈现在局长眼中。

"嘶——"局长的神经突然绷了起来。

"是远离月球的方向吧？"局长试图安慰自己，问道。

"呃……不是。"杨梦指着图片上卫星捕捉的瞬时坐标，"往地球来的。"

"数据呢？"

"比当年恐龙时代撞击地球的要小好几倍，但是……"

"大概还有多久？"局长选择立刻跳入下一个他认为更重要的提问。

"143 小时 54 分钟。"

"预计落点？"

"中国境内。"

局长脸色大变，煞白如纸，立刻从办公椅上跳起来，大喊道："快去报告上级，快！"

2057 年 4 月 4 日

"嘟，嘟……"

"嘟，嘟……"

"喂，晓天！""嘘，轻点！你想让我死啊！"

刘宣不好意思地笑笑。

身为 S 市军事基地里号称最有潜力的新入队特种兵，安晓天居然不知从哪里偷偷搞来一个全息影像手表，被自己当作无上珍宝般藏着，只是不能充电，所以一般安晓天不会开机的。

但只要他开机了，刘宣的电话他无论如何都会接。

"哎，在特种部队训练基地训练肯定很累吧？怎么样啊感觉？"刘宣问道。

安晓天闷在被窝里，轻声说道："切，这算什么？你别忘了你大哥我体育素质可是嘎嘎好啊！哎，我跟你说，今天咱教官组织了一次 5000 米跑，我又又又拿了第一！"

"放心吧，在兵营里，我肯定会有出息的，至少比……"安晓天突然把语言打住了，他知道这样开玩笑会伤到他兄弟。

刘宣不知道是没听出来还是咋地，说："哈哈哈，相信你！你不拿个'卡列夫勇士'奖回来，爸爸我都嫌弃你。"

刘宣顿了顿，"哎，你知不知道，他们都在说世界末日了，什么鬼啊。"

"我哪晓得哦！"安晓天摇摇头，"听我们教练说，就是一颗陨石在撞击地球的路上了。"

刘宣说；"好像说今晚联合国要发射环球导弹拦截它，好厉害啊……"

"停停停！好像来查房了，我先挂了，拜！"

刘宣无奈地笑笑，看着安晓天的头像黯淡了下去。

他望望深夜 12 点的星空，被村里的橘黄一点一点染着，乌黑的夜空，似乎有了些许温度。

"夏天。"刘宣想着，轻轻呼出一口闷热的气。

因为有拦截陨石的消息，村里真是万家灯火通明，个个都不肯睡觉，刘宣亦然，但不同的是，他却站在黑色与橘色的交际线里回忆着过往。

盛夏，承载他和安晓天的多少流金岁月。

从小学相识，到初中晚上爬起来一起开黑，到高中，到大学……但可惜的是，安晓天在高三第一年就被征兵征走了，在众多女生的泪眼中，在众多男生的羡慕中，在刘宣酸楚的心中离开了高中。

刘宣只有他这一个朋友，毕竟他是农村人，他的内向，他的无知，多少让同学有点瞧不起他。

更悲哀的是，刘宣考了两次高考，成绩一年不如一年，结果气得老爸喝酒大醉，上街过马路时误闯了红灯，结果，被车压了过去……

这一切，刘宣都记在心里，他不恨安晓天，他只恨自己，恨自己太懦弱，太无能，无能到，连自己的亲人都守护不了。

"导弹还有 60 秒发射……56，55，54……"

不一会儿，刘宣回过神来，他站在院子里，回头望见屋子里电视机里导弹抬起准备升空的画面。当刘宣回到屋里坐下时，已经只剩 5 秒钟了。

"5，4，3，2，1，发射！"

一簇熊熊烈火与浓烟从导弹尾部爆发出来，伴随着一片片钢甲飞出与剧烈轰鸣声，导弹在镜头里直奔苍穹。

妈妈坐在刘宣的身边，紧紧地抓起刘宣的手。

"好害怕呀宣儿，这可关系着咱们人类的死活啊！"

刘宣沉默不语，有一个荒谬的想法浮现在他脑海中——也许这东西不只是一颗陨石。

也许是因为小时候看科幻片看多了。

"预计 10 分钟后交会！"

"预计 5 分钟后交会！"

"一分钟！"

"30 秒！"

几十亿紧张的眼睛盯着电视机、电脑、手机、大屏幕。

那两道轨迹图，似乎在交会的一瞬，将决定地球的命运。

"交会！"

屏幕中，天上突然绽放出一团烂漫的花火。那白光如潮涌般弥漫开来，持续了大概二十多秒，消失了。

"成功了！"屏幕中传来导播狂喜的呼喊！

妈妈跳起来，拥着刘宣不停地跳着，激动地喊叫声，让刘宣觉得她应该是彩票中了一千万：

"我们活了！我们活了！"

刘宣抱着妈妈，瞥见村路上已经有人奔跑着了。他们的邻居甚至还违反法令放起了烟花。

刘宣放开妈妈，也如释重负地笑笑："妈，既然咱们都能活了，那我就去睡了，我好困。"

"去吧去吧，俺也要睡哩。"妈妈抹了抹开心的眼泪。

回到房间后，今日全天满课的刘宣倒头就睡。还是自家的床舒服，自从向辅导员申请通校后，刘宣现在只要沾着枕头，眼帘立马就能黑屏。

然而半夜，他却醒了一下。眼前，窗棂上的弱光扭曲着，刘宣努力眨巴了一下眼睛——原来是未拉起来的窗帘在动。

也许是梦吧，他的余光似乎看到什么东西从窗外的天空划了过去。"蓝色的……"

刘宣闭上了眼睛。

他也不知道这是现实还是梦。反正，那道弧线挺美的。

同一时间，月球

一派末日的景象。

在月心人的领地上，幽蓝色的火焰在肆意燃烧着，房屋上、植株上、尸体上、以及满地报废的重装甲上。

放眼望去，昔日的繁华都市早已变成可怖的废墟，道路里渗满了月心人的血液。一脚踩下去，仿佛陷进泥沼般再也抬不出来了。

刺骨的风低吟着，似乎在为死去的人祈祷。在这一片废墟中，唯一没倒下的就是那座白金色的城堡，但也被领地内的鲜血染得痛不欲生，如苟活的王已至穷途末路般绝望。

整队完毕后，一队士兵踏着整齐的脚步在倾倒的大门上踩着节拍。倒在墙边奄奄一息的守卫，手指不自觉地抽搐了一下，接着，就看着自己口中喷出的血液和刺来的激光刀对撞在了一起。

"报告！修煞大人，我们已经反复搜索 11 遍了，确定纳尔斯已经逃跑了。"

一个士兵半跪在这个叫修煞的长官面前。

修煞冷笑一声，扔掉手中已经打空的中子爆破枪，确认随从赶紧俯下身接住后，拽起了身边一个濒死的月心人侍卫。

侍卫用双眼愤怒地盯着修煞虚无且毫无感情的眼睛。"告诉我，你们的主子去哪了？若你告诉我，我且还你一条性命。""呸！你休想！我就算死……"那个侍卫用尽最后的力气喊了出来。然而未等他说完，修煞手腕中的弹射器里立刻挺出一把战锋，径直刺向侍卫的胸口，"那么我就成全你。"

在前排重甲兵的带领下，修煞登上这个城堡的天台。天台上，一架被使用过的弹射器正因过载而不时激发出电火花。

修煞走过去绕了一圈，也大概明白了搜索无果的原因。

可是，这样回去，怎么交差呢？当时他领兵出征时，可是立下了军令状的，要亲自把纳尔斯的头献给主上。这跑掉了，回也是死，不回也迟早会死，不如在此地立王……

修煞想着，只听背后"哗啦"一声，全是武器掉落的声响！修煞眉头一紧，转过身，却看见他的士兵们整整齐齐地扑在地上。

"吾王万岁——"

"大人，小的们与将军共进退三十余载，在您的英明指挥下杀敌千万，征服无数疆土，您的力量让小的们心甘诚服，您的智谋让小的们五体投地。哪怕是千年一遇的天选之子纳尔斯也被您打得抱头鼠窜，在这个星球上，您就是我们的神啊！"

"而那个残暴、昏庸的君主攸萨，他何德何能！为了一颗永生灵珠，不惜牺牲八十万士兵的生命，您觉得这种人……"

未说完，修煞一道雷电将这位领头造反的士兵击飞了出去。

“胡闹！你们是在质疑我们至高无上的帝王吗！你们，竟敢怂恿我做这种亏心丧德之事吗！我不是你们的王，效忠于主上，是我毕生的愿望。”

“起来吧，我的战士们。这个要求，我不会答应的。”

士兵们互相失望地对视着，犹犹豫豫地刚要站起来……

“嗡咙！”

是时空洞。

从里面走来的，是一个约两米高的人。一身绿白相间的战甲，面具中唯一露出来的蓝绿色瞳孔，无时无刻散发出一种死亡的压迫感。

而尖锐的面具后面，他似乎在笑。

为什么要戴面具？整个月质种族都想知道，但是他背上挂着的那把几乎与他身高一样长的巨斧，幽幽地散发着墨绿色的光，咆哮着，警告族人们，不准对大帝有任何评价。

因为他已经用实力证明了，自己就是主宰者。

“敓萨大帝！”

士兵们惶恐地又一次跪下，这一次，包括修煞。

“我听见你说的话了。”

低沉的音色环绕在上空，如一张黑网包裹着天台上的人们。

“我果然没有看错你，修煞。你成功为我征服了这片土地，这是多么伟大的领袖才能完成的伟业啊！”

敓萨刻意没有提及刚刚听到的话，但是突然往前挪了一步。

“不过，别忘了你给我立下的军令状。我们都知道纳尔斯的重要性，所以我要看着他，死在我面前。而你应该清楚，在我们帝国，完不成任务，就是废物！”

“但你不是，对吧？我告诉你答案，他逃到了瓦姆勒，意思就是，如果他混进了异星人的世界，那么一切都会有变数。我给你指明方向了，快去吧，我伟大的勇士，别辜负了我对你的期望。”

众人沉默着，连修煞也不敢抬头或者答应。他们只能通过敓萨大帝沉重的脚步声，判断他在往回走。

将走未走之际，敓萨突然转过身。

“忘了件事，”他斜着眼看了下冷汗直流的士兵们，“除了修煞，在场的人，统统得死。”

　　话音刚落，地上浮现出一阵幽绿色的光，将士兵们团团围住，在惨叫声与求饶声中，这些士兵痛苦地倒在地上打滚，不一会儿，就没有丝毫动静了。

　　修煞恐惧地看着身后挣扎着的士兵们，这可是和他一起征战多年的士兵们啊，如今胜利了，幸存的他们却……

　　几秒钟的心痛后，修煞回过头，大帝已经不在了。

　　"我就知道你在看着。"横七竖八躺着的尸体中，修煞站了起来。他只能庆幸自己又捡回一条命。

　　"不过，你能躲到哪里去呢。纳尔斯？"修煞自言自语，望向了那个他们月球人的穹顶。

2. "你是鬼还是妖怪！"

2057 年 4 月 5 日

鸟鸣打破了刘宣耳边最后的寂静，在这春与夏即将交替的季节里，暖阳透过生锈的铁窗来到少年困倦的脸庞上，轻轻地伏在了他的眉间。

刘宣翻了个身，想继续睡，耳朵却抓来妈妈的喊叫声在自己脑袋里回荡："宣儿，起床了没？"

"啊，我想再睡会……"

"睡什么睡，都 11 点多了，算你从一点钟开始睡，也睡了 10 个多小时啦！快起床！"

"11 点？"刘宣想想，"那就是 11 点吧……"

"等等，今天什么日子好像……"

想到这，刘宣一个鲤鱼打挺坐了起来。

哎呀，今天可是清明节呦！本来打算上午就和妈妈去扫墓的，怎么……

"妈，你干嘛不叫我啊？"

"看你睡得那么香，我忍心吗？"妈妈在院子外高喊着，好像要让全世界知道她多爱刘宣。

刘宣无奈，赶紧穿好衣服，拿起手机就准备出门。鸡是杀好了，鱼的身上也摆好了姜蒜，可纸钱、花环他一个都没买。

刘宣刚推开家门，就望见妈妈已经乘上电动摩托车准备走了，而且是城市的方向。

"哎，妈！你要去哪？还要扫墓的啊。再说，我还要用这个去集市呐！"

"对不住啦宣儿，妈妈企业里有急事，得赶紧去一趟。"妈妈顿了顿，眼神里忍不住闪动出一丝哀伤，"今年扫墓我可能来不了了，帮妈妈向爸爸转告一句话，妈妈永远爱他，我们家很好，没有伤病，没有灾痛，我和儿子一直都好，在天堂就无忧地享福吧。"

说完，妈妈一拧加速握把，冲了出去。

刘宣默默地望着她从小路奔逃的背影，仿佛听到她落下一滴眼泪的声音。

"希望是真的有事。"刘宣的双肩轻轻滑了下去，他希望母亲不是在逃避父亲的离世中。想着，刘宣也踏进了通往城市的小路。

电线杆上的麻雀停了又飞，飞了又停。一直等到刘宣回来，已经差不多五点半了。

"现在去山上看爸爸，还来得及吗？"刘宣想着，咬咬牙，把鱼肉烟酒、纸钱花环一股脑全塞进一个包里，带上一把镰刀和扫帚，出发了。

生风村在这座山的南侧，而墓地在山的北面，也就是山的另一侧。刘宣用镰刀开路，拨开那些挡在小道上的野草。行至一个山洞时，他好奇地往里面望了望，好像什么都没有。但在石壁上，他注意了些许类似蓝色染料的印记。

"哪个扫墓人留下的吧，也许墓地里还有其他人呢。"想到这，刘宣放松了许多。

花了半个多小时，刘宣终于爬到了山的墓地。然而出乎他的料想，这里空无一人。

7点多了，最后的夕阳一点一点在父亲的石碑上褪去，显露出岁月的斑驳与沧桑。

刘宣慢慢地扫着碑前的土灰，一边对着父亲的碑说："爸，您还好吗？我来看你了，妈妈因为工作不能来看您，原谅她吧。她让我替他向您说句话：她永远爱您。我们家很好，没有伤病，没有灾痛。我们一直都好，您在天堂就无忧地享福吧。"

扫着扫着，刘宣注意到碑上有一块叶子状的白光斑——不同于阳光的红——在缓慢地移动。

刘宣很疑惑，伸手去摸，那道白斑却逃开了，最后似乎是有意地停在了刘宣手臂环抱着的一整只熟鸡上。

刘宣一怔，立刻回头。

什么都没有。

刘宣松了口气，认为自己看花眼了。

他往前走了几步，跪在了陷在泥土里的墓石上，对着碑里刻着的父亲遗照，缓缓地吐露着自己的心声：

"爸，我知道，您是恨铁不成钢。我们家就我一个独生子女，您辛辛苦苦将我养大，希望我有朝一日能成龙成凤。您逼着我读书，每天都盼着我有学成归来的一天。自己的孩子能成为国家的栋梁，那将是多么伟大的荣耀啊。”

“可是，我，我没做到……”

“高考那两年，您天天骂我不成器，是我的笨拙伤了您的好强，我虽然相信某年某日定能为您争光。但，我终究还是失败了。”

“命运是一个很神奇的东西，它将我带到您的身边，却又将我们分开。”

刘宣眨巴着眼睛，溅初来的泪水硬是被他舔进了嘴里。他望着黑白照片里，父亲肃穆的脸。

“但请记住，父亲，我不相信我战不胜命运。与其号啕大哭，我更愿意站起来为自己奔跑；与其被命运戏弄，我更愿意与命运拼个同归于尽！看着吧，父亲，我会成为一个伟大的人。不为什么，只为您的灵魂能得以安息。”

刘宣将花环与酒肉依次轻轻放好，站起来，泪水最终还是为他洗去了风尘。

突然！一声“噼啪”响引起了他的警觉。刘宣一想到这里是墓地，不禁心里有些发毛。

他握起镰刀，环顾着四周。

一只黄雀在树丫上歪着头看着他，“啾啾”叫着。

刘宣叹了口气，回头对着父亲的遗照说：“父亲，我得走了，我一定会越来越好的，我不是废物，我会像安晓天那样，出人头地的。”

看着看着，刘宣惊奇地发现，墓碑上的夕阳红被挡住了，他一惊。

“嗯，请问……”

刘宣被这一声问候吓得不轻，整个人都跳了起来。接着这一回头，真就差点把刘宣吓死：“你是鬼还是妖怪！”

一个高约一米九的人，站在他身后仅仅几个身位的地方。刘宣怎么都无法理解——悄无声息地来到与自己这么近的地方，何方神圣啊这？

不过说他是人，也不像：浑身幽幽的浅蓝色，而且裸露的皮肤上覆盖着五边形的鱼鳞状纹路。他似乎还穿着一身灰色的连体衣，衣服上有很多弹孔，身上甚至还有几处人工缝合过的痕迹。

一股尼龙水和刺鼻的火药味扑面而来，刘宣本能地猜测道，他估计是经历过什么的。

更神奇的是他的双眼，最恰当的比喻，就是两个月亮，散发着晖波，温柔地洒在刘宣身上，可是也足够刺眼了。

"你要干嘛，滚开！"刘宣踉跄着摔在地上，一个镰刀就挥了过去。

然而那人居然熟练地躲掉了，他一边摊开双手，摆出一副"我是好人别害怕"的样子，一边说："别，别这样，这只是个误会，我们能心平气和地说说话吗？"

听这声音，好像还蛮绅士的，刘宣感觉得出来，这位"奇怪先生"想让自己放下戒备。

刘宣思考了会儿，放下了手中的镰刀，刚放下又握紧，看看"奇怪先生"有什么反应，确认他没有动的意思后，缓缓张开了五指。他细细打量着眼前这个人。许久，他都不敢站起来。

"奇怪先生"动了！

刘宣眉头一抬，条件反射地往后缩着。而"奇怪先生"只是伸出了右手，手心张开，居然，还冲他笑了笑。

刘宣愣了一下，将信将疑地把手指放进了他的手心里，随后自己就被拉了起来。

"没事哎。"刘宣想着，他以为这个似人非人的东西会一拳把他打晕过去，然后……

"请问，这里是瓦姆勒吗？"

"瓦姆勒？"刘宣疑惑。

"就是一颗蓝色的星球，有 233 个国家，100 亿人口，比较有名的国度有中国，美国，俄罗斯……"

"嗯对，就是这儿，不过我们都叫它地球。"刘宣尽量克制着自己的恐惧，双手在空中乱挥着。

"地球……好名字。对了，你叫什么？我叫纳尔斯。"纳尔斯伸出两只手，刘宣又懵圈了。

"怎么是两只手？"于是刘宣也伸出两只手，鼓起勇气想去抱一下这位叫纳尔斯的"奇怪先生"。

"哎不不不，握手，握手。"纳尔斯笑了，露出一排洁白的牙齿。

"哦——"刘宣不好意思地挠挠头。

短短的几分钟，纳尔斯已经两次向刘宣笑了。本来就缺少交友经验的刘宣，哪里有这么多的防备心理，自己也"嘿嘿"笑着："在我们这，一只手就行啦。"

"这样啊。"纳尔斯点点头，他的眼睛盯着刘宣身后。

刘宣顺着他的方向望去，是他摆放的一整只鸡。

"你饿了？"

"有点……我好像三天没补充能量了。"

刘宣犹豫了一下，这可是他的贡品呀。

与纳尔斯躲开的目光交错了一眼后，刘宣决定试试看。他走了过去，撕下一条鸡腿，转身递给纳尔斯。

"对不起啊爸，我这有个朋友三天没吃饭了，就分给他一点吧。"刘宣转身前，对遗照里的父亲喃喃道。

"朋友？你……"纳尔斯的心仿佛被闪电击中了一下，他一直以为，像这种落后星球的居民，肯定极具攻击性。但他不想起冲突，只能抱着渺茫的希望，寻求瓦姆勒居民可能的帮助。

但是刘宣的举动，让他觉得自己好像有了意外收获。

"嗯……如果你真的没有恶意，咱俩就是朋友啦。"

"呃……"纳尔斯盯着刘宣塞进自己怀里的鸡腿出神。

"放心，我虽然有些内向，不过只要你愿意与我交朋友，我就是自来熟。虽然，你好像有些怪怪的。特别是你刚刚那个问题，还有什么瓦姆勒？你是不是精神失常了？要不，反正我要下山了，你先来我们家住一晚，明天我带你去医院看看啥的？"刘宣弯着腰，观察着纳尔斯。

纳尔斯激动地点点头："谢谢你，遇见你真好。不过，医院是什么？"

刘宣瞬间石化——看来病得不轻了。

纳尔斯咬了一大口鸡腿，问刘宣道："如果您信任我的话，我能邀请您来我的临时避难所吗？就在您来的路上。在那里，我将告诉您我的一切。"

刘宣一惊，想起了那个有蓝色染印的山洞。

3."他们来了！"

现在已经快晚上 8 点了。

山里黑漆漆的，什么都看不见，每一脚踩下去，只有熟悉的枝叶断裂声，才能让刘宣能够勉强认为自己还在大山里。幸好有纳尔斯明亮的皓月银眼睛为自己照着路，要不然，刘宣不知道自己已经翻到哪个沟里去了。

一路磕磕碰碰的两人，终于在虫儿鸣叫起的时候顺利爬到了那个山洞入口。

"这里有个坑，小心点。"纳尔斯提醒道。

刘宣正胡思乱想着呢，他只是听到了纳尔斯的提醒，一不留神，腿还是乖乖地往前伸着，最后一脚踩了进去。

"啊！"刘宣惊叫一声，然而在这一秒钟都没到的瞬时中，纳尔斯居然立刻一个跨步来到刘宣身边，伸出手臂，正好在刘宣即将倒下去的时候接住了他。

"没事吧？"纳尔斯问道，尼龙水的香气直接扑进了刘宣的鼻腔。

刘宣竟然发现自己有几分羞涩，尴尬的气氛让他有点无地自容。刘宣赶紧站稳，摆起一副大男子汉的样子，逞强着说："没事！其实你不扶，我也站得稳。"

望着刘宣自信地朝自己拍拍胸脯，纳尔斯也只是笑笑，走进山洞坐下了。

"我要是个女的，估计都恋爱了。"刘宣心里想着。

山洞里没有可以照明的东西，刘宣也没带——他本来是打算在太阳下山之前回家的。不过，纳尔斯眼中的光也足够让山洞亮着了。

纳尔斯注意到刘宣的眼光在自己的照明下，落在了旁边一个损坏的箱子上，解释道："这是我的医疗箱……"

随后他抬手掀开箱子，指了指里面："不过，用的也差不多了。"

刘宣点点头，默默地记在心里。

纳尔斯招呼他坐下，问道："您现在一定有很多疑问吧。想听听我的遭遇，还是先回家？依您的想法就行。”

刘宣睁大了眼睛，说：“开始讲吧，我还真有点期待。不过……换个称呼行不？不太习惯，哈哈。”

“要不您……你先回去吧。亲人估计会担心的。”纳尔斯小心翼翼地问道。

“算了。”刘宣耸耸肩，“黑不拉漆的，我自己走还怕掉沟里呢。如果我妈妈来找我了，那到时候再说吧。”

“妈妈……”纳尔斯嘟囔着，在刘宣投来关切的眼神前，赶紧锁起了堵住情绪的桎梏。

“行吧。”纳尔斯靠在石壁上，开口道：“在我们库姆勒……”

“哎等等。”刘宣立刻打住了纳尔斯，“你是……外星人？”

纳尔斯点点头，接着说道：“分为两个种族的人，一种是内质人，一种是内心人。但虽说是内心，库姆勒……”

刘宣就压根没听到过“库姆勒”这个名词，他抱起膝盖，一脸疑惑地望着纳尔斯。

“呃……就是你们的邻居。”纳尔斯明白他在疑惑什么，立刻解释道。为了让刘宣听得不别扭，纳尔斯干脆改掉了自己母星的名称，回忆起自己曾经在历史记载上读到的瓦姆勒祖先对自己星球的称呼。

“玉盘的核心部分也占了整个月球的百分之六十，其中百分之五是人工屏障，这个由我们祖先堆成的屏障，隔开了内质和内心。所以，内质人只能享有百分之二十左右的月球……”

“噗。”刘宣被“玉盘”给逗笑了。

“为什么呢？”刘宣压住笑容，问道。

“因为内质人生性暴戾。”纳尔斯回答说：“据我们的历史传说，内质人的祖先是一群作恶多端的恶鬼，都是被内心人发配出去的。为了防止他们重新回到内心打扰内心人的生活，我们内心人才修建了这道屏障。”

“然而他们总认为，是内心人欺压了他们的祖先。因为他们的祖先就是这么教育后代的。久而久之，内质人形成了一种风气——尚武，目的，就是为了所谓的报仇，夺回他们族群意志里认定的土地。”

“按你们瓦姆勒……地球人的话来说，他们就是几乎年年挑起事端，破坏屏障、暗杀皇室成员，等等。他们甚至还曾在月球表面制作过人脸图样，在我们玉盘人习俗中……”

"哎不是……"刘宣捂着嘴，"你不觉得玉盘这个称呼很奇怪吗？"

"啊？"纳尔斯开始怀疑是不是自家皇室历史记载出错了，还是自己学得不好没记住。

"那……金蟾？宝镜？银台？或者……悬弓？反正，据我所知好像很多很多。"纳尔斯无奈地挥着手。虽然蛮好听，但他想不通为什么地球人要想出这么多名称来称呼自己的母星。

"月球就行啦。"刘宣再也绷不住了，哈哈大笑起来。

"哈……这样啊。"纳尔斯突然觉得，自己学了这么多，好像还是个文盲。

"你继续，我听着呢。"刘宣晃动着身子，笑着说。

"嗯，就是在我们月球人的习惯里，塑造人脸图样是请求支援的意思。而他们之所以在月球表面这么做，就是希望你们外星人能派出武力支援他们。但很显然，没有哪颗星球看懂他们的意思。"

刘宣若有所思："既然他们是坏人，为什么不赶尽杀绝呢？"

纳尔斯摇摇头："我们内心人崇尚和平，从不轻易挑起战争。月球文明，曾经是很发达的文明，百姓富足，景色奇美，君主英明。除了内质人的骚扰，我们国度天天都是欢声笑语，鸟语花香。"

纳尔斯似乎在回忆他曾经的美好生活，嘴角扬起一丝微笑。

刹那间，微笑退散了，纳尔斯的表情随着记忆中的节点到来而扭曲得严肃而悲伤："但是一个怪物的卷土重来，将整个内心人的文明毁于一旦。"

"那个怪物，叫放萨。他有一个令人闻风丧胆的绰号——弑神者。生活在我们的文明中期，他天赋异禀，力量增长速度之快，超过了所有人的认知。而信奉力量大于一切的他，又是在内质人族群中成长，很快就成了内质人策划大规模战争的重要参与者，并成了领军二把手。有了放萨的加入，他们策划好后的第一次进攻，就已经包围了整个边境。"

"面对内质人愈演愈烈的武力威胁，我的曾祖父放弃王座，率军出征，亲自和放萨交手，甚至动用了星域级三阶武器库里的武器，才将其制服。而此时的放萨，按你们的年龄做比例换算的话，才 24 岁啊。"

"俘虏他后，我们的祖先用时空洞将他弹射出了月球——我也是用时空洞从月球内部弹射出来的——让他在弹射舱里自生自灭。"

"你们是月球内部的文明，怎么弹射的啊？"刘宣好奇地追问道。

"待会说。"纳尔斯微微叹了一口气，估计这也不是什么好的回忆。

"但他，竟然活下来了，谁也不知道他是怎么活过几千年的。我们月球人，最年老的长者不过 1026 岁。"

"传说，他所在的弹射舱被在星域中流浪的神域使者无意发现并带回了神域。出于善心，他们救活了敛萨，但敛萨并不感恩，还私自用神域的火种核心锻造了一把接近两米长的巨斧，并将自己在神域修炼得来的力量注入在其中。他的巨斧，已经被列为公认的宇宙十大毁灭性武器——'撕星'战斧。"

"'撕星'战斧几乎可以劈开全宇宙目前所知的所有金属。他带着这把巨斧，在神域制造了一场屠杀。而野心膨胀的敛萨甚至挑战了神域最高掌权者——时空界王，但他固然是敌不过的，战败的他奄奄一息，可是时空界王终究是以慈悲为怀，将敛萨扔进了太空中。"

"啊？！"刘宣很入戏，他捶着自己的脚踝，"杀了半个世界的人？还放过他？脑子倒灌了一吨水还被门夹了吧？"

纳尔斯一脸黑线——可没人敢这么骂时空界王的。

"不知道……他这一慈悲，给我们月球带来了灭顶之灾。后来敛萨在宇宙中漂泊，凭借自己的威名为自己扩张势力，他的很多手下并非月球人的原因就是如此。"

"重新回到月球后，他无视吾王的警告，轻松地在屏障上劈开一道巨大缺口，他让一个叫修煞的人带领内质人涌入了月心人领地，一路抢杀。而修煞也并非一个等闲之辈，他是一个天赋型军事人才，敛萨甚至没有怎么出手，修煞就用了仅仅两年的时间，吞没了我们百分之六十的领土，还派人暗杀了我的父王——内心人领袖纳加尔德。"

"于是，带着丧父之痛，我上位了，继续领导内心人们战斗。我打退了他们多次进攻，也亲手和修煞对决但不分上下。可是，我太年轻了。"

"智谋在我之上的修煞，终究是率军击溃了最后一道防线。举刀想要自刎的我，在弟兄们的誓死掩护和逼迫下，被抬上了类陨石弹射器，离开了那个战火纷飞、尸横遍野的大陆。"

刘宣静静地听着，发现纳尔斯掉下了一滴眼泪。

"看着我的弟兄们为我接二连三地死去，而我却逃之夭夭，这种负罪感和愧疚感，你能理解我吗？"纳尔斯强忍着悲痛，故作镇定地看着刘宣。

刘宣听了也是鼻子一酸——这种感觉，他何尝没有过——刘宣想起自己的父亲，说："我能理解，我的父亲也是因我而死。我想，在力不从心上，我们是一样的。"

他将他和父亲的经历一五一十地告诉了纳尔斯，纳尔斯听了直叹息："我很抱歉你有这样的经历。我听得出来，他很爱你，只是他找不到爱的突破口。"

一阵良久的沉默，只有刘宣眼泪滴在土地里的声音，滴滴答答。

刘宣最终打破了山洞的死寂："哎，我们不是发射了一枚导弹打中你了吗？为什么你还活着呢？而且，坠落在地上应该有很大的声音吧，那为什么我这么近都没听到一点声音呢？"

纳尔斯听了，抖抖肩膀，轻描淡写地解释道："这个啊，在我距离地球还有百分之二十七路程的时候，我就检测到一枚物体正朝我的飞行器对向冲来，所以立刻启动了分离装置，只留下一大块土堆与你们的导弹相撞，而我则开启了幻象隐身从一旁绕了过去。至于为什么没有声音，那是因为我选择将最后一点燃料全部调整到反方向喷射，当我即将落地时，可以说几乎没有速度了，稳稳地就落在了地上，那玩意儿就在山脚下，你要去看看吗？"

刘宣刚想答应，山里传来一阵一阵的呼喊声："宣儿，宣儿！你在哪里啊！不要吓妈妈啊……"

"完蛋，太晚了！不好意思，我得走了。"刘宣赶紧站起身，拎起包就往外跑。"当心点，别摔了！"纳尔斯喊着。

"不会的，放心！"刘宣在纳尔斯的注视下越跑越远。

纳尔斯希望自己的眼睛能为他看着点路，所以一直等到刘宣离开了他的视野，他才回到山洞。

望着外面黑黑的夜，纳尔斯的视野里，树隙间的夜空居然有些扭动，一阵不安的预感涌上心头，纳尔斯定睛一看。

一个很大的时空洞在空中打开，战舰缓缓飞出，悬停在半空，似乎在寻找什么。

"糟了！"纳尔斯慌忙站起身，"他们来了！"

4."这不是演习！"

"这是哪儿？"

不知不觉间，眼前展开了一片花海，望不到边的郁金香与薰衣草交杂着，风起时，歌颂出金黄与淡紫的诗画微浪，吹拂起安晓天心中沉睡数月的记忆。

"啊……是我看错了吗？"

安晓天尝试着往前踏了一步，军靴陷进了没过小腿的花海中，摸索着，终究是踩实了。

长期在军营里训练，让安晓天的大脑一直处于高度紧张的状态。但是眼前这蓝天、花海、山丘，还有那个似远非远的背影，很难不让自己放松下来，享受这突如其来的惬意，让自己有时间，去回忆曾经的岁月。

安晓天惊奇地发现，自己居然感觉不到身体上任何疲倦和伤痛，他明明白天还累得差点睁不开眼，可现在甚至想奔跑，抱住前面那个女孩。

一袭粉红色的长裙，长发随风舞动着，远处那个背影，让安晓天本能地想起杨梦送自己上车，抬起头望着自己时那清澈到闪着波纹的双眸。就如盛夏的一泉清水，令安晓天沉醉到，迟迟不肯松手。

"梦梦！"安晓天迎上去，一把从后面抱住她，下颚抵在她的左肩，吮吸着杨梦的发香。"梦梦，好久没见到你了，怎么，在看风景吗……"

那个女孩似乎要转过身，安晓天把头挪开一点，期待地望着她逐渐清晰的眼角、嘴唇，接着是……

"梦梦？"

"梦梦！"

远处的天际线上，整个蓝天开始崩塌，花海和山丘最终交还给了一片虚无，包括安晓天抱住的女孩。

只剩下被窗外灯光微照着的天花板与安晓天对视着。安晓天愣愣地看着它，它痴情地看着安晓天。

"浪费感情！"安晓天气呼呼地抓起被子翻了个身，他睡在下铺晃动得太厉害，导致上铺的兄弟似乎被惊扰到了，猛地深吸一口气，不过下一秒就回到了鼾声乐队。

安晓天戳了戳手表，看看屏幕上的时间，4 点 23 分，距离起床集合还有一个小时。他今天睡觉前又忍不住看了会，然而他今天太疲乏了，疲乏到还没看完一篇新闻就合眼了，导致手表一直待机着，白白浪费了百分之二的电量。

安晓天心疼地看着自己在军营里捡到的宝贝，屏幕上已经泛红的电量提示，让他果断按下了关机键。

"再睡会儿……"

然而他刚合上眼，一阵刺耳的哨声就径直扎向他的耳蜗：

"起床！紧急集合！"

张教官这样的把戏已经不是一次两次了！

几乎是成了刻在脑子里的反射弧，各个寝室的士兵想到张教官那豺狼般的大脸，哪有敢犹豫的，瞬间睁开眼，寝室楼里的灯亮得比烟花绽放还快。

新兵们纷纷起来穿衣叠被，而安晓天手速飞快，再加上他刚好醒着，几乎是张教官哨子刚塞兜里，他就已经下楼直奔训练场了。

然而到了才发现，自己竟然是第一个。

毕竟是特种兵，接下来的一分钟里，新兵们接二连三的狂奔出来了，整整齐齐排成一个方队，笔挺着腰杆子，谁都清楚接下来是什么环节。

"不是我说你们啊，这一次比上次紧急集合，迟到了整整 4 秒钟！4 秒，在战场上是什么概念？"张教官看准前排一个脚没放好的新兵蛋子，直接踢在他的小腿上。

"也许就是这 4 秒，敌人一个炸弹投下来，你们全没了！还特种兵呢，我告诉你们，你们还远远不够格！"

像这种训话，反正新兵们都听出老茧了。这张教官是出了名的凶悍，据说他年轻时参加缉毒行动，手中唯一的武器进水后，竟然徒手与五个手持凶器的毒贩子在仓库中搏斗并周旋了长达 14 分钟，不仅坚持到了友军支援，身上还就只有一处浅浅的划痕，其实力可见一斑。

张教官走了一圈，又扶了扶一个士兵的帽子，说："听好了，我今天之所以紧急集合，是有事情要说明一下，我可不想浪费你们的训练时间在这种事上。我今天有会议，不能陪你们玩了！"

“太好了！”四十几个小伙子虽然动都没动，可心已经激动得跳到嗓子眼了。

“不过，这可不代表你们能休息一天，想屁呢你们！”张教官带了好几届新兵了，自己在新兵眼里是什么样的存在，比自己长着几根手指头都清楚，他当然不会让新兵们“欢呼雀跃”。

此话一出，新兵蛋子们心里又是一沉。

“我请了一个特别嘉宾，白天，你们就跟着练！”

话音刚落，张教官身后的黑影里居然浮现出一个人的样子，着实把大家吓得不轻。

“又是什么怪物啊……”安晓天想象着这位特别嘉宾熊腰虎背，满脸络腮胡的模样，只能祈祷今儿白天还能用脚走路去吃饭了。

然而，当那位嘉宾走到张教官身边时，大家都难以置信地盯瞪大了眼睛。安晓天甚至还想给自己一巴掌——这是自己印象里的教官吗?

即使是穿着一身军装，束紧的腰带，还有本人就近乎完美的身材，依旧能够将女性特有的曲线展现到极致，身后的路灯照着她帽檐下边半露的瓜子脸，甚至找不到一点瑕疵。左右摆动的胯部几乎可以说幅度恰到好处，似乎是受过专业训练一般。

说她妖娆妩媚，可人家冷酷的双眼和双臂环抱的姿势就直接抹杀了这个概念；说她英姿飒爽，可人家的身材偏偏有一种宫廷宠妃的姿色。

无论怎么定义，安晓天都感觉这个女人非同一般，恐怕来历不浅。这里毕竟是拥有全国最强特种兵部队和最绝密军事科技的军事基地，安晓天相信自己没见识到的东西还多着呢。

“大美女啊。”安晓天作为前排列兵，看得最清楚。

“不行不行，不能这么想，我可是有妇之夫。”安晓天刻意眨了眨眼睛，警告着自己。

“好了，新兵蛋子们，人我请来了，至于能不能好好学，就看你们造化了啊。”

张教官扭过头，向这位女人交代道：“乔安，好好折磨一下他们，他们没见过的世面太多了呢。”

乔安点头示意，稍微扬起了点脸庞，迅速审视了一眼包括安晓天在列的前排兵，似乎是在用眼神给他们一个下马威。

几十双眼睛顿时惊惧万状地盯着这个女人。

"好了，解散！"

转眼就到了饭点，安晓天和他的室友们坐在一起啃着馒头。安晓天忍不住了，凑过去好奇地问："这女人是谁啊？她刚刚一句话没说，气场比张教官还大！不好搞啊。"

他的室友小吴听了，立刻将嘴里的面团咽了下去，露出憨厚的表情，操着一口广东话给安晓天科普道："不知道了吧？我跟你说，这个叫乔安的女人，说得谦虚点，是全中国最厉害的狙击手！她带领团队蝉联四届'狙击手冠军杯'冠军，击毙过包括蝰蛇组织在内的犯罪头目 12 人，这叫让人一个服气啊！"

安晓天还以为他说完了，刚想表达些惊叹词，结果小吴居然拍着桌子继续说道：

"不止于此，她可是十八岁时参加过香港小姐海选啊，那身材！那脸蛋！乔安那性感的身姿，没有男人会拒绝的！据说她刚进兵营的时候，整个军事基地都成了相亲现场了！哎，不说了，老子今晚要做春梦了，嘶——"

小吴活泼可爱的样子本来就惹人喜爱，再加上他张口就来的谈吐能力，逗得安晓天等人纷纷放下筷子，哈哈大笑起来。

"哎，不过。"小吴突然凑上前，头伸到了桌子上方，其他室友见状，也争先恐后地凑在了小吴脸边。

"我刚刚好像听说，很多人对张教官这次安排很不满。总的来说，就是……好像有人不服这个乔安。"小吴悄悄地嘀咕着，手挡在嘴边跟室友们说道。

"嘀，是骡子是马，拉出来遛遛就知道了。"安晓天不以为然地率先靠了回去，"这里可是全国有名的'士兵熔炉'，谁要是不服，就拿拳头说话咯。"

桌上突然没声音了，安晓天夹起一口咸菜，疑惑地抬起头，几根没入嘴的菜根还在上下晃动着，像只兔子般机警地分析着室友投来的眼神。

"呃……我没说我要去打，对吧？"安晓天摊开手，无奈地耸耸肩。

很快，又到了每天熟悉的训练时间。

"集合！"乔安洪亮的声音响彻着整个训练场。士兵们立即从训练场四面八方跑来，火速集合在了一起，等待着教官的指令。

"第一项，负重跑步 3000 米，立即开始！"

这是大家习以为常的训练，然而今天众人散开去拿负重物时，右边突然传来一声极具挑战口气的声音。

“报告！”

“讲！”

“我想跟您切磋一下！”

大家一下子都放下了手中准备背在肩上的东西，齐刷刷地看着这个健壮无比的黑大个男生。

乔安的眉头微微皱了一下，背着手缓缓走到他面前，面无表情地仰视着他。

“你为什么要提这个要求？”

“报告！”

“讲！”

“我们堂堂特种部队，为什么要听一个女人指挥！”

“这……”安晓天都看呆了——这家伙自己认得，这位大壮可是这一届新兵里出了名的力大无穷，而且在入伍前就学过巴西卡波耶拉踢术，也因此，他一直是冲击新兵整训考核最佳士兵这一位置的有力竞争者。

不过，安晓天虽然力量不如他，但在综合评分上可从没让任何新兵超越过，包括他。因为安晓天就是这一届新兵的最佳成绩保持者。

在大壮面前，乔安这身形，感觉只配给他举重用啊。

“好，来，出列！”乔安不动声色地说。

“糟糕，”安晓天看着这个大壮。“要出事了。”

不出他所料，只见乔安一记侧踹毫不留情地踢了过去，大壮竟然还稳当地招架住了！

乔安看了他一眼，而大壮看准时机，居然猛地弯腰下去，以手掌为支撑，整个人像一座拱桥，大腿已经拔地而起，直接朝着乔安的下颚踹去！

而乔安何等反应？面对巴西战舞是没有弓身躲避的机会的，她干脆身体向后仰起，整个人一个空中翻滚，借势在地上一个侧滚翻，几乎是一眨眼的工夫，乔安全身就像弹簧一般站了起来，来到了大壮的侧面。

安晓天大吃一惊——从空翻到落地翻，再到弹射起身，更细节的是，一般人都只能往后闪躲，乔安闪躲的瞬间还改变了方向，翻滚到了侧面！

这种技巧，到底是多熟练才能用得出来？

大壮根本没有反应的时间，他所精通的巴西卡波耶拉踢术，进攻性极强，突出讲求"致命"的背后，就是这种踢术的短板——容错率较低。

大壮对自己出腿的速度非常自信，很可惜，他面对的是全世界都出名的特工、狙击手——乔安。

乔安丝毫不留情面，直接高高跃起，以他格挡的手臂为借力点，竟然将自己全身拉上了与大壮头部平齐的地方，随后两腿直接夹住大壮的脖子，带着他原地一个三百六十度转圈，将其狠狠地摔在了地上。

被放倒的大壮还想站起来，但是乔安已经一个鲤鱼打挺跃起，一脚死死踩住他的脖子，疼得大壮嗷嗷直叫。

"巴西战舞，练得还算看得过去。继续努力。"乔安松开脚，冷冷地说。

两个好心的小伙子赶紧将他扶起来，缓缓回到队伍中。

"去检查一下，身体有问题我会出钱！"乔安对着那个人的背影喊。

只见一个个小伙子们呆若木鸡，面对眼前这位大美女是吭都不带吭一声的。最后还是安晓天机灵，率先背起行囊与步枪跑了起来，其他人也跟着他开始跑了。

乔安赞赏地看了安晓天一眼。

"哈哈哈，乔安姐好身手啊！不过欺负新兵蛋子，这可不是你的作风哦。"乔安回头，秦伟山笑着拍手，走了过来。

"哼，那个小子，是真不知道天高地厚。这种性格的人，八成都是富家豪门出来的，就该好好教训一顿。你说是吧，伟山？"

"诶？！"秦伟山浑身一抖，把头扭向一边："呃，今天阳光真好啊，啊哈哈……"

他当然忘不了他和乔安单挑的战绩。

秦伟山的父亲是一个拥有上亿市值的商人。但秦伟山并不稀罕他老爸的钱，他的梦想，就是当兵。

他差不多和乔安一届进来的，喜好武术，至少除了乔安，没人能在这里和他五五开。他俩可以说是刚见面就熟络了，不管是报国参军的想法，还是在军事上的天赋，两人几乎是一模一样。

脱颖而出的两人，现在只接手全国针对"蝰蛇"组织的打击，以及一些境外的维和行动。时间久了，几乎是搭档般的关系了。

望着新兵们跑进了训练道，两人也闲聊了起来，然而才几分钟，乔安的通讯器却响了。

"你好，王将军……好，我这就叫他回来。"

秦伟山一脸疑惑："咋了？"

乔安没回答他，而是将通讯器的号码拨向张教官。

张教官还想着开完会去车上补个觉哩，会议开到一半，他悄悄出来接通了乔安的电话："喂？"

"王将军让你开完会就赶紧回来，有情况。一会儿我让伟山把文件发你。"

"那……"

"嘟，嘟……"

"他奶奶的！"

开完会，张教官只能骂骂咧咧地上了车，飞驰而来。他一路都在疑惑，到底是什么文件能让王将军都这么着急？

可是当他回到基地，停下来翻看秦伟山发来的电子文件时，不禁皱起了眉。

晚上 7 点

"集合！"

正在做仰卧起坐的小伙子们赶紧站成一个方队。

"首先啊，恭喜各位！你们啊，也有任务了！"

这次，有新兵忍不住扭动了一下脖子。

"别瞪着个狗眼！我说真的，这不是演习！老兵们都去执行打击蝰蛇的任务了，要不然还用得上你们这帮小兔崽子！"

"话不多说，在生风村，有村民举报，近几天总是有奇怪的身影在林子里出没，还有人举报说看到有持枪者在山里活动。警方派出无人机，捕捉到一个巨大的虚影，但很遗憾，无法判定是什么。"

"无法判定？"安晓天感到很奇怪，还有军方科技都判定不了的物体吗？

"警方怀疑是蝰蛇组织的活动，强烈要求军方予以配合侦察。注意，只是侦察，不到必要时候千万别开火！你们还年轻，我可不想让你们出事。今晚 1点，准时出发！解散！"

夜晚 1 点

悬浮机将新兵营的士兵们载了起来，出发了。

他们是距离生风村最近的驻扎部队，其他最近的军事基地赶来协助的话，少说也要等一天。张教官坐在安晓天旁边，紧蹙着眉：自从看了任务情况后，他越想越怕，万一遇到摩擦就发生什么交火，秦伟山自己还有任务在身来不了。全是新兵，而且这次面对的，他甚至不能保证是不是人。

拍着安晓天的手背，良久，张教官一改之前严肃的神色，轻轻叹了一口气："晓天，我很担心这次任务……"

"放心吧，教官，侦察而已，出不了事。"安晓天笑笑，不以为然地说。

"不。"张教官将秦伟山发给他的照片递给安晓天："热源显示器里，这些人都很高，而且体温都不正常，40℃左右。"

接着他又翻开一张照片："这个人，只有一只眼睛。晓天，我是真的担心你们，特别是你，你是我的得意门生，我不希望我的雏鹰还没起飞就断了翅膀。我不想扰乱军心，但我是真的担心你。""我给你看的意思就是……保护好自己。"张教官拍拍他背着的军用背包，低下头。

安晓天一看，模糊的照片中，这个人一身浅黄色，正盯着这个无人机摄像头。而他的眼睛，长在面门中心朝上的地方。

安晓天顿时倒吸一口凉气，一种恐惧感涌上心头。他望向窗外，希望人间的温暖能给自己一点慰藉。

沉睡的小城依旧灯火通明。他又想起了自己的女朋友杨梦。

"这时候，她应该睡着了吧。"他拨弄着自己防弹衣上的拉链，回忆起第一次与杨梦共枕时，自己轻拢起她的发梢，望着她熟睡的脸痴痴地出神。

5."所有人，往后撤！"

几架悬浮机悄无声息地停在山的南侧的一块空地上。上面的士兵们陆陆续续地从机上跳了下来，很快排成一个方队。

集结完毕后，安晓天和队友们这次算是真的大饱眼福了：乔安叉着腰和张教官站在士兵们面前，一身黑色连体衣，披着一个浅紫色胸甲和同色的战斗紧身短裤，就连她的战术头盔都是紫色的，而且看得出来科技含量不轻。乔安余下的腿部全都由黑色包裹着，曼妙的曲线一览无余。连体衣将如苹果核一般的腰勾勒得淋漓尽致，再加上这一双颀长匀称的长腿，这已经很女人味了，然而乔安还偏偏有一副令男人倾醉的脸。

安晓天实在是想不通——有这容貌为什么不去当模特啊？

他听到一旁的小吴咽了下口水，不禁笑了一下。随即乔安敏锐的目光就立刻在探照灯下向安晓天投了过去，安晓天赶紧憋住，继续盯着前方。

"按照在机上的安排，一会儿分成3组，每组15人，一组由我带队，从中间路进发，前往山顶先俯瞰一下情况，另外两队在没接到我的信号前，千万不要越过我们事先约定好的暂停线。"

张教官还是不安地看看黑黢黢的山顶。

"另外两队，分别由乔安和安晓天带队。乔安一队从左侧进发。安晓天，你们从右侧山路前进就行，时刻观察我们两队的动向，不要超过我们的搜查进度，更不要离我们太远。"

"记住，我们三个队要互相照应，一旦有情况，第一时间联系，尤其是安晓天一组，千万小心！"

众人手腕的通讯器发出了振动声，队员状态已经全部在线了。安晓天看了看后放下手，他知道张教官为什么这么强调自己的小队，自己只是一个新兵，要不是迫于任务需要，张教官绝对不敢分一队新兵自行行动。

"好了，你们每个人的生命显示仪已经有了标号，寻找相应的队友，组成小队，准备出发！"

战舰中

"埃克顿大人，我们已经在山里搜寻了 7 遍了，纳尔斯估计已经……离开这里了。"一个士兵半跪在埃克顿面前。

"嗯……"埃克顿沉思了一会儿，"那你觉得，他能躲到哪儿去呢？"

"最坏的可能，就是……"

"完成了契约？"埃克顿转过身，巨大的眼睛盯着这个士兵。

其实埃克顿心里早就有这个猜测了。

士兵慌忙又将头压下去了点："是……是的。完全有可能。"

埃克顿刚想说什么，眼前的地上突然照射下来一幕光影，埃克顿转身，看见战舰上的监测屏幕突然自己亮了起来。

一般监测屏幕不会自己亮的，除非，是真的有异常。

埃克顿走回舰桥的驱动中心，示意手下让开。他凑上前仔细看着，看不出有什么异样，又放大了十几倍拖着图片四处寻找着，最后在图片的右上方，模模糊糊看见了一个从林子里冒出头的小望远镜。

"呦，来客人了。"埃克顿嘴角微微一勾，"置换钢甲层里的材料，开启光反射！第一次见面，形象得先让人看看。"

"安晓天一队，往我这边靠拢。乔安一队，继续前进 300 米后沿树丛趴下，完毕。"这是安晓天一队听到的最新指令。

"再往前 300 米……"安晓天看着地形图，"那他们将在山脊处的这片树林里趴下，这里视野很好，敌人在山脚，应该是察觉不到他们的。"安晓天简单地给队友们分析着，带着小队朝张教官的实时定位前进。

潜行了大概十几分钟，所有人的通讯器都振动了一下。安晓天确认地形安全后，打手势让队友们停下，打开联络面板。

"敌人戒备很严，你看，这两边的巡守戒备的士兵，包括草丛里的，不会少于 40 个，而且有先进的武器装备。如果戒备的人手都这么多，我建议立即让三队会合，重新商议计划，地点还是悬浮机的位置。"

乔安将自己战术头盔里录下的观察视频发送到了面板里，顺便附上了这句话。

乔安发完信息，眼前的淡黄色战术目镜再次拼合后，干脆选择接入全队频道进行实况共享。然而通过她放大后的转动观察，一个微小的反光点吸引了她的注意。

"这是什么？"张教官也注意到了，通话问道。"镜子……不对，瞄准镜？"乔安作为狙击手，第一个想到的反光物就是这个。

刹那间，张教官有些担忧地看着右下侧的山林，不祥的预感油然而生。

从位置上看，现在三队中，张教官一队站在以山顶为二维坐标中心的 10 点钟方向，安晓天一队现在潜伏在 3 点钟方向。

而现在最危险的，就是乔安一队，他们聚集在一起，不偏不倚地潜伏在十二点钟方向，而且与另外两队形成了一个倾斜的等腰钝角三角形。意思就是，乔安一队是距离最近的，也是地势最低的。张教官一队其次，安晓天一队地势最高。

安晓天带着望远镜东看看，西看看，一个队员凑过来问："队长，咱还要在这待多久？"

安晓天摇摇头："不对劲。"

"怎么了？"小吴问。

安晓天把望远镜摘下来给他，指给他看："你看，西边有十多个士兵，东边有二十多个，但他们好像接到了什么指令一般，全都在向战舰下方靠拢。"

小吴环视的脑袋扭到右边时，突然压着声音惊叫道："天呐，这个人怎么只有一只眼睛？！"

安晓天拿过来一看，没错，这就是那个张教官给他看的照片上的人。

安晓天自己也不由得捂起嘴，任由牙齿打着架。

四十多个敌人已经集结完毕，那个独眼人好像在说着什么，然后，将手一挥，非常果断，似乎对自己的命令非常自信。

一瞬间！一颗蓝白色的类似流星的东西从战舰顶部飞了出来，径直飞向山顶上方，爆炸开来，整座山顿时如白昼一般亮了起来。

"照明弹！"安晓天惊呼。

这真的是名副其实的照明弹，简直就是一个人造小太阳，在空中烧了整整数十秒，而且亮度极高。接着，那边的战舰居然发出了肉眼可见的扫查波，从东侧一直扫到了西侧。

这个扫查波似乎是人为设置了扫查区间，安晓天一队几乎是看着这个波从眼底流过去的。

双重确认后，那四十多号人立刻开始了冲锋，直朝乔安一队扑来！

"所有人，往后撤！"

三个队都听到了乔安下达的命令。

紧接着一道流弹飞向山顶，炸出一圈幽蓝色的火焰。

"请求支援！S 市军方，请求支援！坐标（8.644,12.028），如无人手，请求烈鹰支援！"

越来越多的流弹飞向山顶，安晓天一看生命显示仪，已经有三个战友的变成了灰色，一个是张教官的队员，另外两个是乔安的队员。

"怎么办？"安晓天一队的士兵们纷纷将目光投向了自己的小队队长。

安晓天握紧了拳头，他没有表现得像其他新兵那样紧张，他整个大脑在飞速运转，开始镇定地向队友们解释自己的思路："大家刚刚应该也注意到了，敌人的仪器没有探测到我们，所以我们现在没有受到火力打击。"

"我知道大家在想什么。"安晓天扭头，严肃地望着队友们。

"没错，我们可以离开，但是我们是军人，中国军人！现在我们的战友，生命危在旦夕，誓死守护、生死与共，是军人应有的气魄！你说你害怕，想当逃兵，可以，我也拦不住……"

说着，安晓天拉动了步枪的保险栓，"怕死的赶紧滚！因为这里，将是我们的主战场！"

"明白！"士兵们洪亮的声音如同宣誓，没有谁站起来逃跑的，一个个拉动枪栓，随着安晓天一路急行，前往接应处境最危险的乔安一队。

"就快到了，兄弟们，给我把瓦姆勒人统统灭口！"一号兵说。

"小菜一碟，我们都征服了整个库姆勒，还怕他们？"二号兵大笑说，然后，一声枪响，他应声倒下。

乔安的扳机没有停止，从她枪里射出的子弹就像是装了热跟踪仪一样，被她瞄上的敌人只有丧命的结局。

"乔安，别打了！立刻撤退！"张教官靠在一棵树后，身边又是一颗流弹爆炸，他赶紧抬起手臂挡住飞溅起来的土块，同时盯着乔安一队与自己越来越近。

"嗯？！"

张教官注意到了安晓天一队的位置。

"安晓天！你这杂碎在干什么！立刻撤回来！"

"安晓天！听到没有！你奶奶的！把接听器打开啊！"

张教官绝望地对着屏幕大吼，一拳打在树干上。

安晓天全队队员都关闭了接听器，挡在了冲锋的敌人和乔安一队中间。

"给我打！"安晓天靠在石头后边吼了出来，说着一颗手雷扔了出去，又炸飞了几个内质人。

内质人当然也不是吃素的，赶紧各自找好掩体，开枪射击。

顿时，枪声响彻了整个山谷。小吴躲在一块小石头后面，拿出一个新弹夹，冲着安晓天说："晓天！这场仗打完，老子请全队人吃饭！"

"好！"安晓天答应着。

结果，小吴刚探出头，一颗子弹正好飞向他的脑门！

"不！"安晓天大叫一声，一个侧滚翻滚到石头后边，将小吴拖到了石头后边。

"小吴！你大爷的刚刚还说请咱吃饭啊！你，别……"安晓天带着哭腔，胸中的悲伤如决堤了一般奔涌而来。安晓天颤抖着手，合上了小吴还透着惊讶的双眼。

安晓天捡起小吴的枪，抱住他的尸体，脸颊贴着小吴的头发咬牙啜泣起来，看着自己的战友被当场击毙，哪个新兵承受得了这样的打击？火光沿着他的脸颊擦边而过，落在地上燃烧着，却怎么也烧不尽安晓天的悲痛与怒火。

"队长，我们撑不住了！"

"队长，他们在往上进攻！"

"你们先撤，我来掩护！"安晓天毅然抬起身子举枪射击。其他战士纷纷站起身，一边往后撤，一边举枪射击。

但暴露后的新兵们哪里是内质人的对手，如同靶子一般纷纷倒下。

"别打了，快跑！"安晓天干脆站了起来，恨不得所有子弹都往他身上打。

"快走啊！快走啊！"他推了旁边的士兵一把，赶紧闪到一棵后面躲了几枪，在树后面大吼："你们有本事杀小吴，为什么不杀我？！"继续回身持枪射击。

火舌宛如他的愤怒，向内质人倾泻而去。

"乒嘭"！

一颗球落在他脚边，安晓天一惊，赶紧一脚踢开，同时往旁边一跃，但炸弹的震荡波终究还是炸飞了他，安晓天顿时感觉昏天黑地，滚下了山坡。

这坡少说也有 50 米长，安晓天怎么努力停下都没用，最后狠狠地撞在一个树桩上。

"啊！"安晓天惨叫一声，他的手臂撞在了树干上，让他痛不欲生。

安晓天刚站起身，就看见两束光照了下来，"完了，看来今天是要死在这里了。"安晓天绝望地闭上了眼睛。

说那迟，那时快，安晓天居然感觉到一股力量将他拉向一边的树后面，而几颗子弹正好落在他原来的位置上。

安晓天一看，一个蒙面黑衣人跟他比了一个"嘘"的手势。

"交给我吧，你快从左下方跑，那边正好是下山的口子。"安晓天顾不得多想，迈开腿就往那边跑。

两个月质人士兵慢慢地靠近树干，一瞬间，一道黑影飞了出来，停在半空中，一道刀光落下，一人应声倒地，接着一个侧身，直接转到第二个士兵身后，没等他叫出声，就是一记漂亮的割喉。

"两个废物。"那个黑衣人自言自语道。

"砰"的一枪！

那个黑衣人的腹部被击穿了，蓝黑色的鲜血溅了一地。

埃克顿从树林里走了出来："哈哈哈，我是真没想到，纳尔斯，你会蠢到为了救一个瓦姆勒人而不惜暴露自己。"

纳尔斯挣扎着往前爬出几步，就被雷眼掐住了脖子，用他巨大的眼睛盯着纳尔斯，"跟我回月球吧，宝贝。你可知我为了找到你费了多少心思！"

话音刚落，又是"砰"一声枪响！

但这一次，来自左下方，正好打在雷眼的太阳穴上。

但雷眼只是晃了一下，扭头看向了安晓天。

是安晓天，他听到一声枪响，立刻意识到自己的救命恩人有危险，赶紧又跑回来支援纳尔斯。

可是安晓天见他没死，一脸疑惑与惊恐。

雷眼放下纳尔斯，大吼一声，朝安晓天冲来。安晓天慌乱中掏出一颗急爆震爆弹，朝雷眼扔了过去。

"别扔这个！"纳尔斯大喊。但一切已经晚了，震爆弹立刻爆炸，炸飞了雷眼和安晓天。

雷眼晃晃头，又站了起来，发了狂似的再次朝躺在地上一动不动的安晓天冲去……

“嗯？！”

在纳尔斯惊异的眼神中，一个机甲从天而降，巨大的冲量在地上炸开，将方圆五米的枝叶全部掀上了高空。随着一声金属落地的沉闷巨响，装甲上的灯光旋即在黑夜中亮起，头部的橘黄色视窗乍现出一丝寒芒后，他的手臂里竟抬出了冲击发射器，一道赤红色的冲击光束随着机械变形的声音即刻射出，直接将雷眼推出十米开外。

硝烟中，黑衣人看见这个装甲战士回头抱起安晓天，展开翅膀，向天空飞去。

等雷眼摇摇晃晃站起来，才想起他真正的猎物。他跑向树干后，发现纳尔斯已经不在了。

雷眼气得朝天怒吼，这一嘶吼，连树上的枝叶都在为之颤抖。

6．"你还好吗？"

"我听到一声老响的叫声嘞！那声音，骇得我一整夜都莫得合眼嘞！我就瞪着个眼，落汗落得，那腰都在抖！"

这位大概耄耋之年的羸弱老头，看着矮小，而面对记者的镜头，右手握着的拐杖却是一个劲地往水坑里"乓乓"敲着。

村里的魏大娘对记者眉飞色舞地叫喊着，好像昨天的事件是她一手策划的一般："我看到一个会飞的人，他就从天边飞来撒！然后……喏，那边的山腰子，看到没？他就怼着那里俯冲下去，一顿扫射！我是真见识了，这纯纯就是小母牛上天了呀！哦对！他甚至还抱了个人出来，我亲眼看见的，真的！"

魏大娘沟壑纵横的蜡黄脸一个劲地往摄像头前凑着，整个直播屏幕里全是她的大脸和口水，无奈地摄影师只好往后退去，结果一脚抵住了什么。摄影师回头，发现脚跟正好撞在一个少年落下来的鞋边。

摄影师赶紧赔笑起来，而刘宣也大度地摆摆手，微笑了一下表示理解。

"枪声弄得我和我妹都没睡好，我妹一直在哭，我也好害怕。"

……

因为与神秘敌人的交火，生风村一下子就蹿红了，成为全国关注的焦点。本来就很窄的一条道路，被各种车辆和设备挤得水泄不通，人想通过都是一个问题。

刘宣左躲右闪，在这架满先进设备的世界里蛇皮走位，生怕一个不小心就让自己下个月的生活费领了盒饭。

不过，魏大娘口中的会飞的人，勾起了刘宣的遐想："肯定是什么高科技啊，从来没听说过。"

"宣儿！"

"啊？哎！"刘宣如梦初醒，往邻居家二楼望去，李叔叔探出个头，下雨了，估计是在收木具。

刘宣本能地把怀里抱着的药物和饭盒往另一边缩了缩。

"中午了，要不来咱家里坐会？"李叔叔热情招呼的同时，往刘宣去的方向瞄了一眼。那边走过去，要么去桐村，要么上山。

"呃……太客气了，李叔！我去桐村给室友送个东西！改天来！"

刘宣的室友都是城里人，哪有桐村的。他只是急中生智，随便拼凑了个理由。

"好嘞！注意安全啊，小子！"果然是看着刘宣长大的叔叔，对他的话居然深信不疑。

刘宣比了个"OK"的手势，尽量压着脚步快走起来。

"但千万莫挨山上啊！最近也真是，闹得人心惶惶的。"李叔叔还是不放心地朝刘宣的背影喊。

刘宣确认自己被拐角口的大槐树挡住后，立刻跑向了山路。他可不在乎什么危险，他现在担心的是自己新认识的奇怪朋友。

顺着之前上山祭拜的路线，好不容易抓住了洞口的岩壁，刘宣望望四周的草木，往洞里轻轻地喊道："纳尔斯？"

声音在山洞深处的黑暗回弹着，撞击着，很快又陷入了沉寂。

刘宣的心一下就被揪了起来，他试着一脚踏了进去，鞋底挤压小石子产生的"咔嚓"声，是鼓舞刘宣走进黑暗的唯一号角。

"纳尔斯？我……带饭来了。你肯定很饿吧？"

望着洞里的黑暗，刘宣不禁打了个寒战，整个身子都缩了起来。

"你在吗？我是刘宣啊。"

里面太黑了，黑到刘宣因为方向不清走歪了，很快，他右手食指的关节触碰到了什么。刘宣发现有些端倪，右边的石壁上怎么会有一块大泥巴嵌在最底下呢？他记得自己第一次来到这时，还没有这东西。

他弯下腰，试着抠了几下，发现手指居然奈何不了这泥土块。刘宣更加疑惑了，往上面敲了敲，里面居然传来了金属特有的闷响。

刘宣突然有了个大胆的猜测，他将耳朵贴在了泥土壁上，询问道："纳尔斯，你在里面吧？我是刘宣。"

果不其然，里面立刻有人回应道，但也许是厚度问题，声音很微弱："你往三维印泥的中心摁一下，就可以了。"

"什么什么泥？"刘宣的脑袋里第一个跳出来的是橡皮泥，犹豫了一下后，将食指摁在了中心处。

这块泥土的中心旋即绽放出蓝色的波浪形影像，照在刘宣的脸颊上，似乎是在等待授权。等刘宣再去尝试挪动时，这块泥巴竟然像塑料袋一样，脱离刘宣的手后就缓慢飘落在了潮湿的碎石地上。

刘宣扶着泥土壁向里面张望着，一滴水珠冷不丁掉在了刘宣的额头上，吓得刘宣又往后缩了几步。

刘宣望见深处有一双时明时暗的小月亮，勉强照耀着这个黑暗的避难所。一丝不好的预感涌入刘宣的心房，第一次和纳尔斯见面时，他眼里的光，比现在闪亮太多了。

倚靠在土壁上的纳尔斯看见刘宣扔下装着东西的塑料袋就朝自己跑来，赶紧把歪着的脑袋正了正，同时悄悄地将手掌盖在了腹部左侧。

"不是吧，伙计！"刘宣蹲下来，握住纳尔斯放在腹部的手臂问道，"你还好吗？"

"我……好得很。"为了向刘宣证明自己一切正常，纳尔斯抓着旁边的石头就想把身子直起来，但是他现在已经失血过了，突然直立导致他供血严重不足，差点就昏厥了过去。

刘宣赶紧上前扶住他，带着他缓缓坐下，问道："别逞强啊！到底出什么事了？"

虽然刘宣不希望如他所愿，可是纳尔斯无意间撒开的手，已经将他的伤势暴露给了刘宣。

"天……"刘宣看着纳尔斯腹部巨大的伤口和里面的胶质填充物，心如刀割。他确实认为纳尔斯是朋友，但是昨晚的交火死亡事件，很难不让他怀疑起纳尔斯。

"跟我说实话，昨天都发生什么了，你是不是参与进去了？"

纳尔斯无奈地叹了口气："是……他们把整个山用照明弹打亮时，我觉得我要出事了，赶紧拿上装备，但是山麓那边居然交火了。因为不熟悉地形，我一路躲躲藏藏着，头顶不知什么时候传来爆炸声，就看见一个影子从山上滚落下来，摔在一个树桩上，这个时候我才意识到他们不是在找我，可我不忍心看着这个士兵惨死，帮他解决了追杀者。然后……就，就逃回来了。"

"你别骗我，你身上的伤是怎么回事？别捂着了，我看到了。"刘宣的眼神里有些警惕。

纳尔斯只能放下手，说："呃，咱们先吃饭行吗？我饿了。"

打开饭盒，一股喷香扑鼻而来，"哇塞，好像还可以啊。"纳尔斯说着，伸手就往里面抓起一口菜。

"哎……"刘宣欲言又止——也许在他们的星球不流行什么餐具吧。他看看从塑料袋里掉出来的那双筷子，撇撇嘴。

"土豆牛肉、红烧鳕鱼，还有——包心菜。希望你还吃得惯。"

刘宣介绍着，谁想纳尔斯一口鱼肉就塞进嘴里。

"哎！小心刺！"

"这个？能吃啊。"

纳尔斯把一根连着肉的刺放到嘴边给刘宣瞧，放了进去。

刘宣看呆了——好吧，他不是地球人，谁知道他的身体构造是咋样的呢？

刘宣静静地等他吃完，直到纳尔斯吃得连汤都不剩后，刘宣迫不及待地想提出问题，但对方率先开口了。

"这么跟你说吧，刘宣。我看得出来，你怀疑我昨晚参与了杀人。但已经不重要了……因为你可能，要和我分别了。"

"啊？你要回月球了？"刘宣特意往洞里看了看，以为有什么载具。

"不是。"纳尔斯非常仪式感地将饭盒一个个扣好，叠在了一起。

"12 小时后，我会死去。"

"呃……啊？！"刘宣震惊。

"所以，好好珍惜我们在一起的时光吧。"纳尔斯边吐着气边说，随后闭上了眼睛，整个山洞便陷入了墨黑色。

"嘀。"刘宣望着黑暗里的纳尔斯，"我知道你在吓唬我，对吧？你的腹部有填充物，应该……"

"吼吁。"纳尔斯又吐了口气，刘宣可以想象出来，他应该是在不屑又有些无奈的尬笑。

"你们瓦姆勒科技跟不上咱们这个星域的发展速度，也不能说你无知。这个填充物，只能用来止血，最长的有效时间就是 15 小时。3 小时前我从医疗箱里找到了凝结剂，为了就是能再见你一面，至少让我死前，有个说话的人陪陪，可是……也不能怪你，我们才认识了多久？不能怪你。"

"连着两个'不能怪我'？"刘宣的心瞬间软化了。

纳尔斯没有哭嚎大闹，他现在就是一个垂危的老人，平静地等待解脱。

他悲怆的语气，听着像是在安慰刘宣，其实他是在安慰流浪异星、无家可归还战败的皇室王子——自己。

"我……我错了好吗？我相信你。求求你，求求你睁开眼睛。"刘宣咬着牙蹲了下来，用指尖在黑暗里摸索着。

"不，不是，我们才认识多久啊，我没有几个朋友，我不希望我们会这样分开，求你了，我，我不想失去你……"刘宣自己却像个小孩子一样，泪水不断地往下掉。

他说的都是实话——这个世界除了母亲和安晓天，没人愿意冲他笑得那么无邪了。

刘宣后悔莫及的眼泪一滴滴地落进了纳尔斯一直以来被战争摧残的内心。他睁开眼，用眼里的月光照耀着跪在地上抽噎的刘宣。"别哭啊，多点戒备心很正常，你没错。只能怪我太大意了，没有注意到身后的雷眼，敛萨要是下令击毙我，我已经死了。能与你走完最后的十二小时，是我的荣幸。"

"肯定有救的！我这就去……"刘宣爬起来想出去，却被纳尔斯一把抓住了手腕。

"不为难你了，瓦姆勒估计没有。即便有，你应该也带不回山洞吧。"

刘宣沉默了，他红着眼看着纳尔斯："那我是要看着你死吗？"

"也许吧。"纳尔斯又一次闭上了眼睛。

"也许？"刘宣似乎看到了什么希望，干脆坐在了纳尔斯身边，"那就是有办法，对吧？"

纳尔斯迟迟没有说话——确实有，但是他不想为难这个年轻人，因为刘宣本就应该平平安安。

"可是，如果他同意……"

纳尔斯回想着自己被"禁区"特战队送上逃生舱时，他们毅然决然地拉上舱门，朝自己惨然一笑……

"说吧，我愿意，我真的真的不想失去你。"刘宣说。

纳尔斯看着他，眼里也沁润了起来。他深吸一口气，努力睁大眼睛后，拿起一根树枝，开始在地上画着："数百年前，我们的祖先终于揭开了"甲米"的秘密，即灵魂。"

"灵魂是真实存在的，它可以离开躯体，来到另一个躯体，甚至，可以在同一个躯体中，同时存在两个灵魂。就是看清了这一点，我们的念法者们在原本的法阵基础上，建立了一种新的魔咒——灵魂契约。"

一边说着，纳尔斯的手已经握着树枝来到了刘宣身边，心里默诵着法阵里的词。

"它允许一个躯体中的灵魂接纳另一个灵魂，成为所谓的双灵人。但这个魔咒的实用性太好，有了它，基本就意味着可以实现死者复生，为战争服务的潜力巨大。因此这个魔咒的学习，被严令只能在皇室中的直系血缘传播，而且，必须是主和派。"

"传言说，只有交出灵魂的一方拥有纯洁的正义感，而受约方是自己心甘情愿共享躯体，受约方的灵魂才会尽可能全力以赴的接纳对方。而你，能接纳我的灵魂吗？"

说罢，纳尔斯已经在他自己周围的一圈画上了咒语与一些刘宣看不懂的图案。纳尔斯扶着泥土壁，微微弓着身子，用严肃的目光看着刘宣。

刘宣没有回避他明亮的目光，坚定地回答："能！"

"可你要记得，我是被追杀的人，我不想让你被牵累，你能明白我的担心吗？"纳尔斯希望刘宣听到后果能果断拒绝，稍微犹豫一下也好。

然而大吃一惊的是，刘宣居然冲了上来！

"相信我，纳尔斯。我愿意为我的朋友付出一切。"

纳尔斯长叹一声，轻轻推开了刘宣："既然你……唉，你再想想吧。这是会改变你一生的问题。"

"那我问你。"刘宣望着纳尔斯。

"当你垂垂老矣时，你会因为自己曾经心甘情愿做的事而后悔吗？"

纳尔斯沉默了。

"我的家已经……缺了一个了。因为我的无能，我的软弱。我要再往后余生中无数次惊醒的夜里痛哭流涕，值得吗？而你作为国破家亡的君主，是被奴役的子民们唯一的信仰，唯一的救世主！你，你觉得你现在死了，值得吗？"

没等纳尔斯回应，刘宣自觉地站到了他的法阵里。

听罢，纳尔斯狠下心，松开了拳头，开始默念咒语。

不一会儿，刘宣发现，两人各自站着的法阵中，石块开始在地上播鼓，幽蓝色的微光包围了他们。

渐渐地，刘宣似乎能听到别的声音，好像是有其他人在跟着纳尔斯一起默念咒语，甚至，他看见纳尔斯身后的光芒中，出现了十二个人影。

一段段画面朝刘宣扑面而来，女孩、王国、阳光、战火、刀光、尸海、废墟……纳尔斯一切的记忆都浮现在刘宣眼前。

突然！刘宣感到一阵头晕目眩，胸口像被谁用拳头狠狠砸了一下，他一个跟跄，坐在了地上。

再然后，一切都结束了，只剩下那些土块，还有燃烧后的炽热。

"啪嗒"一声，刘宣睁开眼，一具发黑的躯体倒在了刘宣面前，那正是纳尔斯。

刘宣慌忙起身，却听到耳边传来一个声音："我在这，宣，我们成功了。"

"啊？！"刘宣惊喜地摸了摸自己的脸："你真的到我身体里来了？"

"嗯，从现在开始，我就是你的副人格。我们一起面对未来的风雨。我不想让怀着遗憾死去，谢谢你。"

"从今以后，你将不再是一个人了。"

刘宣站起身走出山洞，看着外面的树叶缓缓地被风拖起。他的嘴角，开始不自觉地上扬，刘宣能感到一阵温暖在他体内涌动着，似阳光，也似时光。

战舰里

"你为了杀一个普通的瓦姆勒士兵把纳尔斯放跑了？！"修煞走上前，一巴掌将雷眼拍翻在地。雷眼站起身，低着头说："对不起，大人，请……请再相信我一次，让我领三百机械士兵，我一定将他抓回来！"雷眼用巨大的眼睛与修煞对视着。

修煞看了他一会儿："那我再信你一回，如果这次出征，你还抓不住他，你就别回来见我了。"

修煞开启时空门，回头说了句："你的眼睛还是跟以前一样丑陋。"说完，便走了。

这话瞬间就把雷眼气得暴怒，他一拳砸在墙上，钢甲墙也被他打出了一个窟窿："他竟然敢说我丑陋！要不是他是我上司，我早就剁了他不知多少遍了！"雷眼紧握的拳头不断地颤抖着。

"但这次请命，我不是没有理由的。纳尔斯再强，他也不过是孤军奋战，能撑到什么时候呢？我与他交过手，他的拳法也就那样。"雷眼自信地撇过头，邪魅一笑。

“包括你也跟他打过，也没见得他有多能打，是吧？所以这次我们联手，纳尔斯插翅难逃。”

身后探照灯下的影子，缓缓地扭曲了起来。

“放心，我不会亏待你的，你也希望纳尔斯能死在你面前，我说的对吧，暗杀之王，纵影者？”

“行了，出来吧，我知道你在我后面。”

接着，就是雷眼的影子扭曲着，站了起来。纵影者从黑色的速写里走到雷眼身边，将自己的影子全部收进手臂里，随后将一块电子屏幕丢给雷眼。

“这是我们士兵的最新情报，你自己好好看看吧。”说完，她就潜进灯下的影子里游走了。

“你敢这样对我！臭娘们！”雷眼叫道。

说着，他打开电子屏幕，照片里，纳尔斯的躯体躺在地上，旁边，是一圈咒语。

“纳尔斯……哼，呵哈哈哈……”不知为何，雷眼笑了起来，他的獠牙随着身体颤抖着，仿佛一只只小雷眼，在肆无忌惮地狂笑。

7."我需要一位接班人。"

又是一片漆黑的夜。

安晓天用手撑住自己，似曾相识的景物再次映入眼帘——一样的草木，一样的烧焦痕迹，以及山头，一样的冲天火光。

"哈，哈……"安晓天半跪起来，身体应该是受到了什么巨大的刺激，心跳开始急剧加速，血液填塞在脸颊，火热得让安晓天坐立难安。

良久，稳住起起伏伏的胸膛后，安晓天迷幻的视线终于清晰起来。

前方，有一个人。山头的火焰，隐约映照出他全身的浅黄色。

"你好。"安晓天走上前问，"请问，这是哪儿？"

安晓天的询问似乎是引爆了什么炸弹一般，话音刚落，山头炸裂开的冲天白焰伴随着大量碎石土块咆哮起来！就像，照明弹！

安晓天终于看清了——

"呃啊——"安晓天失声叫喊着，心中被压抑的恐惧如海啸般卷噬了最后的防线。

那个独眼怪物，一声嘶吼，又朝着自己扑了上来……

"啊啊啊——"安晓天大叫着坐起来，结果接着又是一声"唔啊"，是个女孩子的声音。

安晓天惊魂未定地看着四周，唯独没有正眼看已经贴在自己身上的女孩。

一边是捂着肚子哈哈大笑的刘宣，一边是被安晓天惊扰到后放下手中工作的几位护士。

他又看看自己包扎的手臂——哦，原来都结束了啊……

"安晓天！"

"啊？哎我……"安晓天一个激灵，半个身子往后仰去。

杨梦瞪着丹凤眼，捂着被安晓天撞着的鼻子，整张脸散发着满满的怨气，鼻翼两边的苹果肌因为情绪突然的转折而不断抽搐着。

"是不是外面女人太多了，都不屑于正眼看下坐在你最最最面前的女朋友了？"杨梦一个大嘴巴子扬了起来，但是落在安晓天脸上时，却轻轻地贴了上去。

"你个臭男人，这也要吓我！我……我只想近距离看看你，你给我"咻"的一下坐起来，诈尸啊你！"

"啊啊啊！老婆大人饶命！"安晓天笑着喊道，仍由杨梦捏着自己大半边的脸揉捏着。

刘宣憋着笑打起了小报告："她本来想偷亲你一下的，结果……哈哈哈。"

"你滚蛋！哪只眼睛看到我想亲他的，我就是……"

话未说完，安晓天一把揽住杨梦的腰，杨梦算是直接被他拉上床了，猝不及防地她赶紧用手撑在安晓天的胸膛。

回想着之前发生的一幕幕，安晓天人生中第一次体会到了军人的艰难，也感受到了杨梦成为军人的爱人后，尤其是当得知他参与了战斗，那种彻夜无眠的恐惧，盯着手机里的联系方式迟迟不敢动的彷徨。

经历了生死劫难，人们才会真正懂得亲人"宝贝，能活着见到你真好……"

杨梦一听，一下子就变得乖顺了好多，软软地贴在安晓天身上，亲了他一下："答应我，以后不要再吓我了，行吗？我好担心好担心你。"

"小笨蛋，我这不是好好的嘛。"安晓天刮了一下她的鼻子，两人对视了好久，杨梦"噗嗤"一声，破涕而笑。

"他俩好甜。"纳尔斯在心里跟刘宣说。刘宣丝毫没有防备，说了一句："是啊，真的好甜。"

安晓天和杨梦疑惑地回过头，异口同声地问他："你在跟谁说话呢？"

"啊啊，没有没有，自言自语，嘿嘿……"刘宣有些慌乱地说。

这时，房门自动打开了，进来的正是张教官。张教官像是换了个人，脸色煞白，眼神里充满了忧郁和疲惫。

杨梦赶紧站起来，理了理头发，三人一起说道："张教官好。"

张教官点点头，告诉安晓天："你的左手臂，是中度烧伤，有一块瘀青和一些比较严重的擦伤。医生让你在床上待两天，你就先别乱动了，放心吧，到时候你的训练量会补上来的。修养一个月，应该问题不大了。"

"嗯，谢谢教官，我的战友们，都怎么样了？"

张教官沉默了一会儿，说："新兵营牺牲了 16 条生命，你们小队损失了

10 个人，剩下 5 个，2 人重伤，3 人轻伤，都在接受治疗。"

安晓天想起了小吴，不禁鼻子一酸："对不起教官，我太鲁莽了，妄想着凭 15 个人的力量抵抗 40 多个敌人的进攻，我……"

"这不是你的错，孩子。如果我是你，我也会这么做。你们的英勇壮举，为后方大部分人的撤离争取到了宝贵的时间。"张教官在床边坐下。抚摸着安晓天的手背："是我指挥失误，让你们陷入这种进退两难的境地，这一次我负全责。"

"我无法想象，什么样的人会如此残忍，见人就杀。即便是蝰蛇组织，也没有如此凶悍。还有那个一只眼睛的人，我不知道那到底是什么怪物，也许，我们有新的敌人了。"

张教官看看手表，"时间不早了，该吃午饭了，你们两个，要不要出去吃个饭，顺便帮安晓天也带一份吧，我再陪他聊会儿。"

刘宣和杨梦点点头，出去了。

基地实验室里

良博士穿着一件汗衫，裤腰上插满了工具。他正忙着给烈鹰装甲进行维修。这套红白色的装甲可以说是他花了大半生心血制造的大宝贝。装配导弹、填充能量、色泽恢复、装甲换新……一切工作都由他和他的两个助理机器人完成。虽然事务繁杂，但他干得也是有条不紊。

维修得差不多了，良博士终于坐下来，喝了口茶，点开电视机："在之前与神秘敌人中，我军已正式宣布牺牲了 16 人。据有关人士爆料，这次任务非常危急，危急到军方出动了最新军事武器飞行装甲参与战斗……"

"啧啧啧，太惨了。"良博士端着茶杯，走过去拍了拍烈鹰装甲的肩膀："你可真是立了大功啊，亲爱的……"

这时，门铃响了。"进来吧。"良博士已经猜到是谁了，果然，王将军进来了。

"良木齐博士。"王阳晨将军笑着说："辛苦了，这几天维修很累吧。"

"这个月你不给我加工资，我就辞职不干了。我说你那天开着这家伙闹了多大动静，打掉了 56% 的激光束能量，3012 发子弹，两枚'狼蛛'微型导弹。拜托，这太耗钱了，我半年的积蓄全砸在维修上面了。"

良木齐和王阳晨并排坐下来。良木齐翘起二郎腿，喝了口茶，长叹一声，就像烟鬼吸了口烟一样惬意。

王将军笑笑："还记得吗，当时我们三十多岁时，我第一次开你的原型机，差点把脖子给扭断了。转眼二十多年啦，这东西我也是轻车熟路了。但有句话说得好啊，岁月是把刀子，我之前开着这家伙前往支援时，明显感觉我已经跟不上神经交互系统的处理速度了。"

王将军叹了口气，伸出手掌，好像能隔着空气感受到那套装甲的冰冷一般。

"如今这世道真是越来越乱了，城里有蝰蛇组织作乱，山里有神秘力量徘徊。你知道我想说明什么吗，博士？我们军方现在就缺你这样的科技型人才，科技才是第一硬实力啊。你放心，你花在维修上的钱，我用我的工资和储蓄全额还给你，你的工资我会让总后勤部安排的，只要你能放心工作，我什么都可以帮你做。"

良博士听了，哈哈大笑起来："逗你玩呢，你以为我真在乎这点钱吗？二十年了。咱们的初心是不会变的，不是吗？"

"救百姓于水火之中，扶大厦于将倾！"王将军微微地露出了一点牙齿，拍了拍良木齐。他想起来他和良博士立下的誓言。

过了一会儿，王将军说："我老了，战不动了，那天之后我就，非常累。我觉得，我需要一位接班人。"

"哦？"良博士说，"有人选了吗？"

"有了，但我还没拿定主意……我还有事，先走了。"王将军起身，离开了实验室。

确信他真的离开后，良博士打开屏蔽系统，悄悄拨通了一个加密电话。

"喂？"

"我要的东西，你们都搜集到了没有？"

"早就准备好了。只要你定下时间，我们就来接你。但你别忘了你的东西。我要的是他，不是你。"

"哼，你们说话从来就不尊重人。"

"我说的只是实话。你那是军事基地，不宜多说。七日之内，咱完成交易，谁也不许欺骗谁，懂？"

"废话。"

良博士率先按掉了电话。他缓缓地走到一个实验柜前，挪动开，一件黑色的装甲正摆在墙上。良博士伸手摸了摸它冰凉的胸甲，又将柜子重新摆到原来的位置。

人行道上

刘宣和杨梦一人拎着一袋东西，慢慢地走在大街上。刘宣叹了口气。"怎么了？"杨梦问。

"我觉得你俩，挺可怜的，你看，你和他一年也见不了几次面，你还为他的安危操碎了心。这样的爱情，是不是太折磨人了。"

杨梦笑了："这样跟你说吧，刘宣。从我第一次牵起他的手，我就相信，我们一定能从黑发到白头。爱情是需要付出巨大努力才能获得的宝贝。也许你赴汤蹈火后不会有结果，但你不赴汤蹈火，你连收获的机会都没有。"

杨梦突然扯了他一下，指了指那边的夕阳："你看，好漂亮呢。"刘宣抬头望着城市高楼边缘的地平线，轻轻地点点头，没有说话，他知道杨梦想继续说下去。

"我相信安晓天也是这样想的。爱情让我们为彼此而生死，让我们共享喜怒哀乐，这就是爱的真谛啊。爱上一个人，就不要怕付出这一生，哪怕有一天，他真的要离你而去。我愿意陪我爱的人，走到最后一刻。"

刘宣静静地听着，回忆突然如潮涌般开始翻腾。他想起了初中他曾深深爱过的女孩。他们一起拼车回家，一起沿路玩耍，可是，她上了提前批，像安晓天一样离开了他的初中时光，只留下他一个人，守候着如海市蜃楼般的世界。

刘宣从来没有对她说过我爱你，"但你，会知道吗？涵儿，你在哪里？"刘宣抬起头，那灿烂的夕阳那么壮美，如野火一般燃烧在城市的上空，让刘宣心中那时光边缘始终未渝的爱纵情生长，让刘宣恍惚间，看到了那个叫马一涵的脸庞。

8."从今以后，你就是烈鹰！"

"到了，先生。"

一辆黄色出租车缓缓地停在了医院的折叠门门口。

刘宣关上车门，站起身，用眼睛在住院区的窗户上搜寻着。

他是真没想到，医院外的停车场边，还栽种着槐树和石榴树，而且正值五月，米色珠串般的槐花搭配着喇叭状的橙色石榴花，让医院看上去居然多了几分诗情画意。

这些都是自己村里才看得到的花，刘宣觉得可能是自己来城里的时间太少了。

刘宣的小日子还是挺悠闲的，看望安晓天的路都能被他走成陶冶情操的观花路。

而对躺在床上的安晓天来说，现在好像有点小煎熬。

"服了哟……说好的躺两天，这五天都过去了，怎么还不放我走啊！"安晓天在病房里抱怨着。

他的爸妈互相对视了一眼，最终妈妈还是选择告诉安晓天，说道："孩子，不好意思，是我们叫医生延长疗养期的。"

"啊？为什么？"安晓天大惑不解，"可我还要训练啊。"

爸爸柔声解释道："我们知道，晓天。可是……我们已经一年多没有见面了。哪怕是年夜饭，你也没回来吃……尤其是这次意外以后，我们……"

"我懂，不用说了。"

安晓天叹了口气，瞥向自己被绷带缠死的手臂。

"爸，妈，我知道你们牵挂我，可是……当初我选择走军人这条路，你们都是支持我的。没怪你们，我想说的是，我从不后悔我做过的任何一个决定，既然走了，就要走下去。我希望我亲爱的父母，能支持我。战斗本来就是军人的归宿，也是军人必然要走的路，先有国，再有家。守护了整个国，不也是守护了你们么？身为军人，我在所不辞。"

安晓天的母亲突然转过身去，捂住了自己的嘴，而父亲只是默默地和儿子对视着。

"你是我们安家的骄傲，孩子。"父亲轻抚着安晓天的额头，"我和妈妈永远支持你，只是……我们希望你好好的，别无他求。"

安晓天点点头。他知道自己还理解不了身为父亲的心酸——四分牵挂，三分放手，两分望子成龙，最后一分，留给孩子成长的纪念册。

安晓天能感觉到有一股暖流在体内涌动……

等等，这不是感情的暖流，似乎是有规律的，在安晓天的血液里拼接、蔓延着。

"噼里"！

"呲啦"！

"滋滋滋——"

一连串类似于电弧的声音打破了此时这个家庭的氛围。父亲还以为是哪个设备短路了，看了看四周，可是旁边的仪器运转都很正常。

"额……老爸？"

父亲猛地回头，安晓天伸出手掌。

此时大家都发现，安晓天的手指间竟然有电流划过！

"孩子？"妈妈预感到问题不对，"医生，医生！"

全身的痛觉神经瞬间开始超负荷运作，急剧跳动的心脏，将安晓天的全身引燃了。

"啊——"

一声撕心裂肺的惨叫从楼上传来，医院的行人们纷纷仰头，似乎望眼欲穿。

"啊！"刘宣正拎着一袋水果从电梯里走出来："是晓天的声音！"

而安晓天的房间，骇人的一幕正发生着：安晓天在床上剧烈抽搐，就如同鬼上身一般惊悚，他的全身都流动着如波浪般的电流。妈妈想用手抱住他，但这不是一般的电击。

"好痛！"妈妈缩回手，叫道。

爸爸跑到走廊上大喊："医生！快来救救人！出事了！"

得知消息的一队医护人员匆忙拿起急救仪器，从走廊另一边冲了过来。

"发生什么了？"刘宣跑到门口，望着病床上的兄弟，被吓得不知如何是好。

“你快出来！”还没等安晓天的爸妈解释，纳尔斯已经开口了。

“啊？”刘宣的眼珠子一直往下瞥，愣了半天才反应过来是身体里另一个灵魂纳尔斯，在别人眼里，他就像个疯子般自言自语地质疑道：“你想让我抛下安晓天？！”

“不是，我知道怎么治疗！快到一个没人的地方，我需要时空洞，药还在空间库里！”刘宣之前从未听他说过什么空间库，但还是赶紧躲到旁边厕所的隔间里。“让我来吧。”纳尔斯说着，完成了与刘宣的灵魂转换。刘宣的眼睛一下子变得如月光般闪耀。

纳尔斯掀开手表上的表盘，手表从中间分开，里面全是刘宣看不懂的图纹。“原来你的手表是这么玩的！”刘宣觉得不可思议地说。

纳尔斯没回答他，输入几个图纹，眼前立刻展开一个时空洞。时空洞里，一道摆满各种装备和工具的墙赫然出现在面前，装备被摆成一个人形，工具则都摆在墙的两侧。

纳尔斯蹲下来，在左下方的一个箱子里翻出五六个试剂针，里面装满了黄褐色的液体。“注射一针给他就行，接下来就看你的了。”刘宣与纳尔斯切换了回来，刘宣握着试剂针狂奔到房间里。

“医生，你快救救他呀……”安晓天的妈妈正跪在医生面前，但一群人围着安晓天，没一个人敢上去的，显然是被电怕了。

“让一下！”刘宣挤了进来，他正好经过一盘试剂盒，这个试剂盒打开着的，刘宣闪电般伸出手在盒子里假装一捞：“这个试剂可以治他的病！”然而人们并没有看清他到底拿了什么。

看着在空中如火花般的电光，而浑身抽搐，口吐白沫的兄弟已经由不得刘宣犹豫了！

刘宣一咬牙，忍着被电击的剧痛一针扎了下去。

“呃啊……”刘宣仰着头叫唤着，但始终未松手，直到他使劲把所有的液体全部注入到了安晓天体内，才将手臂抽了出来。

手臂已经被电得血红色，刘宣甚至觉得自己好像缺了一只手臂一样，毫无知觉。

刘宣痛苦地握着手臂，但纳尔斯果然没有辜负他的信任，奇迹发生了：安晓天停止了抽搐，电流也渐渐消失了，心率也渐渐正常了下来，他就像一个没事人般，安详的表情看上去和睡着的孩子没有任何区别。

"英雄啊！"安晓天爸妈冲上来一把抱住刘宣。所有人都松了口气，用钦佩的眼神看着这个陌生男孩。

刘宣却还是一脸紧张，对愣愣地望着那个医药盘的护士说道："赶紧给他做全身检查吧，医生们。肯定是身体有异样他才会这样的。"

医护人员立即开始了对安晓天的全身扫描。"我们先出去吧，剩下的交给医生们。"刘宣拉着安晓天爸妈出了房间，正好撞见一个气喘吁吁跑上来的军官。这位军官见他们从安晓天的病房里不紧不慢地走出来，立即叫住他们："那个叫安晓天的士兵，怎么样了？"

安晓天妈妈将发生的一切都告诉了他。

刘宣还以为这是安晓天的教官，但是他仔细一看，此人胸前全是金红色勋章。

"好小子，勇气可嘉！"他和蔼地拍了拍刘宣的肩膀，看得出来他也松了一口气："唉……真是吓人啊。这次的意外，让他们的张教官非常自责。上级也在向我们问责，我这个将军职位，怕是保不住咯。"

"将军？！"刘宣肃然起敬。

"不过，你是怎么知道用什么药来治啊？"王将军话锋一转。

"嗯……就，我就从医用托盘里随便翻出来的，没想到还真管用。"说着，他把剩下的试剂针递给了王将军，"以后晓天再出现这种情况，就给他注射这个。哎，张教官没来吗？"

王将军摇摇头："我们并没有给他定罚，但他自愿要求被关禁闭 30 天。也许这样，他的良心会好受一点，现在的新兵营，人心涣散，群龙无首，我也很为难，只能尽可能地关注他们。"

刘宣的电话突然响了，他示意王将军失陪一下，另一端的杨梦立刻问道："怎么样怎么样，他……"

工作上的事务，让杨梦根本脱不开身，她只能在办公室里焦急地兜着圈子，眨巴着眼里的泪水。

"一切都恢复正常了，他现在在接受全身检查。我、他的将军和他的父母在外面等报告。没事了，啊。别担心了，阿梦。"

杨梦默默地低下头，说了一句"好"后按掉了电话，像一团稀泥一样摊在办公椅上，望着湛蓝的天空叹了口气，接着还是站了起来，在办公桌旁边来回踱着步，眉头紧紧地锁着。

等到下午 5 点，报告可算是出来了。主治医师毕恭毕敬地将报告递在了王将军手里。

"除了左手臂，他的一切指标都很正常，但是有一个地方让我们百思不得其解。"说着，主治医生打开实时影像。

只见安晓天的骨骼边、内脏边，都有闪光般的电光随着血液流动着，似乎随时都会连接在一起并爆发。

"他的耐受电压极限已经远远超越了普通人体的 36 伏，太神奇了。但另一方面，我们把他身体里的光电，暂时称为变异电流。因为它们就像一颗延时炸弹，随时都会爆炸，这很令人担忧。"

王将军思索了一会儿，说："这样，医生。不是我不相信你们的医术，我希望能将安晓天接回基地进行治疗。如果他的病被百姓知道了，不敢想象会有多大的舆论影响，我们今晚就接他回去，行吗？"

主治医生想想，自己活了大半辈子了，什么病没见过，唯独这病他还是第一次见。要是病人死在自己手里，别说饭碗了，这一辈子的幸福怕是都要搭进去哩。

安晓天的父母听到王将军的话，顿时惊慌起来，犹犹豫豫地想叫一下王将军。

王将军回头，看着他们吞吞吐吐，不知如何解释的样子，知道他们的忧虑。自己也是父亲，这种舍不得与放不下，当然也切身体会过。

"两位，我向你们保证，在全国最顶尖的军事基地，安晓天的健康问题我们有信心去解决。另一方面，安晓天在军营里表现非常出色，这孩子出人头地，只是时间问题。他是值得锻造的一块好钢啊，我们特种部队，真的很需要他。"

晚上 8 点，安晓天的父母再次抚摸了一下安晓天沉睡的脸庞后，望着他被推入了军用悍马围起来的救护车。

第二天

安晓天刚睁开眼，一道刺眼的白光直入瞳孔。

"我丢，这哪儿啊？"安晓天被闪得疯狂晃脑袋，良久才看清楚了一些。

这里似乎不是医院了，但他的左手臂依旧套着一层防护服。

"诶？"安晓天将视线从晖银色的大门上挪开去，盯着房间玻璃罩外的花盆，余光里，对面楼房的样式和色调，看着还蛮熟悉……

"……你是说，他身体里的电流需要一块极大的电阻来压制？""目前我认为是如此，他现在这个问题啊，恐怕不是生物化学能解决的事，他需要物理科技……"

越来越近的交谈声被大门收缩给打断了。安晓天一脸蒙圈地和王将军、良博士对视着。

"哟，醒啦？"王将军似乎是在庆祝。

这可是基地里的两个大人物啊。安晓天赶忙垂下头去，然而震惊地发现，自己右侧的胸膛上，居然有一块等腰梯形形状的铁盒！

安晓天顿时心生恐惧，本能地试着拔了一下，发现这东西居然已经插在了自己的肉里！

"这是什么啊？"安晓天害怕地问。

"这时你未来的特殊起搏器了，孩子，我和几个助手连夜为你定制的。没有它，你会死得很惨。"良博士走上前，敲了敲安晓天胸膛上的铁盒，铁盒发出了奇妙的声音。

安晓天努力回忆着之前的一切："我……失去意识多久了？"

"62个小时了，要不是你的心电图还有点起伏，我都有些不知道怎么交代了。"王将军耸耸肩。

安晓天大概知道发生什么了，他双手合十，坐在床上深深地向两人鞠了一躬："谢谢两位长官愿意出手相助！像我这般理应等闲视之的草木，被如此关照，实在是……"

"客气啥啊，都是救命，职业操守罢了。我这玩意儿可比那些三脚猫医生靠谱多了。"良博士笑了，与王将军对望了一眼，齐声道："生日快乐！"

"啊……啊啊！"安晓天受宠若惊。

"你的父母和对象过来看望你，说今天是你生日，希望我们能替他们向你道声祝福，还有个小蛋糕。原则上我们是不收的，但毕竟这次我们军方心里有愧，还是替你收下了。"王将军说。

安晓天除了傻笑，还是傻笑，摆着手——他的语言能力暂时下线了。

"不过嘛……咱们讲究一个滴水之恩，涌泉相报，对吧？"

安晓天一听，瞬间感觉到了良博士眼里的一丝狡诈。

"下床吧，你可以自由活动了。穿好衣服，跟我们来。"王将军招呼安晓天跳下床，一起走进了良博士的实验室。

“天呐……不会是让我来给良博士打下手的吧？”安晓天开了个玩笑。

但是，王将军突然严肃了起来，盯着还在嬉皮笑脸的安晓天。

而良博士按下了一个控制键，安晓天闻声抬头，一套闪着金属光泽的红白色人形装甲，在机械臂的支撑下缓缓站在了安晓天面前，似乎是在打量着安晓天。

“知道吗，小伙子。电视上说的飞行装甲就是这玩意儿。那天我开着它，将你从死神手里救了出来。如果你想报恩，就答应我的条件。”

“打下手，学技术，然后造更多的先进装备吗？我答应！”安晓天觉得自己以前那么擅长物理，小意思，直接一口接下了。

“从今以后，你就是烈鹰！”

王将军说着，一个大手搭在安晓天的肩膀上，差点没把安晓天压垮了下去。

9.“立即出发！”

“天呐！我……等等，为什么呢？”

出乎两人的意料，惊喜的火花只在安晓天脸上闪烁了一下，就立刻消失了，他的脸上更多的是冷静与克制，甚至，王将军还从他的眼神里看出了警觉。

这种“猝然临之而不惊”的稀有品格，放眼整个军队都是难能可贵的，短短的几句对话，已经让王将军对安晓天刮目相看。王将军甚至觉得有些轻松，因为自己心中的笃定有了更大的把握，可以说，至少在王将军心目里，安晓天已经通过了所有考核。

但是接下来还有一步，他很担忧。而在这开始之前，王将军和良博士决定先让安晓天接受这个人生中翻天覆地的变化。

安晓天小心翼翼地说：“谢谢将军，谢谢博士！可，为什么这种事情会轮到我呢？军队里有那么多近乎无可挑剔的特种兵，甚至我们这里，还有两位已经被选中的绝密部队队员，我一个新兵……未免太无厘头了。”

本以为会说点安慰话的王将军，上来就给安晓天泼了盆凉水：“不错，基地里确实有很多比你更优秀的特种兵。我们甚至可以在全国范围内海选一位战士，来操控初代机。”

“呃……是啊。”安晓天点点头，这个事实他必须承认。

“但是啊，孩子，在这里混，看的不是实力，而是……潜力。”

良博士将全息面板从空中拖了过来，一边接上王将军想说的话，一边搜索着安晓天的个人数据。

“就简单地从两个方面分析吧。耐力上，最基础的 1000 米测试，你以 9.3 秒的时间差成功进入了两分半。这还远远不够，3000 米负重跑，你是第一个未进入两位数计时的士兵，打破了本基地征兵训练以来的最佳纪录。”

“啊……开这玩意儿，我想也不用什么耐力吧。”安晓天忍不住瞥了一眼“烈鹰”装甲背后收起的机械翼。

"力量上，你在去年 9 月的 VR 测试里，对仿真目标打出了 287 公斤的拳力，而我们的国际特种兵格斗比武大赛单人 KO 数之王，打破亚洲拳力记录，并且正式进入绝密部队的王牌战士秦伟山，在没有装备加持的情况下，他的拳力上限是 591 公斤。"

"你才入伍多久，就已经有他将近一半的力量了。"

"……我……那个大黑，就是大壮。他难道没有我的力气大吗？"

安晓天揉搓着手指，希望还能开脱一下自己。其实他不希望自己突然就担起这么大的角色，相比之下，他更担心的是自己能不能接受被改造后的生命。

"他？那么高傲自大的人，首先就不可能入我的眼。"

王将军斩钉截铁地否定了安晓天的逃避。

"数据只是次要方面，如果和绝密技术搭上边，精神上的力量就必须是万里挑一的。这一点，毋庸置疑。"王将军背着手走到安晓天面前。他的谈吐，总是能让别人对他肃然起敬。

"你的潜力，不仅限于身体素质。为了保证大部队安全，果断率领小队阻拦敌军。虽然你的行为违背了当时的命令，但是这种牺牲小我保全大我的精神，以及你的冷静判断力，果断的执行力，令人叹服的感染力，各种方面，都能展现你的领袖魅力。"王将军说，"我不希望你被湮没，当个几年兵就回到人海，过着拿工资等养老的生活。对你而言，这将是人生的转折点。"

安晓天默默地听着，这确实是实话，可他想听到的不是这些。

"还有……晓天，你体内前所未有的病，是我们想到你的最直接原因。良博士接手对你的研究后，召集全基地的研究人员进行探讨，很可惜……没有定论。"

安晓天抬起头，他的眼神里多少流露出几分失落。

"但良博士认为，既然是电流，那就肯定需要一块可变电阻来压制。而现成的极大电阻，就是这套代号'烈鹰'的装甲。"

顺着王将军的手指，安晓天再次细细打量着这套装甲。

在王将军的示意下，良博士开始尽量用最精简的话向安晓天解释起来："你胸膛的纯铂金集束盒，即是装甲的召唤核心，也是维系生命的辅助器。在你没有装甲保护的时候，它的感知器会随时监测血液中的电流强度，不定时开启中子束向你的身体里释放极微量快粒子形成屏蔽区域，来规定变异电流的纵横区间……"

安晓天歪着头，迷离的眼神已经像是要睡着了。

"简而言之，就是它能通过规定路线的方式，减少你体内变异电流相撞或连接的概率，达到削弱爆发强度的目的。但……也只能起到缓解作用。只有进入装甲时，才能将电流发作的概率降至 1% 以下。"

安晓天摇摇头，轻轻叹了一口气。

王将军知道他难以接受这种事实，可良博士已经说得很乐观了。

他伸出手，按了一下安晓天胸膛上的能量核心，烈鹰装甲的照明灯立即亮了起来。

"这是它的二级待命状态。方圆 50 公里内，它可以立即感知到你的位置并迅速飞向你。"

"遥控的吗？像无人机？"安晓天极力让自己提起兴趣，比划着问道。

"不。"王将军知道安晓天还没匹配"烈鹰"装甲，只能将自己的手在安晓天胸口的能量核心上放着。

"权限认证通过。"

一声温柔的女声后，只见"烈鹰"装甲的各个部位甲层开始接触链接、合并、收缩，最终形成了一个人形的空位。

"空心的？！"安晓天惊奇地问。

"嗬，你以为是遥控玩具啊？进去试试。"良博士说。

安晓天犹豫地望着深黑色的空位，还是转身靠了进去。

装甲感知到他后，立即开始合并，将安晓天包裹起来。不一会儿，各种全息数据面板加载完毕，显示在安晓天眼前。

"身份鉴定完成，人体匹配度 98%，欢迎您，已备份二代驾驶人，安晓天先生。"

"已备份？"安晓天脑袋里"嗡"的一声响。原来王将军早就盯上自己了。

王将军的眉头逐渐蹙紧，提起的心努力控制着自己跳动的频率。因为接下来是最终考验，也是最硬性的问题。如果安晓天的大脑不愿意接受装甲的智能神经交互，那之前的一切都是空谈。

"我已处理好所有程序，准备向您的大脑递交神经链接。您就绪后，可以允许此操作请求。"机械的温柔女声再次传来。

“呃……好。”安晓天下定了决心，准备迎接可能的疼痛感。

瞬间！他感觉自己的整个大脑开始振动，突然的外接导致大脑处理速度急剧降低，安晓天的思维开始变得极其艰难，什么都感觉不到了。过了一分钟，他能明显感觉到供血不足，眼睛发黑……

“要不？”良博士望着王将军。只要王将军一声令下，他就可以立即终止交互，也不用为自己的前途挖坑了。

“先别。”王将军特意看了眼良博士伸过去的手。

显示屏上，安晓天的大脑还是黄色指标，王将军相信，这孩子能行的。

果然。

“叮——”，这声音听着就如同蛋糕出炉一般，安晓天的全身数据慢慢平复了下来。

“呕……昂嘶……”安晓天使劲压抑着身体内的恶心。

“交互成功！我与您的大脑进行了非常愉悦的交流，它非常热情呢。”这个神奇的智能女声似乎还挺个性。

“呼……是蛮愉悦的。”安晓天差点一个白眼翻过去。

“正经点。”王将军内心不知有多喜悦，但依旧是绷着脸命令道。

“好的。初次见面，我是装甲系统里的超级智能，小零。很荣幸认识您，匹配成功后，您的意念将操控装甲执行命令。比如说，请您想一下悬浮……”

安晓天试着照做。下一秒，只见烈鹰装甲双翅展开，安晓天一头就往天花板上撞。

“啊，我……”安晓天赶紧关闭了燃料注入，失去推力的他“嗵”地呈一个“大”字趴在地上。那块天花板在上面晃了两下，终究是没支撑住，给站起来的安晓天直接来了个迎头痛击。

“哎呀！让你悬浮，不是让你一飞冲天……”良博士笑着说。

王将军满意地鼓起掌：“好了，体验结束。出来吧。”

“哎哟，受不住嘞……”装甲打开后，安晓天落在地上的脚掌都放不稳，软绵绵地靠在墙上，双眼无神地看着微笑的王将军。

“安晓天，祝贺你，你已经通过了所有测试！我将向上级申请，把你的信息移入绝密部队档案，由蒋焱上将进行最终批准。”王将军顿了顿，“不过，为了让你的身体素质能与装甲匹配，针对性强化训练必不可少。”

“一对一，免费辅导哦。”良博士透露道。

"呃？"安晓天紧张地看着王将军，他想到了那个乔安。

不过……若真是这个大美女陪练，安晓天觉得哪怕练上两个月也不亏啊。

"练中国武术的一个。"王将军故意卖了个关子。

安晓天一拍脑门，打碎了自己的幻想——得，他知道是谁了。

这时，王将军的手机响了，王将军掏着手机，对安晓天说："今天晚上就可以开始……喂？"

安晓天细细听着，说曹操曹操到，里头似乎是乔安的声音。

"明白，我马上就来。"王将军挂了电话，话锋一转："看来今晚他要失陪了，好好休息吧。"

王将军似乎是有什么急事，转身就走，留下良博士和安晓天在愣在原地傻站着。

安晓天突然想起什么，他扭头问良博士："所以，是谁啊？"

"代号'神拳'的绝密特战员，秦伟山。"良博士故作神秘地笑了笑。

虽然猜到了，但安晓天还是瞬间石化了。

"聪聪——"

安晓天听到脚后跟那边有什么奇怪的声音，扭头一看，这辆微型工作车抬着显示屏，好奇地和安晓天对视一会儿后，屏幕里出现了一张笑脸，发出了"咕噜噜"的示好声，挥摆着机械臂。

"调一杯咖啡！咱们该工作咯——"良博士吹起口哨，坐回了椅子上。

训练场里，站着三十多个笔挺的士兵。听闻王将军要来亲自授命，所有人的神情都比以往严肃庄重了不少。

"什么破任务……还需要咱们？"秦伟山吹着口哨慢悠悠地晃了过来，扭扭手腕，本能地挥挥拳头，不屑地靠到乔安身边，将眼珠子移到眼角，看着她问道。

乔安耸耸肩，一声不吭地望着士兵们。

"刚才，接到警方求助。我市一家生物研究所遭到暴力攻击，而且，是有预谋的攻击。据悉，歹徒持有大量高精尖武器装备，甚至有一台三十年前的AMV型号自改模块化装甲车。这个系列的装甲车，拥有达到北约防御三级标准的装甲。军用载具突然出现在城市，绝对是有备而来。警方现在封锁住了他们的出路，但他们是因为有文件没发现才不走的！所以，我想你们都明白任务了，歼灭敌人，保护数据安全！立即出发！"

S 市生物科技写字楼

二十几个歹徒正从文件库中将文件一摞一摞搬出来，放在他们灰白色装甲车中。这辆装甲车直接将车尾甩了进来。另外的歹徒们一人挟持着一个工作人员。装甲车上，机枪手躲在钢甲后，随时准备向自己枪口对的警察开火。

“梦魇已就位，C 楼 8 层，已锁定目标，完毕。”

乔安击碎玻璃，伸出紫黑色的枪口，她的数字化瞄准镜里，已经将机枪手的天灵盖放进了命中区间。

“神拳小队已到达左侧盲点，随时准备强攻，完毕。”秦伟山带着小队蹲在墙体下，仔细听着里面的动静。

“三号小队已就位，瞄准所有挟持者，完毕。”第三小队埋伏在街对面的超市中，货架层和琳琅满目的商品中夹着十几双眼睛。只等红灯一过，车流一消失，行动立刻开始。

9，8，7……红灯俨然成了发动进攻的信号，无情地倒数着。

“各单位注意，各单位注意。”乔安重复了两遍。

3、2、1。

绿灯了。

“哎，你看街对面……”

还没等这位仁兄说完，他就伴随着头骨被射穿的声音倒下了。

一声巨响，神拳轻松砸开了写字楼的墙体，在漫天的石粉灰中一个翻滚，手上的拳套居然发射出去，精准打中了一个想要向人质开火的歹徒。后面的特种兵迅速跟上，训练有素的突击方式和老练的枪法，顷刻间就让所有挟持者丧命，并且火速将人质们拉起，带往安全地带；机枪手刚想移动枪口，就被梦魇一枪命中了眉心；第三队士兵一齐开火，掩护带人质的战友们安全撤离。

神拳冲在最前面，成为剩下的歹徒们首先攻击的对象。子弹如雨点般向神拳袭来，神拳赶紧闪身躲到一个柱子后面，确认特种兵和人质们都撤离后，从机械拳套里抽出一枚投掷物，低抛至装甲车尾部，尽量不让其他人受到强光干扰。

一瞬间，白光闪耀！神拳对投掷物的生效时间了如指掌，估计差不多了以后，立刻强攻，径直飞扑进装甲车后，拳头快如雷霆，这些失明的歹徒们在他眼里跟日常训练用的桩子一模一样。

失明的劫匪们听着同伴的惨叫声越来越近，只好抬起枪大叫着乱射，结果反而自相残杀了起来。神拳压着身子在人群里左冲右突，余光捕捉到两个向下的枪口后，他抬起左手的钢甲拳，子弹落在上面"乒吟乒唧"闪着花。

"神拳"这个绰号，他秦伟山当之无愧——拳的力量在机械拳套的加持下，力量巨大无比，势如破竹，歹徒们只有鬼哭狼嚎的权力。

一个士兵还举着枪，被三队队长拦了下来："别瞄了，那恐怕……就是特战队的人。"

"啥子特战队？"士兵一脸疑惑地望着队长的侧脸。

神拳自信地侧了下脸，一道激光束带着他跟来的眼神滑了过去。

"激光武器？！"秦伟山有些惊讶。

一群小歹徒哪来这么高级的武器？

"烟雾！"

眼看着就要被秦伟山打团灭了，恢复视力后，不知哪个天才劫匪喊了一句。

顿时，整个大厅里烟雾弥漫。神拳察觉到了可能被孤立的危险，自己也借着烟雾躲进了走廊拐角口。

C 楼 8 层，梦魇因为烟雾丢失了视野。

"该死！"梦魇立刻站起身，跑下楼去支援。

烟雾中，一对车灯被打开，装甲车被发动了！

驾驶者一脚油门踩了下去，装甲车一声轰鸣，如猛兽咆哮般冲出烟雾，直接压扁了都在最前面的警车。警察和士兵纷纷开枪，但但也只能做做样子了。

更糟糕的是，一个劫匪爬上车顶，攥紧了机枪握把，对着人群就是一通扫射！

恐怖而密集的火力顿时压得躲在警车后面的警察和士兵们不敢抬头，只能任由这辆装甲车扬长而去。

指挥室里，王将军喊道："目标逃离！立即拦截！"

"收到！"

乔安一个箭步跨上摩托车，拧紧油门，喷发着橙蓝色尾焰的摩托车撞翻了施工围栏，从公寓小区的阶梯上急坠而下，落在路面上狂飙起来。

装甲车已经近乎疯狂，一路高速逆行，直接闯进了有红灯的转弯路口。

那个机枪手听到后面摩托车的轰鸣声，转身将机枪对准梦魇，子弹倾泻而来，梦魇不得不将车身压到最低，几乎是贴着弯道角漂移了过来，身后拖着一长排子弹孔。

弯道后是一个高架分岔口，一辆小轿车朝着梦魇驶来，梦魇赶紧一个转向，但只能拐进了高架桥，而装甲车则往下逃去。

“怎么办？”乔安一边思索着，一边时刻注意装甲车的动向。

有了。

乔安顾不上逆行的危险了，她选择两手放空握把，端起了她的"命运征服者"。

瞄准镜的锁定区间对准了前转向轮，梦魇果断开火；又一枪，后轮也爆胎了。同一侧一下子报废两个车轮，高速过弯的装甲车失去控制后，径直撞到了护栏上。而此时的乔安正好在装甲车右上方，趁着装甲车试图倒车的时间，乔安一发榴弹打破了护栏，冲了下去。

机枪手抬头一看，身后一辆摩托车从火光中冲出，伴随着一声胎底爆裂的闷响，稳稳地落在装甲车旁边。机枪手还没握好握把，梦魇就已经将他一枪击毙。紧接着梦魇从腰间拔出一颗磁铁炸弹，滑了过去。

炸弹吸附在装甲车底盘上，随即就是一声巨响，那装甲车顿时被炸了个底朝天。

乔安回头看看自己那辆爆胎的摩托车，无奈地笑笑，走上前，掀开了车门。

里面的人已经全部被炸晕了过去。乔安看见，他们的怀里，放着不知道什么的武器，类似于现在最高级的激光充能枪。

她端起来，细细端详着。她见过很多枪支，但这些武器她竟然一点印象都没有，于是她产生了和秦伟山同样的问题——

一群小劫匪，哪来这么高级的武器？

10."他已经没有生命特征了。"

"乔安，你的摩托车轮胎，基地里的维修师傅帮你搞定了，放心吧。"

"好，多谢将军了。"

……

困意袭来，放松下来的他，逐渐感觉自己好像要飘离这个世界……

"嘿！"

一声厉喝，这位昏昏欲睡的歹徒猛地抬起脸，惊慌失措地望着审讯室里这两位一脸严肃的士兵。他试着动了下，结果手还是反绑着的。

"姓名？"

"呃……"他不解地问，"不是问过了吗？"

"问你话！"士兵毫不客气地喝道。

"哼……李飞。"

"年龄？"

"34。"

……

趁着他们第二次核对身份的时候，秦伟山碰碰乔安，问道："为什么不把车上所有劫匪全部抓到基地里？"

"因为这人比较特殊。"乔安回答道。

"你是这次行动的组织者，对吧？"士兵问他。

李飞沉默地点点头。

"那么你们这次行动，真正目的是什么？再重复一遍，真正目的是什么？"

"说了，就是文件。"李飞不耐烦地回答道，"咱们又不会什么电脑技术，只能这样硬来咯。"

"那好，这么高级的装备，诸如你们手上的激光枪，以及 AMV 型号的军用装甲车，你怎么解释？"审讯士兵直入主题，"你们是不是和蝰蛇组织有关？”

李飞摇了摇头：“我无可奉告。”

“杂种东西，还跟咱卯上了？”秦伟山的暴脾气哪受得了这样的嘲讽？直接戴上机械拳套就破门而入。拳套已经蓄能完毕，就差主人一拳挥下去了。

“哎哎——不要！别……我说，我说！”战斗时，这个像头莽牛般左冲右突的疯子让他印象特别深刻。望着莹白色的拳头，李飞最终还是选择了妥协。

乔安和王将军对视了一眼——果然面对这种“癞皮狗”，秦伟山就是撬开嘴的最佳手段。

“我们这些武器，都是一个只在网上交流过的神秘黑商提供的，他说……说这些是最新式的激光蓄能枪，BM-2*8型号，裸枪，没有配件。而装甲车则是蝰蛇组织改装的，是他们将装甲车借给我们的……”

“我可以认为你在推责任么？”秦伟山再次举起自己的拳头。

“好吧我说！一个月前，他们的老大就向我们这群小混混开了个高价单，说他们提供高级装甲车，任务是，帮他们在 S 市干一票，袭击 S 市生物科技公司的文库，将里面的文献资料全部搬走。说这家公司的最高商业机密全都有纸质备份，还要求我们今天就要完成，也就是……只有一天半期限。只要事成，我们就能拿到八百万赏金……”

“那么你刚开始提到的神秘黑商和武器，大概知道些什么？”士兵“沙沙”地记录着，问道。

“这个……”李飞望着秦伟山的拳头，咽了下口水。

“这个我发誓，真的什么都不知道。而且后来那些我指明要的枪支，居然全部都出现在了转交的装甲车！我心知肚明，他只是把我们当作试探军方的棋子，而且很显然，他们和那个网络黑商有关系。哦，对……”

李飞想起了什么，突然打住，犹犹豫豫地望着做完笔录的审讯士兵。

“怎么了？”秦伟山问。

李飞轻轻吸了一口气。到底机密重要还是小命要紧，对他而言当然是后者。

“说了这么多，我也没什么好隐藏的了。这么说吧，我们这些混迹各道黑路的人，早已经或多或少打听到了点风声。”李飞低下头，两只破皮鞋不自主地扭打在一起。

“不管你们信不信，但确实有传言，蝰蛇组织与外星人有过武器交易。”

李飞道完，感觉自己心里也舒坦了很多。

两个士兵顿时四目相对，秦伟山怒目圆睁，再次扬高了点拳头："胡扯八扯！你觉得我们是小孩子吗？！"

这次，李飞竟然抬起脸，扭曲的表情令人感到一丝阴冷，狞笑起来："哼哼……当然不是，可～怎么去解释被蝰蛇组织俘获的人质，活不见人死不见尸，一点痕迹都没有？像你们这种享受阳光的成功人士，怎么会屑于低头观察阴影呢？"

一刹那，空气似乎凝固了，就连在外面的乔安和王将军也沉默不语。

王将军用通讯器对士兵说："让他继续。"

"继续。"士兵说。

李飞说道："早在两个月前，全国各地森林就常常拍到有不明人影活动。有人说是野人，有人说是P的，可偏偏就是这个时候，蝰蛇组织突然加大了对生物技术的网络信息窃取，以及时不时就发生在偏远地区的失踪案，这种没有科学依据的新闻很快也随之被埋没了。但是我和小弟们有过猜测——有没有可能，这些是关联在一起的？因为从时间顺序看，上次全国八大豪门之一王家旗下的制药科技公司里，那个被员工曝光的神秘解剖体，到我们这次接手的奇怪任务，整个时间线正好卡在了野人照片出现和生物技术网络保卫战之间。如果真的说是巧合，那就好比龙卷风吹起一堆钢铁，把它们拼成了一辆车。"

"而你们应该也知道，蝰蛇组织的总基地就藏在全国的某个森林里。假设森林中真的存在外星人，那他们是不是有可能会见面？而那个网络黑商低价卖给我们的武器，如果真是他们声称的型号，那么当我问起性能时，为什么他们也不知道？相信我，你们的军用网络也搜不到这些枪械型号的。我们手上这些激光枪，根本就不是他说的型号，看长相都看得出来。"

说完，李飞全身瘫倒在了椅子上，像是完成了什么人生大事一般解脱，眼角滑出一颗泪珠，颤抖着声音恳求道："'人之将死，其言也善'。我给你们提供了这么多情报，容我……提一个小小的请求，求求了……"

秦伟山望着李飞决绝而悲怆的表情，松开扣紧的手指，拳头缓缓放了下去。

"希望你们，能从轻处罚我的小弟们，他们也……也不容易，给他们重新做人的机会吧。我想如果真的是外星人，那就不是你们军警两方联合的事了，而是全国人的事情。这也算是我最后的良心，反正……死刑我是肯定的了，该说的我也说了，对吧？”

“好了，快把我送进监狱吧，我要去见我的兄弟们。”李飞闭上眼睛。

半个月后

发动汽车前，王将军特意打了一个电话。

“喂，王将军！有何吩咐？”

秦伟山一只手按住耳边的基地通讯器，另一只手臂机械记忆般地格挡着安晓天使尽全力挥舞过来的拳头。

“17 天过去了，你俩……玩得开心吗？”王将军把着方向盘转了个 12 点，朝着行政大区门口开去。

“啊……”秦伟山看了看眼前这位可以说是在照着教科书按部就班出拳的年轻人，虽然在他眼里破绽百出，但安晓天确实学得蛮好。而且，安晓天的意志力也得到了秦伟山发自内心的肯定——中间可没有说休息，而这都被自己打倒了快 30 次了，还打得这么凶悍。

“很开心，这小子不赖的。”秦伟山中肯地评价道，说完用余光抓住时机，一把拧住安晓天的拳头，没有往外掰开，也没有让安晓天挣脱。

“呵呵……行，好好带他，幻象测试机、装备训练室，这种多带他去练练。”王将军嘱咐完后，挂掉了电话。

秦伟山挂掉后，松开了安晓天的手。安晓天气势依旧如刚开始那般来得刚烈，再次强攻，一个左直拳直扑秦伟山的上盘。秦伟山只能将计就计，来了个最简单的推腕掏臂，本能地接上了一个绊腿，安晓天被放倒到一半，却又被秦伟山扶住了。

“你为什么……”安晓天接过秦伟山的手，站了起来。

“都是进特战队的兄弟，没必要。”秦伟山友善地拍拍他的肩膀，“再说，我也是第一次带像你这么好的徒弟，狠不下心。”

窗外的阳光透过玻璃洒满了半个训练垫上，望着秦伟山转身去训练袋里拿水喝的背影，安晓天的眉腰缓缓地弓了起来。

“敬礼！”

没有叫助手，王将军孤身一人驱车来到基地的科研中心大门前，点头向两位站岗的哨兵示意。

电梯打开后，王将军低头看了看光洁的大理石地板，想起自己还是穿着几年前的军靴，甚至犹豫了一下。

二楼一整层都是生物化学实验室，走到走廊中间，王将军敲响了 213 实验室的门。

"叮咚"一声，门阀释放了气压，一阵凉飕飕的风吹过，实验室门自动打开了。

放下试管，李辉宏博士热情地迎了上来，与王将军握了握手："哎哟，王将军！您可算来了！"

"哈哈哈……这不是您诚邀我参观嘛。正好，我们月初的例行会议里，也有向生物实验室加大拨款力度的提议。好好表现，有我在，肯定能为你们争取到更多资源！"

"哎哟！那简直太好了！真的是承蒙王将军的大恩啊！"李辉宏博士跟在王将军身边，欠身指路的样子，恨不得给他捶捶背了。

"别这样，我们也是出于最近的局势着想……"王将军拍拍他弓起的背，"我之前，不是交给你几个试剂针吗？那个研究项目……"王将军环顾着四周洁白的仪器。

"哦——昨天我们还在说，请跟我来。"不知为何，李博士的脸上莫名添了几分紧张。

两人来到办公室，李博士在自己杂乱不堪的桌子上翻了半天，终于翻出几张资料。

"喏，相信我，你看得懂的。"

"这怎么可能啊？"王将军拿起来一看，呦，还真是，无论是成分分析，还是最终结论。都只有两个字——未知。

"将军，按您的要求，我们拆解了一剂试剂针，对里面的液体进行了研究。但奇怪的是，这玩意儿根本不含有地球上的任何一个元素，您确定这是医院里的药剂吗？"

王将军看着"未知"两个字，那个李飞的供词再次环绕在自己的耳畔。

随着李飞眼角的泪珠落下，他的视线里，居然不知不觉地幻相出了刘宣幽幽泛蓝的眼睛。

"刘宣……"王将军嘟嚷道。

"刘宣是谁？"李博士凑上前，问道。

因为王将军受邀前往科研中心，以至于他周末雷打不动的日程——下午 3

点前往实验室看望良博士——也被打乱了，这确实让良博士有些不习惯。

他看看桌上已经凉掉的茶，歪了歪脑袋。

"估计去开什么紧急会议了，应该不会来了。"良木齐想着，输入了一串代码在工作面板中。

生效后，他放心地拨通了加密电话。

"喂？"

"你还有脸打电话过来！一个月过去了，说好的七日之内完成交易，结果呢？你是听不懂人话吗？"

"行了别生气，咱要相互体谅，你那边任务失败，我这里烈鹰装甲换人，各有各的难处。还有，你让我联络的枪支买家，我又找到了几……"

"得了！假装献殷勤。咱们真要干，自己拿着外星装备打不好吗？之前我就跟你打过招呼了，一会儿我就派人来接你，带上你的完成品，我们的隐身悬浮机将在你定位的楼顶。15分钟内你不来，我们就离开。"

"你们不会就这么甘心走掉的。"良木齐没好气地怼道。

"噢？"你们应该看到如今军方的实力了，没有我的发明，你们的好日子还能维持多久？"

对面沉默了良久，刻意撇开了话题："我们有你要的资源，只要你来，都归你。你自己看着办吧。"

良木齐放下手机，看着疤哥的电话面板黑了下去。

突然，一声气压阀降压的声音传来，良木齐浑身一抖，扭头望去。

门竟然自己打开了！

只有知道密码的人才能进来，那只有……

王将军紫青着脸，大跨步立在了良木齐面前。

"阳晨？你，你不是……"良木齐嘴上很震惊，但是手腕上的手表已经随着他的意志开始变形。

"武器买家？"王将军走上前拎住良博士的衣领，"请告诉我你卖什么武器？！你能卖什么武器？！你一个科学家，为什么会有网络黑商的身份？！你明明什么都知道，却还装成一副人畜无害的样子，是吧！"

良木齐惨然一笑，点点头。

"你为什么要这样！为什么？！"王将军怎么都不敢相信，曾经和自己一起在国旗下宣誓的国之栋梁，一起闯荡三十余年的兄弟，竟然……"我很抱歉，王阳晨。"良木齐狠下心，手表中间的枪管，已经瞄准了王将军的腹部。

"别逼我动手！"王将军一只手已经按在了腰间的手枪枪柄上。

"等你能看清地球的未来，你就明白，我为什么要这么选择了。"良木齐顿了顿，"我比你更清楚我的价值，也更清楚怎么扭转将来的一切。所以，我不能被我们的情谊断送。我只能，送你了。"

良木齐眼睛猛地一闭，抓起了拳头……

同一层楼，拳击训练室里

"啊！"

"咚"的一声，安晓天又被秦伟山一个过肩摔摔在地上。

"不打了吧，晓天。你已经被我摔在地上有 43 次了。"秦伟山主动上去想将他扶了起来。

不料，安晓天是一点情面也不讲，两手撑地，斜起身子，起身的同时一记侧踹，踢飞了毫无防备的秦伟山。

"还没结束呢。"安晓天抹了一下鼻子，"不被你打倒个 100 次，真是亏了王将军的一片心意。"

秦伟山并没有生气，站起来后，反而钦佩地竖起大拇指："好小子。安晓天，我看好你，王将军这么关心你，不是没有原因的。好好练！将来成为一个顶天立地的战士，就是对王将军最好的回报！"

"哼，那是。"安晓天勾勾手，还示意秦伟山进攻。

突然！"乓"一声枪响，整一层楼都听到了。

"枪声？"

两人立刻警觉起来，回头细细听着回声。

"良博士的实验室！"秦伟山立刻判断道，两人拿起挂着的衣服，一路狂奔。

同一层的训练人员和研究人员纷纷探出头，有的走到走廊上，不安地望着良博士的专属实验室。

"良博士！"

秦伟山带着安晓天一把推开门，两人却被眼前的情况震惊住了。

"将军？！怎么回事，您醒醒！良博士呢？！"两人赶紧上前，安晓天撕下一条衣服布料，还能勉强止住一点血。而秦伟山敏锐的目光，直接锁定了实验室墙上被打开的缺口。

“良……叛变了。要跑了……”王将军微弱地说。

“晓天，你去追！我去呼叫医疗队！”

“啊？！”安晓天抬头问道，“为什么是我？”

“良木齐恐怕有私藏高科技武器的嫌疑！你是‘烈鹰’的备选人，快去快去！”秦伟山一把推开安晓天，开始给王将军处理伤口。

安晓天顾不上自己会不会用了，手放在胸膛上，按动了能量核心。

武器库里，“烈鹰”装甲身上的探照灯立刻亮起，在黑黢黢的库里点火，径直飞向了自己的专用出口。

“快快快！”安晓天一边在地上狂奔，一边回头望着天上飞来的装甲。感应到安晓天就在前方后，装甲减速落在安晓天身后，同时急速解体，空出一个人形。安晓天立刻靠近了装甲，张开机械翼冲向天空。

“监测到隐形物体，请留意。”

小零立即用红色线条标出了隐形物的位置。安晓天定睛一看架，这就是一悬浮机，停在楼顶。

他的视角放大了一下，看见良木齐正在登上悬浮机的路上。

“杂——种！”安晓天回想起良木齐狡诈的眼神，一种愤恨油然而生。

良木齐刚登上悬浮机，身后就传来钢铁落地的闷响。

“我知道你会来的，晓天，你是一个好孩子。”良木齐侧着脸说道。

“你敢给老子再走一步！王将军的命，你必须还！”安晓天的声音被闷在装甲里，加上他现在极大的愤怒，显得如索命鬼一般空灵。

就在他将肩上的机枪对准良木齐的一瞬，一道激光居然射了下来，猝不及防的安晓天立刻被射翻在地。

“晓天，也许以后，你会明白的。”那套黑色的装甲里传来良木齐的声音，而良木齐的背影，已经被登机甲板挡住了。

“你懂个屁！”安晓天怒吼着，想冲上去，却被落在他面前的黑鹰拦住了去路。

“在世界危机面前，人类没有正邪之分。哪里有好的资源，就需要好的人才……”

彻底失去理智的安晓天一拳就怒砸在黑鹰头上，随即左手臂上又抬出一枚导弹，炸在黑鹰胸口。

黑鹰没有反抗，但是受到这么近距离的爆炸，竟然还是稳稳地浮在空中，反倒是安晓天被炸了出去，半跪在地上。

"才能让人类，更好地生存下去！"

接着，安晓天被黑鹰一个锁链钩住，安晓天只觉得被用力一甩，被摔在了另一边。

"你逼我的。"

烈鹰侠站起身，弯过手去，握住身后战剑的剑柄，在背后推进器的加持下，一个箭步就朝着黑鹰拔剑刺来！

黑鹰侧身一躲，手臂上居然跳出两把鬼刀漂锋，顺势旋转了一圈，握住空中的刀柄就往烈鹰侠刺过去的背上劈了过去。

年轻人毕竟是年轻人，更何况是这位被选中的二代驾驶人。安晓天反应极快，惯性还没结束，他已经带着"烈鹰"装甲回身格挡住了这一记横斩。

僵持的一人一机同时用力一顶，都往后退了一步。

"安晓天……"

"闭嘴！你个混账！"烈鹰侠吼道，手臂里的导弹弹夹滚动了一下，新的导弹再次瞄准了黑鹰。

黑鹰旋即弓步下压，展开一个粒子盾。一声巨响后，烟雾缭绕。烈鹰侠试着用视线捕捉器搜寻目标。然而，脊背一凉，一道黑影从他的眼角中闪过，一刀狠狠地劈在烈鹰侠的背上。

烈鹰侠一个踉跄，刚站稳，黑鹰的腰部居然喷射出激光波，直接照射在烈鹰侠身上！

还没熟悉装甲的安晓天哪里招架得住，只能抬起手臂往后退去。

黑鹰一边喷射着激光，一边飞上天空，最后落地一脚，直接将安晓天踩在了脚下，说："王将军可是很看好你的，只可惜……这只是初代机，有了黑鹰，你们也没有什么价值了。"

说着，黑鹰抽出一把战刀，向着安晓天的能量核心刺将而来……

"轰"！

刀刃将落未落之际，一发榴弹精准打在了黑鹰身上。

梦魇抬着枪，死死瞄着黑鹰。

"傍晚好，乔安小姐。"黑鹰站起身，"今天，我不是和你们一定要拼个你死我活，以后我也不想，至少面对宇宙，我们是一致的，请饶恕我现在的罪行，若干年后，你们会懂得。"

黑鹰转过身，起飞的时候丢下了一句话。

"如果真的想杀了我，你也不可能是我的对手，晓天。咱们，后会有期。"

安晓天解锁了头部装甲，深深吸了口气，开始联系秦伟山："伟山，王将军怎么样了？"

"他……他已经没有生命特征了。"

乔安放下枪，将手轻轻搭在了半跪在地上的安晓天肩膀上。

安晓天反握着战剑，将其狠狠地插在地上，痛苦地闭上了眼睛。

11．"正义需要你！"

"预备——"

石板路上，站满了前来吊唁的人，一片的黑色铺压在殡葬队后，默不作声地等待着最后一声仪式命令。

"放！"

36 名仪仗队士兵将枪托靠在胸侧，随着白烟弥漫，悲怆的枪声开始回荡在微微雨落的阴空。

所有参与葬礼的政要和军人们纷纷摘帽，低头合眼。

本来就没有伞，再加上一片垂下去的头，更让安晓天死死望着王将军入葬的脸显得突兀。

雨水骤然大落而下，掉在安晓天肩上金黄色的军徽上，碎在安晓天愤恨灼心的心丹。他就像看入迷了一般，觉得这样盯着那口缓缓下坠的木棺，自己的救命恩人、最该用生命去感激的伯乐，就会重新站在自己眼前。

安晓天的眼神迷离着，任凭瓢泼大雨冲刷着已经贴在身上的军服。

"节哀。"

一声温柔的男中音传进安晓天的耳畔。安晓天微微朝两边侧目，望着秦伟山和乔安走到自己身旁左右。

"我们都是王将军一手提拔出来的，你的悲恸，是我们共同的感情。"乔安说着，三人望着木棺终于被放进了土中，再无踪影。

"……"

安晓天脸上莫名地多出了好几行水流，可能他就是趁着雨势大，才敢这么肆无忌惮地让感情在神情里狂飙。

"我明白，两位前辈。"安晓天努力控制着自己的声音，"我无法接受的是，同样身为兄弟，为什么良木齐敢痛下杀手……难道在利益面前，感情就是这么不堪一击么。"

乔安和秦伟山同时望着安晓天的侧脸。他们并不知道，安晓天还有一个从小玩到大的好兄弟刘宣。

"我选择了守护，而非寻求庇护。可是为什么……我们守护着未来，却还要被渴望未来的人伤害呢？"

他们作为特战队仅有的三人，却根本没有机会去台上悼念心目里最伟大的英雄领袖。安晓天双手伸进裤兜去，默默转身，在乔安和秦伟山的注视下，再次走进了阴暗的大雨中。

自从王将军遇害以后，基地里军心涣散，士气低落。而这一情绪表现做明显的，就是安晓天。

安晓天自己也不知道为何自己选择如此沉沦——每一次和秦伟山交手时，两拳相撞的瞬间，他总是能看到王将军生前的影子。最后一次，是自己精疲力竭地靠在围栏上时，望着秦伟山的脸，都看到了自己第一次从"烈鹰"装甲里走出来时，王将军慈祥欣慰的表情——这个老人的眼神里，似乎看到了整个未来。

"我上个厕所。"

安晓天没等秦伟山批准，径直走出了训练场地。

他不想成为"烈鹰"装甲的驾驶人，更不想成为什么顶天立地的超级战士。再有天赋的人，失去了生命中的伯乐，跟一位富二代失去了全部家产没有任何区别。

他悄悄溜回了王将军为自己选取的私人专属生活室。这是基地中有荣誉和地位的人物才有资格入住的地方。安晓天用不到两年的时间，走完了那些大官二十多年也未必走完的路，全都归功于王将军对自己寄托的厚望。

可如今，安晓天就算真的出人头地了，没有他的见证，未来取得再多的成就又有什么意义呢？自己的良心又该如何安放？

内心这些想法终于是冲垮了安晓天泪腺最后的防线，他瘫坐在卧室的落地窗边，孤独寂静的房间，只有那一窗倒映下来的光芒愿意俯下身，拥抱这个将悲痛埋进臂弯的孩子。安晓天侧脸滑下的泪水在今天的阳光照耀下，熠熠生辉。

从那天开始，安晓天对所有训练一概忽略，连生活室的门都不愿出去一步，每天除了喝白开水，就是他自己囤积的泡面，脸颊边的棱角愈发明显。

听说安晓天这般消沉，这可把张教官急坏了。

王将军出事后，刚从禁闭室里出来的张教官再次接手了新兵营，但是除了日常的训练，剩下的时间都是在为安晓天的情况发愁。

张教官甚至还以为安晓天住在寝室里，去了几趟后，室友们都说安晓天前几日莫名搬走了，听上级说，是调去别的部队了。张教官四处打听安晓天的下落，直到有一天，自己还在教官办公室里和别的教官聊天，手机上突然接到了一条内部信息。

"行政中心……六层最里面……"

张教官顺着信息走了过去，抬起头，大吃一惊——

这分明是基地总指挥室。

"进来吧。"张教官还寻思着如何敲门显得有礼貌一点，里面就传来了一个男人的声音。

"您好……"张教官小心翼翼地探出一个头，看到一位肤色黝黑的老人坐在办公室的电脑前。

光是他的肩宽，张教官就能判断，这人至少有 180 斤的体重。

"张教官，幸会幸会。"他站起身，直接遮住了张教官的视线，但是温和的表情，看上去还算平易近人。

初次见面握手后，那人开口道：

"我叫蒋焱，目前是特战队计划的临时负责人。我呢，比较喜欢直来直去，这次我叫你来，就是想跟你说明下，安晓天的事。"

张教官心里"咯噔"一下——蒋焱？！原来……眼前这位就是全国屈指可数的陆军一级上将之一的蒋将军啊！

蒋将军的话，张教官哪敢不听。他立刻顺着蒋将军的手，走到了他身边。

"是这样的啊。"蒋将军不停地敲动着自动水笔的按钮，"安晓天，已经被选入特战队，你也别四处打听了。最近基地里本身情感就很脆弱，要是再传出一个特种兵失踪等等诸如此类的谣言，这军心，恐怕就很难稳住了。"

"啊！"蒋将军不点醒一下，张教官真不知道自己现在的行为是火上浇油，赶忙欠身道歉："实在对不起，将军！我愿意接受……"

"哎——我没那个意思。"蒋将军摆着手，"你我都清楚，安晓天是个好苗子，作为他的长官以及长辈，关心他是理所当然的。我就是给你个提醒，省得做这么多猜测。我现在就希望，你能针对安晓天的状态，尽快让他恢复过来，以及……"

蒋将军突然停住了，示意张教官凑上来。凑到蒋将军面前的办公电脑前时，张教官才明白了他的用意——原来就在他来之前，蒋将军一直在电脑上查看安晓天十几个月来的各种 VR 训练室的仿真战斗测试视频。

“很快，我要召开一次会议，你的任务，就是无论如何，让安晓天接手一个任务。安晓天是很年轻，但论身体素质，他已经全方位达到了奥运会代表队标准；而论精神力量，他的任何能力，都让我这个快七十岁的老将惊讶。我甚至觉得，他的精神年龄，仅次于我。”

张教官听着蒋将军给安晓天的评价，额角缓缓流下了一滴汗。

四天后

得到蒋将军的允许后，张教官请来了乔安，让她想想办法。乔安知道秦伟山和安晓天是比较亲近的关系，特意让他端着一盒饭菜，悄悄来到安晓天的生活室门口。

秦伟山发现门居然没有锁上，干脆就推门走了进来，努力温柔地喊道：“晓天，吃个饭吧。你已经几天没吃东西了。”

安晓天躺在床上，一动不动。

秦伟山无奈，只好将食物放在一旁的桌子上就走了。

安晓天睁着大眼睛盯着天花板，忍不住偷瞄了一眼食物。

他已经饿得前胸贴后背了。

听着秦伟山慢慢走远后，他小心翼翼地坐起来，爬下床，一阵风卷残云后，盒子里干净得连汤都不剩了。

心满意足的安晓天刚想站起来，脑袋就像灌了铅一样，整个身体如一个锥子般，脑袋“咚”一声砸进枕头里，睡死在了枕头上的凹陷里。

不知过了多久，等他醒来时，身边的场景已经不再是室内的墙壁，而是训练场内宽广的蓝色胶皮地。

安晓天望去，乔安坐在旁边，腿上放着笔记本，“啪啦啪啦”地敲击着；而秦伟山则在一旁练拳，见他醒来，立刻上来搀住想起身的安晓天，笑着说：“醒啦？来，哥带你去吃点？”

“不了，我回去睡……睡会儿。”安晓天像个酒鬼一样，跌跌撞撞地往台下走去，不知是真的被麻痹了还是怎么。

忍无可忍的秦伟山踏着极重的脚步冲来，一拳打在安晓天右脸颊上！

“唔！”安晓天闷哼一声，刚倒下，秦伟山又将他拽了起来，精心包装的笑容已经彻底被撕裂成了震怒，对着他大吼：“你是废物吗！晓天，啊？！你觉得你这样做能挽回什么？他已经离开我们了，而凶手还需要我们去解决！你不亲手将凶手绳之以法，你对得起谁啊！你是三岁小孩吗跟我们玩这种游戏！上天有眼，王将军一片真心，将你拉扯到特战队，可是你看看你，啊？我和乔安姐死过多少弟兄你知道吗？！你以为就你觉得世界不公平，就你觉得悲痛而无可奈何吗？我们没有选择，唯一的道路就是在命运的捉弄下坚定的抬头！你不应该是懦夫！既然选择了守护别人，自己的情绪还守护不了，你有什么资格？！振作起来，现在不是你消沉的时候，正义需要你！"

秦伟山字字扎心，让安晓天的泪水瞬间爆发："他是我的救命恩人，是我的导师啊……正是如此，我才选择接受身体的改造和'烈鹰'装甲驾驶人这个现实！老师不教了，要教材有什么用？"

"混账！"秦伟山一听更来气了，怒斥道："看着我，晓天，你是为了给王将军做样子才进来的是吧？好，你现在，就给老子退出！给老子滚！"

乔安停下了敲字的手指，看着他俩。

安晓天抿抿嘴，毅然决然地转过身去，走向了出口。

"他……知道这个世界将发生什么。"

安晓天一边走，一边听着乔安口中似乎毫无感情的话。

"你一直都说，军人，就是为了守护。我们特战队当时建立的目的，就是对一切国家级乃至全球威胁级的各种灾难做出反应。说白了，我们就在守护。可你，只纠结在个人感情上，根本不了解特战队的初衷。王将军正是预见了阴云密布的未来，才会寻找下一任驾驶员。你只觉得是恩情，可是他，想看到的是那个捍卫地球的擎天之柱，而不是跪在一次生离死别面前无法自拔的笨蛋。"

安晓天的脚尖，最终还是悬在了门口，停住了。

"请你别辜负了他。也算我，求你了。"

秦伟山接上了乔安的话，松开拳头，转身喝水去了。

安晓天往后一看，看见乔安和十几个围观的士兵们正看着他。他低下头，不敢看他们。

这一晚，安晓天再没合眼。

第二天下午

秦伟山照常来到拳击室练拳，没看到安晓天，他很失望。

"浪费我的感情。"秦伟山嘟囔着。

“那可未必。”

秦伟山惊喜地转过身，安晓天早已脱去上衣戴着拳套，看上去已经练了很久了。

安晓天笑着问：“准备好把我打倒了吗？”

秦伟山眼里闪着光：“好久没见你笑得这么开心了，我的好兄弟。”

傍晚，两人练完拳、洗完澡，来到食堂吃饭。正闲聊着，乔安也端着饭菜走过来坐下，看到安晓天这么狼吞虎咽的样子，她也难以遏制心里的喜悦，撩起头发夹起菜，关照安晓天道：“慢点吃，别噎着了。”

咽了口菜后，乔安继续说：“一会儿晚上有一个贵客要过来，我们去迎接一下。”

“什么贵客啊？没问题。”安晓天头也不抬，就比了个“ok”的手势。

这一幕，逗得乔安也“扑哧”一声笑了，露出了迷人心窍的笑容。

六点，一辆军用悍马开了进来，停在训练场旁边。

安晓天、秦伟山、乔安和张教官站在车一侧。张教官主动上前拉开车门，一个矮小的男人走了出来，容貌和蔼可亲，不过少说也有四十多岁的样子。

“这位前辈叫陈昊，是武器研发中心的顶尖人才，发明过近三十种新式轻武器。他曾是良木齐的徒弟，参与过研发烈鹰装甲的任务。”张教官介绍道。

安晓天一听，多少有些不高兴，握手的时候犹豫了一下。

陈昊看在眼里，没有怪他，说：“我对王将军遇害一事深感抱歉和惋惜，更没想到我的师父竟会做出这种伤天害理之事。但请相信我，我不会对恶人有一丝怜悯，我会配合你们的行动到最后一刻。”

“行动？”安晓天疑惑地看着张教官。

张教官点点头：“今晚九点有一场会议，我要求你们全部参加。现在，让陈昊博士带你去真正熟悉一下烈鹰装甲吧。”

路上，陈昊博士喋喋不休地说个不停，但都是讲给安晓天听的。安晓天也没有不耐烦，细心听着：“乔安小姐在全国军界都是威名远扬的狙击手，她参加过大大小小的行动不下 50 次。柔道和格斗术都是她的看家本领。而她的战衣是由她的前……这个比较敏感，先不说了。”

“她的武器代号叫”命运征服者“，是由我打造的特种枪械，全世界只有这一把哦。这枪啊，总共有三个发射口，一个常规枪口，一个特种枪口，还有一个，算是炮口了。按照乔安小姐的要求，我们将它喷上了紫色的光学镀漆，可以发射 12 种型号的子弹，包括 7.62mm 步枪弹、SmElomg 普通弹、SMK 子弹、Mk2z 子弹，也包括激光弹，等等。而且这枪可是有两种形态的，一种是常用的射手步枪形态，一种是近战用的战刀形态，很炫酷吧？"

"还有伟山的机械拳套，也是我当年一手发明的，正常负载之内，它可以在 1 秒内打出将近 2 吨的伤害，但是这远不止它的极限！拳套拥有推进器和巡航系统，可以发射之后再返回到操纵者手中。每个拳套可以容纳 5 枚投掷物，150 发普通子弹。伟山还有一套金属战衣，因为他的作战方式是以近身为主的嘛，远距离比较吃亏。这个……是由良博士……良木齐发明的。"

说完秦伟山，他们刚好来到了烈鹰装甲新的储藏室。陈博士让安晓天进入装甲，神秘一笑："告诉你个秘密，拿出你的战剑。"

安晓天从身后将战剑拔出。

"有什么不同吗？"安晓天抬着战剑，细细观察着，光滑锋利的刀背在光的照耀下甚至有了流纹。

"你想一个关键词：枪形态。"陈博士打了个响指。

旋即，一声机械开锁般的声音传来，战剑上下两边突然分离，伸出一个黑洞洞的枪口。

安晓天像被噎住了一般，惊讶地看着战剑。

"这是战剑的激光枪形态，它可以发射极强的激光能量，轻松烧穿厚达 5 厘米的一般钢铁。"

陈博士又说："现在，把剑收回去吧。你的手臂里有 6 种武器：手腕附近，有激光发射器、'狼蛛'导弹；小臂上，有激光战锋、'天女之花'微型追踪弹，最后肱二头肌处，只有自动电磁导轨枪，其他地方其实尚处于开发阶段。"

"很多能量型武器，发射的能量弹珠由你的能量核心提供并转化，理论上讲可以无限射击。而你的右肩上，藏着一挺"火神"机枪，可以自动瞄准目标，背部的机翼上方，还装配着两个盒装式聚爆小型火箭弹，我记得当初设计的是一盒 36 发……"陈博士忘我的回忆起来，"啊……总而言之，烈鹰当初就是以宇宙探索器级别的重型装甲所形成的防御体系为支撑，在继承了传统武器凶猛火力的基础上，创新式地加入了较强单兵作战能力的要求，比如——战剑，以及驾驶人的高强身体素质。所以，装甲对驾驶人的要求是非常高的，或者换句话说，烈鹰装甲的上限，根本不取决于装甲硬属性本身，而是驾驶员的大脑处理能力和身体素质。脑袋转得越快，身体协调越跟得上，咱们能做出的连招越多，人机整体强度，就会越高。”

听到这，安晓天甚至有些入神了，他托着腮，若有所思地盯着“烈鹰”装甲。

一个讲得正兴起，一个听得正入迷，乔安放下手臂，提醒道：“9 点快到了。”

四人一起来到会议室。据说，这场会议里的人，都是签过保密书的，也就是知晓绝密特战队这件事的。

“这次叫大家来，不为别的。”新上任的蒋将军坐在最前面说，“想必大家都知道王将军遇害的事了吧？听到这条消息后，我脑海里只浮现出一句话：是可忍，孰不可忍！政要大会已经高票通过了我的提案——全国所有的军事基地已经宣布介入此事，将正式联手合作，全力配合我们将良木齐捉拿归案，绳之以法！现在军心涣散、士气低落，我们要打一场胜仗，漂亮的胜仗！因为这不仅仅是捉拿凶手归案的问题了，这关乎我们特种兵的尊严！而且，良木齐这个人，不是我夸赞他，但是他的科研实力，放在任何一个武装组织都是如虎添翼的存在！他这一次叛变，事关整个国家的稳定！迫在眉睫！”

“我想成立一个应急反应小组，而在场的诸位，就是我要的全部指挥人手，其中包括反应部队的三个队长。你们，有信心吗？”

30 多个军官顿时你看看我，我看看你。这次面对的是几乎能与军方相抗衡的蝰蛇组织，谁也无法打包票真的能完成这个任务。

而且，他们还真想知道在座哪三个是队长。当然是乔安和秦伟山占了三分之二，最后这一份，还得看……

“将军，让安晓天当副指挥吧。”张教官故意提议。

整个会议室顿时一片死寂。安晓天？这是何方神圣？

安晓天浑身抖动了下，一脸愕然——这……也太无厘头了，自己可是个什么都不懂的萌新啊，让自己去打蝰蛇？连忙挥手，对着一群人质疑的表情说道：“不不不，我还只是个……”

坐在他旁边的乔安用手肘顶了他一下。安晓天回过头，秦伟山和乔安都用鼓励的眼神看着他。

“你不简单的，不要低估自己，晓天。”乔安说。

“我……”安晓天欲言又止。他摊开手，面露难色。

"晓天，想想你的救命恩人，你还在犹豫什么？再说……"秦伟山向安晓天拍拍胸脯。

但是，蒋将军迟迟未表态，而安晓天也迟迟未作答，低头回避的样子，很快就招来了质疑。

"老张，你不适合开玩笑的。"有个高官耸耸肩。

"这么个白脸小毛孩，是不是你从新兵营捞来的秘书啥的？"有个上尉更是直接地讽刺道。

蒋将军依旧没有说话。他当然希望安晓天担起这个责任，但是他不想看到安晓天是被逼无奈才答应的。

蒋将军默默地望着安晓天低下头的样子。身为军人，就要敢面对任何质疑，勇于证明自己的力量，更何况，安晓天背负着身后所有人的期待。

这个道理不是蒋焱上将能教给这位年轻人的，在这个人生拐点，只有他自己能决定。

"那如果他没开玩笑呢？"

突然出现的回答，语气却极其平静，充满了魄力！有些躁动的会议室瞬间都安静下来，十几双眼睛一齐望向了这位少年，等着他下一句明确的答复。

安晓天猛然抬起脸，坚定的眼神里，燃烧着星辰与柴焰。

"我当！我要让良木齐知道，背叛特战队的代价！"

12.“他在撒谎！”

散会后，所有高官谈论的都是安晓天这个新面孔。身边的评论和投来的眼神，让安晓天感到很不自在。秦伟山和乔安将安晓天夹在中间，快步将他送回了生活区。

确认身后没人了，三人踏在路灯微照的石板路上，都轻轻松了一口气。

安晓天犹豫了一下，还是忍不住问了出来：“你们……张教官是不是和你们打过招呼了？再怎么说，你俩也是我的学长学姐啊，为什么会首先推荐我呢？”

“确实喔。”秦伟山刻意眨巴了下右眼示意道，“我们的任务，就是打破那些高官的成见，非你上任不可！那个畜生高上尉，听说和好几个女兵有过关系，还敢在会议上狗叫？老子真是想不通，这样的人有什么资格对你这个绝世天才评头论足！”

安晓天一听，慌忙解释道：“不敢当不敢当！我哪是什么绝世天才……”

“还不敢当？”乔安一拳怼在安晓天的肩膀，“你知不知道，其实我和秦傻狗子都是进入‘烈鹰’装甲测试过的？”

说着，乔安特意向秦伟山挑了挑眉，俏皮地眨着眼。

“额？”安晓天吃惊地望着乔安姐——这……这是他认识的那个冷酷女教官吗？原来她真正放下包袱和人打交道时，居然还能可可爱爱的。

“我说你……人家可是我的徒弟哎，让我在他面前有点威信好吗？”秦伟山撇着嘴。虽然乔安姐从刚认识的时候，就经常私底下这么叫自己，可是这里有个新人啊。

“等等……你们都是经过测试的？”安晓天率先回归到问题。

乔安和秦伟山都微笑着点点头。

“所以，你们都是备份过的人选，对吗？”安晓天突然心里有些失落——可能自己并不是王将军眼里唯一的千里马。

“这个还真不是。”乔安解释道，“备份进‘烈鹰’装甲测试系统的人，你是第一个。我和秦傻狗子……"

"咳嗯！"秦伟山瞪了乔安一眼。

"嘻嘻……我和你伟山哥都是直接被叫去，做尝试的人。因为当时他们都觉得，我俩虽然有能耐，可是毕竟年龄摆在这里。王将军生前的愿望，是想在你们这些二十五岁以下的年轻人里选拔一位继承者。但这个可能性，就是给他一片海，也不见得会有针在里面……"

"而你，却是那被光芒照耀着的针，游进了他的视线。"秦伟山接上了乔安的话，"我们正常人的大脑，对'烈鹰'装甲的神经链接是非常排斥抗拒的，可是王将军做到了，而你，比他更厉害。"

安晓天满脸震惊，微微启开的嘴，不知所措地颤抖着。

"你的能力，我们有目共睹。晓天，看得出来，你已经接受了加入特战队的事实。只是不知道，对身体上的变化你能否接受，但我和乔安姐绝对不会把你看成异类，只要是为了国家的强大，为了人民的福祉，为了人类的未来，我们都愿意去信任，相信你能走出阴影，走出痛苦，带着大家创造奇迹。"

说罢，秦伟山和乔安伸出手，搭在一起，放在安晓天的面前。安晓天"噗嗤"一笑，果断伸出手，放了上去。

第二天，安晓天来到食堂吃早饭，以前的同班士兵们都向他投来了羡慕的眼神，搞得他怪不好意思的。

刚坐下拿起筷子，一个巨大的阴影面立刻盖在了他身体上，安晓天抬头，赶紧放下筷子——这不正是那个一直想着要超越自己的竞争对手大壮吗？

"兄弟，好久不见，去哪了？听说那晚的战斗，你率领的那一队，好像差点全军覆没来着？嗯？"

大壮伸出手，"友好"地望着他。

"哼！是啊，要不是我们挡在前面，恐怕有些人已经不会活着站在这里了。"安晓天毫不客气地回应道，一把握住大壮的手，巨大的力气，捏得大壮整个手都挤缩在一起，骨头"咯哒咯哒"地响着。

"嘶……"大壮惊讶地望着他，忍着疼痛说，"不错嘛……有我一半的力量了，嘶……"

"呵，过奖过奖。"安晓天微微笑着，松开手，放过了大壮。

"来来来，套什么近乎呢？"张教官不知何时背着手走了过来，瞪着大壮。

谁想这家伙依旧不依不饶地问：“教官，他到底当了什么官啊？还是觉得自己能耐不够，转到哪个犄角旮旯儿去了？”

不知情的围观人们都哈哈大笑起来，安晓天不想和这人太计较，拿起筷子，默默地吃起了菜。

“呿！去犄角旮旯儿的人是你还差不多！他现在，啊，重任在肩，你们这辈子都别想沾边的那种！晓天，八点钟来指挥室，不许迟到！”

“是！”安晓天答应一声，继续闷头吃着菜。

“哎……听说，上次那次行动，出动了特战队啊……”

旁人言语中出现的敏感词瞬间让大壮一个激灵，他瞪大了眼睛，望着面前安静吃饭的安晓天。

8点，安晓天准时来到指挥室。可令他没想到的是，昨晚开会的人们全都到了，似乎就在等他一个。

“不是 8 点……么？”

面对这些质疑的目光，安晓天还想解释下，不敢踏进来。

与食堂里的情形不同，这里的人几乎都很看不起他，除了秦伟山他们。

蒋将军示意安晓天来到自己身边，安晓天在人们质疑和嫉妒的注视下走了过去。

看到安晓天到场后，乔安站在主电脑前，开始报告行动情况。

“军委已经下达批示，以 S 市军事基地为一线核心，全国军方将合力，彻底摧毁社会毒瘤——蝰蛇组织。”

力不从心的感觉立刻在在座各位心中蔓延开来——良木齐加蝰蛇组织，这恐怕……是一场鏖战。

渐渐地，人们的目光有点像看乐子般一齐看向了安晓天，想看他有什么反应。

没什么反应。

安晓天点了下头，示意乔安继续讲下去。

“蝰蛇组织，是一群思想扭曲的腐败者组织起来的武装组织，前几年，在国家的大力清扫中选择暂避锋芒，隐藏了起来。如今，他们的行动越发猖獗，而头目甚至是和全国八大豪门有关联的，但是没有确凿证据。再加上最近的神秘事件，很难不让我们怀疑，他们已经得到了其他神秘力量的武装支持。而良木齐的叛变，更是让原本就错综复杂的局势雪上加霜。”

所有人的脸上，都露出了严肃的表情。

"根据 A 市基地提供的最新情报，他们的反隐身模型侦测感知器在森林中捕捉到了隐形悬浮机的轮廓。迄今为止，没有人知道他们主基地确切的位置，但是这则消息，让那边的森林有了很大的嫌疑。现在最大的问题，就是确定暗处敌人的位置。"

"所以，诸位军官如果有策略，可以提出来了。"

沉思的寂然突然占满了整个会议室。

蝰蛇组织是在森林里，可是在哪个森林？偌大的森林，又会在哪个确切方位？而如果想依靠人去追踪，蝰蛇的人其实遍布全球各地，隐藏在人群中，几乎与普通人没有任何区别。无论怎么想，这都是一个极其困难的问题。

正当大家一筹莫展时，安晓天想了一会儿，突然抬起头。

"乔安，这里有退役军人的名单吗？"乔安点点头，点开退役军人列表，一组组照片呈现在大屏幕上。

安晓天来到主电脑前，开始一个个点开来查询。

"你要找什么啊？你这样找要找到什么时候？"那个高上尉翘着二郎腿，轻蔑地问道。

秦伟山立刻扭头，狠狠地瞪了他一眼。

谁知高上尉这么一问，好像还真把安晓天问住了。他停下了移动鼠标的手，对着大屏幕沉思着。

就在大家都觉得应该是没戏了，安晓天又开始动了。

犯罪前科、未归案。

这两个检索关键词输入进框内，安晓天果断敲下了回车键。

电脑接受命令后，屏幕上立刻刷下了一堆身份信息。安晓天又想了想，再次输入一个关键词——

近期轨迹：森林。

大屏幕一闪，众人立刻发现，只剩一条信息醒目地挂在了屏幕上。

安晓天点开这个人的资料，乔安和蒋将军走上前，一起滚动着资料。

"此人，就是突破口。"

安晓天自信地转身，指着身后的大屏幕。

"退役军人胡一天，今年 41 岁，曾经在 M 市基地里服役两年，但是因为接触了毒品，立即被强制退役。离开基地后，他四处贩卖毒品，游走于黑市之间，可是五年前，也正是国家大清扫期间，他突然没有了任何活动踪迹，而且，三年前又出现了一次国家讯号网络内的活动，唯一一次，坐标位于 A 市的北侧森林边缘，便再次消失。”

安晓天点开了最近的情况：“但是我刚刚注意到，电脑显示这个人的行踪又出现了，而且，就在我们 S 市。”

乔安明白了他的意思，立即调出了这个人最近常去的地方。

连续三天，竟然是这里的酒吧。

“所以，大家有头绪了吗？这样卖毒品的惯犯，不是正在卖毒品，就是在谈毒品生意的路上。我们现在就需要一位高情商的套话能手，而且，最好是女性。”

“好！”乔安率先为安晓天的分析鼓起了掌。除了蒋将军、张教官和秦伟山，其他人都是僵硬地，间续着拍起手。

可是渐渐地，乔安感觉哪里有点不对劲。

“你……你们，都看着我干嘛？”

傍晚五点

“乔安姐，这是我从医疗队那边借过来的，你就凑合穿穿吧。”安晓天笑着对乔安说，看着乔安有些懊恼的眼神和嘟起的嘴，安晓天赶紧把笑容收敛了。

“乔安，你又不是第一次执行卧底任务，怎么这么不情愿啊。”张教官问。

乔安一把夺过安晓天给她借来的衣服，说：“我就是不想去这种场所，特别是面对这种歪瓜裂枣，我还要千姿百媚地～和他们套近乎！还不如我一拳打上去，恶心死。”

秦伟山哈哈大笑：“哎呀，你懂啥？给你个机会重温当香港小姐的万众瞩目啊！放心，不会要你命的。”

“这已经够要命的了，秦傻狗子。”乔安翻了个白眼，准备进更衣室换衣服。

“哎，先等等，乔安妹子！”

众人转身，陈昊博士手里似乎是捏着什么，拖着白大褂向他们跑来。

“有个东西，你肯定用得着，而且会事半功倍！来，睁大眼睛，仰起头。”

乔安乖乖地抬头睁大眼睛，陈博士将一枚隐形眼罩壳小心翼翼地放进了她的眼眶里。

"这是实时影像分析片，已经接入共享云端了，你所见的画面，会随时进入主电脑内的投屏。同时，只要是在视野里面的人，它都可以进行数据分析的资料显示。我想，这样可以大大降低你们任务的难度。"

安晓天会心一笑："太好了，辛苦博士了。"

晚上，7 点 40 分

"重回模特的时代感觉如何呀，美女？"秦伟山望着乔安投来的影像，打趣道。

乔安没有搭理他，从一辆黑色的凯迪拉克中走了出来。

不愧是曾经的香港小姐，一身红色的露肩包臀裙，腿上裹上了渔网长袜，凹凸有致的 S 型身材，哪怕是紧紧包裹的包臀裙也没能看出一点小肚子，匀称的皙白长腿，随着高跟鞋底落地，甚至都能微微弹起，扭动幅度恰到好处的臀，不知勾起了身后那些男人多少的遐想。

"乔安姐，你真性感！"秦伟山悄悄用手机发去了一条消息，显示在了乔安的镜片上。

"你给我死！"乔安恶狠狠地唾了一句，走进了酒吧。

这个酒吧有两层楼，一楼是舞厅，二楼则多是桌椅和包间。

乔安一进门，就被几个男人主动上前搭讪，但都被乔安委婉拒绝了。

乔安来到柜台前，说："我记得你们这有卖九七年的罗曼尼－康帝啊，帮我取一杯吧，谢谢。"

"乔安姐，一会儿先向左边看，我们会一个个排查。"乔安眨了两下眼睛，示意明白。

"还有，别点这么贵的，付是付得起。"安晓天满头黑线地提醒着。

"你越是点贵的，越有机会和他们套近乎，懂不？"乔安小声说道。

她看向左边跳舞的人群，安晓天他们则迅速采集人脸与他们的目标一个个比对着。

"右边。"安晓天说。

知道左边没有目标，于是乔安又转向了右边，那里没几个人，只有五六个帅哥美女聚在一起聊天。

"上楼吧。"安晓天说。

"我感觉我跟个智障一样。"乔安一边上楼一边不忘吐槽。

到了楼上，安晓天以为这个人会待在包间里，结果他用肉眼就看到了目标。

"九点钟方向！从西到东第 4 个桌子，看到了吗？那个瘦子。"乔安眨了两下眼睛，缓缓地朝那两人走去。

"哈喽，两位帅哥——"乔安灿笑着，微微弯下腰，将胸的可见度把控得非常到位，打了个招呼。

虽然自己确实是故意的，但其中那位胖子死死盯着乔安的胸口，依旧是让乔安感觉一阵恶心。

"哦吼吼……天，我可没叫特殊服务。"那个瘦子摆着手。

"哎呀～不是，我只是觉得，你们俩挺有男人味的，所以过来……"

说着，乔安撩了下头发，手顺着自己大腿上的渔网袜滑溜了下去，坐在第三把椅子上，顺势搭起二郎腿，鞋跟刻意蹭了下瘦子的裤腿。

"搭个讪，加个联系方式什么的……可以么？本人单身，就是，想找个好男人那种。"

"这里不是相亲的地方啊。"

瘦子刚想把这句话说出来，自己这个怨种伙伴立刻开口答应道："哈哈哈，可以可以，什么时候我这么有魅力了？"

"放屁！人家看上的是我，对吧？像你这样主动又漂亮的妹子实在是越来越少见了。"说着，瘦子无可奈何，向乔安伸出手："胡一天。"

"乔一一。"乔安保持着自己甜甜的笑容，与他握了个手。

"呦，你也有'一'字啊，有缘有缘！"

胡一天仔细打量着这位乔一一。

"那这位是？"乔安问。

"哦，我的贸易伙伴，赵熊。"

胡一天说着，赵熊也已经迫不及待地起身跟乔安握了握手。

乔安将镜头对准了赵熊，主电脑上显示出一条信息：有犯罪前科，多次向他人贩卖军火，曾被判处过 6 年有期徒刑。

安晓天提醒道："这是个卖军火的。"乔安眨了两下眼睛，继续问："胡哥哥是在哪里上班的呀？"

"我啊，我在 A 市。"

"A 市森林很多啊，旅游业可发达了。让我猜猜，你是不是某个旅游企业的 CEO？"

"啊哈……那没有。不过，我倒是 A 市企业的一个高管。"

"哇哦，太棒了！哎，那你现在在 A 市的南边还是北边工作啊？我没别的意思啊，嘻，因为，我的老家也在 A 市哦——如果可以，我们……约一约？"乔安挑了下眉。

此时胡一天瞬间变得紧张起来，但看得出来他很兴奋。

他试着揽住乔安的腰，望着赵熊近乎抓狂的样子，说："啊……南面吧，我也不是很清楚。你知道的，宝贝，北边全是奇山怪石！"

这时，安晓天立即点开胡一天的脸部分析图，发现他的脸部充血量正急剧飙升。

"他在撒谎！"

所有人都懂了，既然不是南边就是北边，而北边又是那个森林。可以说，乔安算是色诱成功了。

乔安眨了眨眼，示意自己差不多知道结果了。她和两位大叔又暧昧地聊了半个多小时，留了下虚假的联系方式，就在两人想着如何将乔安拉走去开房时，乔安却谎称自己有家里人有急事，在两人痴痴地色眼中，踏着猫步走进了拐角。

看着乔安远去，赵熊憨憨大笑着："这妹子，太有感觉了。"

胡一天却猛地摇摇脑袋，收起了笑容，接通了一个电话："跟着那个穿红色包臀裙的女孩，不要跟丢了！"

"咋了？"赵熊问。

"既然是找男人，问我什么工作还能理解，为什么要问我工作地点？"胡一天凑到桌子上，盯着赵熊。

"有诈！"

13.“记住了，我叫烈鹰侠！”

“那个女官好像到了……”

一传十，十传百，乔安回到基地的风声立刻在反应小组的人之间传开。

“啪嗒”。

凯迪拉克的车门被缓缓拉开，让反应小组的男人们失望了，出来的不是那个浓妆淡抹、衣着暴露的女郎，乔安一身笔挺的军装，面无表情地走向迎接的人们。

“可以啊，不愧是绝密特战队的人啊……”

“这么轻易就把情报套到手，实在是佩服。”

反应小组组员自觉地让开一条路，这种称赞的话，乔安从参军开始就听腻了。

可是，面前这位越离越近的健壮男人，他的一句话就让乔安彻底破防。

“宝贝——哈哈……”

秦伟山是全世界唯一一个可以让乔安放下架子的人，也是自己唯一的知心战友。可没人敢和乔安开玩笑，但是秦伟山偏偏就敢。

要不是旁边有这么多人，乔安早就灿笑着假意打上来了，现在她只是看着很严肃的，一记侧踹踢向秦伟山的腰。

乔安的侧踢，力道根本没有收敛的意思，因为她清楚秦伟山肯定是接得下的。

秦伟山随手一个招架，反手握住乔安的小腿，任凭她挣扎，依旧打趣地问道：“哈哈哈，给咱分享下，被男人抱着的感觉如何啊？哈哈哈……”

“你，你……”乔安气得脸都红了——私底下这么玩就算了，现在这么多人看着嘞，你让我这个高冷大女神的形象往哪搁啊？

发现旁边的人也开始偷着乐呵，乔安像个小女孩似的，赌气地撒开秦伟山：“懒得理你，我要去指挥室继续任务了。”

乔安抽回腿，提了提裤子，转身就要走。

"哎，别不理我嘛，我就跟你闹着玩啊，别生气啦——可爱又漂亮的乔安姐——"

"滚开！恶心的秦傻狗子！"

指挥室里

"既然已经知道了位置，为什么还不行动呢？"一个军官在安晓天身边疯狂比划着，质问着他，"你……您也是副指挥官，难道您对这次机会的重要性没有一点概念吗？赶紧下命令吧，一切都准备就绪，就等一声令下了。"

其他反应小组的人们望着台上安晓天的背影，心里多少都有些不爽。若不是蒋将军故意以身体不适为由，没有参与今天的决策，他们谁都不想来请求安晓天这个毛头小子。

"不！"安晓天聚精会神地操纵着电脑，坚决否决了他的要求。

"不是，为什么？！我们已经为了这个问题向你提议了半个小时了，而你却一直，一直——用一个'不'字搪塞我们，至少你得给个理由吧！"

思绪终究还是被他们无谓的嚷嚷打断了，安晓天深吸一口气，忍不住了："请不要在我思考的时间里打扰我行不行！不是搪塞你们的意思，我是真的没空回答！"

安晓天指着屏幕里几乎叠加在一起的分屏录像，这些都是昨晚那个时间段里街区的录像，安晓天在同时观察七个同时的摄像头录像，稍微一点分神，就有可能遗漏掉隐藏的线索。

安晓天一敲回车，暂停了录像播放："行，那我告诉你，你应该看到了跟在乔安姐身后的两个黑衣人了吧？整个街区就这七个摄像头，他们反反复复出现了不下十次！包括乔安姐走之前，也有他们的踪影！而那个胡一天，倒是像个正常的寻酒人，到酒吧里待了几个小时就出来了。"

整个指挥室鸦雀无声，听着安晓天激越的说辞。虽然安晓天语气很冲，但刚刚大家一直在打扰他，逼他下令，他没有发飙就是客气了。

而且，安晓天说的话好像还蛮有道理的。

"我现在有一个推测和一个疑虑。推测就是，那两个黑衣人，本来没有什么可疑的地方，但是当他们开始跟踪乔安时，我再倒回去看，他们一直在街区里游荡，极有可能，是在给胡一天放风。对合作伙伴提供这种隐蔽保护，这是蝰蛇的一贯作风。"

"而我的疑虑是……我们根本不清楚，胡一天是什么时候开始对乔安保持警觉了，甚至有可能，整个交流时间里，他都在提防着乔安姐。如果真是这样，他就很有可能提供了假信息……”

“嘭”！

安晓天猛地将拳头砸在操控台的铁板上。

“我……我决不能再让战士们，重蹈四月生风村的覆辙！”

“可是，时间不等人啊。”

“我解释得还不清楚吗？！士兵的命就可以随便用来冒险是吗！”安晓天涨红着脸大喊着，他已经快到爆发的极点了。

军官还想争辩什么，大门突然传来一声“滴答”，蒋将军带着乔安和秦伟山快步走了进来。

“蒋将军！”所有人都起身向三人敬礼。

“军队，讲求一个团结。再者，如果在战友生命和出动时机之间还要选择，那就有些失职了。”蒋将军瞥了一眼那个军官，用他独特的嗓音说道，“小心驶得万年船，谨慎这事，自古都是真理。你们几个，回自己的位置上去。”

那个刚刚站到安晓天身边和他争吵的军官很不服气地回到位置上。

安晓天走上前，对蒋将军他们说：“将军，有件事，我实在不知道怎么办。其他组员将当时出现在整个街区七个摄像头里的所有身份信息都进一步调查清楚了，确认排除了有其他潜在关联人的可能性。接下来的问题就是，我们怎么去确认乔安姐得到的信息是否真实？这个……我真的不会了。”

本以为三人还会再询问一下自己，谁想秦伟山直接打了个响指，拉着他来到主电脑屏幕前：“我有。”

只见他点开卫星图，自信满满地滑动起来。但是他们看着秦伟山东点点、西点点了几分钟，渐渐开始怀疑，秦伟山是不是装的？

“呃……是这样。”秦伟山左手手掌盖在右手手掌上，环视了三人一眼，尴尬地笑笑，“我是不知道怎么用，不是不知道哈。”

说着，他脑筋一动，扭头对军官们说：“把昨天酒吧附近的那个监控调出来。”

很快，一段视频就传到了主电脑上。秦伟山移动着鼠标，将时间节点选定在了 0 点 37 分。

他似乎是准确定位的，因为此时胡一天、赵熊两人正好走出来，朝着那边没有灯光的阴影里走去。

"你怎么定位这么准确？"乔安不解地望着两眼发黑的秦伟山。

"昨晚虽然任务结束，但是我依旧不放心，我就接入反应小组专用网络，点开时，他们正好出来。"

说罢，那边的黑暗里就跑出一辆面包车，而且，没有开任何车灯。

"诺，虽然没开灯，但是从他们走进黑暗到开出来的时间看，一般开门到发动行驶十米的时间，都在两分钟左右，他们正好是两分 12 秒。意思是，这就是他们的车，我们可以根据监控里面包车的出现地点，连出一条路线，他们怎么走，我们就跟着来。然后找到他们的暂居点，逮住他们！撬开嘴去确认！虽然也有点风险，但是……这是我能想到的唯一办法。"

安晓天等人恍然大悟，只是乔安还是有些疑惑："好好的……你突然登录调查干嘛？"

"我……"秦伟山居然不好意思地挠挠头，"当时你还在外面找接应啊，怕你出事，我就……"

盯着秦伟山的乔安立刻撇过脸去，面无表情地说："多此一举。不过，还是谢谢你的关心。"

蒋将军立刻下令："0 点 37 分后，有关这辆面包车去向的监控全部调出！"

蒋焱上将作为总指挥，哪有人不服他的。很快，越来越多的视频发送到了主电脑上。

安晓天按时间顺序一个个排好，所有人都盯着这辆车，车上了城市快速路，开了几公里来到一家酒店，停了下来。两人应该是在酒店里住了一晚，今天 6 点 26 分，又出发了。

小轿车下了环形高架路后，直接朝一条无名小路驶去了。

安晓天和秦伟山对视了一眼。

"那里没有监控，我们搜索不到任何数据，就连路名也没有。"军官们纷纷表示道。

线索中断。

但是，安晓天怎么能看着他们就这么消失，咬咬牙，说道："看来，得硬上了。"

整个指挥室都沉默了，望着蒋将军，希望他做出决定。

蒋将军望着三人，似乎是在检阅。随后吸了口气，双手一拍，面向众军官。

"所有人员，听令！你们的任务，就是接入武装无人机系统，为他们的行动开路！安晓天、乔安、秦伟山、陈昊和一队人手，立即前往未知路段的坐标！他们极有可能知道 S 市和蝰蛇总基地连通的捷径。"

"明白！"

临走前，安晓天嘱咐张教官："再安排一辆'碉堡'级重型救援车，带上烈鹰装甲，与我们的车队保持至少 5 公里距离。万一遇到突发情况，我还有'烈鹰'能即使支援。"

张教官点点头，将手搭在了安晓天的肩上："知道了，路上小心。"

两个小时后，两辆军用悍马沿着面包车原来通过的路线来到小路路口。陈博士看着手提电脑，倒吸一口凉气，透露着自己的担忧："这路有点危险。"

"嗯哼？"乔安用眼神询问道。

"这路……居然没有信号覆盖。而且很窄，想调头都不行。若真遇到危险，我们只能向后退。两边还都是密密麻麻的灌木<u>丛</u>，想打伏击的话，太容易了。"

车队一路开着，乔安等人随着车身的抖动摇晃着，紧张地看着周围缓缓掠过的深不可测的林子，随时戒备着。

陈博士突然又补充道："前面有一个分岔口，一条通往山上，我们的车太大，进不去了……另一条通往一个废弃的火车站。不管往哪个方向走，对他们都有利。"

"嘻。"乔安浅浅一笑，"哪有这么多危险，别……"

突然，只听"砰"的一声巨响，一个巨大的钢筋千斤顶从泥土里"腾"地顶出来，仿佛从地里钻出来的一只拳头，巨大的力量将前面的车直接掀飞在天上，他们的车立刻一个急刹，看着前面的车整个身体被压得凹了进去。

"别什么！"陈昊一头撞在前面座位的靠垫上，又弹了回来。

"我说，坐车别探头到外面去！"乔安抓稳扶手，赶紧回身去摸车后的枪械盒。

"MK 型军用千斤顶！它可以埋在地里，操控者可以人工激活它——它是被操控的！"陈博士解释道。

"被埋伏的意思咯！"安晓天端起枪。

"不到万不得已，千万不要让别人看到你能召唤'烈鹰'装甲。"

秦伟山突然凑近在安晓天耳边，抓住了他想要按动能量核心的手，将其缓缓放了下去。

"热源显示，周围至少有 35 号人！"陈昊说。

"这么多！"秦伟山被惊了一下。

加上前面被掀翻的车上的人，他们总共也不过 14 个人。

周围的林子里，突然响起了枪声，"叮叮当当"地打在车上，溅射着火花。

"迎战！"安晓天喊道。可是，他刚打开车门，一枚火箭弹冲向了那辆被掀倒的军车。

一瞬间，火光冲天，又是这似曾相识的场景，几条人命就这么，遮掩的手臂后，在安晓天颤抖的瞳孔中化作了灰烬。

这些敌人见他们人少，竟然直接从树丛里站出来，准备直接围剿了他们。

"准备好了吗？"秦伟山问旁边的乔安。乔安端起"命运征服者"，点了点头。

"砰"的一声，车门被秦伟山一脚踹开。

秦伟山来不及穿上自己的金属战衣了，他冒着枪林弹雨冲在最前面，两手并拢护在脸上，机械拳套中展开两个粒子盾，"嘭"地插进了石子路里。他半跪在地上，直接为乔安架起一道人肉屏障。

乔安有车门和秦伟山的两面掩护，弓身架枪，头盔上的战术目镜为她疯狂标注着越聚越多的目标。

站出来的敌人接二连三地倒在了乔安的枪口下。

但就是仗着人数的优势，他们根本不畏惧乔安的枪法，不停地在往前靠着。

敌人已经走到路上了！

安晓天一边换弹一边安慰陈博士："别害怕，我们能打赢的。"

陈博士颤抖着手，指了指外面。安晓天立刻举枪，瞄准了那个扛着火箭筒的人。

"你们靠在后面，注意 7 点钟方向！"安晓天推了一把旁边的士兵，吼道。

见久攻不下，有敌人居然放下了枪管。不是放弃进攻，而是他们瞄向了秦伟山的微微露出的一点胳膊肘，开了一枪。

“唔啊！”

秦伟山大叫一声，他的金属战衣只覆盖了身躯，胳膊肘只有衣服，被子弹轻易地划开了一道深深的口子。

乔安见状，想将秦伟山拖到车尾。

“不用管我！小伤！”秦伟山甩开乔安的手。

眼看他们就要到眼前了！乔安此时也打空了弹夹，现在唯一的办法就是靠秦伟山近战，可是拳再快，也快不过子弹，现在敌人少说还有二十六七个，秦伟山冲上前，只会被当作活靶子。

突然，车另一边传来了安晓天的声音：“投降！我们投降！”

枪声一瞬间就停止了。

所有人都呆住了——投降？我们堂堂特种兵要投降？给这些恶人当人质？

“安晓天！你还是不是军人了？！”秦伟山怒吼道。

秦伟山的吼叫很快招来了密集的火力。乔安赶紧将秦伟山拉到车门后，劝慰秦伟山道：“相信他，他不可能真的投降的。”

只见安晓天两手抬起，从车门后边走出来，两个敌人一人抓住他的一个手臂将他控制起来。

“哈哈哈……哎呀——好英明的队长！为了保全队友的性命，果断臣服，好啊！”

胡一天从林子里走了出来，拍手笑着说：“怎么称呼呢？年轻人？”

“安晓天。”

“哎！好名字，你也带个‘天’字，啊？有缘有缘！跟你说，我昨晚还碰到一个叫乔——的漂亮妹子，如果我没看错……”

一天伸长脖子往那边看去，吹了声口哨：“她现在正躲在车门后面吧？哈哈哈……”

“安晓天，你个废物！”秦伟山依旧在骂着，他也只能相信安晓天有想法。

“放下武器吧，你没有防护，子弹碰一下就死；乔安姐再强，双拳难敌四手，应付不过来的。我们又在开阔路上，基本没有胜算。”安晓天嘴上随意分析道。

说归这么说，虽已有准备，但心里还是划过一丝难过。

"就是嘛……咦，你胸口咋还一闪一闪的啊？"

透过军装，胡一天疑惑地盯着他的胸膛。

"哈，玩具灯，我的癖好。"安晓天呲牙笑笑。

灯光闪得愈加频繁了。

胡一天狐疑地看了一会儿，突然大喊："定时炸弹吧！你想自爆？！"

"不是的啦，我只是……"安晓天很冷静地笑笑，"我只是在等我的搭档……呵，而你们，又在等什么呢？"

天上传来刺耳的声音，两个控制着安晓天的人好奇地抬头一看，一个人形的东西朝他们飞来！

趁着他们分神的机会，安晓天用力一甩，挣脱了两人的束缚，回身将一个人过肩摔摔了过去，正好砸在另一个人身上。

"烈鹰"装甲正好赶到，安晓天迅速靠入装甲，全息工作窗开始在眼前闪动，他能感觉到"烈鹰"装甲特有的冰冷将自己紧紧包裹了起来。

"人机神经交互完成。我来得还算及时吧，先生？"小零问道。

"刚刚好。"烈鹰侠双翅展开，推进器的喷口开始发出剧烈的机械咆哮。

"因为，好戏刚刚开始。"安晓天歪了歪脑袋。

"什么东西！"

"别管了，开火！"

密集的火力朝安晓天袭来，但有什么用呢？

"啊！啊——"眼前的活人一下子变成了机甲，吓得胡一天直接倒在地上，"什么怪物！"

"我不是怪物，"安晓天隔着装甲，打开了声音修复系统，正式宣告："记住了，我叫烈鹰侠！"

铁拳落下，胡一天双眼一黑，昏了过去。

安晓天一飞冲天，视窗里已经锁定了所有在地上嗷嗷乱叫的敌人。

"目标已锁定。"小零告诉安晓天。

"来吧。"烈鹰侠伸出双臂，装甲在阳光照射下迅速变形，闪着强烈的光。

"散花弹发射器，就绪。"

瞬间，一群微型弹头倾泻而出，"天女之花"追踪弹一个个都精准地打在了自己的目标上。

两秒后，风吹散了硝烟，地面上就只剩下安静了。

烈鹰侠回到地上，望着被炸毁的军车残骸解锁了头部装甲，俨然成为一尊雕塑。

"回去你就给我好好交代吧。"

安晓天拎起昏迷的胡一天，走向了车门后的大家。

14.“太帅了！”

“喂！我在哪？”

胡一天意识到自己正在一个麻袋里，视线里的细小光线呈现出一条条方格状投射进来，麻袋中闷热的空气让他几乎要再次昏厥过去。

以前都是他把别人装麻袋里，哪想自己有一天也会被套进来。胡一天本能地动了动手腕，然后被反绑的他根本就没有动弹的可能。

“似曾相识的场景，对吧？”

“呵，老地方，但是却不再是那个人了。”

“嗯？！”

虽然乔安没有再用之前那么诱惑性感的声音，但是刚刚最后这句，胡一天直接就辨认出了乔安——他对乔安的印象还是很深刻的。

门被推开的声音从前方传来，脚步声愈发靠近的同时，一阵女人香扑面而来。

一只手抓住了麻袋，差点把胡一天的头发给揪起来。胡一天喘了口气，定睛一看：“乔——！”

乔安叉着腰站在他面前，冷冷地哼道：“叫姐乔安。”

“乔妹子，你……穿上军装还是这么好看。”胡一天回想着昨晚搂住乔安柔软纤细的腰，那种野性的冲动再次涌来，坏笑着。

乔安知道这种男人渣滓都在想什么，没好气地上前一步，一嘴巴子就抽在了胡一天满是胡茬的脸上。

胡一天知道自己落网，大局已定，反倒是变本加厉了，表情好像还很享受乔安这一巴掌，一脸猥琐样地盯着乔安军衣衣领下隆起的“山丘”，故意倒吸一口气：“你的手真香……可惜，当时手没往上摸。”

乔安厌恶地皱了皱眉，她都觉得自己刚刚那一巴掌反而让自己不干净了，咒骂道：“神经病！”

站在外面的安晓天问秦伟山：“乔安姐扇过你吗？”

"……"

见没有回应，安晓天扭头看着秦伟山——原来他现在的脸铁青着呢。恐怕是看到这人面对乔安露出了色狼本性，要不是有个蒋焱上将在镜头后录屏，他估计又要像上次那样冲进去了。

"没。"秦伟山草率地回应道。

"好吧，我们直入主题。"乔安不想再拖延时间了，踩住胡一天的脚，怒视着他，说道，"你们蝰蛇组织的总基地在哪，A市北侧森林里，是吗？"

胡一天仰头长笑着："哈——哈——哈，我不承认，你们又能拿我怎么样呢？你们不是很厉害么？960万平方公里的国土，慢慢找呗——"

乔安怒不可遏，将整个身体的重量都死死压在了踩住胡一天的脚上，要不是蒋将军在录屏——上级要求的操作——她真的很想现在就将他和凳子一起踢翻过去，然后再抽胡一天一巴掌，一百个一千个都可以。

可是这家伙被打了还这么兴奋，甚至用下流的语句来嘴炮自己。乔安还在武警部队的时候，参与过各种打击行动，也和很多坏人打过交道，馋自己身子的苍蝇男她见过太多了，可是这种将自己被女人打当成享受的，乔安还真是第一次见。

"就这么跟你们说吧，还得多谢国家的大清扫，我们蝰蛇才迫不得已潜入森林，本来只想蝇营狗苟地生存，单纯地为亡命者提供保护伞。但是谁会想到，我们反而找到了一块发展壮大的宝地，而且还有了你们的良博士加盟！哎呀呀～那老头也是太看得起我们了。你们所谓世界上最先进的武器，哪一件的制造计划里没有他的署名？他创造了你们的武器，也必然知道它们的弱点。一切所谓高精尖武器，有他在，一切都将变成碍事而已的破铜烂铁！"

胡一天越说越得意，继续盯着乔安的胸部说道："随便你们呗，乔妹妹给我行刑最好了～反正我是不可能告诉你们的。你们还想着一锅端？做梦吧你们！"

"狗娘的杂种都比这崽子看得顺眼！老子今天就要把他的脑袋拧下来！"秦伟山破口大骂地冲到门口，刚提起拳头，就被安晓天拦了下来："你的肩膀是被激光弹灼烧的，伤口很深，用力过猛就不好了。"

但是安晓天也没有要将秦伟山拉回来的意思，而是小心翼翼地控制着秦伟山，走到胡一天面前，拿出自己今早在食堂买的矿泉水。

"乔安姐，随便摘下个徽章给我。"安晓天将手心摊开，伸到乔安的胸前。

乔安特别介意地看了安晓天一眼，但还是顺手摘了个荣誉勋章递给安晓天。

安晓天按出了针头，看了一眼胡一天。

"怎么？用针头扎我啊？"胡一天满脸不屑，侧目看着安晓天。

"哼，我这人比较心善，见不得人流血。"安晓天打趣道。只是胡一天不知道，自己的小弟们全是眼前这位年轻人秒杀的。

"所以呢，我不需要你流一滴血，但是七个小时内，你必招供。"

说罢，安晓天就找来一根绳子，系挂在墙头，将水瓶瓶盖的洞对准胡一天的眉头顶部，悬了起来。水滴正好能滴在胡一天额头上。

"呿！就凭它？"胡一天不屑地笑笑，一脸鄙夷地打量着眼前这位比自己小了快两轮的少年。

"把他的头抬起来，固定住。"安晓天说。秦伟山迫不及待地伸出手，一把掐住胡一天的下颌往上拖；乔安将麻袋扭成一条，勒住了胡一天的下巴，将麻袋扭成的绳子扣死在墙上。

一切搞完，安晓天最后瞥了一眼胡一天，三人就将他丢在了屋里。

一个小时，两个小时……

刚开始，胡一天感觉这水滴像是给自己催眠的，干脆惬意地闭上眼，睡了过去。

水滴就这么一滴一滴落在他的额头上。

审讯室内是全封闭式的，胡一天根本不知道自己睡了多久，但是他感觉这跟在房间里的椅子上睡着没啥区别。

逐渐清醒的自己，突然被额头上诡异的冰凉感给惊醒了。他的双眼扭成了斗鸡眼，盯着欲落不落的水滴子。

"啪嗒"！

死寂的审讯室里，这一声水滴落下的声音在胡一天的耳朵里像是枪响。

胡一天发现，自己的额头居然有了一种空洞的感觉，就好像下一滴水滴能打穿自己的脑壳一样。而且，自己的眼神居然有些迷离——他自己眼睛是闭上了，可是自己的大脑在之前的几个小时里，刚休眠就被水滴刺激醒，一直持续到现在，胡一天居然莫名感觉到了剧烈的头痛。

各种身体上的异样，让胡一天心中的不安开始无限放大。

"假的，假的！"胡一天忽然发现自己渐渐地有些不对劲，眼前的落水口越看越像一张狰狞的脸，口水不断地滴落在自己脸上。

想到这个，胡一天猛地一个激灵。

恐惧感源自内心的他感觉自己有了幻觉：这个水滴像把剑，悬在自己的头顶，"啪嗒"一声，胡一天吓得闭上了眼睛，以为自己死了，结果并没死；又一滴水滴要落下来了，像把刀，"啪嗒"一声，胡一天浑身抽搐了一下，还是没死；而这个水滴，像根针，狠狠地朝自己的面门刺了下来……

7点整刚到，反应小组室的大门就打开了，秦伟山伸着懒腰走了进来，微眯着眼环视了一周。

"嘶——"

秦伟山低头看了看表，有些惊讶："这……7点啊！你们是搁这过了一夜啊？"

"还真是。"乔安微微倾倒着身子，双手撑在控制台上，盯着监控室里的画面。

秦伟山望着乔安衣服垂下来后显露出的曼妙蜂腰，愣了愣神。

自己和乔安一起在基地服役这么多年了，两人也算是英雄相惜，关系不是一般的好。别人看着好像两人没什么交情，其实私底下，除了确实不该碰的部位，两人的肢体接触也不少了，甚至双方也是习以为常了。

毕竟在乔安眼里，秦伟山永远是那个长不大的叛逆富家弟弟，而秦伟山眼里，乔安也永远是那个唯一能教训自己的美女姐姐。可是今天……秦伟山发现自己看着乔安的背影，都有点……

安晓天闻声转头，顺着秦伟山的眼光看向乔安，会心一笑。

"之前那你不是去加班了嘛。乔安姐不服，她也加了一夜班。"安晓天嘴上这么说，自己却朝着一脸懵圈的乔安悄悄地竖起食指，微微笑着。

事实是，安晓天和乔安守了半个晚上。凌晨4点，乔安就悄悄爬起来，进入了指挥室，然而，真是一个比一个还能卷，当时的安晓天，早就已经坐在办公椅上把腿搭在了控制面板上，吃着热腾腾的番茄泡面，像看电影一样瞧着屏幕里一抽一搐的胡一天。

"来了？正好，我感觉，这进度比我预想得还要快。"

安晓天一句话，惊醒了秦伟山。秦伟山慌忙点点头，走到两人中间。

"我只能说，不愧是纣王发明的酷刑。"乔安直起身叉着腰，"这个刑法，对这些毫无意志力的人，简直就是噩梦。一般水滴刑要20个小时后才能生效，这个胡一天……呵，废物，才差不多 11 个小时。"

"呃啊——啊——救命！救命！"胡一天在椅子上疯狂扭动着，鬼哭狼嚎起来，已经来到了精神崩溃的边缘。要是三人再不进去，这家伙怕是要被活生生吓死了。

安晓天等人立即下楼，特意绕开了一点如同发疯般的胡一天，将水瓶拽了下来。

"别杀我！别杀我！"胡一天嗷嗷乱叫着。安晓天直接开口问道："蝰蛇基地在哪？"

"A 市森林北侧中心，有……有两个大石壁竖立在两边的……那边……啊！"胡一天根本没法再缓过神来了，惨叫一声，彻底昏死了过去。

乔安赶紧上前把了把脉，良久，自信地回头笑着看了两人一眼。

指挥室里

尽管蒋将军依旧是主指挥，但是这一个半月下来，几乎就没见他真正出面带领过大家，只有安晓天真得被纠缠不清时，他才会罕见但及时地出现，给人的感觉，更像是一个随到随叫的助手。

没办法，蒋将军选择"当饭桶"，也没人敢出面指责啊。于是，大家只能围着安晓天这个副指挥展开工作了。

得到情报的反应小组组员们围在主电脑边，看着三位军事科技精英合力操控着电脑，希望通过侦察卫星找到有两块巨大石壁的地方。

"他说在中心位置……"安晓天指着位置，然而当系统正要锁定时，屏幕上却显示出了一长串绿色代码，挣扎了一段时间后，彻底黑掉了。

"怎么回事？"所有人都很疑惑，期望控制摇杆的三人能尽快恢复。这三人焦灼不安地试验了他们平生所学的解决方案，可是面前的大屏幕就是黑乎乎一片，一点面子都不给。

最后，已经无计可施的三人随便拖着视角一晃，这个最简单最粗暴的方式，居然倒是将画面恢复了！

陈博士率先反应过来："反卫星侦查装置，错不了。这个鸟巢状的生成器可以形成一个干扰场，干扰卫星观测到这里时的网络。"

"那怎么办？"大家都把目光投向了他。

"它只能干扰卫星，但是正常航拍的离线胶卷式记录是完全不受它影响的。如果我们有人能驾驶悬浮机去的话，应该就能观察到他们。"

“悬浮机低空飞行太容易被发现了。”乔安说出了自己的担忧。

“让我去吧。”

沉吟半晌后，安晓天主动站了出来：“我可以驾驶烈鹰装甲进行航拍，把那边的地形分析图传输过来，并且我的装甲低速飞行时几乎没有声音，不容易被发现。”

“烈鹰？！”

“他难道就是王将军的接班人？”

“天呐，难怪能当上总指挥……”

顿时，整个指挥室爆发出唏嘘声，议论纷纷。

“乔安和秦伟山负伤了，就让我一个人去吧。人越少其实越安全。”安晓天对蒋将军说。

蒋将军点点头，拍了拍他的肩膀：“去吧，孩子。”

傍晚 5 点，A 市北侧森林上空，飞行高度 8082 米。

“6 月的夕阳很美啊，晓天！”机长对安晓天喊着。

“是啊！”安晓天大声回应。运输机的轰鸣声太大了，大得安晓天都懒得讲话了，扯着嗓子喊还不一定听得到。

“我们到森林中心上空了！你可以跳了！祝你好运！”机长喊着。

机舱后门打开，一阵强风直接往机身里砸了进来。安晓天差点整个人被吹飞了。他站稳身子，纵身一跃，跳了下去！

机长回头看了一眼还摆在飞机上的装甲，糟了！这小子没召唤他的装甲呀！而且没带降落伞！

安晓天在空中按动了能量核心。

“晓天，你装甲呢？！”秦伟山通过通讯器吼道。

“别问我为什么！就一个字：帅！”

安晓天急速地下落着，云层在他身边穿梭过去，风呼呼地从耳边吹过。突破层层云朵，眼看就要到森林上空了，这时的安晓天有点慌了，“快点快点！”安晓天回头看，烈鹰装甲正在后面急速飞来。

“这家伙不要命了。”蒋将军叹了口气。

4000 米，3000 米，2000 米……眼看着鼻子都要快碰到树尖了，安晓天已经闭上眼睛不敢看了。

这时，一阵金属特有的冰凉包裹住了他。烈鹰装甲果然不负众望，追上了！"哦耶！呜——哈——"烈鹰侠双翅一展，几乎是脚踩着树尖冲上蔚蓝的天空。所有人的心之前就像被人捏着一般，现在终于松开了。"这小子，吓死人了。"乔安笑着说。

来到森林中心上空，烈鹰侠很快就找到了两块大石壁，他打开鹰眼放大了视角，看见两块大石壁中间有一个巨大的方形入口，一架悬浮机正悬浮在入口上空准备下降。

"这应该是飞行器进入的地方。"安晓天通过通讯器对大伙说。

"我去看看有没有陆地入口。"他又向左边飞了一段，看见地上正停着一辆车。他仔细一看，旁边的山脊上有一道闭合的铁门，上面印着蝰蛇组织的标志，旁边还有两个士兵把守。

"就是这里。"安晓天说，指挥室立刻对这里做上标记并进行地形分析。

就在这时，地上一个士兵抬头看了一眼天空，正好和安晓天对视着。他当然不知道那是什么东西，但安晓天看得一清二楚。

"完！"安晓天说，"我好像被发现了！"

说完，开始往城市方向飞去。经过方形入口时，他看见那架悬浮机好像接到了什么指令一般，立刻升空，朝他飞来。

"不是吧！"安晓天大喊。指挥室里的人又为他紧张起来。

悬浮机飞在烈鹰侠身后，机翼下伸出两台发射器。烈鹰侠回过身，立刻架起火神机枪扛在肩上。只见发射器启动，数十枚导弹向烈鹰侠飞来。烈鹰侠也不示弱，火神机枪火力迅猛转向又快，在烈鹰侠的锁定下疯狂射击着，"轰轰轰"一枚枚导弹在烈鹰侠面前炸开，炸出蓝色的火焰。

"蓝色的？"

烈鹰侠一惊，但由不得他多想了，他继续向前飞着，这架悬浮机摆出一副"弄不死你我誓不罢休"的架势，又向烈鹰侠射出一枚热踪导弹。

很快这枚导弹就要追上烈鹰侠了，烈鹰侠突然一个 90 度仰头飞行，竟然带着导弹在天上划了一道漂亮的弧线，来到悬浮机身后。

"把激光武器的能量全部注入到推进器！"烈鹰侠喊道。

一下子，烈鹰侠开始以原速度的两倍冲向悬浮机下方，一个上摇摆头，竟然从悬浮机一侧划了出去。导弹只是跟着上摇，哪里会摆头转弯啊，只听"轰"的一声，悬浮机下方被炸出了一个洞，坠落了下去。

"想杀我？下辈子吧。"烈鹰侠看着它坠落在地上爆炸开去，潇洒转身离去。

“太帅了！”指挥室里的人欢呼雀跃着，互相拥抱和击掌。

秦伟山和乔安碰了下拳，说：“好小子，不愧是你王将军选中的接班人。”

15.“集合部队，围猎开始！”

在天空中飞行的旅程漫长且无趣，安晓天现在是满身的成就感——这半个月下来的雷霆行动，已经彻底打破了所有军官对他的质疑，无论是他的指挥能力，还是他的智慧，他的自身强大的战斗力，甚至是从他身上展现出来的领袖魅力，无不让当初眼馋副指挥官这个职位的反应小组组员们都输得心服口服。

想到这些，安晓天甚至都愉悦地吹起口哨，将脸扭向远处的天边，望着那架闪着灯的客机。

自己身形太小了，客机未必看得见，但安晓天还是伸出手，朝那一架飞机上的陌生人们打了个招呼。

“晓天，你快醒醒！别——睡——了啦——”杨梦使劲拽着安晓天的衣服，睡眼惺忪的他缓缓睁开眼，顺着杨梦的手指看向飞机窗外。

同样的夜空，同样的璀璨城市，安晓天感觉自己依旧在那年去西藏双飞的航班上。

“你看呀，凌晨的拉萨！我们到啦！”

“梦……”

安晓天还在痴痴地回忆着，眼前天色渐晚的黑云渐渐模糊了下去。

“先生，检测到您的意识在快速分散，最好保持六成注意力，陪小零聊聊天，看看天也好嘛。”小零居然有点撒娇的意思，“难得和您有单独相处的空闲时间呢。”

“唉……”安晓天沉入回忆的思绪被小零唤醒后，感到非常不爽，“我可没时间陪你看天空。”

“有啊，预计还有 27 分钟到达基地……”

“我不是这个意思，小零。你确实很聪明，可是，人类有些感情，你是一生都学不来的。”安晓天意味深长地说道。

小零沉默了一会儿。

"也许在这一点上，您确实教导了我。冒昧地猜测一句，是想家人了么？比如，妻子，儿女？"小零问道。

"差不多吧。"安晓天叹了口气，继续倾诉着，"我之前一直以为，我成功了，我真得成了一个大英雄。可是，我也有我的牵挂，今天我才明白，原来我在家庭这个世界里，根本……毫无资格。这次执行任务，我从来没有这么害怕过，可一旦被击落……我不敢想。一直投入在岗位上的我，今天这一遭，感觉……像回光返照，想起了自己的爱人。"

"杨夫人么？"小零突然给安晓天的视窗里投来一份身份信息。

"呃……是，只是你这称呼怪怪的。"安晓天望着身份信息里，微微含笑的杨梦。

"包括杨梦，还有我的父母，会不会我每次胜利归来，他们都还在为我可能的牺牲哭泣……"

"我明白，先生。"小零居然自信地打断了安晓天的话，"担忧不是一个强者该做的，真正的英雄，牵挂的应该是整个国家。而等到我们做到的那一天，即使我们真的要化作光芒离开，我们曾经魂牵梦绕的亲人们，他们也会望着天空的光点微笑，而不是，悲伤地嚎啕大哭。"

这一次，换成安晓天沉默了——你刚刚不是承认你不懂吗？

"你自己编的？"安晓天皱着眉，难以置信地问道。

"并不是。"小零突然严肃起来。

"王阳晨将军，相信您有一天会代替他来到我的身边，所以，在我这里留下了这段话，嘱咐我，如果哪一天，安晓天先生想家了，就请把这段话告诉他。"

安晓天默默地垂下头去，身下，五彩斑斓的城市缓缓地掠了过去。

后来一路上，小零和安晓天再也没有任何对话，但是它能明显感知到，安晓天大脑中强烈的感情波动，以及头部装甲视窗上突然积聚起的液体。

25 分钟后

"这里是安晓天，请求驾驶'烈鹰'沿隐蔽路线降落至指定区域。"

"收到，现在是凌晨 1 点 47 分，已确认可见区域内无未授权者，准许降落。"

"烈鹰"的机械翼开始收翅，安晓天对装甲的把控还是有些生疏，在两米高的地方就关闭了推进器，硬生生摔在地上，一个踉跄，差点把自己的脚板摔废掉。

"兄弟，你炸飞机那一段实在是太帅了！"

还没等安晓天站稳，秦伟山一马当先，上来就抱住了安晓天——准确地说，是他的装甲。

安晓天解锁头部装甲，将秦伟山轻轻推开："嘿嘿，当时我也就是灵机一动……"

这一次，没有军官再质疑安晓天了。所有人都簇拥了过来，用经久不息的掌声向这位年轻的勇士致以他们发自内心的诚挚敬意。

乔安悄悄地站在人群后，看着秦伟山和安晓天寒暄差不多了，拉开专车的后门，蒋焱上将在乔安的搀扶下，站在了人们身后，望向探照灯全部打开的新任烈鹰侠，一种久违的荣耀感，再次蔓延在这位老将的心中。

"阳晨，快看啊。"

蒋将军情不自禁地朝着人群走去，希望能近点看看安晓天。

"我们的特战队，终于初见雏形了。好好看啊，我们不会让你含恨的。"迎接的众人自觉让出一条路，蒋将军和乔安从后面走了出来。

"好了！诸位，都安静下来，我呢，有一个很严肃的话要和大家说。"在安晓天的指挥下，我们的行动，可以说是直捣黄龙！现在，我们就差最后一步了。"

果然是蒋将军，他的直白可以说是最直接的了。

"所以，反应小组，开启战斗倒计时！72 小时后——"

"集合部队，围猎开始！"

蜷蛇基地内（距离最后围猎还剩 31 个小时）

"一架悬浮机！"

疤哥拍着桌子大喊，"前几天你在医疗队那里接受治疗，我才没来找你算账，知道不！一架悬浮机，需要多少财力和人脉才能搞到手，你有概念吗？！"

被训斥的这位士兵正是被安晓天击落的那架悬浮机的驾驶员。不过，他倒是成功跳伞，侥幸捡了一条命。

他低着头，支支吾吾地说："我……我知道，但那个人形飞行器实在太灵活了，而且有特别先进的武器装备，悬浮机根本应付不过来。"

疤哥又被他这解释气得锤了下桌子，站起身冷静了许久，突然提出一个问题："你觉得会不会是军方的新式侦察机？"

"并不是。"

良木齐走进了办公室，这驾驶员跟看到了大救星一样，看着良木齐两眼放光。

"走吧，不需要你了。"良木齐示意驾驶员离开房间，随后转身说道："我想了一天，觉得再隐瞒下去也没什么意义了——那是我的初代机，烈鹰装甲。"

"什么？！"疤哥一个跨步冲到良木齐面前，"你走之前不会毁掉它吗？"

"如果你手上抱着你家刚出生的孩子，有人叫你杀了他，你忍心动手吗？"良木齐反问道，"你放心，烈鹰装甲只是半成品，黑影装甲的实力远在它之上。我过来就是为了提醒你，烈鹰来了，我们的位置也暴露了，建议你做好防御准备。"

疤哥摸了下脸上的伤疤，叹了口气，伸出手指对着良木齐，指尖抖动着："你啊，心太善。之前答应过我的，新式武器，生产得如何了？"

良木齐转身想走，听到他这话，微微侧身说道："还没量产，只生产了300多把异能激光枪。"

"异能？"

"我也不知道这是什么能量，它像激光又不像激光。外星人科技，你懂的。""那你跟我解释一下为什么不量产？你不是说你已经有完备的装配模板了吗！"疤哥本来就很生气，现在，他怒不可遏地冲上前抓住了良木齐的领子。

"你要的异能加农炮战车已经生产4台了，你还想怎样？"

"我要更多，更多！多到我能建立属于我们的帝国！"

良木齐甩开他的手臂，冷冰冰地说："我要留些资源升级黑鹰装甲。"

"你那破装甲就一台，能有多大能耐，啊？"

"有多大能耐？"

良木齐听到这话，终于是沉不住气了："多大能耐我先不说，我就告诉你，我来你们这，是为了能利用你们手上交易来的外星资源进行研究！你们，还在为这颗小星球上的是是非非争斗个不停，根本就没意识到已经迫在眉睫的宇宙危机！我知道你听不懂，因为我们根本不是一个境界的！"

良木齐用激奋的言语反驳着疤哥，手臂在空中挥舞着。

"在真正的全球灾难面前，孰是孰非，已经毫无意义。哪里有尖端资源，我就要去，争取人类生存下去的可能。可是你们呢？套在月球人所谓的友善真诚之贸易里，疯狂壮大自己的力量，和军方自相残杀，最后只要他们一声令下，被毁灭只是弹指间的功夫！你能不能不要像个小孩子一样啥都不懂啊？！"

疤哥眼中闪过一丝恐惧："你……你为什么之前不说？"

"因为我需要你们手上的资源，我就赌上我一辈子的名声加入你们，可是呢？什么资源自由使用，狗屁不是！"

"而且，我再说明一点，这次的较量，根本不是哪一方兵力或者武器多，烈鹰和黑鹰的决斗，将决定整个胜负！我不是吹捧装甲多高级，但装甲划时代的强度就摆在这里，如果能遇上对的驾驶人，其能耐，根本不是你能想象的！"

良木齐丢下一声冷哼往门口走去——这些话他憋在心里太久太久了。

"好！"疤哥回到自己的办公椅上，很显然，良木齐后面说的话更能打动他的心，"放手去升级你的装甲吧。但这场仗要是输了，你就等着身首异处吧。"

指挥室内　下午 5 点　距离预计抵达目标地还有 6 个小时

"晓天，看在我教你这么久的份上……"秦伟山扯着安晓天的袖口。"不行！你的伤口太深，你又是主打近身，太危险了，别想着我会同意。"

"唉……我行的。"

"这是命令！"

秦伟山见讨不到好，只能悻悻地回到位置上，嘟囔着："还真摆出官架子来了。"

基地已经进入一级战斗状态，所有人都在紧急调试着各种设备。

乔安已经换上了她的紫色胸甲和战斗裤，背上背着她的"命运征服者"。"指挥官，梦魇已就位，随时待命。"

蒋将军点点头，环视着忙碌的指挥室。

乔安看见秦伟山正蹲在地上疯狂地画着圈圈，呵呵地轻声笑道："你啊，就好好养老吧。"

"哎滚吧滚吧，活着回来。"秦伟山不耐烦地摆摆手，说道。

傍晚 6 点　距离预计交火还有 5 个小时

10 架悬浮机开始点火，飞向了 A 市北侧森林。

"我们已经联络了 A 市军方，他们将出动装甲车配合我们的行动。"

张教官对大家说，希望这样能安抚一下各位紧张的心情。本次行动，安晓天暂时将指挥权交给了张教官，而张教官本身也是战斗经验丰富的老将，也得到了批准。

张教官拨弄着手上的战术手表，心里想着："晓天，快点啊，快点飞过来啊。"

傍晚 7 点　距离预计交火还有 4 个小时

根据之前国家地质局发来的信息，反应小组决定让 S 市军事基地的三百名士兵组成两个连队和一个重甲兵前锋班，沿着森林边缘绕道而行，目的，就是为了避开反应小组根据地形，推测出的那几块可能有监控的地带。

A 市军方和全国各地的基地一共派出了三个连的士兵，从另一侧边缘绕行。

秦伟山和蒋将军目不转睛地盯着两个部队的走向图。半小时后，他们都来到垂直于目标地点的方向。

两个部队同时进发，向目标慢慢靠近。到了距离入口八百米的地方，张教官看了一眼地形图，说："这里地势太低了，对我们很不利，兵分两路，向两侧突起处进发，占领制高点。"

张教官庆幸自己看了眼地形图，再往里面走，就是类似于盆地的地形，万一有埋伏，相当于自己走到烧开的锅里了。"不对啊老张。"副指挥老钱拿着望远镜说。

"怎么了？"

"不是说门口有人把守吗，怎么今天没人了？"

"啊？"张教官脑袋一震，突然意识到什么。

没有了良木齐当卧底，讲道理，他们不应该能将军方的进攻时间猜得这么精准啊……

"不对。"张教官突然想起来，"良木齐来到 S 市军事基地的时候，我还在接受军检呢。他难道……对我们基地的出动时间都已经了如指掌了？"

"不太妙，先往后撤。"张教官意识到他们低估了良木齐，立刻后撤。

然而，部队退出两百米时，突然！一声炮响，一发蓝色的炮弹从山壁后发射出来，"轰"的一声炸在部队旁边。"他们有加农炮！"老钱大惊。

这时，两侧齐刷刷地探出头和枪管，朝部队开火。"前排重甲兵顶在两侧，边打边退！寻找有利地形！"张教官通过通讯器下令。

顿时，火光四起，激烈的枪斗让山谷变得如白昼一般。部队在重甲兵的掩护下找到一块突起的小山岭，立刻撤到后面。

"啊！"张教官身边一位士兵中枪，惨叫一声倒在地上，最后的眼神，还无助地望着自己。

张教官恨得直捶胸口，无奈火力凶猛，他赶紧躲在一块石头后面射击。

本来军方仓促应战就处于劣势，但是，情况还在往更糟的方向发展：四辆加农炮车开了出来，一齐向山岭开火；两列重甲兵从门中冲出，径直朝山岭奔来。

蒋将军看着形势图，对张教官说："他们想把你们分成两半，你们抱团行动，不要散开！"

一枚枚炮弹落了下来，数十名战士顿时被炸得血肉横飞。

一千人的生命经得起几次这样的轰炸啊！"所有人，向右边移动，与友军会合！"张教官下令。

此时其他基地的联合力量正在赶来的路上。但无奈加农炮威力巨大，再加上蝰蛇在狡诈的疤哥和良木齐两人共同合谋下，已经用兵力精准控住了他们的行进路线，将他们限制在山岭里，寸步难行。

张教官跑着，被落下来的炸弹升起的气浪掀飞了出去，狠狠地摔在地上。"谁他娘的去把那大炮炸了！"张教官捂着膝盖，忍痛大喊。

重甲兵们听见后，义无反顾地逆行起来，他们冲向加农炮，想和加农炮车同归于尽，但火力凶猛，即便是重甲兵也在火海中纷纷倒下。"呼叫装甲车支援！右翼伤亡惨重，请求医疗兵火速前来支援！"

"我手臂被炸断了！"

"不好意思，我来晚了。"

一阵呼啸声从头顶传来，乱作一团的众人抬头一看，一道红色的身影在天上掠过。

一道激光落下，直接炸毁了一辆加农炮车。"是安晓天！烈鹰来了！"

"指挥官来了！打——"

烈鹰侠的到来，犹如绝望中撕破黑夜的破晓，刹那间！点燃了所有人继续战斗的欲望！“终于，我们还是盼到了你……”张教官坐起来，望着那到流星越过试图拦截自己的数颗火炮，径直砸向了高处的埋伏点！

烈鹰侠在枪林弹雨中高速飞行着，肩上的火神机枪、手上的电磁导轨枪不断喷出凶猛的火焰和激烈的电磁射线，所到之处，哀号遍野，寸草无生。

“小零，解锁战剑固定铁甲。”

“收到。”

“乓”！背部的装甲立刻解锁，烈鹰侠拔出战剑，垂直下落，一剑扎在一辆加农炮车上，战剑插在里面的同时极速转换成枪形态，一道激光在炮车内轰开。“砰隆”，这辆加农炮车就像被撑爆了肚子，炸了个稀碎。

“新装备调试的如何？”张教官通过通讯器问安晓天。

“好得很，我觉得我能打一千个！”

然而，就是这一个分神，一发榴弹命中了自己的胸甲，烈鹰侠一头撞在了地上。

他刚站起来，又是一发榴弹袭来！

“轰”！

又是一发……

几个蝰蛇组织的重甲兵一人一台榴弹发射器，对着烈鹰侠狂轰滥炸，持续了整整五秒钟，终于，他们的炮弹全部被打空了。

硝烟随着泥土碎屑散去，在他们惊惧的眼中，这个战神左手展开着刚装配上的粒子盾，右手将战剑插在地里，半跪在地上，

“打完了？那就轮到我了。”

橘色视窗内，杀意之血剧烈翻涌着。烈鹰侠起身一跃，一剑刺穿了正前方敌人的胸甲。紧接着举盾，推进器一推，狠狠地撞飞了旁边三人，回头，又是一斩，直接将后面一位拦腰斩断！

剩下最后一个，烈鹰侠抬起战剑，一道激光射了出来，烧穿了他。

清理完这些杂兵后，安晓天望着前方的大门，打开所有人可以听见的麦：“所有重甲兵听令，随我冲锋。”

“烈鹰队长在前面给我们开路。我们上！”重甲兵们自觉组成一个方队，径直朝烈鹰侠的地方冲去，一路拼杀。

“杀——”后排的战士们也成功与赶来的友军会合，在装甲车的掩护下朝前方推进。

蝰蛇基地里

"老大，完了！我们的防线被攻破了！那个烈鹰装甲上来就炸毁了两台加农炮车！"

疤哥也是心急如焚，他打开通讯器对良木齐说："狗娘养的东西！快出动你的装甲！"

"良木齐？"

"良木齐！"

此时实验室内，良木齐的身边躺着一剂刚注射完的针筒，而他自己却伏在地上，痛苦地朝黑鹰装甲一点一点爬去。

16."我会将你绳之以法！"

为了保住自己刚刚入手的新元素及其武器研究计划，良木齐被迫答应了蝮蛇组织的老大疤哥，为他制定了一系列反围剿计划。

疤哥在他的建议下，在原本自己认为无所谓的地理位置安装了大量微型侦测仪器，没有分散自己的任何兵力，就直接限制了军方的行动路线，目的就是让军方走入蝮蛇的埋伏地点；同时，良木齐在基地时，参加过各种大大小小的军事行动，甚至还曾经是王阳晨将军的二把手，对 S 市军事基地的出动程序和行动时间了如指掌，再加上自己无人匹敌的计算脑，这次全国军方的集结行动，对他来说，简直就没有什么看不透的地方。

半年前，疤哥就曾经在良木齐家里出现过。当时正值春节，良木齐甚至不知道他是怎么进来的。

"我来拜访您，没别的意思。"疤哥翘着二郎腿，轻轻放下了自家的陶瓷杯，里面还泡着自己最爱的咖啡。而自己的几位亲人，躲在房间里，瑟瑟发抖地看着良木齐和疤哥在客厅对视着。

"我这里……可能有，大量，您感兴趣的……外星资源，而您呢，是我们这个国度，这个时代，最伟大的科学家。当然，好处就是，我们这里的全部新式资源，您可以任意使用，而且，我们将倾尽全力支持您手上的穿戴式火力装甲计划。"

疤哥轻轻地扬起嘴角。

"当然，如果良大师不愿意，我们蝮蛇，可不是您说不谈还求着您的。您的一切牵挂，我们随时都可以斩断。"

"你！"良木齐怒火中烧，举起手中的提包就要朝疤哥砸过去。

但是，当他看到亲人们疯狂暗示他，疤哥身上有枪，而且家里还有人。

为了保护家人的性命，良木齐流着泪，放下了手。

"所以我们啊，希望您能考虑考虑，关于……能让世界拥有一个新纪元的研究计划……嘿呀……"

疤哥见差不多了，起身，带着二楼上从隐身衣中现行的十几位随从们走出了良木齐的家，顺便，留下了他自己的格式化外网邮件名。

曾经的一切，都在良木齐逐渐模糊的意识中如电影倒带般回放。此时的他，如倒进了一口棺材，黑鹰装甲包裹住他以后，立即扫描了他的身体。

"警告！检测到剧烈的身体细胞变化！建议不要启动黑鹰！"一则警告在装甲中环绕着。

浑身酸痛无力了一段时间后，良木齐已经明显感觉到了月球元素给身体带来的巨大变化。逐渐清晰的画面，让他终于看清自己在哪里。

良木齐开始在自己的视窗里输入程序瓦解代码。

他，已经无路可退了，现在，为了家人，也为了自己的实验成果，唯一的选择就是与烈鹰侠安晓天不共戴天。

随着自己意识的最终下令，黑鹰越过了系统自身对驾驶员的身体保护系统。

"强制匹配完成，黑鹰全系统正常运转。"

全身被强化的良木齐，发现自己现在的大脑受到神经链接的刺激后，居然还能正常思考！只是有点头痛罢了。

"非常好。"黑鹰全身的灯光被打亮……

"开始吧。"

黑鹰幽绿色的视窗照向为自己打开的穹顶，展开羽化机械翼，冲进了火光冲天的夜空。

真得就如良木齐所说的那样，烈鹰侠的参战，直接让蝰蛇的暴徒们战斗数个小时的努力全部白费，又是一个小时，局势已经彻底倾倒向了军方。

"重甲兵，继续保持推进！我还在……喝！我还在清理垃圾。"烈鹰侠身先士卒，滑铲落地，一剑将蝰蛇的自爆车切成了两半。

有全球最坚硬的合金制成的装甲保护，安晓天根本不惧怕这种程度的爆炸。平原上，又是一声冲天火球，烈鹰侠在夜空中划出一道弧线，落在了高处一个非常隐蔽的草丛边。

"乓啷"落地的巨响，吓得聚精会神瞄准着的乔安一个激灵。

"你别待在我旁边！"乔安挥挥手，"我是狙击手啊！"

"怕啥？我也可以。"安晓天摊开手，肩上的"火神"机枪架了出来，对着底下瞄准自己的火箭筒精准地一通扫射。

“哼嗯。”乔安翻了个白眼，“我果然是老了。”

重甲兵的士气异常高涨，一路杀来，无人可挡，眼看着，他们就要到蝰蛇基地入口了。

突然，一道激光从天而降！土地上瞬间被烧出了一道焦黑的沟壑！

众人抬头，一架他们从未见过的黑色人形装甲如魔神一般悬停在空中。

“这门，是你们想进就能进的？”黑鹰说。

“是良木齐的声音！”有人听出来了。

刹那间，大家的杀意爆发到了极点。所有人都跃跃欲试，将这家伙肢解了恐怕都不解恨。

“你算个屁啊！”一位重甲兵站了出来，举起 QA-4 型脉冲炮，瞄准了黑鹰的头。

然而，黑鹰只是一个抬手，四个指关节处居然喷射出了细小的光线，轻松地就烧穿了这位重甲兵的护甲。

目睹着这人惨叫地倒了下去，众人一片死寂，有些恐惧地望着黑鹰。

“不用理他，只管往里面冲！”

身后传来了安晓天的喊声，紧随而来的一道激光直接打在门上，灼烧着，烧掉了一圈钢铁，门上出现了一个可以勉强通过的缺口。

烈鹰侠收起战剑，挡在重甲兵们面前，“乓”一声落在了地上，指着黑鹰大喊：“有本事和你实力相当的打！”

“实力相当？”黑鹰觉得，这是他听过最荒唐的笑话。

果然如烈鹰侠所料，短短一个月时间，良木齐已经强化了黑鹰装甲，光是从他的羽化机械翼就看得出来。

烈鹰侠提起拳头，背部的推进器即可爆发火焰，冲向了黑鹰。而对手只是原地悬浮，在烈鹰侠来到自己面前时，举起了拳。

“咣”！

伴随着天空两拳相碰的巨大回音，烈鹰侠竟然被打飞了出去！

“实力相当？这简直就是对我劳动成果的侮辱！”

黑鹰直接无视了其他人，径直朝烈鹰侠扑来。烈鹰侠站起身，毫不示弱地升起，两人再次撞在一起，扭打着飞向了天空。

“不用管我，你们快进去！”每个人都听到了烈鹰侠的指示。

接到最新命令的梦魇带着队伍来到现场，立刻发起了对蝰蛇组织内部的扫荡。

"根据蒋焱上将指示，一号大队，目标敌方实验室，掩护陈昊博士！二号大队，目标敌方指挥中枢，扫荡蝰蛇基地！三号大队，封锁出入口，切断外援和逃跑可能；四号大队，带数据小组找到纸质和电子生物文件，一个不准落下！"梦魇的战术目镜即刻启动，大喊道。

基地里依旧有大量暴徒负隅顽抗，梦魇再也不当放冷枪的狙击手了，直接带头开路，最大效率的清理战场！

就梦魇的枪法，根本不是蝰蛇的杂兵能抵挡的，只要敢冒头，被她看见了，不出五秒，必然毙命。超过五秒钟的，只是因为人有点多，梦魇一时半会处理不过来，就给其他士兵杀了。

毕竟是军方打击，强大的力量让蝰蛇根本毫无还手之力。敌人甚至没坚持到五分钟，就已经开始闻风丧胆、溃不成军。

一队在重甲兵的带头冲锋下，努力寻找着目标地点。

"嗯？"

路过一个实验室时，乔安往里面张望了一下，居然有两个铁板床，里面散发着令人作呕的血腥味。

"人体实验吗？"乔安狠狠地咽了下口水，看了眼两个铁板床边散落的人体数据——

"陆莎，林伟星……"

她根本无法想象这两个人到底都经历了什么。

"居然对无辜者施加这种惨绝人寰的暴行！"乔安顿时怒火中烧——蝰蛇的人就是死上一万遍她都觉得是亏待了！

而基地外

一开始，烈鹰侠凭借着精湛的格斗术占据上风。但渐渐地，他发现自己居然奈何不了黑鹰。

他还以为只是装甲上的差距，只到黑鹰一把抓住了他能打出将近 350 公斤力量的拳头，烈鹰侠这才意识到，他的力气不知因为什么，变得非常大，每一拳想打在他身上都很费劲。

一个转瞬即逝的分神，让黑鹰瞅准了机会，突然向后一躲，烈鹰侠恰好挥空了一拳！

而黑鹰趁机和他拉开了身位。面对这么强大的天才特种兵，论近战，自己绝对不是对手。

一道激光从腰间的绿光喷口射出，黑鹰装甲升级后的巨大冲击力根本不是烈鹰侠在天空中能招架住的，自己硬生生被黑鹰给推了下去。

黑鹰不想和烈鹰侠僵持太久，他还要保护自己基地里的实验室。虽然知道自己近战不占优势，但还是选择直接弹射出双刀，想用自己计算过的最有效穿甲武器——鳞甲鬼刀——直取安晓天的性命。

黑鹰握住刀柄，径直向刚起身的烈鹰侠刺来。

但安晓天跟秦伟山练了这么久，肯定不是白练的。烈鹰侠迅速向后一个翻滚，顺势伸手拔出战剑，半跪起来，战剑两侧展开，一个黑洞洞的枪口展露出来，一道激光就朝黑鹰射去。

黑鹰展开粒子盾格挡，但谁想他还留了一手，肩上抬出地震波导弹，一炮炸飞了烈鹰侠！

但，烈鹰侠可不是一炸就倒的角色，靠着机械翼的平衡稳稳地落在地上。

可是所谓的地震波导弹，正是良木齐为了对付他量身定制的武器。烈鹰侠瞬间头晕目眩，整个系统都受到了强烈影响，视窗里的工作显示界面全部开始分裂，指标急剧涨落着！

黑鹰速度极快，已经冲到他面前，一拳挥了下来！

此时的烈鹰侠基本和装甲断开了连接，只能用最原始的方法对付他——

烈鹰侠本能地举起双手，而自己两手接他一拳，还被打退了十多米。

“什么时候……你的……力量这么大了？”安晓天渐渐缓了过来，问道。

“嗬，实不相瞒，我找到了宇宙中的一个新元素，一种可以大幅增强人体肌肉细胞的元素。我将其制成了第一个血清，并在我身上做实验，大获成功。”烈鹰侠与黑鹰保持着原来的姿势对峙着。

“这是蝰蛇给你用的吧？”安晓天隔着装甲质问道，“为了这些资源，你甘愿背叛我们，背叛国家，甚至背叛自己至亲的战友，夺走了他的生命！是吗？！”

“……”黑鹰默不作声。

“回答我！畜生！”烈鹰侠的血压整个上来了，对着黑鹰面罩下看不见的良木齐咆哮道。

“很多事，我们都身不由己。”黑鹰毫无感情地回答道。

“所以，对不起，这场仗我势在必得。”

"老子也是。"

经过短暂的系统波动后，重新连接上的烈鹰侠肩上架起火神机枪，疯狂地对着黑鹰扫射。

黑鹰被强大的火力逼得连连后退，站稳后，一道激光炸毁了机枪。

顾不上心痛自己的机枪了，趁着黑鹰瞄准的功夫，烈鹰侠一个猛冲撞到他面前，不停地用铁拳砸向黑鹰！

黑鹰面对如此快准狠的拳术，哪里招架的住？只得步步后退。

"寻找机会，抓住他的拳头！"良木齐对黑鹰装甲下令，一拳过来，烈鹰侠的左手被抓住了；再一拳，右手也被抓住了，怎么也挣不开。

然后，黑鹰缓缓地浮了起来，在空中抓着烈鹰侠的手臂转了一圈，借力狠狠地将烈鹰侠扔了出去，黑鹰的力气太大，大到烈鹰侠被扔进一旁的林子里后，竟然连续撞断了 6 棵树，才被第 7 棵树勉强接住。

烈鹰侠想站起来。但黑鹰根本不给他一丝喘息的机会，急速飞了过来，一脚踩制住烈鹰侠。

随后，胸口一道激光对着烈鹰侠的能量核心就烧了下去。

如果它被损毁了，别说烈鹰装甲是否报废，就连安晓天的命也难保了。

"啊——"烈鹰侠痛苦地叫了出来。眼看着能量核心就要被熔化了——

"对不住了。"黑鹰说道。

"警告！系统被入侵。"

千钧一发之际，黑鹰装甲里却突然窜出这么一句话。

黑鹰的整个系统开始瓦解，甚至是最基础的电力系统也受到了影响，灯光开始忽明忽暗。

"什么？！谁篡改了我的系统，没有人能破解我的……"

突然，良木齐想到一个人。

没错，就是陈昊。

"对不起了，良师父，我虽然是你带出来的，但是在正邪这件事上，我绝对不会包容你！"

陈昊坐在良木齐实验室的电脑前，敲下了最后一个回车键。

屏幕中，黑鹰装甲的系统开始被清空，所有数据已经被他彻底篡改，电脑插着两个装满病毒的 U 盘。

张教官在一旁看着，自言自语道："加油啊，晓天，接下来就看你的了。"

安晓天见黑鹰倒在地上，一点光亮也没有了，挣扎着想站起来。

"警告，能量核心损毁严重。"小零也向安晓天发出警告。

"还有多少设备可以重启？"

"仅 7% 可用。"

无奈，安晓天解锁装甲，拔出腰边的匕首，向良木齐走去，此时良木齐也从装甲里走了出来，手上拿着两把短刀。

"安晓天"良木齐叹了口气，"你别逼我。"

"是你逼我的！"安晓天眼中杀意升起，狂奔而上，一个滑铲从良木齐挥过来的手臂下滑过，起身就向良木齐的腰间刺去。

本以为能一招致他伤残的安晓天，却惊讶地发现，良木齐居然立马一个转身，挡住了安晓天的匕首。

这个反应，少说也只有训练多年且经验丰富的老兵水准了。

安晓天被迫和良木齐打起了持久战，两人短兵相接着，战到一条溪水边。

安晓天精通格斗术，但奈何此时的良木齐力大无比，每一次进攻、格挡都无比困难，而且更让他头疼的是，这个老家伙现在不仅精力旺盛，而且非常狡诈，没有任何可寻的出手规律。还好自己向秦伟山请教过"以无招胜有招"的格斗能力，否则，刚刚良木齐有一些连秦伟山都很少提到的出手，足够让自己死在他的刀下了。

"吮"的一声，安晓天用匕首紧紧地格挡着良木齐的刺来的双刀。

然而！如果说良木齐的出手让安晓天很难预测，那么这一遭，是安晓天这么久来头一次遇见，从来没有想到过——良木齐手上的双刀居然伸长了，径直刺进安晓天的肩膀！

"呃啊！"安晓天向后退了一步，良木齐顺势又要刺来，安晓天架空了他的手，抓紧机会向左一个翻滚，孤注一掷地将匕首扔向良木齐。

匕首没有辜负他的期望，扎进了良木齐的腹部。

安晓天立即冲上，将他按倒在地，手用力一拧，良木齐痛得嗷嗷直叫，松开了手里的刀。

安晓天用身体压着良木齐，双手按住他的双臂，用头狠狠地撞击着良木齐的额头。

"啊！"

"啊！"

良木齐痛得直叫唤，安晓天忍着剧痛不停地用头猛撞，直到两人都头破血流。良木齐开始不断地膝顶，将安晓天顶了下来。接着，良木齐站起身举起安晓天，将他扔进了溪水中。

这溪水不深，人完全可以站在里面。良木齐捡起一把刀，缓缓地朝奄奄一息的安晓天走去。

"我说过……你打不赢我的，小子……"

良木齐捂着腹部的刀伤，缓缓地走向前。

安晓天已经浑身酸痛得直不起身子了，万般危急之下，他最终决定放手一搏。

安晓天冒着生命危险，关掉能量核心，将核心边上三个用于遏制的控制液管头松了开。

顿时，一阵热浪从心脏向全身扩散！

他要释放变异电流！

"呃啊——"安晓天仰头大喊，刹那间，整个溪水都传导着他的电流！良木齐怎么也没想到会有这一出，被电得浑身抽搐，倒在了水里。

承受着巨大痛苦的安晓天，拽起自己冒烟的手指，眼睛猛地一闭，在手指失去知觉的最后一秒钟，按下了能量核心。

渐渐地，电流消退下去。安晓天大口喘着气，眼前一片漆黑。

缓了不知有多久，安晓天用尽最后一丝力气爬了起来，走到良木齐身边。

良木齐此时整个人都还在抽搐，看着安晓天脸上的血像河流一样淌着，滴在自己白色的衣襟上，嘟囔着："果然是他选中的战士……这还能，站起来……"

良木齐将头歪向一边，说："我输了，杀了我吧。也算我……欠王阳晨的。"

"杀了你，还有什么用呢？他已经死了。我要将你绳之以法！让全世界都知道你犯下的罪行。"安晓天指着远处浓烟滚滚的蝰蛇基地，一字一句地说。

这时，一道道白光从远方照来。安晓天还以为是敌人，举起匕首。

他宁愿自己死也不愿被敌人抓住。

正准备自尽，没想到却传来了他熟悉的声音："晓天，晓天！我们来了！

你在哪儿啊……”

听到乔安姐的呼喊，安晓天终于放松下来。他眼前袭来一阵晕圈，摔倒在地上，不动了。

17.“刘宣，是你吗？”

战斗结束后，硝烟依旧弥漫在空中，满天的火星随着深夜的风飘舞着。

蝰蛇组织的毙命者自然没有人会为他们收尸，横七竖八地躺着尸体。

蝰蛇基地的大门前，仅存的丝丝灯光还在苟延残喘，一片死寂的地面上，突然，一道灯影却开始慢慢地游动起来。

"他们还没走。"

一团雷电挡住了这位独眼人出去的路，但是他定睛一看，这是一只手。

一起征战这么久了，埃克顿依旧不知道他的手是什么作的。

埃克顿疑惑地抬起头，望着自己两米多高的威猛上司。

也许是还顾忌着会和人类打个照面，他头上挂着一个长长的棕色布衣，遮住了只有纯血统内质人头上才有可能长出来的骨角，双眼冷酷且多疑地望着外面。

外面的纵影者给信号了，他才不让埃克顿出去的。

埃克顿记得，这好像是第23号活体实验对象的衣服，因为第23号正好是他亲手交易的，他还想靠这个向上司邀功，结果这家伙直接割腕自杀了，也就是说，埃克顿的实验品毫无用处。

那些在遭遇伏击后英勇牺牲的战士们，他们的遗体都已经被带回了运输车上，休整一夜后再回到基地。

"听蒋将军说，6个小时后，全国军方要发表联合声明？"一个松了口气的士兵走在张教官身边，望着几个医疗兵扛着盖上白布的担架走过自己。

"是的。"张教官拉开车门，"这也算……给人民一个交代了。行啦，任务结束，回去和亲人道个平安吧。"

他们这辆车，是整个运输队的最后一辆了。然而刚发动了引擎，运输车原来停住的位置后，莫名多出了一只脚。

"看来……咱们的盟友靠不住啊。"

修煞回头望着身后被炸毁的基地大门，反倒是释然一笑。随之而来的，还有曾经刺杀过纳尔斯父王的刺客纵影者，以及差点要了纳尔斯性命的射手——"雷眼"埃克顿。

"不过也好，咱们要到手的生物资料也差不多够用了。我之前还在想怎么用看上去合理的方式解决他们……不过现在，好像还名正言顺了。"修煞哈哈大笑着。

"哈哈，大人英明啊！"埃克顿拍着马屁，"那我们……接下来？"

"我这么说吧。"修煞带着两人转身，走向身后天空中的隐形战舰。

"我们和这群乌合之众交流，也就是想搞点瓦姆勒的生物资料。现在搞到手了，嘿，巧得很，他们就被灭了。真是物尽其用。"

"所以……开始下一步吧。利用他们的生物数据和我们得到的活体解剖数据，好好研究研究。这样，找出隐藏起来的纳尔斯指日可待。"

埃克顿刚想说什么花言巧语，却被修煞打住了。

"纵影者，跟他解释下。"修煞似乎是在故意刷她的存在感。

"哼……"纵影者扭着手腕，缓缓说道，"他不懂太正常了。"

"有了他们的人体数据，瓦姆勒的生物发展趋势就将彻底掌握在我们手中。那对他们而言，我们和他们所信奉的造物主何异呢？"

埃克顿恍然大悟，望着外面已经结束的战场，自己那骇人的大眼居然被挤压成了大半个残月的样子，露出了自己的獠牙。

第二天

"昨日，在S市和A市军方的共同努力下，国家正式宣布，境内最猖狂的犯罪组织——蝰蛇组织已经被彻底清除。高精尖的科技、强大的战斗力，再一次向全世界证明了如今中国军人的实力。"

安晓天躺在病床上，默默地看着电视上的新闻节目。

"而本次的首要猎捕目标，就是与材料物理学家徐亦诚共同组成21世纪中叶中国科技领域双子星，号称精通物理所有领域的良木齐博士。之前，S市军事基地就曾被爆出有将军死于刺杀的事件，现在我们基本可以断定，将军遇刺事件属实，而良木齐可能就是此次事件的直接参与者。良木齐的叛变，让全国军方都意识到了问题的严重性……"

"什么叫他是直接参与者？良木齐就是凶手啊。"安晓天心里暗暗不爽，伸手去拿篮子里的草莓塞进嘴里，"还有，他的叛变？才让我们意识到严重性？真是……搞不清状况就别瞎报道啊。"

他其实早已经醒了一个多小时了，只是安晓天没有呼叫军方委派的专属医生。

安晓天两边的柜子上摆满了反应小组的军官们给自己送来的水果、寄语。

但是，安晓天突然感觉哪里不太对，他细细听去，好像是门外有了很大的动静，而且，人挺多。

昨夜，安晓天与身体机能全面强化的良木齐进行的殊死搏斗让他直接昏迷了过去。安晓天沉沉地睡了一觉，一直睡到现在医疗室里钟表上显示的十四点整。

张教官怎么可能放心让安晓天跟着大部队一路昏厥不醒地回到 S 市军事基地，清理完战场后，他立即联系蒋焱上将，请求将昏厥的安晓天火速转移至 A 市人民医院的独立方舟内接受全身治疗。

当时，将安晓天转移到独立方舟时，天色正朦胧破晓，连上班的医生都没有几个，而且，整个在场的医生都是受到了国家特别关照过的，意思就是，谁敢说绝密特战队的人在这，谁就要蹲牢房了。而且，现场更是早早地拉起了警戒线。

可是，蒋焱上将有些无法理解——先不说眼前这群记者是怎么越过警戒线的，为什么，他们还知道一些从来未公布过的信息？

"嗯，各位记者们，请你们配合一下。"

面对眼前这十几位记者，蒋焱上将听他们如潮水般压倒而来的询问，就像是在听外国人唱 rap 一样。

蒋将军走了进来，心平气和地说，身后跟着秦伟山、乔安、杨梦、刘宣以及一队医疗人员。

"他还需要进行最后一次全身检查。等我们出来了，你们再进行采访也不迟。"

记者们看着这位高大魁梧的将军，也不敢多说些什么，悻悻地走了出去。

"老公！"杨梦最先冲了上去，一把抱住安晓天。"你这个坏人，又吓我！你知道我听到这个消息后有多着急嘛！"安晓天也一把将她揽在怀里，看着杨梦早已哭红的双眼，心里也是一阵酸楚，泪水夺眶而出。

他懂杨梦的恐惧：当自己深爱的人在生与死之间徘徊，有谁不会害怕就这么失去了呢？

杨梦还在怀里啜泣，安晓天轻柔地说："对不起，梦梦，是我失约了，我又吓了你一跳……不哭啦。还记得我们第一次吵架吗？你上来就扇我一巴掌，我当时哭得比你现在还伤心呢。”

杨梦破涕而笑，说：“哎呀，你已经不是那个爱哭鬼啦，在我眼里，你就是一个大英雄。”两人深情对望着，当气氛突破临界阈值时，杨梦缓缓地亲了上去。

“呦，少儿不宜哦。”秦伟山一只手遮住了刘宣的眼睛，刘宣笑着躲开：“什么啊，我已经成年了。”

闻言，安晓天突然主动结束了两人的亲密，安晓天抬起头，惊喜地说：“哎，刘宣，你也来了！”

“我可是旷课来看你的哦，过来膜拜一下大英雄。”刘宣说，“讲真，我好想看看你的装甲，超酷的啊喂。”

但这只是刘宣的玩笑话，谁想安晓天听后，立即按动了能量核心，说：“好啊。我这就叫它过来。”

“哎！别了别了，一会儿把玻璃撞破了。”刘宣赶忙制止道。安晓天细细地听着外面天空的声音，突然察觉到什么：“你们怎么没反应啊。”

蒋将军等人没有阻拦他，几人只是看着，脸色中多了几分犹豫。

“我……我的搭档，还好吗？”安晓天问。

最后，还是秦伟山说了出来：“你的搭档，它……已经报废了。”

安晓天头又躺回了枕头上，难过地看着天花板。大家都以为他想说些什么，但什么声音也没有，剩下的，是满屋的沉默。

好一会儿，安晓天收起了悲伤，又一次抬起头：“刘宣，等我出院了，我们去吃个饭吧。”刘宣看了一眼蒋将军，蒋将军点点头。

“好啊，我当然乐意。”刘宣说着，眼里闪过一丝蓝色的光。

转眼半个月过去了。

马上就要7月出头了，S大学又到了令学生们感到紧张且害怕的期末阶段。要是挂科，那可就完蛋了。

“叮铃铃”，下课铃响了，刘宣随着人群走出教室，在走廊上伸了个懒腰。

今天只有上午有课，下午晚上都是大写的“自主安排”。上完上午最后一节课，刘宣回到宿舍，发现室友们都在整理着什么。“咦，你们这是干嘛呢？”刘宣有点疑惑。室友中有个被常被唤作“小黑”的人，他皮肤很黑，人也矮小，绰号由此而来。小黑迎上来，“哎，魏哥没通知你吗？”

"没有。"

"哎呀，今天我们 105 寝室和 106 寝室约好一起出去野营！你不在学校过夜就是不好，这消息都不知道。你也收拾一下，咱们一起出发。"

"我？不了吧，我有事。"

"有啥事啊课都上完了，难得不出去嗨一把？"

"我……我要去图书馆自习，期末了嘛。"

"管他什么考试呢，快去收拾吧，去去去……"

"我真不来了……"

两人你一句我一句地说了半天，最后小黑不耐烦了："不去拉倒，爱来不来！期末考你不考个全系第一我都看不起你！走啦兄弟们，出发咯——"室友们接二连三地出去了，最后就剩下刘宣在寝室里。

其实刘宣并不是为了复习而不去的，因为纳尔斯有事找他，希望他俩能找到一块无人的空地。

"这里行吗？"刘宣关上门问纳尔斯。"勉强可以，开始吧。"纳尔斯说着，刘宣的一只眼睛就变成了蓝白色。

两个灵魂同时控制着一个躯体。

纳尔斯说："我有预感，他们很快就要找到我们了。"

"你怎么就这么肯定呢？"刘宣问。

纳尔斯回忆道："昨天我们不是在回家的路上嘛，我注意到一个老爷爷气息很不对，完全是机械生命体的呼吸特征，根本不是你们地球人的气息，还好他没有发现我们。我怀疑，这是月质人的机械战士。我们有一种电子眼科技，专门针对双灵人。它可以通过分析人眼睛内的流体波动来判读此人是否为双灵人。如果它们被装上了这种科技，我们就随时都有可能被袭击。"

"所以，你想告诉我什么？"刘宣问。

"我想说的是，你需要尽快提高自身实力。现在敌暗我明，我们很危险。"纳尔斯说，"打开手表吧，我要开始教你武器的使用和我们月球人的格斗技巧。"

纳尔斯输入密码，打开了武器库，刘宣则是好奇地打量着。

"知道为什么要把武器们摆成一个人形吗？"

刘宣摇摇头。

纳尔斯说："因为这代表着你每个部位所对应的武器，其中手臂上是最多的，有十七种武器可用。当你需要它们的时候，它们就可以利用时空洞技术来到你相应的部位上，只要你的神经系统与武器库连接，只你想到什么，它们就会出现。”

“好高级的样子！”刘宣走上前，拿起对应在手上的一个装备，想按动它，“别！那是……”

话未说完，这装备前面顶出一把激光刃，刘宣吓得挥了一下，结果因为宿舍太窄，一刀劈在上下双人床的支架上。

“厚礼蟹！”

刘宣说了句让纳尔斯一脸蒙圈的话，赶紧上前抵住，希望床不要塌下来。

纳尔斯叹了口气：“行了，让我来吧。”他腾出右手，将右手套进一个装备里，轻轻地在断裂处涂上了一些类似于糨糊一样的东西，床就被修好了。

刘宣松了口气。纳尔斯问他：“要不，咱们去外面找个没人的地方，我可以教你格斗。”

刘宣想了想，说：“我相信你说的都是真的，走吧。”

于是，这位双灵人开始了每天的“军训”生活。日子一天天过去，蝉儿开始爬上树为夏天聒噪，天气逐渐升温，一如这位少年的英雄梦，愈发炽热。

7月4日，安晓天出院了。在蒋将军的特批下，安晓天带着杨梦和刘宣来到一家五星级餐厅吃饭。安晓天戴着墨镜和口罩，头上还有个鸭舌帽，生怕自己被别人认出来。“你不热吗？”杨梦问他。

安晓天无奈地摇了摇头，将菜单递给刘宣让他点菜。

刘宣在给服务员做交代时，他用余光捕捉到一个在厨房门外的熟悉的侧脸——微胖的脸颊，棕黄色的长发，以及和同事谈笑后转瞬即逝的正脸，一切都是那么的熟悉。

他没有声张，认为自己认错了。

菜上来了，安晓天压着声音为他们俩绘声绘色地讲述着那天围剿蝰蛇的经历。安晓天很幽默，逗得两人哈哈大笑。刘宣感觉厨房那边有人在看他，他扭头去看，却什么也没有。

转眼就要晚上7点了。三人正准备离开时，他们背后突然传来一声温柔又细腻的女声：“刘宣？”

安晓天和杨梦回过头去看，但刘宣没有。

这个声音，久违了；这个声音，勾起了他多少曾经年少的青涩和爱恋。

"刘宣，是你吗？"

又是一声传来。

刘宣的心仿佛被闪电击中了一般麻掉了，他转过身，眼睑中的瞳仁似乎被凝胶凝固住了一般，看着这位秀发及腰的女孩，缓缓说出一个名字：

"马一涵。"

他们就这样对视着，回忆的一幕幕在两人眼中不断浮现。

这一望，风也停了，叶不落了，全世界都为这一对青梅竹马停摆；这一望，恍如隔世。

18."等我嫁给你！"

杨梦挠挠头，一脸懵圈地抬头望着男友安晓天。安晓天低下头，在杨梦耳边轻声解释道："这个是和刘宣从小玩到大的那个女孩，马一涵。刘宣初中在外面租房子住的时候，他们还是一个小区的。后来初中毕业后，他们就分开了，据我所知，后来好像是没有联系了。"

"嗯……青梅竹马吗？"杨梦猜测道。

安晓天犹豫不决地点点头："差不多吧……只是，他们俩……"

杨梦还想听安晓天继续讲故事，可是安晓天突然打住了。安晓天和刘宣的关系，可以说就差血缘关系对不上了。说得夸张点，安晓天可是刘宣感情经历中的直接参与者。

初三那年的提前批考试，他、刘宣和马一涵都参加了，但是唯独刘宣落榜了。这场离别，特别是因为自己实力不足而导致的离别，在刘宣心中划下了一道无比剧痛的深长伤口，也因此失去了自己最爱恋的女孩一切消息。

马一涵成绩非常优秀，考上了最好的高中提前批。而安晓天当时成绩也不算特别拔尖，和刘宣一起来到了普通高中。到了高二，刘宣才凭借自己的成绩勉强挤进了安晓天所在的实验班。这期间，安晓天认识了马一涵那个学校的杨梦，在高三的时候，两人走在了一起。

脱单后，安晓天曾经没日没夜地向刘宣比划着、分享着自己的恋爱经历，想用自己的爱情去鼓励内向腼腆的刘宣追求班上的女孩。

刘宣当然知道安晓天是为自己好，但让他自己都觉得可笑的是，自己一直在都以学习为重推脱着，却总是在人群中不由自主地仰起脸，奢求能望到马一涵的背影。

后来，再加上刘宣的父亲在得知自己的高考成绩后，醉酒闯了红灯而被车碾压了过去……这些伤痛和无限的悔恨，哪怕是将来的人生几十年，刘宣都会因为这些而在长夜中默默流泪。

刘宣还在和马一涵对望着，估计是太久未见了，两人可能还在尝试将记忆中对方的样子与眼前的进行匹配。

安晓天和杨梦用眼神默契地交流了一下后，安晓天说道："那……没事的话，我和杨梦先走啦，我 8 点就要回基地了。"

"哎！"刘宣想叫住他们，可是这对"狗男女"像是逃霸王餐一样快步溜走了。

刘宣无奈地转过头，不敢再看马一涵了，低着头，双脚起起落落，不安地晃动着。

在学校别说异性了，就是寝室里的同伴，刘宣也很少上去主动搭话的。

"你……没怎么变嘛，还是那么，傻呆呆的。"

刘宣扭捏的样子，要是换成去相亲，女方看到肯定要给他扣大分了。可是，马一涵太了解刘宣了，这男孩一直都是这个性格。

"哼……"马一涵轻轻吐着气，望着刘宣的眼里，五味杂陈。

其实，离开刘宣后，这几年，她心里也有一种说不清的空虚感。她必须把自己安排得满满当当，比如上完课去做线上支教，晚上去社团加班……她很喜欢生活，所以，忙碌的两年大学也让她逐渐忘掉了这个曾经牵着手一起走过羊肠小道，长发与短发交错在一起坐在屋檐望月亮的男孩。

马一涵真的难以置信，自己就想在这赚点外快，还能，遇见时光中那一抹泛黄的记忆。

既然遇见了，那就打声招呼吧。

不，他是刘宣啊！一起拼车回家，一起当课代表，一起……培养的依赖。

简单的招呼后就成为路人，马一涵觉得，这不应该是他俩最终的结局啊。

也许，现在……

"嗯，呃……你还要工作吗？要工作的话，我就不打扰了。"刘宣一说出这话，顿时就后悔了。

幸好马一涵只是努努嘴，说："没事，7 点之后就不是我值班啦。走吧，陪我去街上逛一会儿。"

说着，马一涵还是像儿时一样牵起他的袖口。

刘宣看着她的背影，莫名的感动油然而生：以前每次马一涵家里的车开到校门口接他们时，都是马一涵拉着刘宣跑向自家的汽车。

如今，她还是这么习以为常。这对情人将鞋底轻轻扬起，走出的每一步，都是漫延开的爱之情调。音符随着缓慢的步子，从街道上温热的石板缝隙中滑出，荡漾着刘宣与马一涵曾经与现在拥有的，那转瞬即逝的美好青春。

刘宣微微一笑，轻轻踏着脚步，上前走到她身边，鼓起勇气问道：“你不是在 B 县上大学吗？怎么跑到 S 市来了？”

马一涵撩了一下头发：“哎呀，B 县距离 S 市又不远，过来赚点外快不行吗？本来我就穷光蛋一个，不努力怎么混啊。”

刘宣做出一个恍然大悟的表情，马一涵被逗笑了：“你怎么还是这么憨啊。”

刘宣正愣神呢，马一涵就伸手去捏刘宣的脸蛋。

刘宣“嘿嘿”笑着，克制住了将她的手轻轻拢住的欲望。

经过一家服装店时，刘宣注意到马一涵的眼光在一件连衣裙上停留了好久。

刘宣借口上个厕所，让马一涵在大厦入口等他。

“老板娘，那个连衣裙多少钱啊？”刘宣走进店里，直接就用手指指向了那个挂在门面中心的连衣裙。

他来到那家服装店，没有任何讨价还价，直接买下来那件连衣裙。

跑回大厦门口，马一涵已经叉着腰等不及了，嘟起小嘴嚷嚷着：“你到底干啥去了呀，这么慢……啊！”

刘宣将装着连衣裙的袋子拿到她面前。

“啊！这么贵你……你也买！”马一涵惊喜地用双手捂住嘴巴，眼睛里闪着动人的光。

刘宣微微一笑，执起她的手，示意让她拿着。

“拿着吧。”

“那行吧，下次别乱花钱。”

马一涵开心地一把抓了过来。

她低下头，攥着袋子的手指微微泛白，表面上是在欣赏连衣裙，其实她是不想让刘宣看见她眼里闪闪的泪花。

他们来到三楼，这一层几乎全是游戏厅。

“咱们去玩玩吧！”这只小精灵蹦蹦跳跳地跳到刘宣面前，头歪向一边，手背过去，眼睛笑眯眯地弯成两道弧线，头发轻轻拢住她的半边脸。

刘宣被惊艳到了，猝不及防的他迷迷糊糊说出两个字：“好美……”

“哈？”

“啊不是，我，我没钱了……”

马一涵笑笑，这一次，她牵起了刘宣的手，“多大点事儿，姐姐养你！今天咱就玩个尽兴！”

“走咯，那个好玩！”

“啥？！别拉我，我自己行！！”刘宣有些猝不及防，笑着喊道。

……

不知不觉已经晚上十点多了，两人欢声笑语地玩到五楼。

“呃，走完了，往回走了吧？”刘宣试探道。

“不要！”马一涵一听，不满意地摇摇头，“上面还有个露天场地呢，上去走走吧！”

刘宣顿时现场来了个川剧变脸。

“不是吧，还来撒？”

“当然，来了……就要玩个尽兴啦。”马一涵兴奋地拉起刘宣的手，就要往上走。

感受到手间的那份柔软，刘宣内心不禁一番荡漾。

他们来到楼顶，与大厦空调的温度不同，这热浪反倒让他们感觉更亲切。

他们都是，从小习惯了知了的声音和灿烂的夜空。

马一涵抬头望向了星空，浩瀚的星海让她迷花了眼……

“哇！刘宣，看！好漂亮的星海啊！”

“你说，生风村的夜空是不是更漂亮？”

两人并排坐在天台上，间隔着仅仅几公分的距离。

“扑通，扑通……”

刘宣貌似感受到了马一涵的心跳声，气氛一下子就变得微妙了起来。

两人默契地陷入了沉默，静静地看着流星划过。

许久，还是刘宣沉不住气，他苦苦地思索一番，说道：“来，我们玩个游戏吧。石头剪刀布，三局两胜，谁输了，就去栏杆边对天空喊出你现在最想说的话。”

“咦，还玩咱小时候玩腻的游戏啊。”

马一涵吐吐舌，刘宣有点尴尬。

“好，来呗！”马一涵将奋拉下来的长发一甩，说道。

结果，刚开始第一轮马一涵出了布，刘宣是石头。

“不行啊你，等着喊话吧，哼哼……”马一涵扬了扬她白皙的拳头，似在宣扬这是她的主场。

“还有一局赢才算呢，你别高兴得太早咯。”

马一涵不信地努努嘴，毫不在意地伸出手。

“天呐！”

结果，还真是一个剧情反转，刘宣连着赢了两回，马一涵输了。

“我就知道，还是布，剪刀，剪刀。”刘宣心里暗暗呼了一口气。

“去吧，去吧。”刘宣戏谑地说道。“骗人可是小狗哦。”

“你，你果然还记得。”马一涵的脸瞬间红了，含笑不语了一会儿后，看了一眼刘宣，深吸一口气，跑到栏杆边，说：“刘宣，我——喜——欢——你——”

“啊？！”

刘宣顿时呆住了，他看着眼前这位动人的少女，马一涵转过头，紧张地看着他，头发被风吹乱了也忘了打理。

两人站在风中，再不说话。马一涵低着头，一步一步走到刘宣面前，然后，一把猛扎进了刘宣的怀里。

刘宣有点如梦初醒的感觉，一时不知道该干什么。这是除了自己的母亲之外，第一次有女生抱自己耶！抱住她吗？不行，太鲁莽了；推开她吗？那更不行啊……

“刘宣，谢谢你，还能回到我身边。”马一涵侧耳贴在刘宣胸口，静静地听着刘宣的心跳声，“我一直认为，我们缘尽了，再也见不到了。但，我很感谢上帝，再给了我一次遇见你的机会与勇气。”

刘宣还是勇敢的将手轻轻放在了自己最深爱的女孩的后脑勺上，手指顺着棕黄色长发，一遍又一遍复习她曾经给予自己的一切。

“知道吗？初中三年，你就像照亮我的灯火，你比整个灿烂的银河更美丽、明亮。只有你能听懂我在说什么，只有你能看透我心里在想什么，只有你，愿意在我最悲伤的时候第一个站出来保护我。”

“我虽然考中了提前批，但你可知，每晚我都睡不着，思念你的笑容，你的温暖，你的一点一滴。任何事情都能让我不由自主地怀念与你的往昔。”

“我以前一直都不想承认对你的感情，所以每次当你靠近我，我都会刻意地与你保持距离，也许这样的举动在当年深深伤过你的心，让我们的感情一直都不能肆意生长。但是现在，我不想再回避了，我爱你，哪怕真的匆匆一眼就要别离。"

"可是我不希望你再离开我了，回来吧，你才是我的全部。靠近你，我的血液里翻涌的全是对你的爱。我愿意陪你去天荒地老，愿意陪你在晴天下开怀大笑，我……我……"马一涵已经开始哽咽，再也说不出话了。

刘宣将她紧紧抱住，鼻子一酸，两眼呆呆地望向夜空。星星们有规律地闪烁着，好似向他们发来最诚挚的祝福。"涵儿，我也很感谢你，谢谢你为我留下这么多美好的回忆。你是我曾经最深爱的女孩。"

"曾经？"马一涵有些忐忑不安地问道。

"啊不是，现在……"刘宣刚开口就感觉不太对。

"现在？你以前还爱过谁？"听刘宣一说，长出恋爱脑的马一涵反而警觉起来。

"啊不是，不是不是！哎呀，反正就是我很爱你，一直都爱你啦！"刘宣闭着眼舞着一只手，他自己都受不了自己的表达能力了。

"噗！哈哈哈哈……"马一涵紧紧靠住他搂住自己的手掌，身子往后仰着，大笑起来，甜蜜的感觉瞬间盈满了整颗心脏。

"因为我的自卑，一直到你离开我，我也从来没有向你说出那三个字。我知道，你比我优秀，你可以找到更好的男孩，有一个更好的家。这几年，我想放下你，却怎么也忘不掉你动人的侧脸。我口才不好，原谅我枯燥的告白……"

"不不不。说得很好，继续……"马一涵从刘宣怀里抬起头，浩瀚的星海映入女孩的眼眸。刘宣望着她凌乱发梢下的丹红脸颊，痴情也已经无法解释他现在的沉沦了。

"我一直以为年少的青涩算不上爱情，后来我才懂，爱情就是这么简单。你的一切，宛如世界上最动听的曲子，每天都萦绕在我耳畔。我曾经对自己说，爱你……不留后路。"

马一涵下意识地搂紧了他的脖子。

"所以，记住，涵儿，不管你走到哪处的天荒地老，有个男孩始终牵挂着你；不管你已经多么苍老，有个男孩始终爱你。"

两个人紧紧拥抱着，谁也不愿分开。"叮咚"，门打开了，两人立刻像受惊的两只小鹿一般松开了手，心虚地回了下头。

是大厦的保安。

"呼——"

两人的心顿时松了下来。他说："大厦就要关门了，两位请回吧。"

被保安赶走的两人一路上十指相扣，走走停停、嘻嘻哈哈，仿佛这就是永恒……

"时间很晚了，我妈妈还在等我。"刘宣抬起手表，看了一眼，说。

两人对望着，意识到了分别，陷入了沉默。

马一涵苦涩地笑笑，说："那么，和我道别吧。"说着，再次扑进刘宣的怀里。

"女孩子一个人在外面，照顾好自己，小心点。"

"嗯嗯，知道了。"马一涵说。刘宣伸手摸了摸她的头。她是多么乖顺啊。

刘宣终于狠下心，将她轻轻推开，转身走了，再没回头，因为他不想让马一涵看见他不争气的眼泪。

"等我嫁给你！"马一涵突然大喊。

刘宣停了下来，但依旧没有回头，比了个"ok"的手势，便跑进了人海中。

直到再也看不到刘宣后，马一涵才默默转身，朝另一个方向慢慢挪去。

而这分别的一幕，正好被一个在远处的老翁看见了，他眼睛一翻，将记录存档，随后将信息发给了主战舰。

19. "叫我蓝面侠吧。"

主战舰内

"噜吟。"

"噜吟。"

……

光滑的枪身，在埃克顿淡黄色手指尖的按摩下，发出惬意的声响。而埃克顿那个巨大的独眼，居然还飘出几丝怜爱。

当年，自己凭借可怕的枪法，再兼之自己外骨骼的极强防御力，很快就从内质人部队里脱颖而出，一路打拼，凭自己的实力走上了重甲兵部队总领将的位置。

不仅如此，他甚至被攽萨大帝选派参加了第一轮瓦姆勒行动，能被当作先锋队远征，这可不是一般将领能承担得起的责任，同时也是一种无上光荣的荣耀啊。

想到这，埃克顿轻轻地捏住了枪托。

"马波斯"，这是他们月质人领地中的一个蛮荒之地。在那里，居住着他埃克顿的家人。因为马波斯是月质人领地中最靠近月球外层的地带，在这里接受到的宇宙辐射比其他月质领地都要多得多，有点类似于地球上的北纬三十一度——在北纬三十一度上，辐射会导致很多神秘物种的出现，神农架就是一个很好的例子——因此，这里的野兽也异常古怪凶猛。为了适应这里的环境，埃克顿的家族族人们进化出了厚实的外骨骼，其密度甚至可以和一般的钢铁相媲美。

但是，想在弱肉强食的世界里生存，他们家族远远不满足于天生就拥有的东西。随着生物科技的发展，埃克顿作为家族里新一代基因改造人，他与身俱来的外骨骼，已经完全超越了前辈的外骨骼密度，几乎达到了坚不可摧的程度。也正是因为这一点，再加上埃克顿自幼就表现出来的惊人射击天赋，很快，他就在攽萨的征兵扩招中脱颖而出，成为了万里挑一的领军级战将，也算是，光宗耀祖了。

而他现在手上的，可是他们领命出征时，攽萨大帝亲手赠送给他的“马波斯”超音速中子动能磁聚枪，这个枪型号，全库姆勒生产了仅仅三把，因为这枪全身都是尖端科技——音爆削弱器、磁流体集数器……而且供弹方式上，完全颠覆了传统：该枪以中子对撞产生的巨大能量为子弹！

远不止此，“马波斯”枪另一个两点就是枪管——由音爆削弱器在切割能量束的时候进行过载能量的压制与回收；光弧减速弹弓在枪管的每个零点零五厘米间都会激发，无数个弹弓给原本可以提速到三个马赫的能量弹束进行急剧减速，才能勉强将其减速至一点三个马赫！

埃克顿真得佩服能研究出这种武器的人——把能坍塌整个星球的能量收纳在这么一杆棕色的重型狙击枪里，确实厉害。而且，这能量弹束的威力，恐怕就是大帝的“撕星”战斧也得让着几分了。

“只可惜……”埃克顿回忆着，他记得纳尔斯父王的尸体是被纵影者拖上城堡顶端然后扔下去的。

“如此一位英雄，就这么被扔在地上。”埃克顿不知不觉地拍起枪身，得意的表情里，满是噩梦。

突然，一个士兵莽撞地打开了门，还差点被绊了一跤。

“你不会喊报告吗？”埃克顿对他的举动及其不满，瞪了他一眼。

那士兵吓得往后退了几步：“报……报告，大人，我们找到纳尔斯的契约者了。”

听到这消息，埃克顿本来就大的独眼一下子瞪成了一个竖起来的椭圆，立刻站起身：“真的？”

他走上前，拿过士兵手上的资料面板。而面板中的图片，正是刘宣和马一涵拥抱并分别的画面。“这个男性，因为他和我们的标注的特殊观察对象安晓天关系密切，所有从一开始，51号机就注意到他，并成功捕捉到了那个男性的眼睛。成分分析显示，这人眼睛里，居然在不断放射着宇宙能。”那个士兵说。

埃克顿一拍大腿，说：“错不了了！如果情报不假，这个星球只有这一个双灵人，不可能有别人。”

“额……那……”士兵恐惧不安地望着埃克顿的大眼。他不知道为什么这位独眼大领导要这么盯着自己，自己只是一个送信的啊。

"出来吧，纵影者。"

士兵猛地回过头，顿时又被吓了一跳——纵影者不知什么时候已经潜进自己的影子里，一团黑色凝胶状的东西从影子里升起，化成了一个人形，随后黑色凝胶缓缓蜕去。一个全身黑色的女人忽地站在了士兵身后，吓得他浑身发抖，总感觉纵影者会上来给他背上来一刀。"我相信你的实力，把那人抓回来。如果不成，我也不会惩罚你。"

埃克顿邪魅一笑，一把推开碍眼的送信士兵，"因为，我自有安排。"

四天后

"嘿呀——真好，又可以回家咯。"

刘宣走出 S 市大学校门，微笑着抬起脸望着蓝色的晴空，踏上了回家的路。

这几天，他一直都听不进课，课上满脑子都是马一涵，为此，他也没少被点名批评过。"还在想那个马一涵？"纳尔斯能明显感觉到最近刘宣体内指数型增长的荷尔蒙激素，好奇地问他。"嗯，我已经迫不及待想和她见面了。"

"恭喜，你也找到了你的另一半。"

"什么叫'也'？"刘宣对纳尔斯这句话有些疑惑。

纳尔斯沉默了："……那就，恭喜。"

不过，当刘宣走上乡间小道时，纳尔斯还是终于忍不住，说出了他的担忧："刘宣，其实那天，我又看见那个老爷爷了。"

"啊？"刘宣有点惊讶，"你怎么现在才说？"

"你不是一直在思春吗？我也不敢打扰你的春梦啊。"

"思……春梦？！你知道春梦是什么意思吗？别乱用词语行不？"刘宣还在疯狂地为自己辩解，虽然他知道纳尔斯可以感知到自己的幻想，所以，那种翻云覆雨的画面……

"好好好，言归正传。"纳尔斯还是给刘宣留了点面子，说道："那天你转头的一瞬间，我看见了他，他正盯着我们。没有，根本就没有一点生命特征。"

"不是……这撑死也只是个侦查的东西吧？"刘宣嘴上这么说，其实自己内心也有点慌。毕竟，如果真如此，自己的一举一动岂不是全都被那些外星人看在眼里？

"这东西可不只是侦查。"纳尔斯一本正经地解释道，"那是盘库登，翻译过来，就是伪装机械刺客。”

“刺客？”刘宣顿时紧张起来，他想起纳尔斯好像透露过，他的父王就是被刺杀而死的。

“我突然有点后悔当初救你了。”刘宣越想越怕，多少有些后悔了。

“我早就料到你会有这一天。”纳尔斯语气里带着一丝难过。

“唉。”嘴上这么说，但是刘宣在做决定时，可是没有丝毫犹豫。他只是不想再给自己的人生留下遗憾了。反正纳尔斯都住进来了，那就顺其自然吧。

“无妨，我们加紧练习吧。我也早就料到我有面对敌人的一天。”

半小时后

“妈，我回来了。”走了几公里路后，刘宣打开家门，刚一探头。一阵菜香就扑鼻而来。

“欸！回来啦，儿子！”

对于刘宣几点到家，妈妈可算是了如指掌了，如果不是这个时间点，那绝对是刘宣又在外面瞎逛去了。

做完所有的菜后，妈妈最后的压轴菜——一锅清蒸鱼头汤——上餐桌了，见儿子回来扔下书包，开心地招呼道：“来！去洗个手，准备吃饭，啊。”

两人刚落座，妈妈就迫不及待地问刘宣：“儿啊，这几天在学校如何啊？”

“挺好的。”刘宣塞了满满一口菜在嘴里。“妈，我跟你说，我这次物理考试啊，考了 98 分！全班都呆住了，哈哈哈！”

“牛啊儿子！全系第一了吧！物理不一直都是你的弱项吗？你一定这个学期在拼命补物理吧？”

“嗨，那是。”刘宣说着，但心里有点虚，结果还是被纳尔斯一针扎破了：“还不是我帮你做的，呵呵。那个步骤我说要写你偏不写，好了吧，扣掉两分。”

“哎呀，谢谢你啦。”刘宣在心里尴尬道，“故意不写的嘛，我要考个满分，咱那教物理的老头估计都想着生三胎了。”

“儿啊，最近有则新闻，说 S 市上空偶尔有一艘不知名的飞艇出现，你看到了吗？”妈妈问。

“啊？哦，这个啊，我和纳……和我的朋友早就看到了。”刘宣说。

“妈没想说什么，就是想提醒你，在外面注意安全，最近这则新闻闹得人心惶惶的，说是什么外星人，我也挺怕的。你可能觉得妈只是杞人忧天，但我真的……"

妈妈有些伤感地看着刘宣，想将下一句话低头藏在心，但还是说了出来："我就是不想再失去一个亲人了。"

刘宣沉默了一会儿，说："放心吧妈，我不会有事的……"

但一想起纳尔斯的话，他知道自己现在凶多吉少，他只能默默地祈祷，希望自己能好好活下去。

凌晨两点

11 点时，刘宣谎称自己去睡了，其实是拿着手机躲在被窝里，跟马一涵聊天呢。

凌晨两点，可算是把家里这只小家伙熬困了，再也撑不住的马一涵给刘宣发了句"晚安么么哒"就下线了。

刘宣也放下手机，望着外面的月亮。

突然，他想起什么，对纳尔斯说："你说咱们什么时候训练？"

"现在？"

"正合我意！"刘宣从床上跳了下来，悄咪咪地从家门溜了出去。"我们去后院吧。"

"好。"刘宣头向右一转，最亮的就是那个 24 小时亮光的自动 ATM 机，但那边似乎有人在敲着什么。刘宣仔细看着，说："那不会是在抢钱吧。"

纳尔斯问他："怎么样，有没有兴趣实战一把？"

"正合我意！"刘宣说完，又溜回家里抓起黑色风衣和面罩，便朝那边走去。

ATM 机那边，老大带着四个小弟正使劲地把钱往袋子里塞。

"老大，这起码有 30 万了吧？"一个小弟问。

"哪来那么多！我们也不过是不懂数字货币的农村人，要是我们会点技术，还需要来这抢纸币吗？赶紧塞完走人！"老大说。

"我说，你们抢钱的动静也太大了吧。"然而，刘宣已经悄无声息地走到他们身后。

五人回头，见此人蒙着面，披着黑色风衣，穿着蛮时尚，奇特的是手臂上覆盖着深蓝色的鱼鳞形斑纹，左眼……怎么还放着光？

老大哈哈一笑："大半夜的玩 cosplay 呢，去去去，滚开。我可不想把你弄得缺胳膊断腿的。"

“是吗，那要看看谁的胳膊先断咯。”刘宣回应道。

老大冷笑一声，头也不回地招呼四个小弟：“做掉他。”

几个小弟立刻起身走来。

“刘宣，还记得我怎么教你召唤武器的吗，快试试！”

“啊，我不想杀人！”

“没让你杀人，打晕就行！”

结果就是因为这短短几句对话，一个小弟上来一脚就踹翻了刘宣，另一个小弟举起铁锹就往刘宣脑门拍去。

纳尔斯赶紧切换到主人格，右手召唤出粒子盾，挡住了铁锹。

“接下来你上！”纳尔斯又和刘宣换了回来。

刘宣用力一顶，将铁锹顶开，接着一个鲤鱼打挺站了起来。面对四人的围攻，刘宣弯下腰，抱住最左侧的将其推倒突出包围，接着一盾砸下，将那倒地的小弟砸晕过去。

另一个人拿着棍子上去就要一棒挥下，被刘宣躲掉，随后闪电般打出三拳，打在那人的腹部后，腿部凭空被蓝黑色的鳞甲层层裹住，向后翘起的钢甲片中一声轰鸣，刘宣一脚将其踹出 8 米远！

这就是纳尔斯时空洞里的风暴径甲，一个能极大提升使用者出腿速度和力量的强劲格斗武器。

第三个小弟冲上，也被他一脚踹飞。

最后一人回到老大身边，竟然拿起旁边的电锯直朝刘宣冲来！刘宣一惊，赶紧召唤出激光刀，在电锯靠近的一瞬间一刀挥去，那个电锯的锯子瞬间被劈下来四分之三。

没有时间犹豫了，刘宣一个侧身，趁机打掉那个人手上的电锯，将他紧紧地锁喉锁住。

然而就是这时，那个老大走了过来，举起手枪对准他俩。

“有本事，你就开枪。”

这种方法，刘宣在电视剧里看得太多了，立刻就将他的小弟挡在前面。

把自己的小弟当挡箭牌？老大愤怒地盯着刘宣：“去死吧你！”

说罢，扣动了扳机。

“老大，老大！看准点……”

老大以为自己瞄准了，结果却一枪打在了小弟肩上，小弟惨叫一声，抓着刘宣的手臂乱踢蹬了几下，不动弹了。

但刘宣始终没有放下他，把他当盾牌使，左手背到身后，召唤出一个小东西在手臂上，瞬间起手，朝老大发射过去！

老大只感觉自己的胸口一阵刺痛，低头一看，一根小型针筒扎在他右胸膛。

老大顿时浑身就没了力气，瘫倒在地上。无力地呻吟着。

"你到底是……什么人……"

望着朝自己走来的刘宣，老大努力想撑起自己的身体。但是浑身无力的他，唯一能颤动的只有自己的声带了。

"哎！好问题，我自己也没想过。"刘宣抬起自己的胳膊，仔细端详了一下纳尔斯上线就会自动披挂在身体上的幽蓝色鳞甲，想了想，打了个响指。

"叫我蓝面侠吧。"

说完，蓝面侠风衣一甩，消失在了夜色里。

第二天，军事基地内

安晓天和秦伟山练完拳，一起来到乔安的办公室，乔安有东西要给他们看。

"昨日，一队五人犯罪团伙图谋抢劫生风村的自动取款机，被一位神秘黑衣人全部制服。由于这个人蒙着面，甚至没有鞋印，警方一时无法辨认……"

"这则新闻有意思啊，没鞋印？"秦伟山抱着双臂靠在墙上，"你们说最近这干抢劫的人咋这么多？不会真有人相信那些狗屁预言家的鬼话了吧？什么世界末日……哈，笑死人了。"

安晓天看着电脑屏幕里的这个黑衣人，总觉得有些熟悉。他想起当时在战斗中救下他的那个黑衣人，不禁陷入了沉思。

"走吧，二位，李辉鸿博士还有事找我们。"乔安站起身，对两人说。

20. "他们在逼近！"

"晓天！"

"诶？"

安晓天一回头，一袋奇怪的东西朝自己抛了过来。他赶紧伸手接稳，定睛一看。

"面罩？"安晓天有些懵圈，"我们是要去什么生化实验场所吗？"

"不——不是！"秦伟山自己已经戴上了面罩，"你以为在基地你就可以随意通行了？别忘了咱们的身份。"

乔安赞同地点点头，自己却是戴上了口罩和墨镜。

"额，行吧。"安晓天低头望着面罩，他想起自己昨晚还在用仅剩百分之六的全息影像手表和刘宣联系。而且还是刘宣罕见地主动打过来。

安晓天当时看到刘宣的通讯请求，会心一笑——这小子，终于把自己心爱的女孩抱到怀里了。

"我教你一招啊。"安晓天昨晚还刻意压低了声音，"和喜欢的女孩子待在一起，要坦诚相待，别戴什么面具来伪装自己。"

想到自己说的这句话，安晓天情不自禁地自嘲起来。

"我估计啊，李博士应该是有什么可以给我们提升装备的发现。"秦伟山猜测着，拉开办公室大门。

"拜托，他是生物学家。这种事应该是陈昊博士干的吧？"乔安鄙夷地瞥了一眼秦伟山，"据我所知，蝰蛇组织的实验室里，留下了一些奇怪的东西，就比如……良木齐的一排试管里，注满的全是未知元素。还有……被拆解的未知枪械。反正，很奇怪。"

"那你这说的，和生物有半毛钱关系吗？"秦伟山快步凑到假装对他冷漠的乔安身边，摊着手反问道。

"也许……确实有关。"安晓天突然发话了。

"你……"秦伟山恨不得一拳头打上去，"我们训练这么久的感情，你就这么报答我？给我点支持行不？"

"哎嘿嘿，我不是那个意思啦，伟山哥。"安晓天抱有歉意地挠了挠头后，立即收回了笑脸，说出了自己的担忧：

"这些神秘的武器和元素……我觉得，不排除外星势力渗透进人类社会的可能。"

五分钟后，三人来到李恢宏博士的实验室门口，秦伟山就迫不及待地问道："到底什么宝贝，需要我们三人一起来看？"

"不知道，先进去吧。"乔安说着，示意两位一去进去。

洁白而干净的实验室在门打开后顿时映入眼帘。仪器的精美，堪称博物馆的艺术品。

正坐在位置用显微镜仔细观察着什么的李博士，全身缩成一团，埋头观察着什么。

三人见状，也不敢去打扰他，静静地站在一旁守着。在一旁整理报告的助理见状，虽然不知道这三位是谁，但肯定是来找李博士。

然而，李博士有一个为人原则，就是最讨厌自己工作时被他人主动打断。助理看看低头的博士，又看看静静等候的三人，尴尬得自己都快冒烟了，心里挣扎了半天，还是轻轻碰了碰李博士，

李博士皱起眉头，抬起脸，刚要说什么，一扭头见到静悄悄的三人，赶忙起身："哦！不好意思！抱歉抱歉……刚刚做研究太认真了，没注意到你们，抱歉抱歉。"

"无妨，认真做事的人值得我们等待。"安晓天微笑着回礼道。

"你们……蒋将军应该说过吧？上次王将军收到的试剂针里的液体，根本不是地球上任何一种元素。"

领着三人进了自己的办公室，李博士见他们毫无反应，继续说道："很奇怪，对吧？但更奇怪的还在后面。"

李博士打开电脑，点击了一张图片，图中是一剂掉在地上的针管。

"这时昨晚案发现场警方发来的图片，就是那个把一队抢现金的小偷全干趴的黑衣人留下的。警方已经向 S 市医院确认过，没有这种型号的针管。于是猜测是不是军方尚未公开的什么用于防身的麻醉弹药。而事实是，肯定不是。"

"但为了给办案组那边一个合理的解释，我们也通过军方大数据搜查了含

有这种元素的物证，可你们猜怎么着？全国没有一家医院有，哪怕是生物研究所，制药公司……反正就是没有！而唯一一个与之吻合的，就是你们手上资料中的针筒。”

安晓天瞬间瞪大了眼睛，难以置信地低头看了眼资料。

“对，就是那个给安晓天压抑变异电流用的试剂针。”

三人低头细细观察，不约而同地抬起脸看着电脑中昨晚办案组传来的取证照片——用肉眼都看得出来两个东西一模一样。

“所以，您应该有什么大胆的想法，对吧？”乔安率先发问。

李博士顿了顿，垮起脸严肃着，可他已经紧张得语无伦次了：“没错，我……我怀疑，有什么本来不属于人类社会的文明生物。”

三人对望了一下。

整个基地都知道，生物研究所里有一个对外星人存在论笃定不疑的人，就是李博士。

李辉鸿可是出了名的外星人存在论的支持者。从这个角度看，安晓天觉得，这多少可能带了点博士自己的主观臆断。

觉得有些好笑的安晓天耸耸肩，可他一想起那个黑衣人，他又觉得有那么一丝真实性。

那个在战场中救下自己的黑衣人，现在又出手惩恶扬善的黑衣人，还有那个挽回自己性命的……

“刘宣？”

这有些荒唐可笑了，安晓天满不在乎地笑着问：“博士啊，你有没有想过，这会不会是什么藏在民间的大佬呢？”

嘴里这么说，可那个同时与医院和试剂针有联系，更是亲手帮自己注射的人的名字一直萦绕在耳边。

“嘶……刘宣……”

秦伟山和乔安好奇地打量着低头沉思的安晓天——这孩子回忆的认真程度已经到了自己说了什么话都不知道的地步了。

听到这名字，李博士好像想起了什么，故作神秘地对安晓天说：“你知道王将军生前来我这看研究报告时，他……说出来那两个字吗？”

“什么？”安晓天的神经瞬间就绷了起来。

“刘宣。”

"宣？！"

突然迸发出来的猜测瞬间让安晓天浑身一抖，手指已经松动得连资料都拿不稳了，大惊失色。秦伟山赶忙俯下身接住资料，满脸困惑地用眼神和乔安交流着。

"你的好友刘宣，是不是就住在生风村？"

安晓天愕然地怂拉下双手，在另外三人的注视下，如行尸走肉般一步一步朝实验室门口走去。

又是一周过去了

刘宣对明天特别期待，因为他和马一涵约好了星期天在百货大厦门口见面。一想到马一涵，刘宣的幸福感就会瞬间爆棚。他坐在寝室的床上，一手撑着头，一手拿着手机，看着像是在刷手机，其实他一直在幻想与马一涵的未来。

我什么时候娶她呀？以后的孩子叫什么呢……

突然，一只手拍在他的头上，将他从幻想里拍了出来。刘宣有些不高兴地抬起头，结果吓了他一跳：105、106 寝室的人已经将他团团包围。

魏哥站在中间，双手交叉在胸前，冷冷地盯着刘宣，示意两人将刘宣抬起来。

"你们……干啥？"

刘宣以为他们要揍自己一顿，虽然他也不知道自己哪里错了。

结果小黑上来嘿嘿笑着："刘宣同学，今天下午无论如何，你都要陪我们去野外烧烤。你若再不来，魏哥就要把你的头给拧下来。"

"对！"众人齐声应和着，各个坏笑着看着刘宣。

刘宣叹了口气，颇有些无奈。这可是他和纳尔斯训练的大好时机啊。

"好吧，我去。"刘宣终究还是向"黑势力"低头了。

"这才像话嘛。"魏哥面无表情地说。

很快，1 点钟到了。两个寝室的人都来到校门口集合了。刘宣没有食言，但他只背了个书包。

"你不会还要看书吧，学霸？"小黑说，所有人都笑了起来。

"没……吃的，吃的。"刘宣尴尬地笑笑，摸了摸头。

其实这里面确实有吃的，但占据最多空间的是一件黑色大衣和一个口罩，这是纳尔斯要求的，以防不测。

纳尔斯这么要求，也不是没有依据。

自从全国最大的黑色保护伞蝰蛇组织被摧毁后，犯罪率已经几乎降低到了百分之三。可是，据不完全统计，最近依旧有人口莫名失踪的案件，相比之前，那竟然是有增无减。

纳尔斯笃定，这绝对就是内质人的把戏。至于为什么要这样，他唯一能想到的猜测，就是人体实验。

而他们两个寝室这次出发野营的地方，正好是那种山里。虽然……离城市很近，可纳尔斯总是放不下心。

铺布、放炭火、摆食材……这座距离 S 市不远的一座山里，一群年轻人已经跃跃欲试，摆起烧烤架和食物，笑声在整个空净的山中回荡着。

一切准备就绪，就等食物煮熟了。

刘宣和小伙伴们正聊着天，聊得兴起时，耳边突然传来一句话：“这里气息不对，我能感觉到有异常！”

刘宣如梦初醒，突然四处看了看，深吸一口气，让自己冷静下来，在心里默默问道：“哪里不对了？”

“他们……他们在逼近！”纳尔斯说。

刘宣再次环顾着四周，没有任何异样。

“怎么啦，宣？”魏哥关心道，“要什么食材，我帮你拿。”

“啊啊啊……不是，我突然……想上厕所。”刘宣笑笑，直起身子。

他还是不放心，站起身，谎称自己就近方便一下，便钻进了不远处的林子里。

“纳尔斯，如果你的感觉没错，那我必须保护同伴的安全！”刘宣对纳尔斯说。

而纳尔斯不敢出声，说话会影响他的专注力，静静地感受着身边的气息。

在森林里兜了一圈，什么事都没有发生，刘宣松了口气：“回去吧，也许你感觉错了。”

“我的感觉一般不会错。”纳尔斯说。

话音刚落，纳尔斯就好像察觉到哪里不对劲：“为什么营地那边一点声音都没有？”

“糟了！”刘宣一个箭步跨上，立刻冲出森林来到空地上。

“人呢？”

扒拉开荫郁的林叶，刘宣探出头，却惊恐地发现所有同学都不见了！只剩下几个烤焦的串串，还在烧烤架上滋滋响着。

意识到事情不太妙的刘宣赶紧询问纳尔斯："怎么办？他们不会都被……"

刘宣做出了最坏的猜测。"不，很有可能，是被抓回去做人体实验。"纳尔斯说。

刘宣脑袋"嗡"的一声响："我一定要把他们救回来！"说着，便顺着脚印快速跑去。

此时深山里，六个内质人士兵正押着魏哥一行人向山顶走去。

"快点！"一个内质人踢了下小黑的屁股。小黑愤怒地瞪了这个全身灰白色的外星生物一眼，但内质人手里都有枪，如果谁发出声音，就会被当场击毙。

"抓点实验品回去，老大应该也会开心的。"前面两个内质人在说话，而被押送着的一行人恐惧又绝望地往前走着。

唯独魏哥一直在寻找机会，想干掉旁边的内质人士兵。

突然，右边丛林里一阵窸窸窣窣的声音引起了众人的警觉，几个内质人士兵立即举枪。一只小鹿从林子里蹦跶着过去了，几个士兵缓缓地放下了枪。

就是现在！

"嗡！"

另一边毫无动静地树丛里，拖着蓝色光弧的飞刀径直飞出，杀了他们一个措手不及，深深刺进了一个内质人士兵的脖子里！那人惨叫着，最终摔倒在地上。

"什么人？"

"开火！"

激光枪瞬间将那片树丛射出一个缺口，但是站出来的不是人，居然迎面走出来一个巨大的粒子盾！

纳尔斯弓身听着子弹打在盾牌上的声音，愈发稀疏后，瞄准他们换弹的时机，一个翻滚来到最近的内质人面前，正身一个盾击，将其狠狠地扇翻在地！

紧接着，披着黑衣的纳尔斯身上突然分裂出四个分身，五个不知真假的人拿着光弧匕首径直朝另外五名士兵冲来，奔跑着，甚至还在不断换位。

五名士兵打掉两个分身，但已经来不及了——

剩下三个已经冲到他们面前，左边的分身一刀挥起，砍翻一个；又一个急转，回身将另一个士兵此倒在地；右边的分身一刀斩过，直接将一个士兵身首异处；接着，三道分身合在了一起，只见真正的纳尔斯收起分身，凌空跃起，一刀直刺下去，将第四个士兵狠狠地杀翻在地。

"别动！"不知何时，最后一个士兵竟然自以为是地将小黑挟持在自己手上，举枪瞄着小黑，"小心我开枪了！"

纳尔斯举起手炮对着他，看他挟持着小黑，慢慢地将手臂放了下去，那个士兵也在一步步往后退，想伺机逃走。

突然！一声炮响，只见纳尔斯停在半空的手臂上的手炮火光一闪，打在那个士兵的膝盖上！

那士兵以为他会真的将手臂放下，放松了警惕，不料这一炮直接将他炸得倒在地上。

小黑赶紧跑到纳尔斯身后。

纳尔斯走上前，半跪下来对那个士兵说："跟我斗，你还不配。"

"纳尔斯……"

那个士兵愤恨地微眯着眼，看着黑色兜帽下纳尔斯那发亮的双眼。纳尔斯也不含糊，一刀对准心脏部位给了上去。

众学生看得是目瞪口呆，见他杀光了所有敌人，好一会儿才反应过来。

这一切发生得太快了，快到他们以为什么也没有发生过。

那个被踹倒的士兵晃悠悠地站起来，正瞄准着纳尔斯，旁边魏哥反应也不慢，一拳将他打倒在地，发飙着一拳一拳打下去。

"娘的！连你魏爷爷都敢劫，老子捶死你个挨千刀的……"

正打得起劲，纳尔斯召唤出手炮，一炮把那个士兵的头炸开了花，深蓝色的血浆霎时溅了魏哥一脸。

"你们快走，这里已经不安全了。"纳尔斯对大家说，"我正好路过这里，有一个孩子还在上面等你们。"

经过纳尔斯时，魏哥没好气地笑了笑，抹了一把血说道："我谢谢你。"

随后，撒腿就跑了。

纳尔斯目送着他们远去，刘宣却在心里大笑："哈哈哈！他要洗一天的脸咯——"

"别高兴得太早，刘宣。他们的士兵出现在这，说明他们的战舰也在这附近。他们要是发现生命仪上少了人，肯定会派人过来。我们也离开这吧。"

刘宣与纳尔斯切换回来后，不安地看看天空，赶紧向营地那边跑去。

刚洗完澡的马一涵已经想好明天和刘宣玩什么、说什么了。

"怎么调戏他好呢？"马一涵在浴室里一边换衣服，一边对着镜子里的自己问。

望着自己衣服里若隐若现的隆起，她突然想起那天回过头时，刘宣明明就是趁着自己不注意，在盯着自己发育好的双峰呢。他那羞涩的样子和手忙脚乱的动作，马一涵反而越想越好笑，结果自己也傻笑着情不自禁地抱住了那里，好像眼前想象着的这位刘宣，愿意主动上来和自己……

"咚"！

"嗯？！"马一涵被这一声吓到了。她望着关住的浴室门，总感觉哪里不对劲。

她赶紧穿好衣服，刚准备打开门，突然，外面又是一声"咚"，像是什么石头落地的声音。

"家里进老鼠了？"马一涵握着门把手，疑惑地将耳朵贴在了门上。

为了来这里赚点下学期的生活费，马一涵才租下了这间屋子。这屋子确实很破，不过，也不至于招老鼠进来吧？

她打开门，往自己在外面亮堂的客厅望去，她还特意留着灯。

什么都没有。

马一涵撇撇嘴，拿起桌上充电的手机，走向阳台。低头给刘宣去了条消息："明天见哦，帅哥~不准迟到，嘻嘻。"

马一涵又想了想，"噗嗤"一声，羞羞地打出几个字，想诱惑一下这位一点都不主动的男生。

"你肯定……想知道人家现在多大了吧？别不承认！你那天还盯着打量呢，你以为我没看到！哼嗯，死鬼！"

觉得还不够，马一涵顺手又加了一个小企鹅扑进大企鹅怀里的动画表情。

然而，她刚抬起头，甜蜜蜜的幻想，一下子被击了个粉碎！恐惧瞬间灌满了脑袋，双腿不停地颤抖着。

台灯的光微弱地闪烁着，窗户里，映着一个巨大的棕黄色的人。

一个只有一只大眼睛的人。

站在她身后的雷眼埃克顿，向马一涵伸出了手……

21."我本来不想杀你的！"

深夜 11 点半　S 市军事基地

蒋将军翻看着浏览器页面，夹在手指间的烟因为自己看得太入迷，居然不知不觉间已经快烧到指甲了。

蒋焱自己其实不太喜欢上网，很多事情，都是通过阅读报刊得知的。但是，从晚上 7 点左右开始，身边的那些朋友们都在说着一个事情——

有大学生碰到他们了，不过并没有离奇失踪什么的，而是，毫发未伤的回到了大学校园内。

说起来，这确实是好事，可是并非正常的事啊——难不成，这群手无寸铁的普通年轻人还能打赢月球人不成？

关于得知有外星生命到来的这件事，还要从纳尔斯的类陨石舱降落说起。

虽然纳尔斯的类陨石逃生舱被导弹命中，但是核心部分早就已经完成了分离并直接朝着此时面对的大陆位置加速冲刺了下去。

但又不是什么光速，凌晨时分值班的雷达依旧是第一时间捕捉到了纳尔斯的逃生舱。

阴错阳差间，纳尔斯进入了中国领空后，就已经受到了卫星局的全程监视。后来的会晤中，上级下达批示，从追踪到最后的落点确认，全程都被列入国家绝对一级保密的信息。所有第一时间就已知情的人，都是向国家立下生死状的——绝不允许信息传播给第一时间知情者之外的任何人。而蒋焱上将，就是其中之一。

离开类陨石舱后，纳尔斯就躲了起来。而当时一锁定确切落点，S 市军事基地奉命立即派遣小队，保护上面派来的研究人员，并化身为便衣警察进行了全场封锁。

整个逃生装置，在那天当晚就被运走了。正因如此，修煞他们追杀而来的时候，除了几个撞击坑，并没有发现有关纳尔斯的踪迹，还正一头雾水呢，结果自己动静太大，把包括安晓天在内的新人特种兵给引来了。

意识到来者不善后，S 市军事基地作为拥有全国最强科技硬实力和最多特种兵培养资源的综合军事平台，立即响应上级命令，开始紧急组建反应力量，这其中，就包括对安晓天的考验和选拔。

但是，人类并不清楚对方的实力和由来，因此，一个神秘老人的出现，值得一提。

王阳晨当时给蒋焱介绍时就说，这位被称作宋老的老人，知道地球即将发生的一切。而这一切的开始，就是内心人王子纳尔斯的到来。

"几年前，他们就已经有人来到这里了，但是我们太认真了，认真到根本没有抬头看月亮的时候。"

蒋焱上将为他准备的马头茶，愣是原封不动的摆在桌上冒着白烟。宋老临走前丢下了这么一句话，身影很快就在桌上的茶杯后逐渐模糊了。

这个老人告诉了他们很多，关于宇宙，关于邻居月球，甚至还有民间传说中石巨人的故事。虽然蒋焱上将是听得云里雾里，但他还是跟所有知情者强调——

千万，不要，说出去。

同样的时间，同样的办公室，同样眉头紧蹙的表情，蒋将军盯着互联网越来越多的讨论和帖子，长长地叹了口气。

"也许，咱们的力量完全可以不局限于自己。"

蒋将军大胆猜测起来，那天在刘宣眼中闪过的蓝色微波，恍惚间，依旧在自己的脑海里重复着，一闪而过。

魏哥一行人的遭遇顿时在学校里传得沸沸扬扬，虽然他们在战斗中并没有做出任何贡献，但是一传十、十传百，竟然传成了他们与外星人狭路相逢并大获全胜。反倒是刘宣成了别人口中的逃兵，这让刘宣感到很无奈又好笑。

这不，又到了吃午饭的时候，一群女生围着刘宣的室友们一个一个加联系方式，唯独刘宣一个人在旁边默默地啃着鸡腿。

"哎，我跟你们说啊，那边那个学霸刘宣，别看他好像学习很棒，打起架来，那跑得是嘎嘎快啊！"一人对女孩子们说着，女孩子们立刻笑了起来。

刘宣冷哼一声，心里想着："要不是有我在，你们这时候早上天庭见观音去了。"

想着，端起装饭菜的铁盘就倒剩菜去了。

刘宣一个人走出食堂，感受着夏日阳光的温暖。

他现在才知道，当一个无名英雄是多么憋屈，有好事不能分享，有坏事不能分担。

“哎——”刘宣长叹一声，自己做了最多的事却得不到应有的掌声，换作是谁都会有些失落。

刘宣在校园里漫步着，突然，他看见前面一个熟悉的背影。

那个女孩站在那，背对着他，长发随风舞动着，双手背在身后，似乎在等待什么。

“我没看错吧。”刘宣自言自语道。“马……马一涵？”刘宣试探地喊了一声。

真的是她！马一涵转过头，看见傻愣愣站在身后的刘宣，青涩的蜜恋瞬间溢出在自己动人的眼眸里，径直向他跑来，就仿佛是找到了自己的爸爸。飞奔着扑进刘宣怀里。

“好久不见，想死你了！”马一涵嘻嘻笑着。

被马一涵撞得满脸懵圈的刘宣惊慌失措地挥舞着双手，不知道该把双手放在马一涵身体的哪个部位——他可是第一次谈恋爱啊，自己的女朋友也是第一次啊，为什么她就这么熟练呢？

两人分开后，刘宣怯怯地问满脸期待的微笑女孩马一涵：“你是怎么进来的呀？”

“唔……”

在刘宣印象里，马一涵是个路痴啊。可是这次，马一涵居然回身随手一指，就隔着无数栋楼指向了那边的大门。

“哎呀，就跟那个保安说，我校园卡落在学校里了，我是这儿的学生，就进来咯。走吧，我们去逛会儿。”

说着，马一涵牵起刘宣的手，一路上，在心里沉寂已久的纳尔斯死死盯着眼前这个异样的马一涵。

热恋中的刘宣当然看不见了，在他眼里，马一涵可能只是有点心急，想进一步深化两人的感情。

这个时间点基本没有人会在教学楼，除了一些真的很好学的学霸。对两人，在这里享受二人时光也不错。

然而，刚到了二楼，马一涵见附近没人，有些故作扭捏地对刘宣说：“宣儿，这里没人哎……你说，咱们是不是可以做一些只有两个人才能做的事呀。"

这下，就是刘宣都有些不适应了——马一涵是个很纯洁的女孩，很少会想这种事。

"刘宣，小心！"

纳尔斯在心里提醒道："这个马一涵气息很不对，她在极力掩饰！"

可，谁让马一涵是他的全部信任，刘宣自己也觉得很怪，但面前这个白皙的长发女孩，明明就是马一涵。

刘宣还特意往她的胸臀了一眼。

得，这下纳尔斯说什么也不没法让刘宣引起怀疑了——这围度，肯定只有马一涵才有。

"额……比如？"刘宣试着问道。

"比如，像这样。"马一涵迫不及待地将刘宣按在墙上，毫不客气地用自己的小嘴吻住了刘宣惊讶到微启的嘴唇。

"刘宣，不要被爱情迷惑了！她不是马一涵！不是！"纳尔斯颇为无奈的警告着，"唉……真是谈恋爱的男人没智商啊。"

正如纳尔斯感叹的这般，刘宣哪里听得进去，手掌贴在马一涵的身体上漫无目的地游动着，依旧很享受马一涵主动赐予自己的欢愉。

马一涵本来双手捧着刘宣的脸，但左手，却慢慢地顺着刘宣的身体滑下，然后背过手去，手臂里竟然伸出一根尖刺。

"哼，男人啊。"旁边的楼道中，纵影者藏在影子里，冷笑着。

就在刘宣还陶醉在爱情里时，纳尔斯早就注意到了马一涵的异样，趁着刘宣意识被削弱，纳尔斯控制着刘宣的右手，将其微微抬起，随时准备防御。

一瞬间！马一涵左手伸出，直刺刘宣胸口！但纳尔斯何等反应？立刻召唤出粒子盾，"叮"的一声，离子盾与刺尖的碰撞回音在耳边蜂鸣起来！

这一声让刘宣如梦初醒，他一把推开这个马一涵，看见了她手上的尖刺："你……你不是马一涵！"

"没错，被你发现了呢。"这个马一涵的声音也变了。

蓝面侠立刻召唤出手炮，直接向它的头轰了一发。皮囊被炸了个粉碎，露出一个红眼的机械头颅。

这台机械战士索性撕下了身体上包裹的皮囊，双手变形成两个激光发射器就朝蓝面侠射来，蓝面侠展开粒子盾挡住了激光。

激光被粒子盾和墙面反射到四面八方。

蓝面侠灵机一动，微微调了个角度，激光束经反射后直接反弹到机械战士身上。这个机器人一个趔趄，蓝面侠顺势冲上，拔出光弧短刃，一道虚影晃去，机械头就被他一刀斩落，滚在地上冒着火星。

"呼，怎么样，打得还行吧？"刘宣问纳尔斯。

然而斯没回答，突然喊了一句："小心！"

但已经来不及了。只见刘宣的影子开始扭曲，像一条蟒蛇一样缠住了刘宣。

"是纵影者，我来对付她！"纳尔斯切换到主人格。

但即便是纳尔斯，也挣不开影子的束缚。纵影者从影子里钻了出来，一脚将蓝面侠踹翻在地。

"我想干掉你简直就是手背一翻的事。毕竟你的父王，也是我杀的。"

纵影者抓起蓝面侠的脚，就想将他拖走。蓝面人召唤出推进器，反向一推，挣开了纵影者的手，在地上滑行着，来到一块没有影子的阴暗角落。

在这里，纵影者没法使用自己的技能，影子的力量也会被大大削弱。

蓝面侠立即挣开影子。纵影者见到嘴的鸭子飞了，气急败坏地掏出防卫反转式手枪。

"我本来不想杀你的！"纵影者恶狠狠地说。

然而，蓝面侠根本不怕她掏枪瞄准自己，这时自己想换手炮，肯定是没时间的，蓝面侠果断弹射升空，直朝她扑来！

纵影者连开数枪，然而面对纳尔斯，数颗中，只有一枪勉强刮在了蓝面侠的腹部！

飞到跟前后，纳尔斯摆出鹰踏姿势，一脚踹翻纵影者后，完成了一个漂亮的后空翻稳稳落地。而纵影者飞快调整身位，站起身想去捡枪，而枪却被蓝面侠一脚死死踩住了！随后，蓝面侠召唤出风暴径甲，装置强化下的力量，直接一脚将纵影者踹出八米远。

但这一脚，反而让纵影者更有利了。纵影者被踹到阳光照射的走廊上，立刻潜入自己的影子里，直扑纳尔斯，又将其死死勒住。

这一次，力气更大了。纵影者从影子里跳出来，用手掐住蓝面侠的脖子。眼看着已经呼吸不过来了，蓝面人召唤出两个分身，这两个分身一左一右，反手握着光刀就对着纵影者的胸口劈将而来！

无奈，纵影者被迫松开了手，让这两个分身撞碎在一起。趁着这个机会，蓝面侠立刻燃动推进器，急速向走廊外的天空攀升而去。当然，自己也不忘回头，召唤出的手炮蓄能拉满，朝走廊上轰了一炮。

"碰！"

破碎的混凝土渣滓被炸得四散开去，伴随着蓝色火焰消散，纵影者原来那个地方被炸出了一个窟窿。但纳尔斯知道她没死，因为他看到了地上扭曲的落地窗影子。

飞在天上，刘宣越想越后怕："怎么办啊，纳尔斯？我已不敢再回学校了。"

"这还不是最糟的，刘宣。他们能伪装出马一涵，说明他们已经有她的人体模板了。"事到如今，纳尔斯只能说出最有可能的真相。

"也就是说，马一涵在他们手上？！"

"对……比身份暴露更致命的，是危及到自己近亲的可能。"

然而偏偏这时，推进器的喷口闪动了几下，熄灭了。

"糟了，没能量了！"

能量耗尽很正常，因为纳尔斯自从误打误撞地来到这颗星球后，这人生地不熟的，上哪找能源补给去？别说自己，就是本地人刘宣都不知道。

不过，这耗尽的也太不是时候了。

没办法的办法了，纳尔斯只得展开粒子盾当在脸前，准备迎接撞击，从天上急速下坠而去。

"那是什么东西啊？"

"不知道。"路人们议论纷纷。

"快让开！让开！"下落时，刘宣先喊得不是救命，而是招呼桥上的人们远离自己。

"砰"！

刘宣落在桥的石栏杆上，撞碎了栏杆，摔进了桥下的河里。

"咕噜噜……"

头晕脑胀了许久，刘宣水里晃了晃头，努力让自己清醒过来。

他记得这里，往下一直游就到生风村村口了。刘宣游了很久，最后在路人惊讶的眼神中上了岸。他捂着一直在流血的伤口，一瘸一拐地走进村里。

"救救我——"远处就能听到有人在呼救。刘宣来到拐角口，往家那边一望，发现一群村民围在那边。

是妈妈的声音！

“妈！”刘宣忍着剧痛冲进人群，发现妈妈正被两个内人士兵拖着走向飞行器！一群村民没有一个敢上前阻拦的，地上的几具尸体已经在无言地诉说着内质人的暴行，剩下的村民只能带着惧怕怒目而视。

“住手！妈！”刘宣冲出人群。

“呦，来啦。”埃克顿示意手下别开枪，“看来玩影子的那个女人没有完成任务啊。”

“冲我来啊！我妈与你们无冤无仇啊！”刘宣终究是太腼腆了，放不开的质问着，但自己立刻被三个机械战士拦了下来。

“干什么？你会知道的。”雷眼冷笑一声，和刘宣妈妈一起上了飞行器。

“宣儿！走！不要因为我害了你自己！”妈妈疯狂地挣扎着，脚拖在地上不停地来回摩擦着，泪水滴滴答答地散落在石子路上。

“我来！宣。”

刹那间，刘宣的双眼幻化成了明亮的月光色，纳尔斯立刻切换到主人格，召唤出转轮光锯，准备将这三个机械杂兵一刀削了。

“拿三个机器人来打发我吗？！”

纳尔斯大喝一声，光锯立刻转动起来，一个半圆横扫，顿时火花四溅，被拦腰斩断的机械躯体间，可以看见纳尔斯愤怒的眼神。

然而，已经晚了，飞行器早已启动，跳跃门展开后就彻底消失不见了。

“妈妈是我最后一个亲人啊！”刘宣跪在地上，痛哭起来。

“你妈妈不会有事的，相信我。”纳尔斯不知道怎么跟刘宣解释。

“他们抓走母亲和爱人而不直接抓住我们，肯定是要和你们地球人谈条件，他们肯定在攒什么筹码，相信我，他们肯定不敢动你的目前的。”

如今，孤军奋战的刘宣和纳尔斯，该何去何从呢？

22. "现在我们需要一支团队。"

深夜凌晨 1 点

生风村已经万籁俱静了，夏天的夜里，总有几只不知名的小虫在轻轻聒噪。表面上家家户户都熄灯了，但是刘宣妈妈被外星人劫走的场景，以及那几个奋勇上前想救刘宣妈妈而丧命的青壮年，这样的阴影就好似给全村都盖上了一层黑毯子，让一整村里的人都眨巴着眼睛，翻来覆去的迟迟无法睡去。

然而。全村还有一盏灯孤独的亮着。刘宣家的屋子里，有些崩溃的刘宣精疲力竭地靠在墙边坐在地板上，有气无力地拿着纳尔斯的医疗喷雾剂往伤口上胡乱喷着，可是药物粘在伤口的疼痛感和冰凉的刺激，让明明想睡着的刘宣怎么都合不了眼，烦躁到想大喊的他猛地向后一靠，后脑勺"咚"一声撞在墙上。

反正睡不着，那就干脆让自己清醒着。刘宣就这样与身心上的痛苦拉扯着，内心和肉体的疼痛正不断侵蚀着他的精神，让他痛不欲生。

刘宣多想上床啊，却已经毫无力气；想睡觉，却被伤口一次又一次痛醒；他甚至想自杀，但身上还背着一条命，还有两个对他而言最宝贵的生命需要去拯救。

刘宣仰起头，长叹了一口气。

"吱……"

似乎是试探性的，家门居然推开了一点就没再往里推了。刘宣见状，立刻召唤出手炮对准了门口。

"吱呀。"

听到声响后，未被锁上的门还是被打开了。隔壁的李叔叔探出个脑袋，往里面张望了下，结果见刘宣的手上套着个什么武器对着自己，吓得赶紧后退了几步，然后指了指自己。

虽然刘宣还是害怕是不是哪个伪装机器人，可选择信任的他还是放下武器，合上眼睛歪向一边。

李叔叔半跪在刘宣面前，说："宣儿，对白天发生在你母亲身上的事，我们都很抱歉。我们也想救她，可是谁冲上去谁就会被打死，他们有枪……"

李叔叔半跪在刘宣面前，无比歉疚地说道。

"我知道，叔叔，我没怪你们。我只怪我自己，回来得太晚了。"

李叔叔沉默了一会儿，盯着刚刚刘宣套着武器的手，问道："孩子，一段时间没见，你都经历了什么啊？别总是一个人承担，我们村是一个集体。你们刘家一直是我们村的骄傲，母亲心善讲诚信，你也是少有的大学生，你们家有苦难，我们肯定会尽全力来支持的。"

然而，刘宣却选择了缄默。他依旧闭着眼，似乎在回避李叔叔的问题。刘宣当然理解李叔叔的好心，只是他真的不希望让自己的身份去拖累更多无辜的人。

见刘宣不说话，李叔叔叹了口气，将手轻轻放在了刘宣被刀划伤的手臂上："我知道你们家境不好，如今你的母亲还出事了，你一个小娃子，让全村人都很担心你啊。"

话还没说完，他已经将手伸进白天摆摊用的腰包里掏出一沓钞票，轻轻放在刘宣手上。

"这是全村人为你筹集的一点心意，看着你的母亲被坏人抓走，我们良心过不去。六千块钱，就收下吧。好孩子，快去睡吧，有什么事你想不开别闷在心里，随时打电话跟我说，我一直都在，啊。"

还是像小时候一样，李叔叔轻轻抚摸了下刘宣的头发，随后就静静地出去了，出去的同时回头瞥了一眼，顺手关掉了刘宣家的灯。

刘宣也没有推辞这笔钱财，但都是乡亲的血汗钱，刘宣只是意思地收着，未来他还会还回来的。刘宣摸了一下，心里很感激这些关心他的人，只是他太累了，一句感谢的话也没有说出口。

眯了好一会儿，刘宣感觉痛觉缓和了一点，便拿起手机，看着马一涵消息框那几天前的情话，心如刀绞。刚确认关系多久就被抓走了，而且她现在是否还活着都成了一个问题。

纳尔斯已经说得很清楚了，他俩面对的的是一整支内质人舰队，纳尔斯就是再强、科技再发达，也不是他们的对手。

而在这个星球上，刘宣是纳尔斯唯一的战友。

亲人和爱人全部被掳走，自己是时候该担当起来了。难过不是一个男子汉，更不可能换回她们的性命。

更何况，作为纳尔斯的地球搭档，不能一切都由他一个人扛着。

刘宣努力抬起头，安慰自己道："别难过了，得想办法……"

"宣，我很抱歉。"

见刘宣不想睡了，纳尔斯试探着小心道歉道。

"没事，这必然会发生的……没事。"嘴上的"没事"越多，其实越能看出刘宣的悲恸。

如果没有纳尔斯，刘宣也不会经历这么多事。要说一点没后悔救下纳尔斯，也肯定是假的。但事实就摆在这里，刘宣必须采取点行动。

"纳尔斯，我觉得……我们能杀进他们的战舰，然后……"

"不。"纳尔斯否认道，"就靠我们去对付一整个方面军，恐怕进去就出不来了。"

"那……"

两行清泪无力的奔拉下来，在刘宣的脸上划着泪痕——真的就只能任凭敌人为所欲为吗？

"但是，你有没有想过另一个我们。"纳尔斯话锋一转，"我是说，共同作战的盟友。"

对！刘宣瞬间直坐起来，他想起一个人——兄弟安晓天可是在全国最强的军事基地啊。如果他们愿意出手相助的话……

可是……

刘宣又觉得不太可能。犹豫了很久，他还是拨通了安晓天的电话——安晓天捡到个小天才电话手表来着。

"喂？"

"晓天，你竟然接电话了。"

此时的安晓天正蒙在被子里刷着今天的新闻呢，一看是刘宣，安晓天立刻接起电话。

"嗐，我在玩手机呢。我看了新闻，你们生风村又出事了，你们家没事吧？"

"……我妈……就是被劫走的那个。"

"什么？！"安晓天差点没喊出来，"那怎么办？"

"我就是向你求救的。"刘宣说："听着，马一涵和我妈都被劫走了，这不是蝰蛇组织的人干的，他们是月球人。虽然，暂时不清楚他们想要什么。”

“你这么肯定？”

“因为……不管你信不信，我救下了一个月球人，不过他是好人，他将告诉我们一切将要发生的事。”

“真的？你在哪？我看看能不能偷辆摩托车来接你们。”安晓天滚下床，望着生活室外生风村的方向。外面黑蒙蒙的，只有几盏路灯还在勉强闪烁着光点。

“不用了，白天再说吧，我能熬过这一晚。那个月球人，现在在我心里。”

“……”

一阵沉默。

“刘宣，你，你不会伤心到有精神分裂的倾向了吧。你说你救了这个什么外星人，我信，因为最近有关他们的事情太多了。但是……在你心里？不可能的，你就是你，刘宣。这些都是幻觉。”

“不，是真的。晓天，如果你想和我在这方面有共同语言的话，你最好相信灵魂是存在的。”刘宣弱弱地说。

安晓天又沉默了。虽然他觉得这很离谱，可是已经有很多证据指向刘宣就是那个黑衣人，只是安晓天不敢将他的想法公之于众。最近发生的事情都太怪了，而事发地点都是刘宣常去的地方，这绝不是巧合。

“所以，你就是那个黑衣人。”

“准确地说，是我们。”刘宣顿了顿，“这么说吧。纳尔斯是他们的猎杀目标，也就是我。但他们只抓走我的爱人和亲人，肯定别有用心。晓天，他们已经对地球无辜百姓下手了，这种恶劣性质，我想如果再不和你们军方说，我就怕愈发恶劣。”

第二天上午

蒋将军正在办公室里审阅着一些文件，门铃响了一下。“请进。”蒋将军说。

安晓天进来，拿出自己捡到的全息智能手表，放在了办公桌上：“报告将军，我私藏了电子产品，现上交，我愿接受处罚！”

蒋将军有些惊诧地看着他，说：“哦？想不到你也有干坏事的时候。行吧，看在你主动上交，知错能改，就从宽处罚……”

“但，将军，”安晓天用恳求的眼神望向蒋将军：“我有事相求。”

"怎么？"

"您应该看到新闻了吧，被劫走的那个人是我的好朋友刘宣的妈妈，我担心刘宣一个人在外面也会出事。昨天他打电话向我求救，所以，我想……"

"把他接过来？"蒋将军问，"不好意思，晓天，这是你的私人感情，我能理解，但是我们不能动用公家力量来成全私人感情，这是官场大忌。"

"我知道，可是……"安晓天不知道该怎么解释，张开手掌在空中乱挥着，他能用低下头去的余光看见将军正抬着头目不转睛地盯着自己。

"嘶……"

可是将军盯着自己的时间也太长了。

安晓天悄悄扬起眼珠，却发现将军根本没看自己，眼神跨过自己的肩膀盯着后面的墙上。

有些困惑的安晓天好奇地顺着将军的目光回头，也被这突然的画面给惊得一愣。

办公室里的电视机频道突然黑屏了，接着，一个奇怪的生物出现在电视机前。

此人，就是内质人中域星系总指挥——内质人军队的一阶领军级战将，修煞。

"您好啊，各位瓦姆勒人，非常抱歉打扰你们了。我们没有恶意，只是想和你们……谈谈。"

此时，全国的各大媒体频道、电脑、电视甚至百货大厦的荧幕里，都被内质人的这则录像占领了，不计其数的眼睛都盯着修煞，想看看他到底要说些什么。

不止全国，这个实时视频播报，全世界都在看着，更离谱的是，每个国家收到播报时，都是用国家自己的语言。

"这次，我们也算是和贵星球的邂逅了，呢，有两个女子，这是我们的筹码，很公开了对吧？而我们想要的条件，就是拿你们的另一个人来换，他，是 S 市的刘宣。"

此时的刘宣坐在家里的椅子上，双眉紧锁，认真地看着电视荧幕，他看见马一涵和妈妈被绑在后面，站在修煞身后，脸色煞白。刘宣心里松了一口气。至少她们还活着，刘宣安慰自己。

"这下，将军，您相信了吧。"安晓天对蒋将军说。

蒋将军一言不发，严肃的表情里透露着沉稳和冷静。

"不过这只是其中一个条件。另一个条件，我们希望能与贵星球合作，共享水资源。"

"什么？！"蒋将军站了起来，安晓天也呆住了。

而刘宣则在家里看着，沉默不语。

"放心，我们不会过度使用你们的淡水资源，我们只需要海洋的水资源。贵星球物产丰富，人民幸福，正是一片净土啊。若你们能答应我们的条件，我们将立即释放这两位女子，我们和你们的代表人约个地点见面交易吧，就在 S 市国家森林公园里见面，可否？请在三日内答复，否则，我们就视为默认了。哦对，还有一件事，我们的最高领袖将在一年后访问贵星球，我们诚心想与贵星球合作，共创更好的新纪元。"然后，修煞消失了，所有屏幕开始了正常的播放。

蒋将军脸色铁青："立即去生风村把刘宣接过来！"

"是！"安晓天答应一声，离开了办公室。

会议室内

"太放肆了！不就手上有两条人命吗？敢和我们提这么多条件！"一个军官愤怒地说："什么和我们共享水资源，这简直就是赤裸裸的抢劫！"

"对！我们不能放纵他们！将军，我们不能像联合国那样犹犹豫豫了，我请求您向上级请示，我们与他们已经处于战争状态！"

会议室里，群情激愤，唯独蒋将军沉默不语。最后，他拍了两下桌子，说："好了，安静下来！正所谓'知己知彼，百战百胜'，我们连对方的实力和来因都不知道，再说，宣战一事，不是我们中国单方面能决定的。那两个女子，我们一定要救出来，条件我们上级，包括联合国，想必也不会答应。我现在唯一的问题，就是为什么他们凭两个人的性命就敢这么狮子大开口？"

"就凭他们的军事实力。"

这时，安晓天带着刘宣进来了，众人都被刘宣左边那只发光的眼睛吓了一跳。

"诸位好，各位军官，我叫纳尔斯，内心人领袖，不是他们内质人。"

众人一听，心里既是诧异又是一头雾水。蒋将军招呼道："你俩先找位置坐下吧。"

纳尔斯坐下后，依照蒋将军的要求，将他们内心人和内质人的历史详细地向众人讲述了一遍，众人听后，唏嘘不已。

"这么伟大的文明，为什么会被毁灭呢？"乔安试探地问纳尔斯。

"因为一个怪物。"纳尔斯说，"他的名字叫[illegible]萨，绰号刹神者。他曾屠杀了半个神域，力量可想而知。不仅如此，他还有先进的军队和强大的智谋团，所以如果真要开战，地球必然遭到灭顶之灾。我的建议是，先接纳他们的条件。"

众人震惊了。蒋将军突然警觉起来："你不会是他们派来的卧底吧？"

纳尔斯连连摇头："不！我说的是实话。你们根本无法与他们进行长期抗争，而他们要的是我的头和你们星球的资源，暂时的妥协可以为你们换来短暂的和平，但不可能是永远的和平，地球有太多他们想要的东西了，即使你们不开战，他们也迟早会发动侵略。"

"既然如此，那我还要短暂的和平干嘛？"秦伟山有些恼火地说，"与其这样，我们还不如背水一战！"

"我说战争不能打，但没说一场战役我们就打不赢。"纳尔斯说，"我们先表面上接纳他们的条件，交易当天，我们就给他们当头一棒！告诉他们地球人不是你们任由宰割的。而我建议，出动你们最尖端的力量，组成一个联盟。现在我们需要一个团队。"

23."咱中国人不是好惹的！"

一群大雁从天上慢悠悠地飞过，在领头雁的眼里，眼前不过是一片片白云。

但紧接着，"砰"的一声，这只领头雁好像撞到了什么无形的障碍物，垂直地落了下去。

开启隐身状态内质人战舰，已经不知道让多少鸟类遭殃了。

战舰最深处的角落里，传来轻微的哭泣声。

"好了，涵儿，不哭了，啊，我们会没事的。"刘宣妈妈见马一涵这个小美人哭成了小泪人，心里也很难过。

"我还能不能活着见到刘宣呀，呜呜呜……我还说好前天和他约会的。"马一涵红着眼说。

刘宣妈妈勉强挤出一丝微笑："能，肯定能。等我们被救出去了，我就让我家儿子娶你，保证你们能幸福地生活。要有活下去的信念，孩子，要是信念垮了，那么一切都垮了。你还有爱的人，不能放弃，懂吗？"

马一涵懂事地点点头，努力压抑着自己悲伤的情绪。

远处传来脚步声，越来越响。修煞走到关押她们的监狱门前，打开门，说："出来吧，两位，你们即将自由了。"

刘宣妈妈警觉起来："什么，那你岂不是要用我儿的性命换我这一条老命？！你休想！"

"哦，女士，请别生气。"修煞的嘴往旁边轻轻一甩，"这可不是我强迫的，是他们自愿的。"

军事基地内

基地已经进入一级战斗状态。所有人都在跑步前进，搬运着物资。秦伟山看着远处在和安晓天交谈的刘宣，问乔安道："咱们能相信他吗？万一他策略不对，或者是个骗子……"

乔安摇摇头："事已至此，赌一把吧。"

刘宣正向安晓天交代着战术安排，陈昊博士的助理跑了过来，对安晓天说："陈博士找您。"

安晓天立刻动身，独自一人来到陈博士的实验室，陈博士拿着一张资料递给安晓天："你要的对比资料出来了，相似度 87%，理论上讲，你完全可以驾驶黑鹰出战。但是有一个很关键的因素，限制了你的驾驶权限。"

"什么意思？"安晓天问。

陈博士手一张，打开面板里的资料视图，说："良木齐在黑鹰的神经交互里设置了唯一交互认可。意思就是黑鹰的系统只承认良木齐的神经交互申请。我试了很多算法，都破解不了。他毕竟是我的老师，水平高我一层。我现在能想到的唯一办法，就是用你的精神意志去强迫它交互，让认可性授权因为你的强行进入而失效。打个形象的比喻，就是让你去驯服一匹野马，而且你不能被它甩下来。"

安晓天点点头，走到黑鹰装甲面前。

"呃，这有可能会对你的大脑造成极大的损伤。"陈博士补充道，"我建议，你还是带上把 95 式，然后突突突，一枪一个……"

"没时间考虑后果了。"心意已决的安晓天一脚踏进了黑鹰装甲内部，"让我试一试。"

"好……好吧。"陈博士无奈，说罢开启了能源注入程序，黑鹰装甲开始运作。

"呃……呃啊啊——"很快，被"黑鹰"包裹的安晓天开始痛得大叫起来。

陈博士见状不妙，赶忙扭头就想去关掉能源系统。

"别动！"

安晓天喊道，"相信我就好，博士！"

没办法，陈博士只好在一旁看着，黑鹰装甲浑身颤抖着，让陈博士的心也提到了嗓子眼。

卫星管理局内

"能量注入中，63%……"

"天宇已进入预定轨道，天蛾，靠近中……"

主控室里，众人忙成一团。局长背着手看着大屏幕上的显示图。杨梦走到他身边，向他报告："局长，'天宇'号卫星已进入预定位置，充能完毕；'天蛾’号卫星还有 12 分钟进入预定位置，即将充能完毕。”

局长点点头，说：“就等一声令下了。”

说着，在胸前虔诚地画起了十字。

下午 3 点　S 市国家森林公园内

两辆军用悍马来到他们预先说好的位置。几位上级派来的国家代表官员和蒋将军一起下车，来到一片空地上。

这两边都是灌木林。

正当他们以为内质人迟到了时，一阵风起，悬在上空 200 米左右的战舰隐约现出了轮廓。

着陆时，一架伸缩桥落下，修煞和雷眼埃克顿并列带着几十名士兵下来了。

刘宣站在众人身后，紧紧地捏着自己的拳头。

“希望她们没事。”

“我们要的两个女子呢？”蒋将军率先开口。

“我也想问这个问题。”修煞指了指他们身后的刘宣，“让他过来，我们立刻放人。”

这时刘宣妈妈和马一涵也被带了出来。

“宣儿，别管我们！别让他们得逞！”刘宣妈妈大喊。

躲在后面的马一涵微微向刘宣摆了摆头，但刘宣胸有成竹的样子，让马一涵察觉到了什么。

刘宣依旧听话地走了上来，主动让两名士兵押着自己走上伸缩桥。

“放人。”修煞手一挥，刘宣妈妈和马一涵立刻被推了出去。

“现在是不是该讨论一下那个水域的问题了。”修煞狰狞地笑了起来。

“凭绑架两个人，就想要我们所有的资源。你们的逻辑属实有些离谱了。”蒋将军毫不客气地回应道，“让我们交出你们要的人，这点可以答应。但是！你们真觉得，我们地球人落后到可以让你们可以随意宰割是吗？”

“就是现在！”张教官用通讯器对卫星局局长说。

“嗯……”修煞沉吟半晌，“这样吧，其实……我们想要，完全可以不用跟你们谈什么这些乱七八糟的。愿意用理智来对待你们，已经很尊重贵星球了。”

“这个狗娘养的东西！”秦伟山一听，这分明就是赤裸裸的讽刺与挑衅啊！完全就没把地球放在眼里！他怒骂着想走上前，旁边的乔安赶紧一把拽住自己。

"他们嚣张不了多久了，看天上。"乔安提示秦伟山。

为了不打草惊蛇，秦伟山只是将眼珠子往上抬了下，就已经捕捉到了天上泛出的两点星光。

这大白天的，当然不是什么星星。

只听一声呼啸，修煞和雷眼意识到不对，立刻向前一个翻滚。两道卫星射线顿时倾泻下来！

第一道射线直接瞄准了士兵团，瞬间将内质人士兵烧得灰飞烟灭，绝望的惨叫声在修煞恍然大悟的意识里不断盘旋着。

另一道射线半径更大，直接锁定了战舰的推进器悬挂口，随着宇宙空间里卫星炮微微一个转动，射线轰鸣着在战舰上划了一道口子，很快，被点燃的战舰开始发出电机过载损毁后发出的刺耳尖叫声。

"开火！"

见时机已到，埋伏在两侧灌木丛中的特种兵们一齐向修煞和雷眼开火！修煞斗篷一挥，撑起电磁屏障，怒吼道："竟敢暗算我们！低空强攻飞行中队，立刻迎战！无条件开火！"

喷着白气的舱门缓缓打开，一队一队的内质人士兵踩着飞行器呼啸升空，靠着极高的机动性，在空中占尽了优势，飞行器上的 X-89 式光子追踪机炮喷射着如同流水般的子弹束，铺天盖地般袭来！

地对空，这种局势不是很乐观，所有人出发前怎么也不会想到内质人居然还有这类兵种，哪怕是纳尔斯也没想到，因为在月球战争时期，这类兵种还只是测试阶段。

抬手一枪，梦魇射杀一个飞行兵后，喊道："前排兵，转移火力，掩护官员们上车离开！"

见后面的局势逐渐白热化，刘宣瞥了眼两边正走神的士兵，一个左绊腿放倒左边的，反身召唤出短刺光刃，三四刀轻松解决了两人，容不得自己半点犹豫，立即向躲在车门后的官员那边高抛扔去了一枚圆盘。

圆盘落在地上后即刻生效，升起一个穹顶式保护屏障，掩护司机上车，带着官员们远离战场。

雷眼带头冲锋去了，伸缩桥上只剩下了修煞和刘宣，还有吓得呆在原地的刘宣妈妈和马一涵。

"呃——啊！"

条件没谈成，到嘴的鸭子还马上就要起飞了，恼羞成怒的修煞一声怒吼，回头瞪着扔去屏障生成器的这位双灵人。

"你还是这么诡计多端，纳尔斯。"攥紧的手心里似乎聚出了什么，修煞浑身释放出了幽蓝色霹雳，走向纳尔斯，"老子我今天说什么也得带一个回去。"。

"你没那本事，老头。"纳尔斯与刘宣同时上线，整个身体开始覆盖上蓝色鱼鳞甲片，等离子聚合手炮也随着蓝面侠的意识命令下达后，在他的拳头周围环绕拼装了起来。

正准备迎战，谁想，蓝面侠和修煞两人中间突然杀出一道身影，一拳将修煞狠狠地的打飞了出去！这可不是普通的一拳，这一拳，让修煞愣是在地上滚了五六圈。

"刘宣，这东西交给我，你带着她们离开这里！"望着倒地的修煞，神拳喊道，"娘的，这东西越看越丑陋！真猪狗不如……"

神拳这恶狠狠的吐槽，显然让修煞愤怒到了极点："行啊，你们今天，谁也别想活着！"

意识到旁边阶梯上站着的是纳尔斯宿主的亲人，修煞二话不说，立刻扬起指尖，一道霹雳居然直朝马一涵的胸口刺去！

"涵儿！"

义无反顾的蓝面侠纵身一跃，想用身体挡住电流，但无奈他站得太远，电流几乎是擦着他的指尖过去的，他只能看到电流如一条毒蛇般冲向了身后。

电流命中了！

但命中的不是马一涵，是刘宣妈妈。

当时，刘宣妈妈看到修煞手心里聚起来的东西，已经心生疑虑，立刻一步上前，在霹雳射来的瞬间，挡在了马一涵前面。

"啊！"马一涵吓得失声尖叫起来，望着倒地不起的妈妈，她捂着耳朵，完全不知所措了。"你快带她们走！"神拳喊。

蓝面侠扶起妈妈，右手抱住马一涵，召唤出工程机械臂紧紧抱住两人，推进器点火，三人直冲云霄。

被神拳缠住的修煞哪有机会再拦下蓝面侠？现在好了，来谈判的地球人跑了，根本不理会自己的要求；而刚到手里的纳尔斯也跑掉了。这……

修煞越想越恼火，自己征战多年，哪里受过这种气？

神拳见修煞分心了，抓住破绽紧跟七拳！电光火石之间，拳拳到肉，凶狠残暴！这就是神拳面对敌人时一贯的作风！

神拳的拳力可不是开玩笑的，闪电般的七拳过后，修煞已经被打得有些晕头转向了。

"哼！不堪一击。"

正当神拳以为胜券在握时，突然清醒过来的修煞居然眼疾手快地一爪子就抓住了他的左手臂。

神拳大惊，他难以置信的抬头，与这位一阶领军级战将对视着。

"刚刚还被自己打得满地找牙，怎么像变了个人？我的出拳速度，我的力量……"

"趁我还没清醒，记得多补几拳……"修煞讽刺道，说着拽住神拳的胳膊往外一翻，直接将神拳摔翻在地！

"否则，后面就没机会了！"

咆哮着，抓起神拳的他将手臂一抡，将神拳砸向了另一边的地上，来来回回整整砸了五下！

"呸。"满头是血的神拳依旧是桀骜不驯的斜视着修煞，"我猜你也就会这招吧？"

"你真是给脸不要脸。"修煞抬起神拳，一把掐住了他的脖子："既然纳尔斯跑了，那就先拿你开开胃吧。"

然而，天上愈发清晰的轰鸣声，引得战场所有人的注意。

"嗯？"

还没等修煞反应过来，一道黑影从天而降，抬起装甲覆上的膝盖，直接将修煞踹出十多米远！

"你再动他一下试试。"

危急时刻，穿着"黑鹰"装甲的安晓天及时出现，拉起神拳，用手指着修煞。

"呵。"修煞满是不屑地站起身，"干啥啥不行，你们口嗨倒是第一名。"

说罢，修煞手臂中抽出一根战刺，而安晓天的羽化式甲片机翼即刻张开，抽出辐射炮就迎面冲上！

另一边，雷眼一刀刺死一个特种兵，猖狂地大笑起来："哈哈哈！没一个能打的！"

然而，眯起眼睛的他敏锐地捕捉到了什么。

"嗯？"

在阳光的照耀下，丛林里，一道反光转瞬即逝。

果然！

一声枪响，撕裂开的痛感瞬间从眼珠里传遍全身，雷眼倒地，捂着眼睛惨叫起来："我的眼睛！我的眼睛！"

而梦魇开完这一枪后，非常冷静地换了个弹夹。

她其实和其他士兵一样，已经向雷眼开了很多枪了，但是她注意到，一般的子弹打在他的外骨骼上，连痕迹都没有。

于是，望着大摇大摆在战场上闲逛的雷眼，梦魇心生一计，将瞄准镜里的锁定区间对准了雷眼仅有的一只眼睛。

另一边

修煞躲开安晓天的激光后，还想强攻的安晓天拔出"黑鹰"装甲里的鬼刀，可就是这一举动，被修煞抓住了破绽，立刻抬手一刺，刺向他的胸前装甲！

本能反应的安晓天侧身闪开，就是这个机会，未等他站稳，修煞一拳将他打飞了出去。

"啊！啊——"

雷眼居然被打瞎了，还在战场最空旷的地方打着滚。

"窝囊废啊……"

修煞见雷眼被重创了，而且此行的目的全部落空了，再打下去也毫无意义。无奈，他在战舰频道里下令道："所有单位，撤回战舰！"

得令后，飞行军们纷纷回头往战舰里赶路。还未等士兵全部回来，战舰就已经冒着随时爆炸的危险，仓皇向天空里打开的跳跃门逃去。

"告诉你们，咱中国人不是好惹的！"安晓天解锁头部装甲，对着战舰宣言道。战斗结束，所有人都聚在安晓天身边，仰头望着跳跃门消失不见了。

打赢了！

可是，刘宣的心情就不太一样了。

24."您别告诉我是他。"

月地俩军队在森林公园里的首次交锋，城市里的市民们根本就毫不知情，只有少数市民抬起头，望见代表战斗开始的那两束卫星射线，而这两束转瞬即逝的致命射线，根本就没人有机会拿出手机拍摄下这一幕。

市民唯一知道的就是，外面森林里莫名出现了剧烈的爆炸回响，然后，就出现了现在橘红色霞天里那一道飞行弧线。

被杨树枝醮起的夕阳，在叶子间散落开去，染红了晚天以及路人的脸。

"哇！串草莓的糖葫芦诶！"

当然，这位拿着糖葫芦的小女孩也不例外地被阳光宠爱着，她放下举起糖葫芦的手，将草莓串糖葫芦塞进了自己的嘴里，细细品味着裹糖草莓独有的悠悠酸甜。

糖葫芦放下后，那道飞行弧线不知什么时候就从被遮住的余晖中延伸了过来，极速掠过了商业街，带着小孩好奇的灵动大眼飘向远方。

"妈妈，天上那个……是什么啊？"

小孩扯着妈妈的衣角，有些看得入神了，问道。

但是刘宣现在根本无暇顾及街道上行人的眼光，更没心情去欣赏这酒红色的烂漫的夕阳。背部的推进器再次轰鸣起高阶喷射模式，燃动出的幽蓝色气体一路高压，推进着刘宣带着自己最后仅有的两个家人向家的方向飞去。

"妈，坚持住！马上就落地了！"

刘宣一边飞一边轻轻晃了下奄奄一息的母亲，喊道。

马一涵不安地抠住机械臂，强忍着在空中高速飞行的头晕目眩。她现在非常恐惧，不是一般的恐惧，可是她心知肚明刘宣现在比自己更需要安慰，不能再给男朋友添麻烦了。

被风吹得已经如乱麻般打结在一起的头发挡在马一涵的视线里，竭力安慰刘宣："没事的，一切都会好起来的！好吗？"

刘宣没有回应她，因为他心里一直在祈祷，希望自己快一点，再快一点，把死神远远地甩在后面！

终于望到家了！

刘宣背部的推进器立即开启反冲动能喷射翼，机翼上无数个小型喷射引擎立即爆轰起来，巨大的缓冲力帮助双脚对准地面的刘宣稳稳地将两人送到地上。

马一涵立即摆脱机械臂，惊魂未定的表情和躁动不安的双手完全暴露了她刚刚是有多么害怕。

“没事了，到地面了。”

这要是换作以前，刘宣早就抱住自己，然后喂自己一顿柔声细语的情话。但刘宣这次可没这么干，丢下这么一句，就俯下身观察起母亲的伤势。

冷静下来的她很想帮刘宣，但不知道该干些什么，只是傻傻地干瞪眼，原地绕圈圈。

两个年轻人可以清晰地注意到，母亲的双眼已经开始无神迷离起来了，嘴角甚至流出了丝丝干涸的血迹，腹部的衣服，被修煞烧开了一块焦黑的大洞。

“妈，马上就好了，不要闭上眼睛，看着我！别闭眼，求你了，妈！”

央求着，刘宣立刻从时空洞召唤出医疗箱，掏出血液凝固剂就往母亲的伤口上喷洒着。

“刘宣，我必须告诉你，修煞的光弧流是有剧毒的，我们内心人还没有能够根治的药物……”纳尔斯小心翼翼地说。

“不，不可能！哪有治不好的病！”

“宣，可是……”

“你闭嘴！”

在马一涵眼里，刘宣现在就是自己一个人自言自语，她当然不知道真实情况，只是以为刘宣快急疯了。

她唯一能做的，就是一边抚摸着刘宣的背，一边穷尽自己的词库去安慰刘宣。

“儿啊，还有……涵儿……”

努力睁开眼睛的母亲，竭尽全力张开剧烈颤抖的手，伸向儿子刘宣的脸，弱弱地嘱托道：

“儿啊，虽然为母的不知道你经历了什么，但是我……妈妈，亲眼见证了你的成长，我已经很满足了……”

不知不觉兴起的沉默，裂成了刘宣眼眶中落下的无数闪闪泪花。“妈，你会没事的！啊，马上就好了，马上！马上……”

刘宣撩起妈妈的衣角，腹部那个将血肉差不多掏空的洞，已经辐射出了无数个青紫色的丝状物。

“宣儿，记住，妈妈走后，涵儿就是你唯一的亲人了，也是你……最后爱的女性了。呵护她、守护她……这是一个男人对自己女人应有的承诺，懂吗？”

“懂，我懂！但您也不会走的，好不好？我会守护你们的……”刘宣已经手足无措了，颤抖地手指甚至都只能勉强握住凝固发射器的握把。

“儿啊，这辈子，看着你成为英雄……我……”

“妈！你说什么呢……呜呃……”刘宣的情绪已经崩溃到了毁灭的边缘。

“这辈子，足矣。宣儿的英雄梦，成啦……”

此时，村里6点整的钟声恰好敲响，妈妈举起的手臂随着悠扬的钟声，沉重地陨落了……

这一声，彻底崩碎了刘宣和马一涵的心。马一涵用双手捂住嘴和鼻子，泣不成声的她两腿一软，浑身无力地耷拉在刘宣剧烈抽搐的后背。

“妈？”

“妈！”

“妈——”

最后一声，如雪崩吞没自己前最后的嘶吼，更像是，婴儿望着母亲扭身离去时的啼哭。

夜晚　北京时间早上5点34分　主战舰内

一片黑漆漆的世界。

麻醉效果逐渐消失了，一阵阵的痛感不断在刺激着他。

“我瞎了？”

他现在难过又愤怒，他发誓一定要亲手将那人杀死，却悲哀地想起自己已经没有战斗能力了。

“不，埃克顿大人。我们为您……装上了那种，机械眼！现在您醒了，可以睁开眼，试试看啦！嘿嘿……”

雷眼一听，难以置信地试着睁开眼。

“模块化影像处理程序已就绪。”

恐怕以后每天早上起来，机械眼这声音就得一直陪着自己了。

这种到处标注信息的维度格视图，多少让埃克顿战将感觉有些不适应。他试着扭扭头四处张望了下，最后抬手好奇地碰了碰这眼睛。

“咋还叮当响了？”埃克顿嘴上这么嘟囔着，但是打心里讲，能重见光明谁不开心呢？

“不错，不错，好东西啊。”

埃克顿注意到，这眼睛好像还能根据环境因素实时为自己计算想要的射击轨道，一看这机械眼就是为自己量身定做的。而且，放大、夜视等功能一应俱全。

“大人如果觉得好，可以……在修煞大人面前多提拔一下我们啊。”

那位内质人主治医生搓着手，弓下腰恳求道。

“哈，没问题！就冲这眼睛，我肯定满足你们！”雷眼拍着胸脯保证着，燃起的复仇烈焰在心中更加汹涌了。他一下子爬了起来，活动着筋骨。

“将军昏迷这么久了，还没醒吗？”

一位士兵带着质疑拉开门，边说边跨了进来，但是探头就看见已经装上机械眼的埃克顿，一声“哇”的大叫，赶紧赔礼道：“对不起！埃克顿大人！我……我不知道……”

“什么事？”埃克顿抓下旁边挂着的战甲，毫不客气地打断了士兵的话。

“呃……总指挥说，让我时不时看您一眼，醒来后，请您立即去找他。”

“知道了。”

看似平静的雷眼只是点点头，可心里却充满了疑惑：莫非是要搞批斗大会不成？

同一时间　指挥官休息室里

“昨天深夜，B1 成功硬着陆于 C 县一处深山里，不知道他受伤了没有。现在……应该快到了。”

纵影者叉着腰把玩着自己的双棱短匕首，站在修煞旁边闲聊着。

“噗嗤”一声，修煞爽朗地哈哈大笑起来。

“认识这么久了，你对他还不了解吗？他就是从一千米高的地方摔下来都没事。咱就等他报道的消息了。”

门开了。

修煞满怀期待的转身，结果进来的并不是某人，而是雷眼埃克顿。

"醒了？新眼睛感觉如何？"修煞问他。雷眼上前行了个军礼，说："一切都好，大人。我想我适应几天，又可以上阵冲锋了。他们的武器基本伤不到我。"

"但你有一个致命的弱点。"纵影者说，"眼睛。"

"呃，是，我承认。但是至少在对瓦姆勒的行动上，没人能代替我这个冲锋重甲兵领队的位置，对吧？"

"哦，话不要说得太早。"修煞仿佛有什么事情隐瞒着，话里有话。

"什么？"雷眼意识到哪里不对。

"经过这次战役，我向敛萨大帝报告了始末。依他的意思，你以后不需要再为我们冒着生命危险冲锋陷阵了。你的枪法也不错，完全可以做一个合格的狙击手。"

雷眼一听，顿时急了："不是，那以后对瓦姆勒的行动，谁来负责带领重甲兵？修煞大人，我知道这次我拖了后腿，但我会汲取教训的，再给我一次机会……"

这时，走廊上传来沉重的脚步声。

这声音！

雷眼顿时明白了。

雷眼晃晃脑袋，绷着阴沉的脸猜测道："不，您别告诉我是他。"

门再次打开，跨进来的第一步，直接将整个休息室撼动了两下。

"尊敬的修煞总指挥，前线重甲战士，二阶领军级战将，迦德，前来报道！"

洪亮又熟悉的声音，吓得雷眼魂飞魄散，站稳后才定睛打量起这位老冤家。

此人高约两米五，肩宽约为正常人类的两倍，身形极其巨大，全身披挂着极厚的装甲。只有头露在外面，面貌凶恶而不失冷静，表情无状而不失威严。迦德嘴角两根獠牙极其显眼，墨绿色的粗糙皮肤，却套在血红色的爆炸反应装甲里。

迦德见到修煞，本能地行了个军礼，可从雷眼身边经过时，却如同旁若无人般径直走过。

此时，雷眼的机械眼随着主人的注视，显示出了迦德的信息。

“迦德，内质人中级领袖之一，绰号破碎者，因力大无穷而得名，在瓦密多战役中，他因仅带领60余名重甲兵冲破内心人的千人防线而一战成名……”

“给我闭嘴！废话真多！”雷眼恼火地关掉了信息。他就不想让自己的脑海中跳出这个人的名字。

好不容易能和他分开，现在难道又……

“真高兴你能如约而至，迦德。”修煞热情地欢迎道。

“有了你，我们的力量势必增强不少。”

“总指挥过奖了。”迦德雄浑的声音透露着霸气，“攸萨大帝很重视你们的这次对瓦姆勒的行动，他表示，再过一段时间，还将派出更多的人手来支援你们。我们的目标已经不仅仅是纳尔斯了，他只能是一个开始。大帝似乎，对咱们邻居的某些资源很感兴趣。”

说罢，他微微转过头，冷酷的表情并没有让雷眼看见，“但不像有的人，一开始就被区区瓦姆勒人所伤，真是可笑。”

“你什么意思？！”

雷眼大步走上前，抬头瞪着迦德大吼。

“当年，是你抢了我的位置，我忍了；但你现在又来！还想怎么样？”

“怎么样？”

迦德巨大的手一把就握住了雷眼的脑袋，将他抓了起来！”你扪心自问一下，就凭你这小身板，将重甲兵这么重要的兵种交给你指挥，你配吗？！自打你上任，重甲兵就没有打出过任何好看的战绩！反而在我的带领下，为攸萨大帝打下了多少星球！你只配在我们的身后放冷枪！你别不服，迟早有一天，我要把你的肋骨做成项链挂在脖子上，让全宇宙都知道你埃克顿有多么无能，废物！”

“好了！”

修煞背着左手上前，示意迦德放下两腿在空中乱蹬的埃克顿。

“瓦姆勒有句话，术业有专攻。各有各的优势，谁也别看不起谁！如果我们连纳尔斯都没到手就如此分裂，更何谈以后扩张之霸业！”

迦德听了，缓缓地放下雷眼，将他扔在地上，冷哼一声。

“现在，回归正题。在场的诸位都是内质人军队里精英中的精英，可能不把纳尔斯放眼里，这一点我必须在出发前说明清楚。”

修煞清清嗓子，继续严肃地说道：“我们四人中，只有我有与他一战的力量。不是我看不起诸位，而是你们还不够了解纳尔斯，他阴险狡诈、科技尖端、武力惊人，甚至精通极其稀有的法文术领域。抓住他确实只是一个开始，但是，万事开头难。纳尔斯已经有了自己的人类联盟，实力已经不容小觑了。所以，迦德啊，你可千万不要小看纳尔斯，也不要责怪埃克顿无能，要怪，就怪我低估了瓦姆勒人的实力。纳尔斯这位年轻人，反倒给我这老头子上了一课，看来我们也需要在瓦姆勒发展力量了，否则，还真不一定是他的对手。"

修煞正颇有些无奈地摇头，旁边的纵影者突然动了下。

"指挥官，这个我还真有人选。"

沉默良久的她开口了。

"哦？"修煞侧目过去，怔了怔。

"在我们刺客中，有一个必修课，就是利用宇宙能与磷元素结合，制造临时瓦斯爆破弹，帮助自己解围。但是这个爆破弹的反应原理有一个极大的潜在危险，就是这种急剧侵蚀性的超导态气体，其爆发瞬间产生的巨大能量足够轻易摧毁一个肉体，但是如果爆炸一旦有了精确的把控，我们甚至可以利用之，让这个肉体，成为一个没有灵魂的魂体存在，也就是，瓦姆勒人心中的——死神。我的机械战士在寻找纳尔斯时，也找到了一块出奇大的墓地……"

"墓地，磷元素……"

修煞恍然大悟，暗沉的脸上浮起了一丝诡谲。

"所以我们想利用人类制造一个死神，只需要一颗强分子聚爆器。很好，去那个墓地，找到守墓的。甚妙，此计批准！"

25. "扫墓人。"

中午的骄阳无情地烤炙着地面，但无数个墓碑前的鲜花依旧开得灿烂，似乎很欢迎盛夏的到来。墓地门口旁边有一个小亭子，谢卫忠每天最远的距离，就是从公寓来到亭子里坐着，一坐就是一天。

对看守员谢卫忠来说，墓地、亭子和柳树，就是他的全部世界。

亭子里还算好，至少有一台空调。谢卫忠躲在亭子里半步都不敢跨出家门。他看着微风将柳丝轻轻拂起，低头又看了眼手机屏幕里的电话号码，犹犹豫豫地拨通了那个联系电话。

"喂？"

"喂，小王，最近过得还好吧。"

"很好啊！如果没有什么事，我就先挂了。"

"哎，别，我……给我点时间好吗？我就想知道，我们的女儿还好吗？她放暑假了吧？"

"是，我们一直都很好，不用你担心。"

谢卫忠默默地放下手机，开启免提，将手机放在桌上。

"小王……我们约个时间，见个面吧。"

电话那头，久久没有声音，只有路人的喧闹声，证明着电话还没有被挂断。

"听着，谢卫忠，我们已经离婚了，女儿的抚养权归我，这是我们两人当时约好的。既然你不想养女儿，你也没有权力再跟我提要求见我们。你那点薪水，先养活你自己再说吧，不用管我们，女儿很幸福，我也在相亲时遇到了一个好男人。"

女人顿了顿，说："忘了我们吧，也许分开是对我们最好的成全，你我都需要一个新的开始。你可以说我拜金，但现实就是这样，一个连自己都养不起的男人，没有女人愿意倾注自己的一生给他。"

"没事的话，我就挂了。"

电话挂断了，留下谢卫忠一个人，饮尽了所有失去的痛苦。

他明白，小王离开自己，无非是因为自己这个职业在人们眼里太晦气了。他挣的这点钱，养活自己都难。他之所以将女儿的抚养权交给小王，不是他不爱女儿，只是希望女儿不用跟着他受累。

再苦也不能苦了下一代，这就是一个父亲毅然放手的理由。

但他最终得到的，只有他人无尽的冷漠、孤独与被歧视。

胸口的痛苦再次崩裂了出来，难以忍受的谢伟忠再也坐不住了，扔下旧白衬衫的他转身跑出亭子，迎接今天第一位前来扫墓的客人——热浪。

拿起浇水壶和扫帚后，谢伟忠就感觉自己吃下了什么止痛药，先前的苦痛回忆开始慢慢被稀释，恍惚间，自己已经站到了那颗自己再熟悉不过的柳树边。

"你好啊，萝萝！今天很热喔，来，请你喝点凉水，降降温，啊。"

这棵被谢伟忠唤作萝萝的大柳树，从扎根在此开始，已经看遍这个城市半载世纪的历史了。

从这颗柳树起，谢伟忠就开始重复起这多年已经肌肉记忆的路线，一块一块墓地被他杂乱不堪的黄扫把尖缓缓扫了过去。

而且，每经过一块墓地，谢伟忠都要对墓碑说上一两句话，毫无违和感，似乎面前就站着个人般。

"老胡啊，今天可是你生日呦，你的亲人竟然没来看你！唉……真是太没孝心了，还是老谢待你好啊……嘿呀，每天按时过来看望你，给你打扫坟……你的家。"

"宋姐啊，你院子前的花又开咯！白白的，跟你生前一样美！你男人啊，昨天给我寄来一盆郁金香，叫我放到你墓前，他说，那是你遇见他之后最爱的花，希望现在的你，依旧喜欢哈。"

就这样，谢伟忠满头大汗地为长满绿苔的墓碑们扫了两个多小时。扫到最后一个墓前，他实在是累了，擦着落满汗滴的土黄脸，一屁股坐在墓碑旁边。

"嗯……"

一种莫名的惆怅感，带着谢伟忠的眼往地上搜罗着，草地里那盛开的小米花，一朵朵像极了某个女孩……

是女儿幼时的笑脸。

花朵上的灿笑，立刻化成一根根沾满毒箭蛙毒液的竹针，深深插在了自己的喉咙里，连哽咽都是一种煎熬。谢伟忠再也抑制不住内心常年压抑的悲伤，将脸砸进双手摊开的怀抱里，悲恸大哭起来。

刹那间，万籁俱寂，就连树上的蝉儿也为这突然的伤感停止了聒噪，似乎，全世界都在为这位被命运判刑的人默哀。

然而，就是因为这突然的死寂，让这片树荫深处里传来的奇怪机械声逐渐清晰起来，"滴滴哒哒"的，这间续的细微声响一下一下地敲在他的神经上，激起了谢伟忠的警觉。

疑惑很快就转变成了好奇，站起来的谢伟忠小心翼翼地半弓起身子，环顾着四周。

不过，一切都很正常。眼里除了被阳光填满的树隙，就只剩那些立在草地里的老朋友们了。

可就当谢伟忠放下心想扭动下身子时，自己右脚一挪，那个机械声，居然更响了！

这一下，谢伟忠意识到了——

有什么东西正藏在自己脚下，而且，绝对不是大自然的东西！

谢伟忠他自己是白班的，所以他不知道昨夜墓地里是不是有胆子肥的人进来过，不过就算有，上夜班的那兄弟不应该不知道啊？夜里来墓地的人极少，少到他们看守员都能画出来者的肖像。这种稀罕事，夜班兄弟不可能不跟自己分享的。

越想越感觉有些离奇的谢伟忠慌乱伸出手，刨着草地上发出声音的那一块泥土。

随着手的深入和泥土块被掀开，渐渐地，一个类似于胶囊一样的东西赫然出现在谢伟忠瞪大的瞳孔前！

深蓝加墨黑的外表里，似乎还潜藏着什么可怕的秘密。

谢卫忠愣了愣神，继续向下挖，将整个东西翻了出来。他仔细一瞅，胶囊上居然还有一块小屏幕，里面还倒映着很多他看不懂的图案在随着时间不断变化着。

本来是两个图案，慢慢地，两个图案融合在了一起，变成了一个图案。

随时间变化……

时间……

"倒计时吗？"

忽然窜升的想法让谢卫忠心里有了个十分恐怖的猜想。寒毛直立的他拔腿就先后疯狂跑起，直奔刚才待着的亭子。

但……

一切都太迟了。

"轰"！

"嗡隆——"

一声巨响后，爆炸产生冲击波似乎带着什么能量场，夹杂着深蓝色的浪潮居然还发着无数个聚合高分子被内爆炸裂后咆哮出的轰鸣声，由聚合宇宙能材质组成的果冻般波浪一下子将泥土一阵阵掀起。

四米多高的海啸！蓝色的能量波从身后的爆炸中心迅速扩散开去！

徒劳的吼叫被气浪瞬间泯灭了过去，倒在土地上的谢卫忠瞬间被气浪死死压住！

能量波经过他时，他只感觉身体如同被从脚底掀皮抽肉般被撕裂开去，痛不欲生的他再也承受不住这样的感觉，最终，谢伟忠脑袋一沉，两眼一黑，彻底昏死了过去。

不远处的一座大楼楼顶，看着炸弹引爆的内质人四将默默站着，谁都没有说话。

"你确定这样有用吗？这不直接将他炸死了？"

伽德感觉有些将信将疑，扭头问一边的纵影者。

但纵影者只是专心把玩着手里的匕首，冷哼一声，根本就没打理迦德的意思。看上去，纵影者对能量用度的把控非常自信。

"实验而已，死就死吧。在瓦姆勒人没来收拾之前，赶紧过去看一眼。"修煞将手一挥，脚底升起雷暴云就飞了过去。纵影者赶忙拉住旁边两人，一齐化成了地上的黑影潜行而去。

墓地里，已经是一片焦黑色的灰烬。

花瓣在风中飘舞着，最后落在地上，也被草尖灼烧的余温化成了灰。

"我……死了吗？"

谢卫忠睁开眼，用手摸了摸脸，但是手指尖划过去，却只能感受到一块硬邦邦的东西。

骨头。

“啊！”

谢伟忠大吃一惊，以为自己的脸上掉了一块肉，但当他翻过自己的手定睛一看，又被吓了一大跳。

“怎么是黑色的？”

他很惊讶。

然而，更让他惊恐的还在后面！

谢伟忠低头一看，发现自己的双脚居然不见了，自己整个人都浮在半空中——

整个身体，就是一块黑色的云状物！

“哇——”谢伟忠立刻“腾”地站了起来。

“什么东西啊？！”他拖着云状身子来到大半边被烧成焦黑的亭边，而萝萝，已经被烧得只剩下黑色的躯干了，是整个墓地里唯一和亭子一起矗立的东西了。

亭子里，自己带来放在桌子上的小镜子正映着谢伟忠可怕的样貌——

全身，完完全全就是一团黑色的云，不断向外扩散着能量波，只有一个是实体的——

他的头，而且是骷髅头。

吓得呆若木鸡的谢伟忠回头木讷地看着被夷为平地的墓场，这个他生命里仅剩的净土，就这么，与自己最后的信仰支撑一起消散了。

绝望的谢伟忠两手摊开，直逼苍天，向灰烟里的残阳，发出了一声积蓄多年的怒吼。

他这辈子到底造了什么孽，最后落得如此下场！

“啊——”

“你叫谢卫忠，对吧。”

一声冷酷的疑问词，打断了谢卫忠的恐怖呐喊。

这才爆炸结束不到一分钟，怎么……

谢伟忠没想到这么快就有人来了，他想逃跑，却被叫住了。他畏畏缩缩地回过头，见四个奇怪的人站在他面前。

“认识一下，我叫修煞。”这个头上长着刺角，肩上披着披风的白面人向他伸出手。

"你们是？"望着这四个奇形怪状的人，谢卫忠有点害怕，"怎么？我现在长得还不像个怪物吗？"

"哈，放心，像你这样的受害者我们见得太多了。"

修煞也不拐弯抹角了，走上去，挡住了谢伟忠端详眼前那位大块头迦德的视线。

"我们能告诉你一切，并且还你自由之身。"

"回到原来的样子？"谢卫忠将信将疑道。

"嗯。不过，你愿不愿意相信，我们也是因为这样的爆炸而变异的？"修煞故作沉重地叹了口气，"为了找到这个摧毁我们一生的真相，我们几个变异人走到了一起。而就在刚才，我的朋友们检测到不远处突发催化性能量震荡，想赶过来看看能救几个，但……"

谢卫忠沉痛地眯起眼睛，低头凝视着地面。

"我对你的遭遇感到十分抱歉，致此，请收下我最诚挚的同情，以及邀请。"

"别邀请了！我现在和死人有什么区别！你告诉我，啊！这位长着羊角的浑身冒电的满脸胡茬的怪物！"谢卫忠怒吼着骂道。

他已经不管这些人是谁了，他现在只想好好宣泄一波，能杀死自己最好。

"不！"

一口到嘴边的火气被修煞强咽了下去，就好像没有听到谢伟忠刚刚侮辱自己的话，"你可以复仇，用你的愤怒告诉全世界上帝对你是多么不公！你我都是被抛弃的人，都是被命运选中的涅槃强者，你懂吗？生命诚可贵，别忘了，我和我身后的人，都与你一样。我们要找到原因，让世界，还自己一片公道！"

"所以，你没有理由不反抗！"

谢卫忠沉默了，虽然，自己根本信不过眼前这些人。

"我可以透露一个名字，纳尔斯。"

修煞转身，接过埃克顿手中拿着的早已准备好的镰刀，递给了谢卫忠。

"给自己起个名字吧，伟大的……战士。"

"战……"只剩下骷髅头的谢卫忠接过镰刀，面无表情地抚摸着镰刀的锋刃。

"这个人，就是疯子，他是一个外国人，痴心于各种变态实验很多年了。

我们得找他好好算一笔账。"修煞没好气地低声喝道，似乎这名字让他痛恨至极。

沉吟半晌后，谢卫忠抬起脸，缓缓说出了三个字：

"扫墓人。"

26.“你没有灵魂！”

阴沉的天空，雨丝一点点飘落着，在风的指挥下，整个雨幕变得时疏时密。"今日，S市某个公共墓地突然发生爆炸，现该区域已被封锁，事故暂未造成人员伤亡，事故原因目前仍在调查当中……"

今日大楼荧屏里播放着的新闻倒是吸引住了很多抬起脸的行人，纷纷撑起伞的他们，是这冷清的大街上唯一的风景了。

一个女人带着她的孩子，从一家冰激凌店里走出来。小孩冲在最前面，回头对妈妈说："妈妈，我们去玩具店看看嘛……"

然而下一秒，小孩就被吓得呆立在原地，一动不动了。随着指尖猛地一抖，"啪嗒"，玩具小车在砖头路上摔了个四轮朝天。"怎么了，孩子？你咋这么不小心啊。"

妈妈慈爱地回头望着儿子，拨着头发，俯下身将他的玩具车拾了起来，"下次小心点喔，宝贝。"

可爱的小短发随着妈妈的爱抚倾倒下去，可孩子根本就没有想笑的意思。他用手指了指妈妈身后，竭尽全力想说出一句完整的话，但只能徒劳地张大嘴，煞白如纸的脸，让妈妈感觉身后阴森森的。

妈妈疑惑地回过头，瞬间！恐惧就如眼前的黑乌云般严实地压在了自己的心头。

"啊——"

双腿一软，妈妈直接就坐在了地上，不知所措的双手在湿漉漉的地面上四处抓弄着："什么东西啊！别靠近我儿子！救命啊——"

这团会动的黑云就好像是故意来成全她一般，径直从妈妈身上轧了过去。

妈妈最后一声绝望的嘶喊声，被黑云给埋了下去，"唔嗯……"，这声音比断气前的人喊出来的呼救还要让人听着心碎。

"噗通"一声，妈妈双眼无神的脸侧翻在了地上，整个人一动不动了，像失去了一切支撑，毫无生机。"妈妈，妈！呜呜……救命啊！救命啊——呜额……”小孩撕心裂肺地哭喊着，他胆怯地瞥了一眼那团过去的乌云，生怕这东西回头，只好将自己的呜咽硬生生憋了回去。

丑陋无比的模样，无牵无挂的生命，死神形态下的谢卫忠觉得，这一场生命里，已经没有可以值得他珍惜的了。这团顶着一颗骷髅头往前游荡的怪东西，让街上的行人瞬间吓破了胆，撑起的伞都来不及收，干脆扔在地上，尖叫着四处狂奔而去。

“哈哈哈……哎呀呀……”生而为人时，谢伟忠哪里享受得了这种待遇啊——人人都畏惧自己，为他的出现而发抖。别人的生命自己说了算，谢伟忠以前哪敢想啊！自己为别人做牛做马了一辈子，现在？这快感！

他满意地狂笑起来，举起双手，迎接落下的雨滴。

“原来当怪物可以这么随心所欲啊！我何德何能，当一个猪狗不如的人啊？！哈哈哈……”

本来是想解决掉那对母子的，但是，身后那个孩子的哭声，一直在撕扯自己最后的良心。

在他心里，他痛恨世界上所有人。他要的不仅仅是复仇，更是想让这个世界给自己一个说法。

没错，他要答案，哪怕他只是一枚什么也不是的棋子。

一路飘着的谢伟忠像个刚出生的孩子，四处张望着，最后，乌云停靠在了一把落在地上的折叠伞旁边，黑洞洞的两个眼窟窿，与大荧幕里主持人炯炯有神的眼睛对望着。

暴虐到极度扭曲的心态，让谢伟忠想将目力所及的所有人统统毁灭殆尽。

现在的他，只需要轻轻地从人身上飘过去，就能轻而易举地夺走他人的生命。

但是谢伟忠今天上街露面，并不是想让人们恐慌，虽然这是必然会发生的事情。

他另有企图。

谢伟忠在等待一个双面人，上钩。

“只要你出去，他一定就会出现的！相信我！任务完成后，我们还你一个更好的人身！还有你要的……”

修煞揉着手腕，缓缓抬起头，侧目道：“自由。”

那个外星战舰里发生的这一幕，一直在谢伟忠仅存的意识脑里盘旋着。

这是现在，唯一能支撑自己的话了。

火葬场内

"您好，刘先生，这是我们这边拟定的服务协议，请您确认，并签字。"

服务柜台前的中年男人双手递上文件，对刘宣说。

然而，接过文件的刘宣拿着协议，手上的签字笔迟迟没有落下。

他没看什么协议内容，现在他脑海中不断浮现从小到大与母亲生活的点点滴滴。等他回过神来，负责人已经有些不耐烦了。

他飞速拿起笔，签上了自己的名字。"我能……看着我的母亲火化吗？"刘宣问负责人。

"可以，只要您的情绪接受得了。"负责人点点头。

火化室的窗，就如同生死结界，却也是阴阳两界唯一的连接口了。玻璃罩里，雄浑的火焰燃烧着刘宣和马一涵扭曲且无尽伤感的脸。

一个是不舍，一个是歉疚，而共有的悲恸，却让这对恋人紧紧相依偎在了一起。

晕开的泪水，在各自的眼眶里打着同样的转。

最终，刘宣母亲的遗体消失在了火海之中。

马一涵默默地松开刘宣的手，再也忍不住的她侧过脸去，肩膀猛烈地颤动起来。

"没事的，啊。没事的。"刘宣从后面贴上来，抱住马一涵。

"宣，我，我觉得我不配被你爱着了……"

马一涵涩着嗓子，杂乱的长发挡在面颊前，开口道："对……对不起，呜……宣儿……我……是我把妈妈害死的。我真的真的，我好怕，我……"马一涵低下头，使劲抓着衣角，不敢正眼看刘宣。

如果不是因为这个，爱人的冷漠，自我的责备，马一涵都可以心甘情愿地接受。可是为自己死去的人，就像活在了自己的泪眼里，睁开眼看到的不是现实，而是那人的脸。从来没有经历过生离死别的马一涵，该怎么去接受这种恐惧？哪怕是刘宣抱住自己，心中竖起的寒毛依旧在自己的知觉里萧瑟着，无法忘怀。

"不，这不怪你，亲爱的。"

刘宣将嘴唇贴在了马一涵的脖子边，低语道："这是妈妈的选择，愿意相信你的人，他们永远不会犹豫。别把她的离去当作压力，母亲能做到奋不顾身，你也要做到释怀与坚强，好么？"

马一涵默默地眨巴了下眼睛。

"对不起，我……我不太会安慰女朋友，但是我真的希望你能摆脱这种罪恶感。生活总得继续。"刘宣正了正下巴，抵在马一涵乖顺的肩上。

"既然已经成为现实了，就接受吧。不要再怪罪自己，我们一定好好的，噢。"

"嗯，要有活下去的信念。"马一涵像是中了邪一般，机械地重复着刘宣母亲鼓励自己的话，"要有活下去的信念……活下去……"

刘宣摸摸她的头，努力控制自己的眼泪不要落下。

本来刘宣想把母亲的遗体送入墓园土葬的，可是前些天墓园发生的爆炸事件，让刘宣不敢再想着送过去。无奈，他还是选择了火葬。

走出火葬场，手里拿着母亲的骨灰盒，刘宣一时竟然不知道该往哪边走。

母亲离开后，在刘宣眼里，有马一涵的地方就是他的家。最后，他牵起马一涵的手，两人朝中心街道走去。

走到路上，躁动不安的人群让刘宣和马一涵都察觉到了异样。

"宣，怎么全是从中心街道出来的人？"马一涵挽着刘宣的胳膊轻轻碰了碰他，说出了自己的问题。

刘宣当然注意到了——

自己和马一涵，竟然是人群中唯一一对逆行者。

"哎！老大爷！"刘宣赶紧叫住一位比其他人慢了一大截的老人，然而，出乎两人的意料，老人居然非常懊恼地甩开刘宣的手，行色匆匆的样子感觉和逃命没什么区别。

"发生什么事了嘛。老爷爷，说句话呗。"没办法，马一涵只得使出杀手锏了——她娇滴滴的求助音，连这个饱经风霜的老人都有点招架不住了。

但是，老人依旧也不说话，指了指街道那边，就慌乱地跑掉了。

望着老人半跑半走的过去，刘宣满脸黑线地白了马一涵一眼。

"那……我不开口，你肯定问不出个什么嘛。"马一涵两只手的食指戳在一起，还在向自己的男朋友强词夺理。

"你要是敢和同龄男生用这声音……"刘宣伸出手，往马一涵头上轻轻推了一下。

"快带马一涵离开这里！"

纳尔斯突然在刘宣心中发出了警告。

"嗯？"刘宣突然不安地望向那边的拐角口。

"刘宣，别去了！有死神！"

刘宣还以为又是哪个内质人的绰号，但纳尔斯都发出警告了，他也不敢拿马一涵的性命去赌。

他低下头，牵起马一涵的双手："出事了，你往回跑，一直跑回家，不要回头！千万不要！"

"那你……"马一涵意识到了什么，担忧地看着他。

"我会没事的，好吗，宝贝。没有什么能让我们再分开了。我去看一眼就回来！"

将骨灰盒递进爱人的手心里后，刘宣毅然转身，朝着人们逆行的方向跑去。

"刘宣！"

马一涵哪里放心得下，她抱着骨灰盒东望望，西望望，最终一跺脚，俯下身悄悄地跟在了刘宣后面。

"那是死神！刘宣，我们对付不了的！死神是一宇宙能与磷元素相融合的产物。他们失去了肉体，却有一个像灵魂一般的云状身体，并且极具腐蚀性！我们没有打近身的机会！"纳尔斯希望刘宣明白，现在的时空武器库等级，还不足以让他俩去对抗这种生物。

"那你给我一个打不过的理由！"刘宣说。

"理由就是，我们还没有武器来对付他！你现在用的武器库还只是初级系统！能对付他的武器，还在我父亲的二阶武器库呢！"纳尔斯摊牌了。

"啥？！你还有所隐瞒！"

两人争吵的工夫，一辆小轿车突然就从天上朝他们砸来！蓝面侠借势一个翻滚，躲了过去。

一边是正常的人眼，一边是月光色的眸，刘宣和纳尔斯同时操控着躯体，两个灵魂高度警惕着，随时注意周围的一切动静。"我想，你就是纳尔斯吧。"

扫墓人打开一辆面包车，缓缓飘了过来，问道。

"额……不是，我们……好吧这不是重点。你不是内质人，为什么要与我为敌？"纳尔斯察觉他的气息不太对，收起即将弹射变形出来的手炮，反问扫墓人。

“因为我的同伴告诉我，是你埋的那枚炸弹把我炸成这个样子！”

还未等蓝面侠反应过来，扫墓人已经挥起凶煞之镰，寒芒随着刀锋朝蓝面侠的瞳孔砸了下来！

“什么炸弹？你被他们耍着呢！我与你无冤无仇，怎么会陷害你呢！他们在利用你！”

蓝面侠展开粒子盾，架住扫墓人的镰刀。“原谅我，我只能服从命运。”扫墓人叹了口气，猛地一使劲，将蓝面侠的盾牌又往下压了点。

死神化后的人，拥有极强的爆发力，蓝面侠毕竟只是凡人之躯，面对扫墓人的强攻，力量上的差距让他非常吃力。

还在咬牙坚持着，一只乌云般的手突然就伸向了蓝面侠！

“啊！”突如其来的袭击，让蓝面侠必须改变策略。一个收身，顺着扫墓人的下压的力量侧身避开，转身之余，右手的手炮立刻从时空武器库中弹射出并完成组装，蓝面侠回身举起手，向扫墓人的上半身连开数炮！

然而，扫墓人的身体只是被炸出个窟窿，但是居然很快又合上了。“怎么才能搞死这家伙？”刘宣这边抵挡着镰刀，同时焦急地问纳尔斯。

“都说了，我们现在没有武器能限制他！”纳尔斯说。

但刘宣还是太恋战了。他召唤出激光刀，一个翻滚来到扫墓人身侧，一刀划了上去，紧接着一刀直刺深深插进他乌云状的身体里！

毫无用处。

“你没有灵魂！”蓝面侠恍然大悟，猛地抬头。

“正因为如此，我无所畏惧。”扫墓人不屑地笑笑，好像这次交手对他而言就是闹着玩的。

这么近的距离，蓝面侠很难再闪避开了，虽然纳尔斯已经提醒过刘宣，现在的时空武器库无法支持他们和扫墓人近身作战，但刘宣根本就没把纳尔斯的话放心上。

纳尔斯突然后悔自己刚刚没切换到主人格了。其实他很清楚，刘宣这么做，无非是想用自己的身躯阻拦扫墓人的推进，因为身后的拐角口，还有尚未疏散的人群。

眼看着黑云就要压向蓝面侠了……

突然！扫墓人身后响起了枪声。其中有一枪，直接打在了扫墓人的后脑勺。

这一枪似乎是打到什么弱点了，扫墓人痛得大叫，一声怒吼，就朝身后的警察们扑来。

马一涵躲在角落里，缓缓放下手机。

见刘宣和扫墓人打得难舍难分，马一涵作为刘宣的爱人，不可能坐视不管。她果断报了警。

虽然，警方早已接到群众报警，但逃命要紧的人们没有一个能说清具体位置的，只有马一涵详细地报出了地点，她的语气冷静且沉稳，时刻向警方汇报着情况。

但悲哀的是，警方好像要遭殃了。

马一涵不知从哪里绕了过来，跑到刘宣身边，拉住他说："快走吧，剩下的交给警察。"

"不行，他们不是死神的对手。"刘宣摇摇头，拉伸了一下手炮机匣往前走去，手炮的能量储藏室立即开始运作，马一涵发现，里面的储藏室似乎有一个能量漩涡。

随着扫墓人的推进，警察们被迫一退再退。"喂！大黑骷髅头，看这里！"

身后突然传来了机械拼装的金属声以及能量集聚的轰鸣，扫墓人这才想起自己的正事，一回头——

蓄力充能完毕的手炮一发炸裂！直奔他头颅射来！带着巨大的能量精准地爆在扫墓人头上！

"唔啊！"

扫墓人浑身抽搐了一下，炸飞的颅骨碎片扬起在空中，等他正过脸来时，只剩下一块残破的面颊骨了。"不！啊——"扫墓人痛苦地捂住脸，嘶吼着。"刘宣，我需要时间打开二级武器库，拖住他！"

"收到！"

蓝面侠刚抬起手想继续进攻——

"小心！"

反应极快的纳尔斯早就察觉到了不对，这次他再也没犹豫，立刻操纵身体向旁边扑去，同时召唤出推进器，突然一个推进喷射，将他们的身体推向旁边。

下一个 0.3 秒，蓝面侠刚才站着的空地上突然炸起一片火云，强大的气浪还是将蓝面侠轰飞出去。

警察们抬起头，差点没惊掉下巴。

一艘战舰慢慢地浮现在上空，从战舰里照下来一道光，正好落在扫墓人身上。扫墓人缓缓升空，飞进了战舰里边。随后，战舰再次进入隐身，不见了。

“领军，我们完全可以趁现在做掉纳尔斯……”

但是埃克顿的提议，却被修煞手掌一挥，否决了。

“你从来不会尊重对手，埃克顿。”修煞望着屏幕里地下焦黑的弹坑，“纳尔斯，可不是我们想抓到手就能到手的。”

“刘宣，刘宣！”

马一涵狂奔到刘宣身边，险些摔倒。

“你没事吧？别……”

马一涵带着哭腔使劲摇晃着刘宣，唯一能给她希望的，就是刘宣微微皱起又舒展开的眉弯。

庆幸的是，纳尔斯在爆炸瞬间及时展开了粒子盾，将他们身体所受到的伤害降到了最低。

猛烈地咳嗽声后，刘宣居然在马一涵的臂弯里滚了半圈，像一个睡不醒的小孩，支支吾吾地嘟囔着：“别……别晃噜，我可不想吐你身上……”

“噗嗤”一声，马一涵的眼线在脸上画出一抹亮彩，突然拥挤的眼将掬起的泪全都释放了出来。马一涵猛地将刘宣的头塞进自己的怀里，右手掌心蜷起，紧紧握住他母亲的骨灰盒，摇晃着。

27."猎捕计划，有兴趣吗？"

让刘宣从睡梦中醒来的，可不是什么闹钟，而是一阵麻木的感觉从手臂开始传遍了全身。

刘宣现在可是一只手被马一涵的身体压在下面呢。

望着怀里蜷缩在一起的熟睡小美人，刘宣多少有些哭笑不得：和马一涵同居了也有七八天了，他不抱着马一涵嘛，马一涵就不停地粘着他，淘气地往自己身上蹭，就是不让刘宣睡着。昨天晚上，蹭过火的马一涵还差点就被刘宣"教育"了；抱着马一涵嘛，每天早上无一例外就是这个结果，本来可以睡到 9 点的，愣是六七点就被压醒了。

窗外的阳光透过窗帘，轻轻撩起房间中飘在空中的细微尘埃，金色静静地依偎在熟睡的马一涵脸颊边，包裹着她的秀发，靓丽而安静的样子，让刘宣心中泛起了久违的宠溺感。他极其轻微地悄悄扭了扭身子，看着阳光下的小尘埃们羞涩地往自己深爱的天使身上依靠而去。

不过，今天的刘宣还算幸运呢。

就像是心灵感应，也像是情侣之间独有的默契，即使就一点点声音，马一涵还是被惊动了，她缓缓地转过身子，眨巴着大眼睛，好像一个刚出生的婴儿一样好奇地打量着这个屋子和刘宣。

"醒了？"刘宣有些惊喜，"挪一下身子行吗，压着了。"

谁想，马一涵居然对刘宣狡黠的一声坏笑："嗯～不要。"

"乖，听话。"刘宣伸出手，万般温柔地刮了下马一涵婴儿肥的脸颊。

"不要！略略略！"

"哼？"刘宣的双眼立刻强硬起来——只好使出杀手锏了。

二话不说的刘宣，翻身就压在了马一涵身上，马一涵还没反应过来呢，刘宣已经将手伸进她的腰部，假意想把爱人的睡衣给撩起来。

"啊呀！我没穿！投降！投降……讨厌。"

用这招对付马一涵，那简直就是屡试不爽。

“没穿？那我岂不是更要撩起来了？”突然耍坏的刘宣不依不饶地扯着马一涵的衣角。

“嗯呀！你有病！呵呵……”马一涵红着脸蛋，憋着可人的笑容，眼神的闪躲，将少女的羞涩展现得淋漓尽致，而她自己依旧是一副打死不服的表情，羞答答地暗示道：“那，随便咯。”

两人亲密地对视着，良久，马一涵终于肯挪下身子了。

“你真怂。”马一涵含蓄地责怪起压在自己身上的刘宣。

“啊？”刘宣云里雾里的，愣是没反应过来。

“咳咳……其实，我 5 点钟就醒来啦。”马一涵岔开话题，伸出手摸着刘宣的脸柔声娇嗔道，“一个噩梦，然后我被吓醒了，就听到外面有车轰鸣的声音，就再没怎么睡熟了。”

“噩梦？什么噩梦呀？”刘宣问。

“我梦见你离开我噜，我好难过。”马一涵说。

“怎么可能，梦都是假的啊。”刘宣笑笑。

两人正呢喃着，刘宣的手机突然振动了一下。刘宣下床打开手机，发现自己有十多条未读消息，全是安晓天发的如“在吗”“醒醒”等，甚至还有一个未接电话，是加密打过来的。

“怎么了？”刘宣发消息过去。

“不好意思，打扰你们的蜜月生活了。”出人意料，安晓天居然秒回，甚至还带了个笑脸。

“有屁快放。”刘宣加了个一拳打趴的表情包，回复道。

“是这样的，宣。根据上级指示，你现在马上就来我们军事基地定居，我们已经派了军车在你们楼下了。”

“啥？！”

刘宣眼睛一瞠，惊起后跳下床，撩开窗帘。

此时才 6 点多几分，天色微亮。楼下，一辆军用悍马正停在那里。安晓天正站在一边。望见刘宣的头，热情地挥了挥手。

“不是，开玩笑不带这么较真的啊？”刘宣的心脏骤然狂跳不止。

“怎么会，认真的。再说，没批准，我也调不出车辆来为你接风洗尘啊。”安晓天回了句。

"哎哟～跟哪个小妹妹聊天呢，海王？人家都送到家门口了呢～"

撅起小嘴的马一涵一脸醋意地梳着头发，余光瞥着刘宣。

"是叫了一个。"刘宣"承认"道。

"什么啊？！"马一涵的嗓门一下子就提了起来，抄起梳子就要砸刘宣。

"哎不是！诺，是安晓天，你以为。"

"嗯？他？"马一涵俯下身凑上前，看着刘宣和安晓天的聊天记录，"唉，我都和你上床了，你还是忘不了这个男人。"

这话，瞬间就让刘宣的头顶盖满了黑线。

"啊？那你不是真要离开我了？"看完后，马一涵花容失色。

"哥，我能带家属吗？"刘宣打字问道。

"这个考虑过了。我们问了马一涵的父母，很可惜，他们坚决不同意。"

"我们都成年了，这种事马一涵可以自己决定啊！"

"我知道，可在我印象中，马一涵是个很孝顺的好女孩。而且，如果真要接马一涵走，她的父母肯定想知道你的身份，引起猜忌的话，就担心最后会变成社会舆论上的压力。"

的确，安晓天给出的两点理由足够说服自己了。

父母想要什么，需要什么，马一涵都会尽可能地满足父母，这次马一涵来 S 市打工，也是她为了分担家庭经济压力而自愿的。

刘宣将手机递给了马一涵，马一涵低头思虑了很久，果然不出安晓天所料。

"好吧，那你去吧。既然我爸妈不同意，我……唉，再说，我可能也帮不上什么忙吧。"

"没事的，不要自我埋怨。"刘宣抱住马一涵，在她的额头上轻吻了下，"只要有时间，随时都能来看我的。"

马一涵抿抿嘴，使劲眨巴着眼睛。

"战争结束后，我娶你回家，好么？等我。"

松开的怀抱，故作洒脱的背影只剩下被空调吹凉的空气。马一涵整张脸随着眼角越聚越多的泪花垮了下去，两只手搓在一起，微微启开的嘴唇，渴望着与自己即将离别的爱人的激情。刘宣离开家门时，回头望着快要心碎的马一涵，心痛得自己赶紧一个箭步上前，将马一涵的头埋进了自己的肩膀下，双眼无神地盯着那张和马一涵共枕了好几天的床，缓缓呼出的气，又被自己合起的嘴唇给憋了回去。

"我下来了。"刘宣发消息过去。

拗不过爱人，刘宣拉着马一涵走到楼下，五名便衣士兵和安晓天并排站在下面恭候多时了。

两人紧紧牵着的手终于分开了。

刘宣向马一涵挥了挥手，刚回过头，马一涵奔上前，从后面抱住刘宣。"以后！我……我随时都会来看你的！必须给我随叫随到，听到嘛！"

"嗯，一定。"刘宣勉强挤着笑容。

纵有千般万般不舍，马一涵最终还是放开了。

望着车驶离了小区，马一涵顿时心里有一种极大的落差感，扶着墙轻轻抽噎起来。

其实她明白，如今的世界，危机越来越大了，为了全人类的命运，她必须放手。

可是，战争里，有多少人能活着回来呢？又有多少倾心的女子，为那个他孤独了一生……

"我一路向北，离开有你的季节……"

车上，刘宣用手机放着这首老歌，静静地看着这个陌生又熟悉的城市快速倒退成茫茫不着边际的田野。刘宣抿着嘴唇慢慢品着，这从未有过的情绪。

约莫三小时后，目的地到了。几人下车后，蒋将军、乔安、秦伟山和陈昊博士在一旁静静地等候他们走来。

作为如今军方重点保护对象，虽然不习惯，刘宣还是依照礼节依次和几人握手。见到蒋将军时，蒋将军称赞道："我们看了你和怪物战斗的视频，你真的是一名勇士！"

"嘻！可不是我，是我们。"刘宣欠身纠正了一下，想着若没有纳尔斯，也许自己还在大学里浑浑噩噩着呢。

"只可惜马一涵不能来，要不然，我也不希望你们分开。"

走在去适应新居住地的路上，安晓天抱歉道。

刘宣却是释然道："无所谓了！反正，就当是爱情的一段小插曲吧。谁知道这是不是对爱情忠诚度的一次考验呢？战争结束后，我就会到她身边。既然选择了带她走，天塌下来，我也不会放手。"

指挥室内

到了晚上，刘宣就接到了第一个召集令。

大屏幕上，正显示着爆炸当天墓地的监控录像。只见爆炸后，谢卫忠的肉体逐渐消失，变得云化。等他醒来时，门口出现四个怪人，看着他。

"你们有谁了解这四个人，跟我们讲一下呗。"蒋将军显然将话题抛向了刘宣。

这时，刘宣的两只眼睛亮了，纳尔斯切换到了主人格。

"我来吧。"纳尔斯说着，用手指一个个指过去。

"中间这位披着斗篷长着刺角的是他们的首领，叫修煞。他拥有及其稀有的基因，擅长使用电系法文术，还精通我们月球的各类实战技巧，内质人里只有三个一阶领军级战将，他就是其中之一；左边这位是纵影者，女性。她很神秘，神秘到就连友军也没人知道她的真名，修习过幻系法文术的她，能控制他人和自己的影子，对他人进行攻击、挟持，精通各类匕首、短剑，每一种武器，每一种炸药，她都了如指掌，名副其实的'特工女王'。"

"嗯……听上去很不妙。"秦伟山吐槽道。

"左边第二位，伽德，人送绰号'破碎者'，身形巨大，他的家族成员天生就皮糙肉厚，而作为新生代的他不仅抗打，还拥有极强的破坏力和作战能力，是内质人重甲兵军种的总指挥；右边这位，大眼黄骷髅，叫埃克顿，别称'雷眼'，全身生来就拥有浅黄色的坚硬外骨骼，曾也是重甲兵总指挥，但是自己弊端太明显，被伽德取而代之。"

"不过，这家伙倒有一点很突出，就是枪法了得，擅长狙击。"

"吼？擅长狙击？"乔安抱着双臂，笑道，"有意思。"

"加上这可怜的家伙，他们已经有五个人了，而我们算上安晓天总共才四个人……"秦伟山说。

"喂，什么叫加上我才四个人？"安晓天有些不满。

"因为你的装甲不是坏了嘛，你不穿上装甲，就是一个普通的特种兵呀！"秦伟山说。

"嗯……其实他可以穿上黑鹰装甲，但是每次穿上装甲，他都要经历一次很痛苦的神经交互，还不一定成功。"陈博士解释道。

"所以现在最迫切的，就是让晓天恢复战斗力。"纳尔斯说。

众人纷纷点头表示赞同。

“这样，晓天，你带我去装甲那边，我应该能帮你调整好。”

“可是……”安晓天有些吞吞吐吐，“我不想让黑鹰成为我的第二代装甲，只想让它……成为摆设。你懂的，感情问题。”

纳尔斯理解地点点头。

“那你报废的装甲还在吗？”纳尔斯问，“我需要一位助手与我合作。十八日内，我必还你一套更好的全新装甲。”

主战舰内

因为扫墓人的腐蚀性，这场手术做得有惊无险。扫墓人的头颅换上了合金头骨，再一次拥有了一颗完整的头。“嗯，挺好看的。”修煞笑着说，“以后，你就不用担心被射中头了。”

“很感谢你对我的照顾，”扫墓人对修煞说，“但有几点，我必须向你问清楚。”

“请讲。”

“纳尔斯说，你们在利用我，这是真的吗？”

“你相信我们还是他？”

“……你们”

“那不就好了。”修煞转过身，“不是我们利用你，是我们需要你。”

“那他埋下那颗炸弹的动机又是什么呢？”

“这个……”修煞想了想，“我们本来是想去墓地里提取磷元素以供我们战舰使用。也许他猜到了我们的动机，所以才埋下的吧。”

“这个理由很牵强。”扫墓人说。

“但我们确实救了你！”修煞走到他面前，“既然都成现实了，你还纠结这些干什么呢？你只要记住，配合我们抓住纳尔斯，你想留在地球还是随我们远征都是你的自由了！你还担心什么呢！”

扫墓人沉默了。

“哦对，我们十天后将有一场行动，你来吗？”

“什么行动？”

“猎捕计划，有兴趣吗？到时候，我们将飞往他们的老巢。”

扫墓人犹豫了。

“计划成功，我们就放任你自由。”

“来。”扫墓人冷冷地笑了一声。

28.“让我一挑三是吧？”

夏天的深夜里，寂静已经不能拿来形容现在的环境了，悄悄落地的香樟树果实，被风扯下的声音都是那么嘹亮。

“啪嗒！”

机警的纳尔斯立马停下了手里的解码工作，微微朝窗口瞥了瞥，确认没事后，又继续埋下头。

“啊喂！”现在作为副人格的刘宣在心里喊话道，似乎有些不耐烦又很心痛。

“我说了多少遍啦，纳尔斯，放宽心吧，这里不是你们的月球战场了。你很安全，没必要这么紧张，好吗？”

“我……”纳尔斯不知怎么解释自己的感情——他明知暂时现在安全了，可是长年战争给他留下的反射弧，简直跟最基础的膝跳反射般一样，各种细微声响都会让他情不自禁地想召唤时空武器库，应对脑海里一切可能的袭击。

“有些伤不是说愈合就能愈合的，宣。痛苦，总比快乐来得深刻。”

嘴里的词语，完全承载不了纳尔斯心里的苦涩。他轻轻叹了口气，继续凭借自己的所学知识编辑着解密用数据钥。

基地里的人都已经沉沉进入了梦乡，只有哨兵瞭望塔的塔灯还在四处张望。但在基地深处的生活区里，这扇亮着灯的窗户里，依旧时不时传来滴滴答答的声音。

埋头工作的纳尔斯甚至都没抬手拿起过九个小时前抱到生活室里的盒饭，为了节约时间，纳尔斯只顾着喝果汁饮料，导致现在想换个地儿踩着，都有可能踩到遍地都是的 AD 钙奶。

“我说……要不要再去拿点 AD 钙奶？草莓味的？”刘宣百无聊赖地用意识眼望向门口最后一袋子草莓味 AD 钙奶，在心里打了个哈欠。

这一大坨看不懂的符号刘宣已经看得要吐了，可纳尔斯还在操作个不停。

现在是凌晨 4 点，他们从 11 点开始搞，已经搞了 5 个小时了。

见纳尔斯根本不搭理自己，刘宣显然有些不耐烦了："解开个武器库有这么难吗？我想好歹咱也睡个觉吧？"

"我的父亲为了防止武器库被间谍盗用，设置了很复杂的系统算法。他知道我迟早有一天会用得上，所以还在我小时候就告诉了我这个武器库的解密流程，我一直随身带着。如今……"

更让刘宣气恼的是，纳尔斯说的话完全就是牛头不对马嘴，不过，他却十分自信地敲下了最后一个符号。

"终于有用武之地了。"

如同一声号令，展开的时空洞里，海浪般的结界向四周消散开去，一面墙逐渐浮现出来，上面挂着更多刘宣从未接触过的武器……

"诶？"刘宣到现在还是无法理解，为什么摆成人形就能在战场中随叫随到。

二阶时空武器库里的武器，依旧是摆成了一个人形，但花里胡哨的装备里，两边手的位置上居然摆着一副看上去和战斗毫无关系甚至看似乎根本没有杀伤力的幽蓝色荧光手套。

不过刘宣相信，绝对不能以貌取物。看上去越是低调的东西，恐怕越有潜力。"这是什么？"

抱着这个观念，刘宣指着手套问纳尔斯。

"第一次见面，是不是也觉得这小东西不起眼？"纳尔斯似乎很满意，也料到刘宣会对这副手套感到惊奇。"这系列的手套，其实是我在母星战场上作战用的核心武器，这一副是我父亲为我留下备用的，爱称为——天创套。"

"爱称？"刘宣立刻感觉到了这武器在纳尔斯心中的地位，"这武器估计很厉害吧？"

"哈，何止是厉害。"纳尔斯情不自禁地伸出手想去抚摸，无比动情地望着天创套。

"这小东西，辅佐我父亲守护我们的家园足足有两百年了……整个星球的法文术和军事科技的精华，全都浓缩在了两副手套里……哦，对了。"

"母星战场上，我用的那个名称为天灵套，可惜在麦赛达首都保卫战里，因为被敌人的刺客植入毁灭性病毒而报废了。它可是由月球最核心的星球金属打造而成，极强的能量吸纳能力，可以容纳巨额宇宙能并瞬间打出！你是不知道……"

"等等，你先解释一下什么叫宇宙能？"见纳尔斯越讲越兴奋，越讲自己越听不懂了，刘宣立刻叫停。

"宇宙能在我们眼中的定义，就是宇宙中的暗物质放射出的能量波动与正空间内伽马射线相融合，最终形成的形如震荡波的能量态……"

"暗物质？"刘宣很是惊讶，他身为理工科大学生，对这东西也有所耳闻，"暗物质不是无法捕捉吗？"

"那是因为，你们关于宇宙的基础理论认知还没达到支撑实践的能力。"纳尔斯解释道，"宇宙的九成形态，都是以暗物质为基础构成的。但依靠维度和时空扭曲的局限，暗物质可以将自己封锁在构建宏观宇宙用的四维及其以上空间，而我们作为三维生物，当然无法用三维的科技捕捉它们……"

"你是说，这副手套不是三维世界的科技？"刘宣瞬间对天创套肃然起敬。

"嗯……没那么夸张，我的意思是，天创套的聚能原理，其实借鉴了黑洞，再兼之以我们的量子无限缩容科技，想在空间中抽取暗能量也不是不可能。"

"天呐……"刘宣听着，突然有种望洋兴叹的惆怅。

"暗物质能量本身其实没什么立竿见影的伤害，说白了，它最多做到扭曲物体与空间，而混合伽马射线后，它瞬时的威力才会以指数级增加，一秒内，只要暴露在宇宙能中的普通人体都会消失殆尽。这也是为什么我青睐之的原因。"纳尔斯说。

"可是，这样不会对自己造成什么影响吗？"刘宣越听越来了兴趣，好奇地追问道。

"好问题，所以我伟大的先辈们选择用月球核心金属打造天创套的原因。任何星球的核心部分都是最初暴露在宇宙之中的，经过人工属性调整后，其辐射性已经大大降低了，但确实会对手造成一些不好的影响，所以一般我不会过多发挥天创套的真实能力。"

纳尔斯走上前，取下天创套，说："宝贝，终于轮到你上场了。"

他轻轻抚摸着冰冷的手套，浅浅勾出一丝微笑后，将天创套小心翼翼地放了回去。

第二天

上午刚和秦伟山练完，午饭都来不及吃的安晓天一路小跑到陈博士的居住房间门口，迫不及待地想询问"烈鹰"装甲的修复工程的进展。这是纳尔斯承诺后的第十四天了，满怀期待的安晓天爬上楼梯，站在门前，尽量调整自己的呼吸。

安晓天可是做梦都想看到烈鹰装甲修复后的样子啊！但他又不敢直接问刘宣，听说他俩那边也在搞什么东西，抱着盒饭一进门就不出来的那种。安晓天生怕自己突然造访会影响到纳尔斯。

最后，他想起纳尔斯选定的助手陈昊博士，希望能从陈博士口中得到一些消息。

"咚咚咚。"

"请问……"

话还没说完呢，满脸疲倦和忧郁的陈昊博士就拉开了门，好像猜到安晓天会来一样。

"啊……"

陈博士满脸胡茬的样子，不禁让安晓天吓了一跳，他有点后悔来见陈博士了。

两人坐下，陈博士突然想起没给安晓天倒水，一拍脑袋，起身想去厨房，立刻被安晓天赶紧叫住。"没事没事！您都这么累了，没必要，没必要！就当过来陪您散散心，我们坐下聊一会儿就好，就一会儿会，我马上走。"

"你是来问关于'烈鹰'装甲的事的吧。"陈博士看着安晓天。"呃，是……研究哪里遇到困难了？让您这么不高兴？"安晓天胆战惊心地凑上脸去。

结果，就好像触发了什么开关一样，陈博士突然滔滔不绝地开始抱怨，似乎他终于找到了一个可以倾诉的人——"没什么障碍！一切都很顺利，但最让我不满的是什么，那个纳尔斯全程只让我给他端茶送水、递工具、查资料！我堂堂一个国家特级科学家，什么时候竟然要这样看着别人搞科研自己晾在一边干瞪眼？他就没有一点对人才的尊重啊！难道外星人都这样？前几天，我们从早上一直干到深夜，他除了让我看看资料，其他什么都不让我干！你说我能不生气吗？我就在旁边傻站着看他工作到凌晨三四点，我站着都快睡着了！啥都不让我干，还叫我在旁边等着，几个意思嘛！我还不如去睡觉啊真的是……哎哟现在更离谱了，自己关在门里还不出来了，真是牛死他了！唉！"

陈博士的怨言让安晓天听着也是哭笑不得——把一个科研大师当成小二唤来唤去，这说来是有点过分了。

安晓天打住了陈博士的抱怨："好好好，我这就去替您说说，放心，我的话他俩应该听得进去。"

按陈博士的意思，"烈鹰"装甲的工程就要完工了，安晓天有些兴奋地来到实验室门前。

"刘宣他俩在捣鼓别的，现在肯定没人。"断定后，安晓天插上陈博士给的钥匙，推门而入。

实验室里，地上洒满了各种工具和踩满鞋印的资料图纸。而让安晓天大吃一惊的是，刘宣居然坐在实验室的角落里。

因为昨夜一宿没睡，现在的刘宣正坐在地上，靠着墙壁呼呼大睡着。旁边的水壶甚至还烧着水，老早就在疯狂冒烟了。

安晓天见状，三两步跨上前，拔下电热水壶的充电线，正犹豫着要不要叫醒刘宣，刘宣自己却突然醒了。

"唔？晓天？你怎么……来了呀。"刘宣赶紧起身。

"你最近睡过觉吗？"安晓天俯下身按住想起来的刘宣，心疼得嘴巴都撅起来了，四处张望着寻找可以盖的东西，柔声询问道。

刘宣点点头："睡啦，放心……咳！还不是为了你啊，晓天。你的装甲已经完成了，最大的亮点……就是……你可以将你的变异电流用于战斗了……"

头晕脑胀的剧痛让刘宣双眼一黑，扶着桌台还差点将头撞上去。

"你别动了，啊。实在对不起……你太累了。"安晓天叹息道。

"应该的。"刘宣闭着眼说道，"晓天，二十多年的时光里，你一直都是以大哥的身份保护我。现在我想，有了纳尔斯以后……我也能保护你了。"

听到这话，安晓天鼻尖一酸，突然将脸侧向一边，手臂猛地抹了下鼻子。

"你说，我的变异电流也可以当武器用了？"

"对，你可以通过调节烈鹰装甲的附身电阻阻值来控制变异电流……我不行了，我要睡会。"

"啊好，你要不换个地方睡？"安晓天问道，见刘宣摆摆手就再次闭上眼睛，他也不敢再打扰了，立刻转身出门而去。

然而，没等安晓天离开多久，早就在实验室里憋坏的刘宣立刻起身，拖着疲惫的身躯走下楼，朝基地门口而去。

太久了，作为一个农村里长大的孩子，那种只有自然景物才能治愈的感觉，他太久没有了。

一人走进山林里，刘宣仔细聆听着黄鹂的叽喳，树叶随风舞动，阳光透过枝丫的间隙落在刘宣的脸上，他试着用手指挡住阳光，透过指间间隙，能看见一只松鼠正往上爬着……

这些风景，让刘宣有一种回家的感觉。回想起于爱人马一涵在一起的曾经，止不住思念再次开始翻涌。他找了个石头坐下，呆呆地望着地上的蚂蚁出神。

"真美的景色。"纳尔斯在心里感叹道。

这一切，都让他想起从前在皇室花园里的时光。美好却不复返的酸楚，最后都凝结在了这一句漫不经心的感慨中。

"是啊。"记忆里那童年的乡村，也随着斑驳的树影跃入属于刘宣的记忆版块里，两个灵魂，现在都在回忆曾经，毕竟有些疲乏与冷酷，只要洒上一层泛黄的霜，便能安抚自己很多。

然而，刘宣只是享受着阳光，丝毫没有察觉到，影子的异样。而已经成本能性警觉的纳尔斯，似乎察觉到了什么，这才坐下几分钟，回忆立刻被收起。

"小心！"

然而，纳尔斯刚警告刘宣，他俩的影子瞬间分裂成两半，如藤蔓般生长起来，将刘宣的手死死缠住！

伴随着刘宣如梦初醒的慌乱，纳尔斯赶紧切换到主人格，准备迎战。

是纵影者！但此时蓝面侠已经动弹不得，如果没有推进器，很难挣脱开纵影者的束缚，但是推进器还在武器库充能，不到万不得已，纳尔斯不想拿出来用。

而且，可不是只有这一种方法。

情急之下，还没熟悉过的蓝面侠果断召唤出了天创套。

时空洞在天上打开，伽德从天而降，一拳直朝蓝面侠砸来！

但，天创套真如纳尔斯说的那般神奇，有了天创套加持，蓝面侠猛地一用力，居然轻松挣开了影子的束缚！没有蓄力的情况下，蓝面侠一拳轰出！"乓"的一声，竟然接住了伽德的厚重铁拳！

伽德的拳头可是连修煞都有所顾忌的！

不过巨大的冲击力还是逼得蓝面侠向后一个翻滚。等他半跪在地上抬起头，感觉身后又有凛冽的杀意袭来！蓝面侠回头一瞥，立即召唤出粒子盾，挡住了扫墓人挥将下来的镰刀，顺势借力侧滚回一边。

纵影者、扫墓人谢卫忠、破碎者伽德，三人紧紧将蓝面侠围在中央，步步逼近。

"让我一挑三是吧？"

瞬间就来劲的蓝面侠抽出二阶武器库里的新武器激光长弯刀，双手握于耳侧。

"我乐意奉陪。"

29."你们还不配做我的对手。"

"好久不见，纳尔斯。不知在瓦姆勒逃窜的日子里，武力是否有些许长进？"伽德说。

"比你强。"

双灵魂同时操纵躯体，可以让身体的环境观察力与大脑判断力得到大幅提升。单片纳米战术分析目镜在刘宣控制的右眼前迅速生成，为迎战的纳尔斯提供准备提供实时环境分析。

举起激光长弯刀的纳尔斯重新送了送手指，捏在刀柄上，不动声色地警惕着三.人的一举一动，随时准备格斗。

见蓝面侠没有任何想要主动进攻的意思，为了配合另外两位战将，分散蓝面侠的注意力，决定主动出击的纵影者还想故伎重施，双手运起，操纵着影子想捆住蓝面侠！

然而，纳尔斯何等反应？速度堪比初射子弹的幽灵影刚从地上拧着身子充满他近在咫尺的视线，蓝面侠神速劈刀，侧斩而下，一刀砍断！

两个领军级战将和一个死神围攻自己，在地面缠斗，时间越久对自己越不利。身为全才武者，纳尔斯当然不会想不到这一点。

"必须争取更大的作战空间！"

想着，背部的轻氦变推进器立刻从时空武器库中被召唤出来，在纵影者的下一波束缚到来前爆鸣升空，成功摆脱了围剿圈。

"我说你们有点操之过急了吧？拉上一个无辜人类，就觉得能找机会解决我了？"纳尔斯很是不屑地低头望着草地上傻呆呆站着的三人，无奈地努努嘴，"说句实话，修煞不来，我都觉得没意思。"

这话，瞬间就让烈火在破碎者迦德的心里"噼啪"乱烧啊："不过是个刚掌权就看着国家覆亡的年轻废物，你能有什么能耐？"

"呵哟。"纳尔斯一听，抱起双臂，"迦德，你不会是刚从敀萨那边调过来的吧？我问问你，我这年纪的时候你在干嘛呢？恐怕还在因为自己长这么大一坨而感到苦恼吧？几百年了，不如我这活了才一百年的年轻人，我能有什么能耐？对吧？"

"纳尔斯，激光发射器后仓储能完毕了。"刘宣提醒道。

纳尔斯就在等这句话。

这一顿垃圾话输出，可真是把迦德气得直跺脚，可来不及等这中老年人凑句子，蓝面侠已经切换出激光发射器，突然浮现在手臂上的微型炮口被精确抬起，锁定目标后，直朝纵影者射去！

擅长偷袭与突击的纵影者，其实是蓝面侠在地面作战需要考虑的最大威胁，在这种高度集中的战斗中，稍微不留神就有可能被她一刀封喉。所以，如果要夺回地面作战主动权，蓝面侠第一个想解决的目标就是这个曾经潜入宫内刺杀父王的终极刺客纵影者。

但不愧是放萨放心调遣来的大将，在蓝面侠手臂上出现时空波纹的瞬间，看上去很笨重的破碎者已经箭步冲上！

"滋啦——"

令人牙酸的声音响起，破碎者直接用自己身上的正面装甲硬生生抗下了激光，将纵影者护在身后。格挡之余，一桶火箭弹从破碎者粗大的手臂装甲中滚滑而出，顷刻间，五六颗火箭弹如暴风雨般向天上的蓝面侠袭来！

一颗火箭弹的话，这个距离蓝面侠想避开其实绰绰有余，但这五六颗火箭弹几乎完全封锁住了蓝面侠的躲避路线。情急之下，蓝面侠还是想着放手一搏，向旁边侧身规避，同时躲开了两颗火箭弹！

可即便是这样的身法，左下方的弹身还是磨蹭到了机翼！虽然没有爆炸，但是高速的摩擦依旧将机翼给直接撕了下来！

失去平衡的蓝面侠一个不稳，被迫调整轨道，朝着不远处的空地上摔去。

"额！"

在地上打了几个滚后，蓝面侠赶紧一个鲤鱼打挺起身。

果不其然，三人的速度不比自己慢——纵影者已经从树上落了下来，收拢的手指猛然发力，旁边几棵树的影子霎时就扭曲起来，缠绕在了蓝面侠身上，而且这次，是死死将他戴着天创套的双手五指向后掰，不让他合掌的同时，将其压倒在地。

好机会！瞅准时机的扫墓人浮着乌云冲上，镰刀的寒芒凝成一线直向蓝面侠刺去……

“要活的！”

想起之前敫萨大帝的话，破碎者赶紧挥手大喊。然而他并不知道，在修煞来到地球后，大帝的想法已经变了。

“事真多。”扫墓人摁住了手上的镰刀，用乌云般的手在蓝面侠的脸上拂了一下。

只是轻轻拂过去一下，一种疲乏感与无力感瞬间就充斥着蓝面侠全身，两眼发黑的他努力控制着逐渐抽搐的四肢，试图用毅力让自己保持最大化的清醒。

“记住这个向命运索取代价的名字——扫墓人。”以为这样任务就完成了，扫墓人不以为然地凑了上去，在蓝面侠耳边低吟道。

虽然说不出话，但从蓝面侠的表情上就明显看得出来，扫墓人低估他们了。

“纳尔斯！强心剂已注入！”

被强制昏迷的是纳尔斯，不是刘宣。

“额……”纳尔斯努力眨巴着眼睛，让自己保持清醒……

“纳尔斯！镰刀在头顶呢！”

这话直接让纳尔斯如同被噩梦吓醒了一般，他那边的月光色眼突然恢复了颜色，侧目瞥了眼天创套。

纳尔斯明白，手上戴着的天创套是二阶武器库里能对付扫墓人这种死神唯一有效的武器。

“还有希望！”

咬紧牙关的纳尔斯一声怒吼，在四肢逐渐恢复的情况下，集全身力量于一拳，猛然爆轰而出！

随着拳头薫出，天创套里早已积蓄起的能量立刻化成惊涛骇浪，飓风般将扫墓人那黑压压的云状身体吹起，甚至将其扭曲变了形。

“额唔！啊——”

浑身的扭曲如粉碎性骨折了一般，扫墓人痛得扔下镰刀，抱住身子失声惨叫起来。

蓝面人无奈地晃晃头，两拳砸开了影子结界，跟跟跄跄地站起身。

他知道这是个完全不应该掺和进来的无辜百姓，被利用成这个样子……

纳尔斯对他其实还是对他的回头抱有一丝侥幸。

纵影者见状，还是没有选择和蓝面侠正面交锋，操纵着另一个影子朝他扑来！

这下蓝面侠反应极快，举起手时，已经召唤出等离子手炮，一炮将影子炸开。

然而，影子后面，是向他冲来的破碎者。

"啊！"

这么大一个人肉铁堡垒朝自己撞来，蓝面侠也是大吃一惊，赶紧抬起戴着天创套的手，剧烈的麻木感立刻遍布两只手臂，他才勉强把住了破碎者向他冲来的铁拳。

推这么个普通身体，对破碎者来说毫无压力可言，一声轻蔑的冷哼，再次将手掌压下去，想把他挤在后面的石壁上。

真要让破碎者把自己压在山体上的话，自己就很难逃脱了。可是单兵武器根本对迦德的装甲造成不了任何威胁，而此时的天创套无法合拢，发挥不了任何用处。

十万火急之下，蓝面侠想起了二阶武器库里的一个专门对付装甲目标的武器，

"刘宣，那个叫'崩裂'的火箭弹有库存吗！"纳尔斯问道。

"啊……"刘宣的眼睛疯狂搜寻着武器信息表。

"有两枚！"

"够了！"

得到信息的纳尔斯立刻召唤出二阶武器库里的"崩裂"式火箭炮，将其背在肩上，随着蓝面侠的意志指令下达，两枚火箭炮轰鸣飞出，升天后落下，向破碎者炸来！

"轰！""轰！"

"唔呃！"

两声巨响，破碎者肩上两边的装甲被炸得支离破碎，肩上血肉模糊的他一个踉跄。

这可是高威力炸弹，可以轻松将方圆十五米内的重甲兵炸得粉碎。更何况，纳尔斯是对着在可攻击范围内迦德身上最薄弱的装甲覆盖区域轰炸的。

破碎者退后两步，痛苦地捂着肩膀，蓝面侠在爆炸前的一瞬间挣开了破碎者的手，脚后跟正好就抵在了山体上，他立刻双臂环抱头顶，蜷缩起来，

将爆炸产生的冲击降低至了最低。

这时，扫墓人伺机而动，拖着乌云从蓝面侠身侧袭来！

"啊——"

看着狂叫着朝自己扑来的扫墓人，蓝面侠看上去非常平静——

"我一直都想放过你，可你是铁了心要跟我横啊……"蓝面侠叹息道。

镰刀的光泽越来越亮眼了，蓝面侠只是缓缓地将双臂张开，天创套开始蓄力，好像要拥扫墓人入怀一般……

眼看着扫墓人已经来到眼前，跳起一刀就挥将下去……

这一次，蓝面侠再无犹豫，双手猛地合并！强大的伽马暗能量波犹如一阵迅猛的狂浪冲向扫墓人，将他全身都紧紧包裹了起来。

还没等扫墓人反应过来，他的身体瞬间被吹得扭曲、变形，更甚之前。

最后，消逝。

"不——"

在强劲的能量波的攻击下，扫墓人的身体宛如被风吹跑的垃圾一般散开，最后，那颗骷髅头也随着风一起，带着谢伟忠病态的遗憾，离开了对他而言苦难的世间。

"我不想对你动手的。"蓝面侠松开紧扣的手指，低下头，愧疚、同情、后悔……各种心情堆叠在一起，无法言表的沉重让纳尔斯感到很是失落。

"你……也不过是一个被全世界的感情都抛弃的人罢了。"

可这就是战争。

战斗还在继续！

见扫墓人已死，不知何时出现的纵影者再也不担任队伍里的辅助角色了。她猛地从树上落下，掏出光弧匕首直割向蓝面侠的喉咙！

但已经肌肉记忆的蓝面侠立刻抬手，用激光长弯刀轻松架住她的匕首。

"心软，就会死。就像你的父亲一样。"

盯着蓝面侠无神的瞳孔，纵影者刻意将匕首往前压了下，凑上脸激将道。

她好像将成功刺杀纳尔斯的父亲当成了她一生的荣耀。

但这句话，可真让纳尔斯勃然大怒了。认真起来的他猛然发力，一刀弹开了纵影者架着的匕首，随后毫不留情地一头撞了上去！

"啊！"

这一撞，差点没把纵影者的脑震荡给震出来。她捂着脑袋，向后退去。

"我可是在给你机会打赢我啊，女士！但我给你机会你也不中用啊！"蓝面侠大步上前，跃起一个月牙横劈落了下去。

但毕竟是内质人第一刺客，在如此剧烈的疼痛下，纵影者还是抬起匕首挡住了这一横劈，同时自己顺势向左一个翻滚，稳住身子后，抠在草地里的手指后不知何时多出了一把匕首。

除非真的是自己没有把握的战斗，纵影者绝不会拔出绑在腿边的第二把光弧匕首。可是对这位内质人最强刺客而言，能让自己都没把握的战斗能有几场呢？活到现在，自己掰手指都掰得过来。

可是面前这位拥有两个灵魂的身躯，居然让她感觉有些吃力了！这两个灵魂的岁数加起来还不如自己活得久啊！

见纵影者拿出一副决一死战的气势，蓝面侠也再不心慈手软。如果说他之前在防水，那么从杀了扫墓人开始，纳尔斯就彻底狠下心了。

谁也不服谁的两人立即挥刀在一起，光刀碰撞的爆闪中，两人不知不觉间已经战了数十个回合而不分上下。

尽管纵影者刀术精湛，就连刹神者攽萨大帝都一度赞叹并认可，可是单挑起如今的蓝面侠，依旧是难分胜负。破碎者见两人缠斗不分，企图上去支援，怎料蓝面侠在战斗中还在留意着自己，在如此高强度的战斗中，竟然还能抓住空隙，将手中的粒子盾像回旋镖掷出，精准命中了破碎者的额头。

破碎者哪里想到还有这一招，毫无防备的他应声倒地，一时半会是起不来了。

见久攻不下，蓝面侠故意卖了个破绽，架空了一刀。

高手过招，就是谁先看出对手转瞬即逝的破绽并利用之，将其击破。深谙此道的纵影者哪会放弃这一丝机会？立即凌空跃起，一个双刀回旋就朝着蓝面侠的天灵盖削去！

但这怎么不是蓝面侠的意料之内呢？纳尔斯操控这身体向下压去，看着刀锋从刘宣那边的战术分析目镜前划了过去。

但这只是第一刀。

转过身的纵影者立刻补上第二刀，左侧袭来的刀锋直逼蓝面侠的脖子！

在这种生死关头，天赋过人的纳尔斯接下来这个操作，可真是给这位顶尖传统刺客好好上了一课。

只见蓝面侠右手撑着地，早已蓄能的天创套立即在地上爆发出宇宙能，巨大的爆发力将蓝面侠的上半身瞬闪到了一边！

同时别忘了，纳尔斯是一个会法文术的超级战士——天创套爆发出的推进力，其实不够自己躲开纵影者反握的刀锋。早有准备的纳尔斯在第一刀挥下来之前，就已经在心里默念好了基础法文，在脖子的正面生成了一个极小的结界！

自己凭感觉都知道能割到的距离，而纵影者愣是看着自己的刀锋被一种结界给挡开了！

借着向左的惯性，蓝面侠一个右膝顶迎上，直接踢中了纵影者转身后完全暴露的腹部。

“咳呕——”这下，纵影者只能躺在旁边的草地上了。

趁着她还没起来，为了抓住机会，蓝面侠根本不打算站起来，坐起的同时切出等离子手炮，面对这个灭门无数的杀父仇敌，纳尔斯毫不留情地一炮轰了过去。

“你们还不配我做的对手。”

因为自己已经筋疲力尽了，蓝面侠甚至举起的手炮都没有瞄准，离子炮炸在了纵影者的腰部，并没有太致命。

刘宣这副身躯的体力可以说已经完全透支了，无心再恋战的蓝面侠转过身，想离开现场。

“咚！”

“咚！咚！”

身后传来的剧烈脚步声，却逼得蓝面侠不得不回头，可是，再无力气招架的他，被破碎者一拳击飞了出去！

“吼啊——”

破碎者迦德已经彻底暴怒了！

刚从树干上滑落的蓝面侠再次被抓起，被破碎者猛地砸在地上！

一拳、两拳、三拳……

本身就已经精疲力竭的蓝面侠，根本毫无还手之力。眼看着破碎者两手合并就想终结自己，眼神已经开始迷离的蓝面侠居然微笑起来，释怀地合上了眼睛……

“嗡隆！”

远处天穹上，一道激光束直刺而下，照射在了破碎者的胸甲上。可狂暴的破碎者硬扛着激光，抬起头，对着天边暴怒长啸起来。

"'烈鹰'已发现目标，重复，已发现目标！"

"烈鹰"装甲背部的两部盒式发射器中，密密麻麻的导弹头冒了出来，随后十几枚"狼蛛"微型导弹倾泻而出，全部精准地打击在破碎者身上，没有一颗导弹落到地上伤到蓝面侠的。

这一炸，倒是让破碎者清醒了好多，他只得转身用背甲迎接火炮。

飞到近前，两机翼间的战剑槽解锁，烈鹰侠从身后抽出战剑，挥起一剑斩落了破碎者胸前的一块装甲。

"放过我兄弟，我还你一条性命！在我们的国土上，你别想着能胡作非为！"

翻滚落地后的烈鹰侠将战剑猛插在了草地上，抬起头与这个外星大块头对视着。一旁矗立着的战剑，似乎在宣示主权。

正想着朝他吼几声，身后的脚步声又引起了迦德的警觉。回头一看，梦魇和神拳也率领救援部队将破碎者团团围住。

自知双拳难敌四手，最终迦德抱起奄奄一息的纵影者，打开时空门消失在了重重包围中。

主战舰内

"怎么回事？！"修煞看着纵影者重伤的样子，既愤怒又心疼，这可是他的一员大将啊，如果救回来还好说，但若死了……

"死神……也被蓝面侠杀死了。"伽德送走医疗队，沉重地对修煞说。

修煞更加震怒了："你们到底有什么用？！三个人围猎纳尔斯还打不过吗？啊！"

"纳尔斯已经解锁了二阶时空武器库，这和我来之前得到的消息不符。"伽德尽力辩解道，"寄居在库姆勒人体内，却只用了两个月的时间完成解锁程序，这远远超过了我预估的速度，现在纳尔斯拥有了与天灵套一样的手套，战斗力不容小觑。我甚至感觉，纳尔斯找回了当年他父亲带领内心人大杀四方的气势……"

"不可能！"修煞大手一挥，很不爽地皱起眉。一想起自己被内心人驱逐出境的日子，他就极其愤怒。

"修煞大人，恐怕……您再不出手，大帝的整个星域的军力布局都要做出变动了。若真如此……"迦德摊着手，欲言又止。

平复许久后，缓过来的修煞慢慢吐道：“战舰现在离他们不远，传令下去，休整十几天，择个夜幕，全军出击！我可丢不起咱们方面军的脸！”

“还有！”

修煞转过身。

“所有得令将士，谁都不准动纳尔斯！我修煞，要亲自，亲手，解决他！”

军事基地内

“他怎么样了？”乔安和秦伟山走过来，问安晓天。

“呼……还好赶到的及时，刘宣身体好像没什么大碍……”

望着昏迷不醒的刘宣，安晓天还是百思不得其解——刘宣只是普通人，被这么个大块头猛砸这么多下，不死也是半个残废了吧？但是给他做了下接骨手术和微创手术后，他的身体指标都趋于稳定了……

“难道，纳尔斯还能强化刘宣的身体机能强度？”安晓天暗暗佩服道。

“离我们基地这么近，都被埋伏了，他们绝对在打我们的主意。”秦伟山托着腮说道。

“实话。”乔安赞同道。

透过玻璃窗，安晓天既能望见熟睡的刘宣，也能看见锁眉沉思的自己。

他有一种预感：一场决战，怕是在所难免了。

也许下个月，也许下个星期，下一天，也或许是，下一秒。

30."得先解决掉他！"

摇曳的枝叶不停地切割着路灯灯光，光亮时昏时闪，透过窗户，在少年的脸上晃动着。

军事基地的病床上，昏昏沉沉的刘宣拉了拉被子，侧着脸避开月光，还想翻个身继续睡。

"喂！"

"唔呃啊！"刘宣还以为大半夜的有人潜进来了，瞬间撑开的血丝间，眼珠子四处扭动着，环视着这个房间一遍又一遍。

"呼……呼……你在说话？"刘宣将信将疑地问纳尔斯。

"昂。"纳尔斯故意抬高了声调，好像还挺骄傲。

刘宣如释重负，浑身一摊，重新黏回了床上。

"不是……你不睡觉，我要睡啊……能不能别在这种时候发出这么大的声音啊？"刘宣自言自语着，语气里满满的不爽。

"别睡了！"

"嘶——"刚合眼的刘宣猛地一个激灵，手心立马攥住被子气恼地往腿上拍了一下，"不是，你要干啥呀？"

"我需要用一下手表，赶紧的！"纳尔斯的口气非常坚决，刘宣感觉，他是非要不可了。

刘宣还想再挣扎一下，但是纳尔斯就好像知道他还要为自己的慵懒找借口，立刻抢在刘宣之前说道："你也不想想你睡了几天了啊？十天了啊喂！再躺着，咱们的身体都要发霉了！"

"好行行行……"刘宣只好挣扎着坐起来，拔掉了各种管子。

好不容易让平躺了好几天的刘宣坐了起来，纳尔斯第一件事就是人格上线，左眼亮起，翻开了戴在手腕上的机械表表盘。

"嘶……"

“怎么了？”刘宣这边一脸困惑——看着这复杂且根本不理解的一大串字符与能量指标，刘宣也只能这么“寒暄”了。

“快去提醒一下基地的人。”纳尔斯几乎是用命令的口气说道，“监测系统上的能量频率极其不稳定，他们在试着用材料置换技术来掩盖战舰的辐射强度。”

“什……什么意思？”刘宣有些结巴了。

“意思就是，修煞他们已经准备好了。”

合起机械表盘后，纳尔斯打开了时空武器库，站起身开始进行装备检查。

也就在今天，蒋将军接到一个来自 S 市市政府的电话。

“您好，S 市军事基地。”

“您好，请问您是蒋将军吗？”

“对，是我。请问您有什么事？”

“嗯……是这样的。”

这语气，让蒋将军立刻放下了手里的书。

“昨天，S 市市长接到了上级下达的批示，需要您基地里那个第二任驾驶员来市政府一趟。还请将军批准。”

蒋将军微微一笑，靠着椅背的他立刻坐了起来：“我说你，你以为你憋着个嗓子我就听不出来了？”

“哈哈哈……”办公室里，放下茶杯的 S 市的文市长也是会心一笑——他俩也算是老相识了。而且，两人都是向国家签署绝对保密协议的。

“行了，说说看，怎么突然要我这的人？”蒋将军也是长驱直入，问道。

“这还要原因吗？”文市长反问道。

“当然是特战队的事情。对于快速吸纳新队员这事，上面已经思虑很久了，现在是时候要明确目标了，懂吗？”

“呵呵呵。”

蒋将军温柔而坚定的笑声，每次都让文市长感到安心。

“懂了，老文。我马上就呼叫他，顺便，让他再带一个，你看行不？”

得到消息后，奉命前往 S 市市政府的安晓天和刘宣立即出发了。两人怀里一人抱着一盒盒饭，坐在车后座像小时候般互相嬉闹着，很难让人将他俩和“超级战士”这个称号联系起来。

其实，蒋将军心里非常忐忑不安，在办公室里来回踱着步。

不是担心文市长要给他们施加什么压力，而是他就单纯有一种预感——

今天要有不好的事发生。

"两位，到了。"

安晓天和刘宣同时下车，站在大理石铺成的路面上，望着国旗后庞大的 S 市行政中心出神。

"天呐，这么大吗？"刘宣跟在安晓天身后说道，"我们上哪找市长大人啊……"

"嘘！你……"安晓天赶紧回头捂住刘宣的嘴，机警的环望四周，小声提醒道，"你以为市长是你说见就见的？还好现在人少，要是有人听见，就怕出什么岔子！"

这时，被捂住嘴的刘宣支支吾吾的，用手指指向了安晓天身后。

"两位先生您好，请问，是文市长约见的人吗？"

履带摩擦地面的声音骤然消失了，一个全身淡蓝色的小机器人迎了上来，双手自然交叉在一起，垂在身体前。见安晓天转身，履带式迎宾商用机器人微微一个恰到好处的欠身，抬头含笑着望向两人。

"我是文市长专门派来为二位领路的智能管家轻柔，能开始的话，请允许我为二位引路。"

"吁。"刘宣瞥着两边回头投来的目光，弱弱地嘀咕了一句安晓天，"咱就说，不想显眼也是显眼啊。"

市长办公室内，正襟危坐的文市长用手指叩着桌子，等候着。

"二位，到了。"

轻柔的机械女声在门外响起，很快，门铃响了一下。

"进来。"梁市长说着，又将自己的表情调整得更加严肃了一点。安晓天和刘宣先是在门口张望了一下，才敢踏进办公室。

"幸会幸会。"文市长立刻起身，走上前与两人一一握手。

第一次参加这种场合，刘宣心里也是一咯噔，伸出手的时候还在调整手指的角度。

"知道我为什么叫二位来吗？"

三人纷纷落座后，文市长问道。

"嗯……并不清楚。"安晓天如实回答道。

市长从办公桌下的密码箱里拿出一叠资料和一盘影像带，推给两人。

“都是知情人，并且二位都是特战队的，我也不隐瞒什么了。”

“知情人？”这下，安晓天顿时明白了，原来文市长也是签过机密保证协议的，难怪蒋将军这么放心两人过来。

望着有些愕然的两位，文市长继续说道。

“一个半月前，蝰蛇组织被捣毁，举国欢庆，但我想，知情者都知道，蝰蛇，只是幕后敌人的棋子，那所谓的外星文明，只是在拿蝰蛇对这个星球上最强大的文明进行一个摸底测试罢了。”

“随着上次全球信号被强制篡改，越来越多的猜忌与恐怖情绪已经升起。对我们来说，已经没有时间再去犹豫了，必须得采取行动。”

“是啊。”安晓天和刘宣蹙着眉，点头赞同道。

“在之前的各种大小战役中，上级看到了你们突出的实力，根据他们的明确批示，你们要找到另外一些异能者或者身怀绝技的人，我们想以绝密特战队为基础，成立一个联盟，以防不测！”

“还有其他异能人！”两人大惊。

如果不是月球人的到来，他们也不会成为异能人，但是他们一直以为自己的唯一的受害者，或者，幸运儿。

难道还有受到波折的人？还是有人比他们还要早？

完全有可能。

“没错，这个录像带里，记载了全国近期的几种怪事。资料里则记录的则是可疑相关人员的生平简介。你们的任务，就是找到他们并确认他们的身份，组成一个新联盟。”

军事基地内　晚上 7 点

天色将晚，此时正是军人们的夜跑时间。而秦伟山和乔安还在操场上悠闲地踏着步，望着喊声震天的操练方队。

“伟山，我得告诉你一个事情。”乔安开口道。

“嗯？怎么，看上哪个帅哥了？”秦伟山打趣道。

“去你丫的！”乔安一把推开嬉皮笑脸的秦伟山。

“最近接到了 D 市警方的任务，七天内，我得动身一下。”说着，乔安朝秦伟山扬起眉毛，“你可别跟之前那样，用摄像头偷窥我哦。”

“切。”秦伟山故作出不屑一顾的眼神，“你？你有什么好看的？”

“我……”乔安一听就不满意了，鼓起腮帮子，“老娘年轻的时候，可是选秀小姐诶！"说着，她还故意挺起蜂腰，瞪着秦伟山。

"哎哟——你有没有数过你跟我炫耀几次啦？嗯？"秦伟山居然还有些温柔了起来，"乔小笨笨？"

"啊？我可比你大啊喂！"这称呼来得太让乔安防不胜防了，心里瞬间泛起一阵嗡鸣的她气躁地一拳打在秦伟山的肩膀上。

"哈哈……乔小笨笨，你说那些月球人还会来吗？十几天过去了，啥事没有。我看，他们对我们也是有所忌惮的。"秦伟山摁住乔安挥来的拳头，岔开话题。

"不一定。"乔安放下手，"他们可能已经有了什么阴谋。现在是敌在暗处，我在明处。明枪易躲，暗箭难防。蒋将军要求全基地一直保持戒备状态不会错的。如果他们哪天突然出现，打我们一个措手不及，那我们就没机会了。"

秦伟山点点头，又问："哎，乔小笨笨，陈博士为你制造的智能头盔，还用得惯吧。"

"呃呀！"乔安不耐烦地跺起脚。这是第三个"乔小笨笨"了！

"都是奔三的人了，能不能别这么恶心嘛！就那玩意，凭我的实力，我想我实战估计都用不到呢。"

"哎哟，你好牛哦，乔小笨笨～哈哈。"

"秦傻狗子！"忍无可忍的乔安涨红着脸，一脚就狠狠踹在了秦伟山的腰上，而秦伟山只是"哎哟"一声，继续开朗大笑着。

然而，天上什么"嗡嗡"的巨大声响，让所有在操场上的士兵们纷纷张望了一眼。

"什么……"

乔安眼睛微眯起来，望着渐晚的天色，一阵不安油然而生。

在基地北侧的上空，隐约出现了一个战舰的轮廓，伴随着巨大的轰鸣声缓缓下降。

果然，纳尔斯担心的事情还是被预见成功了。

就是今天，内质人准备宣战了！

"他们是怎么绕过反隐身侦察的？"乔安有些难以置信，可事实就是，内质人战舰来了！

"快通知蒋将军，让所有地对空自卫火炮开机，基地进入战斗状态，快！”秦伟山撒腿就跑，招呼乔安的同时往特种武器室方向跑去。

主战舰内

“修煞大人，就是这里了。”

“蝼蚁。”

看着屏幕里人类基地地上开始仓促应战的士兵，修煞弹着手指间的电弧，轻蔑的鄙夷道。

接着，修煞接连按动了七个授权开关，战舰两边的钢甲大门展开去，气流顺着门口，滑进了战舰内已经跃跃欲试的士兵编队四周。

“非要我一鼓作气。”修煞咧着嘴，居然还有些无奈地摇摇头。

“埃克顿，启动舰载扭曲炮和星航用激光发射器！先给他们……洗洗澡。”

城区内

今天安晓天和刘宣运气特别不好。想着难得出来，就说服了专座司机，一起在外面搓了顿，结果吃完刚上路就堵车了。两人纳闷着坐在车里，看着天色越来越暗。

“刘宣，你有没有听到什么声音？”本来就担忧着的纳尔斯捕捉到了什么与城市声音完全不一样的动静，提醒道。

“晓天。”刘宣转身望向眯着眼养神的安晓天，“我好像也听到什么。”

安晓天睁开眼，顿了几秒，立即坐了起来，摇下车窗静静地侧耳倾听。

车流的喇叭声和轰鸣声也压不住远方传来的一阵一阵的爆炸声。

瞬间！安晓天脸色大变，他想起纳尔斯的十几天前的警告。

“我去穿上装甲。”安晓天立刻解锁后座，爬进了这辆超大型越野车的后备厢。为了以防万一，安晓天现在是有条件就带上装甲。

刘宣也想出发，但可惜他的推进器被迦德炸毁了。无奈，他只能叮嘱安晓天万事小心，眼巴巴地看着安晓天穿上装甲准备起飞。

“我就知道会出事。”纳尔斯心急如焚，在刘宣心中连连叹息着。

一声轰鸣！几分钟后，越野车的后备厢解锁开，在路上所有人惊愕的凝望中，一个红白色铁甲小子居然从后备厢里飞升起来，如同一颗巡航导弹般朝着远处的火光，划着曲线急速冲去！

“千万不要有事啊。”安晓天祈祷着，但越靠近，他越清晰地发现，基地已经被炸成了一片废墟和火海。

地上，自己的友军与内质人的军队隔着烧毁的断壁残垣对峙着。而作为开路先锋的破碎者从内质人部队里一脚跨出，巨大的身形挡着枪林弹雨，硬生生扛着子弹与火炮，在人类军阵中四处莽撞！

见有破碎者开路，内质人士兵顿时有了从掩体里冲出的勇气，随着他一路冲锋！人类士兵的阵脚逐渐慌乱起来，从天上俯瞰，内质人士兵正逐渐围成一个包围圈，情形十分严峻！

"这家伙？"想起那天差点被破碎者活活砸死的蓝面侠，烈鹰侠多少有些吃惊——他真是一个人就让整个局势扭转了。

"得先解决掉他！"烈鹰侠目标明确，直接向破碎者飞去，俯冲的同时解锁开盒式火箭弹，向路径上的敌军倾泻而去！

刹那间，火焰窜上 4 米高，火光冲天，鬼哭狼嚎！

除去火力上的优势，烈鹰侠最突出的能力就是支援非常及时。这一个俯冲式地毯轰炸，瞬间就让整个内质人士兵队形散乱了。内质人士兵见人类有这么强大的火力支援，纷纷举枪朝烈鹰侠射击，或者干脆躲了起来！

这样的结果就是，只有破碎者一人在前线作战了。烈鹰侠的火力轰炸直接就让破碎者和身后的士兵彻底拉脱了！

破碎者根本没有意识到问题的严重性，一个重拳挥下，却被神拳稳稳接住了！

与神拳战得正酣呢，已经锁定他的烈鹰侠一道激光直射破碎者的背部装甲，同时十几枚"天女"追踪弹从"烈鹰"装甲中奉命飞出，精准炸在了破碎者身上！

"啊！"

顿时，火光之中，破碎者的装甲碎片如暴雨般四溅开去！

被烈鹰侠如此一顿输出，破碎者哪里能忍？怒吼着猛然回头，大手向后一拍，将来不及转向的烈鹰侠一掌扇倒在地上，愣是在地上砸出一个坑！

趁他应付烈鹰侠的功夫，神拳一个箭步冲上并跳起，已经开始急促闪灯的拳套蓄力直接蓄满，大喝一声——

"呃啊！"

"咣！"

一声骨头碎裂的声音从破碎者的脸颊上传来！这个两米高的巨人被神拳的蛮力爆发活活砸出了 5 米远，两眼眩晕着轰然倒下！

见破碎者暂时没反应了，神拳赶紧上前，扶着烈鹰侠站起身。

“哼嗯……”毕竟是一阶战将，没一会儿，破碎者就已然站起，摸着自己被神拳打裂的面颊骨，低声咆哮着。

挨了这么多枚高爆弹的轰炸，破碎者的装甲居然还在勉强传动着连接光弧，除了一些地方真被炸出坑了，大部分也就是蒙了点灰的样子！

这防御能力，烈鹰侠和神拳看着都头疼。

“纳尔斯，怎么对付那个大块头？”安晓天接通频道，在通讯器里问刘宣。

“大块头？”

知道已经开始鏖战的纳尔斯立刻切换到主人格，给两人支招。

“金属都是导电的，知道吧？我没记错的话，伽德的装甲内部是有绝缘层保护的，但有一处为了保证灵活性，安装了极少的绝缘层，那就是他的腰部！如果能让电流通过金属流进他的身体，可以直接麻痹他的全身，从那边下手！”

“啊！”烈鹰侠顿时领悟了，朝神拳使了下眼色。

两人对视了一眼后，烈鹰侠立刻起飞，落在伽德身后，一前一后朝破碎者夹击而来！

“花里胡哨！”破碎者根本没把这俩家伙放眼里。自己作为二阶领军级战将，哪个超级文明的武将真正打败过自己？更别说地球了。

正想着先干掉哪个时，神拳居然出乎意料地从拳套中伸出一把钩锁，钩住了破碎者装甲前的空隙！

吸引注意力后，破碎者身后的烈鹰侠果断弹射出两个吸盘炸弹吸附在破碎者腰际！

顿时，破碎者自己也绕不清了——这是要玩哪出？但是当他低头看向腰部的时候，他就已经开始预感到不妙了。

和刚才一样，神拳再次跃起，如跳高般挂着绳索从破碎者头上跳了过去！看准机会后，烈鹰侠展翅起飞，抓住他的同时往下一个侧身！躲开了破碎者伸来的手掌后，烈鹰侠突然猛地燃动推进器，借势贴地俯冲而下！

神拳的巨大蛮力，再加上烈鹰侠的爆发启动，突然施加在自己身上的力量瞬间就将破碎者勒倒在地！

而偏偏就是现在！炸弹正好起爆，虽然没炸得支离破碎，但恰恰在他腰间打开一个铁窟窿，将绝缘物质炸没了！

“晓天，快！”神拳死命拉住绳索，努力不让破碎者起来。烈鹰侠立刻飞上，靠近破碎者后，关掉了胸膛上能量核心的全部保护措施，浑身发热的一刹那，将指间召唤出变异电流的手掌拍在了破碎者的装甲上。

“啊——”

奏效了！破碎者全身抽搐着，被烈鹰侠体内的变异电流刺激了整整一分钟，终于头一歪，昏了过去。

而此时，刘宣的车刚刚开到基地旁边，顿时惊呆住了，赶紧下车，冲进废墟中。

“我们好像正在内质人部队身后啊。”纳尔斯发现。

“那更好。”刘宣对纳尔斯说：“准备好搞偷袭了吗？”

然而，身体上的深蓝鳞甲刚覆盖一半，身后的车突然被电流劈中了，全车爆炸起火，气浪差点掀飞了刘宣和纳尔斯！

“我还在想你跑哪里去了，原来你想搞偷袭啊。”

修煞浮在天上，披风随风舞动着。

“哼。”

见到了久违的老冤家后，纳尔斯的神情都变了，立刻召唤出了天创套。

“这不是遇上你了吗，怎么能叫偷袭呢？”

刹那间，两人仿佛又回到了多年前在月球上初遇的战场——

那里，血肉横飞，火光漫天。

31．"再见了，老弟。"

"不过，说句实话，我是真没想到还能遇见你，纳尔斯。"

火药的浓烈气味被战场吹来的北风拽到了修煞面前，如萤火虫般在他米白色的双眼前，等待着审判。披风的边毡一刀划开风尾，带着修煞缓缓落下。

"我还以为……攽萨大帝已经把你捏死在手掌心里了，想不到啊想不到，你还有脸带着你们内心人所谓的希望苟活在一个野人的身体里。"修煞冷笑道。

"你不会觉得，凭你一个人，还能杀回来吧？咱们……也算是老相识了，你~好像连我都斗不过吧？难不成，你想靠着瓦姆勒上的这群乌合之众，来对抗大帝？"

修煞这一席话，让刘宣体内的纳尔斯彻底愤怒了，纳尔斯直接推开刘宣的意识，整个人都绷了起来，瞪圆的双眼里，月光色迸射而出，指着修煞怒喝道："我们两个种族，完全可以和谐共处！是你们！宁愿满足自己毫无意义的欲望，也要毁掉整个星球的未来！多少无辜人的生命，多少先祖留下来的智慧结晶，都被你们挑起的战争里弹指间消失了？！我告诉你修煞，战争带给不了你任何东西，你只是攽萨满足野心的一颗棋子！而我，为了我们千万百姓的福祉，为了我们种族，必须得战斗下去！"

"是么？"修煞已经将脚尖落在了地上。

"对不起，我也是为了我的种族而战。你们内心人曾经夺走的土地和荣耀，我一定要拿回来！资源，只配掌握在强者手中！你们除了在家里种地，还能干什么？！而我们，内质人，会带着母星的荣耀走出星域，让全宇宙的星民们都知道，我们太阳系，也是一个强大的星系！"

修煞纹丝不动，但是脸上却已经盖上了一层离子保护罩，将自己的表情掩饰了起来。

"所以，你懂了么？我的王子殿下？"

"哼。"

蓝面侠默默地伸开手掌："强者？你们根本不懂强者的含义。"

说着，蓝面侠手上戴着的天创套寒光骤然亮起，如星芒般闪耀！伴随着宇宙能强劲的波动，蓝面侠的拳头直捣黄龙，朝修煞面门冲锋而来！

"滋嗡"！

修煞手腕上的电磁屏障立刻从生成器中撑起，将蓝面侠打来的能量爆冲拳格挡了下来，就像一圈被扬起的灰尘，在他的屏障上散开，但强大的冲击力还是让修煞倒退了一下。

修煞脚尖点地，在地上滑开好长一段路后，黑夜似乎是随他而动般，天空一声闷响，雷霆缠绕全身，能量体束从月球方向聚集到了他的身上，宛如雷霆之魔神降世。

"对付瓦姆勒这些杂兵，我不想用全力，但是……对你，我愿意全力以赴来杀了你，纳尔斯。"修煞拖着在地上疯狂舞动地霹雳朝蓝面侠走去。

"在此，请收下我对你们反抗军，最诚挚的敬意。"

"喝啊——"一声大喝，修煞身边的雷电从他手中朝蓝面侠猛然袭来！这是雷电的速度，谁躲得开？

蓝面侠还真可以。

可以说，纳尔斯是内心人种族中天赋型武神般的存在，按照他们月球人的年龄来看，纳尔斯才刚刚到 27 岁，但是他的战斗力，已经足够和内质种族人里最强大的总领军型武将抗衡了。而内质人是极其好战的，从小就被灌输了大量战争能力与思想，无论是身体素质，还是战斗能力，都不是爱好和平的内心人所能匹敌的。

内心人如果想维持正常的生产生活，靠武力硬碰硬是没有胜算的，他们之所以能一直守住自己的土地，靠得正是自己手上的高科技武器，以及一个很少有星球能掌握的领域——法术。

内质人擅长战斗，而内心人擅长脑力。这也是为什么内质人一直在垂涎内心人领地的原因。

而正是两族一直以来有这样的暴力交流，因此，月球人两个种族的战术家都在猜测着、等待着一个集武力、科技与法术集一身的战士。

而他们根本没想到，内心人这位还未登基就家破人亡的王子，正是第一位。

蓝面侠似乎是已经预判到了这一击，修煞手中甚至还没有雷电出现，他就已经凌空跃起，等他升起时，雷电霹雳恰好来到了自己刚刚站着的身位。

霹雳波已经飞射而过，蓝面侠对时间的把握，几乎到了近乎完美的境界，霹雳一飞过，他已经垂直落地，弓起小腿，风暴径甲立刻相应他的召唤，从武器库中急速拼装在了腿肚上，铁甲中的脉冲弧瞬间燃动引擎，蓝面侠在这不到零点五秒内获得的巨大加速度下，左脚在地上猛地一蹬，反手把刀，在空中朝着修煞的脖颈划出一道光弧！

一般的对手，蓝面侠要了解他，这一招完全够了。然而，这可是自己的大冤家修煞，他俩的实力完全不相上下。

双方谁都想一拳撂倒对方，但是蓝面侠和修煞都清楚，只要他们俩打上，就绝不是一招一式能解决的事了。

一切，可能连一秒钟都没有！修煞干脆就顺着蓝面侠劈来的刀锋借势一个侧身，直接就让蓝面侠扑了空！

蓝面侠的脸微微侧来，两对泛光的眼，恰好在这一瞬间碰撞在了一起。

但蓝面侠何等反应，知道修煞肯定不会放过自己被放空的机会，赶紧一个翻滚，躲开了修煞的雷电，随后反手一掌，恰好就接住了修煞袭来的拳头！

就仿佛是住在对方的心里一样，他们甚至都已经猜得到下一招该怎么接了。

修煞与蓝面侠对峙着，互相用力抵着对方，也是在试探对方的力量。

修煞和蓝面侠同时默契地朝对方冷笑一声。

"你还是只会老套路啊。"修煞开口道，"接下来，你就没这么走运了。"

蓝面侠不想和他嘴炮，立刻翻身跃起，抬起一脚直踢修煞的下颚。

修煞被踢中后，却只是往后退了几步。而站稳后的蓝面侠立即乘胜追击！

如此近的距离，面对老对手修煞还真不能保证能命中，蓝面侠还是选择引燃风暴径甲，小腿上的倒尖角钢甲内立刻进射出幽蓝色的火光，让蓝面侠得到了爆发性加速，同时凌空跃起，照面就给修煞一记七百二十度回旋踢！

风暴径甲的加持，让蓝面侠的腿部力量极其强大。修煞连中两脚，直接被踢飞了出去。

但，修煞还是两手张开，释放着力场将自己稳稳地落在地上。只是他的离子面罩却已经被踢出了碎印子。

"你惹到我了。"修煞沉下脸去，手臂中抽出两把战锋，朝蓝面侠俯身飙来！

蓝面侠立刻闪避，但避开的，只是修煞直刺而来的刀锋！

毕竟是敩萨大帝的亲信，实力不容小觑——当蓝面侠已经开始盘算着下一招的时候，修煞居然将另一边的手臂给扭了过来，从背后像跟橡皮泥一般捅向蓝面侠！

修煞的身体，其实只有半个肉身，另外一半其实是一种能量体，可以任意改变、拼装自己的身体。正因为修煞有如此独特的技能，所以除了纳尔斯，没有哪个内心人可以与他交手超过十回合。

情急之下，蓝面侠只好回身的瞬间展开粒子盾迎击！"咣"的一声巨响，粒子盾居然出现了裂痕！

修煞的力量，可是能让他自己接住神拳的铁拳的！

而修煞根本不给蓝面侠喘息的机会，一刀，一刀，再一刀……

粒子盾的裂纹越来越大了！

最后，修煞猛地一击——

"乓唧"！粒子盾碎了！

眼看着又是一刀下来，蓝面侠赶紧一个侧身闪开，手里召唤出手炮，瞄准修煞的头就准备开火。然而修煞也立刻撑起电磁屏障，居然直接贴上来堵在手炮炮口，只听手炮里面一声闷响，手炮被里面能量珠的爆炸炸成了粉碎。

蓝面侠一惊，另一只手又召唤出退射弹发射器想把修煞击退。

纳尔斯其实很清楚，自己与修煞可以来往交手个十几招，但如果真要拼个你死我活，纳尔斯很难战胜他。因为论练武道的时间来算，修煞比他早了整整三百年，几乎能与纳尔斯的父亲匹敌。

但事与愿违，修煞竟然一把抓住他手上的发射器，直接硬生生将其扯了下来，扔在了地上！

没办法了，蓝面侠的天创套立刻蓄能，刚准备打出能量爆冲拳，一根雷鞭居然已经缠在了自己脖子上！

修煞也在蓝面侠蓄能的时候施法了，但这次召唤的雷电却连成了一根，与一条鞭子无异。随后雷电鞭被扔出，死死套住了蓝面侠的脖子！

不断被电击着的蓝面侠怎么也挣不开，反而越挣扎越紧了。

在母星上时，纳尔斯选择修习的是意念系法文术，而修煞的领域却恰好是克制自己的电系法文术。电系法文术施法极快，而且可以直接中断意念系法文术的施法，完全就是血脉压制。

"我看你能撑多久。"修煞狰狞地笑出了声。

蓝面侠痛苦地咬着牙，浑身乏力，半跪在地上，修煞感觉差不多了，一脚将他踹翻在地，"终于啊，纳尔斯，你还是败给我了，哼哼哈哈哈……"

狂笑着，修煞抽出战锋，径直刺了下去……

然而，战锋刺到眼前，却突然……不动了？

蓝面侠定睛一看，修煞不知为何，正伸出左手，好像抓住了什么东西。

修煞扭头看去，敏锐的目光标记住了远处的玻璃反光。

他捏住的是一颗子弹。

"埃克顿，给我解决掉她。"修煞说。

梦魇见自己的子弹居然被接住了，也是大吃一惊。但已经容不得她惊讶了——梦魇回头一看，雷眼已经望见她了！而且正朝着自己的掩体处狂奔而来！

梦魇赶紧一个翻滚，躲进了一片废墟里面。

修煞耸耸肩，轻松一笑："真是什么东西都敢来凑热闹啊，是吧？"

而地上的蓝面侠一声不吭，一动不动。

"行了。"修煞回过头，对地上的蓝面侠说："再见了，老弟。"

悬在半空中的战刺还是猛地落下了。

可是，眼前这个蓝面侠竟然……没有飙血？！

修煞甚至感觉，自己的战锋仅仅是被插进了地里啊！

难道是？！二阶法文术……这个年轻人已经会二阶法文术了？！

"分身！"修煞意识到了这一点，立刻扭头警惕起来。果不其然，左右两边各一个蓝面侠的分身，径直朝他刺将而来！

修煞仓促迎战，两刀斩掉分身。缓了一口气后，正当他还在想着蓝面侠逃到哪里去时，一阵寒凉的杀意已然悬在头顶！他猛然一个抬头，可是，想防御已经来不及了——

真正的蓝面侠已经从天而降，激光长弯刀高高举起，一刀，劈在修煞的脖子上！

"嘶啦——"

一瞬间，鲜血四溅，修煞的头颅在地上滚了几圈，不动了。

另一边

雷眼接到命令后，开始寻找梦魇的位置。但是，梦魇在黑夜中藏得很好，雷眼甚至打开了热源侦测，也探测不到梦魇的位置。

"屏蔽了？难道是硅酸盐记忆玻璃作战服？"雷眼端着枪，自言自语着，沾着血渍的黄色骨骼脚板落踩着墙砖碎片，缓慢地一步一步朝前走着。

然而，多年的作战经验，面前这个废墟堆起的土丘，让他感觉有什么东西在看着自己，雷眼旋即将机械眼的倍数放大了那个土丘，仔细观察着。

在外边火光若隐若现的照耀下，他看见，他看见了灰白色废墟堆里，既然有一小块不起眼的紫色。

没错，那正是梦魇的头盔。

梦魇注意到雷眼已经大概锁定了自己的位置，果断开火。而且，还是老地方。

突然，土丘里火光一闪，雷眼的眼睛又一次被命中了。他怪叫一声，但只是跟跄了几步，他捂着眼睛，却发现自己好像感觉不到疼痛。

"我忘了，我这是机械眼来着。"想到这，雷眼立刻无所畏惧了——他的天然外骨骼，可以无视高强度激光以下的一切武器攻击，而现在唯一的弱点都没了，这个瓦姆勒人拿什么跟我打？

雷眼"嘿嘿"一声邪笑，看见一道身影正从土丘后面翻滚到了一旁的建筑残余物里面。

然而，就在翻滚进的前一瞬，雷眼果断举枪开火，一道血花应声就飞溅开来。

"啊！嘶……"梦魇捂着手臂痛苦地扬起脸——这家伙比她想象得要厉害得多，雷眼的射击水平，完全不亚于自己。

梦魇的手臂中弹了，但只能忍着剧痛往建筑物深处跑去，再次隐藏起来。

丢失目标的雷眼看上去毫不畏惧，他在昏暗中大踏步地走着，一边喊道："别躲了，瓦姆勒的战士！既然知道敌不过，何必挣扎呢？呵呵……"

梦魇轻轻地将头靠在钢架上，尽量集中着注意力，来减轻中弹给自己带来的压力。她提起枪，通过雷眼的声音来辨认他现在的位置。

"臣服，是你苟延残喘的唯一选择！"雷眼见她还是不敢露头，张开獠牙，肆意大叫道。

这一声，直接让梦魇确定了雷眼的位置。在头盔目镜里标记准方位后，梦魇在右侧高处的钢架上换上了一个激光弹弹夹。

换弹的声响引起了雷眼的警觉，刚抬起脸，梦魇就果断露头，没有任何瞄准，直接就对着她刚才确认的位置连开四枪，强度极高的皮瓦激光束精准地连续打在了雷眼的同一部位——眉心。

然而，雷眼只感觉眉心一阵刺痛，除了外骨骼有些裂痕外，并没对雷眼造成什么致命伤。

缓过来的雷眼刚准备举枪还击，梦魇赶紧就缩了回去，在钢架间的木板上奔跑起来，瞄准最后一根后，挂上钩锁想从钢架上荡下去。

钢架上被打出了一个红色的凹槽，雷眼一枪打空，然而此时，梦魇已经射出了钩锁。

雷眼虽然很高傲自大，但是梦魇之前射瞎自己的那一枪，让他意识到，这家伙不是一般的角色，如果自己一味地想一枪击毙她，那么就会极大地降低自己的容错率。

而梦魇想的，正是雷眼所担心的。

算好时间的梦魇已经在空中一个侧身，但是，没有等来她觉得会飞来的子弹。

梦魇惊讶地瞥了一眼抬着枪却迟迟未扣动扳机的雷眼，一种不祥的预感顿时涌上心头。

雷眼居然放弃了瞄准梦魇，手臂突然一个微调，枪口径直对准了梦魇挂在高处钢架上的钩锁，一枪。

稳定抓手立刻被子弹打裂，梦魇就像一个被低抛出去的篮球，拖着绳索重重地落在了地上。

“你还往哪跑？”

梦魇浑身疼痛，但是现在不是自己休息的时候，逼迫手臂将自己缓缓地撑了起来。远处，雷眼得意洋洋地看着地上挣扎着的梦魇，轻蔑地唾了一口。

说罢，雷眼从腰间拔出一把战锋，向梦魇冲来。

已经拉不开距离了！梦魇只能打开机匣上的二级启动键，手上的“命运征服者”在她手上重新组装起来——握把隐藏甲伸出，方形枪口分裂开，刻有荧绿光色斑块的刀刃径直挺出，在最后一秒，与雷眼刺来的刀锋狠狠地撞在了一起！

但是，梦魇只有一只手。雷眼再次往下压，应付得非常吃力的梦魇还没反应过来，雷眼抬起手，又是一刀更大的力劲！

梦魇用尽全力格挡着，然而，她的枪身竟然已经被扎穿了，刺穿枪身的刀锋直逼她戴着全息镜的眼睛！

梦魇还想还击，然而，雷眼毫不客气地直接打飞了她的战刀形态的枪，飞了出去。

梦魇被迫让自己的受伤的手参战，但即便如此，也奈何不了雷眼坚硬的外骨骼。

毕竟是拖着一条受伤的胳膊参战，雷眼本身实力也不差，梦魇完全占不到上风。

连续过了十几招后，梦魇逐渐跟不上对手的出招速度了，雷眼瞅准时机，抓住了她的手臂狠狠地扭了一下。

"啊呃！"梦魇仰起脸，痛苦地大叫一声。雷眼将她扔在地上，掏出腰间一把匕首，走上前直刺而来！

梦魇用尽全力握住刀锋，锋利的刀刃让她刹那间就满手是血了。

眼看着刀尖就要碰到她的喉咙了，刀刃缓缓地往手上的肉里陷了进去，梦魇感觉自己手上连接手指的那一块肉，很快就要被切下来了。

梦魇咬着牙，死死盯着雷眼觉得胜利在望而激射出狂野的独眼，压下来的刀锋已经沉了下去，消失在了她的视野里——已经和她的脖子近在咫尺了！

没办法了！梦魇决定赌上这一把，启动了她最后的，不想用的手段。

"头盔枪——"她扯开嗓子，大喊道。

刹那间，梦魇的头盔像是已经等候多时了，一块矩形收纳器飞速变形，伸出一个黑洞洞的枪口，梦魇凭借自己多年射击的直觉，将头盔枪管对准了雷眼的眉心。

"怎么，你觉得这玩意对我有用？"雷眼冷笑道。

"激光弹，射空弹夹！射空弹夹！"梦魇继续喊道。

一枪，一枪，又一枪……每一发激光束都打在雷眼的眉心上。

什么东西从自己眼前掉了下去，雷眼的大眼朝着落点一看——

蓝色的黏稠液体，这好像是自己的血。

然而，梦魇已经感觉，刀尖的冰凉点在了自己的脖子上了。

梦魇绝望地闭上了眼睛。

雷眼的外骨骼，其实是皮肤硬化后，再由人工升级的，他的家族长期生活在具有高强度辐射的蛮荒之地，不仅长期暴露在辐射中，而且危机四伏。为了生存，他的祖先进化出了类似于铅的甲片型皮肤。再后来，为了获得敛萨大帝的青睐，更是为了大帝答应自己的承诺——让自己的家族离开蛮荒之地，住进美好的花海——他接受了外骨骼改造，其硬度，已经达到了可以承受住瞬间高达 4000J/kg 的热爆值。

意思就是说，哪怕是三基炸药填充的大口径炮弹，直接炸在雷眼身上，也未必有效果。能击穿他外骨骼的，在地球现有的单兵武器中，只有激光武器和电磁炮了。

不过，梦魇现在戴着的头盔枪，发射的激光束已经达到了 700 千焦的能量了。想打穿雷眼的外骨骼……

只是时间问题！

"呃啊！"

梦魇用尽最后一丝力气，努力将雷眼压下来的刀锋往上抬了一点。

"哼，笑死……"

雷眼刚开口了不到半秒钟，他和梦魇，同时听到了一声清脆的爆裂声。没有任何疼痛感，或者说，雷眼已经痛到毫无知觉了。

外骨骼爆裂开后，深蓝色的脑浆如瀑布般倾泻在了梦魇脸上，她感觉手上的压力小了好多，脑浆的温热一下子惊醒了差点准备长眠的梦魇。

她睁开眼一看，雷眼的眉心被烧穿了一个很大的缺口，就像，被锤子敲烂的幸运蛋。

"不！可能……"

雷眼浑身猛地一颤，意识彻底断线了。随后，就像一个黄色的骨架般，坍塌在了梦魇的身上。

梦魇一把将他的尸体推开，长出了一口气。

修煞和雷眼相继被杀，破碎者昏厥被捕，而纵影者还重伤躺在战舰里。失去主心骨的月质人部队群龙无首，完全就变成了放在砧板上的鱼肉。

烈鹰侠和神拳带领重甲兵冲如内质人残存的部队，直捣黄龙；蓝面侠一头砸进了天上悬浮的战舰，很快，伴随着一个巨大的爆炸蘑菇云，他拖着蓝色尾焰飞向了夜空的月亮，望着被炸成粉碎的战舰坠落着，和基地的废墟葬在了一起；梦魇在蒋将军的隐形悬浮机上单手架枪，将地面上所有的重武器操纵者全部清理掉后，看向了愈发明显的天际线。

烈鹰侠解锁头部装甲，收起机械翼降落在发黑的焦墟上，望着远处黎明的绯红破晓。神拳走到他的身边，将胳膊弯搭在了烈鹰侠的肩膀上。

"嘿呀……第一战，感觉怎么样？"满脸血污和泥土的神拳歪着头，侧目看着他。

"很累。"烈鹰侠耸耸肩，长叹一声，"不过，我希望这是最后一战。"

悬浮机的轰鸣声引起了两人的注意，梦魇背着"命运征服者"，疲惫地走下梯门。蓝面侠落在她身边，搭着她，慢慢走到了神拳和烈鹰侠的身边，四人并肩站在一起，无声地望着橘红与焦黑的分界线。

这场战役的最终，人类的胜利当之无愧。

一个星期后

恢复宁静后，阳光下，这片废墟却依旧在闪闪发光，讲述着那天发生的一切，同时也歌颂着英雄们的伟岸。

枪口终于沉默，天空终于湛蓝，鸟儿与鲜花只为光荣的正义者展示自己的美好。

这片废墟上，驻扎着士兵们的临时帐篷，一群一群的，宛如和平之夏花朵朵盛开。

蒋将军的帐篷里，安晓天、刘宣、秦伟山和乔安围在一起，翻开了文市长给的档案资料。

"我真的很好奇还有谁会和我们一样呢？"安晓天有些期待地笑着。

"嗬，看看呗。"秦伟山拍了下安晓天的头。

然而，乔安却还是一如既往地不说话，默默地翻开第一页。

里面，只有几张照片：一个红头发的女人从早餐店里走了出来，早餐店里，竟然全是被杀死的人；山谷摄像头的镜头里，拍摄到了三四个跟半棵树这么高的巨人；还有一张，在某地的墓地上，泛着靛青色的光，远处的林子里，好像，站着个人。

"战友们，我必须告诉你们一句实话……战争，其实才刚开始。"

纳尔斯扭着手腕，说道。

"地球作为一个刚刚具备星域交际能力的星球，以敔萨的征服欲，他肯定不会放过这个崛起新秀。而且，地球上有他想要的东西，那个东西，简单来讲，就是宇宙的缔造物。"

看着其他人愕然的表情，纳尔斯还是选择继续坦露实话。

“现在的紧要任务，就是尽快组建一个能与他实力相抗衡的联盟。我不知道有多少……你们对攽萨没有概念，反正……哪怕是只有一丝希望，我们也得去争取，因为，这是太阳系共同的未来。”

下面，就让我们翻开崭新的一页，去看看其他英雄的故事。

32. "我想保护你。"

滴滴答答的雪粒子敲击在屋檐边角上的砖瓦上，隔着温热的窗，老人依旧能感受到外面的刺骨之寒。对他而言，太多的生命经历，已经让自己不需要再感受外面的温度，就能知道一切感受了。

这雪下不大，落了，却在地上化开去，不知不觉间，已经在院子的坑洼里积起淡色的雪水。

"啪嗒"。

落完最后一笔，院长老人释然地靠到了椅背上，合上笔盖，扭头望向了窗外那坑洼里的梦幻倒影。

从傍晚六点开始，孤儿院办公室的灯就一直亮着，亮到了现在。今天又确认要接纳几名从市外来的孤儿了，虽然阳光孤儿院已经满员，但是陆伟峰老院长还是特批了请求。因此，为了安置新来的孩子，他正连夜审查资料，刚刚看完床铺供应商那边的交易合同，看完还是放不下心，翻看这些孩子的经历介绍。

"这孩子好像……"

眼前的介绍里，这个叫小林的孩子居然连一个正式的名字都没有。

"精神分裂症，幻想性障碍……"

陆院长不忍心再看下去了，他叹了口气，再次愣愣地对着窗里的自己出神。

他必须多了解一下这些孩子，才能知道怎么去呵护这些弱小且受伤的心灵。

"呜……呜……"

思绪逐渐被这一声声微乎其微的哭泣声给拽了回来，陆院长感觉哪里不太对，扶了扶眼镜，将脸往窗前凑近着看去。

雨雪声中，院门口那一从灌木居然大幅度地晃动着。

雨雪与树叶的交响乐将什么声音给死死压住了。院长认真的侧耳倾听起来。

“有人，在哭。”

确认这个声音就是院子门口传来的，陆院长快步下楼。随着距离的缩短，他确定就是哭声。

而且很明显，是一个婴儿的哭声。

陆院长踮起脚，望了望周围，吸了口气后开院门。

脚下，真的躺着一个缩在襁褓里的婴儿。

还好弃婴的人还有点良心，屋檐暂时当起了母亲的角色，为这孩子温柔地挡雨。

“哇呜！哇啊啊啊——”

这么令人心碎的哭声，肯定是想念妈妈的怀抱了。

“谁家的孩子！”

陆院长老了，可还是尽力扯着嗓子喊了一声。

没人回应。

“谁家的孩子啊！”陆院长再次竭声大吼道，“有你们这样为人父母的吗？！”

依旧没人回应。

无奈，他抱起地上的婴儿，同时赶紧脱去大衣包住婴儿，跑回了孤儿院。

孤儿院一旁的树丛里边。

“行了，别哭了，啊。”

一对衣衫褴褛的夫妻悄悄看着这一切，女人怎么都绷不住自己的绞痛感，捂着嘴轻轻嘶哭着。

“我们这样……这样做……犯，犯法了吧。”缓了半天，女人抽咽着说道。

男人点点头：“是。不过又有谁知道呢？总比让孩子和我们一起受苦受累好吧。我们现在连自己都养不起，更别说养孩子了。别哭了，这孩子命苦，生在我们这种穷人家里，或许对她而言，还是人生的转折呢。我们本来也说好不要孩子的，也许在这里，她能过得更好。”

你永远不会预见，父母放下孩子的原因到底是为了什么。

只要孩子能好，父母有什么需要犹豫的呢？留着这孩子在穷苦人家长大，她要经历多少自卑与嘲讽？别人一步能解决的事，她要分成好几步来走。

多少人，都是苦难永远说不完，悲酸永远数不尽。这个弃婴也只是其中一个罢了。

也许只是为了孩子好，抑或是仅仅为自己的谋生考虑。他们做了错事，可他们也是无辜的。

许多穷苦之人，不过是命运的囚徒、时代的玩物。

这对夫妻看着自己的孩子被陆院长领回家，也就悄无声息地消失在雨雪交加的夜色中。

不过值得一提的是，他们抛弃这个孩子其实另有原因，答案很简单，也很奇怪且罕见。

回到开着暖气的房间，陆院长撩开婴儿的襁褓，却发现，这个婴儿居然已经长出了几缕发丝，但是——

"红头发？"陆院长嘟囔了一下。

因为天生脾气暴躁，不易亲近，对周围的人极易产生攻击性，截至目前，红发基因已经在人类基因库里基本灭绝了。只有极少极少的人才会是天生的红头发，而保留着这个基因的家族，已经屈指可数了。

由于天生的暴烈性格，红发人往往遭到人们的排挤和打压，甚至无法与父母正常相处。因此，当这对父母发现自己的孩子是红头发时，就已经决定抛弃他了。

但是，与陆院长的认知大相径庭，这个婴儿望着陆院长慈祥的面容，居然慢慢安静了下来，甚至还伸出手，想碰碰陆伟峰苍老的脸！

仿佛有他的怀抱，就拥有了全世界。

沉睡在心中的爱意随着这只小手彻底沸腾了起来，陆院长惊喜而又难以置信地晃晃脑袋，主动贴下脸去，让婴儿肥嘟嘟的小手摸到自己的皱纹。

"你怎么这么冷啊……"

陆伟峰的心痛从他闪烁的眼珠里轻轻落下，他侧过脸去，轻拍着孩子，哼着断断续续的儿歌。

半小时后，婴儿就甜甜地进入了梦乡。

陆院长抱了半个多小时，手也酸了，便将婴儿温柔地放在床上。

"你的父母怎么这么没道德，竟然把你丢弃了，你太可怜了。以后啊，就由我来照顾你吧。也就当是上帝赐予我的礼物吧……因为……我也没有孩子了。"

婴儿翻了个身，咕噜了一声。

“给你起个什么名字好呢……”陆院长沉思着，抬起头，却看见墙上挂着的陈年照片。

照片里那个抱着郁金香花束的女孩，低着头，向沙滩上迈出了第一步，但也是陆院长记忆里最后的一步。

“那就叫你，陆莎吧。多好听的名字啊，你以后一定会被全世界知晓的。”

孤儿院的孩子们来了一批，又走了一批；门前的梨花开了又谢，谢了又开。转眼十五个春夏秋冬过去了。

陆院长的头发花白了许多，皱纹也越来越深了，而黑白交杂着的，沟壑纵横着的，全是对孩子们的爱。

很多年前，陆伟峰的儿子因为参与打击蝮蛇组织的行动而壮烈牺牲，陆老心中的空虚，没有人能明白，因此，老伴也因为癌症去世了。

他能做的，唯一能慰藉自己的事情，就是将自己的爱，全部倾注在了孩子们身上。

但他最关心的，还是这个十五岁的小陆莎。

因为她的红头发，陆莎天生就成了孩子们心中的异类——上厕所被人堵门、读书时被人拽头发、看电视时被人抢位置、吃饭排队被人插队……

为此，她没少跟人打过架，也没少流过眼泪。

但她每次在哭泣挨打的时候，总有一个老人站出来为她撑腰，他就是陆伟峰院长。

在小陆莎的眼里，他就是黑白世界里的一道阳光，照亮她的人生，引燃她活下去的希望。有一次，小陆莎在学校里打架，被打出血了。陆老亲自来到学校找老师和打人的家长说理，那家长觉得红头发的陆莎肯定有问题，硬是不承认自己的小孩有错，愤怒之极的陆老二话不说，一巴掌狠狠地就揎了上去，再加上整整一个小时的谁也拦不住的骂，才带着小陆莎离开学校。

这还是陆伟峰这辈子第一次发这么大的火。

小陆莎在同学眼里就是个沉默寡言的冷血动物，但一来到陆老身边，她就像换了一个人，非常活泼可爱，往往这时候，陆老就会将她抱到膝盖上，亲密的样子，真的就像父女俩。小陆莎的世界里，只有陆院长是彩色的，太阳见到陆院长，也自愧不如。

又是一天夜里，晚上 11 点多了，陆老一个人搬了个摇椅坐在院门前。他回忆着自己生命中出现过的点点滴滴：妻子的离去、儿子的牺牲，每一次回想起来都那么心如刀割，直到小陆莎的出现……

"吱呀"一声，后面的门开了，陆老回头一看，正是小陆莎。她今天睡不着，想去外面买点吃的，谁想陆老居然就在门外。小陆莎扭扭捏捏地走下来，手里紧紧攥着十块钱，"爸爸……"小陆莎说。

"想去哪啊？"陆老和蔼地笑笑。

"我……我就想出去逛逛。"

"真的？"

"好吧，我想去买一桶泡面。"

陆老哈哈大笑起来，还想将小陆莎抱在怀里，可惜他已经是古稀之年了，再没力气抱得动小陆莎了。小陆莎见状，便主动坐在了院长的腿上，毕竟，她也不好意思再出去了。

两人共同望着漫天的星斗，闷在胸口的话只能在喉咙那翻涌着，其实，长大了的陆莎，已经凭借自己的直觉猜到了真相。

犹豫了很久，小陆莎终于将自己憋在心里的话吐了出来。

"院长爸爸，你一直说你是我的亲爸爸，其实……不是吧？"

沉默了好久，陆老轻轻叹了口气，承认了："是的，我骗了你。我知道这瞒不住你一辈子，对不起，莎莎。我只是希望我能尽可能地给你一个温暖的童年。"

小陆莎没有生气，也没有责怪，而是依偎在陆老怀中："我没说怪你啊，在我心里，你就是我的爸爸啊。我有个梦想，就是成为一个英雄，换我来保护你一辈子！"

陆老点点头："好志向，但你要记住，这个世界有更多你值得保护的人。世界没有你想的那么邪恶，每个人都有自己的使命，你要融入善良的世界，找到真正的自己。做正义的事，做正义的人。"

转眼又是三年过去了。小陆莎终于成年了。陆老告诉陆莎，你可以离开孤儿院，去寻找自己的世界了，但陆莎拒绝了。

她只想守护着陆院长，以回报她十八载的陪伴。又或者说，她对外面的世界充满了愤怒和不满，甚至是恐惧。

这一天，陆老看见陆莎正在秋千上荡着，蹒跚地走到她身后，劝说道："你的大学录取通知书到了，快去看看吧。"

"我不想去。"陆莎坚决地说。

她看都没看陆老一眼。

陆老长叹一声，往回走去。

陆莎终究还是心软了，她回头看着路老的背影，人生的五味杂陈终究是翻倒在了自己的心里，水汪汪的眼，似乎想用光去追回自己刚刚的坚决。

陆老扶着墙消失在拐角后，陆莎再次扭头望着墙边的梨花，噙起的泪被风轻轻吹拂，与雪白的梨花一起，在陆莎青涩的心里沙沙作响。

33.“我们都是无辜的！”

夏天的标配：蝉鸣、骄阳，还有街上秀身材的辣妹。

因为养的孩子比较多，每个在阳光孤儿院里的孩子能分到的食物其实并不多。陆莎虽然有陆院长的特别关怀，可这孩子怎么都是瘦瘦的，跟其他孩子没什么区别。

当然，除了头发。

“爸！我去上班了哈！”陆莎正了正帽子，特意压了下盘起来的红发辫，回头对门口看书的陆老喊道。

“嗬。”陆老坐起来，扶了扶眼镜，“我姑娘长大了！敢穿青春装了嘛，哈哈……”

“额。”只穿着件白色 T 恤的陆莎曲起穿着牛仔短裤的腿，光滑得甚至在阳光下有些反光。陆莎尴尬地笑笑，“我……我看外面好多女生都这么穿嘛，我试试，嘿嘿”

“去吧去吧！”看到长大后的莎莎也敢像正常家庭里出生的女孩一样打扮自己了，陆伟峰别提有多高兴。

“多去勾搭点帅哥回来啊！”

“你说什么呐！真坏……咳，我去去就回！今天可以领工资咯——”

不过，对刚成年的小陆莎而言，这其实是她经历过的最漫长最让她害怕的暑假了。

高中毕业后，虽然再没有烦人的暑假作业、补习任务什么的，但陆老爸却逼着自己去办银行卡，让她自己贷款买了一部 3000 多的手机。

陆老希望这孩子能早点融入社会，不过显然陆莎很不情愿，况且，就她这脾气，差点就跑去厨房拿菜刀对着陆老了。

不过，陆老终究是疼爱她的，无论陆莎和自己吵得有多过分，这十八年来他从来没有对陆莎动过手。陆老相信，哪怕是天生就脾气暴躁不易相处的人，随着善良和时间的催化，也能变成可爱的模样。

随着自己对手机的熟悉，屏幕里那些外面的世界逐渐让陆莎开始着迷，她已经无数次在深夜趴在窗台板上，眺望外面的路灯。

不过有一点，陆莎自己都想不通——她一个女孩子，手机里最喜欢看的视频，不是变装，不是情感，居然是武打片剪辑和拳击。陆老觉得，唯一的解释就是她天生好斗的性格。

随着陆莎长大，陆院长也老了，干不动田地活了，陆莎就代替院长每天去院子里那几小块菜地给菜浇水、翻土。同时，自己也就趁着这机会练习武斗。

从陆莎拒绝去大学接受教育那天起，陆院长每天都会找陆莎谈话，苦口婆心地教育她，希望她成年了，要去外面劳动，为社会发展尽自己一份力。

未成年时就被人们视为异类，更何况走上社会呢？陆莎自然一开始就是不答应的，并且反应及其暴烈，可陆老就像一个俯下身拥抱自己的天使，无论她怎么发火，陆老永远都在爱护自己。半个月后，开始思考人生的陆莎开始考虑起来，再加上身上那要还的债务，最终，选择去了一家小饭店里打杂工。

起初，陆莎是不戴帽子的，她还想着勇敢一点，被人用异样的眼光看着她也不低头。她的老板是个胖子，不过不得不说，品行很差，天天拿陆莎的红头发开玩笑，介绍给顾客，时间久了，这一圈的民众都知道这家店里有个天生红头发的女孩，而且还蛮好看，这饭店的生意倒是日渐兴隆起来了。

所以，昨天老板一高兴，说：“反正 8 月末了，明天你再来一趟，我给你多发个一千！要是还能在我这继续干个半年，我给你薪水提个 500，好吧？”

不过陆莎可不觉得这是什么褒奖，她甚至都觉得这是一种耻辱。

她忍了这个老板整整一个月了。

“算上这一千块钱和这个月的工资，还手机的债完全够了。省下来……应该还有六七百，给家里买点做饭的食材吧。”

对于孤儿院，陆莎称作家已经习惯了。

今早在手机上联系老板，提出辞职的请求。可这老板死活不让她走，各种威逼利诱，明摆着把她当成了一棵摇钱树。

这下，陆莎对老板的仇恨又深了一步。

这天上午，老板还没到店里，陆莎已经系好围裙，一个人在角落里安安静静地扫地了。

"哎嘿嘿，两位大哥，这边请！"

老板的声音出现在了门口，不过一反常态，他变得非常阿谀奉承，完全没有大老板的气势。

"来了什么杂碎，这仨反正都不是好东西。"陆莎回过头，心里默默鄙夷道。

"哎。"一个戴墨镜的油光满面的男人盯上了今天露着大白腿的陆莎，"这女孩……身材不错嘛。"

"哦！"

想着今天还没跟两位大客户展示一下哩，老板大步走上前，随手就掀掉了陆莎头顶的帽子，将她的红发展示给众人，随后一掌拍在了陆莎的屁股上，但这次，他更过分了，甚至往上提了一下。"呦，小姑娘，今天干得很认真嘛。"

在他眼里，陆莎就是头奶牛，任由他压榨。

更离谱的是，老板身后的两位大客户似乎还饶有兴致地看着。

"别碰我。"看在大客户的脸上，陆莎忍住了火气，冷冷地警告道。

"嘿，还长脾气了？你不好好干，这个月的工资可别想了啊。"老板坏笑着，又狠狠地捏了一下陆莎的屁股。

"我说了……别碰我！"陆莎停下了手中的活，回头瞪着老板暗暗咆哮起来。

"碰你咋的？我可是你老板，你奈我何？哈哈哈……"老板笑了起来，一边的员工和顾客也跟着偷笑起来。

不说则罢，但此话一出，算是彻底把陆莎点燃了。

陆莎二话不说，抄起扫帚回身就是一竿子落下！老板惨叫着向后退，然而陆莎还不过瘾，又是当头猛砸了下去！

"啊——"

老板捂着被砸断的鼻梁，痛苦地倒在地上。看着暴怒的陆莎根本没有要放过他的意思，几个好心的员工同事看不下去了，一齐冲上拦住了陆莎。"老子算是白养你这没良心的了！你给我滚出去，杂种！别让老子再看到你！"老板大叫道。

"我求之不得呢，杂种。"陆莎居然直接撕开了围裙，扔掉扫帚，戴上地上的帽子便走出了店门。

支撑她在外打工的唯一动力，不过是为了还清手机的债务，现在她终于可以理直气壮地回家了……

不，回孤儿院了。

"只要我说我打了人，爸爸肯定不会让我再出去了。"

陆莎想着，低头望着自己细长的白腿，觉得自己干了件聪明绝顶的事。

但她没注意到的是，街上的人几乎都是从她对面跑来的，陆莎还低着头想着如何措辞呢，一辆逆行且疾驰而来的豪车"砰"的一声与对向而来的车撞在了一起！

这一声巨响既吓了路上奔跑的人们一跳，也让陆莎如梦初醒。抬起头的她这才发现，自己是唯一一个在往对面走的人。

远处，隐约传来了爆炸声和枪声。

而且，是从孤儿院的方向传来的！

"家……爸！"

陆莎感觉不妙，毫不犹豫地撒开腿狂奔而去。

孤儿院里

不只是孤儿院，附近的房屋也与孤儿院一样被火焰包围了起来。这一片地区就如人间炼狱一般。

陆老安顿好躲在地下室的孩子们，又跑进了熊熊大火之中，他知道还有两个的孩子生死未卜，他要一边躲着蝰蛇组织的人，一边寻找孩子们将他们悄悄带回地下室。

"小林，小林！"

"轩轩，你们在哪？院长在这，不要怕！"陆老精疲力竭地喊着。

"爷爷！我们在这！"声音从院长办公室传来。

陆老赶紧一瘸一拐地来到办公室，看见小林和轩轩正彼此依偎在角落里。

办公室还好，火势不是很凶。

"快跟我来，我们去躲好！"陆老跑上前，拉住两个孩子就想往外跑。

"躲哪去啊？！"

一队蝰蛇组织的人闻声赶来，毫无人性地举枪瞄准了老人和两个孩子，

陆老赶紧把两个小孩藏在身后，红涨着脸，指着为首的鼻子，厉声呵斥道："你们到底想干什么！我们都是无辜的！这些孩子，杀了他们对你们有什么意义吗？！"

"嗯……你误会了，伟峰院长。我们都知道你是出了名的大好人。咱只是过来……拜访一下。"领队的搓着手指说。

"拜访？哼！也就你们这种禽兽说得出这种话！"陆老破口大骂，毫无惧色。

"哎呀！哈，果然有其父必有其子啊。您想知道……您的孩子是怎么死的吗？"

陆老瞬间就愣住了。

"R 国边境的那次基因材料交易，藏了多年的他，居然敢开着自爆车撞运输队，中弹数枪，很英勇，不错，可是咱们蝰蛇的计划全被这货给搅乱了啊！"领队的无比遗憾地说。

"您家孩子名垂青史啊。只可惜，这世上有种东西……叫还债。既然他这么干了，那咱总得拿几条命交换一下吧？毕竟……您老人家培养的后生，那真是令人佩服啊。"

说着，他举起手枪，对准了陆伟峰："像您这种为我们培养敌人的敌人，才真该死啊。"

院子顶的办公室，突然传来悉数枪声。

陆莎来到院前，发现有蝰蛇组织的人站在那边，赶紧悄悄地躲在一辆车后面，趁他们回头的间隙，陆莎撒腿就跑，跑到孤儿院的后门，纵身一跃，从墙上翻了过去。

可是刚一落地，陆莎差点没吐出来——

里面已经躺着几个被残忍杀害的孩子了。

陆莎第一次看到这么血腥的场面，心里不禁有些发怵。但她现在必须确认陆老的生死。

闯入被燃烧的院内，一路躲躲藏藏，陆莎险些被蝰蛇的人逮到。接近院长办公室时，一个士兵突然回头，幸好天赋过人的陆莎反应异于同龄人，赶紧把头缩了回来，才免于杀身之祸。

一队人走了过去，确认无人后，陆莎立刻跑向院长办公室。

陆莎推开门，眼前的一幕如晴天霹雳般刺痛着她的心：陆院长被暴徒击中了腹部，很显然，是施暴者故意的，他就想让陆老流血过多而慢慢死去。而小林和轩轩早已倒在了血泊中。

差点崩溃大哭的陆莎疯狂撕扯着衣襟，撕下一条布料想给陆院长包扎，但陆院长却按住了她的手。

“我马上就要死了，别管我，快走吧……”陆院长微眯着眼睛说。

十八岁刚成年的陆莎，从未感受过如此撕裂内心的痛苦和绝望！

她灰色的悲惨世界里，唯一的阳光也要消失殆尽了。

陆莎眼中的泪水奔涌出来，滴到陆院长的脸上：“不，我不会让您死的。我说过我要保护您一辈子的！爸爸，求求你……”

陆莎咬着牙，嘴巴已经变形了。

“不必了……孩子，记住，这个世界，有很多人……值得你去守护，我走了以后，答应我……要笑着拥抱这个世界。怨恨与愤怒，只会解决你自己，懂么……”

“好，我答应……我懂……”陆莎将养父的手紧紧贴在脸颊上，抽噎着。

咳了一口血出来后，陆院长就再也没有动静了。

陆莎替他合上了双眼，还没来得及哭，走廊上就传来了脚步声：“去看看还有没有漏网之鱼！”

“完了！”

陆莎心里一惊，赶紧把门锁上，搬了几个凳子挡在那边。她死死地按着门。脚步声越来越近，接着就是无情而暴躁地撞门声。

“谁在里面？快开门！”

眼看着椅子倒了下来，门就要被撞开了，陆莎看了看旁边的窗户，狠下心，跑过去把窗打开，将自己扔了下去。

可是，在落下的过程中，她就后悔了——

“我得活着！”

陆莎想着，可是一切都迟了——

她被楼下的灌木丛给接住了，浑身刺痛了一阵后，有那么一瞬间，陆莎竟然还觉得很舒服，就好像，终于从她不幸的人生中解脱了。

黑暗中浮现出陆老的微笑，渐渐地，便是一片彻底的黑了。

34."千万别死啊。"

"我……我这是……家吗？"

恢复意识后，陆莎第一个想到的事是这个。她的记忆就断片在那个地方。

浑身疼痛的她甚至连眼睛都不想睁开，只是试探性地活动了下四肢，但双臂手腕下方，似乎有什么东西嵌近了自己的皮肉神经里，感觉特别明显。

意识到不对劲的陆莎再次试着动了动手脚，一种不好的感觉让她难以忍受——

陆莎的四肢几乎没有任何活动空间，身下垫着自己的铁板也开始向自己的背部释放冰凉的信号。愈发慌张的陆莎左右摆动着脚踝，但似乎也被什么金属环压着。

这下，陆莎可害怕得没有任何睡意了，她猛然睁开眼，环顾四周。

这应该是一个做实验的铁房屋，除了摆在一起的器具，其实还蛮空旷的。观察完屋子，两边桌子上放着的各种器械和针筒、刀具，让陆莎心里不由得发怵。

不敢多看的陆莎低头望着被锁住的手脚，可是在她余光所即的下方地板上，竟然还有干涸的斑斑血迹！

"啊！"

陆莎惊恐到了极点，一个可怕的想法在脑海里开始盘旋。她的全身情不自禁地晃了下，整个床倾斜着，生锈的支撑部件随着她的身体摆动发出"嘎吱"的声响。

整个房间只有天花板中心有一个吊灯忽明忽暗地闪着。余光里，怎么还隐约有个……

鼓起勇气的陆莎往右一扭头，瞬间吓了她一跳——

原来她身边还有个男人，也像她一样被固定着。

关键是自己刚刚观察了这么久，偌大个同伴自己居然没看见？

这个男人直勾勾的眼神，让陆莎不由得怀疑这是幻觉什么的，就是恐惧到极点然后脑子里的胡思乱想……

"你好，请……请问这是哪儿？"陆莎小心翼翼地问这个奇怪的男人。

"我说你眼神也蛮神奇的，我就躺你旁边，你一眼都不看我。"那个男人面无表情地说，"咱们在蝰蛇基地，你现在躺着的这块床板上，本来有一个。蝰蛇的暴徒用他做基因实验，死了。"

陆莎瞳孔猛地一缩，倒吸一口凉气后，绝望感顿时涌上心头。

她扭过头躲开男人那令人寒毛直立的眼神，试着平复心情，然后又将头扭了回来，勉强挤出一丝微笑。

"认识一下？嗯？我叫陆莎。"

见陆莎居然没有崩溃大哭什么的，那个男人还挺欣慰的，勉强挤出一丝苦笑："都是一只脚跨进棺材的人了，有什么好认识的？算啦……林伟星。这也算是缘分吧。"

"呦，醒来啦，美女。"

大概是在外面听到什么动静了，实验室的自动门打开了，疤哥冲着陆莎坏笑着，背着手走了进来，身后还跟着几个奇怪装扮的人。

虽然不知道这是谁，但养父的死和家园被毁，绝对跟蝰蛇的任何一个暴徒都脱不了关系。瞬间怒火点燃的暴脾气立刻就把陆莎的话匣打开了："蝰蛇是吧？就是你们这帮十八代被人放火烧的畜生！只知道欺负老弱病残算什么本事？你们敢和军方叫板吗？啊？！废物东西！有本事放开我，老子把你的头给拧下来！"

望着这位披头散发的狂野少女对着自己大吼大叫，疤哥只是轻描淡写地耸耸肩。

"放了你？哦吼吼，那是不可能的，女士。我们还需要你来为科学做贡献呢。"

陆莎的垃圾话似乎并没有让疤哥受到什么刺激，他转过身，示意身后的一位研究者将一个箱子放在桌子上。

随后，他亲自解锁箱子并掀开，里面，摆放着两剂有蓝色液体的针筒。

"你们又要干嘛？"

看到针筒，林伟星已经条件反射地紧张起来。

"别担心，就是给你们注射一点免疫用的药物。这里卫生不好，你知道的。"那个研究者将针筒拿了出来走到林伟星和陆莎两人中间，回头望着老大，等待疤哥的亲自挑选。

"要不……还是先从你开始吧。"

疤哥的手指指向了林伟星。

"男人嘛，强壮一点总是好的。"

"不，不！求你了，不要！"恐惧到失声尖叫的林伟星猛烈挣扎着，针筒在陆莎胆怯而惊恐万状的颤抖眉眼中越来越近，最后扎进了林伟星的皮肉里。

注射完后，实验室一片死寂。所有人都盯着林伟星，看看他有什么反应。

毫无反应。

然而，只有林伟星自己觉得，身体里有什么东西在四处奔窜。

"很好！"疤哥开心地鼓起掌，指了指陆莎，"下一个！"

"呃啊——啊！啊——"

然而疤哥话音刚落，林伟星就开始发疯般大叫起来。

与其说是大叫，听着更像是野兽的嘶吼。

浑身抽搐着的林伟星将脸甩向了陆莎，无助的眼眸中，黯黯滑出了一滴泪，似乎在向她央求力所能及的慰藉。

可是陆莎能干什么呢？她已经恐惧得说不出话了，只是用眼睛默默望着濒死的林伟星。

疤哥他们只能看到林伟星的抽搐，唯独陆莎这个角度，能看见林伟星手臂上的骨头，已经在皮肉里翻涌着，皮肤甚至逐渐呈现出棕红色的斑纹……

恐怖。

瞬间脸色铁青的疤哥立刻向后退去，示意手下不要动，众人就这样看着林伟星吼叫着。

抽搐了整整十多分钟，林伟星终于沉寂了下来，一动不动的样子，看着就估计没希望了。

在疤哥的示意下，一个研究人员上前试探了探呼吸，又看了一眼旁边仪器上的心电图，回头对疤哥报告道："还有一点呼吸，极为微弱。视情况而定吧。"

疤哥点点头，也没管陆莎，什么都没说就带着人走出来实验室。

"视情况而定？"这句话让陆莎细思极恐。望着已经毫无动静的同伴，这种死亡的压迫感，陆莎感觉自己马上就要彻底崩溃了。

"伟星，伟星，你怎么样？"陆莎细声轻喊着林伟星，害怕与伤心绞动着她的眼眶，一滴又一滴的眼泪肆无忌惮地在自己的脸庞上飞驰着。

"快说话啊……求你……千万别死啊。"

再也绷不住的陆莎将头扭向一边，盯着自己床位的心电仪器，猛烈地抽噎大哭起来。

另一间实验室内

日历上，这应该是良木齐叛变后来到蝰蛇基地工作的第二周了。

一管被静静摆放的试剂管中，突然被良木齐滴入了一滴蓝色液体，渐起而很快平息的波纹后面，他的眼镜片上也荡漾起了反射出的蓝光。

身为物化生样样精通的科学全才，良木齐从来没有说在实验上不自信过。然而，当疤哥一来就将他的初代未知元素实验品拿去做实验，他也心虚了。

这毕竟是月球内部地心世界的未知元素，根本没人了解，他能发现这种元素对人体细胞有促进作用，也是瞎猫碰死耗子。

正嘀咕着，疤哥已经气呼呼地闯进来，大步走上前，质问起他："你的血清怎么回事？差点把我的试验对象给弄死了！我要搞一个活体很难的好吧？！"

"我说过，这是第一代，存在问题很正常，按我们科学实验的原则，根本就不应该给人体使用的。"

良木齐没有停下手中的活，继续说："不过你既然用了，那我也只能说句实话——死了最好。"

"哈？！"疤哥以为自己听错了，"死了最好？亏你这种丧心病狂的话也说得出来！"

"丧心病狂？到底谁丧心病狂，你们害死的人命还少吗？"

这话一听，眉头紧锁的良木齐立马停下来手中的活，放下点滴管，转过身道："我只是入乡随俗，才说这么一句话。你们既然要将这种丧尽天良的事干到底，那我也只能奉陪咯？再说，至少他让我们明白，这初代血清对人体有害，还需要改进。这毕竟是外星元素，没人知道它对人体到底会造成什么影响。我来你们这，无非就是需要你们这里的未知能源储备。不来点研究，我也不知道，对吧？"

"哼！"疤哥总觉得这家伙在有理有据地胡说八道，气得不打一处来："行，行！等你把二代血清造出来，咱们再试，对吧？反正人命不值钱！对吧！"说着，疤哥骂骂咧咧地走了出去。

"真是个蠢货。"

见疤哥出去了，再次端起咖啡杯的良木齐不安地瞥了眼旁边的柜子。

他清楚初代血清意味着什么，其成功的概率堪比大海捞针。可急着要成果的疤哥哪里听得进自己的话，二话不说就拿初代血清去进行他所谓的"杀戮机器"计划去了。其后果，疤哥就是不说，良木齐也知道。

这种强化血清的更新换代，无非就是月球元素含量的多少问题。良木齐只有一管刚配制的试验性二代血清，虽然他自己清楚，不惜戴上叛国罪的罪名加入蝰蛇，不过是为了得到更好的资源。可是一旦自己的研究成果被用于这些暴徒的侵略，身为国人，以人类命运为怀的他也绝不可能看得下去。

杀害王阳晨后，良木齐很清楚，S市军事基地说什么不会放过他的，哪怕是自己死了恐怕也要拖出来鞭尸。

良木齐翻着昨晚和外界一个加密神秘人发来的一串被自己破译的符号码，深深叹了口气。

他知道这人是谁，能用量子纠缠技术向自己发送代码的，整个国家只有那个叫徐亦诚的物理学家。作为国家物理的当代双子星，徐亦诚的地位不比良木齐差。只是让良木齐遗憾的是，这家伙不愿意深入研究量子领域，导致两人最终还是分道扬镳了。

不过……良木齐从来没有放弃过给徐亦诚灌输量子理论，就比如，他把自己对量子纠缠的毕生研究都写在了厚厚一沓草稿纸上，送给了徐亦诚。

"良啊，业余时间里研究了也有一年半吧，我也只是按照你的步骤完成了这次通信。长话短说吧，你知道你在干什么蠢事吗？你在哪我一清二楚，只是一来我不想给自己引杀身之祸，二来我希望你能浪子回头，现在回来还不迟，懂吗？良啊，我知道你是为了人类好，在你眼里，国家将人类这个物种给情绪化了，你想用自己的方式去给出答案我能理解，可是……你这真的，换作是谁我们都无法理解你。"

"如果你真的需要那些神秘的未知元素，你为什么不用你的初代机配合军方一举摧毁蝰蛇呢？这样我们也能拿到你想要的资源啊！你为什么要加入他们呢？"

"我……我无法理解，良，赶紧出来吧。为了联系你，我特意去研究了你的量子纠缠项目。希望你，回来吧。我们可以不要那些资源，但是为人的基本伦理道义，不能丢啊！"

良木齐何尝没有这么想过呢。但是他明白，留个人类备战的时间已经不多了。如果真要彻底铲除蝰蛇，成功其实只是时间问题。

但，就是时间问题，才让良木齐狠下心，宁愿自己背上千古罪名，也要给星球一个活下去的未来。

良木齐不知道看了几遍徐亦诚发来的加密讯息了。掐掉关机键后，他坐到了桌上，端起咖啡杯双眼无神地望着实验室的门。

不过良木齐唯一没考虑到的就是，初代血清的威力有多大。

傍晚，一队蝰蛇分子打开关押林伟星和陆莎的实验室的门。他们打开固定陆莎的铁环，没好气得叫道："活动十分钟，饭菜在地上，上厕所就去，有人跟着你的，别想逃！"

"你们喂狗呢是吧？！"陆莎真是看着就火大，刚被解开铁环，暴烈的她一拳就往暴徒面门上砸！

"哎！别动！"

暴徒们纷纷拉栓抬枪，瞄准了陆莎。

看着胸前的红点，陆莎只能咬着牙，蹲下捡起了地上的饭盆。

见陆莎消停了，一个暴徒放下枪，上前探了探林伟星的鼻息。

"没了。"

一道晴天霹雳落下，陆莎猛地回头，看着他叫上两个帮手，想把林伟星当作尸体抬走火化。

然而，恐怖的一幕，发生了。

"乓嘟！"

似乎是受到了什么刺激，就在他们松开铁环时，陆莎看见林伟星的心电图上，已经平静的直线突然一路飙升！

"遭了！"陆莎扔下饭盆，一阵不好的预感袭来。

"呃……"缓缓睁开眼的林伟星动了动手指，眼中充满血丝的他，手臂上的皮肉突然撕裂开来，竟伸出两根极长的骨刺！

"什么……"

还没等着炮灰暴徒感叹完，林伟星已经嘶吼着跳下床，一刺就扎穿了一个暴徒的心窝子，接着，野兽化的他飞扑到另一个还在发愣的暴徒身上……

“咔嚓！”

是脖子被咬断的清脆巨响！

本来就因为电路问题而忽明忽暗的灯泡，随着林伟星四处高速移动而产生的风剧烈摇曳起来。

“打死他！”

几名士兵一起朝着林伟星开火！借助着忽明忽暗的灯光，林伟星就像一只夺命的求魂尸，伏在地上乱跑着。

火光中，吓得已经坐在地上的陆莎隐约望见，林伟星在墙上不断跳跃着，等到下一秒灯泡亮起时，早已出现暴徒们眼前！纵身一跃，就是一声惨叫和血肉被撕开的黏稠声。

借着变暗的灯光，他又不见了。陆莎只感觉自己脸边吹起一阵风，接着，一声惨叫！在陆莎恐惧至极的尖叫中，闪烁的灯光里，又一个暴徒被林伟星刺穿了胸膛！

最后那个暴徒不敢再犹豫了，举起枪对准林伟星的背后，大叫着，死死压着扳机没松手！

“啊——”

“啪！”

最后一颗弹壳也掉在了地上，发着金属特有的回响。而透过枪口冒出的烟，暴徒却望见这个已经侧过身的怪物邪笑着，一步一步朝士兵走来。

弹孔消失了！

“啊！”暴徒向后退去，最后摔倒在上：“你到底是什么怪物啊！”

“啊——”

陆莎捂着耳朵爬到了角落里，她觉得自己将是下一个受害者。

然而，在忽明忽暗的灯光中，她看见林伟星从士兵身上拔出骨刺，站起来，居然冲她笑了笑，接着“砰”的一声，撞破了铁门逃了出去。

陆莎愣了一会儿，望着那扇被撞开的铁门，慌慌张张地爬起来也跟着跑了出去。

然而，林伟星跑得太快，她在第一个分岔口就跟丢了他。加上自己又不熟悉这里，四处躲躲藏藏着来到一间屋子里，但很快还是被士兵发现并带了回去。

　　而林伟星却早已不见了踪影，只有一声声惨叫和求饶，还在基地里回荡着。

　　被逮回来的路上，陆莎看着楼道里这些死相极惨的暴徒，强压住溢到嗓子眼的胃酸。

　　在暴徒的带领下，陆莎冲进厕所，看着洗手台镜子里的自己出神。

35. "你们让我杀人？！"

　　自从变异的林伟星从基地出逃后，越聚越大的负面阴霾开始盘旋在陆莎的心头。极度扭曲的信念，让她逐渐感受到人性最黑暗的一面。曾经暴烈的红发少女，现在每次被押送出来活动，身上都能让别人感受到一种被驯服的沧桑感。

　　陆莎没有可以倾诉的对象，结束每天可以活动的十分钟后，就在铁板床上幻想着自己如何死去，睁着眼，看见的是林伟星屠杀过人的充满血腥味的死人屋，闭上眼，满脑子，都是当时林伟星撞开门时，回头对自己惨然的那一笑……

　　整个房间里，充满着压抑的气氛与绝望的味道，压得陆莎再无呼吸的余力。

　　正当陆莎仰头看着天花板发呆时，"吱呀"一声被推开的铁门，凄厉惨叫着，似乎还在控诉林伟星那天对自己犯下的罪行。

　　现在已经晚上 6 点半了，是自由活动的时间。疤哥和良木齐带着一队士兵进来，然而，这次他们带来的不仅是饭菜，还有一个盒子。

　　"不……"已经对生命不抱希望的陆莎看了眼这小盒子，仰起头——她已经知道要发生什么了。痛苦地闭上眼睛后，陆莎的眼角挤出两行眼泪。

　　"哦，别难过，小姑娘，我对你同伴的遭遇深感抱歉。但请你相信，你不会成为第二个他的。这一次，我保证你不会有事的！"

　　"你们蝰蛇分子的话，有几个字是真的？反正我的家也被你们毁了你，杀了我，赶紧的！"陆莎不屑地冷哼道，"我不想再遭罪了，我受的苦已经够多了。宁愿死在实验室，我也不想变成被你们利用的怪物。快动手吧，我要去和我的父亲团聚！"

　　"小姑娘，你我的遭遇都很像。我的父母死于战争，但是我坚强地活到了现在。命运越是对你不公，你越要努力活着，知道吗？"

　　面对疤哥嘴中所谓的"教导"，陆莎只是漫不经心地撇过头，准备感受针管扎进皮肉的痛感。

“良博士！”疤哥招呼研究人员拿出血清注射器，“您可要看好了，您的杰作。”

话音刚落，研究人员就将针管扎进了她的手臂里。一阵疼痛感后，陆莎扭头望着被针头扎出血的皮肤，木讷的样子，就像已经接受了这样的结局。

她甚至都开始幻想，自己能不能像林伟星那样杀几个蝰蛇分子助助兴。

然而……5 分钟……9 分钟……“嗯？”良木齐难以置信地再次抬起腕表，“10 分钟了？没有任何生理不适吗？”

10 分钟过后，一脸懵圈的陆莎还像个没事人一样躺着。

其实良木齐自己都不知道这算第几代血清，真正的二代血清他自己根本没拿出来，给陆莎注射的这一针，是他为了敷衍疤哥的基因改造行动随便配制的试剂。

然而让他们所有人出乎意料的是，这个随意配制的试剂好像效果还蛮不错。

这种概率，就好比自己买了两次彩票就中了头奖一样，兴奋到难以言表的疤哥紧紧抓住一旁还在愣神的良木齐：“成了！成了！哇哈哈哈……天呐，不愧是当代的全领域全才的良博士啊！快快快，给她装上！”

“额……”然而，良木齐根本就高兴不起来。看着一个小杂兵又从盒子里拿出了个试管枪，本能伸出手的他，却只能强迫自己把手指缩了回来。

“做人的基本伦理道德，我们不能丢啊！”

回想起徐亦诚发给自己的量子加密讯息，良木齐默默地转过身，轻轻揉起自己的太阳穴。

“什么东西？！你再敢对老子动什么手脚，老子就是死也要朝你这群牲畜脸上吐口血！”脖颈后面传来一阵刺痛，陆莎能感觉到有个小东西被塞了进来，全身都在剧烈地颤抖着抗拒。

“一会儿你就知道了。”

疤哥似乎看出来这位小姑娘脾气非常火爆，心生一计的他回头招呼了一下，让手下松开陆莎的铁环。

果然，正如他所料，被解锁后的陆莎整张脸都是晴红色的，凶恶的眼神里满是对他们的仇恨与被极度摧残的半疯狂状态。

根本没想再活下去的她，现在就是拉几条命给自己垫背。

给自己松开铁环的暴徒刚直起身，暴躁的陆莎根本就不再忌惮别人手里的枪了，飞起一拳猛陷进了暴徒的脸上！

但是这一拳，让陆莎自己也呆住了。

随着拳头打去，这个暴徒居然被自己活活打飞了出去！伴随着面颊骨被粉碎的声音，嗷嗷直叫的他就捂着脸，倒在地上一动不动了。另外两个小喽啰还妄想着举枪威胁陆莎。然而人家早已将生死置之度外了，陆莎的脚后跟抵在倾斜的铁板床上用力一蹬，巨大的启动力量直接让自己的头发都蹭着天花板了！

"哼！太棒了……"疤哥心中暗暗窃喜着，一个闪身躲开了下扑的陆莎，反倒是旁边两个小喽啰，被陆莎两巴掌扇翻在地。

感受到前所未有的力量后，近乎疯狂的陆莎居然还低声沉笑起来，径直走向疤哥和他身后的良木齐。

然而，疤哥纹丝不动，只是旋动了下手里握着的一个按钮。

"唔呃，啊！"

全身的神经一下子都紧绷了起来，如同被万箭穿心的陆莎立刻双腿发软，惨叫着跪倒在地上。

"不好意思，我们给你装了个紧箍咒。不听话的话，就会像这样。"疤哥把旋钮一拧，又加大了强度，"懂了吗？"

"你们都是畜生！畜……生……啊！"跪倒在地的陆莎还在疯狂叫嚷着，双手捂住脖颈，整个人都被痛感逼得向后弯起。

"好消息，成功了；坏消息，这女的好像脾气不太好。"疤哥回头对一言不发的良木齐耸耸肩，将控制器的旋钮调到了原位。

良木齐已经不忍再看下去了，待疤哥走到陆莎面前，自己则是悄悄推开门，走到走廊外点起了一根烟，但依旧在仔细听着室内的动静。

"从今以后，你就是我们的人了，明白吗？"疤哥半跪下来，面对已经被折磨到虚脱的陆莎，他居然伸出手轻轻抚摸着杂乱的红头发。

"你我都成功了，不是么？我成功拥有了属于自己的超级战士，而你，至少把命保住了。"

"把命留给你们去滥杀无辜吗？"眼里布满血丝的陆莎愤恨地抬起脸，龇着牙低声咆哮着，"我只是一个刚成年的女孩！就要接受你们这样惨绝人寰的活体改造！我是活下来了，那些因为你们的基因改造而惨死的人呢？还有那个成为野兽却在社会里到处游荡的林伟星？有多少人，因为你们的贪婪而变成别人眼里的疯子、怪物？你就是被地狱分尸了我都觉得便宜你这变态！”

“呃……说得很对。”疤哥还恬不知耻地肯定道，“可只有你撑住了，陆莎。说实话吧，大家都认为自己可以改变命运，其实，这就是一种宿命。对你，非常适用。”

被红发遮盖住脸的陆莎屈辱地跪在地上，翻起自己的双手腕，这时她才注意到自己的手腕下，早就被装上了一个 U 形棱甲铁盘，前口中，一个锋锐的枪尖正躲在里面。她试着拔了拔，手腕立马开始隐隐作痛了。

“别拔了，拔不下来的。”疤哥说，“这是神经元接入式锁链枪，是地外文明科技和我们的科技融合的产物，最大的亮点呢，就是可以带着锁链发射出去并收回来。枪由金刚石和铬熔炼而成……”

“熔炼后熔模铸造。”良木齐靠在大门外提醒道。

“啊……”疤哥显然很不乐意让别人教自己，直接岔开了介绍。

“明天，就来训练室试试吧。”

陆莎多想用这东西刺死眼前这两个人！

看着疤哥转过身去，陆莎举起手，将发射口对准了疤哥的背，可是她并不知道怎么发射这东西，只得放下手捂住脸，满脑子都是“杀戮机器”这四个字。

第二天清晨

大清早，陆莎就被几个重甲兵包围着一路押送了出来，胆战心惊地时不时瞥一眼两边全副武装的重甲兵，又看看自己手腕下被装上的武器，还是认怂了。

毕竟，她连这东西怎么用都不知道。

“继续等机会吧。”陆莎想着。

“乓！”

陆莎刚被推进训练室，后面的门就被锁上了！锁门前，那个暴徒喊道：“中午 11 点放你出来！”

满脸疑惑的陆莎被训练室里的机械运作声给吓了一跳，回过头，瞬间浑身一个抽搐。

她被眼前的庞然大物吓呆了。

“这机器……两米有了吧！”

履带式机器人闪着红眼，没有任何多余的动作，锁定新目标后就朝着陆莎撞来。

陆莎赶紧跳到一边，望见右边高处有块大型玻璃板，猜到了什么，冲着玻璃大喊："你这什么 U 盘咋用的啊喂！"

可是，没人回应她。

没办法，她只好一边绕着场地狂奔躲开机器人，一边研究怎么用这锁链枪。低头拨弄得正认真呢，抬起脸一看，陆莎赶紧急刹车停在了死角面前。

"遭了！"

刚回头，一个白色铁手挥掌而下！

这一掌可真了的，毫无防备的陆莎直接给硬生生扇得撞在墙上，砸开一圈白灰后，落到地上大口喘着气。

拐了个方向后，机器人再次扑来，这气势，是非要弄死她不可。陆莎挣扎着站起来，想起自己小时候的运动会项目，一个蛙跳就扑倒在另一边躲开了一拳。"砰！"

陆莎一惊，随后就是胸口的背部一阵痛觉，差点没把自己送走。

说好的训练，这机器居然还掏真枪！

以为被弄死了的陆莎双眼一翻，挣扎了几下，就放弃不动了。

然而，奇迹发生了。

伤口居然快速愈合起来，快到连血都没流出多少就缝合上了——她的身体又好了！

"啊？！"察觉到异样的陆莎又惊又喜，"原来我还有这能力！"

"嘿，有这能力，我随便你打咯。"想到这个，陆莎顿时信心大增，回头站起来就打算反打。

"打开锁链枪行不行！"陆莎真想不出还有什么方法能启动锁链枪了，随口抱怨了一句。

然后就很喜剧了——

"乓"的一声，锁链枪居然还真就发射了出去，大差不差地勉强刺进了机器人的左肩。

"啊？神经元接入是这个意思？"陆莎恍然大悟，又将自己另一只手上锁链枪发射了出去，这一次枪头直接刺进了机器人右胸膛的位置。

被改造强化后的陆莎，想拉动一辆小汽车对她而言已经不是问题了。没等机器人下一步进攻，陆莎双手握住锁链，猛地一拽，直接就让机器人的左肩膀疯狂冒火喷烟，被扯了下来！

“好！”玻璃后，疤哥鼓着掌大喊起来："我们终于也有自己的超级士兵了！”

从那以后，陆莎每天都要来这里与这个大块头机器人对打，天赋过人的陆莎，很快就自学出了很多躲闪、防御技巧，也渐渐熟悉了锁链枪的用法。机器人身上的刮痕越来越多，陆莎的格斗技巧也越来越老辣。终于有一天，陆莎用锁链枪借势窜上机器人身上，用力一拧，将机器人的头给拧了下来。

“值了，值了！”疤哥说，“可以叫人进去了。”

“嘿，姑娘，干得好！”疤哥拿着话筒赞叹道。“能放我出去了吗？我累了。”陆莎抹了把汗，问。“我们来一道餐后甜点，怎么样？”疤哥对着麦克风说。“来吧。”

训练室另一边的门打开了，进来一个瘦高的男人。他手里拿着一把刀，颤抖着。男人脸色苍白，恐惧地望着陆莎。“这个餐后甜点的名字叫作，你死我活。”良木齐说。

“你们让我杀人？！”陆莎瞪大眼睛，手上握着的锁链“哗啦”一声软趴趴地躺在地上。

瘦骨嶙峋、颤颤巍巍……眼前这男人看起来是那么不堪一击！

可，要么他杀了自己，要么自己杀了他。

太残忍了。

陆莎迟迟不敢动手。她手心里捏出一把汗，开始一步步向后退。

她不想成为养父口中的杀人魔。

可是，眼前的这个男人已经狂叫着冲了上来，乱挥着刀就砍来。陆莎没有还击，只是不停地用铁盘格挡着他的进攻。

为了蝰蛇暴徒口中所谓的活着，男人近乎疯狂，居然用头猛击了一下陆莎。

陆莎一阵眩晕，倒在地上，那个男人跳起来就向陆莎的头上刺来。

终于，陆莎被迫抬起手，射出了锁链枪，枪尖穿透了这个身形羸弱的男人！

鲜血喷出后，那男人好像还释怀地微笑起来，瘫软地摔在地上，死了。

看了看手上沾到的血浆，陆莎呆呆地立在原地，耳边根本听不到麦克风对自己的喊话，耳鸣声环绕着自己。

　　陆莎再也绷不住了，她抱着那个男人的头，就像抱着自己的养父一般，嚎啕大哭起来，悲恸得，令人心碎。

36."此计甚妙。"

"老大，你慢点喝嘛~"

"好，小宝贝。来，赏你一口。"

"老大！你怎么可以偏心嘛，别忘了我……"

疤哥左手抱着一个女人，右手举起酒杯就往右手边的另一个女人递去。疤哥坐在沙发上，脸色通红，玩得不亦乐乎。两个女人也是穿着极其暴露，千娇百媚的缠在疤哥身边。

疤哥玩得兴起，刚想把左边的女郎抱到自己腿上，门外却突然传来了试探性的敲门声。

"等一会儿，忙着呢！"疤哥的兴致一下子就被打断了，没好气地朝门那边吼着。

"是我，有急事。"门外传来良木齐的声音。

"妈的，每次都来扫我的兴。"疤哥示意两位女郎去里边的房间待一会儿，喊道："进来吧。"

良木齐小心翼翼地推开门，一眼就瞥见疤哥座椅上挂着的女式风衣，已经猜到他刚才在干什么了。

良木齐酝酿了一下语句，走上前说："我们的钢铁存储量不够了。"

"所以呢，你有什么办法吗？这种事不是应该后勤管理的人向我报告吗？"从疤哥的语气中，听得出他非常恼火。

"哦？"良木齐笑笑，坐在疤哥对面的椅子上说："他们觉得我跟你比较好说话一点，就托我向你反映了。"

"也亏他们想得出来。"疤哥拨弄了一下自己的头发，"你敢代他们说，说明你肯定也有自己的需求吧。"

没有最基本的建造材料支撑，纵使自己有千千万万高科技装备的研发蓝图，良木齐也无能为力。可如果要拿到材料，就只能向蝰蛇的人寻求帮忙，而蝰蛇的暴徒怎么可能用什么正经的手段去搞这些东西？

良木齐也只是心存侥幸地说说，虽然已经被贴上叛国杀人犯的标签，可他毕竟是一个做了常人无法理解的决定的科学家，如果自己的提议会危害到社会，那还不如……

"的确。你可知 A 市的 SYG 钢铁制造集团？这可是世界五百强企业上榜的民企，去和他们的凯拉谈谈，看看行不？"

"哕。"疤哥不屑地歪歪嘴，哈哈大笑起来，"你还是心太软了，良老爷了！你忘了咱们的超级兵器了吗？"

"可是……"

虽然知道疤哥肯定会这么说，可是良木齐一想起那个本想敷衍了事反而被强化成功的"杀戮机器"陆莎，心情就十分沉重。

"不会搞个物资，都要将别人置于死地吧？没必要的，只要别杀人。你哪怕举着把没拉栓的枪诈唬一下他们也就够了嘛。"

"不不不，博士啊。这对她而言，可是绝佳的实战经验呢。"

疤哥干咳一声，故意用自己的脑袋挡住了椅背上的皮衣："你可知，自从建立起这个组织以来，有多少亡命狂徒选择向我低头，寻求我的庇护？我想说的是，这么多钢材里，没一个是可以用来基因改造实验的好钢，六年了，我们在这片鸟不拉屎的穷树林里苟活着终于等到了第一位，成功的改造人啊！"

"嘶……"良木齐极其厌恶地皱起眉头，"难道这么多钢材里，每一个人批评过你说话的逻辑吗？不被搅屎棍搅个几圈，还真说不出你这样的一大串。"

"砰！"

疤哥一听火气就上来了，一敲桌子就站起身指着良木齐，"你最好少教我做事，你别忘了你现在在哪里，给我放尊重点。"

"你敢吗？"良木齐毫无惧色地翘起二郎腿。他当然清楚自己对蝰蛇的价值。

哑口无言的疤哥只好把嘴边的话硬嚼下去，化成了从鼻腔里喷出的恶气。

"反正！我要让陆莎去执行任务！为了培养她，我可是把四成用来和外星人交易用的筹码都给她练手去了，稍微给她个考试，能怎么样嘛！"

"筹码？给她练？"良木齐往前一凑。

"嗐。"疤哥撇过头去，漫不经心地解释道，"去边境抓几个偷渡的，或者专挑那些搞黑商的——黑吃黑，不就成了？”

这下，幡然醒悟的良木齐想后悔也来不及了，“她杀了……几个了？”

“就……三四个吧。”疤哥似乎看穿了良木齐的心思，故意将数字压低了点。

这一瞬，良木齐感受到了一种从未有过的沉痛感，他深深吸了一口气，情不自禁地摇摇头。

“所以你们还是骗了我，对吧？你们的主要方向，根本不是用外星资源造什么重武器，而一直都是指向人体上的基因开发与强化，这种丧尽天良的事，对吧？你们和我都清楚，留给地球的时间不多了，所以才向我公开了能源储备，表面上要我帮你们改造外星人送给你们的武器。实际上，你们也没有给我所承诺的充足的能源去进行大量研究，反倒是利用我的存在，进行人体实验，对吧？”

“没错，博士，您不是一般的聪明。”疤哥承认了，“战争启于人，也必将终于人。我相信，再强大的武器，都不如我们还未开发出来的潜能。这个陆莎，就是完美的例证。”

同一时间。

自从陆莎第一次杀人以后，现在疤哥对陆莎的态度简直是判若两人。他甚至还专门为陆莎挑了间屋子，供她每日的日常生活使用，有电视，有游戏机，但就是不能随意出来。

而稍微活得一点自由的代价就是，陆莎必须配合疤哥为她准备的惨无人道的所谓的训练。每隔两天，陆莎就会被叫到训练室，而疤哥则会释放一个俘虏任由她残杀。

这对陆莎来说无疑是一生都愈合不了的精神折磨 -- 她不想成为杀戮机器，可是为了生存，她必须如此。

但时间真的是一个很神奇的东西。刚开始，陆莎每杀死一个人都会大哭一场而且都是被逼无奈才选择动手的。可渐渐地，陆莎意识到，只要人质被放进来，迟早都是死，哪怕自己不动手，那些暴徒也会动手。他们，只是供自己锻炼的器材……

“嘶啦——”

“啊咦！”

梳子遇到搅和在一起的红色长发，怎么都推不开，头发根传来的痛觉让陆莎倒吸凉气，清醒了过来。

从第一次杀人开始，每一个惨死于自己锁链枪之下的人质，陆莎都能清晰记得他们的脸，那从嘴里喷涌而出的鲜血，那一声声绝望的嘶叫……

还有那个像极了养父笑容的那张死去的微笑人血脸，像油墨画，彻底定格在了陆莎恐惧至极的内心，微笑着，笑着，笑……

"额啊！"

狂躁不安的陆莎站起身一脚踢开自己坐着的木凳子，瞄准镜子里寒毛卓竖的自己射出了锁链枪！"乓啷"一声，镜子被锁链枪刺得粉碎。

刺尖将镜子里陆莎的脑袋扎得面目全非，而周边的裂纹里，还在勉强为胸口剧烈起伏的陆莎展现她自己现在的可怖模样。

"咚！"

"咚！"

"昨天不是训练完了吗？"收回锁链枪后，以为又要去"地狱训练"的陆莎不耐烦地望着门口，喊道。

"不是，你误会了。"疤哥早已来到陆莎的休息室外，听着里面的玻璃碎渣掉落的细微声响，"明早 8 点，来训练室门口。不是训练了，我得带你出去兜个风。至于任务嘛，我会交代的。"

"嘿哟。"本来以为回到社会遥遥无期的陆莎灵机一动，"好机会！"

第二天

凯拉是一个混血儿，母亲是英国人，父亲则是 A 市本地人。父亲去世后，他就继承了父亲的遗产，继续着家族世代相传的钢铁产业。作为全国五百强企业中的佼佼者，凯拉也是为这个公司的繁荣操碎了心。

"怎么搞的？！你是不把我这个首席执行官放在眼里还是咋的？三日内，给我把订单搞回来，否则你就别想在这里混了！"

然而，在这栋豪华玻璃大厦的上层里，凯拉训话的声音可谓是整个办公楼都能听见，原因很简单，这位下属未经他本人同意，就脑袋抽筋般取消了一个大额订单。

电话另一头的人唯唯诺诺地满口称是。凯拉以为他会提前挂掉电话，结果等了半天也没挂。

凯拉很疑惑，刚想按掉电话，电话另一边传来声音："凯总，楼下好像有点异常。"

"异常？"凯拉愣了一下，走到窗前向下看，却望见一些穿着黑色大衣的人未经保安允许就直接闯了进来，目标，很明显是电梯！

公司门外，四五辆黑色越野车的车头对着大厦门口，车上的人有枪。

"蝰蛇！"凯拉大惊。他不知道自己犯了什么错能惹到他们。枪声旋即在整栋大楼回荡起来。

凯拉的两位贴身保镖已经来到他的办公室，说："老板，有突发情况，请立即跟我们走。电梯已经不安全了，我们将护送您乘坐直升机到安全地带。"

此时，一架悬浮机正悬浮在大楼右侧，观察着局势。

蝰蛇分子们想直接攻占电梯。疤哥透过玻璃，看见凯拉正在 21 层，已经起身准备离开。

"该她上场了。"疤哥对旁边的下属说。

机舱后门打开，一身黑色战衣的陆莎迎着风站在甲板上，看着不远处的墙壁。陆莎撩了下头发，果断跳了下去。

"额？"暴徒一脸惊愕地看着身后什么都没背着的陆莎就这么跳了下去。

"不需要，相信她。"疤哥说。

稳定身体后，找准平衡的陆莎果断在空中双手发射出锁链枪，枪头直扎玻璃墙体，陆莎死死地抓住锁链，枪头在墙壁上划开一道好长的深深的痕迹才停下。

陆莎空中一荡，踹碎玻璃荡进一间房间，顺便把枪收了回来。

"嗯？诶！"

这是一间本应无人的配电房。但里面却有一对男女正亲热着呢。

这么高的地方，居然有人从玻璃外跳进来，瞬间让他们吓得尖叫起来。

有些尴尬的陆莎慌忙站起身，看都不看他们一眼，只说了句"打扰了，你们继续"便冲出了房间。

跑到走廊上，陆莎发现自己根本不知道电梯在哪，但是人们好像都在往一个方向挤。

"这种时候还挤在一起往前，那里肯定有楼梯。"

无奈，陆莎只好低着头，快速在楼梯里川流的人群中向上奔跑起来。

"目标已经到 23 层了，你还在第 19 层，想想办法，陆莎。"悬浮机上，疤哥坐在玻璃前观察着。

虽然自己的速度可以很快，可是人流几乎都是逆着自己的，想快也快不起来。预感到这样怕是没时间了，来到转角口，望着玻璃，陆莎灵机一动。

"乓啷！"

众目睽睽之下，陆莎居然直接撞碎了玻璃，飞入空中的同时回身发射出锁链枪，在陆莎的意识命令下，枪尖两边伸出锋利的弯钩，镐形态的锁链枪对准了高楼中间每隔三层就会出现的淡黄色水泥层，将自己挂在了空中！

确认挂稳后，意识命令再次从陆莎脑中传来，锁链枪开始以枪尖为原点，将陆莎顺势给送了上去！

"嘿嘿，满成功的嘛！"陆莎对自己的连招非常满意，接着很快又是一枪发射出去，再将自己送了上去。这一下，两层两层快速上升的她，很快便追上了凯拉等人。

而两分钟后，凯拉已经来到最后一层，再往上便是停机坪了。

突然！一个保镖听见后面有一声清脆的玻璃破碎声，接着便传来急促的脚步声，回头一看，而陆莎已经飞奔而来！

"老板，你快上去！"

明明自己比别人高了 21 层，她是怎么追上来的？

容不得多想了，两人立即朝陆莎开火。虽然经过数次训练了，可是面对子弹，陆莎还是有些信不过自己的自愈能力，弯起手臂护住脸，全身蜷缩了下去。

子弹打在身上的痛感和阻力，还是让陆莎寸步难行。无奈，陆莎撞开旁边一间房间的门，再次从窗户边跳了下去，就像她当初从孤儿院跳下去一样。但这次她不是自杀，她射出镐形态的枪插在大楼墙壁上，自己就像一只握着藤蔓的猴子一样荡了过去，接着又是一枪，又荡了过去……

终于跑到停机坪了，累坏了的凯拉弓起背，以为自己得救了，然而，谁想直升机的另一边——也就是大楼下方，居然还从下面飞出一个人！

透过直升机的玻璃，凯拉惊愕地看见，这人三步并两步地跑上前，一把就掀下了机舱门，毫不留情地将驾驶员给拽到了地上，两拳就把他打翻在地。

"啊！"凯拉整个人都懵了。

"想逃？"陆莎索性就当起了坏人，将红发一甩，地上拖着两条锁链枪，向凯拉走来。

而且这时的两个保镖已经被赶上来的蝰蛇暴徒给缠住了，孤立无援的凯拉立即跪地求饶道："求求你，别杀我！你要什么，我都可以给你！"

不过出人意料的是，陆莎走上前，并没有要杀他的意思，而是俯下身尽量柔声地说："带我去你停车的地方，顺便把车钥匙给我，我放你走。"

悬浮机上，疤哥高兴地大喊："好啊，她成功了！快派人去接她。"

毕竟有枪，蝰蛇组织的人终究还是打下了公司大厅，他们一队守在楼梯口，一队守在电梯口，等待两人下楼。

只见电梯显示的层数一层层接近，到了一楼，人们都以为门要开了。

但，电梯去了负一层。

"怎么回事？"众人疑惑。

凯拉带着陆莎来到私人的停车区。一辆白色豪华轿车，一辆黑金色超跑。

"你要哪辆？"凯拉胆怯地问。

陆莎机敏的小眼神一扫，毫不犹豫地指了指超跑说："当然是最酷最快的那个。"

接过钥匙后，虽然自己没开过车，但陆莎决定还是放手一搏。尾翼扬起后，陆莎点火，在停车场猛地一脚油门下去，车镜刚蹭着墙壁，径直冲出了停车库。

以前陆莎可是连车都很少坐的，更别说考过驾照了。

"喂，那我怎么办？"凯拉一脸惊慌地看着车的背影喊，"这车是无级变速的，有点贵！哎哟，心疼死了……"

37. "你命真大。"

"老大！出状况了！那个陆莎把目标带到地下停车库去了！"

"嘶……"疤哥也是百思不得其解，本来就计划着给凯拉一个下马威，先看看能不能白嫖个五六十吨钢材——按一辆装甲车 15 吨来算的话，其实也拿不了多少免费的，后面如果真能逼迫他们和自己合作，蝰蛇多少也会给点钱。只是陆莎这一举动确实有点打乱计划的意思了。

"按兵不动，静观其变。"疤哥下令道，毕竟疤哥还是对她有一点信任的。

但是很快，悬浮机发来消息的消息让他彻底失望了："陆莎好像开着一辆跑车逃走了！"

失望立刻转变成了疤哥的暴怒："老子辛辛苦苦培养你，还想当白眼狼是吧？全都给我上车！"

不愧是世界顶级豪车，这辆超跑甚至都不用换挡。不过，也幸好这是无级变速的跑车，陆莎可从没学过车，只知道车有油门和刹车的她完全就是靠着感觉在这稀疏的车流间穿梭。

她知道的唯一一条交规——红灯停，绿灯行——似乎已经毫无用处了，反正自己没驾照，扣分又不扣在自己身上，哪条路好走她就往哪拐。

就凭这两点，她就开超跑跑路了，关键是开得还蛮好。

看了眼轻轻一踩就飙到 60 码的仪表盘，陆莎现在都不敢踩油门了。跑车在车流里左冲右突，和不知多少辆车刮擦了不知多少下，那些被陆莎刮擦到的车在她身后疯狂鸣笛，但她可没心思管这些。

一路奔逃，越远越好，逃到一个谁也找不到她的地方。

前方有一个十字岔路口，陆莎不管三七二十一，方向盘甩了个 30 度，黑金超跑就挑着车辆最少的这条路拐了进去。

然而，陆莎的一切行踪，都被悬浮机全程监视着，实时向后面的车队提供信息，疤哥一队黑色越野车在车流中显得极为显眼，他们也是一路狂奔，但和陆莎的位置还有两公里的距离。心急如焚的疤哥手里紧紧握着那个控制器——这可是他组建蝰蛇庇护基地以来第一个成功的改造人啊！是自己梦寐以求的超级兵器啊！说什么他也不愿意这么丢了。

视线里，城市屋子逐渐变成了绿野青葱，这时陆莎才渐渐发现，车轮下是一条崎岖的旁山险路，难怪几乎全是货车在通行。

因为弯太急，陆莎不得不放低车速，而且她并不知道，超跑对路面要求极高，这种山路对她坐着的这辆超跑而言，简直就是折磨，那底盘"滋滋"地摩擦着凹凸不平的路面，听着就让人心疼。

而疤哥一队人，车技娴熟先不说，全部都是改装越野车，过弯就跟闹着玩一样的。

眼看着目标越来越近，疤哥露出得意的微笑。

陆莎不安地回头望了眼，隐约看见了后面拐角口冒出来的黑色引擎盖，吓得浑身一哆嗦，轻轻又踏了下油门。

"哎？"

左拐上来后，前方终于看到一条笔直的路了！

陆莎仿佛看到了希望，轻轻一脚油门，跑车直接飙到了八十码，但糟糕的是，对面的拐弯处，迎头驶来一辆大货车！

"哇——你能不能按下喇叭啊！狗杂碎！"

陆莎被吓得破口大骂，慌忙摆动了下方向盘。八十码的车，谁经得住这么一甩？轮胎一飘，车没稳住，向右边的石壁撞去！

陆莎赶紧又往左打了下方向盘，还好只是擦着石壁往前开了。但谁想那个大货车挡住了视野。等大货车来到外线时，她才发现，前方是一个向右的急弯！

"啊——"

知道已经无力回天了，陆莎干脆放空方向盘，双手护头，车径直就撞上了栏杆。

好在栏杆够结实，居然勉强接住了超跑，半个车头悬空在外面。陆莎眼前一阵眩晕，额头刚泛滥起一阵疼痛，伤口就极速愈合了。

"呼……呼……"额头怼了下方向盘的陆莎有些晕乎乎的，但还是在试着拨弄仪器。

她想倒车。

但这一段插曲，可是大大缩短了疤哥等人与陆莎的距离。

看到前面那辆一半车身悬在外面的超跑，疤哥毫不留情地按下了开关。"呃啊——"痛苦随即遍布全身，陆莎惨叫起来，受到刺激的她竟然狠狠一脚压了下去，把油门给踩满了！

这下好了，超跑的后驱动轮猛一发力，"嗡昂"一声就把陆莎和自己给送下去了。

"啊——蝰蛇真他妈畜生啊——"

这声尖叫，不知是抱怨电击感太痛还是感叹一脚油门把自己送下去了。超跑车头落地后，重重一砸，整个车在斜坡上疯狂翻滚着！

只感觉全世界都在天旋地转的陆莎紧闭着眼，抿着嘴，碎裂溅开来的玻璃渣一片片刺进了陆莎嫩嫩的脸颊里，就差没伤到她的眼睛。

整整翻滚了有六七秒后，支离破碎的超跑最后翻进了最低谷，低到连森林都挡住了视线，望不到上面的山路了。

还有些清醒的陆莎直接就吐在了车上，吐完后，挣扎着从倾倒的车中爬了出来。她的自愈能力救了她，让她几乎没有流血。

陆莎晕乎乎地往前走着，然而，身后的"滋滋"燃油声和钢架被烧起来的"噼啪"声引得她警觉地回头。

"诶？！"

刚刚还吐得不知人间何处的陆莎瞬间就清醒了过来，撒开腿就跑，结果没几步，后面"轰"的一声巨响，吓得陆莎立刻捂住了耳朵。

车身爆炸的气浪让陆莎被炸了个头晕脑胀，本来就够晕乎的了，这一下左腿一软，陆莎向左摔去，头正好砸在石头上！

大概是自己想睡了，陆莎索性两眼一黑，自愿昏死了过去……

约莫 6 小时后

忽明忽暗的灯光，血淋淋的尸体和人头，陆莎望见一个人影，此人正是林伟星，朝着自己一步步走来……

"啊！"陆莎恐惧地尖叫起来。她感觉自己浑身轻飘飘的。她以为自己又被扣上了，试着动了下手脚。

居然能动。

陆莎睁开眼，右眼睛却无比疼痛。很显然，她的右眼之前砸在了那块石头上。她每眨一下眼睛都有难以言状的痛感。

此时正是深夜，陆莎左右张望着，发现自己居然在一间屋子里，右边有一点零星的灯光，一个老人正坐在不远处，编着一个木笼子。

“这里有人家居住？怪神奇的。”

望着不动声色的老人，陆莎估计自己八成是被老人给救下了。可是，刚刚自己这么大喊大叫着坐起来，怎么……

“我刚刚大喊他没听见吗？”陆莎有些疑惑，“难道，刚刚我的喊叫声也是梦里才有的吗？”

陆莎好奇地望着这个老人，他的侧脸上，沟壑纵横，零星的老年斑在他脸上随着微弱的火光一晃一晃的闪着。

陆莎又往前凑了点，眯起眼。

应该没看错，老人身上穿着的是一件早已褪色磨皮的绿色军衣，而且胸膛前，点缀了几只徽章。

“您好，那个……怎么回事？”陆莎试探性地问了问，她有太多疑问了。

“你命真大。小姑娘，你从那么高的地方滚下来竟然毫发未伤，你真是太幸运了。”那个老人没有看她。

陆莎不知道该跟他怎么解释自己的自愈能力，也就只能尴尬地笑笑。

听闻床上这位陌生少女醒来了，本来蜷缩成球的田园犬立刻抬起水汪汪的大眼，倒是一点不怕生，摇着尾巴很热情地迎上来，用鼻尖碰了碰陆莎的手。

“它叫乐仔，以后它就是你的亲人了。”老人缓缓地说。

“亲……啊？！可是，我连您的姓名都不知道。”陆莎对这个定义有点猝不及防，“再说，我怎么可能一直在这呢？”

“你不必知道，叫我森爷爷就可以了。”老人继续穿着木条，一个一个回答道，“没事，它能遇见你，就是缘。有缘，都能成为一家人。”

森？

陆莎一脸懵圈，难道百家姓里还有森这个姓吗？

陆莎也没再多想。她现在最想知道的是她在哪。“这是哪里啊？”她问森爷爷。

森爷爷终于转过脸看着她，说：“深山。”

伴随着乐仔的指引，陆莎来到森爷爷一边的椅子上坐下，默默地望着准备编织上去的木条出神。

森爷爷是这片森林中隐居的老人，也是这片森林里唯一隐居的人。在十几年前的战争中，他被炮弹炸伤，从此失去了一只眼睛。

战争结束后，举目无亲的他，毅然决定离开社会，在深山中隐居起来。

这一待，就是三十年。

陆莎听着森爷爷的讲述，多少对他多了一点信任和了解。毕竟在在陆莎十八年的岁月中，有多少愿意和自己谈心呢，上来就为自己讲故事呢？"那……您是怎么救下我的呢？"陆莎问森爷爷。

森爷爷笑了笑，指指乐仔："还得感谢它呀。我其实听到爆炸声时还不为所动，直到乐仔出去捕猎时发现了你。它跑回家硬是要将我拖出来，我才把你救回了家。"

"哇！"低头望着乐仔似乎有些骄傲的眼神，陆莎咧着月牙小嘴，伸出双手轻轻揉搓着乐仔的耳朵两边："这么厉害啊你？嗯？你说你长得这么可爱干嘛噜……嗯？"

乐仔非常有灵性，还没等陆莎夸赞完，它已经两只前腿搭在陆莎腿上，用舌头不停地舔着陆莎的脸。

"哎哟！哈哈哈……"

陆莎好久没有这么开心了。她咯咯笑着，将乐仔抱起来，就像当年陆院长抱起她放在腿上一样。

时光流转，这一幕幕又一次在陆莎的脑海中浮现。再也没有杀戮，再也没有血腥味与压迫，放松下来的陆莎仿佛又看见了曾经的自己，不知为何，一阵酸楚涌上心头……

她扭过头去，不想让自己流泪的脸对着森爷爷慈爱的目光。

"怎么了？"森爷爷察觉到陆莎心情有些不太对。

"没什么！"陆莎装得满不在乎，随手一扬。

"就是，想我的养父了。"

其实，陆莎的声音已经有些扭曲了。

森爷爷见状，悄悄地端出一盆烤红薯和半只吃剩的烤鸡，放在陆莎身边，便转身走出了屋子。

等了好久，陆莎的心情终于平复了下来。她一边狼吞虎咽地吃着，一边也分一点食物给乐仔。

填饱了肚子，她也走出房间。她看见森爷爷正轻轻地摸着一头奶牛，似乎在和它谈心呢。陆莎不敢上前打扰，但她的暴脾气也不允许她在一旁等着。

无奈，陆莎只好转身进去睡觉了。

然而刚转过去，背后就传来森爷爷的声音：“孩子，你的头发为什么是红色的呢？”

陆莎停住了，转过侧脸说：“天生的，我天生就是红头发。因为这个，我的亲生父母抛弃了我，同学们嫌弃我、打骂我。所有人都将我视为异类，只有孤儿院的陆院长，也就是我的养父，愿意将我与其他孩子一视同仁。他是我心中的英雄，可是，他却遭遇了不测，被暴徒杀害了。”

森爷爷叹了口气：“可怜的孩子。我可没有将你视为异类，我只是觉得，你很特别。人啊，一切所遭受的苦痛，都将在未来成就你。”

他拍了拍奶牛，走上前：“对了，你说的那个陆院长，全名叫什么？”

“陆伟峰。”

“伟峰？！他……”

“怎么了？”

“他是我的战友。蝰蛇……他，我以为他，还活着……”

一瞬间，陆莎仿佛在森爷爷眼中看到了一丝微光，这微弱而转瞬即逝的光里，有一种无尽的沧桑。

38."我是血刃，后会有期！"

最后一点月牙尖也被淹没进了黑暗的云色中，路灯的影子还在无所谓的随风飘荡。残破的砖瓦墙边，风如鬼泣，匍匐在老旧的小巷里长啸而去。

"啪嗒！"

"第 13 个了。"

这位戴着鸭舌帽和口罩的中年男人，百无聊赖到数着自己踩进了多少灯影，低着头，眼牟默默观察着周而复始的影子——就如一个跟在自己身边活蹦乱跳的小孩，影子随着他的走动反而走在了他前面，无限拉长后，又悄悄地从自己身后探出了头。

这个巷子太静了，静到连他的脚步声都仿佛在擂鼓。

然而就是这种月黑风高的夜与万籁俱寂的巷子里，也不止他一个人。

"好冷啊！"

"要不回去吧？这现在都快 5 点了，谁会来啊……"

林伟星走着，细微的交谈声让他不由地抬起脸。

旁边一家挂着标语卖古董的店门前，居然还站着两个女人，一身性感的穿搭，手里还拿着招牌。

在这种深夜里揽客，肯定是什么见不得人的事，但其实早就是她们的家常便饭了。

"帅哥……"

"我对娼妓不感兴趣。"

"哎呀！你误会了，帅哥。我们是在招揽新的自由搏击选手哦。"

"嗯？"

林伟星停下来脚步，回头问道："地下黑拳？"

"嗯……差不多吧。"一个女人笑着说，"我们明天会有新人挑战赛，每战胜一个选手可以获得三万奖金，一天可以挑战十次啊！都是些羸弱的瘦骨头，我上都行的那种！帅哥，您看您也蛮壮实的，要是手头缺点，可以试试看嘛。”

林伟星愣了一下，他用手下意识地摸了摸早已掏空的腰包。

其实，林伟星被蝰蛇抓去前，自己还是某个高中的体育老师。“嗯……有什么条件吗？”林伟星扭过身，刻意跺了下脚问。

两个女人见他感兴趣，马上来劲了：“没有！没有条件！只要是成年人都可以参加！无限制格斗，自由搏击！没有规则！”

“没规则是吧……”林伟星想了下，心一横，“让我来试试。”

力气极大，再加上自己也稍微摸索过门道。这两点就是他敢报名的理由了。

但是如何把握发力的分寸是摆在林伟星面前的难题，至少现在，他还不希望别人看到自己的野性真身。

第二天上午，林伟星如约来到了搏击场。这家店名头上是买古董的，实际上这家店的后院深处，就是打黑拳的地方。水泥地以及简单的围栏。一如打黑拳简单粗暴的风格。

林伟星向店长报上了自己的姓名，便被领到了后院。

已经有人开打了。林伟星挤进人群，看见那个被打倒的那个人被摁在地上不停地踩着脖子，裁判赶紧将胜者拉开。那个败者坐在地上，满脸是血。

这场景，林伟星看在眼里，不由地为自己揪起一把汗，但还是在幻想着对手被自己一拳打倒在地的场景。“不行，我得试一下怎么样才是最好的力度。”

林伟星走出人群，来到厕所边上的一面墙前，不试着用不同的力度不断捶着墙，很快，墙就被砸出一个坑出来。

理智状态下的林伟星其实并不想杀人。

“下面，有请另一位参赛者，林伟星！”

在掌声中，林伟星越过围栏进入了场内。

“到现在为止，新手最好的纪录是连胜三场，不知道这位选手会给我们带来怎样的惊喜呢？”

主持的美女高声喊着，努力挑动观众的情绪。

“哦……我想不会有什么惊喜了。”

林伟星望着眼前这位一米九五左右的瘦高男人，顿时慌乱了。这个男人一直用眼睛盯着林伟星，但林伟星立刻将目光移开了。

不是害怕，而是出自内心的胆怯。

见林伟星不搭理自己，男人很不爽，裁判宣布开始后，那人碰着拳头问他："为什么不看我啊，小样？是不是第一次上场害怕了呀。"

"……"林伟星默不出声，紧盯着男人的拳头。

"这一拳，叫学会礼貌！"吼着，男人猛地一拳砸来！林伟星躲闪不及，立刻就被打得头晕目眩。

男人冷笑一声，认为这太轻松了，干脆就乱拳挥上，拳拳打在林伟星脸上。

"哦……"

很显然，观众对这种毫无悬念的搏击赛根本提不起兴趣，就当台上那男人在替自己宣泄了。

可偏偏就在男人挥拳揍得兴起呢！林伟星却突然像睡醒过来一般，一把抓住男人的拳头，轻轻一拧！

"唔啊！"男人痛得大叫起来。

面无表情的林伟星只是一记侧踹，便将男人踹到了另一边，巧的是他的头正好撞在场地金属杆子上，一声闷哼后，男人就歪倒在角落里晕了过去。

天呐，这么强！

所有观众先是惊呼一声，然后都为林伟星这个初来乍到的陌生面孔欢呼起来。

见男人起不来了，裁判立刻举起林伟星的手，大喊："Winner！"

林伟星只是冲着人群笑了笑，然而心里，却对自己的力量多了几分忌惮。"请问你还要挑战下一位吗？"下台后，昨晚遇见的两个女人笑着迎上来问他。

林伟星点点头。说实话，他就是冲着这 30 万来的，有了刚刚的小菜开胃，现在他不相信这里有人能接住他两拳。

林伟星应对对手的基本套路，无非是先示弱，任由对手蹂躏自己一会儿，然后再出手，尽量控制自己的力量，基本上三招之内就能搞定对手。

从上午赢到下午，从下午赢到晚上，只要是有林伟星的场，后院里总会挤满前来下注的赌客，所有人都被他的实力惊艳到了。

人们围着他，给他下注、打赏，不知不觉，林伟星已经收到了 30 多万奖金，甚至四成都是观众打赏的。

正寻思着要不要就此卷钱走人了，这时，美女主持人冲出人群，牵住他的手说：“我们这的拳王刚刚让我给你带个消息，他想和你会会哦！打输了，没关系，医疗费他全额出；打赢他，赏金，60万！”

“哇！”

人群瞬间沸腾了，一场视觉盛宴就在眼前啊！可是，林伟星只是笑了笑：“不打了，我打了一天了，好累。”

女人依旧不依不饶地说：“他说你若逃走，你就是一个不敢面对强敌的懦夫，老婆在床上都嫌弃你！”

说罢，所有人都哄堂大笑起来，起哄道：

“打一场！打一场！打一场……”

“懦夫！？”

林伟星顿时怒火中烧，撇过头，用余光盯着女人，极力控制着自己的情绪：“60万是吧，我拿定了！”

“好——”人群再次如煮开的沸水一般跃动起来。

之前的比赛中，林伟星一直都压抑着自己心中的狂怒。他怕的根本不是对手，而是发疯的自己。

打黑拳，对已经变异野兽化的自己来说，其实是极其危险的，这一点林伟星心知肚明。但为了这口气，为了能让自己勉强过日子，他还是站在了最后的比赛场上。

最终对手是一个两米高的黑人，人称黑熊，块头简直比林伟星整整大了两倍。

看着眼前这个瘦子，黑熊不屑地吐了口唾沫，操着生硬的中国话问候道：“你就是，那个十连胜的大人物啊。”

林伟星含笑欠身，谦虚地说道：“不算大人物，还请多多指教。”

“好！我欣赏你，临危不乱！”

黑熊毕竟是拳坛出身，愿意放下身段去尊重对手：“那么接下来，让我看看你的实力，如何？”

说罢，黑熊和林伟星同时举起拳头护脸，周旋起来，互相零散的出拳，试探着对方。

然而逐渐地，黑熊攻击速度不断加快，如雨点般砸来！这时候的林伟星才发现，这家伙，完全不能用常人的力气跟他打！

但他意识到得太晚了。

"砰！"

一声清脆的打击声，林伟星随着黑熊的下勾拳飞了出去。"你也不过如此嘛，我还以为你练了什么武术。"黑熊彻底放松了下来，随手一拳就补上，林伟星试着接住，但他，居然失败了。

被黑熊打倒在地的林伟星，想爬起来，却被黑熊用脚死死地踩在地上。

"给我记住！"黑熊扬起手臂，大吼道。

"我才是这里的王！"

"黑熊！黑熊……"观众挥着手里的东西为黑熊欢呼着。

"喂，你有本事放开我，我还能站起来！"

明明刚才鼻梁都被打歪了，看上去像个没事人般的林伟星冷笑着说。

意识到不对劲的黑熊皱起眉，但面对观众，他只能故作大度地松开脚："哈哈，好！我让你起来，我看你还能撑多久！"

结果，他一挪开脚。林伟星诈尸一般猛然坐起，抓住黑熊的小腿，狠狠一拉，将其摔倒在地！再也压抑不住心里的怒火的林伟星一拳挥下，黑熊的面颊骨"咔哒"响了一声！黑熊惨叫起来，林伟星怒吼着，又是一拳下去。

鲜血四溅！

完了，打上去的可不是拳头，而是……

估计是压抑到极限了，不知什么时候，林伟星手臂中的骨刺居然伸了出来，刺进了黑熊的胸膛！

所有人都惊呆了，愣神的迟疑间，他们看见，林伟星的眼睛里瞬间充斥起血红色。

胸腔中的火焰在燃烧，心跳越来越快！林伟星能感觉到自己全身的骨头都在变形。他仰天大吼，手指的指尖越来越尖。

林伟星彻底狂化了。

人们开始连连后退，然而他们还没意识到问题的严重性！

林伟星猛地回头，盯着台下一个戴着金项链的西服男人，伏在地上的他如一只豹子般扑进人群中，一口，轻松咬断了男人的脖子！

这下，人群彻底恐慌了，尖叫着四散奔逃开去，就像一群待宰的羔羊，林伟星左冲右突，逮到哪个杀哪个。渐渐地。鲜血竟然随着后院地上的沟壑汇聚在一起成了一条血河！短短几十秒内，林伟星已经制造了一场令人发指的大屠杀。惨叫声回荡在院子里，听得让人毛骨悚然。

血腥味弥漫开来，兽性大发的狂躁者四处蹦跳着，可怕的屠杀迟迟没有结束。尸体支离破碎的散落一地。直到幸存者跑了出来，将门死死锁住，才算暂时逃离了杀戮之地。

望着地上这些尸体，林伟星才慢慢收回自己的骨刺，像个正常人一般站立起来。

"哼哼哼，杀戮的感觉，呵哈哈哈……"林伟星惨然一笑，冷哼起来。

D市老街这次的屠杀震惊了全国，三十多条无辜的生命惨遭杀害！案情重大，D市的警局向S市军事基地发出请求，希望警察出身的乔安能前来协助，早日破案。

来到现场后，血腥的场面让久经沙场的乔安也感觉胃里一阵恶心。

拍照取样的流程结束，乔安对一位警官说："过几天我们军事基地要派兵前往A市围猎蝰蛇组织，我可能一时半会无法参与破案了。这是我采集的一些图像，希望对你们有用。等行动完成，我就回来。"

这时，乔安发现脚边躺着的尸体下面好像有什么不一样的血迹，好像是被人刻意划开的。她果断用脚推开尸体，渐渐地。一行用血液写成的字迹，暴露了出来——

"我是血刃，后会有期！"

39．"去拥抱这个世界了。"

"乐仔！往这边赶——"

一声呐喊，让奔跑的乐仔更来劲了，两只毛茸茸的狗耳朵都在随着自己的速度飘了起来。小狗丫踢踏起的落叶，舞动着不远处陆莎脸上久违的笑脸。

"快快快！往这边！"

"汪！"

乐仔根本不像只狗，这几天相处下来，陆莎感觉这家伙完全就是个小孩子，就差会说人话了。

也不知道乐仔从哪里发现的这只野兔，刚刚放乐仔到山上去玩，结果喊它回来的时候，居然还追撵着只兔子过来。

前有人，后有狗，这野兔慌不择路的就往右一个急转弯，一下子就把乐仔拉脱了！

"嘿哟。"陆莎叉着腰，"还蛮机灵嘛。"

就在眼前了！

眼看就要跑进自己的洞窟里去了，野兔心中瞬间充满了希望，疯狂蹬着小腿蹦跶着向前……

"啪！"

野兔霎时被吓得不轻，赶紧一个仰头刹车。

前方落在地上的树枝，居然被一只淡黄色的女式登山鞋给踩断了！

陆莎继续叉着腰，被红发半遮掩住的脸上，满是自豪的嘴角被她轻轻扬起，朝着惊呆住的小野兔挤挤眉。

可是陆莎刚刚还在五米开外的地方啊！

"躲哪去呀，小可爱？"

"乓"一声！陆莎松开双臂，朝野兔身子两边的地上射出锁链枪，将野兔所有的逃跑方向全部封锁了。

慌张到已经开始哼哼唧唧得野兔头一扭，身后却已经被龇牙咧嘴的乐仔给堵住了。

"嘿嘿，今晚给乐仔加餐咯——"

"汪呜！"

经历了这么多苦难后，陆莎终于也享受到了岁月静好的恬静。只是，在蝰蛇基地里遭受的一切，已经变成了她心中的恶魔，每晚睡着了也会被那种可怕的声音给惊醒，而这一切，都萦绕在自己的脑海里，久久不能离去。

两周悠闲而短暂的岁月里，大自然、人情，以及乐仔赐予自己的温馨，让原本狂躁不安的陆莎开始愿意试着放松下来。脑海中，一边是黑色的曾经，一边是阳光的现在。

可即便如此，陆莎也不敢一直留在森爷爷身边。她特意出去看过这里离上次自己坠落的地方有多远，毕竟，陆莎可不想让自己的身份，去牵累这位善良的老隐者。

陆莎真的好怕，哪一天，蝰蛇的人找到自己了。

不过她并不知道，看着超跑翻滚下去，最后听到一声爆炸后，疤哥就笃定她已经丧命了。再加上最近军方开始针对基地进行大规模动员，疤哥不得不把重心转移到迎战上。

"爷爷，这周结束，我就要动身了。"

帮着森爷爷拍蒜的时候，陆莎低着头说道。

然而搞笑的是，恰恰天公不作美。那天森爷爷出去了，陆莎带上乐仔上山砍柴，竟然不小心把脚给崴了。这种伤虽小，可是体内的自愈强化细胞却救不了。无奈，陆莎只好选择继续待在森爷爷的小木屋里。

"怎么说你呢，也许是命中注定吧。"森爷爷有些哭笑不得，抚摸着陆莎的红发。然而，陆莎却轻轻推开森爷爷的手，撅起小嘴。

她可是很讨厌有人摸自己的头发的。

毕竟才十八岁，森爷爷清楚，这个女孩不可能一直留在山里。为了陆莎未来的流浪生活，森爷爷决定去远处的小镇街道边乞讨，每天要来回八公里路，早上没等陆莎醒来就不见了，晚上要到十一二点才能回来。

每天深夜，陆莎都会准时端上自己瞎炒一通的菜肴，归来的森爷爷也会准时坐在饭桌前微微笑着。抱起乐仔后，两人就隔着热菜的徐徐白烟，畅谈心事。

"我做的菜这么难吃，爷爷从来没说一句。"陆莎咀嚼着被自己炒得有些苦味的菜叶根，不由地皱起眉。

"还愿意放下尊严为我乞讨……"

想到这，陆莎居然轻轻抽噎了下。

望着眼前这位使劲埋下头去的女孩，森爷爷抿起干涩的嘴唇，无声微笑着。

陆莎将这些全都记在了心里。

脾气再暴躁的人，也有一颗懂得感恩的心。

后来的日子里，陆莎持每天拖着崴脚的腿，依旧坚持带上乐仔进山，劈柴、打猎。她不会用森爷爷自制的木弓——或者说，她怕自己一用力就把弓拉坏了——就用锁链枪射击鸟、鹿、鱼一类的野生动物。

日子一天天过去，心中恐惧的蝰蛇暴徒从未出现过，陆莎逐渐变得阳光开朗起来，享受着生命里难得的光。

每天晚上，森爷爷就会拉着陆莎坐在星空下，为她讲述自己曾经的故事，并向她传授一些人情世故与人间的道理。虽然陆莎有些不耐烦，但为了报答森爷爷施舍的恩情，她还是努力听着。

"今天，森爷爷告诉了我什么叫正义，你要时不时问问自己，还记住没？"

深夜，陆莎的房间里依旧葳蕤着依稀烛火，笔尖摩擦在纸上窸窣作响。

"记住了哦！莎莎。正义不是金钱带来的任性，也不是权力带来的自傲，而是看到百姓欢庆后，心间的欣喜；是温暖人间后，转身离去的洒脱。"

再后来，陆莎的脚逐渐好起来，可以正常走路了。

这天，森爷爷竟然一反常态，傍晚六点左右就回来了。

"诶？！"

陆莎刚从山上下来，见到森爷爷又惊又喜："爷爷，怎么今天回来得这么早？"

森爷爷兴奋地摊开双手，手掌心里，竟然躺着 3 张 100 块钱。

"今天运气真好，总共讨到 350 多块钱啊。这可比我前两周讨到的钱多了十倍啊！哈哈哈，来，回屋！我用 50 块钱买了一点牛肉，今晚吃土豆烧牛肉！"

换作以前，陆莎还要担心森爷爷走夜路的安全。

厨房里，陆莎生疏地切着土豆，森爷爷已经起锅烧油了："交给我吧，你去休息就好。”

“爷爷，怎么搞到这么多钱的啊，我很好奇诶。”

好不容易切好土豆片，陆莎两个胳膊肘撑在厨房台板上，托着两只大眼睛问。

“嗐，有一个富商，见我穿着军衣，问我是不是以前当过兵，我说是的，他就塞给我三百块钱，说今天是个好日子，向你们军人致敬。”

“为什么呀？”

“到外面再说吧。”森爷爷故意卖了个关子。

过了一会儿，菜烧好了。森爷爷把做好的一大锅土豆烧牛肉端到木屋外的桌子上。

“他说，就在昨晚，最猖狂的犯罪组织蝰蛇组织被军方合力剿灭了。太好了！以后啊，天下就真太平啦！这大概就是他说致敬军人的原因吧。”

说罢，森爷爷将一块肉塞到桌下乐仔的嘴里。

听到这，陆莎沉默了。她没有因此欢呼雀跃，而是夹起一片土豆静静吃着。

夕阳里橙红的光辉照射在她浓密的红头发上，显得格外好看。森爷爷甚至都觉得她淑女了好多。

“怎么了？”森爷爷问她。

陆莎支支吾吾了好一会儿，还是说出了自己心里的秘密。

“爷爷，不管你听后会怎么想。我……我曾经是蝰蛇组织的人。他们烧了我们的孤儿院，将我带回了基地并改造我，把我改造成了一个超级兵器……”

说着，她举起手臂，将手腕下的锁链枪展示给森爷爷看，“而且，我杀过人……我……虽然我也不想……”

森爷爷起初显得有些惊讶，但很快，他还是平静且温柔地伸出手，轻轻地放在陆莎的手臂上。

“我作为打过仗的军人，我也杀过人啊。”森爷爷安慰道。

“孩子，你生于黑暗，却向往光明，这是非常可贵的品质。人们都说近朱者赤，近墨者黑，但你没有。你骨子里指引你的，是正义。我不管你以前做过什么事，是怎样的人，但至少现在在我眼前的，是一个正直、勇敢、懂得报恩的好女孩。你一定能在未来找到属于自己的正确的道路。既然有了如此过人的能力，你就应该去保护更多被戕害的人，而不是去戕害他人。你属于光明的，记住。"

这一次，陆莎没有感到不耐烦。她坚定地点点头，眼里闪着点点泪花。

脚崴得其实不算严重，渐渐地，陆莎发现自己可以奔跑了。

两人都意识到了什么。

不知从什么时候开始，森爷爷织起了一个包。陆莎也开始仰头张望外面的世界。

终于有一天，陆莎走到森爷爷面前："爷爷，我觉得，我是时候像我的养父说的那样，去拥抱这个世界了。"

森爷爷勉强挤出一丝微笑，拿出为她织好的包，说："这里面，放着我讨来的四百块钱，还有一点烤红薯与烤肉。尽早吃吧，天热，别放坏了。"

乐仔迎上来，呜咽着，两只前腿搭在陆莎的小腿上，似乎在央求她不要走。陆莎有些伤感地俯下身，抱了抱乐仔。

刚站起来，森爷爷就给自己递来一个锦囊。

"这是……"陆莎困惑地歪着头。

"这是我母亲在我参军入伍前递给我的。这次，在你离开之际，我也送给你。里面有一张字条，在你冲动的时候，可以打开来看一眼，好吗？"

"嗯！"陆莎狠狠地答应下来，扑进了森爷爷的怀里。

于是，陆莎在森爷爷与乐仔送别的目光中，逐渐隐没在了阳光中。

一路上，她一直回忆与森爷爷的点点滴滴。森爷爷曾告诉她，他与陆伟峰所在的 208 团曾接到一个任务，潜入蝮蛇组织控制的小镇救出被困的镇长和其他一些高级官员。

然而不幸的是，虽然他们成功解救出了全部人质，无一死亡，可奈何遭到敌人的围堵，最终一共活下来的军人，只有六个，这还是算上了失踪的陆伟峰。

因为有一位生还者说，他看见陆伟峰带着两个孩子逃离了小镇，消失在了夜色中。

当时大家都觉得他是一个逃兵，只有森爷爷不认为。他觉得，陆伟峰是顾及两个孩子的性命，才故意跟被围攻的团走散的。

"也许，父亲对战友们有愧在心，才选择建起一个孤儿院来多行善事吧。"陆莎咬下一块烤肉，猜测着。

三天的跋涉后，陆莎终于来到了小镇边缘。疲惫的她翻开包，已经没有吃的了。没办法，她坐在小镇边的几个垃圾箱旁边，靠着垃圾箱沉沉地睡了过去。

第二天，她被一阵一阵的酥痒弄醒了。她睁开眼，原来是一只流浪猫正在舔着自己的脸。她抱起猫，将它扔在地上，拖着饥饿的身子朝镇中心走去。

火红的头发和肮脏不堪的衣着吸引了很多惊异的眼光，不过陆莎已经习惯了。

“好贵啊……”看着蛋糕店橱窗边摆着的蛋糕，陆莎终于有了些钱的概念。这年头，四百块钱能买点啥呀。

她摸了摸包中的 400 块钱，只能咽一下口水。她多想尝一口这个巧克力面包！

这时，她透过橱窗的反光，看见后面的长凳上坐着一个人。此人戴着鸭舌帽，低着头，好像是在盯着自己的脚，其实是盯着旁边的餐厅出神。

凭着第六感，陆莎觉得自己好像在哪里见过这个人，以为是原来孤儿院的。她往橱窗玻璃上凑近了一点，细细观察着，结果失声惊叫起来：

“林伟星！”

“嗯？！”

林伟星被吓得浑身一哆嗦，也是一脸愕然地看着她。

“你……你好，原来你也在这里啊。”陆莎想起林伟星在蝰蛇基地里屠杀的场面，不由自主地退后了一步。

忽然！远处传来了警笛声，几辆警车已经包围了广场的出入口。林伟星见状，立即站起身，对陆莎说了句：“后会有期。”

跑到一家店前，林伟星一跳，居然跳起两米高！随后抓住上面的晾衣架，接着又是纵身一跃，像极了一只猴子，在陆莎的注视下跳到了楼顶。

回头看了一眼陆莎和已经赶到的警察后，林伟星就消失在了目光之中。

陆莎这才明白，原来这段时间里，他一直在逃亡。

不过他犯了什么罪呢？

陆莎不清楚，她走到林伟星原来的位置坐下，看着警察们有些懊恼地回到了警车里。

40. "你这个怪物！"

又是非常平凡的一天，破旧的泛黄屋子里，地上七七八八的铺着几张毛毯，几个青年在自己的铺位上呼呼大睡着，十字铁窗外投射进的晨间曦光，晒得一个染着绿毛的混混感觉都热得不舒服了，他"支吾"了一声，摊出的手臂上，一条夸张的龙纹露了出来。

一间破旧的屋子，破旧到，一个 70 平米的房间里挤着六七个人，而只有一个满脸胡茬的土黄脸大叔在唯一的床铺上，揉着眼睛，一脚将被子踢到了地上。

"哎呀……"

没了被子，感觉自己反而还轻松了。老大惬意地翻了个身，结果，"咕噜"一下，自己也跟着滚到地上去了。

"唔啊！"老大气得大叫，猛砸了下本来就裂开的木板，"妈的，你们也不过来扶我一下！"

这老大一吼，比军营里的哨子还来得有用。几个小弟直接从铺子上弹了起来，完全不像睡了一宿的人，争先恐后地冲上前，随便将自己的一只手贴上去就算扶着老大了。

老大捂着被摔痛的屁股，说："我真不知道是不是白养了你们几个！哎……算了。

不过很快，这位地痞老大好像还展现出了他英明的一面。

"早餐你们想去哪里吃啊？反正这一块，你们知道的，都是老子的地盘！"

"老大威武！"

几个小弟高喊着这个他们几乎天天要拍的马屁。不过，他们可谁都不敢提议去哪里吃早饭，毕竟老大不发话，没有人有发言权。

"没人说是吧，行，一群怂包。走！带你们去吃这儿的小笼包子！"

简单地掬起水龙头的水，往脸上一泼就算是洗了脸，老大扯下柜子上挂着的衣服，就招呼着小弟们大摇大摆地出发了。

走在街上，他们那叫一个威风，所有路过的人都对他们退避三舍。

没人敢接近他们，因为，这个县城上的居民们都知道，这个地痞老大的父亲是当地最大的民企的首席执行官，母亲在局里也混了个不错的高官，自己的家族，就是这个县城最有势力的家族。即便有人告他，这痞子总是能像泥鳅一样滑出法网。

老大在这个街道地区是臭名昭著的存在，凡是他光顾的店，只有按照他的要求去做才能幸免于难，否则就难逃打砸抢的命运。保住自己的积蓄与经济来源，还是活活穷死，他们居民还是得做个选择。

早晨，麦司令小笼包子店。

“哇……人好多……”

望着满屋子的食客，陆莎端着自己花血本买下的两笼包子，暗暗叹了口气。

对这位穷困潦倒的红发少女而言，今天可是陆莎第一次买吃的一下就超过 20 块钱，刚刚看着手里的 24 块钱被老板娘拽了过去，陆莎心里那个绞痛感啊！唉……

“两笼……”

其实陆莎也不是很饿，但她实在太想尝一下这个小笼包了！在这世上待了十八年了，刚成年的小莎莎可从来没吃过这个东西。

在她眼里，这简直就是人间珍馐哇！

小心翼翼地放了一个包子在嘴里细细咀嚼着，温暖宜人的温度伴随着肉香的汤汁在陆莎的小嘴中弥漫开来，薄薄的面皮咬上去是那么富有弹性，撕裂开来的面皮里突然迸发的肉汁，让陆莎整个人都坐直了起来。她可不是会把情绪藏在心里的人，这种满足与惬意感，实在是……

“哇——太好吃噜”

陆莎享受着味蕾的绽放，陶醉在小笼包特有的味道之中——哎哟，难得奢侈一把，也不亏嘛。

“老板，想我了没？”

此音一落，似乎是什么大石头砸进来了般，所有人都是浑身一个机灵，有人甚至丢下未吃完的包子就想往店的最里面挤。一队人大摇大摆地走进了店中，为首的大胖子一巴掌扇开挡在门口排着队等待的学生，一个跨步就撞了进来。

店掌柜一看，大惊失色，手里捏好的小包子甚至都忘了放进去了："哎哟！老……咱老大呀！您……嘿呀，什么风把您吹来了！来来来，坐，坐！要什么尽管开口啊！嘿嘿……"

"9 笼包子，不多吧？嗯？咱总共 7 个人嘛，一人一笼！多出来两笼，咱兄弟得抽个烟分着吃！"

老大又想了想，"啊，不对，10 笼吧！我再来一笼。"

"10……"

"怎么啦？"

"好好好！您稍等。"

"快点！"

"是是是……"

10 笼？好像还不给钱？

陆莎难以置信地扭过头，悄悄瞥了一眼他们那 7 个人。

"真畜牲。"

陆莎可不是有话憋心里闷着的，就她这暴脾气，这种人要是找事找自己身上，那可就真忍不了了。要不是担心自己出手伤人，消息一传出去，不仅对蝰蛇那边暴露了自己的位置，自己估计也要蹲牢子了。

"哼……"想到这，陆莎只好把酝酿到嘴边的话给憋了回去。

"嗯？"

不说还好，既出则坏，陆莎这不屑地冷哼，恰恰被旁边的小弟给听见了。

"新面孔嘛……看来是不知道这里的规矩咯？"

正好最近也没事干，想出出风头的小弟走上前，低声在老大耳边告状道："老大，那个红头发的女人好像不服啊……要不要，调教调教？"

"哦？"

听到这挑衅般的疑问词，陆莎低着头，意识到事情不太对了。

老大看向了陆莎，笑着迎了上去："呦——吼吼！红头发，很特立独行嘛！我这哥几个，还没人染过这色号呢！跟我说说，在哪儿有染的？我也整一个去。"

说着，老大伸出手，想去摸陆莎红光闪亮的头发。

"滚。"

陆莎力气极大，但已经很克制了，毫无感情地将这字丢出去后，打开了老大伸过来的咸猪手。

“嘿呦！嘿！瞧这辣妹的暴脾气！哎呀呀，我喜欢！嘿嘿！小笼包好吃吧？”

估计是陆莎出手太重痛到老大了，老大虽然还是一副假惺惺的歪笑，但脸色已经有了些许变化，没停下的手改变了目标，直接伸向陆莎下血本买的装满小笼包的蒸笼，抓起一个包子就塞进了嘴里。

“我的包子！”陆莎用余光瞥着，就好像一个女人看着自己家孩子被掳走般心痛，心里默默大喊的同时，也在竭力压制自己的情绪。

“请⋯⋯别这样。”

一撮红头发从陆莎的耳侧耷拉下来，她压低着一点声音，就像自己已经压到快九十度的脸，老大怎么张望都看不到陆莎现在脸上的神情了。

“哎！知道错了吧。新来的吧？跟你说件事啊，嘶⋯⋯你⋯⋯知道这是谁家的地盘吗？”

老大一屁股坐在了陆莎的对面，瞪起浓眉眼，拍了拍自己的胸脯，

“老子的！在这儿的人，都得管我叫老大！懂吗？来吧，小妹子，你也叫声，嗯？”

八个小弟已经悄悄包围在了陆莎的四周，可是，陆莎太害怕自己再被抓回蝰蛇基地，然后给那些丧心病狂的人当活体研究对象了。

陆莎极力压抑着心中的怒火，最后客气地说了句：“请你们不要这样，行⋯⋯吗？

“哦？吼哈哈哈⋯⋯天呐！”老大哈哈大笑起来，此话一出，两个小弟立刻上前按住了陆莎的手臂。

“怎么。威胁我？小妹妹，看来我得让你知道这个世界的生存法则了，啊？”

“哼⋯⋯”

任由自己的手臂被压着，陆莎阴沉着脸，杂乱不堪的红发挡在双眼前，活生生像一个索命的女鬼。“我看你这大肥猪，真是不上刀子也会瞎叫啊。”

“你妈！”

痞子老大霎时气得五官都扭成一坨了：“拿回去扒了！就你这贱货，捡垃圾的吧？嗯？多少钱一晚，啊？！”

气不打一处来的老大说着就是一耳光扇在陆莎脸上。

可是，陆莎还在控制着自己，只是缓过来后呸了口唾沫，晃晃头。

"啪"！

又是一记耳光！

这一下，陆莎再也忍不了了。她的脸立即拉了下来，双眼怒视着老大，嘴一歪，轻松就挣开两个小弟的手，抬手对准面前的这臭痞子，射出的锁链枪，直插老大的喉咙！

"呃啊！"

惊愕到瞪圆双眼的老大惨叫一声，捂着脖子，临死都不知道这到底是什么东西，就倒下了。

"什么玩意？！"

在场所有人都被吓呆了。

"你们难道不知道，天生红头发的人……惹不得吗？！"陆莎狂吼一声，简直就像一头脱缰野兽，收回锁链枪的同时，转身一个极快的上勾拳，这小弟就随着一道血花一起砸到了旁边放酱油、醋的公用桌子上。

还没等小弟们多想，陆莎的另一只手也射出了锁链枪，精准地直插进一个小弟的胸口。

一个小姑娘，要是被她给干翻了，以后在这县城咋混啊？

反正拼死拼活都是混混，又不是没干过架的剩下几人大喊着一齐扑上，仗着人多，妄图将陆莎妹妹置于死地。

但陆莎可是被改造的杀人机器啊！

既然出手了，那么只要杀光了。

毫不节制自己杀戮欲望的陆莎立即一甩，刚才那个被刺中的人就像被扔链球一般扫倒了三个人，剩下三个人，有两人避开了攻击，一人居然还掏出了老式左轮手枪，瞄准了陆莎！另一人则拔出匕首，叫嚷着刺向陆莎。

"找死是吧？"

拿匕首的人根本就是瞎冲锋，送命的那种。陆莎甚至都没有想躲开的意思，一把将他拽了过来，拿枪的人立刻连开两枪，结果陆莎将这位手持匕首的人挡在了自己身前，他的头立即就炸开了花。

趁着开枪者迟疑的片刻，陆莎扔掉尸体的同时，果断射出锁链枪，射死了拿枪的痞子。

"哎哎哎！"

店里剩下的人们纷纷惊叫起来，陆莎背后一凉，猛地扭头，只见一把方形的大菜刀朝着自己的背部直砍而来！

最后这人从台板上摸起一把菜刀，一刀就砍在陆莎的背上，大叫着连砍数刀，挥不动后，他往后退了一步，以为结束了。

结果，陆莎根本就没有要倒下去的意思。

在这人惊讶又恐惧的眼神中，陆莎背上那十几处深深的刀口居然急速缝合了起来！

陆莎直起身，侧过脸斜视着最后这人，这小弟吓得连退几步，扶着桌角，哆嗦地说："怎么可能……救命啊！"

陆莎飞起一脚，将他踢倒。这可怜的小弟太阳穴正好砸在墙角，死了。

陆莎还是怒火中烧，走过去，没有任何迟疑，对准心脏的位置，将被砸倒不起的三人一个一个刺死了过去。

小店中，惨叫声此起彼伏，让人不寒而栗。店里其他人脸色煞白，三五群的围拢在一起，大气都不敢出一声，盯着眼前这个杀人魔收回自己的锁链枪。

在众人的注视下，陆莎逐渐平静下来，她看着被她杀死的九人，一种罪恶感涌上心头。她慌忙向众人解释道："他们是坏人啊，是他们先动手的，我只是……"

"你快滚出去！"老板娘举起擀面杖说，"你这个怪物！再不走，我就和你拼命！"

没有赞赏，没有肯定，陆莎为他们除掉了害虫，自己却被当成害虫驱走。

陆莎又是一阵怒火窜了上来，她疯狂地压抑着杀心。她缓缓举起手臂瞄准了老板娘。

"你干嘛？！"老板娘吓得连擀面杖都被抖落在地上了，手指指着陆莎，剧烈颤抖着。

幸运的是，陆莎还是忍住了自己的暴脾气，森爷爷教诲自己的话开始如警钟般回响。她猛地转身，双手捂着嘴跑出了小笼包店。

"我是，怪物吗？"

"我怎么了，又杀人了……"

陆莎拖着沉重的身躯走到了广场边的水池旁。早上广场没什么人。她跪下来，看着水中的自己。

突然间，陆莎用力撕扯着自己的红发，发疯般抓着，拔着，尖叫着。

她多想成为一个正常人，但是生而为人的她。连这个权利都没有。她猛地想起森爷爷给她的锦囊，陆莎从包里翻了出来，赶紧打开，里面的字条上只有两个字：冷静。

"我做不到……"陆莎紧闭上眼睛，泪水一点点地滴在水池中。泪水就如她自己，滴在这个世界中，没有人会注意到她特有的味道，又有谁会顾及一个痛苦又孤独的人的感觉呢？无数的人构成了这个世界，巨大的悲哀也就被无限缩小了。

D 市警局里

蝰蛇组织被剿灭后，乔安立即投入到了黑拳屠杀案的工作当中。这一段时间，她一直在 D 市为屠杀案寻找新的线索。

但是，林伟星行踪诡谲，再加上缺少资料，案情一下陷入了僵局。但是偏偏在这时，另一场命案反而给警方新的线索。

"又是一场命案。"

局长将平板递给乔安。乔安翻看起来，正是陆莎在早餐店里的杀人事件。

店里的摄像头显示，此人轻松杀死了九个人，随后逃离了现场。

乔安沉默了一会儿，开始回忆道："这个女人是红头发的，而良木齐在法庭的供词里说，他们蝰蛇曾经进行过人体实验，如今两个实验品被放到了社会当中。还记得之前的孤儿院纵火案吗？在那清点人数时，除了已经被杀害的小孩吗，还失踪了一个人。此人的身份证上，她就是一个红头发女性。"乔安双手一拍，"对，我们可以从她入手！"

局长有些疑惑："这俩案子难道有什么关系吗？"

乔安说；"如果我没猜错，他俩就是蝰蛇组织之前想培养的两个杀人机器！"

"啊？"局长难以置信地望着乔安。

"这个女人的线索比较多，我敢断定，她就是这两个案子唯一的突破口。我建议最好去查一下当时孤儿院纵火案丢失的那个女孩的信息。局长，立刻行动吧！"

41．"再见了，我的爱人。"

夏日的骄阳无情地烤炙着地面，热浪翻涌在城市与沙滩的每一个角落，就连芭蕉叶下的树枝也难逃滚烫到萎缩的命运。甚至是树上的蝉儿，也在拼命鼓动着发音肌，似乎是生怕聒噪不到人们的耳朵。

和往常一样，只要有海风，芭蕉树们就会和海滩边向自己扑来的海浪深情共舞。

"这样专属的默契，恐怕在人间都很少见了。"已经是闭着眼晃悠起来的陆莎挤了下本就合起的双眼，继续拖起身子往前，一步一步，都严严实实的踩进了沙滩里。

但陆莎没想到的是，岸边沉默的芭蕉叶，到底遇见了多少潮起潮落，才有了这种共鸣。

白天实在太热了，鲜少有人会愿意出来到海边暴晒。

但是偏偏有一个女孩。

风儿再次轻拂而起，帮这个女孩撩开了挡住视线的秀丽红发刘海，但是反而越吹越乱了，一根根红发丝各自为家，被风吹得死死黏在她疲倦的脸上。

实在走不动了，随手扶住一根树的陆莎举起矿泉水，使劲往嘴里晃了晃，终于有一滴水滴进了她的嘴里。

陆莎太渴了，而且这大热天的……再不补充水分，那就真要中暑晕倒了。

隔着斑驳的树影，满身是汗的陆莎望向马路对面的海景五星级酒店，叹了口气。

如果可以，陆莎真的好像去空调房里舒服地住一天。可是她没多少钱，什么事都不敢干。

流浪了怎么也有一个月了，陆莎慢慢发现，自己走在街上，伸出手就是要钱。在她眼里，这简直就是压榨，她受够了街上商品的琳琅满目和街上行人异样的目光，果断走出街道，打算看看这个城市的海边。

C市一个沿海城市，风景秀丽旖旎，这也是陆莎决定前往这座城市的原因。她想在钱花完前，好好看一眼这个世界最美的风景。

今天已经 39 度了⋯⋯

最终，哪怕呼吸都有些困难了，陆莎只感觉自己的头越来越痛了，她知道自己可能中暑了。

反正走不动了，陆莎干脆就坐在了这片树荫下，结果连坐下都有点费力。"扑通"一声，她就全身趴倒在了温热的沙子里，闭上了眼睛。

5 个小时后

等她醒来时，已经是傍晚了，空气中终于有了一丝凉意。陆莎深吸一口气，用手挡着眼睛，想翻个身。

突然，一阵敏感的警告声传进了陆莎的意识中——她感觉自己的肚子被什么摸了一下，接着，好像是因为自己突然要扭动身子的缘故，居然感觉有什么东西从她胸部最敏感的地方，然后一个激灵就慌忙收了回去！

"唔诶？！"

一腔恼火和羞涩瞬间就窜到了脑袋里，陆莎猛地睁开眼睛，看见一个男人居然正将两只手搓在一起，惊恐万状的样子。

"哎，你干嘛！"陆莎腾地坐起来，用锁链枪对着男人的脑袋。

居然有男人敢非礼自己！陆莎还是头一回感到既害羞又愤怒。

"啊！不好意思！我只想给你喂点水。我感觉到你的气息很微弱，担心你是不是中暑了，我就⋯⋯"

听见陆莎手臂下的铁链碰撞的金属声，男人慌忙举起手里的瓶子，示意自己不是那个意思。

"那你干嘛还⋯⋯"

欲说还休，陆莎突然停住了质问。因为，她注意到这个男人的眼睛是白色的，毫无生气。

"啊？一个盲人啊？"陆莎有些吃惊。

"你躺着的这个地方，正是我每天来听海的地方，我碰到了你，问你话你也不回，我摸到了你干裂的嘴唇，想着你是不是中暑了，就拿出水瓶。结果，我又找不到你的嘴在哪了⋯⋯"男人辩解道。

这下，陆莎感到有些啼笑皆非了："哪有给睡着的人喂水的呀？你就不怕把我呛死吗？算了算了，我也不怪你，你也怪可怜的。你这眼睛⋯⋯咋回事？"

本来就憋着气的陆莎一边起身就要走，一边毫无顾忌地随口丢下一句。

"瞎的，天生的。"男人有些伤感地说。

"天……"

陆莎停住了："你也是……天生的？"

"是。"男人倒是对陆莎有点伤人的这句话一笑而过。

"'你也'？难道你也是……"

"嗯……"陆莎无奈地撇撇嘴，"是又不是吧。我不是盲人，但我是天生的红头发。你可能会觉得这很酷……呃，但其实，就因为发色，未成年的十八载，我受尽了折磨。"

"……"

男人沉默了一会儿，说："我觉得，我们很像。因为天生盲人，父母将我扔进了孤儿院。你也是在同伴的嘲笑声中长大的吧？"

陆莎回应了一声。

"但……我一直在像正常人一般拼命，考大学，追理想。总之，我没有放弃过自己的生命。"天呐！陆莎想着，这简直和她的人生一模一样！但要真比谁惨，这家伙肯定赢了。

被勾起好奇心的陆莎再次蹲了下来，决定陪这个男人聊一会儿。说不准，他愿意与自己真诚交流呢？

想着，陆莎静悄悄地坐了下来。

慢慢地，陆莎了解到，这个男人叫张嘉文，今年 22 岁，他就在 C 市海洋大学读书。因为自己酷爱书籍，翻阅久了，最让他神往的，就是文章里描述的海。他将作者们对海洋的描述一一记下，憧憬着某年某日，能看见海的容貌。

现在，张嘉文每天都会来到 C 市的海滩边，坐在这里听海，一边可以沉寂自己的心灵，一边可以幻想海的样子。

听着张嘉文的自述时，陆莎一直望着他，用眼睛细细端详着在男生里白皙到过分的脸庞。不知为何，张嘉文平静而温柔的声音，居然陆莎的心中泛起一阵爱慕。

然而，陆莎正想着呢，张嘉文却有些不自然的挠挠头："我脸上……有什么东西吗？"

"你怎么……你感觉得道？"陆莎感到更惊奇了。

"我能感觉到你的目光，很……"张嘉文突然打住了。

"很什么嘛。"陆莎不耐烦地拍拍沙子。

"很柔情，似乎有些痴迷。"

见张嘉文这么直白且精确地分析自己的情感，瞬间撅起小嘴的陆莎赶紧将目光转向一边，情不自禁地摸起自己竟然有些发烫的脸颊。"你能形容一下夕阳吗？我好想看看夕阳下的海啊。"

两人逐渐熟悉起来后，张嘉文抬着头，望向太阳的方向请求道。

这可难到陆莎了。

"呃……"陆莎有些尴尬地说："我……我试试啊。太阳半挂在海与天的交际线中，渐变的光影点燃了云朵。黄里透橘，橘里透红，挺……好看……的？哎呀！我不知道怎么说，我……我高考语文 150 分才拿了 87 分啊！"

"无妨。"张嘉文微笑着说道："'夕阳红于烧，晴空碧胜蓝'，用这个形容夕阳，如何？"

"嗯，好。"

"那'萧萧远树疏林外，一半秋山带夕阳'呢？"

"诶……这个更好，哎等等，不对！哎呀烦死了！我跟你不是一个维度的好吗！"陆莎气呼呼地抱怨道，犹豫着想站起身离开。

但出人意料的是，张嘉文居然像能看得见她一般，一把抓住她的手。

"你……"从未有过的荡漾感在陆莎心田回响着，她扭身望着张嘉文空白的双眼，莫名的感动既然开始在迷雾里升华了。

毕竟，陆莎只是一个十八岁的少女，也渴望着自己能有一段青涩的记忆。

"别走嘛，再陪我听一会儿呗。反正，你的流浪，随时可以开始，也随时可以结束，"

"你怎么知道……"这下，陆莎都有些崇拜感了。她看着眼前这个微笑的男人，最终还是选择安心坐好。

然而，陆莎一直等，可张嘉文再没说话。两人只是静静地听海，好像，海可以为彼此捎去心中的声音。

临走前，在张嘉文的请求下，陆莎决定留在这座城市。

后来的日子里，白天，陆莎就在城市的各个角落流浪，和流浪猫抢东西吃，热了累了就躲进图书馆，趴在桌子上睡觉。

傍晚，她都会准时来到海边与张嘉文一起听海，两人互相倾诉着心事，彼此相见恨晚。

陆莎和张嘉文都是被这个世界欺凌过的人，从前永远都是一个人面对这个世界的风吹雨打，如今终于互相有了心灵的依靠。

一天，张嘉文忽然岔开问题，问她有没有心爱的男人，陆莎一口否认了，但是自己的心里却泛起了一股暧昧的情绪。

陆莎每天的行踪暴露在 C 市的各处摄像头中，很快引起了警方的注意。D 市警方立即出发前往 C 市，准备将她收入法网。

陆莎照常来到海边与张嘉文一起听海。走到他身边时，她发现张嘉文旁边竟然有一个生日蛋糕。

“你生日？！”陆莎又惊又喜，“我没给你买生日礼物啊喂！你也不说，真是的。”

张嘉文笑笑，示意她坐下：“没事，我已经收到了最好的生日礼物了。”

“这样啊……那挺好。”陆莎坐在沙坑里，环抱起自己的膝盖，默默低下头去，有些难过，“生日你还把蛋糕提到沙滩上来吃啊？搞不懂你，呵呵呵……”

“莎莎，我有句话想跟你说……”望着幻想中陆莎撩起头发的盈盈笑脸，张嘉文假装望着太阳。

一瞬间，陆莎立刻感觉自己心跳砰砰加速，一种醉意在全身弥漫开来，让她感觉全世界都有些迷幻了。

“你干嘛，叫得这么……恶心。”

“做我女朋友好吗？”张嘉文一口气念完了这句话，“莎莎，我知道你可能嫌弃我是个盲人，但我对你是真心的，我……”

“不用说了。”陆莎羞答答地伸出手，包住了他的嘴，“我有说我会因为你看不见，就嫌弃你吗？”

“我答应你。”

“真的吗？！”张嘉文惊喜地大喊道。

“嘟囔这么大声干嘛啊~真是的。”陆莎往他身边挪了挪，在张嘉文的肩膀上及极其轻微地扇了下，便缓缓地将头放在了张嘉文的肩上。

也许是人生经历得太坎坷，陆莎并不要求太多，只要，有人愿意接纳自己，就知足了。

陆莎不知道这算不算爱情，可能只是单纯地依赖，也可能只是想寻求慰藉罢了。

两人你一句情话我一句暧昧地聊到夜晚十一点，才不舍地互相道别。

陆莎第一次感觉到了爱情的甜蜜。她决定自己不再流浪了，留下来与他结婚生子，有一个温暖的家，白头偕老，多完美啊！

"我陆莎也有男朋友了！"她多想把这句话喊出来啊！

可是，远处渐渐传来的逐渐清晰的警笛声，让她想起了自己现在的身份。

陆莎赶紧脱离爱情赐予的幻想中，走到了十字路口，眼前居然有一辆警车挡住了她的去路。

"遭了！"陆莎慌张地环顾四周，四面方向都停了两辆警车，死死将她包围起来，她这才想起自己还有人命在身，是上天催她还债了。

可是，她不想！她要活着，为了自己爱的人！

警察逐渐接近她，她猛地射出锁链枪，变成镐形态插在墙上，接着又是一钩钩在更高的地方。陆莎迅速地将自己往上拉。

就在陆莎以为自己逃脱时，她的腰部突然一阵刺痛，她低头一看，是一根针筒。

她立刻将它拔了出来，但旋即就感觉自己已经浑身空乏无力了。她努力想再往上爬，结果镐子松开了墙壁，她沉沉地落在了地上。

乔安端着枪走上前，看着只有眼睛能动的陆莎说："听话就好，我们不想伤害你。"

陆莎怒视着乔安，随后，将视线移向了沙滩那边，大颗大颗的泪水如泉涌般落了下来。

"再见了，我的爱人。"

42.“我跟他不一样！”

陆莎被逮捕后，她的案子也就宣告终结了。听说是蝰蛇组织改造的杀人机器，在从法庭押往监狱时出来的画面被无数记者记录并公布于新闻网上。

视频中，陆莎脸色苍白憔悴，低着头走在去往押运车的路上。

陆莎此时没有任何想法，她只有一个问题想质问苍天：我是不是这个世界上最被不公平待遇的人！

因为忌惮她的锁链枪，警察将她的锁链枪封住了发射装置，只露出一对发射不出来的枪尖。

案件证据确凿，人民检察院直接向法院对陆莎的杀人案提起公诉。不到一个月，她的罪名就被判了下来——

故意杀人罪，死刑，剥夺政治权利终身。

死刑，这对制裁一个杀人魔简直是个大快人心的事，但对于乔安来说这可能不是什么好消息。

因为这意味着乔安利用陆莎来破案的时间很有限。死刑都是要在一周之内执行的。

乔安试了很多办法想进监狱和陆莎面谈，但看守员以陆莎为死刑犯为由不知拒绝了自己多少次。

无奈，乔安只好用了个狠招——她趁看守员出来泡茶的空子，绕到他身后，将他拍晕了过去。乔安这才安心地来到 17 号狱门前来见陆莎。

乔安轻轻地走到狱门前，向里面张望去。

阴暗里的暗处，陆莎正贴在墙角，缩成一个球形，身体不断抽动着，似乎在哭泣。

见她这么年轻，乔安真的难以想象一个女孩是怎么做到连杀九人。

“小妹妹？”乔安柔声呼唤道。

陆莎抬起头，一双大眼睛红彤彤的，应该哭了很久了。

“少哭点，哭太多对身体不好。”乔安说。

"呵。"陆莎冷笑一声，"都是马上进棺材的人了，我还在乎我的身体干嘛？把我送进来，给你涨工资，开心吧？我反正无所谓的。"

"我想问你几个问题，希望你能配合。"乔安平静地说，"你和林伟星，是不是都是蝰蛇组织的……"

"我跟他不一样！"

暴怒的陆莎大吼，"我是无辜的！你知道吗？！我不想变成这样！他才是真正的杀人魔！为什么他能逍遥法外，我才刚成年就进来了？我连爱人的手都没牵起过啊！凭什么啊！"

陆莎的声音太大了，大到外面等待的 D 市警局局长带着几个警察立刻来到了现场，生怕乔安出了什么事。

望着监狱里这位狂躁的疯女孩，乔安也有些被吓到了，赶紧安抚道："冷静，你冷静。你确实是被无辜被改造的，但你杀人的事实却是怎么也抹不去的，而且，林伟星也是被无辜改造的，这一点你不能否认。"

"那……"陆莎使劲踢着墙面，"砰砰"作响，"凭什么我先被抓啊？我想像一个正常人一样活着，可你们给过我机会吗？！"

"……"

同样是女性，乔安能感受到陆莎心中强烈到令人胆寒的愤怒。

"这样，陆莎，我有两个问题，第一个，既然你说林伟星才是真正的杀人魔，你有什么证据吗？能向我们描述一下。"

陆莎抹了抹眼泪，勉强配合道："林……他看起来是个正常人，但其实，他是一头凶兽，从未见到过的怪物！狂化的他非常恐怖。那天，他接受了改造，却发生了意外。大家都以为他死了，没想到他居然还睁开眼了！苏醒后轻松杀死了一队士兵，就扬长而去了。"

陆莎仰起头，回忆起林伟星狂化的样子。

"他有极强的自愈能力，手臂……甚至可以长出极长且锋利的骨刺。"

陆莎说完了。

乔安想了会儿，又问："所以，一般的子弹还伤不到他，你也是吗？"

陆莎点点头："这一个月，我都在想怎么自杀的方法。我唯一能想到的可能的方法，就是将我的头割下来，让我身首异处。也许这样对我和林伟星都有用。"

乔安点点头："女人的第六感都是很准的，我相信你，我还有一个问题，你知道他现在的去向吗？”

一听，陆莎摇摇头，怒视着乔安：“这我不知道，我只知道你终结了我一个月前才终于遇上的属于自己的幸福！知道什么叫生离死别吗？你们就这样把我抓起来，我杀的人还是祸国殃民的地痞流氓，为什么？！”

“因为这是国法！”

乔安厉声说道，“国法在前，人人平等！你有没有想过你杀的那九个人，也是有人权的？他们只是品行不端，还可以接受教育变成良民，但你却直接剥夺了他们的生命。你这是替法律随意行刑，不仅是对法律的蔑视与尊严的践踏，而且也侵犯了他人的权利！这点你要明白！”

实在没办法了，乔安才这么呵斥的。

“……”

陆莎双眼垂了下来，说；“反正，你不会懂我和爱人分离的感受的。”

“不，我懂。”乔安说，“我比你更懂看着爱人被死神夺走的滋味。”

陆莎抬起头看着乔安，这位大姐姐的眼神里，满是坚强与温柔。

离开监狱后，局长将乔安送到门口，询问道：“所以，她知道林伟星的去向吗？”

乔安摇摇头，说：“很明显，他们不是一起行动的。”

想着刚才眼眸被血丝和泪水撕扯得支离破碎的陆莎，乔安拿起水瓶，一咕噜重重地咽了下去。

“实话实说，从这个姑娘的口中，我听出了人性，我乔安愿意相信她未来还能成为一个好人，也多希望法律能给她一次机会……可惜了，这么一个孩子，刚成年啊……那个林伟星，也许才是我们真正要面对敌人。”

E 县城的商业街中

戴着帽子和墨镜的林伟星随意将双手伸进口袋里，低着头走在街上。他不看前方的人，因为他知道所有人都是绕开他走的。

摸进裤兜里，他不断拨弄着打算今天用的 500 块钱，往街角的一家自助火锅店走去。

然而，巧的是林伟星刚推开门，门反倒被人从里面推开了！出来两个黑衣大汉正面对着他，三人谁也不让谁，直接撞在了一起。

林伟星没有用力，一个踉跄就摔在地上，站起来对身后走过去的两个黑衣大汉喊：“喂，撞倒人不说声抱歉是吧？”

"抱歉？不好意思，我们的字典里没有这两个字。"

这俩大汉居然根本不理会林伟星的指责，回头便一人一拳挥了上来。

"额，正是撞对人了。"

翻了翻白眼后，林伟星伸出双手轻轻接住，随便一推，就将两个大汉推倒在地上。

"两个人渣。"林伟星骂着转身，结果一扭头，却发现店里又走出来四个黑衣大汉！

"好啊，小伙子，力道非凡啊，在哪学的？"

中间为首的，却是一个穿着蓝衣服的矮个子，他缓缓鼓了几下掌，奸笑着走上前。

"呵，自学，流浪汉而已。"不想再闹什么动静的林伟星转身想离开。

"流浪汉啊……不错。"这个油光满面的矮子打了个响指，从口袋里掏出一根竹管，深吸了一口气，从竹管里吹出一根毒刺刺进了林伟星的后颈！

虽然听到口哨时，林伟星就已经警觉起来，可就是没转身。最后，他晃荡了一下，摔倒下去时，被两个大汉接住了。

"带回去。"矮个子小声命令道，随后向店里张望的人们解释道，"不好意思，这是我私人诊所里的病人，好像旧病复发了！不用担心！"

等林伟星醒来时，他发现自己居然被绑在了墙上，他被脱得只剩下一条内裤了。

旁边那个矮子正坐在椅子上，翘着二郎腿吸着烟，见林伟星醒来了，他抖了下烟灰，开口道："介绍一下吧，我叫李跃，欢迎来到皮特鲁赌场，我呢，就是这儿的老板。"

"你想干嘛。"林伟星没好气地质问道。

"没什么，你看你一天到晚在外面流浪多危险啊。不如，在我这工作，我给你发工资，怎么样？"

"我杀过人，而且，我被警方悬赏通缉了。"

"哎呀，这算什么？"李跃竟然还有些习以为常的样子，伸手拍了拍身边的大汉说，"我这儿杀过人的人不要太多哦。放心，在我这儿，你绝对安全，我们这是地下赌场，你若不答应呢……"

"我不答应。"

"哈，准！"李跃也不含糊，"那我就送你一个见面礼吧。"

李跃示意一个大汉上前。大汉手里拿着一把匕首，径直扎进了林伟星的肚子里，并且狠狠地划了一刀——他想让林伟星开膛破肚。

然而！还没流出多少血呢，林伟星的肚子居然很快便缝合上了那道伤口，就像什么事都没发生过一样！

那个大汉惊得瞪直了眼睛。

“哎哟我靠！”李跃也是惊讶地站了起来，扶了扶眼镜打量着林伟星，“你是什么品种的神奇宝贝啊！”

“就这？见面礼？”林伟星翻了个白眼，“行吧，那我也给你一个见面礼。”

说着，林伟星开始发力，挣断了细铁链的束缚，落在地上，邪笑的瞬间弓起全身，准备朝李跃发起攻击！

见林伟星望向了自己的雇主，7个大汉迅速围了上来，挡在李跃前面。

“你是一个不可多得的凤雏啊。”李跃躲在大汉们后面说，“这样，小伙子，你来做我的贴身保镖，每个月！给你5万作为工资，住宿、女人任你挑，你看，可否？”

“这好像有些优越啊。”林伟星想着，犹豫了。虽然他有30万，可是他把这些钱藏起来了，也就是说，他现在和身无分文没啥区别。

“你这安全吗？”林伟星有些心动了。

“当然咯，咱这里是地下赌场，只有黑市的人才知道。”李跃满怀期待地说。

“我……”

林伟星还想故意卖个关子，不屑地挠挠脸。

“考虑考虑。”

说罢，林伟星伏在了地上，随时准备扑上去。

43."给我把他分尸了！"

几个大汉见他像个野兽一般伏在地上，立刻紧张起来，摆好阵形随时准备保护李老板。

"放心，老板，我不会伤害你的。我只想和他们，切磋一下。"林伟星以迅雷不及掩耳之势扑了上去，立刻放倒一个，但没有将其杀死，而是选择一个后空翻敏捷地躲掉了挥来的乱拳。

林伟星扑跳到一边，轻描淡写的激将道："来啊。"

剩下六个大汉大吼着一齐冲上，林伟星扑向最右边那个幸运儿，抓住他的双肩在他头上飞了个圈，顺势将他扔了出去，直接砸到了两个人。刚站稳，有人趁其不备，抓起他将其砸在地上。另外两人迅速冲上，三人将其围起来摁在地上暴打。

李跃以为这就完了，说："哎哟，行了，别把他打死了。"谁想林伟星居然在拳雨中缓缓地站了起来，一声怒吼，双臂用力一挥，直接将三个大汉扫飞在地上。

看着地上躺倒的七人，李跃是目瞪口呆，这些可都是他从全国各地收纳进来的犯了罪的职业打手，他一个人不到两分钟就放倒了七个人？！林伟星到底有多强？

"怎么样，老板？还满意吗？"林伟星问。

"你……考虑好了？"李跃难以置信的侧过了眼睛，反问道。

"嗯。"林伟星点下头。

"哈哈哈，好！满意，满意！"

"你的贴身保镖被打成这样，你不心疼一下？"

"我用几粒芝麻换了一个西瓜，有何心疼？"

李跃笑笑，指了指刚从地上爬起来的七个人："你们以后不用当保镖这种危险的职务了，去我的赌场里找点工作吧。"

从此，林伟星正式成为李跃唯一的贴身保镖和私人打手。有了黑帮的庇护，林伟星终于不用再过着被警察追杀，每晚做噩梦的生活了。

现在，身边有每天吃不完的美食，陪不尽的美女。他雄健的肌肉总能吸引很多异性的眼光。

跟着李跃在黑市四处奔波，他也渐渐地明白了一些黑市潜规则，其中他了解最多的，就是关于赌场的玩法与规则。

本来他从小就不是什么好孩子，读书没读出来，反倒是打得来一手好牌。

扑克牌，他太了解了。

林伟星大学时甚至特意去学习过怎么出老千，并多次使用在牌局中，从未出现过失误。

渐渐地一周过去了，最近，昔日不曾有很多的人来的赌场，今天突然来了一位奇人！

奇在哪呢？

此人从早上 8 点到中午 12 点，整整 4 个小时，没输一局！

这李跃一看，坏了，八成是出老千了，叫人调监控出来，结果看了半天也没看出来什么花样。

“奇怪了，我感觉这人就是有诈！”李跃不爽地嘟囔着。

不要诈也罢了，就当他运气真的很好；但若以后查出来，那他的皮特鲁赌场在黑市的名声岂不是就一扫而光了？更有甚者，掀起一场黑帮动乱也不是不可能。

林伟星站在李老板旁边，看了看紧锁着眉的老板，又看看监控，走上前说：“老板，相信我，让我看看吧。”

李跃有些诧异地望着他：“你行吗？”

“试试，试试。”林伟星笑笑，他走到屏幕前，重新开始看这个长达四个小时的监控。

林伟星一直目不转睛地盯着那人手里的牌。看了两个多小时，李跃觉得应该没戏了，劝林伟星放弃，见他不为所动，便自己出去了，留下一个女服务员陪着林伟星，万一有什么情况就跟她说。

林伟星一动不动地盯着，可女服务员已经趴在桌子上睡着了。

不知过了多久，突然！林伟星敲下来暂停键，他将进度条拉回了两分钟，设置了 500 倍慢放！

这一次，他更专注了。林伟星就像一块雕塑般坐在屏幕前。

"噗！"林伟星自信地笑出了声，"原来如此，可算逮到你了。"

第二天下午，人一下就多了起来，大家不为别的，只为能目睹一场由赌神带来的视觉盛宴。这位赌神叫唐勇立，一脸胡子拉碴，戴着一个墨镜，所有人都围在他的赌桌周围，等着他收下这位第不知多少名挑战者的钱。

"大王！"对手大喊，"啪"的一声甩在桌上。

唐勇立嘿嘿一笑，习惯性地洗了下手里的牌，"炸！"四个"J"甩在了桌子上。

对手的脸色逐渐铁青，只见他随便扔了一张牌在桌上。"没牌了？"唐勇立嘲讽道，"小王！"

一张小王赫然出现在大家眼前。对手直接扔掉了手中的牌，把一千块钱放在桌上，转身就走。

"这叫什么？运气！看到没有？"唐勇立举起双手享受着观众的欢呼和掌声。他示意下一个挑战者入座。到了洗牌阶段，唐勇立警惕地看了看四周，确定没有行家盯着自己的手后，开始洗牌。

"停住！"唐勇立身后传来一声喝令。唐勇立一惊，收起牌，转身看向瞪着他的林伟星："怎么，觉得我出老千的人多了，可是你有证据吗？"

林伟星淡淡地说："你的手速很快，一般人还真看不见，'燕子翻身'这一招，也算是被你玩透了。"

"你用手指将手中最下面倒数第二张牌翻到了最上面，准备将对手一招制胜。如果我没看错，现在压在最下面的，是大王，对吧？"

唐勇立顿时脸色苍白，一个观众趁其还木讷着，悄悄地拿过桌上的牌组，掀开一看："没错，就是大王！"

此语一出，整个赌场顿时炸开了锅。有人用肮脏的词汇骂着唐勇立，有人用钦佩的眼光看着林伟星。

唐勇立只能低下头认栽了。他其实在这里观察好久了，从来没看到有什么行家。没想到这个新来的人居然还比他技高一筹。

李跃缓缓地走了出来，冷笑着说："既然你认了，你应该知道这里的规矩的。"唐勇立咽了一下口水，起来转身就跑。林伟星跳上赌桌后落下，一把抓住唐勇立，握住他的左手臂，轻轻一拧。

"啊——"

唐勇立一声惨叫，他的手臂断了。

“‘要想人不知，除非己莫为’，记住了。”林伟星扔下他，头也不回地走了。

但唐勇立是另一个黑帮帮派的管理层人物，哪里能受得了这气？

这天，李跃正刷着手机，突然接到一个电话，电话那头是唐勇立的声音，他只说了一句话——

“你们给我等着。”

然后就主动把电话挂掉了。

“哼，什么货色都想威胁我老板。”

林伟星就在旁边，满不在乎的继续翻着电视里的频道：“别担心，老板，有我在，没人能伤你一根毫毛。”

“我当然相信你。”李跃转过身，看着他的背影说道，“但我就怕，他的目标不是我，是你。”

“那就更不可能了。”

说着，林伟星拿起桌子上的一把小刀，在自己的手臂上狠狠地划了一刀，很快伤口就愈合了。

“放心，他们伤不了我。”林伟星打了个响指，朝老板炫耀道。

傍晚，李跃带着林伟星几人和一个黑市商人来到一个深巷的饭店共进晚餐。生意谈得很成功，三日内交货。当他们走出门时，林伟星率先察觉到了异常——他感觉有人正盯着他们。

走了一段路，早已注意到反光的林伟星突然转身，用身体护住了李跃！

“唔呃！”

林伟星只感觉背上一阵刺痛，直插心口。

原来，林伟星瞥见了后方墙上有一个类似人的影子，警惕的他及时保护了自己的老板。

而其他人就遭殃了，随着飞刀雨落下，纷纷惨叫着倒了下去，只有他和李跃站在原地！

林伟星拔出飞刀，像个没事人一样，将老板挡在身后，提起拳头，望着两面墙上跳下来一个接一个蒙着面的武士。

“那个人把飞刀扔歪了？居然没死？”

唐勇立从小巷口里走了出来，手一挥：“那个高的，给我把他分尸了！”

44．"只有强者才配生存。"

"这么多人……"

毕竟对手人多势众，面对这么多武士围攻，林伟星终究还是有些害怕了，差点松开拳头的他愣在原地，有些不知所措。

"'养兵千日，用兵一时'，我的性命就……就拜托你了！"李跃被吓得浑身发颤，死死躲在林伟星身后，可是别人连后路都给自己堵上了，躲着又有什么用呢？

林伟星抹了把冷汗，有些不太确定的说："我尽力。"

他只是一个小学体育老师，在孩子们面前随便挥个拳头大家都会惊叹，但这下，可是要真刀真枪地干啊！更何况他现在还是一个普通人形态，自己根本不知道如何召唤出狂化真身，因为每次狂化都是突然的爆发。

而更要命的是，林伟星并不清楚自己的自愈能力有多强，如果这么多刀子同时捅进自己的身体，说不定还真会死。

"快啊，快啊。"脚尖往后缩的林伟星在心里默默祈祷着。

"去啊！"唐勇立命令道，背着手满脸仇怨地看着被围困的两人。

很快，一个武士率先冲上，举起砍刀，一刀侧斩而来！其速度快若惊雷！

就一个普通人意识的林伟星哪里躲得开，跑了怕他一刀砍在老板身上，不跑就硬吃这一刀。林伟星咽了下口水，干脆不动了，举起手臂，强行挡下了这一击！

见林伟星的反应如此愚笨，完全没有任何格斗技巧，武士居然有些可惜地收起刀，一记升龙拳加高边腿，林伟星的下颚皮开肉绽！被放倒的林伟星还没睁开眼呢，武士已经拿出一个小飞刀，麻利地刺进了林伟星的胸口！

"林！"李跃顿时慌了——林伟星死了？那我可不是要彻底完蛋了？

武士认为就这么简简单单地就结束了，起身，恶狠狠地看向了李跃。

"喂。"

这一瞬间，所有在场的人都懵掉了。人们循声望去，没错，不是什么神秘人，就是倒在地上而且被他们认为一刀扎死的林伟星！

“咱就是说，你不应该刺完就走的，你应该多扭几下，像这样。”林伟星若无其事地站了起来，握着插在胸口的飞刀故意掰了下。

“啊？！”所有人都震惊了——这个部位，分明就是心脏啊！

“什么玩意？！”那个武士惊叫起来，立刻意识到面前这家伙不简单。

“呵，听说过龟派气功吗？”林伟星说着，拔出飞刀，上前一掌将武士推飞了出去！

“这……”唐勇立也是呆了好几秒，反应过来后，立刻招呼道：“一起上，先把这家伙解决了！娘的，我看你能接几刀！”

武士们领命冲上，纷纷拔出匕首，朝着两人四面八方包来！

“完了，怎么办？”吓到开始尖叫的李跃赶紧抓住林伟星的衣角，裤腿里莫名其妙地滴漏了几滴液体。

唐勇立下了命令先杀他，林伟星也算是给老板吸引仇恨了。容不得给他时间反应，林伟星丢下老板，随便朝着一个敌人对向冲去！蛮力极大的他是撞倒了这个武士，但很快，他能感觉到自己被无数只手给抓住并拖回了人群中央！

“呃啊！”刚被扔在地上，想爬起来的林伟星立刻就被几个人纷纷踩住了。旋即，无数下雨点般的刺痛在他身上泛滥开来，武士们拿着匕首在他身上疯狂地刮着、刺着、砍着。林伟星用双臂护着脸，胸腔中的怒火如藤蔓般疯狂地从心底爬上嘴边。趁着敌人松脚的间隙，他转过身，用背承受着刀刺的痛苦。

“还有你啊，你这臭王八羔子。”

见林伟星被这么压在地上挨刀子，唐勇立不相信这家伙还能站起来，他捡起地上的一块砖头，朝吓得已经坐在地上的李跃走去。

“你别过来！”李跃惊恐地看着唐勇立手里的砖头，“我可是有毒刺针头的！”

“那你倒是拿出来嘛。”唐勇立冷笑道。他知道这家伙现在根本没有，因为自己买通的那个女服务员，已经将他的发射竹棒顺走了。

“下辈子，别来咱这里混了啊。”唐勇立单手举起砖头，就要砸下去……

“呃，啊！啊——”

瞬间，武士围殴的中心突然爆发出痛苦的嘶吼，所有武士都被吓住了，不约而同地停下了攻击，开始向后退去。

"嗯？"

李跃和唐勇立也望向了那边。在所有人有些惊惧的注视下，林伟星缓缓站起，渐渐地长出来两根巨大骨刺的双臂，无力地耷拉在身体两侧……

而且，他的手在变形，变得无比尖锐！

这一次狂化，林伟星又有了新的变化。他的身形变大了太多，衣服已经被撑裂开去呈现出蛛丝网状。站直起来的他，一下子变得两米多高，红色的眼睛里透露着令人胆寒的凶光！

二级狂化后的林伟星张开爪子，五根手爪微微摆动着，用血红的眼睛环顾着四周的敌人。

一瞬间，猎物似乎变成了猎人。

"上啊，还犹豫什么呢！"唐勇立挥着手大喊，他就是不相信，这么多号人还弄不死他。

而李跃却恐惧地望着林伟星，这下，知道自己招了个什么怪物后，他蹲起来，一步一步向后退去。

"劝你们考虑清楚，趁我还有最后一丝理智。"林伟星的声音都变了，即便是这般平静的话语，都让人觉得毛骨悚然。

可没办法，既然老板都下令了，又怎能不上呢？这群武士大叫着给自己壮胆，挥刀一拥而上！

"行吧。"

血刃怒吼一声，直接高高跃起！武士们刚在地上围成一个圈，就见势不妙，赶紧向外跳开去。

但太迟了。

"轰！"

林伟星已然重重落地，被砸开的巨大凹陷里随即升起强劲的气浪瞬间爆发开去。

这一招堕天落，就如同一辆中巴车从二十层上摔下来一样，气场强烈到就连最远的李跃都一屁股坐回了地上！被震得晕头转向的武士们还挣扎着想站起来，林伟星已经大步上前，骨刺一个一个，轮流刺了进去……

霎时，惨叫声在这个深巷里不停地回荡着。杀到一半，有几个武士已经站了起来，恐惧地向后退去，血刃根本不给他们存活的机会，飞扑上去，一爪一个，不一会儿，地上就躺满了尸体。

这下，唐勇立被彻底惊得目瞪口呆——我的武士们，就这么被团灭了？

现在只剩下一个唐勇立，他颤抖着双手，拖着发软的腿往后跑去。

"就是你要把我分尸是吧？"血刃并没有急着追，让唐勇立先发疯般跑出了几十米，随后自己也跑了起来，纵身跃起，一跳就来到唐勇立身后，抓起他将其扔在地上。

"现在让我们来看看谁分谁的尸。"说着，血刃捏住唐勇立的肩膀……

"嘶啦！"

清晨，大雾弥漫着，一个晨跑老人来到深巷的垃圾桶旁边时，闻到了一股令人作呕的味道。他很快就报告给了街区管理人员，说估计是哪家人把变质的猪肉扔进来了。然而，当大家给垃圾箱清理的时候，竟然……翻出了一对血淋淋的手臂和腿！

这是活生生的人体部位啊！几个管理人员一边竭力遏制胃里的恶心，一边将案情报告给了警察局。

这种分尸案，对社会影响极其恶劣，E市的警察总局很快接管此案件，来到现场进行调查，发现远不止此，再往里走。深巷里还躺着20多具尸体！其中有一具尸体死相极其惨烈，双臂和双脚都不见了，只剩下一个头还连在身体上面。

警察将垃圾桶里的人体组织与这个躯体进行了技术鉴定，确认这是同一个人。这位受害者的名字，叫唐勇立。警察还在唐勇立尸体下方，发现了用血迹写成的两个字：血刃。

"又是血刃！"

这个令人闻风丧胆的绰号，再次出现在了大众眼前，他已经连续和两则重大杀人案有关了。

整个E市人心惶惶，人民强烈要求警方尽快将凶手抓捕归案。

很快，专门负责追击林伟星的D市警局派出乔安一队警察前往E市协助调查。

"小乔，你千万别把你是绝密特战队一员的身份说漏嘴了。"听说乔安又要调去了，蒋将军再次叮嘱乔安，给她去了消息。

"30，加20……"等着乔安一队到来的时候，秘书皱了皱眉，凑到E市最高警局的局长耳边说道，"已经有不下 50 条人命消失在这个叫血刃的刽子手下了。"

"乔安小姐，请问我们还需要多久才能将这位叫血刃的凶手抓捕归案？"

"请问你们对血刃这位杀人魔了解多少呢，能跟我们讲讲吗？"

到达 E 市警局前，一群记者围了上来，希望 D 市警察能给他们一个交代。然而，乔安根本不理睬，也没脸去理睬，带着警察们一声不吭地走出记者群，来到 E 市警局。

审判不了这个林伟星，他们就不可能给天下百姓一个交代。说再多安慰的话，还不如用事实说话，这是乔安大姐大一贯的作风。

"如今，这位叫血刃的杀人狂可算是名扬天下了。" E 市警局局长坐在办公椅上说，"如果我们再不将他捉拿归案，恐怕，全国人民都要对我们警察失望了。这脸我可丢不起。"

"这不是脸不脸的问题，抓不住他，就是对职责的亵渎，对人民生命安全的不负责。"

乔安反驳着，放下记录用的圆珠笔，问："局长，调查了这么久了，有什么结果吗？"

局长的女秘书将手里的文件夹轻轻放在乔安面前并将其摊开，说："我们已经初步确认，这应该是一场黑帮之间的对峙。那些蒙面武士和被分尸的那个人，他们身上都有一个同样的印记。而被飞刀刺死的人，每人手臂上也有与前者不一样但统一的纹身。"

乔安翻看着资料，突然说了一句："皮特鲁赌场。"

"你知道？！"局长又惊又喜。

"当年我还是 X 市选秀小姐的时候，有个追我的男人叫李跃。我俩也算是高中时期的老相识了。听说我要去 X 市，他就在我走前留下了他开店的地址和店面标志。"乔安有些黯淡的回忆道，"后来我真去了，却发现这是个赌场。当武警时，我就一直在犹豫要不要说报告给上级，砸了他的饭碗。不过再后来被 S 市基地挖走当兵去了，我也没再想过他的事情了。"

"李跃……"局长想了想，问道，"你的高中同窗？结果去当了黑社会大哥？为什么？"

乔安没有接话，她双手交叉在一起，抵着自己的下巴，默不作声。

她多想说，印象里的李跃其实人挺好，就是贪财，小聪明都用在了打法律擦边球上。也正是因为这点，乔安始终克制着自己的感情，没有接受李跃狂热的追求，以至于现在快奔三了，百发百中的枪法倒是越来越完美，而心中起的疙瘩，却永远留在了泛黄的青春。

昨晚深夜 11 点多

恢复正常的林伟星和李跃驱车回到了皮特鲁赌场。

门外，皮特鲁赌场的服务员及打手们聚在一起，恭迎他们的回归。消息在黑市是传得很快的，他们昨晚的事情震动了整个 E 市黑社会。

“老板，赢了吧。其他弟兄呢？”

李跃脸色有些惨白，说：“他们都遭到了埋伏，死了。还好有林伟星在，要不然，你们就见不到我了。”一些人立即围了上去，称赞林伟星是个忠诚无畏的勇士。

而林伟星只是笑笑，拍了拍已经撕裂成麻绳的衣服，和李老板一起进了赌场。

走到一半，在赌场的中心，林伟星突然叫住了李老板，说：“老板，你凑近点儿，我跟你说句悄悄话。”

李跃有些不安地看着林伟星，但还是凑了过来，林伟星问了他一句话：“你知道阎王爷长什么样吗？”

“唔……”李跃只感觉林伟星用手掐住了自己的脖子。李跃用尽最后一口气：“你要干嘛——”

话音刚落，只听“咔嚓”一声！他的脖子就被林伟星轻轻捏断了。

“我的妈呀！”

“怎么回事？”

……

所有人都看呆了，一脸恐慌地看着林伟星。

“我现在宣布吧，我是这里的老板了，没人有意见吧？”林伟星转过身，俯视着人们。

垂涎李跃的位置只是其次，最主要的是，除了自己，李跃是昨晚在场的人里唯一一个活下来，自己狂化的样子，全被李跃看在眼里。

林伟星可不想给自己什么尾巴给别人揪着，对他而言，杀了李跃，简直是易如反掌的事，不过是忍耐时间的问题。

林伟星环望了一眼鸦雀无声的大家，说道：“昨天的事你们也应该听说了，这个赌场已经不安全了，警察很快就会发现我们。我现在需要一支打手团队。我之所以杀了李跃，只是我觉得他太无能了。不要觉得这很突然，我其实已经谋划很久了，在这里，只有强者才配生存。"

"有意来我团队的，来办公室，我等你们。"

林伟星转身向办公室走去，顺便拖走了李跃的尸体。

45."都不许动！"

距离正式执行死刑还有四天。

万籁俱寂的夜，乌漆墨黑，如黑色胶漆浓稠地搅拌在监狱外的城市上空，落进无数睡梦中的沉寂里。

然而，监狱地下里，却是另一个世界。可以说，这里没有白昼黑夜之分，灯火通明的二十四小时，来这里赌博的人从未缺席。

只要不往外说的人，都可以进入黑市。现在聚集在皮特鲁赌场的人，都已经是这个赌场的常客了，像吃了摇头丸般激动，无数的手在绿色的赌桌台上如同触手般张牙舞爪着，纵情享受着一晚的狂欢。

然而，办公室里，林伟星撑着头，手指间的圆珠笔转掉了，拿起来又继续转，根本没有出来和大家一起享受这疯狂的意思。

很郁闷，而且，林伟星不是一般的郁闷。

谁也不知道发生了什么，只有那天上午在场的顾客和服务员知道发生的一切。

林伟星杀人夺权了。

但是很显然，没有人愿意相信他，在其他人眼里，林伟星只不过是一个新来的打手而已，而且还一副小白脸的样子，有何威望可言？

昨天林伟星发布的招募令似乎根本没有任何效果，没有一个打手上来报到的。

表面上这个赌场还在正常运营，但实际上群龙无首的他们，每个都在思考如何继续在这里生存下去，要么冒着人头落地的风险在这里拿着比外面高出几倍的薪金，要么赶紧辞职卷钱跑路。

然而，已经没有时间供他们去权衡，去选择了，悄然降临的风暴，不是林伟星，而是另有"初来乍到"的人。

"叮咚——"

这个点来的客人，赌场工作的员工们基本都已经面熟了，可是这次正门打开后，进来的二十几号人，他们可从未见过，但是笔挺的身姿，大跨步的直朝柜台走来，鞋子后跟还打在地板上"砰砰"作响，一身黑的打扮，光是这气场，就足够让员工们迟疑地停下手里的工作。

这群黑衣大佬还是雁阵般排开的，脚步都是一致的！而很罕见的是，为首的居然一个戴着墨镜的女人。

一袭棕色的长尾风衣，紧身牛仔裤紧紧包裹在修长的腿上，女人猛推了下墨镜框提起拎着的箱子，抓起一个赌桌边的 C 位椅子就坐了进去，右腿一甩，皮鞋抵在赌桌的桌边角上，扬起料峭眉望向柜台。

"姑奶奶，请问想怎么个开盘？"柜台后面的服务员赶紧走到这个压迫感令人窒息的女人身边，忍不住抬头瞧了眼旁边站成一排的黑衣保镖。

"开一局，下个……五千吧。"女人敲着赌桌上的骰子，抽了下鼻子。

见她领着这么多人来，下这么大的赌注，还蛮有几分姿色，服务员猜她估计又是哪个帮派新上任的大人物。关键是在黑市里混这么久了，服务员还是第一次见到女性能在黑市里这么强势的。

服务员应和着，小心翼翼地打探道："好的。请问……嘶，身后这么多打手，姑奶奶的帮派，想必不简单吧？"

女人"噗嗤"一声，浅笑道："'英雄莫问出处'，只管按我的意思去办就是。"

突然进来一张新面孔，而且还是一位清爽又飒气的皮衣美女，很快，前来挑战的人立刻拥堵在了桌边，围得水泄不通。

但是，令人感觉奇怪的事又发生了。

美女这边的赌局开始了才 20 多分钟，又有十多人进来了，不过这次领队的是一个高大的满脸胡茬的男人。虽然高大，但是拘谨还甚至有些紧张的举动，已经暴露了他。

众人正抬头打量着，男人已经走到那一桌旁边的赌桌边坐下，也开了一局。下注，八千元。

不是吧？第一次进来，开局就搞这么大？

这突如其来的两下子，可把平时这个点不热闹的赌场一下子给燃起来了。几乎所有赌客都凑了过来，两桌边观战的人甚至还会回头望望隔壁桌，不想错过任何一个细节。

随着一声一声的喝彩后，人们惊奇地发现，这个女人玩牌玩得可不仅仅是有两把刷子，可以说是有模有样，最后竟然还在众人叹服的表情包围下，赢回了五千块，外加对手的赌注金。

"好啊！"

"厉害哇！恐怕又是哪个帮派的杠把子嘞！"

女人很淡然地笑笑，根本就没把旁边这些男人说的马屁搁心里放，但是身后有两人的谈话，让她突然有一种想扭头的冲动。

"嗐！这技术，怕是林伟星那东西也看不出来吧！"

"林……咋，他算啥东西？杀了人就想当爹？我只能说这人太幼稚了……等等，这女的也没出老千吧……"

"不知道……你看人家哪里呢！老实点！"

听完这番话后，女人似乎笃定了什么。在墨镜的掩护下，女人激活了使用权限，借助隐形眼镜片的扫描系统，不断地搜索着身边的人脸。

无数个信息条显示在眼中，乔安一眼扫过去，怎么都没找到林伟星。

"他不在场。"

想到这点，乔安立刻起身，推开人群，往亮着金灯的小道走去。

确认身后没人，乔安闪进厕所，来回走了又走，确认没有异样后，接入了小队频道。

"这里是乔安，这里是乔安，没有在现场发现林伟星，但是证据确凿，这里就是林伟星的藏身地。现在，不排除他已经外出或者在其他房间的可能性，如果是后者，试试把他引出来，完毕。"

没错，这些黑衣人，正是武警队伍的人。

乔安话音刚落下一分钟，外面就喧闹了起来，似乎有了动静。乔安立刻走出厕所，朝外面走来。

"哎，你出老千！这人出老千！"

有个尖嘴猴腮的男人在那边男人的赌局上大喊，手死死抓着男人握着牌的手。男人的手放在一张"2"上，正想把它翻到最上面，是个会打牌的人都能看出他的意图。

男人一声不吭，轻轻推了推墨镜。

"去，把……把老板叫出来。"一个服务员对前台的掌柜说。

前台掌柜有些不习惯地比划了一下，问："新来的那个？"

服务员点点头。

不一会儿，林伟星就走了出来，他看着那个男人说："知道咱这里出老千的下场吗？"

"并不知道。"男人说。

"那就让我告诉你吧。"林伟星说着走上前，想去握住那个男人的手臂。

就在这时，回到位置上的乔安突然伸出脚，将高跟鞋鞋跟踩在了箱子提手上，箱子立刻解锁，"命运征服者"步枪从里面直接弹射了出来，被眼疾手快的乔安一把握住！

"嘭"！乔安朝天花板开了一枪，大喊："都不许动！"

刹那间，这两桌边上的便衣武警们立即掏出手枪，瞄准了身边的黑帮成员。

林伟星也停下了，他用余光看见乔安正用枪瞄着他的头："林伟星，走出来，跪在地上！"

林伟星无奈地笑笑，只好装装样子地配合一下。

他走出人群，来到赌场中心跪下。那个男人和另一位武警上前，想给他戴上手铐。

"你们真以为，这样就算抓到我了？"林伟星冷笑着说，"别急嘛，还没看到过我的真身呢，就这么想把我——带走？！"

林伟星的双臂中"呲啦"一声伸出两根骨刺，手指变得又尖又细。他一跳站了起来，一把抓死一个人，接着反手一刺，刺死了那个男人。所有人立即瞄向他并向他开火。

血刃伏在地上，一个猛冲冲向一名武警，一口将他咬死在地，随即又扑向另一个目标。整个过程极其麻利血腥，不到一分钟，已经有八名武警死在了他的爪下。他的移速之快，杀人之麻利，让有"狙击女皇"美誉的梦魇都很难精确瞄准他！

乱飞的枪线，根本压制不了血刃，等子弹过来的时候，这个怪物已经跳向了另一边！见武警们的攻击连跟上自己都是问题，血刃更加猖狂了，咆哮着冲向第九名目标……

"乓！"

一声特别清脆的枪响，他的头颅被中了一枪！

血刃只感觉自己头晕目眩了一下，但这关键的一枪为第九个目标脱身争取了宝贵的时间。弹雨旋即向血刃倾泻而来，虽然血刃有极强的自愈能力，但子弹打在身体上依旧有痛感和阻力。

血刃连连后退，"乓"，又是一枪！正中眉心！

血刃又是一阵眩晕，需要进行恢复的他瞬间就失去了之前的战斗力，弹雨倾泻而来，血刃护着脸，被无数子弹的强劲力量给推到了墙上。

"我的速度这么快，还能命中我的头……"

心中浮现出一丝惊愕后，清醒过来的他定睛一看，终于看清了——那个女人端着步枪，瞄着他的额头。

血刃锁定了目标，立刻暴怒地跃起，腿部力量惊人得将他蹬出了老远，直扑梦魇！梦魇赶紧放下枪，向旁边的赌桌翻去，落到了赌桌对面，躲开了致命一击。

居然还让目标躲开了！这让急于证明自己的血刃完全无视了旁边还瞄着自己的武警，双手握住赌桌角轻轻一掀，而梦魇早已射出钩锁，锁尖插住了不远处天花板上，将自己飞了出去！

瞥了眼身后准备起跳的血刃，梦魇飞起的瞬间回头单手抬枪，瞄准血刃，果断一发榴弹射出！

"轰"！

这是一颗普通枪榴弹，梦魇只是装着以防万一，但这万分之一的概率还真被她蒙中了！

被炸飞出去的血刃滚了几圈，就躺在地上一动不动了。

"啊？"

用肉身硬接枪榴弹，身体居然还是完整的，甚至还在以肉眼可见的速度恢复！

梦魇这才意识到，眼前这人已经不是一般武器能对付得了，这样打下去只会耗尽自己所有的弹药。这种行动，时间越久对自己越不利。

她看了血刃一眼，最后还是下了命令："撤退！"

所有武警惊讶地看着乔安，又望了望浑身焦黑的林伟星。

其他赌场里的人对他们武警而言威胁不是很大，而且眼前最大的威胁似乎解除了，为什么要撤退啊？

可是乔安已经毅然扭身跑了出去，毕竟是本次行动总指挥，武警们只好放下枪，不甘心地跟着乔安跑步撤离了皮特鲁赌场。

抓捕林伟星的任务失败了，还牺牲了八名战士，这让局长和乔安都感到悲伤和苦恼。

办公室里，沉默了好久的局长终于开口了："乔安，他们说你已经把他打成了一片肉泥了，你却叫他们撤离。为什么呢？"

乔安说："林伟星的力量异于常人，他变异身体极强的防御力和自愈力，当时我一发榴弹命中了他，一般人早就炸没影了。但他却身体几乎完整，而且还在恢复。如果当时继续耗下去，恐怕死的人就不止八个了。"

乔安叹了口气，继续说："如果我真的要杀掉他，我至少需要一把动能切割刀和生物侵蚀弹，这两件武器应该都可以奏效。但我们这里并没有这些装备，我还得联系下 S 市军事基地。"

"难道没有别的办法了吗？"局长靠在椅背上，拍了拍脑袋。

乔安也不是没有办法，她尝试着联系了安晓天和秦伟山，但一个在封闭式训练，一个怎么也不接，估计是有什么急事在忙。

"这是最后的办法了……"乔安无奈地放下手机，双手撑着头努了努嘴。

"让我身首异处，也许这样对我和林伟星都有用。"这时，乔安的耳畔突然回荡起陆莎的声音。"身首异处……怎么办呢？"乔安想着，回忆起第一次抓住陆莎时，陆莎用的像钩锁一样的武器。

"对啊，为什么不可以呢……"

距离陆莎执行死刑还有三天。

乔安只身一人来到监狱，要求看守员放自己进去看陆莎最后一眼。

看守员见到她都有心理阴影了，就怕她又是一掌将自己拍晕过去，将乔安放进了监狱。

来到 17 号狱门前，乔安久久地站着没动，她在等陆莎转过身。但陆莎迟迟没有回头。

"死前最后一天来看我，你几个意思？"

"我来看你，是有事情相求。"

陆莎一听，凄惨地笑出了声，简直可以用令人寒毛直立来形容。

她转过来看着乔安："喔唷？此话怎讲呢？乔警官？"

"陆莎，对你来说，林伟星带给你的是恐惧还是愤怒？"

"嗯……都有。咋了？"

"现在我需要你，只要你答应我，两天内……"乔安放低了声音，"我一定救你出来。我可以给予你自由，你也可以再和你的爱人相聚了。"

陆莎不以为然地摆了摆手："哼，骗谁呢？还有三天我就人头落地了。"

"不，我说的是真的，我这是在帮你！"乔安走上前，握住狱门的铁杆说，"你愿意吗？"

陆莎看着她的眼睛，感觉她并不是在说假话，问道："我答应你，然后你给我自由？"

"对。"

"什么任务？"

"和我一起，杀了林伟星。"

"啊？！可是我连怎么杀死自己都不知道，你还让我杀了他？"陆莎不解地皱着眉，一脸极度不情愿。"身首异处，这不是你的猜想吗？你不试试怎么知道。"乔安双眉紧缩，死死盯着陆莎。

陆莎把目光移向另一边，叹了口气："我打不过他的。他是注射月球元素最多的一代。他的能耐，你应该见识到了。"

"算我求你了，陆莎。"乔安有些无奈地望向墙壁，又把目光移到陆莎身上。

"我知道你恨我，在你眼里，我就是那个把你的生命毁掉的人，但这是迟早的，你既然犯了罪，总会有人来替天行道的。我的意思就是……是你自己的所作所为让你进来的，我只是奉命执行罢了。但是这次冒着巨大风险给你机会的，真的，也是我，也只有我愿意给你这个机会了。"

"你……我……"

陆莎摊着右手，撑开的嘴角快和下眼皮挤压在一起了。

"我看得到你的强大，莎莎。虽然你很狂野，一直被人偏见所待，你一直试着用正常人的姿态活下去，但是这个充满成见和罪恶的世界，将你追杀得伤痕累累。可你，一直在拖着浑身是血的身子前进，一直渴望着正义，渴望世间的温柔，你不会就此结束，也不想就这么结束自己的，对吗？"

陆莎狂躁不安的手指在墙上使劲抓着，抠着，但从她闪躲的晶晶眼神里，已经看得出她的妥协和感动。

"这个世界上已经没有人能阻止这个叫血刃的怪物了。只有你了解他，并且有杀死他的机会。答应我，好吗？我为你提供了一个重逢的机会，我们一起改变，好吗？"

"我们什么都可以放弃，唯独自己的家人和希望。"

陆莎小心翼翼地抬起头看着乔安，恍惚间好像又看到了张嘉文那白皙的脸庞，无限的思念，再次如决堤般袭来。

突然！陆莎凶狠地阴下脸去，猛地在墙壁上怒砸了一拳！墙上瞬间就被打出一个支离破碎的灰白色深坑！

反正都这样了，为什么不试试呢？在这里等死，每天还沉浸在分别的痛苦里，虽然现在求自己的人就是让自己走向深渊的人，但再怎么说，也是一次机会。

陆莎最终还是全身一软，靠在冰冷的监狱墙上，勉强向有些紧张的乔安答应道："行吧！我……试试。"

46.“狂女在此，谁敢放肆！”

一片死寂的监狱房区内，空荡荡的路面四处都是扬起的灰。深夜十一点的城市，还在让霓虹灯欢腾着不属于监狱的温暖。唯一亮着光的房间里，无聊翻看着手机的看守员轻轻吐出一口烟圈，想找个好看的电影缓释一下现在无聊的感觉。

“呼！”

微凉风起，恍惚间，他隐约感觉身后有一道什么东西吹过。

“奇怪，我没开风扇啊。”看守员想着，抬头看了看电风扇。

突然！他好像想起来什么——

“又来……”

看守员猛地一回头，果然是一个蒙面女子一掌切下，被打在后颈的穴位上的看守员两眼一黑，就昏了过去。

这是乔安第二次对这个看守员这么干了。

她摘下面纱，张开嘴大口呼气道：“闷死我了。”

潜入全程，乔安一直都将自己的脸包裹得严严实实，奔跑起来几乎呼吸不了。

看了看这个趴在桌子上的可怜人，乔安走上前，在他的腰间找到了那个钥匙盘。拔下来后，乔安的眼神极速扫描着，找到17号狱门的钥匙便悄悄摸出了房间。她重新裹上面纱，朝监狱里面走去。

因为太无聊，烦人都选择睡觉了，只有个别犯人还在隔着墙聊天。乔安换上一身看守员的衣服，静悄悄地在过道里快步走着，几乎没有人注意到她，即便注意到了，也就当看守员巡查，不以为意。

“17号……”

刚走出几步的乔安立刻停下了脚步，往身后右侧的17号狱门看去。

不负乔安的一片苦心，陆莎果然没有睡。她坐在床上，早就有所等待了。乔安说两天之内救她出来，陆莎也按时等待她的到来，这一次两人谁也没伤害谁。

很快，乔安打开狱门，对陆莎招呼了一下，陆莎立即站起并跑出了狱门。

"接下来怎么办？"陆莎小声嘀咕道。

"还能怎么办，逃啊。"乔安低声说着。

关押犯人的地方只有外面这一条路，两人只好硬着头皮，在犯人们惊讶的注视下一路狂奔出监狱，来到监狱外的一块空地上。

监狱门口两个瞭望塔在四处探照着。乔安看了一眼马上就要扫过来的瞭望塔，指向出口旁的一个储物间："从那里跳出去。"

陆莎看了看储物间，还没迈开腿呢，左边的瞭望塔已经将灯光移了过来！

照到两人时还没反应过来，等瞭望塔上的人意识到什么时并将灯再次照向那边空地上时，两人已经向储物间冲了过去。

"什么人！"瞭望台上的人立即拉响了警报！

刺耳的警笛声立即惊醒了睡梦中的警察们。乔安回头看了一眼，暂时还没有人追上。

"你怕玩跳高吗？很高的那种？"乔安问陆莎。

"诶？"陆莎没见过的东西对呢，她疑惑地摇摇头："什么玩意，听都没听说过，这里能玩？"

"那是。"乔安胸有成竹的保证道，"抓稳了，抱紧我！"

陆莎迟疑了一下，伸出双手抱住乔安，乔安一把揽住陆莎的腰，一只手射出钩锁，钩锁挂在了储物间的屋顶上，将陆莎和乔安送上了屋顶。

"我靠，这就是跳高？我天天都在玩！"陆莎兴奋地炫耀道。

"还没呢！"乔安故作神秘地说，"要是你那射锁链的武器发射装置没被封住，我还省得带这东西。"

此时已经有十几个警察追来了，探照灯一直照着她俩。

"别动！再动开枪了！"警察们很快找到了她们的位置，已经将手枪举向天空示警。

见势不妙，乔安看了眼陆莎。

"干嘛？"一种不太对劲的感觉涌进了陆莎的心头。

乔安心一横，用力一推，将陆莎推了下去，当然不是往监狱里推，而是将她推下了门外的地上。

“哇啊！”陆莎一声惊叫，重重地摔在地上。乔安则留下来断后，跳下去之前，她转身掏出一枚催泪瓦斯扔了下去。几个冲在最前面的警察被迫停下了前进。

乔安立刻转身，撒腿起步，纵身一个落地翻滚稳稳地站在地上，扶起趴在地上的陆莎，说了声：“对不起了。”

“哼！”陆莎甩开乔安的手，拍拍衣服站了起来，阴阳怪气的埋怨道，“你就仗着我摔不死，把我往死里摔嘛。”

逃出监狱后，乔安继续带着陆莎往自己预计的路线跑了起来。

这所监狱地理位置非常偏僻，四面环山，只有南面的一条山路可走。警察们都以为她俩会往这边逃走，驱车前往了山路。

然而，这正好中了乔安的营救计划。乔安其实将她的摩托车停在了监狱北侧的一个角落里。

就这样，乔安和陆莎与追捕的警察们渐行渐远。乔安带着陆莎硬生生将摩托车往草地里开，车灯在黑黢黢的树林里上下抖动着，乔安凭借摩托车上的导航仪，溜进了高速公路的桥洞底。

路上，两人可是一直都没有说话。看到高速公路后，陆莎提起的小心脏终于被放了下来。

“谢谢你，愿意冒着生命危险将我救出来。也谢谢你，再给我一次机会。”望着桥洞远处对着的城市，陆莎磨蹭着自己的五指，有些忸怩地开口道：

“嘀。”乔安故作轻松地笑笑，说：“不用谢我，你我都是互相有求于对方，没什么亏欠的。我救你出来，就是要将林伟星抓捕归案。”

“这家伙……”陆莎虽然很不情愿去回想他，“抓捕估计很难，就地正法，估计是唯一的办法。”

听着陆莎的建议，乔安却没说一句话。

陆莎撩了下头发挡住视线的红发，说道：“其实，乔安姐，我对你的感情很复杂——我既想杀了你，又得感谢你。”

“杀了我？”乔安有些紧张地看着后视镜里的陆莎，“不是吧妹妹，你有这么恨我吗？”

乔安没带武器，赤手空拳可不一定是她的对手。

陆莎将头歪向了一边：“嘿嘿，之前你抓住我的时候，我就起了杀心。但现在呢，没有啦。你愿意救我，我也愿意相信你，这就是我的性格。”

"呼……"乔安松了口气："那这，也算是我将功补过了吧。"

带着陆莎一路颠簸后，两人来到 D 市警局给乔安分配的住房。

"刚刚我推你下去，也实在没有办法。"乔安坐到席梦思上，望着旁边刚洗完澡的陆莎说道。她还是对这一推有些耿耿于怀。

"嗯，我知道。"裹上浴巾后，陆莎放下梳子，晃动起自己的一双白白净净的双腿，突然眼神俏皮起来，"安安姐，嘻嘻。"

"噗嗤。"乔安瞬间被这奇葩外号给逗笑了，低下头捂着嘴。这么可爱的一个女孩子，身上却有 9 条人命，乔安越想越难以接受。

"好好休息吧。"乔安伸出手，轻抚陆莎的背，"你放心，逃狱的事，我全都给你担着。等任务结束，莎莎就……自由啦，好吗？"

"嗯！"

女孩和女人对视着，许久后，陆莎还是情不自禁地笑了起来，倒进乔安姐的怀里。

"对了，莎莎，我这想送你个礼物。"乔安轻轻挪开怀里的陆莎，走向旁边的一个装扮特别精致的花纹盒子。

"这……你不会要送我芭比娃娃吧。"陆莎啼笑皆非的接了过来。

"怎么可能。"乔安的眼神随着陆莎打开的手挪了下去，两人一起打量起盒子里用海绵塞着的两片亮银色枪尖。

趁着陆莎震惊之余，乔安解释道："这是我们 S 市基地的高科技武器，因为没人用，就一直在仓库里吃灰。现在，终于有主人了。"

说罢，乔安示意陆莎翻过手腕。陆莎解锁锁链枪，握在手里，看着乔安小心翼翼地托起两个枪尖，一边让纳米吸附性枪尖进行形状配对，一边解释道：

"这是吸附式动能切割镀层枪尖，用高强度纳米合金打造，通过产生超高频振动来达到切割目的，我想，这东西装备给你，肯定如虎添翼。"

"呃……哇哦。"听得一脸懵圈的陆莎只蹦出了这两个字。

"形态匹配完成，正在进行镀层分解与吸附，请勿移动目标。"

望着镀层枪尖化成无数密密麻麻的粒子慢慢裹住了自己原本已经沾满血迹的老式枪尖，不知为何，陆莎心里却是五味杂陈。

对陆莎而言，乔安姐是继养父陆伟峰和森爷爷，以及刚爱恋起就分别的张嘉文后，第四个愿意为自己付出感情的好人了。不过说心里话，乔安既是抓自己的人，又是救自己的人，陆莎对她的感觉也是复杂的。

第二天早上，迷迷糊糊的陆莎有些醒来了，但是沉重的眼皮却让她怎么也睁不开眼睛。她隐约听到了一点声音："昨天晚上，杀人犯陆莎……已经确认被人谋划救走。谁是这次计划的谋划者呢？……我们老百姓……又该怎么办呢？"

陆莎听到这，这才想起来自己已经被乔安姐从监狱里救出来了。她缓缓地努力睁开眼睛，发现乔安正坐在床上看着早间新闻。

"唔，早啊，乔安姐……"陆莎揉着眼睛坐起来，杂乱的红发遮住了她的半边脸。

一看乔安就是醒来很久了，听见陆莎醒来了，她回头微笑道："早。早餐给你做好了，你洗漱一下，就来吃吧。"

"姐姐还会做饭耶！"

陆莎有些大喜过望了，赶紧点点头，起身进了洗手间。

望着陆莎进了洗手间，乔安弱弱地叹了口气。

看着轻松，其实她现在压力非常大。乔安可是把人们眼中的杀人魔给救了出来，其社会影响程度可想而知。

更何况，她还是逮捕陆莎的警队队长。

这要是被发现了，可能还没抓到林伟星，就性命难保了……

乔安正想着，陆莎已经从洗手间出来了。

"嗯？"

乔安惊奇地发现，陆莎居然把自己的樱红色长发给剪了，只留下了遮盖后脖颈的狼尾。

"你怎么……"乔安问。

"头发太长，不利于行动。"陆莎说着，将双臂举起给乔安看："我的武器怎么办？"

拆下铁套后，乔安端详了一下这蛛丝般一圈一圈缠绕在陆莎铁盘上的封锁物，说："现在只有一种方法了，就看你能不能忍。"

"难不成把我的手臂砍了？"陆莎疑惑地问。

5 分钟后

灶上，火焰熊熊燃烧着，陆莎将双手臂放在火上烤着，手臂下的强力胶正不断脱落。陆莎痛苦地仰着头，不停地倒吸凉气，最后干脆叫出了声，太痛了，即便她有极强的自愈能力，但这并不代表她就可以感觉不到疼痛。

烤了半个多小时，胶丝终于脱落完了。陆莎的手臂红红的，这要是换成一般人，手臂早就废了。

"天呐！"乔安轻轻拍了陆莎的肩膀，用钦佩的眼神望着陆莎，"这可不是只有自愈能力就能熬过来的。"

"嘿嘿。"陆莎迫不及待地举起手腕。"好久没用我的锁链枪了。"

"哎，别！"

乔安赶紧大喊着想阻止，但陆莎就像没听到一样，瞄准天花板射出了锁链枪，插在天花板上，打出了两个洞来。

望着落在床上的白墙碎屑，乔安苦恼地拍了下额头，就像妈妈管不住淘气的孩子一般说。

"行吧，这下得花钱咯。"

乔安以自己发烧为由，这两天都没有去警局报到，实际上她是想趁这两天好好地与陆莎相处，以彻底打消她的戒备心。同时，她呼叫了 S 市军事基地的陈昊博士，让他用卫星系统定位林伟星的最新坐标。

晚上，陈博士发来了林伟星的坐标，居然是 E 市城郊化工厂附近的一处铁皮房中。

"他怎么会在这儿呢？"

乔安皱了皱眉，托起腮。

第三天，乔安的假期结束了。乔安回到了警局，召集了紧急会议。在会议中，她声称自己掌握了林伟星的最新坐标。

"我请求 E 市警局给予我 30 名武警力量，协助我共同抓捕林伟星。"乔安说。

但是，局长不同意了："上次你们的突击行动，30 名战士一下子就牺牲了 8 个，而且还没有成功。在没有十足的把握时，我不允许出动武警力量，代价太大了。"

乔安严肃地说："不，局长，我这次有绝对的把握。武警本身就是冒险者。请您相信我最后一次，这一次，不抓住他，我乔安断不回师。"

次日中午 12 点

铁皮房里，打手们正呼呼大睡着。六辆警车关掉警笛，悄无声息地停在了铁皮房旁边，乔安则在高处趴着，架好了狙击枪。

一个打手起身想上厕所，刚开门，武警一脚踹开了他，端着枪瞄准着他们。

“警察，举起手来！”

被打得措手不及的打手们一个个咕噜起身，举起双手。

但躲在最后面的那个并不老实，他背过手去，从枕头里拿出一把匕首，等着武警靠近。

就是现在！打手一刀向靠近的武警刺了过去！然而也就是在这一瞬，武警耳畔边一阵呼啸，锁链枪穿过密密麻麻挤在一起的肩膀空隙见飞来，直刺那人握着刀的手！

“唔！”偷袭者应声就蜷缩了起来，他拿刀的手已经被射穿了！

收回锁链枪，陆莎从武警们身后走了出来，狂野的笑容里，满是对这些人的鄙夷。

“狂女在此，谁敢放肆！”

“乓嘟！”陆莎还故意抬起手，将锁链枪像皮鞭一般挥起，在地上猛地一砸，发出了令人寒噤的刺耳摩擦声。

“好家伙。”乔安笑笑，“还给自己取绰号了。”

想着，她用瞄准镜一个个瞄向被赶出来的打手们。

但很快，她就发现了一个问题——

林伟星并不在场！

47．"邪不压正，记住了。"

武警们将这群人带出来后，陆莎围着他们转了几圈，但奇怪的是，她始终没有看见那个在自己心中留下深刻印象的脸。

"姐，没发现林伟星啊。"陆莎打开耳边的通讯器说。

"小心点，我感觉有问题。"乔安警惕地四处打量着说。

"收到。"

说着，陆莎直接把刚才被自己射穿手掌的男人拖了出来，喝问道："你们那个林伟星呢？"

"哼。"男人白了一眼，差点就一口唾沫喷陆莎脸上了。

"喜欢装是吧？老子让你！让你说话呢！啊？！"见他根本不把自己放眼里，陆莎哪里受得住这气，抡起手掌就是两个清脆的大巴掌！

陆莎这力气，还好她有所顾忌，要不然这位被扇得有些耳鸣的男人估计已经躺地上了。

"他刚才跟我们说下午有客人要来，声称自己出去买东西去了。"旁边一个同伴看不下去了，替那男人说道。

"你他娘配说话吗？"陆莎转身就要上前，两个武警赶紧上前，一边挡住陆莎，一边注意着犯人的举动。

"克制自己的脾气，陆莎。"乔安说，"不能总是被情绪所控制。"

陆莎冷哼一声，无奈地耸耸肩，往后退去。

突然！一阵针刺般的感觉在背上传来——后面有人正看着自己。

"有人在你身后！"乔安警告陆莎的同时，瞄准镜里的锁定区间对向了这人的头。

陆莎猛地回头，望向了铁皮房房顶上。

"林……"

同样是被改造的人，陆莎选择带着力量执行正义，而林伟星从打黑拳，到杀主篡权，再到现在带着一群打手鬼混。

同一个实验室出来的试验品，两个不同的道路，以及现在一如初次相见的眼神。

“陆莎。”

林伟星并没有对她表现出什么杀意，反而在他的眼里，看到更多的是失望与不理解。

望着陆莎和瞄准自己的武警，林伟星实在无法相信，为什么陆莎能放下过去的痛苦和改造人的标签，融入光明的世界。

在他眼里，这根本不可能。

“我是真没想到，陆莎，你居然……回去了，而我更没想到，回去的你情愿选择与我为敌。你抓住了我又能怎样，他们还是不会放过你的，你难道还不懂吗？”

陆莎和林伟星对望着，活生生两尊雕塑。

“你应该明白，我们都是异类，都是被命运抛弃的人。你我都是改造的怪物，无论多么努力，我们永远挪不开世人的成见。他们只是在利用你，让我们自相残杀，败者死，胜者被他们杀死。”

“在这个世界，与普通人不符的我们终究没有存活的权利，你为什么不明白呢？”

“陆莎，保持理智！”乔安不停地提醒道。

可是，陆莎只是直视着林伟星，从她眼中微微闪起的泪花中，可以看见她心中的反复挣扎。

的确，除了张嘉文，林伟星是这个世界唯一一个和陆莎有相同经历的人。

“我们明明是一样的人，陆莎。”林伟星沉重的眼神里，透露着自己的无奈，很明显，他和陆莎一样，谁都不想先朝对方动手。

“我……”

沉默了整整三分钟，陆莎居然松开了握紧的拳头。

“是，我们是一样。”

十八载的岁月开始在陆莎脑海中回放——人生的极度扭曲，黑暗的极度恐惧，杀人的撕心裂肺……但是，这个世界，也有陆莎不愿失去的人，也有她歉疚一辈子的人。这些出现在陆莎生命中的人，就如同在接力，而接力棒上燃起的圣火，让原本沦陷在黑暗的陆莎，看到了生命的意义，活着的价值，以及自己活下去的光芒。

　　“生在黑暗，不代表我们只能活在黑暗，伟星。”狠下心的陆莎仰起头，期盼着林伟星能浪子回头。

　　“一路走来，我们很累，很痛，很想结束，这很正常。可是我不想用我毁灭掉的人生去回报那些生命里出现的贵人，我有活着的意义，没有理由放纵自己的堕落。林伟星，现在改邪归正还来得及，在我还没动手之前，你我还是难友。”

　　“难友？”见前功尽弃，林伟星叹了口气，“也许当初我把你留下来就是个错误啊。”

　　“就你那破枪尖，连我的皮肉都刺不穿。”

　　说罢，林伟星手臂中缓缓地长出两根尖锐的骨刺，张卡自己的爪子跳下，伏在地上。所有武警立即向他一齐开火！

　　密集的子弹只能在阻力上对血刃有点用，血刃缓过来一点后，还是没有直接针对狂女，而是径直扑向了自己选定的目标！

　　“砰！”

　　一枪，正中头颅！狙击枪的大口径子弹一枪就把血刃射飞了出去！

　　命中目标后，梦魇拉了下保险栓，狙击子弹壳抛落在地，叮当作响。

　　还未等血刃站起来，镀上纳米动能切割刃的锁链枪飞射而来，果然不负狂女的期望，成功刺进血刃的背侧！

　　见成功了，狂女用力一挥，将血刃甩飞在了 20 多米远的地上。

　　“你们控制住这些人就行了，我来对付他！”狂女指了指那些愣在原地的打手，说着，收回自己的锁链枪拖在地上，朝远处的血刃疾跑而去。

　　“嗯？”

　　血刃惊讶得发现，狂女奔跑的速度快得离谱——这才站起来一秒，她已经跑到自己跟前！

　　奇怪的是，血刃没有迎战，而是侧身躲开了再次射来的锁链枪，纵身一跃，落到一辆汽车旁边，翻进车中就准备逃走！狂女还没反应过来，但车居然根本没有熄火，血刃一脚油门，瞬间疾驰而去！

　　“他怎么还有车啊我靠？”狂女瞪圆了一双眼睛，望着远去的车，实在无法理解——他是在黑社会混得有多好啊？

　　“这怎么办？”狂女正一筹莫展，没一会儿，她的身后就传来了摩托车的轰鸣声。

“上车！”梦魇身下的摩托一个急刹，催促她道。

狂女一上来，梦魇直接把握把拉满，一路狂飙着追去。

“姐，我睁不开眼了！”狂女用手遮挡着自己的眼睛大喊。

“我能看得清就好。”

渐渐地看见了那辆车的影子后，梦魇右侧后脚跟一压，摩托的氮气喷口瞬间燃爆！四根排气管拖着灼烧起的尾焰咆哮着，扬起的车头差点没把狂女扔下去。

“哇靠——姐！我要掉下去啦！”狂女死死抓住梦魇的腰，惊恐地低头看着路面上转瞬而过的黄色虚线。

这条路没有红绿灯，一直通往城市内部。梦魇就没放开氮气阀，一路猛追，眼看着与车越来越近了。

血刃从后视镜里看见了她俩，前面有个红灯，他没时间再等什么红绿灯了，就赌这个十字路口没有车。

然而，就在血刃经过路中心的一瞬，从左侧突然冒出一辆大货车，两车“嘭”的一声撞在了一起！

突然的撞击将血刃的车在地上翻了几个跟头才停了下来。整个车身就像个订书机，已经弯得不成样子了。

“咳！”

吐了口飞进嘴里的杂物，血刃费劲地从车里爬了出来。

这种撞击，居然没让血刃昏厥过去。

他的腿已经错位了，这可不是自愈能力能治好的。血刃深吸一口气，忍着剧痛，一声大叫，猛地用力将自己的骨头扳了回来。

缓了好久，血刃才试着站起来。可是，身后的摩托车声已经越来越近了。

望着眼前街角的这栋大厦，血刃寻思着，却不料一个枪口已经抵在了自己的耳侧上方的脑袋边。

“别跑了，全国的人都在盼着你死，你有办法逃得开吗？”狂女走到身边，梦魇提着枪质问道。

“哼。”血刃嘿嘿一笑。

“我有。”

突然！血刃挥开手臂，用骨刺向梦魇扇去！

“姐！”

千钧一发时刻，狂女一个箭步挡在梦魇面前，抢起的骨刺一划，在她的肋骨部位划开了一道极深的口子！

"啊呃！"被划到的狂女立刻捂着伤口，突然涌起的血液从口中喷了出来，向后倒去。

多亏了狂女体内的强化自愈因子，她没有死，只是有些痛苦。但即便没有自愈能力，她也敢挺身而出，为梦魇挡下这致命一击。

缓过神来后，狂女二话不说射出锁链枪，刺中了站起来的血刃，同时意念里选择了以枪尖为原点，将自己送向了血刃，借势一脚踹飞了血刃！

但血刃只是在地上滚了几圈，一声怒吼扑向了嚣狂。

这一下，两个改造人终究还是撕破了脸，为自己所坚持的而扭打在了一起。

也就只有狂女能接住他的扑击了。

强大的冲击力逼迫狂女往后滑去，但她接下了血刃！稳住身体后，狂女抓住他的双臂，又一次将血刃踢飞了出去！

梦魇也想帮帮狂女，可两人扭打在一起的气势实在太大了，两人任何一招一式都能听到令人毛骨悚然的清脆撞击声和被强大力量掀起的风声。梦魇不敢开火，只能刻意往后退，用身体为围观的人拉起唯一的警戒线。

狂女毕竟是有格斗天赋的，一拳打在血刃身上的同时，握住血刃的手臂，"咔"、"咔"两声，直接给血刃的手臂来了个霸王连鞭！趁着血刃还没从疼痛中缓过来，狂女接着又是一记肘击，不忘再跳起一个弧线飞踢，将血刃逼得连连后退。

见这个和自己拥有相似能力的狂女还会格斗，血刃自知未必是对手，也不恋战，抓住机会拆掉狂女的招式后，转身就跑！

眼看着血刃就要跑进那栋写字楼，狂女站起来，射出已经变形成钩形态的锁链枪，勉强钩住了血刃的脖子！

"就是现在！"梦魇立即提醒狂女。狂女猛地向后用力一拉，以为这样就可以勒断血刃脖子。

但……

谁会想到，血刃只是退后了一步，他双手紧紧抓住钩子，轻轻一晃，就将其扔在地上，跑进了写字楼。

"难道这还不够吗？"

疑惑地梦魇放大瞄准镜一看，这才注意到血刃居然给自己的脖子上套了个铁圈！

“陆莎，他早有准备了。他脖子上有个铁圈。”

“对，我看到了。”狂女回应道，“只是没想到这铁圈的作用这么大。”

此时正值休息时间，没多少人在写字楼里。两人疾步冲上，看到血刃正从大厅跑向楼梯。于是就上演了一幕你追我赶的场景，然而在每个拐角口，她们都只能看见血刃拐向上一层的影子。

冲到第13层时，突然，梦魇发现血刃已经没了踪影，叫住了狂女。两人停在13层大厅的楼道口，正想着血刃是不是在哪个楼道口跑掉了，血刃却突然从楼上探出头，飞扑而来！

“呃！”梦魇被血刃扑倒在地，用尽全力将枪挡在他的爪子前。狂女立即射出锁链枪勾住血刃，将他扔向空中重重地摔进了大厅里。

刚才这一切，都发生在两秒之内！

梦魇苍白着脸站了起来。要不是没有狂女，她今天就要命丧在这个怪物爪下了。

血刃伏在地上，血红色的眼睛里充满着杀气。

“你真是站错队了，陆莎。”血刃说，“你难道还不知道，我现在是世界上最强大的存在吗？”

熟悉自己的能力后，血刃学会了控制自己的怒气，已经可以将能力按照自己的想法随时展现出来！

在两人有些惊讶的注视下，血刃的身形开始变得巨大起来，衣服崩裂开去，全身的肌肉呈现出暗红色，向两人问道：“怎么，还打吗？”

“呸，你长得大你就了不起了？”狂女一脸鄙夷，双拳紧握起来，毫无惧色的对着已经二阶强化的血刃宣誓道。

“邪不压正，记住了。”

血刃大吼一声，扑向有点盲目自信的狂女！

“啊？”

双手握住他尖锐的骨刺后，狂女这才发现，自己竟然已经接不住血刃的力量了！

随着血刃下压，“撕啦”一声，骨刺还是深深刺进了狂女的肩膀里！

“唔啊——”狂女一声惨叫，挣开刺进来的骨刺，跟跄着连连向后退去。

"砰！"

"砰！"

两声枪响，打在了血刃脖子上。梦魇对这个身形巨大的血刃的攻击简直就是挠痒痒。

血刃回头瞥了眼梦魇，冷笑一声："哼，你太弱了，一会儿再杀你。"说着，大步向嚣狂走去。

"我开的每一枪都有意义。"梦魇放下枪，看着血刃脖子上那个被打成两半的铁圈坠落在地上。

"接下来就看你了，陆莎。"梦魇默默祈祷着，随后立刻开始联系武警队伍。

剧痛过后，狂女的肩膀很快恢复了。

"不是邪不压正吗，来啊？"血刃沉闷的声响回荡在空荡荡的大厅里，"你不是很想证明自己吗？"

双手紧紧握着锁链的狂女抹了把额头上的汗水，冒着火光的双眼直勾勾地盯向眼前这个两米高的怪物。

"来啊，用你的锁链枪啊。"血刃挑衅道。

果然，激将法用在狂女身上特别奏效。狂女眯起眼睛一声咆哮，抬起手臂就射向了血刃！

然而，血刃任由她的枪口刺进来，一把拽住锁链枪，将防不胜防的狂女拉了过来！抓住狂女后，血刃将她拎起来按在窗上，冷哼道："下去和阎王玩会吧。"

说罢，轻轻一推，玻璃碎片就陪着狂女一起被扔了下去。

"啊！"被风猛吹着脸颊，狂女这才清醒过来。

"摔地上怕是怎么都活不过来了！"意识到这一点，性格及其暴烈且好胜的狂女怎会让自己就这么活活摔死？

看见下面有一个空调外机，即将错过的最后一秒，狂女果断射出锁链枪，勾住了空调外机！

巨大的能量让手腕下连接着自己神经的地方开始剧痛起来。狂女痛苦地龇起牙，借着弧线带来的冲击力，将自己重新荡向了写字楼，对准下面的一扇窗户，"乓啷"一声响！踢碎玻璃的狂女重重砸在水泥地上，翻了好几圈后，精疲力竭地倒在地上，纹丝不动，拼命地大口喘气。

血刃见狂女居然还成功自救了，没摔死，大吼一声，扭头想解决梦魇，但梦魇早就不见了。

“两个人全跑了？”

感觉自己被耍了的血刃自己也果断起跳，将骨刺插在玻璃和墙壁上滑了下去！

狂女听到声音，扬起眼珠子，瞥见窗外如雨般落下的碎屑，赶紧站起来，朝一个柱子后面跑去。

这是一个停车场。

“轰！”

来到狂女在的这层楼后，血刃开始闷笑起来：“哼哼……宝贝儿，你在哪里呀？”

“怎么办？”狂女一身冷汗，急促地轻轻喘着气，想让自己冷静下来。

她望向四周，又看了看天花板，一个大胆的想法立刻出现在自己的脑海里。

48."你我皆是过客，离者亦是归人。"

血刃一步步缓慢地走在停车场内，每一步，都在这安静的场地里发出沉闷的回响，敲打着狂女疯狂蹦跳的心脏。

停车场静得可怕。被狂女打破的玻璃口不时吹来微风，吹起地上的废纸。

"不用藏了，陆莎。我刚刚没把你掐死是我对你最后的仁慈。杀了你，就是时间的问题。"血刃说。

突然，他听见一下金属碰撞墙壁的声音从眼前右边的柱子后面传来。

笃定就是这里后，血刃会心一笑，一拳打穿了那根柱子！

然而，他用手去抓，以为能抓到狂女，却是什么都没有。

正疑惑着，血刃的头顶传来一声声锁链碰撞的声响。他一抬头，发现狂女居然正用钩子将自己钩在天花板上的天井盖上！

不等血刃反应，狂女一个钩形态的锁链枪射来，直接钩在了血刃后脖颈上！

但可惜的是，这次钩歪了，后脖颈的皮肤密度并不比血刃的其他部位差。见自己被钩中了要害，血刃赶紧抓住脖子上的钩子，拼命摇晃着，狂女则是死死拉住，只用一只手把住自己，防止往下掉，想第一次就直接将血刃的头给扯下来！

"呃啊！"见狂女不放手，血刃干脆将计就计，居然原地转起了圈！

这下再不跟着动，怕是手都要被硬生生拉下来了。没办法，狂女只得被血刃甩了起来。甚至自己根本没有任何还手的机会，被血刃甩下来后，狠狠地砸在了另一根柱子上！

"嘶……啊。"浑身剧痛的狂女顺着柱子掉在地上，拼命地想挣扎着站起，可血刃已经走到她面前，再无任何犹豫，将骨刺对准了她的脖子就猛扎下去！

狂女赶紧伸出双手，死命抠压他的手臂，努力不让骨刺落下。看着如此狼狈的狂女，血刃有些得意忘形地狞笑起来。

“想办法，想办法啊！”狂女感觉自己真的是已经紧张到人格分裂了，一个在拼死保护自己，一个在旁边当啦啦队。

狂女看了眼骨刺距离脖颈的距离，又抬头和血刃对视了一下，突然又有了个想法。

赌一把了！

横下心去的狂女立刻松开了自己的右手，同时左手猛地一推！只有一边受力的骨刺随着血刃的下压刺了下来，但是被狂女的左手推偏开去，划着狂女的脸颊插进了水泥地里！

这还只是第一步，狂女看准时机，将右手臂上的锁链枪瞄准了血刃的面门，直射而去——正中右眼！

“唔啊——”血刃一声巨大的惨吼，双手捂着眼睛，一步步向后退去，靠在柱子上，痛苦地全身抽搐着，蜷缩了起来！

好机会！狂女立刻乘势追击，瞥了眼旁边的小轿车，射出锁链枪插在车门上，用力一拽，将车门硬扯了下来。而血刃刚回过神，狂女已经高高跃起，大喝一声，抡起手臂，让锁链枪拉着车门在空中画出了一个漂亮的半圆弧线，如铁锤砸钢一般狠狠拍在了血刃的头顶！

“乓嘟！”，车门立即被砸了个粉碎。被砸得两眼发黑的血刃如同被灌了一壶二锅头，碎着步子翻倒在地上。

见优势愈发倒向自己，狂女自然不会放过机会，立刻进一步出击，这次她还特意闭起一只眼瞄准了下，确认无误后，第二次射出钩形态的锁链枪拴住了血刃的脖子！

清醒过来后，血刃刚想爬起来，就被嚣狂勒住了脖子。动能切割刀刃随着陆莎的力量拼命撕扯着，已经割开了血刃脖子上的皮肉陷进去了！

“你就这么想一决高下吗，陆莎？！”

这一声狂暴的怒吼，居然让狂女整个人都怔了下——这完全不像是一个人能发出来的声音！分明，就是一头嗜血如命的野兽！

愤怒到极点的血刃，终于对狂女露出了最后的底牌——三阶狂化！

惊愕到忘了发力的狂女缓缓垂下手去，链子随着变高的血刃向上扬起，张着嘴看着眼前这个猩红色背影逐渐高大起来，大到彻底遮住了刚才自己落下来时那个窗口投下来的光芒！

这一次狂化，血刃彻底露出了自己的凶兽真身——体型再次变大，无数根尖刺伸出背部，挺立在猩红色的皮肤上。而手臂与手的粗壮可怖，狂女特意瞥了眼旁边的车轮，感觉这拳头看上去和车轮差不多！

三阶狂化的血刃，和一只巨大的猩猩毫无差异。看着他变成一只三米高的怪兽后，狂女这才意识到问题的严重性，赶紧想收回锁链枪。

然而，血刃已经侧过脸看着她，獠牙如尖刀般立在他嘴边。瞬间！血刃背过手抓住嚣狂的锁链，如过肩摔一般将她扔在地上！

狂女还没反应过来，血刃又是一爪子抓下，在她脸上抓出几道深深的血痕！

"我也要扯掉你的眼珠子！"血刃大吼着，黏糊糊的口水喷洒在狂女的脸上，让她顿时心生反胃。

眼看着血刃的手掌落下，狂女容不得多想，赶紧一个翻滚躲开，射出锁链枪插在后面的柱子上，将自己送了过去。

可，后面是个墙角，已经无路可退了！

狂女双拳紧握，在血刃冲上来的一瞬，撞破旁边的玻璃跳了下去。

这可不是白白跳楼！狂女冷静下来，赶紧用钩子勾住玻璃往下滑去。而血刃见状，直接就跳下去落在地上，抬头看着拖着玻璃往下落的狂女，就像一只猛兽看着羔羊送入自己的嘴中！

街上的行人看见最终形态的血刃，全都惊叫着四散奔逃而去。

"这……"

"这少说十米吧，跳下去一点事没有？"狂女想着，只能再射出另一把锁链枪拴住更高一层的空调外机将自己送了上去——她可不敢再下去和血刃正面打了，这东西看着就不是一个级别的。

见她想逃，血刃想都没想就跳上写字楼向狂女爬去！三两下就追上了她，用力一跳——

刚才还见血刃在地上，听到动静的狂女往后一看，一个大爪子直接扑面而来！

"唔！"

血刃将狂女抓在手中，落下去后又把她死死按在地上！

"你不是很勇吗？嗯？再来啊。"望着在手里拼死挣扎的狂女，血刃二话不说，伸出手臂中的骨刺径直向嚣狂的脖子刺去……

"轰！"

火焰突然在血刃的背部炸开，他一个趔趄，攻击被打断了！

随着第一发榴弹炸开，接着一发又一发的榴弹如雨点般袭来，纷纷炸在转头怒吼的血刃身上。

“随意开火！”

梦魇一声令下，全副武装的武警们立刻火力全开，子弹和榴弹瞬间覆盖了血刃，火力倾泻持续了 8 秒钟！而梦魇枪中的榴弹也已经打空了。

然而，浓重的硝烟中，一个三米多高的怪物缓缓走了出来，直视着当头的梦魇。

奄奄一息的狂女捡起自己被救回来的一条命，却发现血刃居然背对着自己！

“糟糕，乔安姐！”

机会是乔安给的，命也是乔安救的，陆莎不可能坐视不管！

站起来后，狂女观察了一下四周，发现旁边的杂货铺和大楼之间有一个昏暗的小巷。

估计是用来收垃圾的，这条小巷的光全部被写字楼挡住了。只能靠着一盏声控路灯提供照明。

路灯……

刹那间，林伟星之前在实验室里的屠杀场景再次在陆莎的恐惧之海中浮现出来。陆莎狠狠地晃晃脑袋，扭头，却望见武警们在血刃的逼迫下向街道对面的大货车后面退去。

“姐，把他引到那个巷子里！我有办法！”

狂女其实并不知道行不行，但她自己还是在梦魇的注意下悄悄跑进了那个只有声控灯的巷子里。

“所有人，跟我来！”梦魇带着幸存的战士们一路狂奔朝那个小巷跑去，果然，血刃紧追不舍。

“等等，这是……”

跑进巷子，声控灯亮起。梦魇才惊讶地发现，巷子最里面竟然是一堵墙！

回头瞥了眼，确认血刃也进来后，梦魇催促道：“不管你用什么办法，请你快点！”

见他们跑进了死胡同，血刃彻底放飞自我的大笑起来：“怎么，你们警察还蛮仪式感的嘛，死前还给自己挑个地方啊？"

突然！血刃耳侧的声控灯暗淡下去，可是他好像感觉到了什么杀气……

察觉到这一点后，血刃想起了自己最危险的敌人，瞬间收起了笑容。

"乓！"

随着锁链上的金属碰撞声传来，声控灯再次骤然亮起！狂女早已将自己的一只脚卡进了围墙上的栅栏缝隙里，另一只脚抵在墙边的路灯杆子上，这一次，狂女的两根钩形态锁链枪一齐射出，精准地套在了血刃的喉咙边！

这是血刃脖子上最脆弱的地方！

"啊呃——"狂女站在墙顶，用力拉住为了甩掉锁链钩而近乎疯狂的血刃。

但这次，狂女可没那么容易下来——她的两只脚全都有了借力点，重心稳稳地控制在身位之内。

"啊！呃——"

这毕竟是三阶强化后的血刃，力气大到狂女差点感觉自己的脚板都要压崩了。可她依旧努力坚持着，死命拽着钩子往后拉。

"乔安姐——"狂女撕心裂肺的大吼起来。听到狂女的求助，梦魇这才如梦初醒，赶紧切换射击引弹口。

"命运征服者"的斜槽口，装着陈博士特的派人给她连夜送来的 20 发"生化腐蚀弹"。

瞄准区间锁定后，梦魇立即瞄准血刃的脖子，连开十几枪，没有一枪落空！

被生化腐蚀弹命中一颗，都能对亚洲象的外表造成肉眼可见的侵蚀效果，更别说十几枪全都打在一个部位。武警们都注意到，血刃脖子处的皮肤居然像油漆般缓缓化开了！

"去死啊——"

狂女最后一声怒吼，顾不上手臂快要炸开的剧痛了，她一咬牙，将双臂狠狠地抬了起来！

"嘶啦！"

伴随着血浆飚出了一道弧线，一阵释然感和双手放空的感觉袭来。血刃的头落在地上，鲜血溅满了整个墙壁，也洒在了狂女疲惫到即将晕过去的半边脸上。身首异处的血刃晃了晃，这个庞大的身躯最终还是，轰然倒地。

“我靠，真累……”狂女两眼一黑，抽出脚，直接摔下墙来，正好掉在血刃的头颅边上。

“你赢了。”

血刃竟然还活着，这颗头的还在用双眼看着嚣狂。

“我说过，邪不压正。再强，黑暗也终将被光芒吞没。”狂女也没感到惊讶，就像是在和老相识谈心般说道。

血刃叹了口气，缓缓地说：“可明明我们都生于黑暗……”

说罢，没有了血液循环，血刃最终还是闭上了眼睛。

见自己的任务完成了，一阵困意袭来，乔安还想扶起她，可疲惫到极点的陆莎缓缓松开了手上的链子，头向右一歪，全身就瘫在了乔安的怀里。

望着怀里抱住的这个满脸血污的女孩，乔安心如刀绞，沉重地叹了口气，转身对武警们说：“记住了，这个英雄叫陆莎。我乔安说什么也不会把她送回监狱，你们更不行。”

声控灯再次暗淡下去，乔安轻轻拂去陆莎脸上的灰尘，在黑暗中对武警们宣布道。

“我得把她安置好，这是我对这个女孩的承诺，任务完成后，她就自由了。如果法院一定要定罪，请麻烦你们来当证人，告诉他们，把陆莎的罪，连同我的罪过一起加在我的身上。”

第二天

血刃被武警解决了！

得知这个消息后，血刃这个杀人魔的故事反而成了人们口中吓唬小孩子的笑话。因为一旦小孩子真害怕起来，大人们就会话锋一转：“别想多啦，孩子，咱们正义的战士们将他搞定啦！”

乔安那晚的行踪终究是被曝光，本人没有任何反抗，随着警察一起来到法庭接受审判。她因私自释放死刑犯而即将被定罪。

但幸运的是，英雄永远都有人眷顾。

“蒋将军是什么角色，你还不清楚吗？”秦伟山靠在墙上，在乔安被抓捕前和她通话道。

“你放心，你又不是放了人去杀人放火，你这是为民除害，除了个大害！再加上基地这边的努力，你不可能进去的，就当进去感受几天监狱的伙食呗。等你回来，乔小笨笨。”

　　S市军事基地直接调取了那天的摄像头影像，向上级法院公开了乔安制服林伟星的证据，交代了乔安那晚的动机，并向全社会发表声明，乔安的行为是完全正确的，一切责任由S市军事基地承担。

　　最终，乔安得以无罪释放。

　　而让人忍俊不禁的是，这一切，安晓天和刘宣都被蒙在鼓里。他们都以为乔安姐只是结束了反入侵事件后去外面度假了。

　　乔安被判无罪，但陆莎则没有那么幸运了。毕竟还有人命在身。

　　但向往自由的她并不想投案自首。

　　被乔安照顾几天后，陆莎选择躲着警察的全国通缉，戴上帽子将自己的红头发隐藏了起来。

　　开始流浪的第一站，就是她与张嘉文相恋的E市海滩。

　　又是一日夕阳时，陆莎全副武装的裹起自己，轻轻地走到定时来看夕阳的张嘉文身边。

　　"你好。"张嘉文感觉到身后有人站着，打招呼道。

　　一言不发得陆莎再也压抑不住心里的思念，所有悲痛与希望瞬间混杂在了一起，如夏日里拍在礁石上的浪花，又如骄阳下奔腾的小溪，这些错综复杂的感情瞬间就化成了紧紧搂住张嘉文的双臂。

　　"嘉文！对不起！这两个月，让你承受太多太多的痛苦了……呜呜呜……"

　　"啊？！"

　　虽然两个月没见，可是陆莎身上熟悉的苹果香张嘉文怎么会忘记！

　　"陆莎！你不是被判刑了吗？！你……"

　　"不，我没有。我多想留下你身边……你会嫌弃我吗？"陆莎哭得泪流满面，倒在张嘉文的肩膀上剧烈啜泣着。

　　"怎么会呢。你都不嫌弃我，我干嘛要嫌弃你。"张嘉文摸索着，将陆莎揽了过来。

　　一阵新鲜的甜蜜感与归属感第一次涌入陆莎的身体中，而她也是平生第一次撒娇起来："我会是你永远的宝贝吗？"

　　"当然了，你永远都是。不管你犯了什么错，干过什么事，离我有多远，只要是你，我都愿意。"

　　说着，张嘉文将陆莎温柔的搂入怀中，似乎没有说话。陆莎因为有太多的悲伤想要倾诉，所有的话语，都堵塞在嘴唇里，将她的泪水全都挤压了出来。但是渐渐地，陆莎好像听到了什么，她从张嘉文的怀中抬起头，仰视着他，发现他的嘴唇在轻微颤动着。

张嘉文在唱歌，是一首自李白的诗改编而来的歌。他的一切喜悦与激动，，都倾注在了自己对爱情的歌颂中。

"秋月清，秋月明。落叶聚还散，寒鸦栖复惊。相思相见知何日？此时此夜难为情！入我相思门，知我相思苦……"

两人你一句我一句的情话让树上鸟儿都听着有些陶醉，没了声音。两人就这么依偎着聊到深夜……

"嘉文，我必须去流浪了。我不能拖累你，警方还在通缉我，我不能留在这个城市了，所以我……还是得走。"见时间不早了，陆莎轻轻抚摸着张嘉文的脸颊，说出了他俩的最终结局。

本以为会伤心到痛苦地张嘉文，却只是微笑了一下。

不是他不爱陆莎，而是心太痛了，痛到一声嘶喊也无法迸发出来了。

"无妨，其实，从你被抓的那天起，我就知道我们的爱情不会再完美了。"

顺着张嘉文无神的眼，陆莎望见了那个划过天际的流星，转瞬即逝。

"你我皆是过客，离者亦是归人。分别，是一个人必经的事，我们能改变的不是分别，而是分别时心中的伤痛感。愿你，能为自己奔跑。"

陆莎仰起头看着星空："是啊……谢谢你，出现在我的生命里。"

张嘉文自觉地为陆莎松开怀抱。陆莎掩着面站起身，怎么也止不住身体的颤抖，缓和良久后，叹气道："再见。"

"再见。"张嘉文淡淡地说了一句，可如潮水般翻涌的心情，终究还是让泪水如决堤一般大颗大颗滚落了下来。

张嘉文能感觉到，眼前走过了一个女孩，挡住了自己赏月的视线，然后，消失了，终究还是将月亮还给了自己。一如自己从来就看不见的一生里，那转瞬即逝的光。

"长相思兮长相忆，短相思兮无穷及。早知如此绊人心，何如当初莫相识。"

"……"

张嘉文一遍又一遍哼着，仔细聆听着远方的爱人，来自她眼眶里的零碎。

一个哀而不悲的英雄，一个生于黑暗却向往光明的普通女孩。可她的无畏，她的正义，她的一切努力，换不来一场完整的爱情，甚至换不来一个温暖的港湾。

　　换来的，只有陆莎自己一个人，继续着漫无边际的流浪逃亡生涯。

49."真是一颗迷人的星球。"

平静的宇宙空间里，几粒小物质矿慢悠悠飘进了地球大气的逃逸层，欲落而止的样子，像极了望着橱窗里那玩具的小孩。

再往下就是去地球了，不过，这可不是它们想的，但是头顶悄然飞来的穿梭机好像还偏偏就是这么想的。

明明拖着尾焰，可是这穿梭机一点声音都没有，甚至舱内的舒适度都让人睡过去了。

没错，杰纳斯就真躺在座椅上睡着了。

"吾王……"

"别叫王醒来！让他再睡会！"

望着头歪在一边沉睡的内心人国王杰纳斯，两个仆从犹豫了很久，还是不敢把王叫起来。虽然，王想到的目的地已经在眼前了。

这艘叫"菲索托"的穿梭机仅供王室的人使用，无论是科技还是内舱的服务设施，放在全内心人国度都是绝对顶尖的。听说国王杰纳斯想来邻居瓦姆勒看看，几个管家可是费了千辛万苦才把"菲索托"穿梭机从仓库里搬了出来。因为国王很少出来旅游，绝大多数时候都在处理政事，这驾用来观光的穿梭机也一只就烂在仓库里。

"你们说，王要出来星际旅游就算了，为什么突然要来这个原始星球，而且更离谱的是，他为什么执意要把这么重要的东西带上？"

几个杰纳斯的随从都凑在一起，听着这位高大壮硕的皇室私人管家小声嘀咕着，所有人的目光都不约而同地看向了旁边闪着绿色星辉的盒子。

"哎呀，王的心思，少猜点好。"旁边一人劝道，"最近不是说，神域那边出大事了嘛，一半的鬼神都被屠杀了，全是攸萨干的。王好像透露过他对生命魔杖的担忧，这次带上魔杖的话，恐怕不只是旅游这么简单了。"

几人沉默着，突然，驾驶舱的显示屏开始急促的闪灯报警！几人立刻站了起来，各回各的位置，操纵着穿梭机平缓下降而去。

"要不要开时空洞？"有人问到。

"开了待会把王吵醒了，小心扣薪水！"那个高大的管家掌着主方向舵，说道。

"扣薪水？我可从来没扣过你们的钱噢。"

"啊？！"所有管家的头顶顿时落下一道晴天霹雳，"王，您醒啦？！"

"早醒啦，就想看看你们会不会叫我。"杰纳斯伸了个懒腰，站起来走到视窗前，几乎是用钦佩的眼神在打量眼前的原始草原，"这么漂亮的景色，你们竟然没人叫我起来看的。唉……真是，到站了也不跟我说一声，看来我还真得考虑一下你们的薪水问题了。"

旧石器时代　约 290 万年前

野性，从来都是自然界的最佳招牌。这片广袤的大地上，成群的史前生物踏着零碎而密集的步伐在野草上闲逛着，每一脚下去，都能惊起一片半个手指大小的昆虫飞跃而起。若隐若现的山丘之下，绿树成荫，溪水清澈见底。煦风吹拂过野兽们的皮毛，似乎就像是每天例行的全民广播。

当然，在某个隐蔽的树丛间，还有个很特殊的种族——人。

阳光温柔地推脱开树叶们的热情招揽，与树叶共舞一会儿后便轻轻地落在这片绿荫地上。树荫下，几十个人围坐在他们的营地里。这里面的人几乎全是女人和小孩。他们，正等待着男人们狩猎归来。

而肉眼可及的远处，一群男人正拿着木石武器拼命追赶着一只麋鹿。这可是他们家族今明两天的口粮。

而旁边几头黄河剑齿象如看戏般，一边卷起一束草往嘴里送，一边在旁边观望着。

不过，晴朗的天空中，突然传来一声不对劲的声音，紧接着，一个时空洞赫然展开在空中，一艘小飞舰缓缓地飞了出来，似乎还有点胆怯和害羞。

营地里，一个小孩率先发现了那个时空洞，他举起手指向了它。旋即，这艘飞舰立即引起了所有人的注意，包括在追鹿的男人们，这艘小飞舰落在地上，挡住了麋鹿逃跑的去路。突然，一声炮响，飞舰中火光闪烁，正中麋鹿！男人们吓了一跳，有几个胆子大的想走上前把麋鹿拖回来。

飞舰上，下来了几个人，他们浑身淡蓝色，手臂上有着如鱼鳞般的纹路。

那几个胆子大的人也不敢靠近了，狐疑地看着这几个人。双方就隔着射死的麋鹿站着，互相打量着对方。

最终，那几个人中的领袖动了。他抓住鹿角，拖着麋鹿来到那几个连连向后退的地球人面前，用月球人的语言说："拿去吧，别丢了你们的战利品。"友好地笑了笑。

那几个地球人似乎听懂了他在说什么，合力将麋鹿拖回了后面的男人群中，大家欢呼着朝不远处的营地走去。

"真是一群没开化的野人啊，连报恩都不会。"一个随从走上前说。杰纳斯笑笑："无妨。这颗星球上的智慧生命才刚刚开始成长，要给他们时间。虽然我们的文明要比这里发达得多，但记住，这是我们的母亲。没有这颗星球，也就没有我们辉煌的文明。"

几位随从赞同地点点头。

"而且，要不是有神域使者的恩赐，我们内心人，恐怕连文明都不会有。别看我们科技好像很发达，但其实，我们的意识形态发展与科技发展完全失调了。发展到现在，我们还只是皇室来统治国土，如果哪天，我们能像正二层的高阶文明那般，既拥有英明领袖的指挥，又拥有广大人民的智慧，那就太好了。所以我觉得，我们没必要在瓦姆勒身上找优越感，我们也没开化完全呢。"

这是杰纳斯第一次带着内心人访问地球，也是他第一次使用时空洞。作为月心人的国王，他这次出行地球的动机很简单——旅游。杰纳斯带着随从们爬完了这附近所有的山，赏尽了这里所有的花朵，趟过了这里所有的溪水。时间一分一秒地流淌过去，太阳从东边的高山落向了西边的天际。夕阳的橘红色让杰纳斯陶醉其中，在月球，他们可享受不到太阳的温暖。

"真是一颗迷人的星球。"杰纳斯感慨道，"可惜，怎么没有守护者呢……"

"那么，陛下您的意思是？"几位随从纷纷好奇的问道。

"哈哈。"杰纳斯慈祥的样子，总是让他的随从们有一种亲近感。他拿出了皇室世代保存着的生命魔杖，起身向溪水边的岩石堆走去。

"跟我来，你们就知道我的想法了。"

"吾王，您要去哪？"几位随从都想再休息一会儿，见杰纳斯都起身了，只好站起来跟上。杰纳斯现在心情非常愉悦，他很想在这个星球上留下自己的印记，很有一种"某人到此一游"的意思，当然，这只是其中一个原因。

他拿起魔杖轻轻地点在岩石壁上，默念咒语。这一堆岩石居然开始活动起来。随从们惊奇地看着这些岩石在空中拼接起来。

"不愧是我们内心人第一术士啊……"随从们感慨道。现在正好是生命结晶的能量迸发期，每隔 30 万年都会爆发一次，在这个时候，生命结晶可以根据意愿任意制造生命。神域的高维度文明，就曾用生命结晶创造了很多生活在三维世界的文明。

而这次的三十万年轮回里，又有一个种族即将诞生了。

这群岩石左拼右接，居然拼成了一个人形。这个人形足足有四米高。

杰纳斯觉得这样还不够好，又施加了一个咒语。旋即，这个人形岩石堆的头部居然浮现出一双眼睛。石头身体上，裂开无数道沟壑，沟壑犹如一道道河流，互相交汇与错开着。蓝色的液体渐渐充满了这些沟壑，似乎是这位新生儿的血液。

施法结束，这位石头人落在地上的第一反应就是低下头，与杰纳斯对视着。

他半跪下来，好奇地打量着杰纳斯，摊开的双手似乎是想表达什么。"吾王，您还没有给予他说话的能力。"一位随从提醒道。

"哦对，我怎么把这么重要的事给忘了。"杰纳斯一拍脑袋，赶紧又拿起魔法杖，身后的斗篷一扬，将自己抬升到了与石头人的脸平齐的地方。

这个刚刚诞生的石头人歪着头，打量着悬在自己面前的杰纳斯。杰纳斯默念着咒语，随后伸出魔杖，点在了石头人的面上。

而这个懵懵懂懂的大块头也没躲闪，似乎是知道眼前这位就是自己的父亲一样，任由杰纳斯将魔杖轻碰在了面门上。很快，生命结晶的能力生效了。石头人的面部浮现出一张嘴。石头人摸了摸自己的嘴，用月球人的语言说："是你……创造了……我？"

杰纳斯微笑着点点头："是的。我赋予了你能听懂这个世界上一切生物语言的能力，并且为你的身体注入了宇宙能，意思就是，你的身体将变得坚不可摧。"杰纳斯摸了摸他的手背说："你是这个星球上第一个石头人！"

"石头人……"这个巨人低着头看着自己的身体和双手，"谢谢你。"

"天呐，他好聪明呀。"随从们惊叫起来，"刚出生就知道感恩。"

杰纳斯也是笑得越发灿烂，他又伸出手去摸石头人的脸庞："我这辈子施法无数，但你才是我最伟大的作品啊。"杰纳斯低下头想了想，说："给你起个名字吧。孩子，你就叫元尊。毕竟，你是这个星球上第一个石巨人。"

元尊点点头，问了杰纳斯一个问题：“元尊……有同伴吗？”

“同伴……”杰纳斯和随从们你看看我，我看看你。“不好意思，这个……真没有。”杰纳斯有些愧疚地望着元尊伤感的眼神。

杰纳斯低下头，看了看手里的魔杖。“这样，元尊，我把魔杖交给你吧……”

“什么？！”

“不行啊，陛下！这个魔杖力量太强大了，30万年才……”随从们立即强烈反对。

杰纳斯心意已决，他转过身对随从们说：“这个星球需要更多的生命，元尊也需要自己的同伴。这把生命魔杖力量再强，30万年也就才解封一次让物体赋予生命的力量。相信我，生命魔杖在这里是安全的。这颗星球，值得我如此付出。”

说着，杰纳斯将魔杖递给了元尊：“孩子，守护好它，每隔30万年，你都有一次赋予任意物体以生命的力量。而这个生命的形状、性格和能力完全由你自己决定。你的同伴，就在这个魔杖中。”

“守护……”元尊看了看魔杖，又看了看杰纳斯。

一名随从看了下时间，说“陛下，时空洞能维持的时间不多了，准备回去了吧。要不然，我们就要被困在这里了。”杰纳斯回头瞪了他一眼，又跟元尊说了几句，交代完这个魔杖怎么用以后。杰纳斯很是不舍地握住元尊的手说：“孩子，爸爸要离你而去了。在这里生活，一定要好好的。”说着，杰纳斯准备离开了。

“主人，您要去哪？”元尊有些慌张地问，“我想跟您一起走。”

“不必了。”杰纳斯转过身对元尊说，“你要留下来，守护这个魔杖和世界。这个世界很大，值得你去翻山越岭。”杰纳斯严肃而不失温柔地望着元尊，“还有，记住，我不是你的主人，你才是你自己的主人。”说着，众内心人在杰纳斯的带领下离开了山坡，朝着平原上飞舰停靠的位置跑去。杰纳斯一步三回头，最后还是消失在了元尊的视野中。

元尊坐在溪水里，看着飞舰飞进了时空洞中，时空洞也消失在了黑夜与阳光的交际线中。

在第一个30万年里，元尊试着跟各种种族相处。他相处最好的是麋鹿。时间久了，这片土地上的麋鹿们似乎都认识他了。元尊每天的快乐就是看着它们饮水，和它们一起奔跑。

而他相处最不好的，是人类。每次靠近人类，他们都会吓得四散奔逃，用石头、骨头疯狂砸向他，元尊始终无法理解为何他们那么怕自己。

第一个 30 万年到了，在这之前，元尊每天都在回忆魔杖的用法，生怕自己用不来了。终于，他成功地用魔杖创造了第一个同伴。而元尊也渐渐发现，人类的领地越来越大了。元尊为了不惊扰到人类的生活，带着同伴住进了深山的底部。时间日复一日，年复一年的过去，一代又一代人类出现在历史上，又很快消失不见，只有元尊和他的九个同伴们一直矗立在地球的历史长河中。

那么，就让我们把时间线拉向 2058 年，看看此时的世界吧。

50. "你流放错人了。"

2058 年

B 市的 Q 大学里，此时正值深秋。枫叶舞落在安静的校园里，道路上鲜少有人通过。教学楼边上停满了电瓶车，拥挤到甚至是连扫落叶的大妈都很难拖着有轮子的垃圾箱四处扫。只得在路边坐着，等待着下课后的汹涌人潮，只要车骑走，她就能好好工作了。而树上仍旧在掉落着泛黄的叶子，不往上看，还真以为是上方那湛蓝色眼睑里洒落的别样泪滴。

已经上课 80 多分钟，学生们盼望的下课铃即将到来。这 80 多分钟，对于徐亦诚的学生们来说，实在是太煎熬了。

人人都说徐亦诚是一个不可一世的英才，是一个不可多得的国家人才。然而他的课，真是没多少人喜欢上的。

"这个公式是这么写的吗？动动你的脚趾好好想想！"

"哎哟，你怎么连这种换算都会算错啊！小学毕业了没啊？"

徐亦诚正在给学生们做物理专业的限时训练。他每次下去看学生们写的作业，总要忍不住提出他们的错误，并感慨一下他们是多么的差劲。这不，又开始了。

"好了，半个小时结束，都停下笔吧。"徐亦诚走上讲台，突然猛地用教学用尺在台上拍了两下："你们到底是不是大学的学生？为什么我每天下来都能看见一些小学生才犯的错误！你们可都是所谓的尖子生中的尖子生呐，不要让我再为你们这种幼稚的错误发这么大火行不行！"徐亦诚扶了扶眼镜，"好了，咱们开始对答案……"

徐亦诚今年 37 岁，是一个物理学家，尤其在材料学和仪器发明及使用方面颇有造诣。有人将他称为"中国的爱迪生"。他 30 岁时获得了国家级物理学博士学位，成了近 20 年来最年轻的国家级博士。其实力可见一斑。

也许正因为如此，这些顶尖大学的尖子生们在他眼里是这么的差劲。

上完课，徐亦诚抱着学案走在过道里，想着如何进一步升级自己的新发明时，手机电话响了。但他双手抱着学案，腾不出手去接。没办法，他一路快走来到办公室。

他其实已经猜到是谁了。徐亦诚掏出手机，重新向他的女友花妹打了过去。

"喂，宝贝。"

"亦诚，今晚有什么安排呀？"

"呃，我……你是不是想去看电影啊？"

"对呢，这可是情人节时你对我的承诺，都快两个月了，陪陪我嘛。"

"嗯……不好意思，宝贝。我今晚要开学术研讨会，可能陪不了你了，改天吧，好吗？实在不行，你拉你的闺蜜一起去吧。"

电话那头沉默了许久。徐亦诚还以为她把电话挂了，看了一眼，还连着。

"亦诚，这是我最后一次认真地对你说，今天是我对你最后的忍耐了。"

"不，我今天真没时间。"

"我们分手吧。"

徐亦诚感觉有一道闪电将自己劈成了两半："不是，为什么？你不可以这么胡闹！"

"我没跟你胡闹。"花妹坐在沙发上说，"你觉得你在爱情这个世界里，你做得合格吗？"

徐亦诚伤心地垂下了眼睛。

"我就这么跟你说吧。每一次我约你，或者是我过生日、过节，你作为我的男友，从来、永远都不是第一个出现在我面前的！你给我写的祝福，除了写些生日快乐、节日快乐还能写什么？"

花妹站起身走向阳台，继续说："第二个，每次你回家睡觉，都让我先睡，自己趴在电脑前一看就是一晚上。你觉得我在你电脑的'噼里啪啦'声中睡得着吗？"

"这是我的工作！而且，你也从来没有跟我提起过你睡不着。"徐亦诚努力为自己辩解，但他的说辞是那么的苍白无力。

"我是没有提起过，因为我也体谅你，工作很忙。但你是不是也应该体谅一下容忍你的我？你是不是应该有个度？"花妹开始一边打电话一边收衣服放在自己的行李箱里，"徐亦诚我跟你说，你别以为你是个超级明星，我就应该一直容忍你。我真的，我不需要我的伴侣多优秀，你哪怕是多爱我一点点，我也愿意再等你，可是你真的很让我失望啊！”

“第三，你……你从来没有主动亲过我、抱过我，你每次亲热都是那么的敷衍，你觉得像你这样的男人，有几个女人会喜欢？也许是我对你要求太高了，但我现在对你真的是失望透顶了。我昨天遇到一个……算了，不说了。我走了。咱们就一刀两断吧。”

徐亦诚“唰”的一声冲出办公室下楼，跑进自己的车里，疾驰而去。回到家，看见花妹正在清理自己的柜子，两个行李箱基本已经塞满了。徐亦诚赶紧走上前，从后面抱住花妹，一阵酸楚与后悔顿时涌上心头：“不要走，好吗？我以后一定多陪陪你。”

“你这句话自己也不数数说了多少遍了？”花妹转过身推开徐亦诚，“我已经决定了，就没人能说服我。”

“那你走吧！”

徐亦诚大吼，指着花妹离去的背影：“我留不住你的心！我何德何能，稀罕你！”

“行啊。”花妹听后转身，“你就是单身一辈子的命。”说完，走出了门。

徐亦诚酸楚的心无处安放。说实话，他确实将事业放在了爱情之上。或者说，他就没怎么把爱情放在心上。

但他爱花妹，这是真的。只是他不知道到底怎么表现才算爱她。“也许，多陪陪她就好了。”徐亦诚想着，可是他哪有时间陪她呢？

徐亦诚走上阳台，看见花妹提着两个行李箱上了一辆豪车。豪车开走了，拉断了徐亦诚最后的挂念。

“行了，可以好好工作了。”徐亦诚伸了个懒腰，回到电脑桌前。

打开电脑，马上一则消息跳了出来：“徐老师，您去哪了？我找不到您，就在这里给您留言了。王霆教授邀请您参加下周三开始的对 M 村附近山林的地址勘探工作。他希望您能作为仪器控制组组长一起进行此次活动，您有空吗？若可以的话，在这里给我留言即可。”

徐亦诚正好心里一个怨气，想出去散散心，立马回了一句：“好的，时间发我，我来。”

M 村山林地下

几个石头人围在一起，用月球人的语言聊着天，他们在等他们的老大元尊将火种取来。秋天来了，地下多少有些阴冷潮湿。几人正聊着，元尊带着另一个石头人拿着火种回来了。

这另一个石头人是 60 万年前最新诞生的一个，他拥有四只手臂，性格与其他温顺的石巨人不同，他比较暴躁刚烈，因为常常与其他同伴合不来，只有元尊老人还愿意接纳他。

元尊将火种放在木柴堆上，很快他们的营地就亮堂起来。

"今天好像又被人类看见了，他们在远处举着什么对着我们，是吧，麦里特？"元尊拍了拍这位四臂巨人。麦里特点点头。其他巨人都不想看一眼麦里特。

"别这么压抑嘛，来，吃鱼。"元尊抓起几串烤鱼一个个分给大家。

麦里特抓起鱼串，仔细端详了好久，终于开口了："元尊爷爷，我不想吃鱼了，我都吃腻了。"

"那你想吃什么？"元尊慈爱地看着他。

"我想，外面那么多人，不如吃吃它们？"

"它们？"元尊的脸色马上就变了，教训道："你怎么可以说出这种话！人类是我们的母亲，是神圣不可侵犯的。不要再有这种想法了，知道吗？"

"那既然是我们的母亲，我们为什么还要躲着他们？"麦里特很不爽。

"因为这是他们的世界！我们只是这个世界的附赠品，认清自己在这个世界的地位，孩子。"

"那难道我们就要看着我们的世界越来越小吗？我不明白，为什么我们要一直容忍人类的放纵！更不明白为什么你一个活了 300 万年的老人思想竟是这么腐朽！"麦里特大吼道。

"放肆！有你这么对元尊爷爷说话的吗？！"一个石巨人再也看不下去了，怒喝道。

麦里特站起身，走出了营地。

"元尊爷爷，虽然没有那个他，麦里特就不会出现在这里。这也许是他的错。但我真的觉得，你流放错人了。"那个石头人说。

元尊深深吸了一口气："也许吧，我也不知道是对是错……"他看向了石头缝中外面的太阳光。光线再次射入元尊那泛着蓝光的眼，他长出一口气，开始了每天都会进行的回忆。

回忆里，那么多的平原，那么美的森林，还有，那么转瞬即逝的笑脸——那是赋予他使命的再也见不到的父亲，杰纳斯。

51.“这可不是什么雷阵雨。”

徐亦诚坐在房间里咬了一口苹果，把它放在桌上，便上班去了。没有了前任花妹的束缚，他每天就白天教书育人，晚上泡在实验室里，有精神就研究，困了累了干脆就在实验室搬了个躺椅度过一晚。

日子一天天过去，连着这么多天，徐亦诚愣是没回家里一趟，办公桌上的日历终于翻到了星期二，等到徐亦诚回家收拾行李时，他才想起自己吃剩的苹果，回到房间里一看，已经氧化到发黑了。

上午十点半，王霆教授打来的电话叫醒了徐亦诚。徐亦诚是个典型的夜猫子，他特别喜欢熬夜，昨天晚上又是熬到了凌晨三点才睡的。

迷迷糊糊的他听到铃声后才想起今天的大事，他赶紧接起电话：“喂，王霆。你们等我一下，我马上就来！”

徐亦诚牙也没刷、脸也没洗，衣服还是昨天那一套没换下来，就提起昨天事先整理好的包裹出发了。

“这家伙到底怎么回事，还不来？”王霆看了一眼手臂上的手表，这是他不知道第几次看这个手表了。

“王教授，要不咱们不等他了？说好的十点钟集合，我们因为他等了快一个小时了。”王教授的助理说。

“再给他最后十分钟。”王霆抿抿嘴，颇有些无奈。

其实徐亦诚在这个团队里的位置也无关紧要，实在不行王霆可以代替他调试仪器，这毕竟是地理方面的仪器，王霆还是懂一点的，无非是自己再忙一点。

好在徐亦诚还算争气，最后一分钟时，徐亦诚开着车出现在人们面前，停在旁边的停车位里。

徐亦诚拎着包跑到他们身边说：“实在对不起，睡过头了。”

“听我一句劝，徐大神，少熬点夜吧。”王霆拍了拍徐亦诚的肩膀。他俩都是在各自领域里颇有造诣的人物，但毕竟隔行如隔山，他俩在生活中并不是什么竞争对手，更多的是朋友关系。徐亦诚笑笑，跟他们上了本次活动专用的越野车。

路上，徐亦诚无聊地望着窗外的风景。王霆放下手机，打趣地问道："徐大神，和花妹最近相处得还可以吧？"

"害，我们分手了。"

"啊？！"王霆有些惊讶，"不好意思哈，我……我不知道这回事。"

"无所谓，这事我还巴不得。"徐亦诚拨弄了一下脖子上的幸运符，"哎，老王，咱这次任务是啥呀，总得跟我交代一下吧。"

王霆说："这次呢，也是因为上级部门的委托，让我们去勘察一下为什么M村附近的山林最近这么活跃，频频发生地震啊啥的。我怀疑这无非就是这里的岩层正在相互挤压碰撞罢了。"

徐亦诚微笑了一下："这我可不懂，我只负责帮你们调试一下仪器。"这时，王霆的助手凑到了徐亦诚身边。他拿出平板，给徐亦诚看了一则新闻，新闻的标题赫然是："疑似有野人出没！大家请小心！"配图中，似乎是从远处拍摄的，里面有一个巨大的人影闪烁着。助理向徐亦诚挑了下眉。

"你还信这个？"徐亦诚有些无语，"这肯定是P图P上去的啊，无非是博人眼球罢了。我可不在乎这些。"

两辆越野车开到一侧的山坡上便停了下来，勘探工作立即展开。工作进行了一个多小时，本来放晴的天突然又暗了下来，接着就是阴雨绵绵。

"什么情况，不是说今天转晴了吗？"王霆一边拿着地质锤敲击着岩石，一边抱怨这鬼天气。一旁的徐亦诚听到了，说："这垃圾天气预报不行啊。前几天下暴雨时说马上就放晴了，说放晴的时候现在又下雨了，唉。"王霆没有回应他。

两人都没注意到的是，此时的河水正在慢慢地变混。

"徐教授，你能不能去把地质测量仪插在那个干涸的河道里边行吗？顺便帮我们拿几瓶水过来吧，谢谢啦！"一个同事说。

徐亦诚点点头看上去很乐意，其实他心里多少有些不爽——自己是过来散心的，可不是过来听任人使唤的。但他这个组基本上就是后勤组的意思，只要仪器不出什么问题，那基本也没他们什么事。徐亦诚将地质测量仪插在河道里。

这个仪器也是徐亦诚参与设计的。它能根据各种数据判断出一个山体的活跃程度。这次活动，大部分就是靠这个仪器判断出结果了。如果它判定这个山体活跃，那就万事大吉了；如果不是，那可能还需要折腾一段时间。

为了等结果，勘探队不得不在这里露营扎寨。他们搭好帐篷，在这里过上了一夜。

夜里，有一段小插曲。徐亦诚突然在凌晨醒来了。毕竟他从来没有这么早睡过觉。

现在是凌晨两点，这时的他讲道理还在电脑前研究东西呢。

他爬起来，仔细聆听，除了人们此起彼伏的鼾声，似乎外面还传来一声又一声沉重的脚步声以及树叶摇晃的声音。徐亦诚既有些疑惑又有些害怕。

“不会是山里的熊啊、虎啊……”徐亦诚想着，还是好奇地撩开帐篷，向外面看了一眼。他看见树林里竟然有一个巨大的黑影，空中还有一些蓝色的交织的线条附在黑影上。徐亦诚刚探出头，那道巨大的身影便消失在了森林中。

徐亦诚钻回帐篷里，他想起白天在车上王霆助理给他看的新闻，不信邪的他终究还是害怕起来。他坐在帐篷里，努力寻找着外面的声音，想再听到那种脚步声。

不过后来，徐亦诚一晚上都没再听到了。

第二天，徐亦诚猛地睁开眼，帐篷里已经只有他一个人了。

“完了，怎么没人叫我啊。”徐亦诚赶紧坐起来，整理了一下自己的发型便走出了帐篷。

他看见一群人正围在河道内的地质测量仪。

“怎么样？”徐亦诚走上前问。

“仪器判断这个山体很稳定啊，没有任何增长和其他变化。奇怪了，这和我的判断不太符合啊。”王霆俯下身又看了一眼仪器数据。

不过徐亦诚倒是觉得很庆幸，他又可以在野外待上几天了。

突然，山顶传来一阵一阵的雷鸣般的声音。“不会吧，又要下雷阵雨啦？”助手有些惊讶地说。

“不。”王霆脸色骤变，“这可不是什么雷阵雨。”

霎时！响声震天，山摇地动。远处的树林像纸盒一样被揉碎了，石头像纸片一样被冲走。这些碎物汇聚成了一个巨大的洪流，咆哮着向河道里的人们翻腾而来！

"是泥石流！大家立即撤出河道，往两边散开！"王霆立刻喊道。

大家惊叫着爬出河道往两边拼命地跑去。

但王霆只是说往两边跑，可没说往下游还是往上游跑。

徐亦诚慌不择路，随便选了一个方向便跑了起来，但是他做了一个极其错误的决定——他往下游跑去，也就是说，他在和泥石流赛跑。

爬向另一边的王霆教授见他这样逃生，立即大吼："傻瓜，往上游跑啊！"

但此时的徐亦诚哪里听得到！同伴都跑向了上游，只有他自己！在往山体陡然下降的关节处跑去！

而泥石流的轰鸣声早已淹没了王霆的声音。

正狂奔着，突然，徐亦诚被草地上的一个草坑给绊了一下！而这个断崖口式的缺口已经不是上游的人们能看见的了。

"啊！"徐亦诚惊叫一声，倒在地上。他跑得太快了，在地上斜着转了好几圈，差点滚进泥石流里。然而，他的头已经进去了。他赶紧想抬起头，一块巨石从他眼前飞扑而来，狠狠地砸中了他……

徐亦诚只感觉自己头晕目眩，眼看着自己就要滚进去了。突然，他感觉自己的脚被一只大手给抓住了，一把将他抽了回来。

徐亦诚的头部还在不断地冒血，剧烈的疼痛很快让他昏死了过去……

52. "你一个人？"

秋日的阳光轻轻地飘在溪水中，倒映出点点光斑。同时也落在了这个熟睡的人身上，让他感受到了些许温度。

徐亦诚慢慢地恢复了意识。"发生……什么事了？"他睁开眼，用手臂挡住刺眼的太阳。记忆很快如潮水般翻涌而来。

他想起自己差点落在泥石流里，然后还被石头砸了一下……

不远处，传来木柴干裂的噼啪声响。徐亦诚嗅到了烤鱼的香味。他摸了摸自己空空如也的肚子，但是这轻轻的扭动也让他感觉到了脑袋上的阵痛。他举起手摸了摸，那个被砸中的地方居然还被包扎起来了。

徐亦诚想着是哪个世外高人救了自己。他爬起来，一看，却瞬间就呆住了。

那一堆燃烧的木柴上，烤着几串烤鱼。旁边的溪水岸上，站着一个四米多高的巨人！他浑身墨绿色与浅灰色相交织，一道道蓝色的条纹如血管一般布及他的全身。他静静地站在河边一动不动，右手手里拿着一根串着几条鱼的长木尖刺，活生生就是一个雕塑。

"咦？"徐亦诚不理解这个雕塑有什么寓意在里面，"这是哪家村口摆的塑像？"

想着，徐亦诚就走上前想去摸。结果吓人的是，这个石像突然伸出手探向水里，抓住了一条鱼。

"我的妈呀！"徐亦诚吓得一屁股坐在地上，连连向后退。这个石巨人也被吓了一跳，猛地扭头看向了徐亦诚，认出他以后，走到他身边半跪下来，好奇地打量着他。徐亦诚的心如皮球一般在胸口四处弹跳着，手心里紧紧地捏了一把汗。

"这什么怪物，不会吃了我吧？"徐亦诚想着，恐惧的目光和石巨人的目光撞在了一起。

石巨人伸出手指，徐亦诚以为他要动手了，紧紧闭上了眼睛……

结果，这个石巨人只是在他额头上轻轻地戳了两下。

徐亦诚睁开眼，这个石巨人又试探性地戳了两下徐亦诚的额头。徐亦诚摸了摸自己的头，发现自己的伤口竟然被人用衣服布料给裹住了。

他低头看了一眼被撕扯掉一半的衣服，又看了看石巨人，问道："你救了我？"

石巨人点点头。

"你还听得懂我说话？"

石巨人又点点头。

徐亦诚不敢相信自己的眼睛：难道这个世界上真的存在跟人类一样高级的种族，或者有可能比人类还高级呢？

石巨人似乎有些尴尬，他左顾右盼了一下，起身去火堆边拿起一串烤鱼递给了徐亦诚。徐亦诚一看，有些哭笑不得：鱼的一面已经烧糊掉了。一开始，徐亦诚不敢动口，他端详着烤鱼，直到他看见石巨人满怀期待的眼神后，也不好意思拒绝了，大口吃了起来。

徐亦诚也不管什么鱼刺了，饥饿的他只管将鱼肉往嘴里塞。石巨人就在蹲在旁边看着他吃。

突然，徐亦诚被鱼刺给卡住了，不停地干咳着。石巨人见状，立马一掌拍在徐亦诚的背上。徐亦诚只感觉自己被气功大师给来了一掌，差点没把嘴里的肉给吐出来。

但巧的是，这鱼刺还真就这么给拍下去了。

徐亦诚缓了缓，开口道："不管怎么说，我得谢谢你。你已经救了我两次了。你有名字吗？"

石巨人一愣，摇了摇头。

"嗯……"徐亦诚托着腮："让我想想，和蔼可亲用英文怎么说……叫你艾美尔博，好像又太长了。干脆就叫你艾博吧。嗯？你觉得呢？"

石巨人歪着头，居然鼓起了掌。徐亦诚戒备的心逐渐放了下来。他小心翼翼地笑了笑："嗯……就这么定了？"

艾博石柱般的双腿弯曲了下来，他半跪着，手腕搭在膝盖上，与这个人类对望着，肯定地点点头。

此时已经黄昏落日了。艾博望了一眼天空，用手指了指远处，又拍了拍自己的胸脯。

"相信你，跟你走？"徐亦诚问。

艾博点点头。

无奈，徐亦诚还是站了起来。没办法，这荒郊野岭的，哪怕死了都没人知道，只能暂时相信他了。徐亦诚就这么跟着艾博走进了森林深处。

秋天的森林是最美的，尤其是夕阳时。秋水盈盈，霜染黄了叶，影子映在秋果羞涩的脸庞上。火红色的日轮被松树高高地挂在树尖上，沉甸甸的仿佛随时会落在地上。徐亦诚抬手括起太阳的轮廓，突然自己撞到了什么石头上。他一回神，发现自己正好撞在艾博腿上。艾博正停下来看着他呢。

"啊，我觉得这个夕阳挺美的。"徐亦诚说。艾博竟然笑了，笑起来竟然有些可爱。他也看看天边的太阳，继续带着徐亦诚赶路。

徐亦诚在后面细细打量着艾博，有一堆问题出现在徐亦诚的脑海中，他走上前问艾博："你有同伴吗？呃，或者，你是怎么诞生在这个世界上的？你有父母吗？吃什么？"

一大堆问题抛向了艾博，艾博停了下来，轻轻将手一挥，瞬间，徐亦诚身边的花草树木都变成了一片静静的蓝色海洋。徐亦诚惊讶地发现自己居然站在这片海上。

很快，海上浮现出如连环画一般的图片，一张张略过。徐亦诚看到，在远古时期，几个外星人乘着飞船来到地球，其中一人用魔杖点向了一堆石头，便形成了第一个石头人。

"等等，这是你吗？"徐亦诚有些好奇地问。而艾博却摇摇头，竟然开口说话了，说了一句徐亦诚听不懂的话。

"你会说话？！我还以为……你为什么不早点开口啊？"徐亦诚有些惊喜。

而惊喜的画面还在继续，只听那几个人的首领说："每隔30万年，你都有一次赋予任何物体以生命的力量。"

接着就是一个又一个30万年的画面，画中的石巨人越来越多，元尊带着这几个石巨人一路跋山涉水，翻过无数道山沟，跨过无数条河流，随着人类越来越多，居住面积越来越多，他们陆地上的活动空间少了太多太多，最后，所有石巨人一起隐居在了岩石下。从此，就再也没有出来过。

一直到90万年前，元尊用魔杖点了一下溪水边的青绿色的石头们。

艾博指了指这堆石头。

“这就是你的诞生？”徐亦诚问。艾博点点头。“那你的同伴呢？”徐亦诚又问。

艾博的眼神突然变得伤感起来。他收起幻境，开始拿起一条粗大的树枝在地上画了起来。“为什么不用幻境了？”徐亦诚有些无法理解，但他没有说出来，他尊重艾博选择。

艾博的绘画很厉害，应该是自己专门练过的。画中，艾博从元尊身边偷出来了一根法杖。“那是，赋予你们生命的魔杖，是吗？”徐亦诚问。艾博没有表示，只是继续画着。

艾博专注地绘画，都没有察觉到徐亦诚好奇地打量着自己的目光。

徐亦诚发现自己对这个巨人有了一种亲近之感。他的耐心，他的温柔，都让徐亦诚在这个从未来到的荒郊野岭中有了满满的安全感。他迷迷糊糊的视线逐渐清晰过来，他发现艾博正看着他，艾博敲了敲他的头，以为这就是人类睡觉的姿势。

“哦，抱歉。”徐亦诚回过神来，低头看着艾博的画。图画中，艾博用魔杖在一个岩石壁上点了一下。一个新的巨人出现了。

不过这个巨人似乎有些与众不同——他有四只手臂。

艾博给他看了第三张画。画中的艾博被元尊驱逐出了营地，从此艾博就过上了一个人的生活。不过艾博并没有走多远，他还是留在了附近。

“哎，你看看你，干了什么傻事，让你们老大直接把你踢了。”徐亦诚友善地拍了拍艾博的大腿。艾博摆出一副“无所谓”的样子。

“所以，你一个人？现在没有人陪你了？”徐亦诚问。

艾博似乎有些神伤起来，点点头，突然用手指向了徐亦诚，又指了指自己，然后两只手合在一起。

“什么意思？你不会让我一直陪着你吧？可……可是我也有自己的社会和家，我迟早有一天要回去的。”

这下，艾博算是彻底失落了。他缓缓低下头，继续带着徐亦诚赶路。

“这个念‘a’，来我们一起念，‘a’……”

后来的几天里，徐亦诚白天和艾博一起出去狩猎、玩耍，晚上就教艾博一些中文。艾博很聪明，基本上一教就会，时间久了，他也会说一些简单的句子了。

陪伴艾博的日子里，徐亦诚感到前所未有的舒畅，再也没有复杂的人际关系，再也没有恼人的学生作业，每天都很自由。但是，徐亦诚毕竟是人类，他回家的念头始终没有退散过，他心心念念的各种研究项目还需要自己去把关，同时自己也要活着给亲人一个交代。

再后来，不知是不是上帝的旨意，一次和艾博一起出去打猎，徐亦诚碰巧在山中深处找到了一条似乎可以通往人类社会的小路。回家的欲望突然比自己一生中的任何时刻都要来的强烈。

"你知道吗，艾博？"

那晚，徐亦诚盘坐在艾博身边，一个人类和一个石头人就这么坐在洞口，望着满天星斗。黑漆漆的森林，只要有艾博在身边，哪怕看上去是在张牙舞爪，也有一丝欣赏的意味了。

"知道我为什么一直想回家吗？"徐亦诚抬起头，望着比自己头顶还高出两三米的艾博的蓝眼睛，"因为，我们有牵挂。科技和魔法可以事情的发展，但是感情，就负责将各种事情联系起来。我不知道创造你的算不算法术，但是不管怎么说，你也有亲人，无论如何，回去看看吧。"

艾博沉默不语，只是伸手指向了今晚的残月，又将石头手指一摆，指向了太阳系里的金星。此时的金星，也是白灿灿的一颗星星，但亮度非常高，正好对着残月凹进去的部分。月球与金星就这么在群星的包拢下对视着，就像两个星球之下的他俩——跨越物种的高级生物的友情。

"我懂，艾博，即使我们隔得再远，只要宇宙还在，我们之间的对视就不会结束。"思考了很久，徐亦诚终于和艾博开口了，向他提出了道别，"明天，我就出发了。你们石头人一族的事，我绝对不会跟任何人说起的。记得回去看看你的族人吧，艾博。我相信，他们也在想你。"

第二天，艾博没有拦住他，只是交给他一个长满青苔的小石头，跟艾博身上的石头一模一样。

艾博费了好大的劲才向徐亦诚解释清楚，这个小石头可以召唤艾博，必要时捏紧这个石头，心里默念艾博就可以了。

"权且就当作纪念吧。"徐亦诚估计回到社会，也不敢召唤艾出来，但还是收下了这块石头。

徐亦诚抱了抱艾博的大腿，便离开了艾博的地下营地，踏上了回家的路。

艾博看着他离去的背影，多少有些不舍。这毕竟是他救的人，而且相处有一段时间了。

艾博坐在营地里犹豫了好久，终于站了起来，也沿着这条小道走去。

53.“你在吃人？！”

秋天的暖阳伴着和煦的秋风，让整个森林风景如画。几只黄鹂在树上飞上飞下，松鼠抱着果子站在树上，看着这条小路上缓缓走过的一个人。徐亦诚已经走了两天两夜了。这条路似乎依旧没有尽头。

徐亦诚有些绝望了，他坐在旁边倒下的树上，在包里摸索了一下，发现包里原本塞满了艾博给的烤鱼，现在只剩下孤零零的一串了。

他拿出来看了一眼，咽了下口水，又把鱼串塞回了包里。他有些怅然地望着天空。

森林里静得可怕。徐亦诚只感觉身边的树木都长着眼睛盯着他。

“继续走吧，也许再走一段路就到头了。”徐亦诚想着，休息了十多分钟就再次起身出发了。

时间一点一滴过去，转眼就到了中午。满头大汗的徐亦诚现在只想找个地方坐下来休息会儿。他扶着石墙缓缓地往前走。突然，他的手摸空了，他抬起头定睛一看，旁边竟然是个山洞！而且这个山洞很大，估计 5 米高。徐亦诚有些喜出望外，刚想进去休息会儿，这时，旁边山路的另一侧传来脚步声。

徐亦诚很疑惑，紧张地盯着前方。

对面的人似乎早已经听到声音了，先出来的不是人，而是一根枪管，把徐亦诚吓了一跳。

三个人从对面的拐角走了出来。领头的用枪指着徐亦诚：“呦，这种深山老林里的还有人啊。来，交出点东西，咱们还有话可聊。最好有点工具啥的，反正咱都是来掘墓的。”抢劫者带着两人凶神恶煞地看着徐亦诚。

“我……我不是来盗墓的啊。”徐亦诚举起双手，努力回忆刚刚在哪里看到过墓地，小心翼翼地说：“大哥，我身上真没什么东西。”

“骗谁呢你！把他的包拿过来。”

另外两人上前拔下徐亦诚的包，打开一看，里面只有一根烤鱼串。

"好吧，你说了实话。"那个老大举起枪口对准徐亦诚的头，"那我留你这条命也没什么用了，对吧？反正这地方，你死在哪儿只有我们盗墓的几个知道。"

"别别别，求你了，大哥。我真的是无辜的呀……"徐亦诚瞬间两腿发软，不停地求饶。

"等等，大哥。"有个小弟似乎认出了什么，"这人好像是最近上热搜的失联物理学家徐亦诚呀！"

"真的假的？"大哥放下枪，端详着徐亦诚。

徐亦诚已经不敢说话了。

"这样好，把他带走吧，说不定能卖个好价钱。"大哥哈哈大笑起来，拉住徐亦诚的手。臂，"走，哥刚刚跟你开玩笑呢，谁无缘无故地杀人呢？"

大哥注意到两个小弟脸色有些不对劲，疑惑地问："咋了？"

"大哥，看，后面……"两个小弟异口同声地说。大哥和徐亦诚同时转身，瞬间，呆若木鸡。

似乎是因为外面的动静太大了，一个石巨人缓缓地从山洞的黑暗里走了出来。浑身土黄色的石块上交织着紫色的流动线条。

最显眼的就是，他有四只手臂。

他的每一步都是那么震耳欲聋，令人窒息！麦里特冷冷地看着四人，邪魅一笑，伸出四只手臂抓住呆若木鸡的四人。等那三人回过神来，在他手上鬼哭狼嚎、哭爹喊娘时，已经被抓回了山洞。徐亦诚没有哭喊，他突然想起艾博给他画的那个四臂巨人，顿时一种恐惧感油然而生。

"啊！"四个人被麦里特扔在了地上。麦里特俯下身，看着如蝼蚁般挣扎着想站起来的四人，徐亦诚抬起脸，注意到身边竟然全是些白森森的人骨！

有多少路过这里的人被吃掉了？！

另外三人也发现了。

"妈呀，什么东西啊……"一个小弟尖声大喊，头一歪，吓晕了过去。麦里特探了探他的鼻息，确认他没死，突然一拳砸了下去！

瞬间，血肉横飞，那个人一下子就被砸成了肉饼！

"啊！我的上帝啊！"徐亦诚浑身颤抖了一下，不停地在胸口画着十字，"我的上帝啊！"

在山洞的远处，艾博一路一直躲躲藏藏地跟着徐亦诚，而且离徐亦诚很远，艾博藏得很用心，就怕他回头。不过庆幸的是，徐亦诚一路都没有回头。

艾博走了一段路后，发现自己已经看不见徐亦诚了，干脆从小道上面的树林里跳了出来，大步朝小路前方走去。

几分钟的工夫，鲜血洒在土地上，腥臭味弥漫在整个山洞，让人觉得恶心。另外两个人也被麦里特砸死了。徐亦诚掏出艾博给的石头，心里疯狂地默念着艾博的名字。

“不管你会以什么形式出现，求求你了，快现身吧！”徐亦诚祈祷着。

此时，麦里特一步步走向徐亦诚，俯下身准备进行最后一记宰杀。

“等等等！我知道你能听懂我说的话，听我说……听我……说几句……”徐亦诚语无伦次地喊了出来。麦里特还真有些好奇他会说什么，放下了拳头，看着徐亦诚。

徐亦诚说：“我知道你们这个种族的起源，也认识那个创造你的那个巨人。他……他……”麦里特把脸凑了上来，几乎要贴着徐亦诚的眼睛，竟然用中文问了他一句：“他在哪儿？”

“在……沿着这条路走上两天两夜，就能见到他的营地了！”徐亦诚指着外面的路。

突然，一道阴影冒了出来，洞口走来一个石巨人，这个石巨人比麦里特还要高大，黑色的躯体上布满了蓝色的纹路。他走上前，怒视着麦里特。

“元尊爷爷？！”麦里特大惊，赶紧向后退，“您是怎么找到这儿的？”

“你在吃人？！”元尊暴怒，“实在不可饶恕！太不像话了！”说着，提起拳头就冲了上来。

麦里特想着反正被发现了，干脆脸一拉，决定与元尊爷爷撕破脸。他大吼着冲上去，一拳打在这个元尊身上。

但是，什么都没有发生，元尊的身体甚至被他给打穿了。

“怎么回事？幻境？”麦里特这才反应过来。他只感觉自己的脖子被两只手臂猛地死死压住。他扭头一看，艾博不知什么时候已经绕到他身后，用双臂勒住了自己。

“放开我！”麦里特用四只手抓住艾博的手臂，但艾博的力量比他大太多了，麦里特根本掰不动。

“我毕竟是你的长辈，有权管理你过分的行为！”艾博说着，又是用力一勒。

徐亦诚有些茫然不知所措地看着他俩。终于，麦里特被勒晕了过去。艾博松了口气，轻轻地将麦里特放在地上，甩了甩手臂。徐亦诚缓了半天才回过神来，他望着艾博的眼睛说："我都不知道怎么报答你了，你，你已经救了我三次了。"艾博纹丝不动地看着徐亦诚："陪伴艾博，就是……回报。我需要……去见一下元尊。"说着，艾博背起昏过去的麦里特，走出了山洞。

徐亦诚大喊："那我怎么陪伴你呢？"

艾博停住了。他知道让徐亦诚一直留在他身边是不现实的。艾博说："有事，默念我，我就到。"

一种莫名的感动涌上了徐亦诚心头。徐亦诚看着艾博跑向远方，余晖透过秋林，将渐行渐远的艾博慢慢套了起来，直到自己被太阳光反射得再也睁不开眼睛时，徐亦诚深吸一口气，继续沿着小路走了下去。

石巨人营地中

元尊和其他巨人正玩着一个游戏。他们用兽骨做成了一副牌，牌的地位、规则是完全由元尊制定的。几人正玩的起劲，远处的洞口突然传来熟悉的声音："元尊爷爷，我回来了。"

元尊听到这个声音后大惊，他看向门口，艾博押着已经苏醒的麦里特回到了地下。"嗯？你不是被放逐了吗？你还敢回来！你难道不知道，你的罪行不可饶恕吗？没有我的引导，不能擅自使用魔杖！你还不清楚这一点吗？"元尊大喝道。

"我明白，元尊爷爷，我知道我的错误。"艾博走上前，将麦里特推到了众石头人面前，"但如果我的错误都不可饶恕，那他的错误，又该怎么说呢？"

艾博展开了幻境，将麦里特吃人的地方还原了回来，并且向他们展现了自己制服麦里特的情形。

"什么？！"所有石头人都惊呆了。

元尊相信艾博的幻境，因为这是他亲手赋予艾博的能力。元尊勃然大怒，走到麦里特面前，一脚将他踹倒在地："你这个禽兽！畜生！我苦口婆心地劝说你，引导你，你就这样背着我们干这种丧尽天良的事！啊！"

麦里特将双手按在地上，盯着地面说："我就是不明白，为什么我们要躲着人类？在我眼里，他们都不过是我们的猎物！凭什么！凭什么——"

"没救了！"元尊想施法，瓦解掉麦里特的生命，但还是停住了，"我宣布，流放麦里特，留下……”

“我叫艾博。”艾博说。

“留下艾博！你就去外面的世界自生自灭吧，麦里特。”元尊转过身，几名巨人上前，将麦里特扔出了洞口。

“你们……等着。”麦里特暗暗地说了一句，离开了地下洞口。

54.“去完成自己的使命吧。”

“呼哧，呼哧……”

生长在这里的无名灌木，一辈子都不会晃动几次，但是今天，一只手却拢住了它们。被拨开的山路上，一双沾满泥土的棕色皮鞋一步一步踏进兼葭苍苍的土地里。

实在是走不动了，不过还好，经过三天两夜的艰难跋涉，这条山路终于有了尽头。徐亦诚拨开被果子压弯的枝叶，前方不远处，竟然有一条公路出现在自己的视线里！

“终于啊——”徐亦诚欣喜若狂，疲惫的身躯仿佛一下子加满了油，这一瞬间，他彻底放纵了自己的喜悦，欢呼着朝公路狂奔而去。

可是当徐亦诚来到路上，他才发现，这条路上几乎没有任何车辆通过。徐亦诚沿着公路走了很久，周围安静得连他的脚步声都显得很突兀。

原本充满希望的徐亦诚又一次绝望了——鬼知道要沿着条路走多久才能到有人烟的地方啊！

最后一个鱼串也吃完了，现在的徐亦诚看什么都觉得是能吃的。昨天下了点小雨，好像还让他发烧了，浑身都疲软无力。累坏的徐亦诚只得坐在路边，看着天上飞向远方的雁群。

正惆怅着，他的耳朵捕捉到了隐约传来的轰鸣声。

“车！”

徐亦诚再次燃起了希望，他站起来扭头去看，一辆大货车从远处开了过来！

“停车！停车！”徐亦诚大喊，跑到路中心。

大货车停了下来，上面的司机不耐烦地探出头：“这种地方，你咋还一个人呢？快上来！”

徐亦诚大喜，坐上车将包一甩，说：“随便去哪，能到城市最好。”

“哎，你不是……”司机有些惊讶。

"没错，就是我。先把我送到城市吧，路上我详细地跟你讲。"徐亦诚系好安全带，看向前方。

当然，徐亦诚就编了一个故事——他谎称自己与大家走散，在森林里迷了路，但最终还是走出来了。

司机唏嘘不已，敲着方向盘忍不住时不时打量徐亦诚一眼。

车到了 T 市边界时，徐亦诚听说司机还要去更远的地方，想想还是 T 市离家里近，便果断下车了。临走前，他想转了两百块钱给司机作为回报，但是司机说什么都不接受徐亦诚的钱，好意谢绝了。

"记住我就行，以后要是有记者采访你什么的，一定要提起我啊。"

T 市街道上，晚上 7 点

在街道两侧闪烁的霓虹灯，让徐亦诚有了一种久违的亲切感和归属感。他掏出手机，激动地抚摸着屏幕："终于有信号了。"

就像一个大半辈子没回老家的人，徐亦诚感动得眼泪都快掉下来了。

第一件事，肯定是先得填饱肚子。

"两个汉堡，三份炸鸡，一盒上校鸡块……哦不，两盒。嘶……荔枝味冰激凌打折是吧？来两个……"徐亦诚和服务员诡异的目光撞了一下，疑惑道："怎么啦？"

"先生，我们提倡光盘行动。"服务员上下打量了下细长身材的徐亦诚，哭笑不得地说。

"啊……"徐亦诚不自觉地挠挠蓬乱的头发，"我还有个对象来着……待会会来，先点着。"

听说眼前这位跟乞丐一样的男人说自己有对象，这位小白脸服务员瞪圆了一双大眼，他的难以置信已经不是言语能表达的了。

"其实，可以手机下单的，先生。"服务员比划着。

"啊……"徐亦诚避开服务员火焰一般的眼神，把头扭向一边，刻意吸了下鼻子，"那我总得让你们前台服务员有点意义，对吧？"

"这话可不经说。"服务员垮起一副严肃的脸。

为了不让别人认出自己，徐亦诚选择躲在店的角落里吃。这么厚厚一堆吃的，徐亦诚居然一点也不怂的，风卷残云后，这桌上就只剩下一包包沾满油水的纸袋子了。

他现在只想一个人静静，好好捋一捋自己到底经历了些什么。从店里出来前，徐亦诚犹豫了一下，还是选择向刚刚那个服务员要了只口罩。

"我们前台服务员有意义不？"那个小白脸讥讽地朝徐亦诚瞥着。

他要是知道面前这位蓬头垢面的男人，可是被誉为"中国爱迪生"的绝世科学家，徐亦诚心想这家伙恐怕会歉疚一辈子。

"好极了。"徐亦诚还是决定隐瞒自己的身份，朝这位年轻人竖起大拇指，以示和解。

街上的那个大商场，徐亦诚以前可从未顾忌自己进去会怎样。现在，他望着上面巨大的广告牌，只得耸耸肩朝旁边摆地摊地走去。

"这个帽子，还有墨镜，嗯……多少钱？"徐亦诚拿起来，问这位路边摊小贩。不管多少钱他都接受了，现在只要能保护自己的身份就好。

"两个，12块。"小贩毫不犹豫地回答道。

"啊？"徐亦诚张大了嘴，大学一餐盒饭都比这贵啊，"这么便宜？"

"害，咱都是穷鬼，谁也不坑谁。"小贩这句话，让徐亦诚感觉有些啼笑皆非。

"现在这年头，生意不好做咯。不是网上都在传什么世界末日嘛，关键是……我信了，反正就赚点小钱，维持家庭就行了。咱这种创业失败的人，热血早就烧干咯——"

徐亦诚打着付款密码的手突然停下了，他删掉了密码，在付款账目后面悄悄地多加了两个零。

"没有什么世界末日。"徐亦诚和蔼地笑笑，"咱们都好好地活着，过好每一天，着何尝不是一种成就呢？你要想，有多少人连一个正常的家庭都没有呢。"

"支付宝到账，12000 元。"

"你？"小贩从板凳上坐了起来，满是惊讶的脸，很快就被感动的潮水与路灯的微凉洗成了雪白色。

"加油，继续创业吧，相信自己。"徐亦诚朝小贩竖起大拇指，随后毅然扭头，朝着街的尽头走去。

而徐亦诚下一个目的地，是酒吧，他要好好想想，未来将发生的一切和曾经经历的到底有什么联系，想要捋清楚就只能借点酒劲维持了。为了能让自己的形象还能看得过去，徐亦诚蹲在旁边的一块碎镜子前打理了半天。

"来杯红葡萄酒，谢谢。"徐亦诚对掌柜说着，打量了一下周围。

徐亦诚当然想过去补个觉什么，不过，睡觉可不是他喜欢的事。在他眼里，熬夜似乎对他更有吸引力，因为熬夜可以干很多事，睡觉的话，徐亦诚总感觉这是浪费时间。

想着，酒已经送了过来。徐亦诚细细品着，刚开始整理思绪，旁边一个男人和一个女人的对话就引起了他的注意。

女人穿着一身貂皮大衣，叉着双手听着男人滔滔不绝，似乎有些不耐烦。

“给我两百万投资，相信我，我一定把它弄到手。”男人说。

“你要我说几遍？这个世界上根本不存在这种东西。”女人不耐烦地说。

“不，有的，真的有的。”男人压低了声音，刻意往女人那边凑着，“传说中，它是由外星人带来的，并且能赋予任何物体以生命啊。你想想，要是我们能把这东西搞到手，那我们不就是拥有创造生命能力的神灵吗！这……这别说上亿了，上百亿上千亿都有可能！这你难道还不心动吗？”

“我不是不心动。”女人冷笑道，“而是你让我将钱投给你的理由太荒唐了，荒唐得像一个小孩随便编造的笑话。不好意思，我不想在这里浪费时间了，这桩生意我们谈不拢，我走了。”

“哎，不是！”男人看着她离去的背影，气恼地捶了一下桌子，“第7个了……该死！”

虽然男人刚刚把声音压得很低，但一旁全神贯注听着的徐亦诚还是听见了大部分。他侧目打量了一下这个男人，知道他是在说生命魔杖的事情。

“其实那东西是存在的，只是没人相信罢了。”徐亦诚心里想着，放下酒杯，自己也走出了酒吧。

喝完酒，脑袋反而更痛了。一阵一阵的痛感就像在他的脑袋里擂鼓一般难受。徐亦诚最终还是向身体妥协了，他导航向旁边最近的一家旅馆，摇摇晃晃地上路了。

这个旅馆很小，只有一个小正方形排面。一般的酒店旁边，都是大大小小的餐厅，而这个旅馆旁边，居然是一个收废品的小摊。

旅馆和小摊之间，夹着一个老人，面前还摆着一个装着零钱的碗和一张八卦图。“应该是算命的。”徐亦诚扭头看了一眼，向宾馆走去。

“年轻人，我看你长脸额窄，眼圆发低，双目有神，运势不错啊，要不来算一卦？”

“运势不错？”徐亦诚不以为然地笑笑，想着这八成是个骗子，快步往旅馆走去。

"你最近，是不是经历了一些光怪陆离的事情啊？"

"什么？"徐亦诚愣住了，他回头看着这个面带笑容的老人，他的笑容像是被刻上去的，仔细盯久了，徐亦诚甚至都觉得有些恐怖，脊背直发凉。

原本不信任何东西的徐亦诚经历这次遭遇后，现在每天醒来第一件事，就是在胸前画十字，哪怕是以前年轻时父母逼着他带上的幸运符，现在他也会主动带在脖子上。

徐亦诚走上前，蹲下来说："老者，给我算一卦吧。"

"5 块钱。"

谁想和其他算命的一样，老人看了看他的面相、掌心，又摸了摸他的耳朵。不过，他似乎有些惊讶，他放下手，嘿嘿一笑："年轻人，你的一生将是一段传奇。"

徐亦诚笑笑："我的一生已经是一段传奇了。你都不问我的名字，怎么算得出来呢？"

"不必问，我知道是你，我们中国的爱迪生，徐亦诚博士。"

徐亦诚又愣住了，他拍拍自己紧紧包裹着的脸——他可是戴着口罩和墨镜的呀。

这下，徐亦诚有些佩服这个老人了。他问道："那除了这些，你还算到了什么？"

"两年后，你将经历一场劫难。"

老人与墨镜下的徐亦诚对视着。

"但是，你也将遇到几个贵人与你共渡难关。至于成功与否，就看你们的造化了。"

徐亦诚有些惊讶："贵人？他们是人类吗？"

"当然……你怎么会问这种问题？"老人笑笑。

"因为，因为……我也不知道怎么说。"

"你是不是遇到他们了。"

"谁？"

"石巨人。"

"啊！"蹲着的徐亦诚差点没摔在地上。他用无比惊讶的眼神看着眼前这个神秘而有些诡异的老人。

老人拿出一张泛黄的纸，掏出打火机将其烧了起来：“不用害怕，我除了算命，对一些传说也是略知一二。”

徐亦诚看着纸灰被风吹走，咽了下口水：“既然如此，那您知道生命魔杖的事吗？”

“生命魔杖？”老人的脸色有了些许变化，“传说中，它由外星人带入凡间，并赋予了第一个石头人以生命……这个我不能多说，这是我们家族的秘密。”

“家族？”徐亦诚更好奇了，机警地回头看了看，确认没有路人后问道，“你到底是谁？”

“呵呵……我姓宋。”老人说着，邀请徐亦诚坐在他旁边，手却悄悄伸向了徐亦诚身后，“如果你真的想追寻生命魔杖的下落，我可以给你指明一条道路。B市国家图书馆，禁书区三十六号架最底层从左起第十四本书。记住了，年轻人。”徐亦诚赶紧掏出纸和笔将这些信息记了下来，然而等他刚写完，突然，脖子上一阵疼痛传来，双眼一黑就昏了过去。

“对不住了，徐博士。”老人站起来说：“30万年，一个新的轮回已经开启，千万不能让邪恶渗透进魔杖之中。你在这里只会拖慢你的速度，只有这样，才能让你得到治疗尽快恢复。去完成自己的使命吧。”老人将他拖到街边，大喊：“人！快来人！徐亦诚博士在这里！徐亦诚博士昏过去啦！救命啦——”

B市医院内

外面传来些许嘈杂声。“已经确定了，徐博士除了有些发烧，其他身体没有大碍。”

“那就好。”

“是啊……”

徐亦诚缓缓地睁开眼，身边的护士见他醒了，向外面喊了一声：“主任，他醒了！”一瞬间，一群人拥了进来，不是记者，而是徐亦诚的朋友、同事、学生们。

王霆、陈昊都来了。陈昊和他一样是国家级物理学博士，两人很早之前就认识了。陈昊率先走上前，抱住坐起来的徐亦诚：“徐大神啊，你怎么这么让人不省心呐，我以为你……"

"怎么可能，我不过是在森林迷路了而已，这不又回来了吗？"徐亦诚突然在他耳边说了句："帮我个忙。"

陈昊抬起身看着他，一脸疑惑。

55. "太玄乎了……"

　　陈昊和徐亦诚还在学生时代时，就已经形成了既是好友又是竞争对手的关系，两人在各种赛事中取得的各色奖杯，几乎包揽了学校的大半个展览台。

　　但即便如此，年轻时的良木齐依旧比他们还要强大，当他们还在写各种考卷的时候，良木齐已经开始了对人形装甲项目的研究。如今良木齐被捕入狱，徐亦诚和陈昊都有一种五味杂全的感觉：惋惜这位超级天才的陨落，也对良木齐的堕落感到不解与愧怍——同样是科学家，却干出了这种事，两人一边吃着刚端上来的茄子焖肉，一边直摇头。

　　毕竟徐亦诚身体没有什么大碍，没过几天他就出院了。他出院的第一件事，就是约陈昊出来吃个饭。正好陈昊来 B 市出差，有空。

　　两人约好在 B 市的国际大酒店见面。

　　"唉，真可惜了，这么强的天才……我想，要是我们三个共同发起一个研究，那这个研究将是中国科技史上的奇迹。"

　　"所以，你找我，是为了什么呢？"陈昊问，"肯定不只是为了你说的增进感情吧，我想咱俩的情谊可是全国都知晓的。"

　　"小陈啊，来，我给你倒杯酒啊。"徐亦诚就像没听见一样，站起来想给他倒酒。

　　"你别……"陈昊赶紧起身按住酒瓶子，"一会儿还要开车，你忘了吗？"

　　"哦，是啊……"徐亦诚有些尴尬，放下酒瓶，坐回了位置上。

　　"拐弯抹角可不是你的性格，亦诚，有什么请求就直说吧，能帮上我自然会帮的，就当我报答你。要知道以前大学读博士的时候，我可是你带出来的，都是你教我怎么解题、做实验，还教我怎么追女生，怎么在床上……"

　　"哎等等，我可没教你这东西。"徐亦诚赶紧打住话痨附体的陈昊，瞥了眼包间微微打开的门缝，"好吧，你说得对。那个，我想去这里图书馆的禁书区，我知道你可以帮得了我。"

　　"国家图书馆？禁书区？"陈昊睁大了眼睛，"哦不，我不想做一些违法乱纪的事。"

"你听我说，"徐亦诚有些严肃地看着他，"我这次，可能在破解一个历史上从未有解开过的谜题，你一定要帮我。"

"什么谜题？"

"你听说过生命魔杖吗？"

"听说过，那是假的，你不会真信了吧？"

徐亦诚把头扭向了一边，又把头转了回来："不骗你，我遇见了生命魔杖的使用者，或者，也许有可能是守护者。"

"啊？亦诚，你没事吧，是不是在森林里太孤独了，把你憋出病来了？"陈昊指了指自己的脑门。

徐亦诚苦笑了一下："看着我，你觉得我是会说谎的人吗？你应该看到了关于 M 村那边的野人事件的新闻了吧？那不是假的，那是真实存在的。他们与生命魔杖有着千丝万缕的关系。真的！"

陈昊沉默了。两人多少也有交情的，他知道徐亦诚的性格。徐亦诚是一个很直来直去的人，从不说谎。

他低下头，回想起去年自己经历的一些事情，从与月球人合体的异能人刘宣来到军事基地到月球人袭击军事基地，一切以前想都不可能想到的事情，一件一件发生在自己的眼前。这个世界还有很多未知，徐亦诚的话也不是不可能。

陈昊看着徐亦诚紧缩的双眉，竟然还读出了点期待，想想之前徐亦诚对自己的好，无奈妥协道："好好，我知道你从不说谎，我相信你，但是你……你得答应我，到时候被抓了可千万别把我也供了，啊？我会让 S 市军事基地加密寄送一个干扰波发射器过来，过两天你就能收到了。听我一句劝，亦诚，别瞎搞，可别走良木齐的老路。你是在用你的半生幸福赌这毫无根据的东西的存在。我知道世界上有很多我们不知道的东西，可你也别痴迷于这种事上，适可而止，行吗？教教书，做点材料研究不好吗？"

可徐亦诚哪里听得进去，一见陈昊答应了，立刻激动地点点头："好！不会供你的，谢谢你！"

过了两天，果真如陈昊所说，干扰波发射器来到了徐亦诚手上。让徐亦诚有些哭笑不得的是，里面还有一张字条：慎用！请勿用此仪器进行非法活动！

“对不住了。”徐亦诚在胸口画了个十字，戴上幸运符、墨镜和鸭舌帽，动身前往国家图书馆。

“禁书区……”徐亦诚拿着地图，看着五楼示意图角落里的一处标红的地方，上面写着“禁止入内”。

“应该就是这里了。”徐亦诚乘电梯来到五楼，走到禁书区入口前。可能是因为禁书区实在没人会来，太无聊了，一旁的保安已经趴在桌子上睡着了。徐亦诚蹑手蹑脚地走了过去，开启干扰波发射器，门前的人脸识别系统、红外侦测系统以及摄像头立刻全部瘫痪了。

这可比徐亦诚想象的简单太多了。他出发前想过自己的一百种被抓的场景，不过还好，这些都没有发生。

徐亦诚掏出字条。禁书区还是比较大的，而且书架编号都是散乱开的，没有有序地排列。徐亦诚在书架迷宫里走了半天，终于找到了 36 号架。他蹲下来，数着最底层的书，数到第 14 本，他抽了出来。

这本书的名字就很神秘——《猎奇衡论》。徐亦诚翻开书，被里面的内容给惊呆了。

这哪是什么正常的书，这分明就是一本插画书！而且这些画都是人工用铅笔描绘的，就跟草稿一样。“这图书馆咋会收这种书……”徐亦诚有些无语，他看了一眼作者的名字：宋梦仙。

“宋……”徐亦诚想起了那个老人，脑海里有一个大胆的想法。

他翻了几页，里面全是民间关于妖魔鬼怪的各路神仙的传说。他一直往后翻，忽然，他注意到什么，停下了。眼前这一页上写着三个大字：外星篇。

再往后翻，第一页画了一个地球和月球，上面写着：月球文明先于地球文明诞生。

“这……”徐亦诚直接愣住。换作谁也不会相信这番说辞——去年国内发生的一切告诉人们，也许月球文明确实存在，但光是就星球的诞生顺序来看，也应该是地球先有文明吧。

徐亦诚继续往下看，一个箭头从月球打向了地球：300 万年前，内心人国王杰纳斯访问了地球。

接着，又是一张插画，徐亦诚懒得看插画了，直接顺着上面的字看了下去——

距今约 40 万年前，内质人首领攽萨被驱逐出月球……

徐亦诚注意到这一页下面有几行小字，他仔细读了起来：

敩萨并没有死，作者认为，他会卷土重来，摧毁内心人千百万年来创造的辉煌文明，而此时的内心人领袖将逃向地球，在地球养精蓄锐。敩萨应该不会放过他，若真如此，地球将迎来一场大浩劫！生命魔杖是关键！后文有关于生命魔杖的记载。

"太玄乎了……"徐亦诚有些震惊，"预言家吗？"

徐亦诚耸了耸肩，翻到了最后几十页。他定睛一看，这里正好在讲有关生命魔杖的事。徐亦诚开始读起插画上的文字：传说，生命魔杖来自遥远的神域，而也正是神域使者赋予了月球以生命的存在……

生命魔杖每 30 万年解封一次自身的力量，可以赋予任何物体以生命……

300 万年前，杰纳斯用魔杖在地球上创造了第一个石头人，并将魔杖交由石头人一族守护。至于为什么他决定这么做，无人知晓……

徐亦诚翻到了最后一页，"差不多了。"他准备将书重新放回去。他看了一眼外面还在睡觉的保安，刚把书送到书架，一张纸条从书里落了出来。"咦，我怎么没注意到还有张纸条？"徐亦诚想着，捡起这张纸条，上面这样写着：

致有缘人

三十万年已到，一个新的轮回已经开启。我大胆猜测，有缘人，你是得到了巨人的庇护才选择来这本书寻找答案吧？敩萨即将对地球发动一场前所未有的战争，一场浩劫已经在所难免。这场战争，巨人一族势必将被卷入，你已不再是一个普通人了！现在对你来说，最要紧的，就是找到生命魔杖和已经来到地球的月心人君主。神秘的有缘人，你的肩上扛着地球沉重的命运！

徐亦诚用手摸着嘴边的胡子，双眉逐渐紧缩。他感觉自己并不是在看一本书，而是在跟一位来自未来的人谈心。一种莫名的沉重压在他的心头，严肃已经不足以表现此时徐亦诚的表情。他缓缓地将纸条塞回了书里，放好书准备走人。然而，一个小小的意外发生了——他伸出脚转身时，踢了一下书架。

"嗯？"本来就睡得很浅，保安听到禁书区的声响，一下就醒了。他站起来，往禁书区看了看，"有人在里面吗？"保安喊道，"这里是禁书区，不让进的！"

里面安静得出奇。

保安还是有些不放心，拿起防暴棍走了进去。保安小心翼翼地走在架子中间，仔细听着里面的声音。

保安的脚步声越来越近了，躲在架子后面的徐亦诚大气都不敢出，他轻轻地撸起袖子，压低了身子，屏气凝神，伺机而动。保安往他这边看了过来，徐亦诚赶紧蹲了下来。

保安越想越奇怪，想着是不是哪本书从架子上自己掉下来了，突然，他看见了什么——

一个影子。

身后传来“沙沙”的声响，保安还没转过头，就被徐亦诚死死勒住。当然保安也不是吃素的，用力扯开了徐亦诚的手臂。

徐亦诚本来是想模仿艾博制服麦里特的样子的，但他忽略了一个重要的问题——他不过是一个工科男，哪来的什么大力气？

保安转过身，徐亦诚瞬间怂了，赶紧将保安推开。“你咋混进来的，胆子挺肥啊。”保安举起防暴棍想制服徐亦诚。徐亦诚不知怎么想的，向一旁让开，这架子中间本来也没什么空隙，保安一冲，徐亦诚一让，结果保安自己撞在了架子上。

徐亦诚灵机一动，趁着保安还没反应过来，按住他的头往架子角上猛地一撞，保安大叫一声，踉跄地倒下，昏了过去。徐亦诚赶紧接住他，还以为自己杀人了，慌乱地看着外面，想把保安藏起来，他一边拖着保安一边说：“对不起啊，我下手太重了，我不该把你往架子角上撞的……”

然而，他摸了一下保安的脉搏，还在跳。

“没死啊……”徐亦诚放下保安，“没死那我不管你了。”

徐亦诚疾步跑到禁书区入口，等待外面的几个路人走过后，赶紧溜出了禁书区。

56."请回吧。"

一只鹧鸪在树上啄着自己的羽毛，对它而言，这应该是非常平静的一天，不过它好像捕捉到了什么细微的声响。出于鸟的本能，它回头瞥了一眼。

一只大手向它扑来！

鹧鸪"咕叽"一声，赶紧起飞。但那只大手似乎更快，直接握住了他。

鹧鸪在手里拼命地叫唤着，麦里特看了一眼，感觉这东西还不够塞牙缝。他望望四周，周围除了树就还是树，根本看不见其他生命。

无奈的麦里特只好一步步缓缓地走回自己的地下营地。

看着烤好的鹧鸪，郁闷的麦里特一点胃口都没有，虽然他挺饿的，可他真的没心情下嘴。麦里特不想自己一个人孤单地活在这世界上，他甚至不知道死亡是什么东西。

如果这样的生活没有尽头，那比死亡来得更痛苦。

他靠在石壁上思考着，脑海里不停地回荡着元尊的话。他气愤地把烤鹧鸪扔在地上，伸出手接住掉下来的水滴，盯着水滴出神。

说句实话，他有点想念元尊爷爷和其他石头人了。他以为自己很坚强，但是在孤独面前，众生平等。

同伴的模样不知为何在他脑海中开始一个接一个的浮现，他数了数，一共 8 个。

不对啊。

"还缺一个。"麦里特这才意识到这个问题。他开始努力回忆从前元尊爷爷跟他讲过的故事，他好像说过，艾博不是第一个被放逐的巨人，在人类 T 市的深山地下⋯⋯

"同伴⋯⋯"麦里特记起来了，那里正是艾博创造自己的地方，当年熟悉的对这个世界的陌生感再一次袭来，那片松树林，那个瀑布⋯⋯麦里特站了起来，深吸一口气，"也许，不是不可能。"他抬起双手默念咒语，开始召唤时空洞，时空洞的召唤是每个石巨人都会的技能，这是元尊爷爷一代一代传下来的技能。时空洞可以带使用者去任何自己曾经去过的地方。

麦里特将手一收，一个时空洞出现在了眼前。麦里特踏了进去，眼前是自己出生的山洞。

麦里特来到悬崖角，俯瞰着这座山和远处的城市。

“你在哪儿呢？”麦里特自言自语道，跳下来悬崖，重重地落在下面的地上。

他抬起头，眼前是一片森林，远处还有一道瀑布。麦里特拨开密密麻麻的枝叶，来到瀑布边，突然有些惆怅。

这么大的山林，去哪里找呢？

忽然，瀑布里面居然飞出一块大石头，接着，又是一块。麦里特一脸懵圈，但很快兴奋起来。

元尊教过石巨人们玩一个叫“石头碰碰”的游戏，把石头撞出边界就算赢，“难道有两个？”麦里特有些喜出望外。为了再确认一下自己没看错，他捡起一块石头朝瀑布里扔了进去。那石头没有顺着水流流下去，而是径直飞了进去。这说明什么？

里面是空的。

“找到你了。”麦里特胸有成竹地跑了起来，纵身一跃，跃进了瀑布中。果不其然，里面是一个洞穴，麦里特冲进去后在地上滚了两圈，晃了晃头，喊了声：“你好！”

无人回应。

麦里特有些疑惑：“难道我判断错了？”他向黑暗的深处走去，边走边喊：“有人吗？我是说，石头人！我是麦里特，我来……”

麦里特向周围看了看，忽然，他听见了石头碰撞的声音。麦里特猛地回头，一个拳头直冲他而来！

麦里特赶紧用右边的两只手臂挡住。这个石头人是由花岗岩组成的，全身流淌着绿色的血液，凶恶地盯着麦里特：“元尊叫你来找我干什么？”

“你误会了，不是他叫我，是我自愿来找你的！”麦里特说着，有些惊魂未定的往后走了一步。

这石头人又往前压了一步，说：“你不经过他的同意，你能出来？”麦里特放下他的拳头：“我也被流放了。”

“嗯？”这个石头人细细打量了他一眼，“你就是那个四臂巨人啊。”

麦里特没有记错的话，元尊叫这个石巨人为盖维。盖维领着麦里特走到洞穴最深处，点起火种，整个洞穴立刻亮堂起来。盖维拿起一串烤鱼递给麦里特："吃吗？"

麦里特看了一眼，摇摇头："怎么你也还在继续着那个老掉牙的家伙的习惯。"

盖维浅浅一笑："怎么，在你眼里，我就该吃人？"

"要不然呢？"

"哪有这么多人可以吃。"盖维坐下，"元尊爷爷是不是跟你们讲，我就是因为吃人而被流放的？"

"难道不是吗？"麦里特反问。

麦里特的口气多少让盖维有些不爽。麦里特的性格就这样。

"确实，但你知道我为什么吃人吗？"

"为什么？"

"当年，我和元尊爷爷出山打猎，一群野人发现了我们，将我们当成猎物围了起来。元尊毕竟太仁慈，不准我们进行任何反击，更不让我们杀人。但我违背了他的禁令，抓起一个人生吃了下去，成功吓跑了那群野人，我们也得以解脱。但元尊爷爷并不认可我的行为，将我驱逐出了营地。所以，我就这么混过了一百万年。"

"嚯，那你这被流放得挺怨的。"麦里特说。盖维无奈地摇摇头："没办法，在元尊眼里，人类就是应该被宠着惯着的大爷。你呢，你又是怎么回事？"

"跟你一样。"

"哦？"盖维歪了下头。

两人沉默了一会儿，麦里特开口道："我来找你，可不仅仅是来问候你，我有事相求。"

"什么？"

"你应该知道生命魔杖的事吧？据同伴们说，元尊将它藏了起来。我是这么想的，既然我们都是被抛弃的人，那为什么不走在一起呢？如果我们能找到那个魔杖并据为己有，我们就可以在未来的 300 万年里创造一个属于我们的巨人部落啊，为什么一定要认元尊这个爷呢？咱也可以当爷！"

"这……"盖维想了一下，"麦里特，你要知道是谁赋予了我们生命，虽然我被放逐了，但对元尊，我还是很尊敬的。换句话说，我并不想跟他反目为仇，我们怎么说也是他的子孙。这样做，太没道义了。所以我觉得，这不太合适。"

"道义？道义能当饭吃吗？我就问你。"麦里特没想到盖维会拒绝他，有些恼火地说，"你难道想就这么孤独地活在这个世界上吗？"

"对不起，麦里特。你要的是复仇，而我心中更多的是虔诚。你的请求，我不能答应。"

麦里特的血管都快被气炸了："行啊，盖维老兄，你既然是诚心拒绝我，那我……算了，你再好好想想吧！你的思想怎么跟那个老头一样腐朽，哎呀！"

盖维冷冷地说："这是我的营地，如果没有其他事，请回吧。"麦里特用手指了指盖维，一副"你等着"的表情，走出了山洞。

跳回草地上，麦里特也不急着打开时空洞回家，此时的他现在回去也是在地下越想越气，还不如在外面散散心。麦里特来到森林里缓了缓，看着云雾下隐约显现的城市，一种难以言状的惆怅弥漫心中："什么时候，我们石巨人一族也能像这样发达啊。"

T 市锦绣村

"都到齐了吗？"赵信生又点了一下人数，确认大家都到了。这二十几个人，都有一个共同特点，那就是他们都相信生命魔杖的存在。这些人大部分都是从各地村里聘来的猎手或者农民，只有赵信生一个是城里人。

赵信生之所以在各村里招人，因为他知道村里人更相信生命魔杖和石巨人的传说。

"听着各位，不管你们怎么想，为何而来，这次出发，我们的目标——传说中的生命魔杖，我向你们保证，势在必得！"

"也许旁人只会觉得我们在闹笑话，但我们心中，有着对远古神明的尊重，怀有必胜的探险精神，一定能成功的……"说实话，赵信生的口才并不好。他根本就不适合做演讲，不仅没让人觉得很励志，反倒让人感觉很尴尬。

旁边已经有人开始捂着嘴巴笑了。"别笑！等老子回来，老子用钱堵上你们的臭嘴！"赵信生有些气急败坏地说，"行了，上车，咱们出发！"他将手一挥，示意司机们点火。车队发动起来，往 T 市森林的深处开去。

57."跑吧！蝼蚁们！"

　　在 T 市，有一个家喻户晓的家族——宋氏家族。而赵信生，则是宋氏家族的第三代外孙。

　　宋氏家族除了算命之外，家族里一直流传着一些传说。宋氏家族一直都坚信生命魔杖的存在，赵信生从小就从大人们的口中听说了生命魔杖的故事，对生命魔杖下落的好奇心也随着年岁成长而越发强烈。

　　某天，赵信生在爷爷藏的书中无意发现了他们家族对生命魔杖下落的猜测，虽然只是猜测，但在当时的赵信生眼里，爷爷的话就是权威。

　　有了下落的猜测，赵信生萌生出一个大胆的想法：如果找到生命魔杖，再把它卖给国家，或者其他富商，那自己是随便想开多少价就开多少啊！在金钱的诱惑下，赵信生开始谋划找寻生命魔杖的行动。

　　他背着家里人向各种黑帮、商人等请求这次行动的投资，但可悲的是，没有任何人相信他的说辞。决定放手一搏的他从家中偷出了一百多万资产用来聘用同样对生命魔杖感兴趣的人。金钱的魔力总是让人痴迷，谁会拒绝只要人来就能拿到几万的高薪呢？于是，二十几人加入了这次凶多吉少的行动。

　　车再往上开，路就被封住了。众人下车，开始徒步上山，看着这幽深且静得可怕的森林，有人已经害怕了："赵信生，你说你知道方向，到底真的假的？"

　　"我骗你们来山上一日游，有意思吗？"赵信生不爽地说，"马上就到了，撑死一个小时。生命魔杖，就藏在这山中溪水里的某个角落！"

　　森林里静得让人有些发怵，灌木林里小动物一点点轻微的动静都会引起人们的警觉。赵信生领着人们缓缓地前进着。

　　人在大自然面前，是那么的渺小。

　　没人说话，大家都被森林里鹧鸪"行不得也哥哥"的鸣叫声压抑得浑身颤抖。手机已经没有信号了，在赵信生旁边的一个人有些狐疑地看着赵信生，怀疑他是不是个骗子，想把他们骗到这里然后和同伴一起将他们一网打尽。

不过很快，这个忧虑被证实不太可能，只见赵信生领着人们来到溪水边，自己率先一脚踩了进去："这里是这座山里溪水的最下游了，咱们只要沿着这条河往上找就行了。仔细找，不要放过任何一个细微点！"

"那要找到什么时候啊？"有人已经想放弃了，望了望山上的瀑布。

"实在不行，明天再来！明天不行，后天再来！总有一天能找到的！"赵信生喊着，已经开始翻起石头寻找了。人们看着也是没有办法，暂且信他一回吧，便下河也翻找起来。

一个小时，两个小时，三个小时……时间飞快地流逝，除了真的相信的人，几乎没有人再对找到什么生命魔杖抱有希望了。

"信牛，我先走了！我家在等我吃饭！"

"不行，你给老子滚回来！你家又不在这里还等你吃饭呢，骗小孩啊！"

"我不管，我走了！大不了，我钱退你！"那人说完扭身就走。

"对！我也要走！"

"我也是！"

越来越多的人提出离开的请求。

"不行不行！统统给我留下！"赵信生气急败坏地吼道，但他不过是一个二十来岁的年轻人，哪里喝的住一群四五十岁的人呢？渐渐地，人几乎都走光了，只剩下八个人还留下来陪赵信生继续翻找着。他们有些是真的相信生命魔杖的存在，有些只是贪那几万块钱不愿松口。

一行九人一路来到半山腰。这里有个高高的陡崖，只是树丛将它遮住了。

几人满头大汗地继续工作着，站在右边河道里的人累了，走上岸坐着休息一会儿，他扭头往森林看了一眼，好像看到了什么东西，他眯起眼睛，陡崖那边，那是……

他忽然大叫一声站起来往下游撒腿就跑，边跑还边喊："怪物！有怪物！"

"什么东西！"

"咋了？"

众人既疑惑又有些恐慌，往右边的森林望去。

丛林里，麦里特站在陡崖旁边，用浓密的树叶遮住自己。他看着那群人，嘴轻轻一歪："终于可以饱餐一顿了。"

他往前靠了几步，不断地发出枝叶被折断的噼啪声。有人看见了麦里特隐约的轮廓："我去，这是什么东西？"

麦里特不再躲藏了，径直从森林里走了出来，目标直指这群人。人们像被水冲开的沙堆一般尖叫着溃散开去。

"跑吧！跑吧！蝼蚁们！哈哈哈——"麦里特狂笑着，轻轻一跃，落在众人面前，一拳扫了过去，直接扫飞了四五个。被扫飞的人撞在树上，或者倒在地上，不省人事。

赵信生扭头就往另一个方向跑去。他撒开双腿，在同伴的惨叫声和呼救声中，心一点一点变得冰凉。赵信生意识到这就是传说中被记载的石巨人，但是记载的石巨人都是性格很温和的，从来没说过石巨人性格如此残暴。

他感觉身后有人看着自己，回头一看，麦里特已经大步赶来，一脚将旁边另一个同伴踩扁了。

"啊！妈呀！"赵信生瞬间被吓破了胆，腿一软，直接扑通一声扑在地上。麦里特抬起沾满鲜血的脚，走向他："该你了。"

"别别别，听我说，我身上可能有你想要的东西……求求你……"赵信生脸色苍白地求饶着。

麦里特想起当时艾博救下的那个人，心里后悔了不知多少遍当初没有直接了结他。"这次我不会手软了。我管你有什么东西！"麦里特一拳砸了下去……

"我知道生命魔杖在哪！"

赵信生紧紧地闭上了眼睛，想着这辈子应该就这么结束了。极大的恐惧和绝望瞬间压垮了他，赵信生裆下瞬间窜出一股臭味。

"什么味道？好恶心。"麦里特停住了拳头，他的拳头已经碰到了赵信生本能抬起护脸的手臂。

"你……不杀我？"赵信生小心翼翼地问。

"你刚才说的话，当真？"麦里特问。

赵信生心中瞬间燃起了生的希望："对，当真，当真！我真的知道它在哪！"

"具体位置？"

"呃，我只能说……大概的……"

"那有什么用？还不如我加一道菜呢。"麦里特再次提起拳头。

"但是你至少知道了它就在这里而且我还可以帮你找……"赵信生一口气念完了这句话，又本能地抬起手臂。

麦里特头歪向一边：“嚯，就在这？还帮我找？这么好？”

“我命在你身上啊。”赵信生说，“而且，既然咱俩都是为了生命魔杖，为什么不合作呢？我们可以……”

“你跟我谈条件？”麦里特拿起赵信生，把他举在嘴边。

赵信生恐惧地尖叫起来：“啊——不是！根据我爷爷的资料记载，在你……您被创造之后，元尊将生命魔杖藏在了丹秀山的溪水中，所以……”

“所以你也来找了？那你又是为了什么？”

“我，我是生命魔杖的真信徒，我就是单纯地想和它见面！”赵信生慌乱地看着麦里特。

“嗯……”麦里特将他扔在地上，“你帮我找，这可是你答应的。”

“对，对！我答应，我答应！”赵信生为了活着已经顾不上任何东西了。他跪在地上，不敢站起来，等着麦里特发话。

“多一个小咯罗，帮我找魔杖。好想也不亏，而且这次狩猎到的猎物已经够多了。”麦里特想想好像这样也无妨。

他半跪在地上，托起赵信生的下巴：“好了，我留你一条生路。但我有一个要求，七日之内，找到生命魔杖，我从上游开始找，你从下游开始。这座山就这一条河流，你骗不了我的。不过谁先找到，只要找到，我就放过你。若没有，你就别想有未来了！”

说着，麦里特将手伸向自己的胸口，从胸口吸出一块小石头，交给赵信生：“别小看这块石头，有事情，握住这块石头，心里默念我的名字，我就会出现在你身边，明白了吗？”

“懂！懂！那您……怎么称呼？”赵信生小心翼翼地问。

“麦里特。”麦里特看着他，“记住了，你的生死取决于我，别想逃！”

58. "但已经危机四伏了。"

凌晨的月亮格外显得明朗，沉睡的城市呼吸起来是那么的温柔。这是徐亦诚最爱的时间。

凌晨，没有人会打扰自己，只有自己专心地投入到热爱的事情上。

手指尽情地在键盘上舞动着，夹在手指中间的烟头已经烧到尾巴了。徐亦诚感觉到了被灼烧的阵阵痛感才从虚拟世界里跳了出来，赶紧将烟头掐灭了。

屏幕里，显示着昨天的紧急新闻：一队人去 T 市边境山林探险失踪，下落不明搜救队正在组织救援行动。目前只有一人逃了出来，而此人现在因为极度恐慌被送往精神医院治疗。

"八成是遇到那个四臂巨人了。"徐亦诚想着，点开浏览器，开始搜索有关生命魔杖的信息。徐亦诚等着浏览器反应，靠在椅背上深吸了一口气。

徐亦诚从一个什么都不信的人变成一个信神信鬼的祈祷者，与他的经历有很大的关系。自从去年震惊世界的外星人与军事基地交火事件发生后，人们再次将目光聚焦到了地球的邻居月球上。外星生命的存在已经被证实，那还有什么不可能呢？

如果生命魔杖不存在，那又该怎么去解释石巨人一族的诞生与存在？

回到家的这几天，徐亦诚每天都在反问自己。对他而言，好奇心已经不能再解释为什么他现在这么想知道一切。从遇到那个神秘的老人开始，徐亦诚才逐渐意识到自己可能已经卷入了一场风波。这场风波，牵动着整个人类的命运。

他想逃避，可是每当他摸到艾博给的石头，徐亦诚就感觉自己亏欠了他什么。

也许，找到生命魔杖，不要让生命魔杖落入邪恶之手，就是对艾博最好的报恩方式了。

想着，他又掏出了艾博给的那块石头。他细细打量着，把它放在电脑屏幕中间，突然，自己的邮箱闪动了一下，徐亦诚放下石头，点开了那封发来的邮件。

邮件中，写着一句话："想了解更多的话，来 T 市 L 县秀丹路九号街区第十二号公寓。我们等你。"

"谁啊？怎么知道我的邮箱的？"徐亦诚一脸疑惑。他明明隐身了呀。

他看着这封神秘的邮件，瞥了一眼时间：三点半了。

"不管了，睡觉吧。"他想着，倒在床上睡着了。

第二天，徐亦诚爬起来，在日历上的今天画了个叉。学校给了他十天的休息时间，今天是第三天了。

他去厨房将一个鸡蛋煎好，淋了点酱油，就权且当作早饭吃了。回到房间，徐亦诚打开电脑，让他惊讶的是，又一封邮件发到了自己的电脑上！点开后，徐亦诚发现这内容和凌晨收到的一模一样。

"什么意思，恐吓我啊？"徐亦诚突然有些害怕，他想着自己要是不去，说不定哪天还在睡觉呢，就被人摸进屋里给砍了。徐亦诚站起来，在房间里来回踱着步。万一是个骗子呢？

可 20 分钟过后，家门还是被打开了。徐亦诚背起一个包，前往汽车站。

"客官慢走啊。"老人送走了一个前来算命的人，整理了一下被弄皱的八卦图。

这时，一个戴着墨镜和鸭舌帽的男人走了过来，他蹲下来，看着老人，没有说话。

"徐博士，看了那本书，感想如何啊？"老人笑道。

"那上面的预言，都是真的吗？"徐亦诚急切地问老人。

"那只是预言。"

"所以不是真的？"徐亦诚摘下墨镜。

"不，有些已经成真了。"

"那您为何……"

"我只是想试探一下，你。"老人又拿出一张泛黄的纸烧了起来，"去年内质人的入侵，已经说明了一切。如果内心人国王不在地球，他们也不会贸然袭击地球。"

徐亦诚问："那……我收到了一封电子邮件，让我去这个地址。"徐亦诚掏出事先抄下来的地址，"请问，您知道是怎么一回事吗？我想如果发件人知道生命魔杖和石巨人一族，那这人应该和您有一定的关系的，对吧？"

"你的直觉和判断很准，徐博士。"老人站了起来，居然和一米八的徐亦诚差不多高，"那是我家的地址。"

徐亦诚惊讶得一时语噎，他不知道应该说什么好。此时他心中只有两个字：卧槽。

"跟我来吧，徐博士。走上两公里就到我家里了。在那里，有更多的故事将与你相遇。"老人收起八卦图和装钱的碗，带着徐亦诚离开了这里。

一路上，两人都没有说话，也没有注意到身后的三位衣着朴素的人。

这是一个长满鲜花的小巷，走进去，香气扑鼻而来，花如精灵一般摇曳着，欢迎两人的到来。两侧大理石石柱与白色的铁门已经彰显了这家人的奢华。

老人通过人脸识别打开大门，里面更是芳草如茵，一天鹅卵石铺成的小道直通眼前的红木门。

院子中间，坐落着一个黑白相间的三层别墅。

徐亦诚百思不得其解：这么富裕的家庭，为什么老人还要上街乞讨算卦呢？

老人领着徐亦诚来到门前，门里隐约传来弹奏钢琴的声音。门开了，里面的奢华一览无余。徐亦诚赶紧将鞋子脱掉扔在了门外，怕脏了这里的地板。仰头看着墙上的水墨画和周围的花瓶，徐亦诚不禁有些感慨人外有人，天外有天。

钢琴声停住了。"爷爷！你怎么今天回来得这么早啊！"楼上传来一个女声。

"嗳！乖孙女！爷爷今天带了个客人回来啦！"

"客人？"楼上又传来一个男声。紧接着，徐亦诚看见一个穿着长裙的花季少女和一个衣装革履的中年男人走了下来。

"应该是父亲和女儿吧。"徐亦诚想着。

两人走到爷爷身边，爷爷转过身介绍道："这是我的儿子和孙女，我的名字呢，你应该知道了。""宋梦仙？"徐亦诚问。

"那虽然是我的笔名，不过你就叫我宋老吧。"

"哎！这不是……"中年男人认出了徐亦诚。

宋老打住了他，转身对他说了些什么，中年男人惊讶地看了徐亦诚一眼，点点头，便带着女儿上去了。

"跟我来吧。"宋老招呼徐亦诚。徐亦诚跟着宋老来到一堵挂满装饰的墙面前。老人按了一下固定在上面的一个布娃娃。

只见墙体分开了，像一对自动门缓缓地打开了。里面的灯依次亮起，直通地下。宋老拉起徐亦诚的手，带他慢慢地沿着石阶往下走去。

走到底就是一个地下室，这个地下室的墙壁上，挂满了照片，书架也储存着大量书籍。徐亦诚走到一个照片前，这是一张小孩们与石巨人站在一起的合照，照片中，小孩们没有丝毫的害怕，有的甚至抱住了石巨人的大腿。徐亦诚愣愣地看着照片，这些照片全都有石巨人和人类。

宋老抚摸着墙上的照片说："这些几乎是关于石头人和人类的全部照片了。石巨人一族的起源我就不说了，这你应该知道。"徐亦诚点点头。宋老继续道："三百万年前，杰纳斯国王领着内心人准备归乡时，有三个内心人自告奋勇留在地球。他们来到人类营地，帮助远古人类建立起原始而辉煌的文明。当然，他们不时也会去山中寻找探望元尊，跟他讲起人间故事与生存技巧。"

"他们就这样活过了几百年，其中一人娶了一位女人为妻，生下了一个孩子。这个孩子，就是我们这个家族的开始。"

徐亦诚无比惊讶地问道："那你们，一家都有月球人的血统？"

宋老点点头："没错。我们这个家族世代都与元尊老爷建立起过非常友好的关系。元尊老爷对见过他的人只有一个要求：不要透露自己。"

"时光流转，越来越多的石头人诞生了。石巨人一族生性温和，只有一个另类，就是60万年前诞生的那个四臂巨人。石巨人一族从不主动侵扰人类的生活，他们居住在地下。只为不让人类不受到惊吓。他们只保护弱者，也不参与人类的战争。抗日战争时期，一个村的人被侵略者赶上了山，元尊带着石巨人一族收留了这些手无寸铁的无辜村民。一直到侵略者离开这里，村民们才从地下走了出来。"

"村民们心怀感恩，承诺绝对不向外面透露石巨人一族。他们，就是现在M山村村民的先辈……"

宋老点起一支烟，继续说："时至今日，书上记载到，元尊意识到了那个四臂巨人的危险，将生命魔杖藏在了T市边境山中的某个角落，但我认为，这个决定是极其错误的。一旦四臂巨人找到生命魔杖，谁不知道他会用魔杖做什么，一个新的轮回已经开启了。"

“所以，我的对手是他？”徐亦诚问，“那我又该怎么办呢？”

“不是你一个人在努力，”宋老严肃地望着他，“你的搭档，一直在等着你的召唤。”

“啊？！”徐亦诚颤抖着拿出那颗石头。

“元尊可能以为现在还很安全，但已经危机四伏了。”

这时，上面传来飞行器的轰鸣声。

“哦，他来了。”宋老笑笑，开始往上走去。

59．"要出事了……"

徐亦诚一脸懵圈，这分明就是飞机飞过的声音，咋还能判断出来有人来了呢？带着这样的好奇心，徐亦诚跟着宋老上了楼梯。

门那边，那个中年男人和少女已经下来等待了。门上的铃铛响了起来，走进来一个二十岁左右的少年，他留了一头斜刘海，浅灰色的运动裤和蓝色的外套搭配起来让人显得特别精神。

"欢迎。"少女笑盈盈地说，礼貌地微微欠了欠身。

那个男生点点头，也礼貌地笑了一下，问："宋老在吗？"

"在的，呃，我去叫他。"少女跑去厨房的墙边，没想到宋老和徐亦诚已经上来了。两人来到客厅。

"啊呀！这不是徐博士吗？天呐！幸会幸会。"那个男生又惊又喜，友好地伸出手。徐亦诚和他握了握手："请问，怎么称呼？"

"刘宣。"那个男生说。

"嗯？这个名字好像在哪听说过，挺熟悉的。"徐亦诚突然想起自己好像在去年的新闻里听说过这个名字。

刘宣走到宋老面前，努了努嘴，看了一眼男人和少女，说："我很抱歉，我低空飞行了整个山区，也没有见到赵信生的影子。实在对不起。也许他可能藏起来了。"

宋老听后，叹了口气："我就知道这小子不会让人省心。他偷看了生命魔杖的记载，偷了家里的钱就悄无声息地溜出去了。现在好了，唉……等警方消息吧。"

"低空飞行？"徐亦诚用钦佩的眼神看着刘宣："你不会是……"

"啊对，飞行员。"刘宣慌忙接上话——他只顾着向宋老报告了，竟然忘了这里还有一个不知情的人。

宋老走到沙发前坐下，愁闷地发着呆。刘宣走上前，说："宋老，没事的，他一定不会有意外的。说不定，他已经从森林里走出来了。"

"我担心的不是这个，这个不肖子孙，谁管他。我是在想一种可能……"宋老说。

刘宣怔了怔，有点没懂宋老的意思。他看了一眼徐亦诚，徐亦诚躲闪着他的目光，低着头问："宋老的孙子失踪了？"

"是，在森林里失踪的，跟您一样。"刘宣说。

徐亦诚点点头："我都走得出来，您的孙子肯定没事的，宋老。"

宋老苦笑一下："但愿吧，最好别出事，虽然他很讨人厌。"

刘宣说："那，其他也没什么事了，我先走了。"

"哎，那个，小哥哥，留个联系方式再走呗……"那个少女突然开口了，脸上泛起一片红晕。

"嘻，我又不是最后一次来，也不是第一次来，咱们随时都可以见的呀，是吧？"刘宣竟然感觉有些受宠若惊，说完，打开门走了。

徐亦诚心里其实早就有一层疑云了。他看着刘宣走出去的背影，问宋老："那人……是不是参与过去年的入侵事件？"

宋老抬起头看着他："你们未来会走在一起的。"

徐亦诚沉默了，他突然有了个答案。

"那个人，就是内心人国王，准确地说，国王就在那个叫作刘宣的少年的体内。"宋老说。

"竟然真是？！"徐亦诚惊得下巴都垮掉了，"那，那他为什么不说？"

"因为他也不知道你的身份呀，而且，你们还没有到相识的时候，时间会替你们磨合。"

徐亦诚更疑惑了："此话怎讲？"

宋老点起一根烟："据先人记载，曾经的国王曾派人秘密会见了元尊，要求元尊瓦解掉四臂巨人的生命。但元尊拒绝了。双方争执不下，便产生了一些矛盾。我不知道如今的国王对石巨人一族是怎样的一个看法。如果他不愿意与石巨人一族和好，那就是向他介绍你也可能是火上浇油，你懂吗？我也是为了大局好。"

徐亦诚怔住了。他望着宋老平静的眼神，心中的结逐渐打开了。

经不过宋老的挽留，徐亦诚留下来吃了个晚饭才动身离开别墅。他导航导到原先停车的地方。

路上，他总有一种不祥的感觉，好像有人在身后看着他。他时不时往回看，映入眼帘的只有来往的人群。徐亦诚坐上车，点开了广播：

"近日，经过一天的搜寻，搜救队在溪水边发现了登山者的两具尸体，死亡原因还在检验。在尸体旁边，还有大量血迹，专家推测，很有可能凶手将其他尸体拖移走并藏了起来。搜救行动还在继续，本电台为您 24 小时实时追踪……"

徐亦诚想起差点吃掉自己的四臂巨人，"估计那个姓赵的外孙也没了。"徐亦诚叹了口气。

他想变个道，但很快便放弃了——一辆白色的陆地巡洋舰从他的车一旁驶来，但没有超过他，而是和徐亦诚并行行驶。"啥意思？"徐亦诚看不懂了，他按了下喇叭。

谁想这辆车的车主像是有路怒症一般，居然猛地向他的车靠了过来，"嘭"的一声，两车紧紧地贴在了一起。这辆越野车马力十足，直接压着徐亦诚的轿车往墙上撞。徐亦诚怎么打方向盘也没用！

车一点一点朝路边靠去，徐亦诚急中生智，一脚将刹车踩死，两车立刻分开了。

但那辆车反应也不慢，只见它方向猛地一打，擦着边缘开了过去，接着只见这个巨无霸后车身一甩，一个 180 度的大漂移后，车头对准徐亦诚的车，紧接着车头底下射出一个钩锁，勾住了徐亦诚的车！徐亦诚吃了一惊，赶紧向后加速，车轮已经在地上剧烈摩擦着，白烟从地上缓缓升起。

但那辆车也开始往后拉，同时钩锁也向后开始收缩回去。徐亦诚只能眼睁睁地看着自己的车被拉了过去。

"咣"一声巨响，两辆车撞在了一起。

徐亦诚的头在方向盘上猛地撞了一下，瞬间头晕眼花。

那辆车上，下来三个蒙面的人，其中的一人拿着撞击锤，两锤锤开了徐亦诚车上的玻璃，将徐亦诚从车里拽了出来。

"你好啊，徐博士。"一个人走上前，"来个我们谈谈吧。"说着，一拳砸了下去……

郊外的一个废弃化工厂里

徐亦诚慢慢地睁开眼，发现自己正躺在一张床上。他试着活动了下双腿双手，居然都能自由活动。他的记忆逐渐恢复过来，想起自己被打晕，徐亦诚才意识到自己现在的危险处境。

徐亦诚立刻坐起来，观察了一下四周。四周什么都没有，只有四堵淡绿色的墙，一盏灯悬挂在上面，微弱地亮着。徐亦诚发现旁边有一扇窗户，立刻跑过去看了一眼，发现这窗离地面也没多高。他看了一眼门口，又看了一眼窗，终究还是怂了。他走过去，打开了门，结果一打开就后悔了。

眼前，这里是一个巨大的厂房，三个人正围坐在地上，见徐亦诚起来了，立刻站了起来。

"看，我就说他不敢跳的。"一个黄头发的人哈哈大笑起来。徐亦诚想跑，但很快被这个黄毛给抓住了。

"别担心，徐博士，我们，呃，应该不会伤害你的，只要你愿意。"黄毛坏笑着，指了指另外两个人，"去拿过来。"

旁边竟然还有个桌子，黄毛便拉着徐亦诚一起坐在桌上。徐亦诚已经感觉到了不妙："要出事了……等等，有事找……"黄毛在徐亦诚的左侧，徐亦诚用右手摸了摸右边的口袋，谢天谢地，还在。

"是这样的，徐博士，我们希望您能配合我们，升级一下我们的装备……"两人已经提着两个大包走到徐亦诚面前，拉开拉链，里面全是枪械。

"如果我没记错的话，您是军事院校弹药工程与爆炸技术毕业的，对吧？不知怎么久了，对武器的升级是否还感兴趣？"

"我不感兴趣。"徐亦诚冷冷地说。

"很好！既然您这么说了，那就是合作失败咯。"黄毛下了桌子，从背包里掏出一根注满蓝色液体的针管，"不瞒您说，我们其实是蝰蛇组织的残余力量，我们依旧掌握着大量科技，只可惜，您不愿意与我们共享啊。那将您改造改造的话，不知道您是否就同意了呢？"

徐亦诚顿时脸色惨白，撒腿就跑，两个人也立即追上，擒住了他，想给他戴上锁铐。

"有本事别给我戴上锁铐，五分钟内，你们就完蛋了！"徐亦诚大吼，但其实他现在心很虚，徐亦诚并不知道他的计划到底需要几分钟。

"好啊，五分钟是吧，我倒要看看你口出了什么样的狂言？！"黄毛缓缓地向徐亦诚走了过来。

徐亦诚很拽地将右手插进裤子口袋里，又拿了出来。他咽了下口水，心里疯狂地祈祷着。

60. "绰号蓝面侠。"

时间一分一秒地过去，徐亦诚的心逐渐冰凉，越来越大的绝望将他笼罩了起来。

"呦呵，刚刚不是口气很大嘛，啊？徐博士啊，有些玩笑开不得，知道吗？"黄毛边走边说，离徐亦诚越来越近了，他手上的针筒仿佛也在嘲笑徐亦诚的愚蠢。

"原来你说的一切，都是骗我的吗……还是你觉得我亏欠你太多……"徐亦诚绝望地闭上了双眼，等待着针刺扎入皮肉的痛苦。

"睁开眼，徐博士。我要让你看着自己变成杀手。说不定，这也是上帝对你的恩赐呢。哼哼哼……"黄毛已经来到徐亦诚眼前，试了一下针筒，卷起徐亦诚的袖子，准备扎下去了……

就在这人们都以为大局已定的时刻，一阵嘶啦的声响从徐亦诚身后传来。黄毛看得一清二楚：巨大的时空洞在徐亦诚身后展开，一个石巨人从他后面缓缓地走了出来。冰冷的石躯和面无表情的脸，无须可怕的怒吼，无须凶悍的捶胸，艾博的压迫感已经足够让人胆寒，除了徐亦诚，其他三人已经吓得连大气都不敢出了。

徐亦诚回头看到艾博，兴奋地张开双臂，就仿佛在迎接回归的神一般，"艾博，我就知道你不会抛弃我的！"徐亦诚激动地喊道。

"艾博听到了你的召唤。"艾博看着周围那惊慌失措的三人，问："怎么了？"

"赶走他们！"徐亦诚说。

"不不不，别过来！啊——"黄毛带着两人开始狼狈逃窜。

徐亦诚见他们这样子，哈哈大笑起来："恶有恶报，哼！让他们先跑几步，怎么样？"徐亦诚看向艾博。艾博点点头："我觉得行。"

黄毛和另外两人疯狂地往出口跑去，眼看着就要到了，但身后却传来了沉重的脚步声。一人跑得比较落后，他回头一看，艾博已经冲了上来。然后就是一种悬空的感觉——

他被艾博拎起来了。

艾博抓住这个人的腿，轻轻一甩，将这个惨叫的仁兄扔在了墙上，然后他摔在地上不动了。

"干得好，艾博！搞死他们！"徐亦诚在艾博身后喊道。

"死？"艾博停住了，"可是艾博不想杀人。"

"呃……"徐亦诚有点后悔说这话了，"不是真的弄死，把他们弄个半死就行了。"

艾博头歪向了一边："半死？懂了。"

艾博纵身一跳，跳到了剩下两人的身边。巨大的震动声吓得另一个人立即摔倒在地。他一边爬一边往后退："别杀我，我上有老下有小啊！"

谁管你上有老下有小呢。艾博拎起这个人，往前一丢，正好砸在开门的黄毛身上。黄毛大叫一声，被砸在地上。

艾博走上前，半跪下来盯着黄毛："为什么要，欺负，他。"

"不是欺负，不是欺负！我们只是想和他诚心合作啊！"黄毛吓得浑身哆嗦，双手疯狂扒拉着往后退去。

说实话，艾博不是每个中文字都听得懂，黄毛这句话听得艾博云里雾里的。

"弄个半死……"艾博想了会儿，伸出手，猛地往黄毛脸上抽了一嘴巴子。黄毛惨叫一声，昏了过去，准确地说，是被吓晕的。

徐亦诚跑了过来，抱住艾博的大腿："谢谢你，我，我……"

"不必。"艾博说："这就是陪伴艾博。"

只是两人没注意到的是，那个被扔在墙上的人居然摇摇晃晃地站了起来，他掏出手枪，正在瞄准徐亦诚！

艾博瞥了一眼，不知道这是什么东西，只是他没想到这人还站了起来，正当他发愣时，徐亦诚也顺着他的眼光看了过去……

一声蓄能炮炮响。

那个持枪的人应声倒下了！

徐亦诚摸了摸自己，居然没中弹啊？！

"奇怪。"徐亦诚突然意识到了什么，大喊："还有谁在这里？"

远处的墙边，走出来一个人，此人不是谁，正是——

刘宣。

只是与之前徐亦诚看见的有些不一样，刘宣此时的眼睛有一边如月光一般雪白。另一边眼睛前，戴着浅蓝色的光学战术单边镜。

“啊哈，真没想到，徐博士，原来你就是得到巨人庇护的那个人类。”刘宣笑着，启动了推进器，飞了过来并落在艾博和徐亦诚面前。

徐亦诚想起宋老的话，突然有些紧张。他看了一眼艾博，艾博没有别的反应，只是静静地看着刘宣。

“所以，我到底该怎么称呼你呢？刘宣。”徐亦诚现在确信了，眼前这位少年就是去年参与战争的英雄。

“绰号蓝面侠。”刘宣说，“嗯，我的身份也不用再隐瞒了，我的心里，住着的正是内心人领袖，现任国王纳尔斯。”

“内心人？”艾博显然有些惊讶，“艾博，想跟他说话，行吗？”

“好。”刘宣的两只眼睛都变得雪白，纳尔斯来到了主人格：“你好，石巨人艾博。”

艾博点点头，用内心人的语言说：“感谢你们的先辈赋予了我们生命，虽然我们的曾有过间隙，但艾博愿意与内心人重归于好。”

纳尔斯浅浅地笑了一下：“我也是，我的前辈可能是触犯了你们对生命的底线，希望你们，还能原谅我们。前辈犯下的过错，在我这里不会再犯了，我愿意起誓。”

“我会向元尊爷爷带去你说的友善的话，朋友。”艾博说着，两人心中都涌上了一种冰释前嫌的亲切感。也许各自都有错，但退一步，便是海阔天空。

“这么容易就好了？”徐亦诚难以置信地看看两人，并不想他所想的那样会针锋相对，反倒是给了他一种旧友再次相见的感觉。

这也许就是跨越种族的感情吧。千百万年过去了，这种情谊始终不渝。

20分钟过去了，这两个人倒是聊得眼泪都快落下来了，就差一个拥抱了，可他们的两个地球搭档可就是一脸懵圈了——毕竟是月心人的语言，听得徐亦诚和刘宣都有些想睡觉了。

“呃，我们是不是该讨论一下当下的情形？书上的预言既然都是真的，那我觉得，现在的任务已经迫在眉睫了。”徐亦诚小心翼翼地想打断那俩人的叙旧。

“嗯！是的，是的。”纳尔斯率先反应过来，看向了徐亦诚：“咳咳，书里的，你都看了？”

徐亦诚点点头。

“现在的问题就是，生命魔杖到底在哪？宋老也没跟我说。”徐亦诚有些遗憾地说。

艾博听后，默念咒语，接着将手一挥，展开了幻境。幻境中，元尊驱逐走了艾博后，便来到了一条溪水边，然后，幻境就消失了。

“这是艾博想象出来的。”纳尔斯解释道，“他想说的是，元尊将魔杖藏在了一条溪水中。”

“为什么是溪水里？”徐亦诚大惑不解。

“也许，水是万物之源吧。元尊可能是出于对生命的尊重。”纳尔斯说，“根据宋老的话，这条溪流是 T 市秀丹山的溪流，秀丹山只有这一条河流。而且，已经有人出发寻找魔杖的下落了……”

“不会是……”

“没错。他们肯定是遇到那个四臂巨人麦里特了，要不然，不可能活不见人死不见尸。”纳尔斯分析道。

艾博惭愧地低下了头。

纳尔斯看了一眼时间，说：“我和刘宣还有事，先走了。明天上午七点吧，我们在宋老家里见面，一起出发前往秀丹山。”

“可以。”徐亦诚点点头，看了眼艾博。艾博赶紧也是点点头。

纳尔斯见他们都同意了，说：“那么，明天见。”便转身启动推进器，撞碎玻璃，飞向了天空。

看着他飞走后，这时徐亦诚才意识到一个严重的问题：我丢，这是哪儿啊？我怎么回去啊！

他和艾博四目相对——看来，今晚只能两人相依为命咯。

61．"杀人。"

凌晨的夜晚，森林里寂静无声，月光温柔地洒在这一队搜救队员的脸颊上。

"这么晚了，回去吧。已经找了这么久了，估计人已经没了。"一个搜救队员说着，耸耸肩。

"说的也是。"另一个队员说，"我老婆还在等我回家呢。"

"一队，一队，这里是二队。没有生命迹象，也没有任何有价值的线索出现，完毕。"一个队员拿起对讲机说着，带着另一个人转身准备离开。

树丛里，有一双眼睛，悄悄地看着这一队人转身离去。"娘的！秋天了还有蚊子！"赵信生低声骂了句，猛地拍了下自己的大腿。

他站起身，往山脚下的搜救队营地看了一眼。那里依旧灯火通明，人影疏疏。赵信生确信那一队人走后，从茂密的灌木丛里跨了出来，不耐烦地抹了下脸上的蜘蛛丝。

他为了等这群人走，已经在这里待上了 4 个多小时了。他何尝不曾想过睡会，但是他的命在麦里特手上，一想到那个恐怖的巨人，赵信生就浑身颤抖。

这几天，他都不知道自己是怎么过来的。每天和那个四臂巨人麦里特睡在一个山洞里，每天翻来覆去的怎么都不敢睡着；每天在麦里特的嘶吼中起来，每天在生与死之间中抉择。

赵信生只觉得自己已经成了一个傀儡，因为白天搜救队要上山的缘故，他凌晨起来寻找生命魔杖，然后白天和麦里特睡在一起——这简直不是一个普通人能想象出来的生活。

和搜救队一样，赵信生活下去的希望在随着逐渐向溪水中心靠近而变得渺茫，这么几天过来，连麦里特都觉得不可能了。只有赵信生因为想活下去还在垂死挣扎。

今天是靠近溪水中心的最后一天，再往上游找，就越过原先和麦里特约好的一人一半了。

赵信生有气无力地翻找着石头，打着赤脚踩在溪水中，越往上走，他越没有动力。"没用的，一切都结束了。都是假的。"赵信生闭上了眼睛，感受着秋天冰冷的溪水顺着自己的脚踝流了下去，风呼呼地吹着，渐渐吹散了赵信生心中最后的火种。

赵信生走上岸边，想着要不乘麦里特不在，赶紧跑向搜救队求救。他看着流动的溪水出神，想起麦里特的警告："你敢回到人类社会，我就敢去人类社会杀掉你。"

突如其来的恐惧再次盘踞在他心头，视线再次清晰过来，赵信生越看越不对。

"咦？"

他蹲下来，仔细看着水流。

明明是顺流而下的水流，有些水却流向了上游！

"奇怪了？"赵信生觉得自己应该是看错了，伸出手探进了溪水中，确确实实，真真切切，赵信生感觉有水在向上游动。

赵信生站起来，沿着水流往上走。

逆流而上的水流越来越明显了，它们逐渐弯曲，最后，赵信生找到了一个水中的旋涡！

漩涡边，是几块巨大的石头，它们堆叠在一起，显露在水面外。"会不会……"赵信生突然激动起来，他跑下溪水，哈哈笑起来，开始搬动石块，可是无论他怎么用力，石头就如长在地上一样怎么拔也拔不动。

赵信生感到很奇怪，他不知道这是怎么一回事。

"这可怎么办？"赵信生有些束手无策。

他坐回岸边，对着这些石头冥思苦想着。他的命可能就在这下面啊。

这时，他想起了一个东西。他伸出手摸了摸口袋："也许，也不是不可以……"

远处的山洞里，麦里特无所事事地敲着自己的大腿，想在冥想。突然，他的两眼圆睁，一阵蜂鸣在脑海里回旋了起来，麦里特直起身子，看向漆黑的森林。

"他在呼唤我？"

赵信生捏着石头，紧张地看着周围。

毫无动静。

“切，骗老子。”赵信生把石头丢在地上。

可偏偏就在这时，时空洞在他身后展开了。麦里特从里面走了出来，俯视着慌乱的赵信生。

“您……您终于来了！”赵信生一步一步往后退。

麦里特看着他问：“怎么了，找到了？”

“有……有可能。”赵信生指了指水里的旋涡，“那边有很多大石头，似乎压着什么。还有，还有那个旋涡，很奇怪。我觉得，这就是了。但我抬不起来。”

麦里特走上前，半跪下来看了一眼，竟然咧开了嘴：“这不是你觉得，这就是。”

“生命魔杖蕴含极强的能量，可以像黑洞一般吸引周围的物体，就像吸铁石。这也是为什么你抬不起来，没有点力气，还真拿不起来。”

麦里特说着，走下溪水，双手握住一块石头开始用力。只见麦里特全身的液体开始加速流动，以及他身上的石块开始不断地翻动。“呃啊！”麦里特大喝一声，猛地一抬，石头被他举了起来。“威武，太威武了！”赵信生拍手大喊。

接着，一块一块石头被麦里特扔上了岸。突然，麦里特只感觉双脚下方一轻，地表逐渐塌陷，好似再也撑不住麦里特的重量。

麦里特大惊，赶紧想跑出来，但已经来不及了。麦里特就这么摔了下去。

“太好啦！”赵信生顿时心中落下一块石头，他跑到洞口边往下看，以为下面是一个无底洞，但上帝再一次要了他。

麦里特没有死，他只是站在下面的泥土里，一阵一阵的绿色如极光一般流动在里面。

这里面，似乎是一个坑洞。

“你下来，赵信生。”麦里特说，“你的命，有保证了。”

“什么？这……”赵信生自己都不相信。但很快，他也变得激动起来，“我能活了，我能活了！”

他跳了下去，摔在地上挣扎着站起来，“哪儿呢？”赵信生兴奋地举起双手，麦里特像看傻子一样回头看了他一眼，赵信生才意识到自己失态了，赶紧收回双手，“太好啦，您终于得到了。”

麦里特举起泛着绿光的生命魔杖，拿在手中仔细端详着："我就知道，光靠元尊那个老头是振兴不了我们石巨人一族的，这个重任，终究还是得靠我！走吧，赵信生，我们出去。我要创造一个属于石巨人的时代！"

"可是，我的任务，已经，已经完成了……"赵信生支支吾吾地说。

"不！你要帮我，找到有很硬的东西的地方。"麦里特半跪下来，脸几乎贴着赵信生说。

"好……好，只要你能让我活着。"赵信生再次浑身颤抖起来。

早晨 7 点

"你确定是这？"

"哎呀，相信我，徐博士，虽然这图确实有点看不懂……"

刘宣和徐亦诚走在山路上，两人因为宋老简单粗暴的线条表达争执了快一个小时了。虽然只有一条河，但是这座山是真的难走。

"这里应该是中游。"刘宣抹了抹汗，指着地图中心的红圈。

"那我们现在在……"

"受不了了，我来带路吧。"纳尔斯终于是沉不住气了，他从刘宣身体里切换出来，"这不就是往右上角一直走就可以了吗？亦诚，这边。刘宣，以后带路的事情还是我来吧。"

徐亦诚有些哭笑不得地看着眼前这位不知道到底该怎么称呼的人。"估计两人已经吵起来了。"徐亦诚想想就想笑。

穿过一个长满红果子的灌木林，两人来到溪水边。那岸边的大石头太显眼了，很快两人就来到了凌晨赵信生和麦里特来过的地方。

"糟了，他们已经……"纳尔斯走到洞口前往里面张望着，水已经快填满这个坑洞了.

"那怎么办？我的任务就是拿到魔杖啊！"徐亦诚大惊失色。

"现在任务变了，不是拿到魔杖，是夺回来！"纳尔斯严肃地望向他。

"新的轮回，如果他们拿去制造什么怪物，那就麻烦了。"徐亦诚望向山脚的城市，"可是他会去哪里呢？"

徐亦诚摸出石头，召唤起来，很快，一个时空洞展开，艾博出现在了徐亦诚身后。

"艾博，生命魔杖被夺走了，你必须告诉我那个巨人的目的。只有这样，我才有机会扭转这一切！"徐亦诚双眉紧缩。

艾博半跪下来，只是短短的跟他说了两个字：

"杀人。"

"城市？！"纳尔斯和徐亦诚异口同声地反应过来。徐亦诚双拳紧握，看着纳尔斯。

62. "你将获得，自由！"

阴雨绵绵的一天。

此时正值工人上班高峰，人们撑着雨伞缓缓地向工厂门口走去，准备迎接新的枯燥的工作日。

赵信生紧张地往四周瞥着，他没有工作服，只能试着碰碰运气了。

大门前有一个人脸识别系统。"完。"赵信生想，"估计是进不去了。"但他还是想试一下。

工人们排着队一个一个往上走着，赵信生前面这个人刚人脸认证成功，赵信生看都不看摄像头一眼就往里面走，趁着通行门还没关，他一个箭步冲上去。

"哎哎哎，干什么呢？！脸都不刷！"旁边的保安立刻上前拦住了赵信生。

赵信生瞬间心拔凉拔凉的，"呃，那我再出去刷一下。"赵信生回到门外，回头瞪了一眼那个保安，拔腿就跑。

"还想混进来，偷东西啊！"保安对着他的背影大喊道。

A 计划失败了，看来只能用 B 计划了。

赵信生苦涩地摇摇头，要不是为了保全自己的性命，他死都不会想到自己一个堂堂富家少爷会干这种偷鸡摸狗的事。

他来到轧钢厂的侧面，这里已经没有多少人来往了。

赵信生看了看四周，墙边有一大堆废铁和其他东西，赵信生走上去，踩了踩，感觉压的还是跟上次一样，挺实。他站在上面望了望墙头，试着伸手去抓。

这个地方赵信生已经踩过点了，他之前已经翻上去过了。

赵信生用力将自己拉了上去，踩在墙上。还好，这里面暂时还没有人出现。赵信生伸出脚踩在旁边的机器上，深吸一口气，跳了下去。

"哎哟！"脚心传来一阵剧烈的疼痛，赵信生勉强站在了地上。听到外面传来脚步声。

赵信生也不管自己的脚是否还受得了，直接跑到一边的柱子后面。三个工人走到柱子边，赵信生以为自己就要被发现了，结果这三个笨笨居然没有一个人往这边看的，就这么走了过去。

赵信生轻轻地叹了口气，走到门前的地图边研究起来。从这里再走几百米就到仓库了。赵信生扭头，才发现这里还有个监控室，还好里面没人。他往左边的监控室里望了望，看见里面有一件工装外衣。赵信生大喜，赶紧拿出来穿上便出发了。

仓库前的保安室里，保安无聊地刷着手机。突然，他感觉自己被什么盯着了。他一抬头，看见一个穿着工装的男人正站在外面看着他。

保安竟然感觉有些毛骨悚然。

他走出保安室，小心翼翼地问：“请问，你需要干什么吗？”

“我要进去。”赵信生说。

“不行啊，除非你有上级的批准信。”保安摇摇头。

赵信生头缓缓地歪向一边：“那对不起了。”

说着，他手摸进了口袋里，拿出石头。

“干什么？你还想用石头砸我？”保安有些讥讽地问道。

忽然，一个时空洞从赵信生身后打开，麦里特缓缓地从时空洞中走了出来，他冷酷的眼神让人不寒而栗。

“妈呀！”保安大喊道，正想拿出对讲机报告情况，赵信生直接抢步冲上，一把夺过他手里的对讲机，笑道：“我可没想砸你，是这个人。”

他转过身，又换了一副嘴脸，满脸堆笑道：“您要的材料就在里面，进去看看吧，我带路。”

保安吓得不敢再吭声了，他眼看着麦里特离自己越来越近，然后，自己被扔在了墙上，昏了过去。

“嘭！”

“嘭……”

麦里特用力地一拳一拳砸在铁门上，终于打开了一个洞，赵信生带着麦里特钻了进来，里面全是一堆一堆摆好的钢材。

麦里特上前摸了下钢材，满意地点点头：“很好，你的任务，完成了。”

他将手往背后伸去，背上的石块逐渐打开，生命魔杖从他背后的石块中浮现出来。

麦里特拿起生命魔杖，走到钢材旁边，开始默念咒语。

赵信生听到他的话，转身就想跑。没想到麦里特转过头对他吼道："我让你走了吗？！"

赵信生无奈，只好又折了回来："还有，还有什么吩咐？"

"看着我创造奇迹吧，赵信生。那个老头还是太仁慈，不过也幸好有他的仁慈与信任，我才能学到赋予生命的咒语。赵信生啊，等我创造了属于我们石头人的时代，我一定封你为侯，你看如何？"

"好，好……"赵信生嘴上这么说，其实他心里一直在嘲笑这个家伙：还石头人的时代，你就拉倒吧。

只要能保全自己的性命，赵信生已经不顾一切了。

"你将是……战争巨人。"麦里特将生命魔杖的杖尖轻轻触在钢材上，默念起自己想要的样子。钢材随着魔杖中迸射的绿色闪光浮动起来，开始随着麦里特的想法与幻想拼装起来。钢材开始拼合，扭曲，分解，一个人形渐渐地展现出来。

很快，最后一块钢材开始扭曲成一个头，安装在了身体上，露出红色的眼睛和宽大的嘴唇。这个钢巨人开始活动手脚，看了看自己的手，然后看着麦里特和赵信生，最后看向了麦里特手中的魔杖。

"伟大的勇士，是我创造了你。"麦里特说，"我创造你，是因为我有求于你。跟我一起创造属于我们巨人的时代吧！我不会亏待你的，我知道，你会答应我的。你对这个世界一无所知，但你拥有前人未有的力量。你也喜欢征服的，对吧？"

"我，叫什么？"这个钢巨人问。

"金科列。"赵信生说，"相信我，这个名字有寓意，适合他。"

"哈哈，好！我就听你一次。"麦里特现在很高兴，难得接受了赵信生的建议。

"那我凭什么要听你的？"金科列问。

"什么？"麦里特有些惊讶，他给金科列设定的人格中，只顾着给他加上好战的性格了，但确实忘了给他加上听从自己的性格。

"如果没有理由，那就别怪我。"金科列的双眼开始发烫，径直向麦里特射出两道激光！

“我靠！什么东西啊！”赵信生恐惧地滚向一边的箱子后面躲了起来。

麦里特就没有躲开的机会了。他四臂合在一起，挡住了激光。强大的力量逼得麦里特连连向后退。

金科列则是一步步向前逼近，突然，手臂里长出两把钢刀，一边射出激光一边跑向麦里特。

麦里特大惊，赶紧侧身躲开，一边躲一边喊：“停下，我的勇士！我不想伤害你，如果我们能联手，你将获得……”

他趁机右边两拳打了上去，按住金科列的头，猛地往地上撞去！

“你将获得，自由！”

金科列闷哼一声，还没反应过来，麦里特抓起他的手臂将金科列拉了起来，给他来了一拳，接着又是用头猛地一撞，金科列又被打在地上。

金科列想挣扎地站起来，麦里特则拿出生命魔杖抵着他的胸口，恶狠狠地说：“你若再动我一下，我就用这个创造你的东西毁掉你的生命，懂吗？”

“你想让我怎么样？”金科列问。

“跟我联手，我们一起去创造未来！你也想有一个美好的部落吧？你也想有一个富饶的领地，当一个受千人仰慕的领袖吧？跟着我，这些梦想我一一帮你实现。”

麦里特松开手，继续说：“我相信你，你也要试着相信我。这个世界，人类占据了太多，他们早应该还给我们了。”

金科列站起来，指着后面瑟瑟发抖的赵信生：“那这家伙呢。”

“出来吧，我的仆人。”麦里特招呼道。赵信生小心翼翼地走了出来。“这是我们的人，你放心。”

金科列收起了钢刀，点了点头：“那接下来，我们该干什么？”

“去城市，消灭他们，为我们扩展领地。”麦里特冷冷地说。

此时的刘宣和徐亦诚还在更远的郊区。

不对，还有艾博。

艾博一路带着两人走崎岖的山间小路，生怕有人发现自己。来到城市郊区的制高点，艾博停下了。

“怎么了，大块头？”刘宣看了看下面的城市，也许，下面再走就是城市了。艾博不愿再往前走了。

艾博闭上眼，过了一会儿，却猛地睁开，双眼变得雪白。他指了指城市另一边的轧钢厂。

"这是他们的技能之一，警觉。"纳尔斯切换过来解释道，又问艾博："他们在那吗？"

艾博点点头，缓缓地说："我感觉到了，一个新的生命，而且，很强。"

"什么？"徐亦诚的心再次往下沉了一下。他舔了一下嘴唇，看着那边的轧钢厂出神。

63.“弄不死你！”

创造了钢巨人金科列以后，麦里特就放过了赵信生，让赵信生一人离开并回到了人类社会。

赵信生一路狂奔，他现在已经顾不上浑身乏力了。他知道自己摊上大事了。

如果再不及时通知警方这一切，那这座城市就要面临灭顶之灾了。只是他有一点无法确信：警察打得过他们俩吗？

他在一个公用电话亭边停了下来，双手放在腿上，气喘吁吁地看着地面。

如果真的告诉其他人，他们会相信吗？而且，万一麦里特知道了，意识到自己还是选择与他为敌，那自己恐怕也性命难保了。

“不管了，赵信生，你也是个人类。如果你还有一丝良心，如果你不想看到同类惨遭屠戮，就赶紧报警吧。”赵信生抹了把汗，走进了公用电话亭，拨通了 110。

“喂，这里是 T 市警察局。”

“警官，听我说。你可能不相信，但你，你一定要听我说完，好吗？”

“嗯，你说。”

“有两个巨大的怪物正在从 T 市的那个民营轧钢厂冲来，他们就是传说中的石巨人，而且，他们的目标就是劫持我们的领导层人物，也就是政府！”

“嗯……”

电话一头传来良久的沉默。

“不好意思，先生，你说的话，我真的不能相信，没事就别打报警电话了，编造案情是违法的。”

“我没有！我说的是真的！”

“嘟，嘟……”

“哎我去你妹的！”

赵信生气得把电话一摔，叹了口气。

那个警察刚放下电话，座机又响了，警察无奈，又拿了起来："你好，这里是 T 市警察局。"

电话另一头传来一个大妈的声音："是警察吗？我天呐，警察，我是农村的，刚刚有两个巨大的怪物从我们村的田地里跑了过去，方向直冲城市啊。警察大哥，你别不信我，我们有很多目击者！太可怕了，我的女儿还在城里啊！"

"啊？"连续两个电话的对象都是那么的相似，警察多少也有些怀疑了，"大妈你先别慌，能不能先描述一下你说的那两个怪物？"

"他们好像一个是石头的，一个是钢铁的，高四五米……"

警察越听越懵，到最后打断了大妈的描述："你确定你不是在编故事？"

"不是啊！哎哟，你咋还不信呢，再不出警，恐怕城市要出事了呀！"

另一边：

"我的天啊——"

"别怕，徐博士，你掉不下去的！"

一道白线划过天际，刘宣带着徐亦诚向城市疾飞而去。刘宣用机械臂紧紧地抱住徐亦诚，徐亦诚一路大叫着，脸已经被风吹得像一张面饼一样波动着。

刘宣往前看着越来越近的城市，说："马上就到了，我们必须赶在他们到城市前赶到。"

感觉衣服都快要被吹掉的徐亦诚已经紧张地说不出话来了。

刘宣知道，他们和麦里特分别在城市的两边，更糟糕的是，他们并不知道麦里特的目标到底是什么，他们完全处于被动。

幸好推进器比较快，他们很快来到城市上空。"可以降落了吗？"徐亦诚颤抖着喊。

"再等等，我要看看他们到底在哪！"刘宣以为自己应该比麦里特快了，但是他很快听到了政府那边传来的刺耳的警笛声。

此时的麦里特和金科列已经冲到了政府门前！

"市长，请立即跟我们走，我们去地下室暂时躲避一下！"保镖带着市长快速下楼。

子弹如雨水一半倾泻在麦里特和金科列的身上，随着两人的逼近，警察们也在一步一步向后退。

麦里特看都不看这些警察一眼，"愚蠢。"他指了指三楼窗户那边的人影，"我们的目标就在那。"

金科列点点头，猛地一跃，一声巨响，玻璃和墙体同时被撞碎了，金科列滚了进去，抽出钢刀："你好啊，小宝贝们。"

市长、保镖和其他高级官员全部都吓呆了，有人尖叫起来往后跑，被金科列一道激光射穿了身体。

"哦天，你想要什么，我可以答应你！真的！"市长带着一点哭腔说。

"我没有所求，我不过是有任务在身罢了。"金科列将钢刀抵在了市长的脖子上，"再见了。"

突然，一发蓄能跑从天上射了下来！正中金科列的背部！一阵刺痛传来，金科列随着炮弹的惯性跪倒在地，用手臂撑着自己，回头望向了天空。

蓝面侠悬浮在空中，收起手炮："再什么见，你还没有过我们这一关呢。"

金科列站起来，顶破了天花板："挡我者，死！"金科列也是一道激光射来，蓝面侠展开离子盾接住了激光。

两人正对峙着，麦里特在地上看着一切的发生，"人类就是烦。"他压弯了身子，纵身一跃，跳起来一把抓住蓝面侠，将他狠狠地扔在地上，"你们人类怎么这么喜欢多管闲事！"

蓝面侠被扔到地上，一个翻滚站了起来，拍了拍身上的灰，轻描淡写地说："你们要杀我的同胞，我就得管。"他往麦里特身后张望了一下："艾博——剩下那个交给你了——"

麦里特和金科列有些疑惑地往他看的那边望了一眼，一个巨大的铁锚居然从那边径直飞向了金科列，金科列被命中，大叫一声，直接从三楼摔了下来。

艾博还是那种不需要言语就能体会出来的霸者风范，他缓缓地从远处的街道中走了出来，徐亦诚也拿着刘宣给的激光枪，将子弹上了膛，紧张地望着四周的路人和警察。

"徐博士，你不用参战，你的激光枪只是用来防身的。"这是刘宣将激光枪交给他时嘱咐他的。徐亦诚牢记在心，第一次拿起枪作战，徐亦诚不敢说自己很害怕，而是非常恐惧，他现在看谁都感觉会给自己来一枪。

"艾博，保护你。"艾博转头对徐亦诚说。徐亦诚勉强挤出一丝笑容："我没事的，只要能把他们消灭，我徐亦诚交出性命也在所不辞！"

金科列站了起来，大吼一声，眼睛开始急剧发烫。艾博由快走变成了狂奔，直朝金科列的面门砸来——

来了！

金科列激光射出，艾博用手臂挡在脸前，丝毫没有躲避激光，直接迎着激光冲了上去。

眼看已经冲到金科列面前，艾博一拳狠狠地砸了上去！金科列歪向一边，艾博又是一记右勾拳接膝顶，抓起有些迷糊的金科列，一个背摔将他摔在地面上。

但是金科列毕竟是战争巨人，刚出生不到两个小时的他，实力根本不输艾博。一个鲤鱼打挺站起来后，金科列用头部猛地撞在艾博额头上。

艾博踉跄地往后退了一步，金科列抽出钢刀，右手一刀划在艾博胸口，接着左手一刀直接向艾博刺去，艾博赶紧打开他的左手，抓住他的两只手臂。两人像两个扭打在一起的角斗士一样缠在一起，谁也不敢松手。

"看来麦里特真是丧心病狂了，居然创造了你这么一个怪物。"艾博说。

"我不是怪物！"金科列大吼，眼里射出激光一直照射在艾博脸上，艾博受不了了，立刻松手。金科列乘胜追击，左右手两个钢刀全部狠狠地用力插进了艾博胸口，艾博痛得大叫起来，金科列又是一脚，将他踹飞了出去！

不过巧的是，他这一踹，正好把艾博踹到了他的武器——巨型铁锚旁边。

艾博站起来的同时捡起铁锚，看了看自己的伤口，一咬牙，再次冲上，高高跃起，举起铁锚在空中转了一圈，直接朝冲上来的金科列砸去……

另一边，蓝面侠成功牵制住了麦里特，无论麦里特怎样想摆脱他，蓝面侠总有办法将他拉回来。

麦里特一拳打飞了蓝面侠，指着他说："你再拉我一次试试。"

谁想蓝面侠又一次射出钩锁勾住麦里特，将钩锁一收，麦里特又被拉了回去。

麦里特这下彻底怒了："看来我必须灭了你你才能罢手啊，是不是？！"

蓝面侠冷笑一声，拔出激光长弯刀，准备着。

麦里特嘴上说这着很冲动，其实他也很克制。没有冲上，麦里特与蓝面侠就这么对峙着，等待着对方先露出破绽。

"哼，来嘛。"蓝面侠选择了率先进攻！他召唤出手炮，一炮打在麦里特脸上，趁麦里特没反应过来，蓝面侠一个箭步冲上，反手一刀将激光刀插在了他的右边第二个手臂中。用力一剜，直接将手臂卸了下来！

"啊——"麦里特大叫一声，捂着伤口连连后退。蓝面侠又是一刀劈在他身上，划出一道深深的口子！

然而，麦里特很快回过神来，借着蓝面侠在空中定格的一瞬，又一次抓住蓝面侠，将他扔在地上。接着他用力猛击地面，强大的力量直接将蓝面侠周围的地面震了个粉碎，蓝面侠也被送了起来，麦里特一脚上前，直接将蓝面侠给踢飞了出去。

"弄不死你！"麦里特大喊。

64."你不过是一个碍事的石头而已。"

"咣当"一声巨响。

铁锚往金科列右边脸砸去，金科列没有躲闪，硬是吃了这一招。

但是他太高估自己了。这一砸，把他砸得头晕眼花，艾博趁机追上一击，将铁锚从金科列下颚下升起，金科列下颚受了这一击，全身直接飞起。

艾博一声大吼，跳起来跟上，用手肘猛击金科列胸口，将他狠狠地压在地上。

但金科列也并非等闲之辈，他生来就是为了战斗的。而艾博的性格，本身不太适合战斗，他其实也是一个爱好和平的石头人，不到万不得已，自己真的不想出手。哪怕是他的幻象能力，也不是专门用来战斗的。元尊给他设定的性格是非常平和且温柔，幻象能力的用途，其实是元尊希望他能用幻象记录下石头人生活中的美好瞬间。总而言之，即便艾博和金科列差了三代，金科列依旧能寻到优势！

艾博举起左拳，准备一拳砸下，金科列突然也举起拳头，抽出钢刀，两拳相撞，但是钢刀却直插进艾博的拳头。

"呃！"艾博痛得赶紧将拳头收了回来，拳头上已经多了一个口子，张开手，一根指头已经被砍落，掉在地上。

金科列立即一个鲤鱼打挺站了起来，收起钢刀，双拳猛地撞在一起，说："在我眼里，你不过是一个碍事的石头而已。"

艾博死死盯着他，说："我不知道你为什么要这么做，现在反悔还来得及。"

说着，他将铁锚扛在肩上，回头看了一眼政府，确认市长已经安全撤离。"是时候让我好好会会你了。"

艾博沉下脸去，握起了拳头。

另一边：

被踢飞的蓝面侠撞在了墙上，很快恢复过来，还没等麦里特冲上来，他赶紧启动推进器起飞，双手的激光发射器都召唤了出来。

在麦里特跳起来的一瞬间，蓝面侠立刻一个向上冲刺升天，擦着麦里特的拳头飞起，举起双手瞄准了麦里特，“嗡”的一声响，蓝色的激光直接照射在麦里特的身上。

麦里特只能用手臂格挡，瞬间，他的手臂上的血管就被烧断了，石臂很快被烧成了黑褐色。麦里特怒吼着，一步一步艰难地走到一辆警车前，抓起警车，直接将警车扔向了蓝面侠。

在纳尔斯和刘宣的双灵魂模式操控下，这种攻击想打到自己，根本不可能。蓝面侠只是轻轻一甩，在空中平衡了一下就再次集中器了注意力，但麦里特早已经纵身跃起，一巴掌将他扇在地上！

“唔呃！”蓝面侠倒在地上，刚想站起来，麦里特一脚将他死死踩在地上。

“怎么办？”蓝面侠想着，开始向天创套蓄能，麦里特右手直接落了下来，还以为可以一拳了解掉他的麦里特突然只感觉自己的手臂如触电了一般。

他的拳头被挡住了。

麦里特定睛一看，蓝面侠用拳头抵住了他的拳头，蓝面侠的手上散发着幽蓝色的气场。

“怎么可能？”麦里特大惊，突然心生一计，左边两只拳头同时落下。

“我看你怎么接？！”

果然不出他所料，两个拳头对四个拳头，这怎么接？蓝面侠接住了一拳，另一拳就接不住了。

麦里特得逞了，他邪笑一下，张开手，抓起蓝面侠的手臂，将他捡了起来，猛地往地上一摔，随后又是一击重拳，将他在地上砸出了一个坑！

浑身是血的蓝面侠颤抖着，使劲还想站起来，纳尔斯再强，他现在也是凡人之躯，在结束了去年的战争后，纳尔斯虽然对刘宣的身体进行了强化，但像这样的攻击，能抗住两拳恐怕已经是极限了。

“怎么样啊，小蝼蚁？”麦里特抓着神志有些迷糊地蓝面侠，盯着他笑，“我现在真想把你喂到我口里，知道吗？”

蓝面侠浅浅地笑了一下：“你，太小看我了。”

蓝面侠的意志还是很强的。即便神志不清，他依然有反击的机会。

他向拳套蓄能，在空中打出一拳，强大的能量波动直冲麦里特而去。麦里特只感觉自己的身体被硫酸侵蚀了一样浑身灼烧般疼痛，尤其是自己的眼睛。

"纳尔斯，强心剂已准备就绪！"刘宣那边，他一边注意着分析目镜上的数据，一边快速调整着纳尔斯的时空武器库。一切的备战，都是由刘宣负责的。

麦里特痛得赶紧松开手捂住了自己的眼睛，蓝面侠落在地上，趁着机会赶紧从时空洞里拿出一针强心剂给自己注射了进去。

麦里特回过神来，发现蓝面侠居然不还手，还以为他害怕了："怎么，不敢啦？"

"是你将感到害怕了。"蓝面侠晃晃头让自己清醒过来，立刻启动推进器飞上天空。

"故伎重施？"麦里特讽刺道，跳起来直扑蓝面侠。

但这次，蓝面侠并没有发射激光，而是召唤出发射器，一枚退射弹发射了出去，巨大的冲击力将麦里特再次打回到了地上。

蓝面侠立即飞了下来，抽出激光长弯刀，刀刃向下直插麦里特的头！

麦里特赶紧一个翻滚躲开，蓝面侠又是回身一刀，但没插准，只是刺中了麦里特的胸口。

瞬间，蓝面侠火力全开，手臂上的手炮、肩上的火箭炮同时发射，全都轰在了麦里特身上。

硝烟过后，麦里特勉勉强强地站起来，蓝面侠跳起，一拳接着一拳打在麦里特的脸上。麦里特已经被炸得没有力气了，而蓝面侠的斗志却越战越勇。

麦里特试着去接蓝面侠的拳头，蓝面侠灵活地移动着，现在的麦里特根本摸不到他，蓝面侠一个翻身翻到麦里特头上，拳套蓄能完毕，大喝一声，两拳重重地打在麦里特的头上。

"啊！"突然爆发的宇宙能，让有着生命结晶能量的麦里特也是一声惨叫，摇晃了一下，轰然倒地。

两次都轰出了宇宙能，但依旧没有让金科列的身体发生明显腐蚀变化，石头人的防御能力可想而知。蓝面侠见这样对他不起效果，转念又想到了一个武器，应该可以有效对付金科列。

"刘宣，将'幻'式三弦复合弓更换好内爆宇宙能箭头。"纳尔斯说道，"我的天创套都不能将其从外部置于死地，那只能从他们的身体内部入手了。"

蓝面侠定下神后，看着被打晕的麦里特，“你的一切，需要你们的元老来定罪。”

而艾博这边，事情似乎就没有这么顺利了。

艾博和金科列两人扭打在一起，但艾博渐渐发现，自己似乎并不是金科列的对手，无论是力量还是防御力，这个新诞生的钢巨人都远在他之上。

“唔！”艾博脸上又被划了一刀，金科列的打法极其凶猛，艾博除了一开始占了上风，现在没有丝毫还手的余地。

艾博的脸被打向了一边，他瞥见身后的墙体，突然灵机一动，转身就跑。

“别怕呀，小宝贝。”金科列说着追上。

艾博跑向墙体，突然一脚踩在墙上，一个后空翻，在空中的同时抓住了金科列。艾博稳稳地落在地上，借势将手一翻，金科列被他直接砸在了地上。

金科列想站起来，被艾博死死摁住了头，艾博压着他的头在地上拖了十几米，又接了一拳打上去。

没有怒吼，没有狂躁的反击，金科列仍由艾博打着，突然一个翻身，抓住艾博的手，一抓，将艾博也拉在了地上。

艾博一惊，但已经来不及了。金科列将他拉到地上后猛地向他脑门来了一拳。艾博被打得头晕眼花时，金科列翻身站起，又将他拉起来，对着他的脸说：

“你敢怎么打，我就敢怎么还，知道吗？”

金科列大吼一声，将艾博死死压在墙上，抽出钢刀，一刀刺进了艾博的右手臂！

接着，他用力一拧刀刃，艾博的手臂被切了下来！

艾博痛苦地闷哼一声，“你想怎么死！告诉我！”金科列狂妄地叫起来。

金科列松开手，推了一把艾博，自己往后退去。艾博刚想组织还手，金科列又几步冲上跳起，用双腿卡住艾博的脖子，艾博用剩下的那只手挣扎着，金科列身体向后一倾，狠狠地将艾博的头砸在地上！

金科列站起来，拿起艾博，将钢刀插进他的后背，将艾博拖着走。

“我不知道你为什么要阻止我，老人。你根本不是我的对手。”金科列一边将他拖着一边说，“我们应该是一族的人，你又何必呢？”

“我也不知道你是怎么想的，人类可以……是我们的……朋友，为什么要伤害他们？”艾博气喘吁吁地反问他。

金科列沉默了。

他只是顺着自己的创造者的意思做事，确实没想过为什么要毁灭人类，是为了石巨人一族的未来吗？

不，他的品德还没有这么高尚，他只不过是想要自己的自由，跟赵信生一样，不过是麦里特的棋子。

正想着，身后突然传来枪声，背上有一种被灼烧的感觉。金科列转身，徐亦诚拿着激光枪瞄准着金科列。

"来啊！丑八怪！有本事放开他，来杀我！"徐亦诚大吼道。

金科列冷笑一声："什么小屁孩。"

"别管艾博！快跑！跑啊……"艾博用尽最后一丝力气地喊道。他努力想挣开金科列的钢刀。

眼睛开始发热，金科列的红眼睛已经瞄准了徐亦诚。

65.“你放心吧。”（大合集即将开始！）

“来啊——”

徐亦诚虽然是个凡人，但即便害怕、恐惧，也已经没有意义了。

或者说，他可能已经没有机会再感到害怕了。

徐亦诚端起激光枪，一边开火一边冲向眼前这个钢巨人金科列。

“勇气可嘉。”金科列轻蔑地说。

就在这千钧一发时刻，金科列的头谁掐住了，猛地往上一抬，激光没有射向徐亦诚，而是射向了天空。

“啊！”金科列扭头瞥了一眼，这不就是那个和老大麦里特打在一起的那个人类吗？

蓝面侠死死掐住金科列，咬着牙。金科列的力气太大了，没有天创套，他可能早就被扔飞了。

“给我下来！”金科列疯狂地甩动着头，最后抽出另一只手的钢刀反手朝蓝面侠刺去。

无奈，为了躲着一记刺击，蓝面侠落回了地上。刚一落地，金科列一巴掌挥了过来，直接将蓝面侠扇飞了出去。

“碍事的家伙，真烦人。”金科列说着转过头，发现徐亦诚已经不见了。

此时的徐亦诚正在艾博旁边，也就是金科列身边。他努力拔着钢刀，想把钢刀从艾博身体里拔出来。

金科列低头一看，冷笑一声：“就算你能救出他来，又能怎样？你觉得他还有战斗力吗？”

“你这个无情无义的怪物！”徐亦诚毫不示弱，“你根本无法理解什么叫生死相依，丑八怪！”

“你叫我什么？”金科列立刻拉下脸来，轻轻一脚将徐亦诚踢飞了出去。徐亦诚哪里受得了这一击，他在地上滚了几圈，躺在地上一动不动了。

这时，天空传来一道刺耳的声音，一颗流弹从天而降！金科列一躲，躲开了，但是这个流弹炸在地上，在地上很快形成一个漩涡力场，金科列怎么用力都无法走出来，不断地向漩涡中心靠拢着。

远处，站起来的蓝面侠正向这边靠近，这颗力场弹就是他发射的。"都说了不要主动参与战斗，这不是白白地牺牲吗？"蓝面侠边跑边叹气，"但愿他没事。"

蓝面侠召唤出另一个发射器，这个发射器由三个菱形钢甲组成，钢甲围在一起，中心蕴含着巨大的能量。蓝面侠举起发射器，朝动弹不得的金科列开火。

霎时，无数的流星锈蚀弹真的如流星一般奔向金科列。金科列是钢铁做的，锈蚀弹可以对他造成巨大的伤害。

"嘭！"

"嘭！"

"嘭！"

金科列没有逃跑的地方，他只能硬接这些炮弹，身上的钢铁如点一般洒落在地上。金科列狂吼着，但奈何不了蓝面侠分毫。

乘着机会，艾博用手一直在拔钢刀，正好金科列抬起手挡着流星锈蚀弹，他一下就挣脱了金科列。

慢慢地，旋涡力场消失了，金科列已经怒不可遏，从空中跳起，径直飞向了远处的蓝面侠，这势头，分明是想一拳砸死他的意思。

蓝面侠赶紧跳开，落到地上的金科列掀起一场极大的气浪，差点轰飞蓝面侠。金科列又是一拳追上，蓝面侠反应极快，立刻召唤出离子盾。但巨人一族的力量不容小觑，这一拳，还是直接将蓝面侠打飞出五米之外。

随着眼睛开始炽热燃烧起来，金科列想发射一道激光直接了解他，忽然，身后的远处传来沉重的脚步声。金科列回头一看，艾博一个铁锚就扔了过来，金科列躲闪不及，顶着被猛砸的脑袋跟跟跄跄倒在地上。

即便已经伤痕累累，还失去了一只手臂，但艾博还在为人类战斗着。

艾博一个猛扑，将金科列压在地上，直接朝着刚刚金科列被锈蚀弹打中的地方疯狂地锤击。金科列痛苦地大叫着，挣开一只手的艾博其实很容易，很快就要推开艾博了，艾博最后一把抓住他的一个生锈的地方，如捏沙子一般将那一大块铁从金科列身上弄了下来。

这相当于从人身上扯下一块肉一样。

金科列痛苦地在地上打着滚，艾博又是一抓，将另一块铁从他身上抓了下来。

艾博就是想把他大卸八块。

金科列努力从这如刀绞般的疼痛中清醒过来，回头一道激光射中了艾博。艾博被逼得后退了几步。

"老子要把你的头给砍下来！"金科列站起来，一刀横批过去，目标直指艾博的脖子。

艾博赶紧用手臂格挡，这一刀，差一点将艾博最后这只手臂砍落，金科列的刀锋卡在了艾博的手臂里。

金科列一声冷笑，用力想把他最后这只手臂也砍下来。艾博浑身剧烈地颤抖，努力支撑着。

突然，金科列感觉右边身体一阵刺痛，他扭头一看，一个箭头插在了他的腰上。

"轰"。

一声巨响，箭头炸开了，幽蓝色的火光升起，在金科列身上炸开一个缺口。金科列收回钢刀，双手捂着缺口。艾博立即冲上，一拳打倒金科列。

蓝面侠刚放下"幻"式三弦复合弓，不料自己被一把抓了起来！"糟了！"蓝面侠大惊，挣扎着想跳出来，但他越挣扎，力气就越大。

他被苏醒的麦里特给抓在了手里。

"艾博！"麦里特大吼，"看看我手里是谁？"

艾博用手臂锁着金科列的脖子，但根本坚持不了多久——他的手臂已经不行了，金科列只要用力一掰就可以将他的手臂搞下来。

金科列一抽身，从艾博的手臂里逃了出来，抽出钢刀抵着艾博的脖子。

"你们输了。"麦里特冷笑道，"你叫上谁都没用的，艾博。人类，不过是我们的菜肴而已，我会让你用生命理解这一点的。"

"结束了吗……"艾博和蓝面侠都低下了头。

"人类就不配支配这个星球，地球，本来就应该属于我们！"麦里特大叫着，就要把蓝面侠送进口中。

"不——"艾博有些乞求地看着麦里特，"他们也许是有错，但他们也有活下去的权利，请你放过他吧。他是个好人。"

"你觉得可能吗？"麦里特哈哈大笑起来。

雨落纷纷，阴天似乎很欣赏这场战斗，他在为所谓的胜利者飘着雨。

蓝面侠伤感地看着艾博，绝望第一次如此汹涌的在心中潮起潮落。

"行吧……"

"住手！"

这声音？！

麦里特突然恐惧地抬起头，看着旁边楼顶上的那个石巨人。

"元尊老爷！"

蓝面侠和艾博异口同声地喊道。

如果元尊出手，那可不是打打杀杀的事情这么简单了。

"哈，你们完了！"蓝面侠在麦里特手中说道。

元尊从楼顶落在地上，一道霹雳在远处落下，映照着元尊苍老的脸庞和随风飘动的石须，而徐亦诚也从元尊手上跳了下来。

元尊感受到了生命魔杖的波动，作为生命魔杖的守护者，元尊能察觉到生命魔杖的气息，他顺着生命魔杖的指引来到了这里。

看见了被金科列打晕的徐亦诚。元尊救醒了他，很快，徐亦诚告诉了他一切。

"我实在是太仁慈了，多年以前，我一直以为我们石巨人一族是永远不会伤害人类的，我们可以和人类和平共处。但是你，麦里特，真的颠覆了我的观念。"

"你的存在，是我们的耻辱！"

元尊怒吼着，开始施法。

"什么东西？看我杀了他。"金科列不屑一顾地说，发射出激光直冲元尊而来。

但元尊似乎根本就没有感觉到一样，浮在天空中，无论金科列怎么攻击都没有丝毫用处。

"瓦解！"

突然，金科列和麦里特被一种力量送上了半空，蓝面侠从金科列手中掉了下来，一种被撕裂的疼痛感瞬间传遍他俩全身。

"啊——"

金科列和麦里特发现自己的身体在不断地被瓦解。一块一块石头和钢铁被分离出来。

"不，不！求你了元尊爷爷，再给我一次机会！"麦里特在最后挣扎着。

元尊双手一合，低吟道："我已经给过你很多机会了。"

"不——"

瞬间，麦里特和金科列消失了，一块块石头和钢铁落在了地上，他们的生命被元尊彻底瓦解了。

元尊落回地上，看着地上的物块，深深叹了一口气。

活了 300 万年，元尊从没有杀过人，更没有杀过同类，这次为了人族，第一次杀人。

徐亦诚赶紧跑到艾博身边，艾博半跪下来，用手指去碰徐亦诚。泪水盈满了徐亦诚的眼眶，看着自己的救命恩人被伤害成这样，徐亦诚心中有一万个过不去和对不起。他没有能力保护艾博，而艾博却为了他们人类不惜生命。

徐亦诚转过头问元尊："请问前辈，您能治疗一下艾博吗，他，他……成这样了已经。"

元尊走过来，说："当然可以，孩子。你放心吧。"

元尊不仅拥有瓦解生命的能力，还有更新生命的能力，除了创造生命需要生命魔杖，元尊可以说是生命之祖。但他从不滥用能力，在他眼里，生命是至高无上的，无人可以侵犯。

每个生命都值得尊重和保护，除非，这条生命真的作恶多端，伤害别的生命。这就是元尊的原则。

这场行动后，元尊修复了艾博的肢体和伤口，纳尔斯连夜进行了大量研究，模仿生命魔杖的原理为他的身体注入了宇宙能，让他的身体坚硬程度远高于普通石头的强度。元尊带着生命魔杖和艾博回到了山下，从此又消失在了人类的视线中。

一切似乎都和平了，徐亦诚在医院里治疗了一个月，回归了以前的正常生活。

这天，徐亦诚忙完了白天所有的事务，坐在办公椅上靠着。他的脑海里，开始逐渐浮现出与艾博在一起的点点滴滴，从初遇，到熟识，再到一起战斗。

但是最后，还是只剩下他一个人。

"贵人……"

他想起宋老给他算命时说的话。

"也许吧。"

他站起来，看着外面的夕阳出神。

然而，"吱呀"一声，办公室门却被开了，"啊？你是怎么进来的？"徐亦诚大惊。

刘宣摸着头，嘿嘿笑着："嗐，飞进来的咯。"

"没人看见吗？"

"看见又怎样，他们又不认识我。"

"哈哈哈，来，坐吧。"徐亦诚无奈地笑笑，很有礼貌地上前为他拉开门，邀请他坐下。

"有什么事吗？"

"嗯，是这样的。"刘宣拿出一份档案，欲言又止，想了又想，却蹦出这么一句。

"算了，我也不说了，您看看就懂了，我们需要您，徐博士。"

看着居然有些严肃的刘宣，徐亦诚感觉很是奇怪，他低下头去。

然而，当他翻开了第一页后，一切，都有了答案——

《戎星者联盟——备案成员名单（复印件）》

www.ingramcontent.com/pod-product-compliance
Lightning Source LLC
Chambersburg PA
CBHW080912190726
48294CB00009B/2062